历史小说

草根皇帝

刘乐土◎著

刘邦

（上册）

中国铁道出版社有限公司

CHINA RAILWAY PUBLISHING HOUSE CO., LTD.

图书在版编目（CIP）数据

草根皇帝：刘邦：上下册 / 刘乐土著 . — 北京：中国铁道
出版社有限公司 , 2024.8
ISBN 978-7-113-31196-4

Ⅰ . ①草… Ⅱ . ①刘… Ⅲ . ①汉高祖（前 256– 前 195）—
传记 Ⅳ . ① K827=341

中国国家版本馆 CIP 数据核字（2024）第 086827 号

书　　名：**草根皇帝：刘邦**
　　　　　CAOGEN HUANGDI：LIU BANG
作　　者：**刘乐土**

责任编辑：冯彩茹　　　　　电　　话：（010）51873264
封面设计：尚明龙
责任校对：苗　丹
责任印制：赵星辰

出版发行：中国铁道出版社有限公司（100054，北京市西城区右安门西街 8 号）
网　　址：http://www.tdpress.com
印　　刷：三河市宏盛印务有限公司
版　　次：2024 年 8 月第 1 版　2024 年 8 月第 1 次印刷
开　　本：710 mm × 1 000 mm 1/16　印张：34　字数：648 千
书　　号：ISBN 978-7-113-31196-4
定　　价：158.00 元（上下册）

目 录

【第一回】

梦蛟龙麟儿有兆，颁酷令始皇无德

沧海桑田，斗转星移，有几度春秋就有几多风雨。

时光倒回到公元前三世纪初期。

当初，秦国为统一六国，对魏国发起强大的攻势。魏国顿时处在风雨飘摇之中。

信陵君魏无忌看着秦国一天天强大，各诸侯国一天天削弱，而诸侯国之间又不能共同对敌，以大义为重，料定秦国总有一天会完全占有天下。为使高贵的魏王室血统能够传承下去，魏无忌挑出为人谨慎持重的四公子居平，让他带着家眷避难，隐姓埋名，生存下去。

拜别父亲，居平公子跳上宫门口的一辆大马车，才发现车上除了他的妻子儿女外，还有个赶车的老仆人，以及一个六七岁的小男孩。

"公子，不，怀平，这是你的新名字。从今儿起你就叫魏怀平了，是个生意人。我是你父亲早年的一个仆人，一直住在大梁城边上，姓刘。信陵君，不，你家老爷子，他不放心你们一家，命我跟随你们几年。我以后就是你的车夫了，放心吧，有我这把老骨头在，你们一家不会有任何差池的。"

赶车的老仆人，一面极其熟练地驾车飞驰，一面轻轻地向他介绍。

这个老仆人曾救过信陵君魏无忌一命，深得魏无忌信任，从而将四公子一行人托付于他。

"啪""啪""啪"刘翁连挥几下马鞭，指着身边的男孩说："这是我的儿子，七岁，独苗儿。他娘才死。嘿嘿，是不是觉得我这个爹和儿子年龄相差大了点，是吧！嗨，我刘家总是人丁稀少，但香火不旺。"

从此，这一行人成了天涯沦落人。

走走停停，停停走走。两个多月后，他们来到了沛县。经过仔细考察，居平一家以一个中等生意人的身份买了一些田产，在城东边安家落户，同时开了一个小店，做点丝绸生意。刘翁也在近旁不远处买了十几亩地过小日子。为了安全起见，他们议定了对外一致的话：什么出身、祖籍哪里、为何在此落脚，等等。表面上，他们两家互不相识，但刘翁却暗中保护着居平一家。居平为人随和，又讲义气，很快和乡人熟络起来，结交了不少讲信誉的朋友。三年之后，居平一家基本沛县化了。

刘翁看看主人平安无事，已在当地立住脚，就放了心。为了防止节外生枝出个什么意外，他又迁到沛县丰邑的中阳里村，远远离开自己的主子。

不知不觉中，又是五年过去了。姓刘的老仆人已是风烛残年。他身边唯一的亲人是他的独养儿子刘执嘉。他在儿子十八岁这年秋天，为儿子娶了个当地的姑娘王含始，是一个种田人的女儿。不久，老人就病了，在弥留之际时说："嘉儿，你好自为之，我们刘家不会这样下去的，记住！"

老人那饱经风霜的脸上放着一种亮光，说完这句话就咽下了最后一口气。就着昏暗的灯光，可以看到老人的眼角挂着一行清泪，泪珠儿闪着点点亮光。

"爹爹——爹爹——你咋能这么快就走了哇！你咋能这样就走了哇！爹爹——"

握着老父渐渐变凉的手，刘执嘉难过极了。

把父亲安葬后，刘执嘉和王含始开始独立生活，小两口勤劳和睦，日子过得稳稳当当。其后四年间，王含始接连生了两个儿子。刘执嘉自幼读了一点书，至今早已忘得差不多了，不知给儿子起什么名字为好，干脆就按众人叫孩子的习惯，老大叫刘伯、老二叫刘仲。小哥俩面貌都像父亲，胖墩墩的，性格则像母亲，温文老实，很讨人喜欢。王含始自从有了儿子，性情更温和了，家里家外忙着累着，脸上还总挂着笑容。刘执嘉本是个有硬脾气的人，可是跟妻子在一起却生不起气来。左邻右舍的人都说他有福气，娶了个好媳妇。

这年春天里，有一日王含始回娘家看望生病的母亲，回家时半路上感到十分疲倦，就在一棵大柳树下歇歇脚，刚坐下一会儿，就迷迷糊糊打起盹来，恍惚中见一道金色的亮光从空中落下，接着一个身披金色甲衣的神人悄然向她走来，她有点害怕，却不知如何是好。

却说刘执嘉在家门口领着两个儿子玩耍，忽然看见天色变暗，不一会儿竟然阴云密布、狂风大作，时而还有雷鸣电闪，心中好生奇怪，不知三月天怎么会有这样的情形。还没来得及多加考虑，想起妻子正在回途中，连忙把两个孩子叫进屋里，拿起雨伞就急匆匆去迎接妻子。距离大泽还有半里光景，他就看见大泽边柳树下坐着一个穿蓝衣的女人，看身架像是妻子。接下去的情形却让他呆住了——一团巨大的云雾罩在妻子周围，越来越浓，越来越暗。云雾中忽然出现一条赤色蛟龙。只见那蛟龙上下翻动，像是和另一条看不见的蛟龙纠缠在一起。过了一会儿，云雾渐渐散去，蛟龙不见了，云彩退光了，太阳又放出暖洋洋的光芒。柳树下的妻子没有变化。刘执嘉这才如梦初醒般跑到妻子身边。

当满面惊恐的刘执嘉来到妻子面前时，妻子刚从梦中醒来。"你刚才怎么了？"他急切地问。

"没怎么呀，我走路累了，就在这树下靠了一会儿，好像是睡着了，嗯——我梦见一个身着金甲的人来到了我跟前。咦，你怎么带伞来接我呢？"王含始站起身来，拍拍身上的土，笑了。

"这没什么，咱赶快回家吧，两个孩子没人看哩！"刘执嘉正要解释，忽然像想起了什么似的岔开了话题。

走在回家的路上，刘执嘉并没有听清妻子叙说此次去看母亲的情形，而是陷入了沉思。

按理说，梦见龙凤都是吉兆，可是，他既非帝王之后，也非贵胄之子，既无叔伯，也无兄弟，独自一人在异乡土地上生存，能成家立业已经够好的了，怎么会有更好的命运呢？况且如今是秦始皇一统天下，梦龙的话是万万说不得的。

想到这里，刘执嘉郑重地对妻子道："阿始，我们都是布衣之人，不会有什么大富大贵，你梦见的什么神人、金人的，千万不能说出去，这可是人命关天的事儿呀！"

"噢？是这样吗？唔，我知道了。"王含始是个温柔听话的女人，她虽不太明白其中的道理，可丈夫的话总是对的。

从这以后，王含始又有了身孕。这是她的第三个孩子了。按理说，王含始也该习惯怀孕的感觉了，然而，细心的她总感到这个孩子不同于前两个。原先的头三个月，她总是难受得厉害，常常呕吐，什么都不想吃，总是昏昏欲睡，没精打采的。这次不一样，从一开始她就食欲大增，见到饭菜就想吃，浑身也都是劲儿。从第三个月开始，她的肚子就明显突出来了。到了第六个月，就像快临盆的妇人一样笨拙了。中阳里村的老妇人很多，而且都很长寿。看到她的样子，几乎所有的老太婆们都说她怀的是双胞胎。

天越来越冷了，王含始穿上所有的御寒衣服，人显得更笨了。到了第九个月，她一点都走不动了，只得躺在床上挨日子。

"这个孽种，一定是个逆子！"刘执嘉看着妻子走不能走，坐不能坐，止不住骂起她肚里的孩子，"还没生下来就这样折腾人，能是个好东西？"他放下手中搓着的绳子，拍拍衣襟上的灰，坐在了妻子的床沿上。"人家都说是双胞胎，你觉得如何？"说这句话时，他的口气温和了。

"我一直在琢磨着哩！"她拉了拉盖在身上的被子说，"我只觉得是一个。他动的时候是一个地方，不像是两个孩子。"

"我也想过了。咱们刘家人丁不是太旺，咱爹说咱家多少代都是单传，到了我这一辈已有了两个儿子了，这是老天保佑哩！如今哪能一下子得个双胞胎呀？"刘执嘉搔搔头，若有所思的样子。"可是，我弄不明白你这肚子怎么会这么大，一个孩子哪有这么笨的？肯定是个不肖子！"

"他爹呀，你可别这么说，哪有天生就是不肖子的？再说，不管孩子咋样，都是咱的亲骨肉，咱都得一个样儿疼，你可别另眼看他哟！"王含始抚摸着高高隆起的肚子，说得慢声细语的。

"不知咋的，我就是不喜欢这个孩子。看把你折腾的！"刘执嘉叹了口气，又搓绳去了。

话是这么说，刘执嘉心里却也欢喜得很。说来有点怪，自从王含始怀孕开始，他们家有了许多变化。猪生的小崽子个个成活不说，都长得膘肥体壮的。养的两只山羊也都生了小羊，一共八个，那活蹦乱跳的样子直叫人想笑。几十只老母鸡忽然改了样儿，有十几只竟生起了双黄蛋。别的收成不说，这个秋季仅地里的庄稼收成就足够全家吃三年的。刘执嘉用卖猪卖羊卖鸡的钱添上一些积蓄，又买了五亩地。小日子越来越红火了。一想到这里，刘执嘉就止不住想哼几句乡里小调。

终于熬到了日子——这天二月初八的早上。痛苦挣扎了几个时辰的王含始听到一阵婴儿响亮的哭声后，一下子轻松下来，她长长地舒了一口气。

"哟，瞧瞧，是个小子，大黑个儿小子！"李婆婆欢喜的喊叫声压倒了孩子的哭声。她一边说着，一边麻利地收拾脐带、打包。

"李婆婆，就一个小子吗？"坐在隔壁等候多时的刘执嘉忍不住问了一声。

"嗯，你媳妇肚子平了，看样子就这一个啦！瞧，这小子个子多大哟，一个顶俩，平日里我估计错了。"李婆婆此时已收拾完了，打开门，把婴儿递给刘执嘉。

红色的褓裸放在刘执嘉的手上，他双手平放着，仔细看这个孩子。只见他长长的个儿，黑里透红的脸儿，眉毛浓浓的，耳垂很厚，眼睛不大，却透着一种精明，刚出生的娃儿就知道左顾右盼地看。长方形的小脸上最引人的是那鼻子，又高又直。

这天傍晚，李婆婆来到刘家。"刘家的！刘家的！"她脚没进门，人在院里就叫开了，"刘家的，你说巧不巧，今儿村东卢家媳妇也生了个小子，我才从他们家来。那孩子也可人爱，名字都起好了，叫个什么卢绾。卢老爹乐得合不拢嘴儿。"

王含始正坐在床上喂孩子，忙招呼李婆婆坐下："这太好了，卢家老爹盼孙子盼了多少年了，这下了了心愿啦！"她笑眯眯地道，"说不定这俩孩子能成好伙伴呢！"

刘执嘉递给李婆婆两颗红鸡蛋："看来也该给这三小子起个名字了。"他一边看着妻子一边说，"我已经想过了，就叫季儿吧。"

"刘季？好！好！这名字好记，也好听！"李婆婆那没牙的嘴含着一口鸡蛋，连连称是。

晚上，王含始正给孩子换尿布，她忽然叫了起来："他爹，他爹呀，你来看，这孩子大腿上长了这么多小黑痣！"

刘执嘉正在哄两个大儿子睡觉，听了此言连忙奔了过来，他靠近灯火仔细一数，竟有七十二颗。

"早上李婆婆咋没看见呢？"王含始疑惑地问丈夫。

"她老眼昏花的，咋能看得清？又怕孩子冻着，收拾得快，她也没在意。"

"是七十二颗吗？我再数数！"她把灯靠近些，仔细又数了一遍，还是七十二颗，不多不少。"他爹，这不会有什么不好吧？"看着丈夫，她的眼睛里流露出不安。

"嗨，不会！只要身体结实，痣算什么？谁身上没有痣？多少而已。不要紧！"刘执嘉说得很果断，他知道妻子是个多心人。

王含始听了，停了一会儿，舒了口气，慢慢地把孩子包了起来。

时光如流，岁月如梭，转眼间刘季长到了七岁。他的下面还有一个刚半岁的小弟弟，取名刘交。和兄弟们相比，刘季有许多令他父亲皱眉的地方。两个哥哥早已是父母的帮手，放牛放羊，割草喂猪拾柴火，拾麦穗拾豆子，什么都干，老实忠厚。尤其老二，天生一副干农活的把式架子。大人干什么，他都用心看，用心学。他常问母亲说："儿，村里人都说爹是个能人儿，耕种、耘灌、收打、扬储、修犁修耙收拾木匠活，没有他不会干的。我长大了，要超过爹，我要比爹干得还好！"

每当这个时候，刘执嘉就会哈哈大笑："好小子，有出息！将来准比爹过得富裕。"

和大哥二哥相比，刘季的个子高，长得结结实实。年龄比他的哥哥小好几岁，可乍一看和他们差不多高，身体也比他们壮实。可是，他就是不喜欢帮父母干活儿。七岁的孩子，村里闲玩的不多，可刘季一天到晚在外面疯玩，领着一帮比他小的娃子，跑得满天风。分成两队打架玩，不是偷张家的桃子、摘黄家的李子，就是打王家的狗、撵李家的鹅，一天到晚净干这些事儿。中阳里村提起刘季，没有不摇头叹气的。谁家的墙头突然出现个大洞，谁家的小猫掉了半截尾巴，谁家的烟囱堵住了，想到要找的第一个人就是刘家三小子。

刘执嘉和王含始为了刘季不知对众乡亲赔了多少不是，赔了多少笑脸。有许多次刘执嘉气不过要打他，还没等拿家伙，他就早已飞出家门，跑得远远的了。

时光如梭，一晃又是六七年过去了。刘家最小的孩子——刘交七岁了。这孩子不知为什么，对读书识字感兴趣得很。邻家有一户人家家境好，请了私塾先生教儿子读书。有一天刘交偶然经过人家门口，听到读书声竟走不动了。他倚在人家门口听着，一直到黄昏散学。回到家里，他竟然把下午听到的一段《尚书》完完整整背下来了，还能给爹娘讲明白每句话的意思。

"他爹，这小子看来是个读书的料子。"王含始一把把刘交搂进怀里，眼笑成了一条缝，"咱是不是也该让他念念书？"

"嘿嘿，这小子平时就文质彬彬的，像个书生。说起来念书，咱家这几年也过得不错，地多了，粮多了，也有点钱。可是……"他看看妻子，有点犹豫，"专门请个先生可请不起，只能看看跟谁合请一个。一个先生花费可不小哩！再说，他三个哥哥都没念书，不也挺好吗？庄稼人，能过好庄稼人的日子就行喽。"

"他爹，你别这么说。你还记得爹临死前的话吗？他老人家说就不相信咱祖祖辈辈就该是平民命。你想想，想过得红火些，不读书咋行哩？"

一听提起老爹，刘执嘉来了劲儿，他"忽"地一下站起来："爹是留下过话儿。你说得有理，难是难点儿，咱多吃点苦，只要交儿争气就行。这样吧，咱看有谁家愿意合伙儿和咱一同请先生。"

一听丈夫说了这话，王含始眉开眼笑，把刘交从怀里推开："他爹，你歇着，我这就做饭去。今儿给你炒几个鸡蛋，你喝一盅吧！"

几天后的一个黄昏，住在村东头的卢公摇着一把扇子，慢慢悠悠地来到了刘家大门口。自从几年前两家同一天得了儿子，两家大人孩子关系就亲热了许多。有事儿没事儿的，卢公就会来刘家院子里拉呱儿，说说孩子，讲讲地里的收成，唠唠乡里乡亲的事情。卢家的女人也喜欢走来，坐在院子里的老槐树下，和王含始一起说笑，一起纳鞋底、缝衣服。刘执嘉两口子老实，不喜欢串门儿，可一见到卢家两口子都高兴。

"老刘在家吗？"刚进门卢公就大声嚷道，"听说你要请先生教儿子，有这事吗？"

刘执嘉正忙着修家里的锄头耙子什么的，一见卢公到来，马上放下活计迎上去，递给卢公一只小凳子。"是卢兄呀，有这事。你问这做什么？"

"你看，季儿和绾儿都不小了，十几岁的半大小子，成天不务正业，只是在外面晃荡。除了野跑胡闹，啥事儿都不干。我看咱不如让他俩和你家四小子一同上学，先生两家合伙请，咋样？"

"什么，你说那俩小子？卢兄，你家绾儿还老实点，我家的季儿那样子，你看是念书的人吗？成天屁股底下像着了火一样，哪能坐得住？叫他念书，不是赶鸭子上架吗？"刘执嘉脸上全是苦笑。

"嗨，刘兄，我家绾儿就是你家三小子的影儿，有你家三小子的地方就不会少了我家绾儿。两个猴小子，谁比谁好些？我是这样想的，娃儿大了虽然不好管，可也得想想法儿，不能由着他们去。请个厉害的先生管管他们，收收他们跑野了的心，按按他们的性子，兴许能上道儿。再者，念点书总比不识字强。这俩小子，咱还能指望他们读书换官做吗？能认点字就行了。"

"这——"刘执嘉搓搓手，"我家三小子也着实该请人好好理理了。就像棵野树一样，给他剪剪枝，看能不能成材了。卢兄，就按你说的，请先生，咱一起请！"

"哈哈哈，我就知道能说服你！"卢公哈哈大笑，十分得意。

"什么？叫我念书？我不干！"

第二天早上，当王含始把读书的事儿告诉刘季时，刘季当下就一口回绝了。坐在一旁的刘执嘉一听就火了，站起来吼道："这个不肖子，你是怎么说的？你再给老子说一遍！"

刘季看爹发了火，嘟着嘴不敢吭气了。王含始连忙站到爷儿俩中间："季儿，你不念书，不识字，又不学农活，将来怎么过日子？"

"我，我将来去闯天下去，到外面混事儿，还能没饭吃吗？"一看娘挡住了爹，刘季有了胆子，"读书管什么用？村里几个私塾先生穷成那样儿，我还能像他们那样儿吗？我只听人说古代尧帝、舜帝厉害，掌管天下，没听人说他们读了多少书。"

"好哇！你听听，你听听！他还那么多理儿呢！这小子无法无天了，你养的好儿子！"刘执嘉指着刘季，脸都气白了。

"季儿，娘说不出什么深理儿，可是知道贵人都读过书，不读书只能种地。你都十好几的人了，该听话了。"王含始叹了口气，一脸的无奈。

"别跟他说那么多！哪能由着他来？告诉你，小子，明天开始，你和交儿、绾儿一起念书去。你敢再说个不字，老子打断你的腿！"说完，只听"啪"的一声，刘执嘉把手里的木棒甩到了墙角，把刘季吓了一跳。

一听说有卢绾一同念书，刘季心中不禁大喜过望："管他呢，念书不念书再说吧，有卢绾就能一起玩儿喽。"想到这儿，他变了调儿，顺从地道："是。爹，我明天去。"

从此以后，刘季、卢绾、刘交三个人开始了读书生活。教他们的是王老先生，一个十分严厉的老书生。刘交是读书的孩子，一天到晚苦读不倦，深得王先生的赏识，至于刘季和卢绾，用在学习上的时间只不过十分之三四。上课时三个人面对王先生，他们不敢乱动。王先生手里总是握着尺把长两寸宽的一根竹板条，三人犯了禁就得挨打。一板子下去，就是一道红痕迹。刘季和卢绾挨打的次数不计其数。

刘季十八岁那年，王老先生病逝了。刘交已经打下了雄厚的基础，他不愿放弃诗书，继续在家读书。刘季和卢绾自由了，他们把书本典籍全都塞进了书箱，又开始了四处闲荡的生活。此时的刘季，身高七尺八寸，相貌堂堂，方脸圆目，长脖颈高鼻梁，走起路来虎虎生风。卢绾身材颀长，清瘦硬朗，面貌白皙。二人形影不离，到处相随。中阳里村的父老乡亲都说他们是异姓兄弟。两家老人虽然对这俩小子不满意，可是看到他们亲如手足，倒也欢喜。卢公常开玩笑说："刘兄，这俩小子同年同月同日生，若是其中一个是女孩该多好！老天配错了，不然，你我岂不是亲家？"

此时，刘伯刘仲已成家立业，各自分开另过。这对刘执嘉来说，心里颇有点难受。在他看来，兄弟都在一起和父母同住，这才能显示家大业大，人丁兴旺。他一想起自己当年和老父形影相吊的情形，心里就酸酸的。看大户人家，都是几代同堂，几十口子在一起，那阵势，真叫人羡慕。老大和老二和他们分开，责任全在刘季。他一个大小伙子成天不下地，肩不担担，手不提篮，家里家外，啥事儿不管，做爹娘的都看不惯，何况哥嫂呢？他心里有数，知道日子久了会红脸，所以早早就让两个儿子分开过了。

刘季不知什么时候染上了喝酒的嗜好，带着卢绾在外面结交了许多酒肉朋友。他们都是两手空空，不务实事的游手好闲之徒。三五成群在村里游荡，今天在张家吃喝，明天在李家吃喝，后天又去了王家。时间久了，谁家的父母都受不了。

"季儿，你也老大不小的了，我和你爹年纪大了，交儿又小，你再不走正路，学会耕种收藏，可咋办呀？"王含始已是四十多岁，只要刘季出门，她就唠叨一遍。

"三小子，你到底想干什么？你怎么就不能像你大哥二哥那样呢？你看你二哥，比你大两岁，人家小日子过得滋滋润润。不说别的，就那五头牛、八头猪、几十只羊，这村里也是数得着的了。我也不知做的什么孽，竟生了你这样的败家子！"提到刘季，刘执嘉都要骂一通，胡子气得一撅一撅的。

"老爷子，"刘季在外面混得油腔滑调的，看着他爹嘲讽地笑着，"你整天就说我二哥有本事，叫我向他学着点儿，我学他什么？您看他老实巴交的样儿，只知道背对青天面朝黄土耕地，有什么大出息？您老瞅着，我到时挣大家业给您看，老二那点家业算个啥！"

"好你个小子，你有什么本事我还不知道？只知道游魂一样晃荡！你！你有本事现在就挣份家业给我看，老子倒要看看你有啥能耐！"望着走到门口的刘季，刘执嘉气得浑身发抖，追到门口，"呸"的一声吐了一口唾沫。

这以后的几天，刘执嘉没让刘季回家，他余怒未消，看了刘季就来气。刘季不怕，他轮流在大哥、二哥家蹭饭。

外面结识的一班哥儿们都知道刘季在家受了老爷子的训，就想方设法安慰他，跟在他后面称兄道弟。刘季看他们够意思，就索性带着他们一同到哥哥家吃饭，吃饭倒没什么，刘季还要喝酒。于是家中猜拳行令声不断、吆三喝四，一片乌烟瘴气。大嫂和二嫂忙着种地，累得筋疲力尽还得回家侍候他们。开头还能忍着，后来就在脸上表现出来了，刘季只好又回家去。虽然这样，却没有丝毫悔改之意。

第二年冬天，大哥刘伯忽然得了一场重病去世了。刘老爷子十分伤心，王含始常常贴补守寡的大儿媳。大儿媳精明能干，里里外外都是一把手。她有一个儿子，名叫刘信。丈夫死后，她深感家庭孤弱，时常独自垂泪。但是，她发誓要对得起刘伯，把独生子养大成人。

刘季并不体谅大嫂孤儿寡母的难处，还照样到大嫂家吃吃喝喝。大嫂心想："这三小子也真是不识相，我孤儿寡母的，衣食能周全就不错了，成天领三五个人来我这儿吃喝，我哪里供得起。他们吃一顿，够我娘儿俩吃几天的。再说，小叔子成天领着一帮小伙子到我家里来，一坐就是半天，外人该怎么看？"于是，她决定给刘季点难堪。

一天中午，刘季又领着五六个朋友向大嫂家走去。

"娘，三叔又领几个人来了！"刘信正在院门中玩泥巴，看到三叔，就向屋里喊道。

这边大嫂刚做好饭，还没动口呢，她听了儿子的话，连忙把另一只空锅拿进院子里，倒进一瓢水，呼啦呼啦刷起来。

"大嫂！"刘季刚喊出口，马上止住了。刚才，他已对朋友夸过海口，说大嫂人好厚道，肯定能饱餐一顿，谁知大嫂已吃过饭刷锅了。

跟在他身后的几个朋友很识趣："大哥，我们改日再来吧，家里还有事，我们先走了！"

"好，那就改日吧！"刘季尴尬地站在那儿，不知如何是好。他正要离开，忽然看到刘信在玩泥巴，转念一想，"大嫂平时没有吃过这么早，莫非……"

想到这儿，他径直走进院里，到了厨房，掀开锅一看，饭菜热气腾腾，还没动一口呢！再看看大嫂，只见她低头刷锅，看也没看他。"唉——"轻叹一声，他悄然走开了。

　　就在刘季走进他的第二十个春秋时，秦王嬴政已执政十九年了。此刻，秦王统一天下的宏伟计划已进入了最后的攻坚阶段。这之前两年，他攻破韩国，俘虏了韩王安，把韩国国土划入了秦国本土。前一年，趁赵国大灾之机，秦王又兵分两路，直取邯郸，活捉赵王迁。

　　接下来，秦国所向披靡，如秋风扫落叶一般。秦王二十二年，灭魏国，二十四年，灭楚国，二十五年，灭燕。二十六年，最后一个诸侯国——齐国投降。统一大业完成了。

　　这一年，身在中阳里村的刘季已是二十七岁的人了。一如既往，他还是游手好闲，不愿意以种地为生，还是靠父母养活。

　　父母越来越老了，父亲还是常常骂他："这个不肖子呀！以后该如何是好呢！"

　　骂归骂，但火气小了。他知道他的三儿子就那样了，改不了了。现在他们老两口还能干动地里活，还能勉强糊住嘴，可是儿子大了，他们总有老死的时候。到那时，这个三儿子怎么过日子呢？

　　刘季的母亲——已经是刘老太太了，最愁的是儿子的婚事。她经常找村里的媒婆，恳求人家："张婆婆，好歹看在咱老姐妹的份上，给我家季儿说个媳妇吧！"

　　"老姐姐，不是我不帮忙，也不是你家穷。嗨，你家那三儿成天不干事儿，他自己还靠你二老养着呢，谁家愿把闺女给他呀！"每一次媒婆都摇头叹气。一次两次，时间长了，她自己都不好意思去求人了。

　　刘交也早已成亲了，刘季成了刘翁的心头病，老太太更是唉声叹气不断。

　　刘季自己倒乐呵呵的，一听到爹娘唠叨他的婚事，就说："您二老还怕没媳妇吗？别怕，大男人只要有本事，什么时候都能找到媳妇，什么时候娶媳妇都不算晚。"

　　"什么？就你那样子还算是有本事吗？还能有本事吗？都二十七的人了……"刘翁的脾气又上来了，随着刘季越来越成为村里人议论的中心，一提起他的事，老人家就来气。

　　"好，好，老爹，我怕您老人家。我走，我走，省得您老见了我就心烦。"刘季一边向外走，一边向父亲摆手。

　　其实，刘季在外面也有女人。

　　虽说他游手好闲，没个正当的事儿做，谁也不愿意嫁给他，可是，他相貌堂堂，举止大度，风流潇洒，还是挺吸引女人的。这几年，和他走得近的女人有两个，一个是王媪，一个叫武负。

　　王媪是个寡妇，三十多岁。丈夫五年前去世了，领着一儿一女过日子。平时的生活，就靠丈夫留下的小酒馆过日子。她性格泼辣，争强好胜，快人快语，也很灵活。她和刘季之间的亲密关系，早些年就有了，那时她丈夫还在呢。

记得有一天——大约是十年前了。那是个深秋天的下午，秋收已忙完了，人闲的多。又是个雨天，小酒馆里挤得满满的，连店外都是坐着喝酒聊天的人。看着生意红火，她那天特别高兴，脸显得红扑扑的，很讨人喜欢。当时，她穿了一件蓝底白花小夹袄，很合体。许多人跟她开玩笑，不荤不素的。她也并不恼，习惯了，来喝酒的人都这样。再说，那天她丈夫刚好不在家，去街上买酒瓮去了，她忙不过来，没有闲工夫去理会那些人。

可是，这时，一个三十多岁的男人喝醉了，东歪西斜地向她走来，手里端着一碗酒，边走边洒得满地都是。她站起来，认出这是村里的老光棍王二。这王二趁着酒意竟上前调戏王媪，一下子搂住了她。

"混蛋！混蛋！放开，放开！"王媪又气又羞，使劲挣扎，哪里能挣脱出来。

旁边的人愣了，有人想拉，可这王二是个愣头青，平日里心狠手辣，人人怕他。有几个人看到这一幕，竟然跟着起哄："好哇！再来一下，好哇！"

忽然，一个高个儿青年人冲了上来，不由分说对准王二的脸就是一拳，同时顺手拉开了王媪，轻声道："躲旁边去！"

"谁敢打我？刘季、刘三！你小子胆子不小哇！看老子怎么收拾你！"王二被打了一个趔趄，他晃了几晃，支持着没倒下去，转过身，恰好看到旁边有一条长凳，顺手拿起狠狠向刘季砸去。

刘季闪到一边，喝令一声："二哥，住手！你喝多了！"

"还轮不到你来教训老子！"王二一看没有打到刘季，又抱起一个酒瓮冲上来。刘季急忙跳到一边，"砰"的一声，酒瓮砸在了一个方桌上，顿时，酒流满地。

二人便打了起来。王二哪是刘季的对手，不一会儿便被打趴下了，只一个劲儿地作揖，说不出话来。

"二哥，欺负妇道人家，太不仗义！"丢下一句话，刘季拂去溅到身上的酒菜，转身走了。

目睹此景的人个个张着嘴，看呆了。等到刘季走远了，众人才回过神来，议论纷纷。

"刘家三小子哪儿学的拳脚？这么厉害！"

"这小子一天到晚不干活儿，浑身是劲儿，就是没学过几手，也能来几招呀！"有人应道。

"别说这小子平时懒散，今儿这事做得对！有种！"一个白胡子的人说话了。

"二哥今天吃亏了！平时谁敢惹你呀！"一个小青年有点幸灾乐祸地笑着对王二道。

众人七嘴八舌地议论着。那王二自觉没面子，酒在肚子里也着实让他难受，他什么也不说，捂着腮，连身上的灰土也不拍打，东歪西斜地回家了。

王媪一边收拾破盆烂瓮，一边清扫地上的酒菜。她内心对刘季充满了感激："这个小伙子，平时来吃酒并不和我打招呼，今儿倒大胆出手相救。若不是他，那王二不知怎么戏弄我呢。到了当家的回来之时，有人传给他听，又会生是非。刘家三小子这样讲义气，倒也难得。往后有机会，我得感谢他才是。"

几天后，刘季带着几个朋友又来吃酒。王媪笑着迎上去："大兄弟，快请坐，那天多亏了你。今儿我请客，坐，坐！"

拉凳子，擦桌子，她显得格外殷勤。

"别再提那事。凡是仗义的人，那天都会像我那样，男人就得保护女人。上酒吧！"刘季挥挥手，叫她休要再提。

吃喝完了，刘季悄悄把钱放在桌上，走了。

"这小伙子还挺正直哩！"望着刘季的身影，王媪拿起桌上的钱，心里禁不住一阵欢喜。

这样一来，王媪越来越喜欢这个小伙子，只要刘季来喝酒，她总要额外多给一点儿，偶尔还添上一盘花生米，或一盘炒猪肝、一盘炒羊心什么的，那份热情，更是温暖人心。时间久了，刘季也越发觉得这王媪与众不同。

日子一天天地过去，第二年春上的一天，几个小弟兄都不在家，到丰邑帮助人家卖猪崽儿去了。他一个人百无聊赖，漫无目标地在村里逛着。

一缕春风吹来，他感到暖融融的。抬头看看太阳，快到中天了。村里各家各户的果树都开花了，杏树、苹果树、桃树、梨树……各种各样的花香扑鼻而来，叫人头发晕。地上的草有点泛绿了，嫩嫩的，讨人喜欢。杨柳枝儿早已是绿染枝条，柔柔的，在风里摇动。放眼望去，田野里有滚滚而起的地气，如烟如雾。他心里突然有一种乱哄哄的感觉，浑身燥热。不知不觉之间，他发现自己已来到了王媪的小酒馆门前。

"哟，是刘三兄弟吗？哎呀，你看我，不该叫你小名儿了，该叫大名儿！刘季兄弟，今儿没事儿吗？"王媪那脆生生的声音忽然在他耳边响起，他吃了一惊。循声望去，王媪正站在屋角看着他呢！

"好俏的女人！"他抬眼之间心里不由一惊。今天，王媪显得格外妖艳。红底白花薄袄紧紧贴着她那有波有折的腰身，一条黑裤子、一双黑面镶红边儿的鞋。正巧有一缕太阳光从窗户投照在她身上，显得亮闪闪的。

刘季心头一热，有点慌乱："我没事，闲走走。"说着，他想离开。

谁都知道，进酒馆喝酒是中午以后的事，哪有大早上来酒馆的。他暗怪自己怎么走到这儿来了，而且，屋里没有其他人。转过身，他打算走开。

"哎呀！兄弟，我正要求你帮忙呢！"王媪故意把"求"字说得很重，"别走，进来呀！"

刘季听了这话，又转回身。他喜欢听这样的话。这么大个中阳里村，除了几个小兄弟，谁看重他呀！他平日里最恨这个。他也是男人，希望别人看得起他，把他当个人物看。所以，只要有人要他帮忙，他往往想都不想就答应了。

"什么事，嫂子？"犹豫了一下，向前走一下，刘季看着王媪，等她发话儿。

"兄弟，你大哥——我家那口子进城去了，我一个人在家，我想把这些大瓮搬出来刷刷，可搬不动，你帮帮我吧！"说这话时，王媪的声音柔柔的，甜甜的。刘季立即就答应了："小意思！行呀！"

等干完活，已是正晌午了。王媪自然盛情相留，又炒菜又烫酒。刘季想到昨天刚跟老爹吵了一架，回家吃饭还得听他唠叨几句，就留下来了。

吃饭时，王媪并没有和刘季一同吃。她只说自己肚子不饿，坐在旁边看着，一边不断添菜，一边不停倒酒。

刘季平日自由惯了，随便惯了，今儿特别不自在。他不敢看王媪的眼，她的眼睛亮得要滴下水来。他不敢看她的脸，那种笑容让他心里发软。低着头，糊里糊涂地吃了一顿饭。停下筷子，他才觉得自己吃得太饱，酒喝得太多了。站起身来，头发晕，他心里想："我能喝斤把酒呢，今儿怎么啦？"

其实，他喝的酒早已超过一斤半了，混混沌沌的，他自己哪里清楚？

"我该回家了。"站起身来，他一阵发晕，不由自主又坐了下去。

"兄弟呀，你喝得多了点。好了，别硬撑着，到屋里躺一会儿吧。"王媪的一双手已经抓住了他的一只胳膊，架着他站起来。他还想推开那手，忽然，他触到王媪那柔软的身体，不由得打了一个颤。顿时，他的脑子里成了一片空白，倚着王媪的身子由她扶着走。

到了炕前，王媪迅速给他脱了鞋，把他放平。她的脸在低头时就要触到刘季的脸了，刘季一下嗅到了她的气息，不由自主地伸出双手抱住她。

王媪并没有拒绝，她就势贴下身去。

等他从王媪家出来时，太阳刚刚偏西一点儿。小风还在吹着，他心里怦怦直跳。出了门以后，他头也不敢回，径直向前走。

有了第一次，他知道了王媪的温柔与体贴，只要一有空儿，他就去王媪家。王媪的男人常常去街上买东西，一去就是大半天，有的是机会。

一开始刘季还有点害怕，但王媪的男人是个生性懦弱的人，五脚踹不出一个慢屁来。王媪又主动热情，会支使男人，渐渐地刘季就胆大了。

　　过了几年，王媪的丈夫得伤寒病死了，留下王媪和一男一女两个孩子。王媪本想再嫁人，可是担心有了后夫两个孩子受罪，再说小酒馆生意也不错，足够娘仨儿生活的，也就打消了念头。她也曾想过刘季，但知道自己比他大，不合适。再说刘季虽讨人喜欢，也很体贴她，可是他毕竟是个小伙子，又不肯出力气干活儿，真在一起过日子恐怕还不行。再说，他喜欢在外面遛，眼高手低，这样的男人做丈夫不合适。

　　刘季在王媪男人死后到王媪家的次数反而少了，不是他不想，是王媪不让他去。以前，家里有男人，刘季又好酒，外面的人不会说什么。现在不同了，寡妇门前是非多，她得在一双儿女面前站得住脚。不久他又有了一个女人，他对王媪就稍稍疏远一点儿了。

　　这个女人姓武名负，乍一听觉得像个男人似的。这武负是本村孟辽的妻子，四十刚出头。她长得并不突出，是常见的圆脸圆眼的那种女人。但是她的皮肤出奇地细，像是牛奶做的，白白嫩嫩不说，还散发一种奶香味。

　　武负在三十六岁那年的夏天，丈夫孟辽在一次拉货途中翻了车，活活被压死了，于是决定回丈夫老家中阳里去。这之后，十几天的工夫，她就把家里的一切东西全卖了，除了她爹娘留给她的那几件首饰，带着四个儿女，雇了一辆车，径向中阳里走去。

　　中阳里村没有理由不接纳这娘儿五个，人家本是中阳里人哪。很快，武负备齐了一切家用东西，盖了几间房子，开始了新的生活。

　　怎么生活呢？她不会种地，不会做什么手工活儿。她听说村那头一个女人开小酒馆，生意不错，她想："这事儿我倒能干，不用出门，能看着孩子们，又不重，只怕挤了那一家的生意。"

　　有一天，她到了王媪那里，委婉地把自己的难处说了，也把家里的灾难叙了一遍。王媪听了，陪着流了不少眼泪，最后，她爽快地说："大姐，你开吧，你我都是命苦人，别说争不争生意的。咱孤儿寡母的，都不容易，能有口饭吃养大孩子就行。有啥不知道的，跟我说一声儿，我教你！"

　　武负一听，眼泪又出来了："大妹子，你真是个好人！"

　　武负小酒馆开业的时候，刘季领着几个小弟兄去了。这种场合他怎会不来呢？不是为了喝酒，人家一个女人领四个小孩子，就算帮个人场吧。

　　一见武负，刘季不禁心中一动："这个女人好可人儿，白白的脸，嫩嫩的手，甜甜的笑里还有一种姑娘家的羞涩，完全看不出是四十岁的人。"

　　"这乡间野里真少这样的女人，多娇嫩啊！"喝酒的人堆里有人这样感叹。刘季仔细瞅着她，发现她不爱说话，干什么都是默默的。默默地擦桌子，默默地上菜，默默地倒酒。有时候，她走到你身边了，你会全然不知。但是，和她在一处有一种快乐感，她那种安静温顺的样子叫人舒服。这跟王媪相比，是两个类型的人。

说不清为什么，刘季总想帮她干点什么。有时她搬酒瓮，刘季忙叫小兄弟上前帮上一把；有时她拉装酒的车子，刘季会叫小兄弟去推一阵子。有时，酒馆里人多，忙不过来，刘季也会叫他的小兄弟帮着拿拿盘子、上上菜什么的。她从不高声大气说话，看到人帮她，她会真诚地一笑："叫你受累了，他叔。"

声音听起来舒服极了。

时间长了，刘季亲自动手帮起忙来，只要到了武负店里，他就像变了个人，什么事儿都帮上一把，然后再坐下和弟兄们要酒要菜。

为了能在小酒馆里多待一会儿，他有意无意拖延时间，常常和几个伙伴一坐就是半天。武负很感激他，只要他来吃饭，不给现钱也可以，记上账就行。

夏天里，武负的小儿子有一天下河洗澡，忽然滑进了深水里。其他几个小孩子就开始喊救命。此时刘季正好和三个小青年钓鱼回来途经这里，听到喊声就立马跳了下去，把孩子救上来了。武负闻讯赶来后，泪眼模糊地望着刘季，眼睛里充满了千言万语，搂着孩子，跪下来就叩头："多谢他叔，你救了我儿一命。"

"这个女人给谁叩过头呀，可怜的。"心中想着，眼睛里有点发热，刘季连忙扶起地上的娘儿俩："回家去吧！"

没几天，刘季又被老爹骂出了门——豆子地里的草长得快把豆子盖住了，老爹老娘忙不过来，叫他去干几天，他理都不理。临走前向老爹甩下一句话："拔草？我干那事儿？"

心里不痛快，刘季不自觉地到了武负的小酒馆里，独自一人要了酒、一碗茴香豆、一盘花生米，闷闷地喝着。到了黄昏时分，他已烂醉如泥了。

武负看他今儿来是独自一个，又是一句话没有，也不来帮她的忙，就知道他在家又和老爹闹气了。平时，刘季的小兄弟跟她说起过，她知道因为刘季游手好闲时常挨骂。她知道这小伙子对她娘儿几个挺照应，她应该帮帮他。"如果给他说上一门亲事，拴拴他的心，也许他会转变的。可谁知他想的是什么样的女人呢？"这样想着，忽然记起她有个远房表妹，芳龄十八，表舅给她说过，请她见着合适的人家给表妹说个婆家。

不知不觉，天渐渐黑了。看看刘季仍没醒来，她不知怎么才好。叫醒他吧，不忍心，不叫他，这大热天的，一个大小伙子在她店里睡觉，她娘儿几个都不方便，外人也会讲闲话。

这时，两个男孩子从私塾先生那里回来了，两个女儿也停止绣花。她弄了饭给他们吃，打发他们洗洗，侍候他们睡下了。

灯光昏黄，她忙完一切后坐下来，只觉得浑身像散了架似的。她叹了口气，静静地想着过去的事情。桌子板凳都被她擦得亮亮的，在灯光下闪着幽幽的亮光。一阵凉风从门外吹进来，四下里静悄悄的，只有蟋蟀的叫声，她的目光落在了歪坐在那里的刘季身上。

朦胧间，只见刘季的头部上方有一缕金光在闪烁，不仅有金光，那金光还像一条龙的模样，在飞舞翻动。她一向深信命运和征兆，看到这个景象，心中暗道："这小伙子将来定成大器。以前只听人说过人皆有气，未曾相信，今儿是亲眼见到了。我得帮帮他，不说图他将来能对我怎样，就算我在顺应天意吧。"

正在沉思，刘季醒来了，武负端了一碗水，她轻轻送到刘季手上，刘季接过，一饮而尽。看着他渐渐清醒，她说话了："兄弟，嫂子想给你说个媳妇儿，你说怎么样？"

刘季一直在看着她，看她默默地给自己端水，默默地站在他身边。他闻到了她身上的那股奶香，感到十分舒服，不禁想："若能得到这个女人该多好啊！"听到武负这样问他，就脱口而出道："我不想要媳妇，我就喜欢你！你没看出来吗？我迷上你了。"

武负没料到他能说出这样的话，脸马上红了："兄弟，你还没醒酒吧？叫人听到笑话咱们。"

刘季就喜欢她这个样子，一冲动，他伸手抓住了她的双手："我头脑清醒得很。我就喜欢你这样温顺的女人，干什么都是默默的，叫人心疼。"不知不觉间，他站了起来，把武负搂进了怀中。

从此，他们开始了亲密交往。

武负是个谨慎的人，她很注意分寸，给刘季的机会很少。

在村里，武负一直和王媪来往。她感激王媪的大度热情，也感觉自己和她是同类人。有时候，当她忙完一天的活儿后，也去和王媪拉拉家常："唉，寡妇人家，不容易和人来往。大男人，你得避开他们，有丈夫的女人，你也会觉得比她们矮一截儿，说不到一起去。"

有一天，她们说着说着，话题转到了刘季身上，王媪忽然像想起了什么似的，说道："大姐，我给你说件怪事儿。有好几次，刘家三小子喝多了在我那店堂里睡觉，我看见他头上冒气，还发光哩！你说怪不怪？"

王媪瞪着一双凤眼，拍了一下手，看着武负。

"噢？是吗？"武负眨眨眼睛，一副疑问的样子。

"我亲眼看见的。大姐，你是大户人家出身，见过世面，你说，这是不是好兆头？"王媪不由自主向前移了移板凳，手里的鞋底也不纳了。

"那是一种什么光哩？"武负沉思了一下，认真地问。

"什么光？跟太阳光一样。怎么啦？"王媪的眼瞪得更圆了。

"要是这样，是好兆头。刘季将来要发达哩！"武负肯定地说。

"那是为什么，大姐？"王媪的声音里充满了好奇。

"为什么？我也说不出个理儿，全凭感觉呗。"武负笑了，很温柔。

"那就好！"王媪笑了，声音很响，"大姐，咱姐妹俩对他得好一点儿，说不定将来要沾他的光哩！"

两个女人说得很开心，一直到深夜才分手。

却说秦始皇统一天下之后，并没有感到万事皆休。当他向全国上下颁布命令，称自己为"皇帝"后的一天，他陷入了沉思："我兼并六国，统一天下，可以说兼备了三皇之德、五帝之功，但全天下的老百姓不一定都知道。那被灭的六国也还有不少人痛恨我，我必须采取一定的措施，让臣民心中有数，从心理上承认我才行。天下只有一个皇帝，我一定要树立独一无二的权威。"

当晚，他冥思苦想，翻查典籍。第二天，他当着朝臣的面庄严宣布：从今以后，皇帝颁布重大制令称"制书"，颁布不属于重大制令的称"诏书"，皇帝自称为"朕"，追封父亲庄襄王为太上皇。

可是，全天下是由他强制统一的，怎么来掌握全天下呢？秦始皇召见了丞相王绾。

"王爱卿，依你之见，朕该如何守住天下呢？"

"奏告皇帝陛下，臣早已思索过这一大事，不知策略合不合适。"王绾恭顺地说。

"不妨，请道来给朕听听。"

"皇帝陛下，自周天子以来，贤明的君主都以设立侯王为统治之策。如今燕、齐、楚各地距离京城遥远，理应派亲信前去镇抚。皇帝的亲近莫过于皇帝的诸位皇子，皇帝可委派诸位皇子为各地的侯王。"

听了此番话，秦始皇沉默不语。他心中暗想："周天子分封诸侯的结果不就是被朕一一击破了吗？朕若再如彼分封，将来必定会引起同样的结果。"

第二天，他召见了廷尉李斯。

这李斯是楚国上蔡人，聪明好学，能言善辩，具有敏锐的观察力和分析力。他出自儒学大师荀卿的门下，跟随荀卿学习"帝王之术"。原来他在吕不韦门下做舍人，一个偶然的机会，秦始皇发现了他的才能，逐步重用。对分封侯王这件事，他相信李斯一定会有卓著的见解。

"皇帝陛下，"李斯的目光中闪烁着一种自信，"周王分封子弟族人为侯王时，一开始确实起到了镇守一方，协助中央的作用。但是，随着时间的推移，他们后代的血缘关系愈来愈远，矛盾愈来愈大，以至于互相仇视互相攻击。周天子到最后无能为力——俗话说得好，没有了骨头就没有了筋。如今皇帝陛下一统天下，如果再像当时的周天子一样，其结果也会相同。"

"那么依爱卿之见，朕该另谋何策？"秦始皇连连点头，不由得进一步追问。

"皇帝陛下统一天下，皇子和一些大臣有协助之功，陛下可重赏他们，但必须让他们留在京中，这样可牢牢控制他们，让万民唯陛下是尊，不致产生二心。至于各地方的掌握，陛下可设立郡县制。"

"爱卿之论正合朕意，好哇！就这样进行，一切具体方案由爱卿来为朕设计！"秦始皇眉开眼笑，当下就下了诏书，令李斯负责此事。

做完这一切，他又下令全国，凡有武器者一律上交。几个月后，各种武器都收集到了京城，堆积如山。他令工匠们熔化它们，铸成了十二个金人，还有大钟、钟架等。这就等于剥夺和削弱了老百姓的反抗能力。"从此以后，朕可以高枕无忧了。"秦始皇长长地舒了一口气。

天下一统，秦王成为天下皇帝的大事当然也传到了丰邑。刘季感到自己该寻找出人头地的机会了，找来了几个小兄弟，他说出了自己的想法："如今这天下换了国君了，咱们的命运掌握在另一位天子手里。我看哥儿几个也该找点事情干了，今天，兄弟叫你们几个来，是想叫你们各人为自己拿个主意，也替我想个办法。"说到这儿，刘季声音放低了一些，"你们也是知道的，我家老爷子天天不给我好脸，再这样下去，我是没办法再面对他老人家了。"

他看了看众人，一脸的无奈。

"刘兄，"小个子王进说话了，"我看你去做点小生意吧！这两年，贩丝的生意好，听说村东的张老汉挣了不少钱，他家那几间新房就是贩丝得来的。"

"贩丝？"刘季笑了，"我是那块料吗？那需要精打细算的，我哪有那个头脑？就我这性格，挣三个钱，我得花五个。要不了多久，准会连本儿都赔进去。不行不行！"

"王进呀，你还是没摸透季哥的脾气。他那么讲义气，这做生意却要讲一个'奸'字。你没听人说吗？无商不奸。季哥他最不适合做生意啦！"张旺听了刘季的话附和道，头摇得像拨浪鼓，"依我看，季哥最适合去给人家做保镖。他人高马大，威武雄壮，豪侠仗义又会拳脚功夫，咱哥儿几个哪个是他的对手？"

"哈哈哈！"还没等别人说话，刘季大笑起来，"旺兄弟，你太抬举我了。我是比你们有劲儿，也会那么两下子。可是，你以为当保镖就跟咱们早时闹着玩的样吗？那样的人得有真功夫，拳脚得像疾风一样利索，一个人最少能应付十个八个人才行，我那两下子打你们行，打有功夫的我是不撑摊儿。再说，要我去侍候人，听人使唤，让人对我吆三喝四的，我心里受不了。为了吃碗饭去委屈自己，我不干！"

看刘季的态度十分坚决，张旺不言语了。

"季哥。"瘦弱的李柴发话了，但有点吞吞吐吐，不知当讲不当讲的样儿，在那儿看着刘季。

"说吧，不妨事，别那么犹犹豫豫的，像个女人似的！"

王进平时最不喜欢李柴的为人了，如果没有刘季在场，两人总吵架，他见李柴又那样黏黏糊糊的，忍不住催促道。

刘季用手势制止王进，温和地说："柴弟，你说吧，权当给哥拿个主意吧！"

"季哥，听说最近官府里在请写文章的人，你不是读了几年书吗？我最佩服你能吟诗写文章了，你去试试，说不定人家用你呢……"

"嘿嘿嘿……"还未等李柴说完，王进立即嘲讽地笑开了，"亏你跟季哥处了好几年！你不知道，季哥虽识几个字，也会几句诗文，可他最讨厌读书人了，别说季哥没有那个本事，就是有那个本事，他也不会去干的。他最烦文人的那酸劲儿喽，叫他去写文章弄诗文，他非憋死不可！"

刘季没有笑，但他显然赞同王进的话，点点头："我是最讨厌舞文弄墨了。"

这样一来，几个人都不作声儿了。

过了一会儿，刘季看着一直都未曾讲话的茅鸿道："茅弟，你拿拿主意。平日里你点子最多，又读了不少书，比我强，你说说看。"

茅鸿若有所思地抬起头，看看众人，又看看刘季："我觉得有一条路最适合季哥。"

"别拿腔作调好不好？你利索点儿！"性急的王进站了起来。

"你们说，自古以来最吃香的是什么人？"茅鸿似乎没听到王进的话，自顾自地问。

"什么人？当然是当官儿的喽！"张旺立即应道，"他们吃香的，喝辣的。发财致富，衣锦还乡，光耀门庭，不都是他们吗？"

"这就对啦！"茅鸿点点头，"自古以来，读书人费尽心思，寒窗苦读，到头来不就是想得个一官半职吗？做生意的人挣了钱以后，他们最想的就是能谋个一官半职，来抬高自己的身价。至于说种田的，做个小手艺的，最羡慕的还是当官的。咱数数能在历史上留名的，有几个不是有官位的？这是为什么？因为只要有了官职就什么都有了。再说，当了官以后，人人都对你点头哈腰，你心里也舒服。这人活一世，图个什么？不就是称心快意吗？"

说到这里，茅鸿停了一下，看看刘季，又看看众人，接着道："我琢磨了许久了，季哥天生就是一个为吏的料子。他讲义气，脑子活，待人宽厚，和谁都能处得来。官府里就需要这样的人，上上下下都能活络相处。我敢说，他要去做吏，很快就能升上去。等他上去了，能不拉咱兄弟一把吗？"

"说的是！"众人纷纷赞同。

刘季早已是笑容满面了，他不时地点头。"今天茅鸿的话算是说到我心里去了。说真的，我就老琢磨着有最适合我干的事儿，可老是没找对谱儿，今儿是受了点拨了。弟兄们，从明儿开始起，我就去学习为吏之道。若是我以后发达了，肯定不会忘了弟兄们！好啦，走吧，今儿我请客，上小酒馆去！"

【第二回】

禀以义夏侯受过，匡天下张良挥锤

春去秋来，光阴荏苒。不知不觉之中，又是三四年过去了。刘季一边学习为吏之道，一边常去县中走动，有意识地通过各种关系认识县衙中的人。他明白，像自己这样出身于布衣、没有读过多少书的人，没有人推荐自己是很难走入官场的。

渐渐地，他认识了几个县吏，萧何就是其中一个。

这萧何是丰邑人，自幼饱读诗书。他因为出身于一个中等地主之家，对下层人的生活十分了解，为人处世精明而又公正。在沛县衙门中，他做主吏掾。一般做这个官职的人，大多奸诈狡猾，喜欢利用手中职权，榨取百姓钱财。但是，萧何以他的公正赢得了沛县人的一致称赞。

萧何不仅对法典书籍情有独钟，他也酷爱历史，熟悉阴阳之学。对每一个熟悉的人，他都能尽其所能帮助扶持，深得同辈的信赖。

刘季认识他纯粹是一个巧合。

有一天，天很热，萧何和县衙的几个小吏在黄昏时分来到了城外的一段偏僻护城河边。这里杂草丛生，少有人来，上有参天大树，下有清澈的河水，是夏天洗澡纳凉的好地方。

虽是傍晚了，天还是燥热得叫人受不了。空中一丝风都没有，蝉儿在树上使劲鸣叫，叫人心里烦躁。萧何此时恨不能一下子跳进河中去，让河水洗去一心的烦闷。

但是，等他们到的时候，发现河里已来了三四个人了。这儿一般是不会有人来的，他心里就感到有点奇怪，心中暗想："他们怎么发现了这个好地方呢？"

这样想着，萧何却也未向那几个人打招呼。他和同来的人急急脱了衣服，又急急地钻进水中去。天太热，河水上面都变成温热的了，只有下面才是凉的。

约莫半个时辰后，萧何才同几个伴儿上到岸上。那几个人还没走，只穿着短裤在树下纳凉说话，歪歪斜斜地躺在草地上，十分惬意的样子。

他们几个似乎也受到了感染，也都朝地上一躺。

近旁是紧挨的几棵大树。树枝遮天蔽日，地上带着湿气，潮润润的，舒服极了。萧何长长地舒了一口气。这几天正忙一个案子，他累坏了，能在这偏僻的地方躺下来，随心所欲地闲谈，把官场的一切礼仪扔到一边去，不能不说是一种享受。

旁边的几个人正闲扯得起劲，一个个眉飞色舞的，似乎说的是中阳里村一个酒馆里的趣事。

"这几个人大概是中阳里村的。"萧何听着他们闲聊，就这么想着，又转过头去看那几个人。

恰在这时，夕阳的光芒正斜照在那几个躺着的人身上。当萧何转过头的一刹那，他最先看到的是一个人左腿上几排黑痣，他暗中吃了一惊："此人腿上怎么会有这么多黑痣？"

他忽然像想起了什么似的，竭力让自己搜寻一下记忆。过了一会儿，他又去看那人的腿，他想看清那黑痣的排列形状，更想知道那黑痣的数目，他想弄清这一切，因为他心中知道一个神奇古老的秘密传说。

"我得想办法看清那痣！"这样想着，他就寻找办法。然而，他距离那几个人有七八步远，痣又小又密，看不清楚。

过了一会儿，他站起身来，向那几个躺着说话的人走去。

"请问这几个兄弟，你们是中阳里村的吗？"他有意走到那个有痣的人跟前。

"是的，这位兄弟有事吗？"一个瘦削的人回答。

"没什么事，听你们在聊中阳里小酒馆的事，觉得有趣，想过来坐坐。"萧何若无其事一般，一面答话，一面坐了下来。

"你不是萧主吏掾吗？我认识你！"他还没有先开口，身边的那人倒先开口了。

萧何定睛看那人，只见他方脸长颈，鼻正口丰，紫红色面容，留着一副潇洒的胡须，虽是乡间之人，却透着一股不凡之气。

"好一副帝王之相！"萧何看罢，心中不由赞叹。他听人说过，当今皇帝秦始皇，乃是隆鼻长目，咄咄逼人。面前之人，口丰鼻正、斗胸、龟背、长腿，身高八尺，更有一副帝王之相。

"在下正是萧吏掾，萧何。请问老兄尊姓大名？"萧何反应极快，马上拱手相答。

"在下是刘季，中阳里村人氏，布衣小民一个，请萧大人见谅，刚才竟直呼你我，失敬，失敬！"刘季眉开眼笑，拱手相敬，非常恭顺。

"原来是刘兄！早闻大名。刘兄乃中阳里村的仁义之士，乐善好施，多仗义之为，佩服，佩服！"萧何说的是实话，他常听人谈这个三十来岁的独身汉子。

"哪里！小民不学无术，无家无业，惭愧。还望萧大人多多关照！"刘季是个聪明人，知道这个萧主吏掾虽然是个小吏，但名声好，说不定能帮自己的忙呢！

接下来，刘季向他介绍自己身边的几个年轻人，都是刘季的好朋友。萧何一面和他们寒暄，一面仔细看他腿上的黑痣。

这一看非同小可，萧何心中又一大惊。

原来，这刘季大腿上的黑痣不多不少，正好七十二颗。

"难道这刘季乃是赤帝之后吗？"萧何心里反复嘀咕，惊异不已。

原来，熟读百家之书的萧何知道这么一个古老而神秘的传说：在上古时期，五位主持天地事务的帝王中，赤帝的脸上就有七十二颗黑痣。刘季腿上也恰有黑痣，他是否是赤帝之后呢？

萧何神思飞到了体外，心思早已不在对话中，那边的刘季看他有一句没一句地搭话，不知何故。看看天色已晚，和几个小弟兄穿好衣服，准备离开了。临行前，他仍没忘和萧何道别："萧大人，今日幸会，实在令草民难忘。告辞了！"

"唔？"萧何猛然从沉思中醒过来，连忙起身相送，"刘兄，恕不远送，后会有期！"

一听"刘兄"二字，刘季心中一阵欣喜："这萧主吏掾对我挺看重，果真是个厚道之人，说不定他以后能为我铺条路哩！"

夜幕已经降临，不知从什么时候起，空中有了缕缕小风。刘季迈开大步，感到格外舒畅，今晚虽然不会有月亮，但是他还是要带着几个小弟兄步行回中阳里村去。四周黑乎乎的，他却分明看清了脚下的路是光亮的一条。

三个月后，当秋色刚刚染上大地的时候，一个机会到来了。

秦始皇下令设立郡县制之后，县里设立了亭乡制。所谓亭乡制，就是十里为一亭，十亭为一乡。每亭设亭长，每乡设里正。亭长的职责是掌管一亭的治安，管理来往旅客，处理民事纠纷。全县的亭中，还有一个泗水亭缺亭长。萧何一听到这个消息，马上奏请县令，推荐了刘季。

县令哪里知道刘季是何等人物？但是县令深知萧何为人持重，多思熟虑，他推荐的人物不会有太大问题。所以，当即就准了奏请。

萧何并没有乐颠颠地去告诉刘季，而是请人捎信给刘季，让刘季到了县里。然后，他十分平静地告诉了刘季这样的消息，只说是缺人手，而刘季正合适这个小位子。"不知未来如何，我须谨慎行事，心中有数就行了，千万不可过于显山露水。"萧何这样告诫自己。

且说刘季知道自己得了个亭长之职，自然喜不自胜。他根本没有发觉萧何的良苦用心，向萧何道谢之后，匆匆回到中阳里村。一进家门，他就高声叫道："老爹，我从今后不让您老养活了！"

刘翁正在房里和妻子说着三儿子的事，听到三儿子的喊声抬了抬头，没理他。

刘季有点激动，随手把帽子甩到了饭桌上，拉了个凳子坐在爹娘旁边：

"爹、娘，我要当亭长了！"声音里是从未有过的自豪。

"什么？你当亭长？"刘翁满脸疑问，不相信地说，"怎么可能呢！"

"嗨，爹，您又来了！我知道老爹您瞧不起我，这我不生气，谁叫我一天到晚吃闲饭呢？可话还得说回来，我这辈子不会就这么穷混的。这话我给您老人家说过。这不，机会来了！"

刚转过脸来，他看到桌上有一碗水，知道这是娘刚端来的，才感觉自己渴，端起来，"咕噜咕噜"一阵喝下去了，抹一下嘴，又问："娘，还有饭吗？"

老太太看看老头子，说："有，有，我给你拿去。"

刘翁问："这是真的？谁给你说的？"他看到儿子脸上的红光，开始有点相信了。

"我刚从城里来，是萧主吏掾帮的忙。我想，最主要的是我有点本事，人家看中了我。爹，您以为您这个儿子就是无用之人？"刘季笑了。

刘翁知道儿子反感他平日的唠叨，也知道儿子一向骄傲，心中有点要起火，但转念一想，儿子有点起色，是好事儿。就低头剥花生，不再说话了。

老太太端上了饭菜，看见老头子不言语，知道儿子今儿算是占了点上风，笑容上来了："季儿，这亭长能干什么呀？"

刘季实在饿了，他一边吃饭一边说："干什么？就是当官的日常管的事儿呗。这个，娘您不知道就别问了。反正您这个儿子要吃官饭了。月月上面给俸禄，平时还有点好处。娘，儿子要挣钱了！"

老太太高兴极了，忍不住在旁边走来走去，忽然，她站住了："季儿，娘给你炒点花生吃！"

"好哇！娘，您看着吧，您三儿子快有出头之日了！"刘季快吃完了，说这话时，又看了老爹一眼。

自从当了泗水亭长之后，刘季忙得不亦乐乎。迎来送往自不必说，就是那乡间琐事也叫你没闲着的时候。这儿为地界吵架了，那儿为男女之事打起来了；今儿出现个偷猪的，明儿又逮着个偷羊的。应付这些日常琐事，刘季不在话下。平时他常走动，和哪村人都熟，又讲义气又大度，人们也都敬他几分。时间一久，他还真的成了亭里不可缺少的人物。上面不时有徭役、赋税派下来，由于刘季能公平合理分配，人们也没有多大意见，大都顺从地接受了。

既然做了亭长，自然和县里的官吏联络更多了。县里的人来到泗水亭，他总要想尽办法好菜好酒款待。自古官场都是一个样儿，谁和酒菜有仇？每次吃喝过后，大家再漫无边际地聊一阵儿。所以，县中的一般官吏很快都和刘季熟了。他们都喜欢他热情、周到、讲义气、没有小家子气、敢作敢为、有气量。

　　除了萧何，刘季又交了两个知己朋友：一个是曹参，一个是夏侯婴。这曹参也是沛县人，在县中做狱掾。他因为萧何友善待人，对萧何十分恭敬。这不仅仅因为萧何是主吏掾，更主要的是他从心里信服萧何。有一天，他随萧何办事路过泗水亭，认识了刘季。

　　初识刘季时，刘季那副形象没让他产生好感。那一天，刘季光着脚，裤腿卷得高高的，两脚都是泥。上衣呢，灰蒙蒙的不说，还敞开着。

　　"这是个亭长吗？"他在旁边捣了捣萧何，微微皱了皱眉头。

　　"人不可貌相，你仔细看看他的眉宇。"萧何小声说，接着问刘季："这又是给谁帮忙来着？"

　　"这里的一个张三拐，他前年去挖河，腿碰断了，手脚不方便，房子漏雨，我今儿帮他一把。失敬，失敬，这边请。"刘季一边拱手，一边热情打招呼。

　　"我就知道刘兄是在仗义助人。为你自己，你是不会这样忙的。"萧何一面还礼，一面答话，看样子对刘季这样的情形见多了。

　　"人生在世，不就是个义字。为我自己，我才不会这样辛苦。走，上酒馆去，今儿能有幸认识曹参兄，也是兄弟的福分。"说话间，刘季已在对曹参拱手行礼。

　　曹参连忙还礼，一面暗中吃惊："他怎么知道我是曹参的？"

　　酒席上，刘季虽然行为不脱乡土气息，但谈吐之中自有一种不凡之气。那神态，恭顺得让你感到他是你听话的下级，但那气度，俨然你是他的卒子。曹参开始对他肃然起敬，心中暗想："这个三十来岁的光棍汉子，也许是个人物呢！"

　　从这以后，来来往往之中，他和刘季也成了好朋友。平日里，能照应刘季的地方就照应一下，显得很热心。

　　萧何有一次问他："你觉得刘季这个人怎么样？"

　　"怎么样？是个仗义疏财之士，够朋友！"曹参脱口而出。

　　"这个人，你有没有看出他的不平常之处？"萧何的话里显然不是这个意思。

　　"不平常之处？你是说他三十多岁还没成家这事儿吗？嗨！我也想过，这人三十多岁没家小却不急不躁的，似乎胸有高谋。唉——这个时代谁又能怎么样呢？"

　　萧何一下子想起了刘季左大腿的那七十二颗黑痣，他想说给曹参听，但转念一想又打住了。

　　狱吏之中与刘季交好的，还有一个叫夏侯婴的。他出门逮个犯人什么的，经常得到刘季的帮助。招待吃喝不说，叫几个人帮他一把也是常有的事。但是，让刘季对他充满友情的却是一次意外事件。

　　那是一个冬天。腊月里的一个傍晚，寒风刺骨，满天里阴云密布，眼看一场大雪即将来临。刘季到各村巡视一遍回来，正在吃晚饭。半碗酒，一盘猪头肉，一盘炸蚕豆，外加一盘炒鸡蛋。忽然，他听到一阵打门声，忙起身开门，心中想道，大概又是谁家丢了猪或牛什么的来告状了。"这样大冷天，也不叫人安宁一会儿！"他一边开门一边发牢骚。

"呼"的一声，大门被风刮开了，一个身影闪进来，带着一股冷气。"刘兄！"

他定睛一看，原来是县上的狱吏夏侯婴。只见他鼻子冻得通红，眼睛眯着，满身是灰。

"这样的天，老弟如此行色匆匆，有何急事吗？"

刘季连忙把他让进屋里，关上大门，转身问他。

"别提了，我正受命去捉拿一名逃犯。那小子昨天杀了一个人给拿住了，谁知昨儿个晚上他挣脱绳子逃走了。一大早狱中发现后，大家都慌了手脚，立即分头去找。我沿着张家庄那条路一路寻去，跑了整整半天，终于在晌午时分看见了他。他小子当时正在一个草堆里睡觉呢！"说到这儿，夏侯婴哈了一下手，脱了鞋，坐到了炕上，接过刘季递来的酒喝了一口。

"捉到了？好！"刘季赞叹地竖起大拇指。

"哪里呀！嗨，要是拿住他就好了。当时我上去拿他，谁知那厮贼机灵，听到动静就翻身和我搏斗起来。不到三个回合，那厮就占了上风，像一阵风儿似的跑掉了。你知道的，张家庄那边有一个大树林，虽然没有树叶了，可是杂树丛多，三拐两拐就不见他人影了。想想我不是他的对手，万一拿他不住反被他害了，只好返回来了。唔，也是太饿了，我一天都没吃饭了。"

吃了几口菜，几口酒下了肚之后，夏侯婴的神情好多了。

刘季连忙把锅里的羊肉汤盛了一大碗，端上来放在夏侯婴面前："羊肉汤，热的，喝吧！"

"刘兄，官差这碗饭不好吃呀！这样的鬼天气，该是待在家里的，我却在外面跑。唉——"夏侯婴显得十分疲倦，也有些无可奈何。

"老弟，一个人的能力是单薄些。若是下次再碰到你一个人出来拿人的事儿，到这儿叫上我，大哥帮你，绝不会有什么意外。"刘季又给他倒上半碗酒。

"大哥，你个儿是比我大些。"他上上下下打量了一下刘季，"可是动起真格儿的来并不是个儿大的事，我怕大哥到时候为我受了伤。大哥，你是否会那么几下子？"

"说了不算，这得到时候看！"刘季笑道。

"咦？这么说大哥真的会拳脚！我倒没看出来。"夏侯婴端起酒碗一饮而尽，"腾"的一声跳下炕去。

"走，大哥，我想领教一下大哥的实力，到院子里去！"夏侯婴转身向院里走去。

"不行"，刘季伸手拉住了他，"这可不行，万一伤了你怎么办？"

"那只能说你本事大，小弟我服你！"他一甩手，挣脱了刘季，"别婆婆妈妈的，到院子里来！"

说话间，夏侯婴已脱了外衣，站在了院子中间。只见他满脸自信，在寒风中犹如一棵松树一般。

刘季略一犹豫，随即跟到了院子中间，拱手朗声而言："那兄长我恭敬不如从命了！"

"开始吧！"夏侯婴一声高喝，声如洪钟一般。

两个拉好架势，迎风而立。忽然，夏侯婴一跃而起，右腿如一根大棍一般横扫过来。刘季不慌不忙，一闪身躲过了。刚转过身，夏侯婴的右脚又飞了过来，刘季又一个鹞子翻身躲过了。接下来，夏侯婴如旋风一般左右开弓，轮番向刘季出拳，刘季依然左晃右闪，全都闪让而过，一直退到大门后边。就在他无路可退之际，突然如闪电一般跃到了夏侯婴背后。夏侯婴眼看连发不中，有点急了，猛一转身，伸出右手，如饿虎扑食一般扑向刘季。就在他手指即将触到刘季的项上之时，刘季突然飞起一脚踢在夏侯婴的左胸上，接着又补上一掌，砍在夏侯婴的腰间，夏侯婴的气儿一下子连不上了。刘季乘机再次闪到他的后面，双掌一用力，"扑"的一声，夏侯婴一下子跌倒在院子的石板上。

"哎呀，老弟，我手重了！"刘季看到夏侯婴没有马上起来，连忙搀起夏侯婴。"不好，老弟，你的头裂了个口子！"看到夏侯婴头上的血口子，刘季有点惊慌。

夏侯婴一摸额头，果然手上全是血。他笑一笑："不妨事，没伤着骨头，两天就好了。"

刘季扶夏侯婴进屋，一边用热水擦伤，一边说："是为兄出手重了，请老弟原谅！"

"别这么说了，亏了这里没别人。你再说就叫我也难堪了。试一下手脚，伤一点是自然的事。"夏侯婴捂了一下包好的头，指着大门道，"大哥，门口好像有人在看哩！"

刘季听言，忙去打开大门："哪里有人，是你看错了。这么冷的天，又快黑了，谁来看呢！"

当夜，夏侯婴吃饱喝足才回了县里。

刘季送夏侯婴出门时，天已开始下雪了。

第二天上午，漫天里雪花仍在飞舞，地上积雪已一尺多厚了。刘季起床后收拾停当，正要出门看看外面的雪景，忽然门口来了两个狱吏，他们一进门就高声道："县廷传唤刘季！"

刘季不知何事，以为又是什么差使来了，县里吩咐他去听命，就急急披上皮袄跟那两个差吏去了。

走了一段路，刘季忽然觉得有些异样。"不对呀，平日县里有事来人都是差役，而且是一个。今儿怎么来的是狱吏呢？而且是两人。难道又有祸事吗？"但他又转念道，"我一不抢，二不偷，三不偏袒谁、对付谁，怕什么？"

原来，昨儿晚上夏侯婴并没有看错。当他们二人比武之时，门外正巧有一个县中小卒经过。他也是受命出来找逃犯的。此人正巧平日与夏侯婴有点旧怨，当他从门缝里看到二人打斗时，心中就下了决心，要乘机治夏侯婴一下。秦始皇刚刚颁布了新法，凡官差犯法必重罚。"这夏侯婴身为差人和刘亭长打架，这不是知法犯法吗？老子告上去，让他们吃不了兜着走！"

这么想着，到第二天一大早，他就把夏侯婴告了。

刘季一到县廷府，立即升堂审案。县令喝令刘季跪下："大胆刘季，你身为亭长，可知罪吗？"

"砰"的一声拍板响，刘季吃了一惊。他马上让自己镇静下来："回县令大人，小民不知犯了何罪。"

"大胆，还敢狡辩！那夏侯婴不是你昨天喝多了酒打伤的吗？"县令有点火了，声音比刚才又大了些。

刘季一听明白了："这是小人暗中使坏！我不能让这小子得逞！"

"回大人话，夏狱吏昨天是在小吏处喝了点酒，那是因为小吏看夏狱吏提犯人受了风寒，冻得浑身发抖，才特地给他半碗酒驱寒。至于说打斗之事，这绝未有过。"刘季仰着头，十分肯定。

县令熟悉夏侯婴，也知道夏侯婴不是个贪杯之人。他略一思索："传夏侯婴！"

不一会儿，夏侯婴走进来了，他跪在了刘季身边。

刘季看到夏侯婴的头和脸都肿了，心中一阵发虚。

"夏侯婴，你要如实回答本县令的话。"县令看着夏侯婴，一字一句地说。

"是，大人。"

"夏侯婴，刘季是如何把你打伤的？"县令问道。

"回大人话，昨天小吏从刘季那儿回来，正遇上风雪骤起，小吏走到城东时，不小心撞到了人家拴牛的一个大木桩上，裂了个大口子，并非刘季所伤。"夏侯婴矢口否认。

"夏侯婴，你要说真话，否则，本官决不轻饶！"县令还是不太相信。

"回大人，小吏说的句句是真话。小吏虽然不是君子贵人，但良心是有的。小吏不敢受人恩惠却还要反咬一口，那要遭天打五雷轰的！昨儿个若不是刘季给小吏一点酒暖暖身子，小吏怕要冻个半死了。望大人明察！"

虽然夏侯婴说得头头是道，县令还是不相信："既是撞到木桩上，伤口怎么是横着的呢？木桩不都是竖着的吗？"

夏侯婴一听，这不明显是找碴儿吗？但他还是说是自己撞的。

"好了，"县令不耐烦了，"就算你们没有打斗，执行公务时喝酒也是违法的。本县令依法判决如下：夏侯婴身为狱吏，执法不严，喝酒耽误公务，使罪犯脱身，判脊杖二十，入狱一年。退堂！"

夏侯婴被狱吏们带走了，刘季高叫一声："我的好兄弟——"泪水早已流了下来。

天越来越冷了，但刘季的心中却犹如火一般。

第二天一大早，刘季带着王进兄弟几个来到了狱内。临进门时，他们早已给过了守门狱吏几百钱。来到夏侯婴的那间牢狱栏前，刘季的泪又下来了。

眼前的夏侯婴已经面目全非。他因为昨儿受了杖打，浑身是伤，头发蓬乱，脸上乌黑。他躺在那儿，身上连件盖的东西都没有，身下是一堆乱草，一股潮气扑鼻而来，令刘季打了个寒战。

夏侯婴一见他们，眼睛里闪出了光，他挣扎着挪到栅栏前，抓住了刘季的手。

"好兄弟，你这全是为了我呀！"刘季哽咽着。

"别这么说！"夏侯婴使劲摇着刘季的手，看左右，"当心有人……"

"兄弟，为兄的一定要让你早日出来，就是拼了这条命也值得。"刘季坚定地说。

"都是兄弟，值！"

这时候，王进、张旺、李柴、茅鸿他们几个把带来的衣服，治伤的药，几只卤鸡，几斤酒，全部塞了进去。"大哥，拿着，季哥已经打发停当了，没事儿的。"王进悄声说。

临别之前，刘季硬是脱掉了身上的那件皮袄塞给了夏侯婴。

几天之后，刘季在萧何的帮助下，把夏侯婴从狱中保释出来。

看着夏侯婴消瘦的面容，刘季暗暗道："将来一定要厚报这个知仁知义之人！"

当刘季在亭长的位子上苦苦忙碌，力求寻找一个出头之日时，秦始皇已经迎来了他统一天下的第四个年头了。

四月初的一天，太阳暖融融的，空中有点微风。放眼望去，田野里已经蒙上了一层青绿。在通往河南阳武县的大道上，一队声威显赫的仪仗队正缓缓行进。

最大的那辆车辇上，坐的就是秦始皇。身材魁梧的他正在闭目养神。

车辇隆隆地行进着。呼吸着暖乎乎的空气，他不由自主地闭起了眼睛，伴随着车辇声，他的思绪飞回了前几年的岁月……

自古以来的帝王之家，哪一个也不能和他相比，他的气魄，他的缜密，他的细心，他的胆识。统一天下之后，他并未停止行动。划分郡县，统一车轨，制定统一的度量衡和法律。他下令全国，交上所有的兵器，他说他要铸铁人。实际上，他是在削弱民众的反抗力，在巩固自己的统治。

忙碌一年之后，他以为内政已经稳定了，就开始把目光投向边防。自古以来，凡是伟大的君主，必定有着广大的疆土。作为天下第一个皇帝，他当然该重视这个了。所以，二十七年的这一年里，他都在北面的边防线上奔走。他带着侍卫们来到西北边郡陇西和北地两郡，然后越过鸡头山，返回咸阳。他一想起他当时站在鸡头山向北方眺望的情景，就心潮起伏。那北方的广阔地带，一望无边，大片的草原绿得醉人，中间镶着几块蓝色的碧玉，那是大草原上的几个天然湖泊。这块草肥水美的广袤土地，历来都是匈奴和中原争夺的地方。"朕一定要占有这个广阔地带！"至今他还能记得当时对群臣们说的话。古人云，不登高山，不知云之高也，不临深谷，不知地之厚也。他当时感慨道："不登鸡头山，不知北方广阔也。"

巡游北地之后，他就开始行动了。

攻打匈奴的战役是他一生中和外族战斗经历中的一大骄傲。

他一声令下，蒙恬率领着浩浩荡荡的秦王朝大军前进了。在他心目中，蒙恬天生就是个将才，当他把大军统帅之职委于蒙恬时，非常自信地对蒙恬道："此次一行，朕不会失望的！"

蒙恬果然不负君望，几个月后，从西北和北方不断传来振奋人心的消息——

"报皇帝陛下，蒙将军已收回河内！"

"报皇帝陛下，蒙将军使者来到，阴山已归大秦所有！"

"报皇帝陛下，蒙将军把匈奴人赶出去了！"

"报皇帝陛下，蒙将军追击敌人八百余里，正在凯旋路上！"

一遍遍听着这悦耳的声音，他如沐春风。

一个灯火阑珊的深夜，他一个人守着面前那幅刚绘制好的北方边界图在沉思默想："北方的匈奴人跑了，但他们还会回来。面对那广阔的肥美之地，匈奴人是不会甘心的。暂时归我大秦还不够，朕要的是永远占有！可是，这么大片土地，这么长的疆界，如何才能守得住呢？派兵驻扎！这当然是要派的。但那么长的地方——将近一万里，得派多少兵呢？再说，古人不是没这么干过，结果还是时常失去这些土地中的一部分。今儿夺来了，明儿又丢掉了，像拉锯似的，不行！"

由于心头沉闷，他慢步踱到了宫外。昂首天上，星光灿烂，一弯新月挂在西天。他深深呼了一口气，目光触到了高高的宫墙。忽然，他灵机一动："宫廷能建高墙遮挡外面的风雨吹打，诸侯纷争时也曾筑城相互防守，现在为什么不可以筑一道高墙来阻挡匈奴呢？"

"啪"的一声，他高兴地拍了一下大腿，三步并作两步回到书房内的地图前。他的手指在图上搜寻，最后决定：从陇西的临洮到辽东将原秦、赵、燕的北边长城连接起来，做一条人工屏障，彻底把匈奴人关在国界之外！

他也忘不掉他把这个计划向朝臣们公布时众人的反对。想到这儿，他的嘴角露出了一丝微笑："那些个大臣哪！他们哪里知道我始皇帝的气魄和雄心！再说，现今是集权统治，话由朕说了算！什么劳民伤财啦，什么引起公愤啦，什么民心背离啦，这些算什么？朕明白，这天下的老百姓就该服从，就是要有人驱使他们。死人伤人怕什么？只要有女人，难道还怕缺臣民吗？"

事实是铁，如今修长城的工程正在进行着，一切不是好好的吗？他也并未听见什么人抱怨。"这些大臣们哪，真是多虑之人！"

记得这时候有人向他提议，不能只守北方，南方的部族也该处理处理。他当时就笑了："自然，朕已做了打算。"

尉屠睢这个人虽然不如蒙恬威武善战，但也是他朝中难得的将才。尉将军与蒙恬同为大将，但风格截然不同。蒙恬胆大气粗，行动起来如秋风扫落叶一般；尉将军胆大心细，处理问题是滴水不漏。所以，他派尉将军去对付南越各族。

尉将军带着五十万人去的岭南，是作为一国之君的他没到过的地方。但是，他知道那里山高路险，河湾交错，交通极不方便。尉将军行动后，他又布置了另一行动，为尉将军扫除后顾之忧，那就是在广西兴安县开凿灵渠，利用这条人工河为军队运送粮草。灵渠和漓江、湘江相接，使长江、珠江相连。这样一来，南越一带的交通就活了。

经过一年多的艰苦战斗，刚柔兼用、恩威并施，终于传来了好消息：南越归顺了。

紧随其后，他在南越设置了南海、桂林、象郡数个边郡，迁了许多汉民与越人杂居，从此之后，南越一带基本安定了。

一阵春风吹进车辇中来，闭目遐想的秦始皇睁了一下那双狭长的眼。他那长长的鼻子闻到了一缕青草味儿，他不由得又闭上了眼睛。他的思绪又飞到了二十八年游泰山的往事上。

一提到泰山，他心中涌现了一股敬畏之情。

对这座天下万山之首，他心仪已久。仲春时节，他驰骋在东去的大道上。他记得那时时光比今天稍迟点，驰道平坦宽阔，两边的柳枝嫩绿怡人。田野里野草丛茂，鸟儿翻飞，时而有野兔一闪而过，到处是一派欣欣向荣的景象。看到这一切，他有些春心萌动，下意识地摸摸身边。

身旁什么也没有，因为此行去的泰山，他感到自己应该庄重些，不能携女色同往，否则会得罪山神。

进入齐鲁大地，满眼都是绿色。重峦叠嶂，遍披秀装，空明水澈，一片祥和。不知不觉之中，队伍来到一座山前。抬眼上望，只见木石嵯峨，一条盘山小道在绿丛间蜿蜒……

只见前面那座山，高耸入云，雄伟壮观，雾气缭绕，充满了神秘色彩。他立即命令左右："加快速度，今日即登泰山！"

从古至今，许多贤君明主都以登泰山举行封禅大典为荣耀。他此行的目的，就是要封禅泰山。

到这时，他忽然想起一件事，忙问左右："自古以来众位帝王巡行东岳封禅，都可曾留下遗制吗？"

人人都说封禅大典乃帝王盛事，但具体仪式谁也不能详明。左右你看看我，我看看你，谁也说不上来。秦始皇不禁露出不快之色："封禅之事一定要进行，诸位为朕议定此事！"

"启奏陛下，"一位老臣说，"齐鲁大地乃孔子故乡，诗书之地，礼仪之邦，儒生向来众多，其中必有深知古代礼仪的高士，皇帝可下令召集儒生，让他们奏议大典仪式。"

听到这些，他的面容稍稍舒展一些，点点头，吩咐左右，立即去办。

这时，他又想起一件事："众爱卿，朕此行一趟，逶迤千里，他日再来，尚不知何时，朕要刻石纪念。这石上之文，谁能替朕为之？"

话音刚落，李斯就应声而奏："皇帝陛下，臣早已为陛下拟好，带在身边，不知陛下是否满意？"

这个李斯总能叫人有意外的惊喜。他立即让李斯呈上来。打开文卷，只见文采飞扬，洋溢着一种歌舞升平的气息，颂扬了大秦威震天下的赫赫声威。他的脸上有了笑容："妙文！正合朕意！"

第二天早上，太阳刚刚吐出缕缕金光，他已来到了泰山脚下，众儒生早已等候多时。他居高临下，问及古时封禅之仪，众儒生多不言语。他等了一会儿，目光里就多了一分严厉。为首的一位长者道："臣知古时封禅，帝王皆以亲善护佑东岳为本，登山之时，踩石而上；登及山顶，也是用蒲草铺地，跪拜天地山神，并无什么兴师动众之事。"

"唔？"一听此言，登时他目光如炬，吓得众儒屏声静气，大气都不敢出了。

"启奏皇帝陛下，"一个鲁地官吏斗胆进言，"自古时封禅至今，已年代久远，具体仪项，确不可考。今皇帝驾驭天下，实乃改天换地之举，各项程式，皇帝金口玉言之语就是今后的定仪，请皇帝定夺即可。"

"好了，你们都下去吧！"看看问不出所以然，他不耐烦地挥挥手。"这些臣民，天生就该有人统治他们，看他们那迂腐样儿！"他暗中思忖道。

当即，他下令工役们砍树斩草，硬是开辟出一条山道。到了山顶之后，臣子们挖土筑坛，摆设好祭具祭品，他带头叩拜天地及泰山，并立下石碑一座。

当他立身起来时，不禁眺望山下各处。四周的一切都显得朦胧迷离，犹如身置仙境一般。他信步而行，用手抚摸那一块块巨大的山石，一株株耸立的巨松，心中感慨万千——这号称天下第一山的泰山啊！曾拥抱过多少贤君圣主，又曾目送过多少英雄人物悄然消失在历史的长河里。它知道如今天下是我嬴政的吗？多少年之后我还会再来吗？人生短暂，江山永固，和这巍峨的泰山相比，我多么悲哀！在今生今世，我还会有多少岁月呢……

当他带着随臣沿着山北缓缓下山时，发生的事儿让他至今仍耿耿于怀。

当他行至半山腰时，太阳忽然消失在了云雾里，接着狂风骤起，飞沙走石。几个侍卫连忙扶持着他，他眯着眼，慢慢挪动脚步。这时，只听得"呼啦啦""呼啦啦"一阵乱响，所有的大旗都被吹得东歪西斜。他心中顿觉不妙，急令众人快速行进。然而，头上乌云已变成倾盆大雨直泻下来，令人睁不开眼，分不清东西南北。

正在无可奈何之际，一侍臣忽然发现山腰处有五棵巨松，巨松下是一块少见的平地。他由众人半扶半拉弄到了巨松底下。

时值春天，又是山上，他顿感全身冰冷，牙齿不停打战。臣子们连忙围住他，为他遮住狂风。头上的松树年长日久，格外茂盛，竟然不透大雨，他慢慢才从又惊又冷中恢复过来。

半个时辰之后，风雨渐止，天色转晴，阳光又透出了缕缕光芒，他抖抖衣服，动动脚步，不禁伸手抚摸那巨松。"刚才若不是这五棵巨松，朕还不知会成什么样儿呢！松虽无知，却有生命，朕要表达感激之情。再说，松树也是长寿吉祥之物，与朕有缘。"

想到这里，他立即下诏："此五巨松为朕遮风挡雨，可谓护驾有功，朕封它们为五大夫！"

众人刚刚从一场风雨中平静过来，听他这么一说，都纷纷称是。他的心情才慢慢好转起来。

到了梁父山麓，举行禅礼。旁边树起的石碑上，刻的正是李斯那篇文章。他脑子里老是抹不掉山上的那场风雨，所以很快就离开了。

"是朕上山斩草砍树动了东岳的皮毛了呢，还是礼仪上有过错，抑或是人多势众惊扰了上天？上天是在警示朕，还是在滋润朕？那场雨为什么来得那么突然？那风为什么刮得那么乱？山上的石头都夹在草丛之中，为什么竟然有飞沙走石？是吉兆？是凶相？是不利于朕？还是不利于秦王朝？"

一路上，他尽在胡思乱想。

巡行大队继续东行，过了黄河，到了东山，一直抵达琅琊山之后，他心头的阴云才渐渐消散。

琅琊山地处渤海之中，原是海边一座山，因其形状如台，故又名琅琊台。

他记得登上山顶时，他发现了一个高高的观台，不知是干什么的。侍臣中有一个人告诉他："陛下，此为望海台，为越王勾践所筑。"

"作何之用？仅仅是为了看海吗？"

"回陛下，此名为望海，实为结盟。勾践称霸之后，联络了秦、晋、齐、楚四国，五国君主一日在此台上歃血结盟，相誓团结一心，并辅周室。从那以后，此台成了历史遗迹。许多仁人志士，都曾前来凭吊。"

听罢此言，他若有所思。缓步走近，只见高台早已破损。这里缺一角，那里塌一处，四周全是断砖碎石。包围着高台的，是丛生的野草。杂草掩映处，绿苔阴阴，一片荒凉景象。于是，一个念头闪现出来："小小的越王勾践，仅仅据有弹丸之地，还能想到筑台留名，朕乃天下之君，为什么不能让自己扬名历史呢？朕不仅要留名，而且要让勾践之遗迹由此消失。这样一个小小国君，如何能与朕相提并论？"

转过身来，他诏谕左右："朕要在此筑台，立即铲去旧台，重新修建，气势、规模都要超过越王！"

谁也没想到他会想出这个主意，众人当时愣住了，你看看我，我看看你。一老臣犹犹豫豫地奏道："皇帝陛下，此是山上，若要筑台，土方和砖坯要从山下运来。虽说不及修筑长城，但工程也算浩大。估计一下，非半年不能完事，陛下……"

"什么？半年时间？"他的声音里有了愤怒，"小小一台，需半年时间？朕就要看看到底会用多少时间！传下去，此台由朕亲自督筑，朕一定要三十天完成！"

众人哪敢再说什么，立即传达了诏令。

其后的日子里，有三万民工奔忙在琅琊山上下，搬木的、抬土的、挖石的、砸夯的，好不热闹。

三十天后，一个有三层地基，高五丈的巨型高台完成了。身临台前，只觉得气势恢宏，高大雄伟，犹如登天之台，只要他一声令下，哪有做不成的事儿？

屈指算起来，他在琅琊台上前后住了三个月，从春日融融一直到炎热的夏天。这段生活，他十分闲适。最多的时光里，他都在山顶设立的临时亭子里远眺大海。说不清为什么，他对大海有一种依恋情怀。

这种情怀，要从他童年时候谈起。

记得八九岁以前，还在邯郸住着，许多个月明风清的晚上，他都缠着母亲讲故事。母亲讲述的故事很多，什么牛郎织女啦，什么女娲补天啦，什么夸父追日啦……他最喜欢听的是寻找仙人的故事。母亲说，在大海深处，很远很远的地方，有仙山耸立在那里。仙山上的人餐风饮露，不食五谷，皮肤像冰雪一样洁白。仙山上的人能长生不老，因为山上长着不老之花。这不老之花，又称不死之药。凡人只要能得到它，只要吃上一点点，即可永存于世。从那时候起，他就对大海充满了向往。

想法终归是想法，他以前从未认真地考虑过这件事。也没有时间去考虑这件事。是的，自从他少年即位以来，一直把统一天下作为人生的最大追求。为了这个目标，他真可谓是殚精竭虑。如今目标已经实现，天下已经太平，可以做这件事了，而且——他也感到应该做这件事了。因为进入四十岁以后，他已感到了衰老，腿脚没有以前利索，腰杆有时发酸，眼睛有点发昏，牙齿也有晃动的了。从少年以来，他身体结实得像一头雄狮，似乎从来没感到疲惫不堪过。可是当母亲离他而去之时，他骤然感觉到了老得可怕。

这种感觉他从未在臣子们面前流露过，他必须在他们面前保持一个顶天立地的，铁铸的皇帝的形象。然而，他心里已有了一分担忧和害怕。

怀着这种情绪，那些天他总在山上眺望大海。有一天，他终于发现了仙山。

那是初夏的一个风和日丽的日子。

一大早，他信步上山时心情就非常好。一个侍臣向他献上了一束从未见过的花，白色，像晶莹的冰做成的。形状像荷花，却又不是荷花。散发出一阵阵沁人心脾的清香，他心旷神怡，竟亲自拿到了山顶。

坐在亭子里，面前摆满各色时令水果。他对这些不感兴趣，只顾面向大海观看。海边近处，金色的沙滩和蓝色的大海衔接处，呈现出一道优美的曲线。曲线的这边金光闪闪，曲线的那边波光粼粼。徐徐吹来的海风带着一股淡淡的咸味儿。一只只雪白的海鸥在海面上下翻飞，充满了勃勃生机。有几只捕鱼船点缀在海天上，十分清晰。他目光渐渐移向远处，忽然，他呆住了——在那蓝蓝的大海深处，似乎很远，又似乎很近的地方，清清楚楚耸起了一座高山。山边有街有市，街上有人有车，人群来来往往，有的在走动，有的在看摊，有的在叫卖，有的在拉车。衣服鞋帽皆不同现在。

他以为自己看花了眼，赶紧拂了拂前额，揉揉双眼。不错哇，看到的是山水街市人流。再看别处，还有房屋、楼台、店面，到处都有人在走动。

他转头对臣下们道："众位爱卿，你们向远处看，告诉朕看到了什么？"

他并没有声张，倒多了个心眼儿——如果是自己想入非非产生了幻觉，说来让臣子们笑话。

"啊，仙山！"

"陛下，仙山，是仙山啊！"

"真的是仙山！仙山呀！"

臣子们立即发出了阵阵惊呼。这时，他才捋一把胡须，微笑点头，内心里乐开了花儿："一定是朕统一天下的壮举惊动了仙人，他们在昭示朕另一个美妙的世界。朕不能辜负了仙人的一片美意啊！"

可是，转眼间一切景象又消失了，辽阔的大海上又只剩下了海水，几条渔船。

"陛下，"李斯发话了，"臣听说这东海之上有三座仙山，叫作蓬莱、方丈和瀛洲，如今一见，知道仙山确实存在。臣以为这是太平盛世引来的吉祥之象，陛下亲临大海，也不枉来此一趟。"

几句话说得他更加喜气洋洋。

这之后，他天天眺望远处，又见着了几次仙山。从此，他对仙山之说深信不疑。

在回京途中，那个叫徐福的方士上书给他，说要带五百个童男童女乘大船前往海上寻找仙山。他同意了，但是，如今一年多过去了，也不见徐福回来。是他们滞留在这海中仙山上呢，还是仍在海上漂泊呢？

车辇中的秦始皇不知不觉睡着了。

车队已进入阳武县的博浪沙。

秦始皇坐在车辇之中，甚觉乏闷。他打开车辇的帐幔一角，向外面望去，所望之景深深吸引了他。

驰道两旁，是密密层层的树林。树林很宽，一眼望去，看不见边际。眺望远处，两边皆有山岭起伏。山上新绿遍披，一片生机盎然。到这时，他才明白，车队正行驶在两山之间。随着车辇的行驶，两边的树林悄然向后倒去。也许是车辇声的惊扰，也许是马蹄声的吵闹，路边低矮的草丛中不时地会蹿起一只兔子，闪电一般向树林逃去。有时，会有一只两只野鸡"呼啦啦"猛然飞起。那彩色的羽毛在阳光下熠熠闪光，十分夺目。

"好一个草盛林茂的幽静山谷！"

秦始皇轻轻放下车帐，身子向后一仰，舒了一口气。如此俊秀的山林，如此葱茂的草地，不正象征了他的大秦吗？他要让这辽阔富饶的江山永远姓嬴，他要长命百岁，永远占有这大地上的一切……

"砰！"

一声巨响过去，秦始皇身下一只巨型大锤，震得他屁股下的坐垫颤了几颤。

猛然间，他从沉思中惊醒过来，发出了一声惊天动地般的怒喊。

"有刺客！抓刺客！"

车队瞬时停了下来，卫队成员一部分围拢在他的身边，一部分向西边的树林奔去。

卫兵们抬起他身边的大锤，才发现大锤砸出了一个一尺来宽的大洞。看到那大洞，秦始皇不禁倒吸了一口冷气："这大锤若是砸在朕的身上，朕定会脑浆迸裂，身毁人亡。"他头上渗出了一层细密的冷汗,咆哮着,吩咐左右,"这大锤落在朕的左边,看样子是从左边扔进来的,向左边树林搜!朕要把这个刺客碎尸万段!"

"是,陛下!"

卫队们一看出了这等险事,都吓得脸色发白,听到此令,一起向左边树林拥去。

秦始皇抹了一下额头,心中如敲鼓一般"咚咚咚"响个不停。"上天保佑朕免此大灾,否则,后果不堪设想。朕威震四海,名扬天下,平日里臣民对朕犹如老鼠见了猫一般,想不到竟还有人如此大胆。"

"回奏陛下,搜遍了两边树林,连个人影子也没有。"

"没有人影?难道这锤是从天上飞来的吗?传朕的旨谕,要地方官严加搜查,一定要查出这个凶犯!"秦始皇勃然大怒,手按在腰中宝剑上,脸色极其难看。

左右岂敢怠慢?地方官接到旨谕,立即在全县之内展开了大搜捕。连续十几天,白天家家户户鸡犬不宁,晚上田野山林里灯火通明,到处是官兵,到处是马嘶声。老百姓噤若寒蝉,不知出了什么大事,一时间,人心惶惶,一片慌乱。

秦始皇受此惊吓,心中久久不能平静,这是他此生中第二个遇刺事件了,十年前燕使者荆轲趁献图之机刺杀他的往事又浮现在他的眼前……

没想到,今天又出现一个要行刺他的人。看着面前那个巨锤,它少说也有一百五十斤。"这绝非一般人能使得动的,看来又是一个力大无比的壮士,志在取朕性命来了。这会是谁呢?"

秦始皇做梦也想不到,这次刺杀案的主谋乃是韩国人张良。

此张良是何许人也?

说来话长。

二十多年前,韩国有一户在京城赫赫有名的大户人家,主人姓张,名平,乃是韩国的宰相。

张家世代显赫,张平的父亲张开地及祖父大人,都曾做过韩国宰相。由于他们精忠为国,鞠躬尽瘁,为韩国政务作出了巨大贡献,深受韩王宠信。张家因此享尽了人间的荣华富贵,一直过着锦衣玉食的生活。

然而,秦始皇席卷天下的举动破灭了张家豪华奢侈的生活。自从韩国受秦国牵制攻打以来,张家就没过过一天安宁的日子。

秦始皇屡次攻打韩国,张平陪伴着国君桓惠王度过了一个又一个不眠之夜,他们一起商量对策,斟酌计划,焦虑不已,可以说操碎了心。但是,由于韩国实在太小,根本无法和秦国相抗,只能一次次地屈辱求和,以求得全国保民。

桓惠王去世后,公子韩安即位成了国君,张平依然尽心尽力辅助国君。但令他伤心的是,韩安为人软弱,竟然不攻自降。他主动向秦国割让土地,并献出韩国国君的大印，请求作为秦国的属臣。同时，派出韩非为使臣出使秦国。他以为这样就可以苟且偷生，永远安宁了。他哪里知道，这一举动不仅没有让秦王停止行动，反而加速了进军韩国的速度。韩国的悲剧提前到来了。

不久，秦国的几路大军直捣韩国国都。

残暴的秦军抵达韩国国都时，进行了疯狂的杀戮。秦王深知各国贵族受的伤害最大，所以下令凡贵族一定要斩尽杀绝，以防他们东山再起。一时间，全城血流成河，几乎所有的贵族都没躲过这场空前浩劫。一家家、一户户，尸骸遍地，烽烟四起，悲惨的哭叫声响彻天地。

张平全家几十口，连同奴仆三百多人惨死在秦军的刀剑之下。那天晚上，张家男女老少的惨叫声响到大半夜，最后才渐渐消失在冲天大火中。

然而，有一个张家少年却幸运地躲过秦军的围杀，那就是张平的小儿子张良。

张良，此时只有十五岁。当秦军冲进他家时，他还没有睡觉，正在书房中苦读《尚书》。他永远忘不了那个悲惨的晚上。

那是一个深秋之夜，不知为什么，天阴得出奇重，外面几乎是伸手不见五指，似乎是一场暴风雨即将来临。全府上下的人都说天太闷，都快叫人喘不过气来了。母亲看他一个人伏在桌边读书，几次走过来疼爱地劝他歇歇，到外边去走一走，别闷坏了身体。他笑着劝走了母亲，一个人又捧着书读起来。

大约到了二更天，他忽然听见前面大院里人声鼎沸，一片嘈杂。他的书房地处府第最深处，非常偏僻，一般的声音是轻易听不到的。他听了一听，知道家中一定出了什么大事，连忙打开书房房门。

几乎就在同时，他那瘦弱的母亲跑了进来。只见她满脸惊恐，气喘吁吁。

"娘，发生了什么事？"他立即惊恐地问。在他的记忆中，母亲外柔内刚，是个有主见、有个性的女人，遇事从不慌张，今儿真是个例外。

"咣当"一声，母亲先回身关上房门，又几步向前吹熄了桌上的灯，这才转身抓住他的手。

"良儿，听娘说话。秦国的军队杀进来了，这事我和你爹早已料到，只是没想到会这么快。"母亲急促的呼吸声夹杂在说话声中，他在黑暗中清楚地感受到母亲的双手都在抖。

"记住娘的话，你一定要活下去。这张家都已上了秦军的名单，只有你太小，也许他们还没注意到。张家要留一条根啊！孩子，娘不能再说了，马上就来不及了，你赶紧出去，后院右角那儿的大松树，你爬上去，尽量往上爬，等他们走后你再下来，儿呀，儿呀！记住娘的话，你是韩国人，你是张家的根，无论何时何地，你都要活下去。"

"娘，那您和爹，大家都怎么办？"

他几乎是哭着说，一边紧紧抓住娘的手不放。

"儿呀，我们是躲不过的。别说了，快去吧，来不及了，娘在阴间也会看着你！"

母亲一边说，一边轻轻打开房门，猛地把他向右边推去。

这时，有几支火把朝这边移动过来，同时伴随着尖厉的喊叫声："快搜！一个也不能让他跑了！"

"娘，娘，儿遵娘命了。"他倒地叩了一头，迅即起身向那边的松树蹿去。

当他如猴子一般爬上松树时，满院子里已是一片惨叫声了。男的，女的，老的，少的，无不充满了惊恐和绝望。各种各样的呼号声响彻在他的耳边，他全身发抖，双手紧紧搂住树干。泪水在流，嘴唇早被他咬出了鲜血。

这是棵巨大的古松，据说已经一百多年了。枝繁叶茂，密密匝匝。平时人在树下，根本看不见太阳，人在树上，下面的人也丝毫看不出来。

他似乎听到有人冲进了他的房间。一阵杂乱的翻箱倒柜声之后，他的房子也成了一片火海。惨叫声、哭喊声、怒骂声、求救声，一直持续到四更天，才渐渐停止。而大火则越烧越旺，几乎映红了整个天空。

直到第二天下午，大火渐渐熄灭，他确信四处无人了，才悄悄从树上溜了下来。

来到大院里，眼前的一切让他目瞪口呆。全府上下三百几十口人，全都倒在地上。有的尸首分家，有的没了胳膊，有的断了腿，有的五脏六腑露在了外面。

他终于看见了他的爹娘。他们的胸腹全都被刺穿了。爹两眼圆睁着怒视天空，娘则怒目而视面朝地趴着。在他们身旁，一个女人的肚子被划开了，一个成形的男婴死在旁边。张良认出这是他的三嫂，一个极其温柔美丽的女人。

怒火在他的胸中燃烧，一个念头占据了他的心："我一定要杀掉秦王，为全家报仇，为韩国雪恨。"

为了防止被秦人发现，他迅速消失在残垣断壁之中。

这天晚上，张良一个人来到他家的后花园。走到左拐角的一个石凳下，蹲下身去，用手中的小铁铲快速挖起来，大约在两尺来深处，他的铁铲碰到了一个硬东西，发出轻微的"当当"响声。

"一切都还在。"他心中道。随即把土埋好，最后又从别处弄些浮土盖上，才悄悄离开。

原来，他爹张平早料到秦军有一天会灭了韩国，也会杀掉他们全家。他悄悄把家中几辈子积累下来的财宝金银全埋在这里，告知六个儿子，只要有人逃过浩劫活下去，就用这些东西活命，同时用来为韩国复仇。本来，张平打算让其中两三个儿子隐姓埋名躲到他国乡下去的，等到有机会再为复兴韩国出力，却没料到秦国人来得这么快，连逃命的时间都没有了。

张良隐姓埋名到了一个偏僻的村庄，买了几间房子安居下来。他白天读书，晚上习武，在仇恨中一天天长大了，成了一个博学多识、精通兵法的壮士。

他开始四处寻访志同道合的朋友，希望携起手来除掉秦王，一报家仇国耻。然而，统一天下后的秦始皇越发暴虐无道，使百姓人人胆寒心颤。平时，人们连谈论国事都不敢，更别说反对秦王了。他也曾用重金收买过几个敢死之士，希望他们能共同赴敌刺杀秦王。然而，力大如虎的壮士听了此言马上退缩了。即使是老虎，谁敢在狮子面前动刀子，那等于自投罗网，拿命闹着玩儿，谁敢前去？

然而，他并没有灰心丧气。"今生不报家仇国恨，我誓不为人！"怀着这种心愿，他开始远游他方，到外面更广大的世界中去寻找同志之人。终于有一天，他听到一个消息，说淮阳有一个豪侠之士，名叫仓海。此人乃是一风尘大侠，武艺高强，正义感强，对秦王的残暴统治充满了仇恨。在仓海身边，已聚集了不少壮士，他们都怀着除掉秦王的雄心壮志。为此，他准备了一批财宝，日夜兼程赶往淮阳。

在淮阳城一个偏僻的小巷里，他找到了仓海的府第。向守门人自我介绍一番之后，仓海慨然接待了他。初见仓海，只见他身高八尺，虎背熊腰，言谈举止之中却充满了儒雅之气。张良向他详细地叙说了自己的国仇家恨，动情处不禁潸然泪下，哽咽不止。仓海一边听，一边点头。沉默良久之后，仓海道："既是如此，请你暂时在我府上住下来，等你和大家相处熟了，再谈复仇之事。兄弟，这么多年来你心怀深仇大恨，孤独一人无依无靠，虽有家财千万，也还是痛苦。先冷静下来，让自己更清醒一些，才能选择一条更好的道路。在我这儿，还可暖暖心，你一个人，心太苦了。要知道，秦始皇绝非一个凡夫俗子，对付他，必须群策群力。俗话说，众人拾柴火焰高，要成就古今大业，必须有一批志同道合的人。一旦时机成熟，大家会帮你出主意的。记住，我的家就是你的家，在这儿你可以随心所欲，再说，兄弟，我其实早已知道你的事儿。你的壮心和美名也曾传进我的耳里。为兄我佩服你，我心甘情愿留你在这儿。"

张良感动得不知说什么才好，他拜了一拜，深情地说："仓海君如此重情重义，我就不推辞了。"

在仓海家住下不久，张良很快就和所有的客卿混熟了。他们一起谈古论今，抨击秦王的暴政。他发现，这儿的每个人几乎都有一本血泪账，都有一个苦难的家史和经历。他们都恨透了秦王，都是志在报家仇国耻的英雄豪杰。谈到义愤处，有的人怒火冲冠，目眦欲裂；有的人则拍案而起，愤然于色；有的人则仰天长啸，壮怀激烈。他和众人的心近了，目标更明确了，志向更坚定了。人间自有壮士在，他不是孤立的。他静下心来，密切关注着秦王的行踪。

机会终于来了，他得到一个信息——秦始皇开始了第二次东巡。平时，秦始皇宫戒备森严，十步一卒，三步一兵，到处是大内高手，要想进秦宫行事，那简直比登天还难。即使能飞檐走壁，也不能达到目标。而秦始皇离开皇宫，身边虽然跟的全是武林豪杰，防而又防，备而又备，但是外边地形变化大，道路曲折，总是有机会的。他找仓海商量，请仓海为他寻找一个力士，寻找刺杀秦王的机会。

仓海为他的言辞所动，他们详细研究了秦始皇可能经过的路线，设计了一个又一个方案。见多识广的仓海知道阳武县内有一段路程是行事的最佳境地。此处两山夹着一个宽阔地带，地带中间修了一条驰道，驰道两边是茂密的原始森林。出入林中，别人很难抓住踪影。刺客在此地段动手最佳。这一段路大约有五十里，万一失手，躲入林中就万事大吉。

方案已定，仓海用了好多时日选择了一个力士。此人姓郑，名敢，乃燕国一个壮士。在他三十多年的生涯中，已受人之托做了近二十年的职业杀手。十三岁那年，他已长成八尺高的强壮之躯，在乡间名闻遐迩。他的力气大得惊人，一只手能举起两百斤重的铁墩，双手能抱起几百斤的大石磨，一般成年男子，他随手提起就能扔出两丈远。这年秋天，他一个人入深山老林打猎，遇到一只白额猛虎，在猎刀脱手的情况下，他徒手搏击，几十拳竟将猛虎打死，胳膊上只被老虎抓了一道血印。当他一个人扛着几百斤重的猛虎翻山越岭回到村庄时，全村沸腾了。

从那以后，开始有人请他做杀手。这郑敢爱憎分明，若是请他效力，必须让他知道被杀者的真正为人，他决不做伤害正人君子、为虎作伥的恶事。如果隐瞒了实情，让他杀了义士，他一定回头报复，让雇主不得好死。所以，他刺杀的基本上都是罪大恶极的流氓、恶棍、无赖、贪官、污吏。当然，他要的报酬也十分丰厚，而且只要黄金。用这些钱他养着老父老母及家小，还有村里那些孤老孤小。

张良对郑敢十分满意，他知道郑敢近二十年的职业杀手生涯里，从未失过手，可谓是人到恶除，一定能担当此重任。郑敢也欣然应允，秦始皇的暴行恶政已引起天下人的诅咒，他欲除之而后快。再说张良出的酬资是人家的两倍，他觉得张良大方厚道，乐意为之尽力。

一切准备就绪，郑敢携带着重达一百四十斤的铁制大锤跟随张良出发了。

一路上，他们乔装打扮成做生意的木匠，仔细探听着秦始皇的行踪，尾随而行。到了博浪沙附近时，他们则加快速度超过了秦始皇的队伍，选择了一处事先设计好的那条路上最好的行刺地段。这一段驰道两边的树林尤其茂密，野草尤其深厚，选择好埋伏所在，也选好了退路。郑敢对张良道："我一个人上前行事，你躲得远点儿藏起来，不管事情成败与否，我动手后再找你一同逃去。你虽然也会点儿武功，但那不能帮我什么忙，反而给我增添累赘。一旦我跑起来，就如驾风一般，一时你是跟不上的。"

张良本想和郑敢在一起，听了此言后就放弃了打算，远远藏在林中一块巨石之后，紧紧注视着郑敢的行动。

接近中午时分，秦始皇的车队终于到了。由于阳光格外明媚，车上的一切看得清清楚楚，郑敢瞅准了秦始皇的座辇，等到最近处猛然扔出了锤子。

然而，也是秦始皇命不该绝，就在锤子落进车辇的一刹那，那车辇轮子下正巧碰到了一块小石头，车子自然歪了一下。这一歪，竟把锤子歪到了一边，击在了秦始皇的旁边。这当儿，郑敢已箭一般蹿到了几十丈之外的张良处，拉起张良一溜烟儿消失在丛林深处。

等到他们知道失手之后，已是晚上时光。那时他们正躲在野地里一堆杂草上吃东西。有两个官差骑着马从不远处的路上经过，官差边行边聊："听说今儿那大锤就落在皇帝陛下的身边儿？"

"可不是，就差那么一丁点，好险！"

"怪不得雷霆震怒哩！"

"你说，天下也真有这胆大包天的人！"

"人也是逼的，可能这刺客恨死了皇帝啦！这等人若是捉到了，定会受凌迟之罪。"

"那都是轻的，皇帝陛下非活活油炸了他不可。"

马蹄声越来越远，渐渐听不到了。

二人听后愣住了，在黑暗中面面相觑，半晌没有声音。

突然，郑敢猛地从腰间拔出佩剑向自己的左手砍去，只听"咔嚓"一声。张良一惊，一下子拉住了郑敢握剑的右手："兄弟，你这是干什么？"

郑敢递上一个血肉模糊的手指："张兄，我对不住你，这个手指交给你，算是我的一份歉意。这也是我平生第一次失手，我也想给自己一个教训。"

张良立即抱住了郑敢的左手，撕下一条衣襟为他包上："兄弟，谋事在人，成事在天，这哪儿是你的责任。也许这暴君的气数未尽，还不到死的时候，你怎么能这样虐待自己？"

"张兄，我不能原谅自己，没脸再见你了。趁着天黑，你我就此分手吧！从今之后，我要回老家反思，再练武艺。我在家等着你，只要你再次选好机会，随叫随到。兄弟，后会有期！"

"郑兄，且听我说……"张良竭力想叫住他，但郑敢早已走出一大段路了。

手握着那一截手指，张良久久站在那里，很久很久。

想了许久，张良朝着下邳方向急步走去……

且说秦始皇虽然未被重锤击中，毕竟还是受了一场惊吓。眼看着当地官吏又搜捕不到刺客的踪迹，不由得内心惶然起来。一连几天，他郁郁寡欢，茶饭不香。原先他以为这全天下唯他是尊，威慑天下，谁敢有逆反之心？没想到竟有人敢刺杀他。

那个巨锤让他深恶痛绝，却还是让人带着它。许多次，他一个人面对着巨锤沉思不语，心情十分沉重。

"既然朕能推翻周王朝，吞并天下，成为天下之君，就会有人追随朕，也想像朕一样占有天下。俗话说，天外有天，人外有人，这天下具有气吞山河壮志的人恐怕不止朕一个。不管现在有没有出现朕这样的人，朕得先请人望望天象，以防患于未然。"

他这样打算，就让左右为他寻找一个能精通阴阳，通晓天象神鬼的方士。众人得令，立即在全国忙乎开了。

说起秦始皇笃信鬼神，得从他幼年开始。

跟随母亲在邯郸的日子里，和他相处最多的是他的外祖母。那时候，他的父亲和母亲总是郁郁寡欢，没有多少笑脸。所以，他最喜欢的一个人就是他的外祖母。

外祖母当时已经五十来岁了，是外祖父的一个侍妾。而那个比他外祖母大二十多岁的外祖父早已作古了，外祖母的性格比较开朗，总是唠叨个不停。自他懂事儿时起，听外祖母讲得最多的就是鬼神的事。有时候一大早，刚洗漱完毕，外祖母就一把把他抱在怀里，神秘地道："孩儿啊，昨晚上你外祖父又来家了，他到前面书房看了一会儿书，又到账房看看账，又叫我给他洗洗脚。咳，他说他来时走路走累了。孩儿，你不知道，老太爷最喜欢我给他洗脚了。洗脚的时候，他眯缝着眼，舒服着哩。四更天时候他才走，说到南边去做一趟生意，过一个月再回来。瞧，桌上那个茶碗就是昨晚他来时喝茶用的。"

在外祖母的生活里，活人跟死人没有什么界限。

至于现实中的一切，在老外婆的眼里都是有生命的，都是能成精的。家里的一切牲畜在外祖母的嘴里都成了人，小鸡是鸡婆婆，猫是猫奶奶，狗是狗少爷，马是马哥哥……

这一切，都让他明白了一点，一切都有神灵存在，不能惹怒了神灵。

在他过去的皇帝岁月中，也不断听到一些鬼神灵异的故事。

做帝王的第二十六年，他行将统一天下，深秋的一天，临洮县令派一骑飞骑送来一个消息，那情景仿佛刚刚过去一般："启奏陛下，临洮出现了巨人！"

来人一脸惊慌。

"什么巨人？慢慢道来。"他最不喜欢臣子们惶惶然的样子，不耐烦地挥手让来人起身再奏。

"陛下，在一个山梁上，连续出现了一群巨人，山下多人亲眼所见。"

"多人所见？看样子是真的喽。他们什么样子？"

"陛下，他们身高大约五丈，站在那儿，那些百年老树就像树丛，只到他们的膝盖部位。他们的脚很大，有六尺来长。"

"有人量过吗？"

"身高没人量过，是估算的。但不少人量过他们的脚印子，最小的是六尺长。"

"你说他们？难道有不少吗？"

"是，陛下。他们出现了好几次，每次都是十二个人。"

"他们长什么样？穿什么衣服？"

"陛下，他们跟中原人不同，全部是黄头发，绿眼睛，红皮肤。穿的是夷狄之服。"

他坐在那儿，不知这个征兆是什么。当时恰巧一个姓侯的方士在场，他沉思良久，问道："侯生，据你所知，这是凶是吉？"

侯生人如其姓，瘦得真像一个猴子，声音也尖尖细细的。听见秦始皇问他，连忙回道："回皇帝陛下，依臣之见，此乃大吉之兆！"

"哦，何以见得？"秦始皇心中暗喜。

"陛下，这吉兆显示的特征其一是他们出现的时间不前不后，正巧是陛下灭了六国的时候。臣以为他们并非夷人，而是天兵天将。是天帝派他们巡视人间，他们看到天下统一，一片太平，便欣然而归。其二，是他们出现的数目上。自古以来，双数皆为吉数。他们也许是东西南北四方的守护神，每处三人，共聚人间。其三，他们出现的地方是临洮，而不是别处。临洮乃天下之灵杰之地，陛下在那儿曾多次打过胜仗，巨人此次出现在那儿，极有可能是寻访陛下的踪迹。陛下身为天子，如今又一统天下，连天神也为之震动了。所以，臣以为这是吉兆。"

那侯生凭着三寸不烂之舌，眉飞色舞，说得唾沫星子乱飞。秦始皇虽然不喜欢侯生那个样子，但还是为他的禀奏而高兴。不久，他就令人把收缴来的兵器熔铸成十二个金人，样子就仿照传报上来的巨人模样，以示纪念。

所以，秦始皇遇到这次巨锤事件，就思绪纷繁起来。他要找人看看天象，了解一下当今有没有对他构成真正威胁的人。

左右奔忙了一个多月，终于找来了一个隐居深山多年的道士。此人姓韩名佟，是识别云气天象的高手。一见到韩佟，秦始皇来不及多问，就令他仔细观察天象和云气。

这韩佟报告上来的消息令他大吃一惊，在东南方向出现了天子之气。

从此，他的心神开始不宁了。

自从刘季当上了亭长，王媪和武负两个女人对他更亲近了。这一来是因为刘季有了公务，没有多少时间到她们那儿去了，二来则是因为刘季身为亭长，比以前更有人缘了。只要他一到酒馆，有事没事的人都想到酒馆去。听刘季聊聊官府里各种有趣的事情，开了眼界又开了心。到了年底该结账的时候，王媪和武负也不向刘季要账，只是悄悄把账抹了。

由于刘季的精明能干，他渐渐在沛县有了点小名声。且不说派差、收税这些小事遇到了麻烦，找到刘季就能人到事成，就是县中往郡里送个文书等事，也常叫刘季去。他有眼色、持重，又没有家小拖累，办起事情少牵挂又少麻烦，利利索索。

一年春天，萧何一天晚上急匆匆找到刘季："刘兄，有一个差事需要你到京城去一趟。"

"萧兄，请进。"刘季一看是萧何，连忙将他让进屋里，"有什么事需要我帮忙？"

"是这么回事，县衙里有人犯了法，惊动了郡里不说，连京城都知道了。现在案子处理好了，郡里让把文书直接送京城。县令大人考虑让狱吏们送不合适，这犯法的就是个狱卒头儿。我就向县令大人推荐了你。如果你没有别的要事，明天一早就动身。"

萧何说得十分认真。

没有任何考虑，刘季说："小事一桩，我愿意去！"

"兄弟，此事非同小可，文书千万要保护好。"

"我心里有数，你推荐我就是抬举我。放心，兄弟我不会让你丢脸担风险的。"

刘季知道萧何的责任，更明白萧何是在给他开眼界的机会。

"那好，刘兄，就这么说定了。明天早上我在县衙门口为你送行。"萧何边说边站起身来，"我还有公事，现在就得回去！"

刘季和萧何拱手而别，心中禁不住喜滋滋的。三十一年了，他一直生活在这片乡间野土中，没到过京城，今日有此良机，怎么让他不欢喜？

急匆匆赶回家里，向父母报告了这件喜事。刘老太太一听立即眉开眼笑地唠叨开了："瞧，三小子越来越有出息了，这不，明儿要进京哩！这全村子谁去过京城？他爹，你看三小子还有点能耐哩！"

一边说，一边忙着给刘季准备衣服用具，让他带着路上用。

刘老太爷不声不响，忙着挖院子里的那块菜地。他觉得老太婆眼光太浅了，上一趟京城算个啥？成天东跑西颠的，就这样过一辈子吗？都三十多岁的人了，还是光棍一个，这还叫有出息吗？种地娶媳妇过日子，这才是正经人家做的事。就那小亭长能干一辈子？

他心里这么想着，却没有说出来。这几年，他明显感到了自己的苍老，火气也小了许多。多少年了，他和三儿子之间老是疙疙瘩瘩的，现在他不想多说了。他挖着地，只偶尔瞅一眼刘季。

刘季知道爹的心思。尽管他当亭长两三年了，爹并没有改变对他的看法。爹瞧不上他，他不勉强。眼下他比不上老二老四，但他相信自己有出头之日。

把衣物用品打成一个小包，辞别爹娘，他又回到了泗水亭。

第二天，太阳刚露了个头，刘季已赶到县衙了。晚春的天气虽已转暖了，但是早上的寒气还是逼人。刘季走了两三个时辰的路，眉毛胡子上都是霜。

萧何在那儿早已等待多时，他把一封文书交给了刘季。这时，旁边走来了几个小吏，都是平日和刘季要好的。他们听说刘季要到京城去，是来送行的。他们各送给刘季三百钱，让他路上用，刘季免不了一一谢过。

萧何一直送到大路旁，他从腰中拿出一串钱，塞到了刘季手里："兄弟，一路保重，早去早回。"

刘季也不讲客套，收下钱，迈开大步走了。

直到晌午时分，刘季又渴又饿，这才坐在路旁休息，他一边吃着带来的干粮，一边喝着酒。忽然，他想起了萧何送的那串钱，连忙掏出来数了数。数着数着，他脸上露出了笑容："怪不得我觉得这串钱重些，原来是五百钱。这萧何的确待我不薄。待我有了出头之日，一定厚报他！"

日行夜宿，不知不觉之间刘季已进入了咸阳城。他直奔交文书的衙门，办完差事才舒了一口气。慢慢地走在咸阳大街上，他仿佛进入了另一个世界。只见街道宽阔平展，到处铺的砖头石块，盖住飞扬的尘土。两边是高高低低的各种店面、房舍、官府。有的秀丽典雅，有的富丽堂皇，有的高大雄伟，有的气势恢宏。街市上珠玑摊儿一家挨一家，锦罗店面也是一个连一个。叫卖声接连不断，讨价还价声此起彼伏。看那来来往往的男男女女也与乡间不同。男人走起路来气宇轩昂，女人则千姿百态，仪态万方。他不由得看看自己身上那套破旧的布衫，又看看行人中那些穿着奢侈的绫罗绸缎者，羡慕之情油然而生，想起在乡间的一切，他感到有点自惭形秽，心中思虑开了："这京城里的男人怎么有那么多有权势的？女人为什么个个像天仙？那些高门大院属于何人所有？那满店的珠宝都是卖给何人来戴？我家老爹苦累一辈子就那么几间茅屋，这里的豪宅大院该传承了多少代？如果我刘季在京城生活，会不会同样拥有这一切？家乡的尘土飞扬、破旧不堪同这儿哪里是一个世界？如果此生不能到京城来住住，不是白活一生吗？……"

他一边走，一边左右观看，眼睛好像不够用了。

他看见一家卖狗肉的，闻着那扑鼻的香味，才发现自己饿了。买一块拿在手中，边走边吃，好痛快！

忽然，一队车马急速奔来，他们一边向前涌动，一边高叫："皇帝巡行都市了！皇帝巡行都市了！"

两边行人被赶得连忙后退，收摊的收摊，躲避的躲避，人人满脸诚惶诚恐。

一阵骚动之后，街道中心空出来了。所有的人都站在两边伸头凝望，向着一个方向。刘季个儿高，站在两个小伙子身后，随着人们的目光望去。

渐渐地，车轮声隆隆地近了。最前面是浩荡的旗队。只见一杆杆黑色的缎子大旗上绣着色彩辉煌的龙与凤，它们在阳光的照射下，闪闪发光。"呼啦啦"，一阵阵春风吹来，旗帜一片响声。旗队之后，是几十名勇士组成的护卫队，他们个个英武无比，手中拿着各种各样的兵器，走起路来昂首挺胸，好不威风。皇帝的车辇豪华无比，车帷幕是缎子的，车前衡木等镶着闪闪发光的黄金。五匹高头大白马缓缓向前走动，脖子上的铜铃悦耳动听。

"皇帝陛下！皇帝陛下！"

人群一见皇帝的车辇，一下子全都跪了下去，头叩地，山呼不断，没人敢抬头，只有黑压压一片后脑勺。

刘季不知怎么的也早随人们跪下了，但是没有紧紧地把脑门挨在地上，而是微微抬头，从缝隙间看着皇帝的车队。

金碧辉煌的车辇后面，紧跟着的是几十个穿红戴绿的宫女。她们个个姿态优美、恭顺温柔，手里拿着各种物品，看来是准备随时随地侍候皇帝的。

刘季见此，忍不住也感叹了一声："大丈夫当如此也！"

虽然声音不高，站在他面前的那两个小青年还是听到了，他们回头看了他一眼。他连忙闪到另一边。

直到这时，他才发现手中的那块狗肉早已凉了。

"砰！"他随手把它扔了，在包裹上擦擦手："喝酒去，喝一顿这京城的酒！"

从咸阳返乡的路上，刘季心中发烫，他一路走一路脱下层层衣衫。路上到处灰蒙蒙的，已经多日没下雨了。田野的小麦和蚕豆刚返青，绿色还很淡。他不知道千千万万种田的人为什么苦苦守着几亩田不动，不知道有多少人进过京城。凡是进过京城的人心里都会不平，那儿就像一个仙境，繁华富足，乡野之人日子过得犹如猪狗，可悲的是他们自己还不知道活得像猪狗。"这辈子我无论如何也得到京城去生活，不然就白白活了这一遭！"

回到中阳里村后，这里的一切依然如故，路还是那么窄小，庄稼还是那么稀疏，驴马还是那么瘦小……但在刘季的眼里一切都变了。他总是在心中把这一切和京城所见所闻做比较。

兄弟们来看他，他绘声绘色地把京城见闻讲给他们听，引得他们一个个目瞪口呆，心驰神往。王进说："季兄，你下次去京城，把咱几个也带上。"

"嘿！"他的话音刚落，李柴就接腔了，"你以为这像你去姥姥家哩？远着哪！那么大一笔路费你去哪儿弄去？说得倒轻快！"

"照你这样说，我们这一辈子也去不成了？"王进瞪了李柴一眼，不服气的样子。

"季兄，咱们哥儿几个到京城中做买卖去吧？"张旺笑着说。

"做买卖？做什么买卖？就凭咱们几个这样的家底儿，只能到京城里卖个花生米、卤个猪头肉卖，哪能干什么大生意？可做这样的小生意，能在京城生存下去吗？非饿死在京城不可！"王进又是一副不屑一顾的样子。

"我说兄弟，你们别嚷嚷了。"茅鸿发话了，"像你们那样进京城，只能做那里的下三烂。活受罪的事儿我是不干，我宁愿在中阳里待一辈子。"

"瞧你那出息！没胆子！"王进瞅了他一眼。

"我没出息？我是想要进京城就得混出个人样儿来。没钱没势，从这乡野之地出去，只能是看人白眼，受人唾弃。"

"那你能怎样？"王进追问道。

"我要在将来干一番大事，混成个人物进京去！不过——"茅鸿回头看看刘季，"这要看季兄来日领我们干什么了。"

"兄弟们，茅鸿说得对，"刘季抖抖衣襟上的尘土，"我们将来得干成大事，成了人物后再进京去。我一直在想，那京城的人难道祖祖辈辈都生活在京城里？原来这世上没有一个京城的时候，大伙儿不都是种地的吗？到后来有了大人物出现了，大伙儿都聚在一起，铺街道盖高房，那才有了城市。有了城市，有本事的人都往城中去，人才越聚越多了。所以，我们得成为有本事的人，然后再往京城去。"

"老兄呀，你说得有理。你总是有主意的人！以后你说怎么干，咱哥儿几个就怎么干！只要有出头之日就行！"王进说得唾沫星乱飞，手舞足蹈的。

"那当然，那当然。"刘季点着头。

然而，他心里却不这么想。自从结识了萧何、夏侯婴一些县中的人，他已改变了对村里这几个小兄弟的看法，以为他们不过是匹夫而已，没有主意，也没有武功，更沉不住气，只配打个散架混事儿。村东头的卢绾这几年和他走得没有这几个人近，但他看重卢绾，老觉得这卢绾是个人物，又是和他同年同月同日生，和他的命运似乎有些关系。他听老娘说，他们满月时，全村人都带着东西来为两家庆贺，说两家有缘分。如今没什么事儿，若要有事儿，他会叫上卢绾，不会带上这几个鲁莽小子的。

【第三回】

刘亭长喜结连理，秦嬴政虔心访仙

就在刘季从咸阳回来的时候，沛县县令家来了一位贵客，此人姓吕，县令呼其为吕公。从县令对吕公的恭顺来看，此人来历不凡，似和县令之间有着十分亲密的关系。

原来，这吕公曾是县令的恩人，至此地是为躲避仇家的。

说来话长。

吕家祖辈居住在鲁地的单父，是当地一个闻名遐迩的大户人家。吕公弟兄四个，兄长早亡，他是老二，下面还有两个弟弟。近两百年来，吕家人丁兴旺、门户谨严，家业也越来越大，是当地屈指可数的富户之一。

但是，吕家为人正直，忠诚守信，从不做欺小压弱的事，在单父县很受众人尊敬。吕公的叔、伯有好几个，都已离开单父在外地为官。他们每一家离开单父时，都把房屋田产留给了吕公这一门子弟兄，所以，弟兄四个除了老大早逝留下妻子和几个儿女稍显冷清外，其他三家日子越过越红火。

十几年前，沛县县令还是一个二十多岁的书生时，曾是吕公的一个邻居。当时县令家境贫寒，一个人和寡母相依为命，艰难度日，吕公常常接济他，钱、粮、衣物，什么都送。书生牢记着吕公的恩情，终于通过读书进了官场。

却说人生在世，为人再正直再和善，也有遭难的时候。就在吕公来沛县前，吕家差点遭受一场灭顶之灾。

单父县有一户恶霸，姓姜名武，是个无恶不作的贪婪之徒。有一天，他从一位阴阳先生口中得知吕家的一块地为风水宝地，就想据为己有，把它买下来。吕公因此地是祖上留下来的，就拒绝了他。

姜武却不是个能善罢甘休的人。他知道吕公一家儒雅传家，不会怎么样，他要步步进逼，直到把那块地弄到手为止。

一个月黑风高之夜，他派人一把火烧了吕公大嫂家的房子，老大家寡妇带着几个女儿差点在大火中送了命。

吕家几兄弟找姜武评理，反遭一顿辱骂。此后几天，吕公叮嘱老三老四，悄悄把家中的土地房产分批交给家里的仆人，请他们代为管理，另一面派人送信给沛县的那个县令。一切就绪，他开始了他的复仇计划。

他打听到姜武最近要一个人去几百里路外的表兄家里去办事。于是，他暗中出重金买了一个杀手，请他在姜武前往表兄家的路上除掉他。

俗话说，有钱能使鬼推磨。这个杀手乃是本县一个流氓，他接到吕公的二百两白银后欣喜若狂，当即表示一定照办，并保证滴水不漏。

为防万一，这个流氓又找了个帮手。他知道姜武也不是个省油的灯，不能大意。但是，如何才能做到吕公说的不见血而除去姜武呢？

他们沿着姜武要走的那条必经之路做了仔细的考察。在中间的一段路程中，有一条山道，山路只有三尺来宽，两边是十丈左右深的山沟。山沟底下全是呈犬牙交错排列的石头，人如果从山路上摔下去，必死无疑。

还有一点令他们犯难，那是吕公的另一个要求。要送姜武的命，却不能直接砍姜武的头。他们二人想了半天，终于想出了一个主意——在山路两边的两棵大树上拴了绳子，用绳子绊倒姜武的马，把姜武推入山沟中。

一切都按计划实施了。当姜武骑着马从那条山路上过时，突然间，马被绊倒了，姜武重重地摔了下去，顿时脑浆迸裂，呜呼哀哉。

两人迅速收起绊马绳，又潜入沟底，确信姜武已丧命，才回去向吕公复命。吕公不动声色，又拿出一锭五十两的银子递给了他们，再次要求他们守口如瓶，他们当场赌咒发誓。

当晚，吕公找来两个兄弟和大嫂，让他们各自写了凭据给管理田产房产的家仆，连夜出发了。神不知鬼不觉，连仆人也不知道他们到哪里去了。

一路上夜行日宿，行程非常缓慢。吕公带着兄弟四家人，男女老少都有。虽然带着几辆车，但毕竟担心有人发现他们的行踪。他们格外小心，不敢住店，不敢走城中大路。道路坎坷不平，窄小泥泞，又是晚上赶路，所以格外困难，有星光月亮的晚上还能分清方向，遇上月黑又阴天的晚上就难受了。白天，他们挑选丛生的树林停下休息，在远离村庄的地方生火做饭。幸亏有所准备，带的物品多，否则真不堪设想。

两个月之后，全家几十口人全部成了面目黧黑的憔悴之人了。本来，按老三老四的意思，他们可以不逃的。可是，那姜武有三四个如狼似虎的拜把子兄弟，他们都是那种不分青红皂白的粗野之徒。万一他们找上门来胡作非为怎么办？所以，吕公还是毅然决然逃到沛县来。

本家在外地当官的亲戚也不少，大嫂说过要投奔他们那儿去。吕公也有他的想法。他以为，本家所在处目标大，万一官府追究起来极有可能派差人到那些地方去。为安全起见，还是当年那个书生所在地——沛县最安全。谁能想到吕家会奔往无亲无故的沛县呢？

终于结束了逃难的行程，在一个清凉的早晨，吕公一家抵达了沛县。

县令早已接到了吕公派人送来的信，也早已为吕公全家找好了房子。对外只称吕公全家是他的表叔，因为家乡遭遇了大水灾投奔他来了。

吕公是个知事的人，他再三表示了打扰之歉，县令说："吕公，且不可如此说。当年，如若没有吕公，绝没有小官今日。古人云：滴水之恩当以涌泉相报。今日小官能助吕公一点，乃是我的福分。家母常常念叨吕公的救助大恩，如今能够报答吕公，也算能让她老人家宽心一点了。从今以后，沛县就是你的家。日后若小官能升迁离开，吕公又愿跟随，小官定将带吕公同去。如若不愿跟随，就在沛县定居，所有困难，都由小官出面解决。"

吕公全家自然是千恩万谢，当即在沛县安下家来。其实，他们各自家境都不错，随身带来了全部家底儿，只是人生地不熟，需要个人场罢了。

刘季对县令家来的客人哪里知晓，他只是在泗水亭忙着他分内的差使。

一天中午，萧何使人请来了刘季。刘季不知何事，风尘仆仆地到了萧何家。

"萧兄，什么紧急事，一定要我在中午之前赶到？"一进门，刘季一边拱手一边道。

"是这样的，"萧何将刘季引进房中，悄悄地说："县令家来了一位贵客，听说是县令的表叔，县令尊其为吕公。从他们的亲近程度看，来者与县令关系亲近得很。平时，县令在这儿一无亲二无故，大家有心向县令表示心意，都苦于没有机会，今儿终于有个好时机，又是县令的故乡来人，众人决定好好去庆贺一下。"

"什么时候？"刘季吃惊地问。

"就在今儿，否则就不会这么急了。"

"去县令家还是去吕公家？"

"当然是吕公家了。吕公刚买了一处大房子，很是气派。这吕公看样子也是个人物，跟他交往，以后免不掉的了。"

"这个——"刘季沉吟一会儿，"去是要去的，我何曾错过这等事？"

"那咱们现在就去吧，时候不早了。"萧何起身要走。

"嗯——萧兄，你先走一步，我随后就到。"刘季若有所思。

"好吧，我先走了。吕公在这儿人不熟，央我去帮帮忙哩。"

目送着萧何匆匆离去的身影，刘季心中犯难了。他来的时候，哪知道有这事，只随身带了一百多钱，这一百多钱哪能拿出手呢？他在这城中，除了县衙中的几个人，又没有认识的人，到哪里去借钱呢？无论如何，他是没法儿向萧何、夏侯婴他们开口的。

他在大街上漫无边际地走着，实在无计可施。看看时辰已经不早了，不能再等了。忽然，他心生一念："我先让账房先生记上账，等明天再送来，私下同账房先生说，有何不可？"

心下已定，他甩开大步向前走，打听吕公的住处。

在县城的一条较偏僻的街上，刘季终于寻到了吕公宅院。抬眼望去，这是一个不太引人注目的宅第，同别家一样的门楼，别家一样的砖瓦房子。门前已停满了车马，门上挂着彩灯。"怎么会有这么多人前来？"刘季止不住在心中发问，一边进了院子。

一进院子，他忽然觉得这个府第不同凡响，同大门的门楼几乎不相配。只见院子呈长方形，向里有三幢房子，房屋皆高大雄伟，装饰着飞檐和彩色的琉璃瓦。两边是厢房，各有八间之多。厢房前边，左边是抄手游廊，右边是一处假山。假山上有清水流下，水池中有各色水鸟，煞是好看。与假山对应，有一个八角形亭子，秀丽无比。

"这一定是哪个书香之家的房宅。"刘季思忖着向里走。进了大厅，早有下人在那儿迎接。他凑近账房先生，想给账房先生说一说。谁知这一凑近倒吓了他一跳，只见那贺礼单上皆是一千以上的重礼。有的是三千钱，有的是五千钱，有的是八千钱。除了钱之外，也有送银香炉一只的，也有送玉砚一方的，也有送宝马一匹的，如此不等。

"贺礼如此之重，这吕公看来对众人都有用处。如今的人精明得很，没有用的人谁肯来送礼？"

这样想着，忽听那边有人高声宣布："各位贵客，凡贺礼不满一千者，请厅下坐！"

刘季觉得这声音很熟。他循声望去，原来是萧何！

话音一落，只见一些人起身向厅下移去，看他们的装束，大概都是县中小吏一类的人。

"我岂能与他们为伍？凡事得讲个气派，我不能在这个场合丢了面子！"

头脑一热，他转过身抓起账房先生手边的笔，在贺单上写下一行字："贺礼万钱。刘季。"

账房先生立即对他瞪直了眼睛，随即喊道："此有刘季公贺礼万钱！"

刘季挺挺胸，大步向里走去。

且说吕公正在厅上接待贵宾忙个不停，忽听得账房先生的喊声，不知是何方贵客到来，忙出来相迎。

"敝人乃刘季也！"刘季声音洪亮地向里面走，恰好迎面碰上吕公，只见他年近五十，精神矍铄，面含微笑，有几分温厚也有几分儒雅，忙拱手行礼，"恭贺吕公在沛县安家落户！"

吕公拱手还礼："多谢兄弟厚爱，请，里面请！"

送刘季入了座，吕公才看清这刘季的仪容。只见这年轻人身高将近八尺，龟背斗胸，长颈龙颜，一派不同凡响之相，心中暗暗赞叹。

萧何这时走上来，悄悄碰了碰吕公，一边和刘季打了招呼。

吕公随萧何到了后院，萧何道："吕公，刘季乃是泗水亭长，今儿可能没带那么多钱，吕公可曾查实礼单与礼钱？"

吕公听了，回头凝望刘季，只微微点点头，并未言语。

一会儿，人都入了座，一阵锣鼓响，酒宴开始了。

刘季坐在座位上，一副十分自然的模样。他和众宾客频频举杯，热烈交谈。当下，许多宾客都知刘季送礼一万钱，哪个不对他另眼相看？许多人前来和他碰杯，一时间，刘季就认识了不少县中有头脸的人物。

享受着众人对他的那份热情，刘季酒酣耳热之际有些飘飘然了。他一面笑着应对，一面在想："这些势利之徒，都是些趋利附势的小人，他们哪里是我的对手？只要略施小计，他们就如坠云里雾里。可见，对待这世上之人，胆要大，气要足，什么都敢为才行！"

酒足饭饱之后，众人纷纷离去。刘季虽喝了不少酒，但还没有过量。他站起身后，向吕公走去："吕公，多谢厚待，晚生告辞了！"

"且慢，我有话要同你说。"吕公一面送客，一面示意他坐下稍等。

客人全都走光了，吕公把刘季引到了偏房之中，因为那边全是帮忙的人在收拾桌椅碗盏，人员甚杂。

"年轻人，你是何方人氏？"吕公问。

"吕公，小吏乃是本县中阳里人。"刘季看吕公口气十分慎重，不知何意。

"老夫自幼时起学习了不少看相之道，每每为人看相，没有不准的，依老夫之见，你是少见的贵人之相，将来的荣华无人可比。"

"此话当真？"刘季禁不住伸手摸了摸自己的脸。

"老夫已年届五十，难道与你开玩笑不成？请勿见笑，老夫想问你成婚了没有？"

刘季红了一下脸，拱手道："小吏实在卑微，至今仍未成婚。"

"哦——"吕公摸着胡子沉吟一会儿，"如此正好，老夫有一小女，正是待嫁之年，老夫愿将小女嫁与你为妻，不知你意下如何？"他盯住刘季的脸，说得十分诚恳。

如果不是离得这么近，刘季真不敢相信自己的耳朵，他立即俯下身去，行了大礼："多谢老先生看重，岳父大人在上，请受小婿一拜。"

吕公连忙扶起他，笑吟吟地道："贤婿可选择吉日，近日就可完婚。"

刘季只觉心跳加快，一下子倒慌了手脚："岳父大人，晚生——小婿不懂这个，还请岳父大人挑选吉日，小婿听岳父大人的。"

吕公仍是微笑着，轻轻点头，屈指一算，道："下个月二十八日是黄道吉日，就定下此日如何？"

"甚好！甚好！就下月二十八。"

从吕公家告辞出来走了很远的路，刘季仍如在梦中一般。他左顾右盼，街上人行色匆匆，像往常一样。他伸手在自己大腿上掐了一下，很疼。他笑了。

"难道我此生真是贵人之命吗？为什么这样的好事会落到我刘季的头上？从小长这么大，同村人都说我相貌奇特，倒没人说我有贵人之相。嘿嘿，天下竟有这样的事儿，有人主动和我刘季结亲！"

一边这样想着，不知不觉已走了十几里路了……

且说送走刘季之后，吕公满脸喜色地向后房走去。

吕老夫人早已等得不耐烦了，她满脸怒气地道："这半天里你只顾同那个高个子年轻人叽咕，不知都说了些啥！账房先生说，那小子上的是空头礼帖，一个子儿也没掏！倒不是我女人家看钱看得重，做人不能这个样儿！没钱就没钱，钱多少就多少！来的都是客。他不该那样儿！对这样不诚实的年轻人，你还有话同他说？"

"夫人，"吕公似乎没听见夫人的话，"夫人，我正要同你商量个大事儿哩！"

"什么事？"老夫人虽然声音低了些，但怒气未减。

"我把娥姁许配给了刘季了。"

"什么？你疯了吗？这人简直是个无赖，你如何能把女儿嫁给他？"吕老夫人脸都气白了，声音顿时高了许多。

"夫人，且听我说。"吕公扶夫人坐下，笑着问，"夫人，你还记得娥姁八岁时那个道人给她算命的事吗？"

"咋个不记得？做娘的什么都能忘，就是不会忘儿女的好命运。那与今天的事有什么关系？难道这个无赖般的人能给女儿带来什么好运？前几天县令还说娥姁人好，将来要给她说门好亲事呢！不知你今天中的是哪门子邪？这儿女婚姻可是大事儿，你——"

吕老夫人的眼泪竟流下来了。

吕公递过一方巾帕，仍是笑吟吟的："夫人，常言道，海水不可斗量，人不可貌相。你没有仔细看过这刘季的相貌，他龟背斗胸，长颈龙颜，绝非一般贵人之相。娥姁嫁了他，定有好时光。我看人是不会有错的，你放心吧；至于今天的礼帖之事，那算什么！小事一桩。大凡杰出的人总会有杰出的胆量，若不是他斗胆送上空头礼帖，我们哪里会有这一门贵亲？"

"贵亲？刚才我已听人说了，这刘季已三十多岁，无家无业，跟着老爹老娘过日子，若不是当个亭长，恐怕连糊口也难。"

"夫人，你不知道有大器晚成这个词儿吗？有的人就是到了后半生才成大气候的，刘季就是这类人。你等着瞧吧，如果我俩能活到那个时候，还能沾他的光哩。"

吕老夫人并不能完全相信吕公的话，她看不了那么远，她只想女儿一辈子能找个好人家，过一辈子顺心日子。但是，吕公已把结亲日子定下了，这是不能改变的，只有唠叨唠叨算了。

娥姁从母亲那儿知道父亲已把她许配给了一个叫刘季的人，她没说什么，而是陷入了沉思。

自幼年开始，她就与父亲特别亲近。父亲给她取名为雉，小字娥姁，她是家中的第三个孩子，上面，她有两个哥哥，长兄叫吕泽，次兄叫吕释之。由于吕公常常以儒雅仁义教导他们，兄弟二人为人极为谦逊有礼，待人十分恭顺。自她出生之后，父亲一直特别宠爱她，甚至胜过她的两个兄长。这样一来，她成了一个有个性、要强的女孩儿。且不说两个哥哥平日里都让她几分，就是对小妹吕嬃她也难得相让。

自小时起，她在兄妹之中就显得特别有主见，凡事喜欢自己拿主意。有时候连吕夫人的话她也敢违背，吕夫人有时候说她两句，她总是不服气的样子。这时候吕夫人就会嗔怪吕公："瞧你把娥姁惯成什么样儿啦，在家里几个孩儿中，什么事都得由她说了算。这样长大了嫁给谁去？谁要这样厉害的姑娘做媳妇儿？"

"且莫这么说，一个脾气一个命，将来娥姁的命比谁都好！"每次吕公都这么回应夫人。

娥姁特别要强，这么多年来她心中有一个坚定的信念——她将来要嫁贵人的。

现在，一听说父亲把她许给了刘季，她就在心中道："那个贵人到了，我这辈子等的就是他。"

娘给她说了刘季的身材相貌，她听了没言语。在她心目中，男人长得怎么样无关要紧，只要有本事就行。她听父亲讲过许多古代故事，并不是所有贵人长得都好看，她也听父亲讲过娥皇、女英的故事，十分佩服这两个女人。现在，到了她命运转折的时候了，她不会说什么，只静静地等待喜日子的到来。

刘季踏进院子里的时候，刘老太太正在喂猪，她两只手上沾满谷糠，蹲在地上忙乎着。

"母亲大人！您三儿子要娶媳妇了！"

刘季喜滋滋的叫声让她吓了一跳，她愣愣地看着儿子。只见儿子满面红光，喜笑颜开的，满头上都是汗，一副急匆匆的样子。

"母亲大人！儿子我要成亲了。"刘季知道母亲吃惊，又叫了一遍。

"成亲？娶媳妇？媳妇在哪儿？"老太太以为儿子在开玩笑。

"母亲大人！"刘季顾不得母亲手上的谷糠，一把把母亲拉起来，搀着她坐在院子里的那块大石板上，自己则坐在跟前的小石板上，一五一十把事情全说了。

老太太听着听着就笑开了："季儿，这是天大的喜事呀！怪不得今天早上喜鹊儿一个劲儿在门前树枝上叫哩。你不知道，儿啊，一共有三只喜鹊来回地叫。我还琢磨呢，这喜鹊叫的是什么喜呢？原来是这样的大喜事儿呀！下个月二十八？好！好日子！儿啊，你都三十出头了，为娘快急死了，我都五十多了，真怕死前看不见你成家，如今，好了，娘死也瞑目了。"

消息一传开，全村立即炸开了锅，有的说："这是哪家人家看中了他，真是闺女嫁不出去了。他一天到晚瞎折腾，怎么过日子呀！"

有的说："真是老梨树开了花！三十几岁的人了，还有找他做女婿的。"

也有的说："也算天照应，刘季老爹老娘都是老实人，刘季也还算仗义之人。"

一时间，方圆十几里内都知道了这个大事儿。刘家老太太和老爷子，每天都要向许多爱打听的人介绍亲家的情况，也不知共说了多少遍儿。

王进、茅鸿、李柴、张旺几个小兄弟一起跑到刘季那儿，开始帮他收拾房子。新房就在东厢房，和泥、刷墙、擦门窗、贴窗花、粘"喜"字，整整忙了十几天。

刘老太太叫来三个儿媳妇，忙着置办新衣新被子。三个媳妇忙得高兴——老三有了家，以后会少麻烦她们一些。

这时候，吕公派人来送信儿，叫刘家不要太张罗，婚礼上的一切花销由他来出，到婚期的前几天，他派人送过来。

村里一听又是一番说东道西，说刘家交了好运啦，娶媳妇都不用花钱，人家女方倒贴来。

刘老太爷是个拗脾气，他一听反而不高兴了："这样怎么能行？哪有只让女方出钱的？这是我刘家娶媳妇，可不是吕家娶女婿！"

"爹，这还能不要人家的，给人家退回去吗？"刘季为难了。

"退不能退，咱家就多花点儿，多弄点房里的东西，得跟人家的彩礼相配才行！"老太爷倔强地说。

刘季一听，在心里笑开了："爹呀，你没进过县城，你根本就不能跟人家比呢！你家的全部家当，还不及人家一个家角儿哩！"但是，他并未说出来，只是点头应着。

二十八日这天终于到了，刘季穿一身黑色织花的罗衫，满面笑容，愈发显得英武堂堂。萧何、夏侯婴等一般县吏也来了，那几个小兄弟更是忙前忙后，如鲤鱼穿游一般。刘家大院里里外外都是人，老老小小男男女女好不热闹。刘老太爷刘老太太合不拢嘴，一个劲儿地向来客道谢。

快晌午时，一阵喇叭声响，送亲的队伍到了。前面是乐队，喇叭、唢呐、锣鼓手们一个个喜气洋洋，全都穿上了一色的红衣衫。走在他们身后的是一顶八抬大轿，装饰得彩绣辉煌。大轿后面是一群送亲的人，是一个年长的女人带着几个姑娘。最后是彩礼队伍。

这彩礼队伍真叫中阳里人开了眼界。只见一群人抬的抬，扛的扛，担的担，从屋里用具到成匹的缎子到马桶镜子，什么都有，全都是上等的。红红绿绿闪闪发光一大片，把乡间人的眼都看花了。

新娘子缓缓从轿上走下来，地上早已铺上了一条红席子铺成的路，旁边的人一边搀着她前行，一边为她打着伞。

刘季被众人支唤得头发昏，拜天地，拜父母，拜对方。他心中只有一个念头——看看新娘子长得怎么样。

好不容易挨到"送入洞房"的叫喊声，刘季才算舒了一口气。可是，他还没走入洞房门口，王进他们几个都冲上来把他拽到了酒席宴上。

到酒席上，再也由不得他了，你灌一杯，他干一杯，一会儿他觉得头有点发晕了。但是，众人还是不放他，他只好把萧何悄悄拉到了一边："萧兄，我不能再喝了，你知道，吕老爷子不是一般人，第一次见他女儿，我不能太失态。人家看上我可是我天大的造化，老兄，你替我挡着点。"

萧何点点头："我明白。我给你挡着，你进房吧。"说完，端起酒杯向众人走去。

刘季乘机溜进洞房。

揭开红盖头，刘季十分兴奋——新娘子虽然不像他想象的那么秀丽娇艳，但长方略呈圆形的脸，方方的额头，方而圆的下巴，配上高挺的鼻子，在胭脂的映衬和红色缎子绣花衣衫的映照之下，倒也显得妩媚动人。但是，她看他时的眼神令他有点胆怯——端庄而严肃。

他稍微迟疑了一下，立即拿出他在王媪和武负面前的温存劲儿，附在娥姁耳边一阵低声软语。这之前，从两个女人那里他揣摩出了一个共同点——女人都喜欢听花言巧语。

娥姁听他说了一会儿悄悄话，脸越来越红了，头低了下来。刘季因为忙于筹办婚事，也已多日没见他的相好的了，见到新人这个样子，知道时机已到，立即把新人拥入怀中……

当刘季沉沉入睡之后，娥姁却瞪着双眼看着周围的一切。

一对大大的红烛依然亮着，映照着房中的一切，一切都带上了暗红色。她并不在乎房中的用具衣物等，这些东西算什么呢？她关注的是自己未来的命运。她相信爹娘给她选的这门亲事是最有前景的。

但是，自她进门时起，她已从盖头底下看到了这个家的一部分摆设模样，知道这家比她娘家差多了。她还没见到公婆的面，但已经在拜公婆时听到了公婆的笑声，朴实、憨厚，纯粹的乡间人的笑。

她有点犹豫，有点怀疑了——这样的人家能让她将来大富大贵吗？

她把目光投向了身边的男人。刚才，男人在她身上是很温存的，她没有看清他的相貌。她回忆着父亲说的那几句话，对照着"身高近八尺，龟背斗胸，长颈龙颜，不同凡人"观看，似乎有点像那个样子。

爹的眼力应该是准的。这个人将来一定能给她带来大富大贵，让她出人头地。那时候，她怎么办呢？当然要让爹娘有光彩，然后是兄长、妹妹，所有的亲戚，她都得让他们沾光，让他们知道吕家养了她这个闺女是福分……

爹娘更是高兴，娘几次悄悄叮嘱他："好生对待人家，看这是多好的媳妇儿，从大户人家到咱家，没半句埋怨，哪里找去？你得好好守着她，不能再像以前了！"

他只是笑着答应。

这一段时间，他是在众人面前露足了脸，众人对他比以前更好了。做了亭长，娶了媳妇，一切都顺利，哪个还敢小看他！一想到这一点，他就有一种满足感。

很快，娥姁怀孕了。

不知为什么，娥姁的怀孕反应特别厉害，几乎吃什么都吐。人很快憔悴下来。刘季还是三两天就回来住两天。他还沉浸在新婚的欢乐里，每天晚上都要和娥姁亲热一番。但娥姁有点厌烦，她脸儿黄黄的，瘦得连干活儿的力气都没有了，哪有心思同丈夫来那事儿？刘季看出了娥姁的厌烦，不好强求，只觉没趣儿。于是，一回来他又开始往王媪或武负的小酒馆跑，在那里喝得晕乎乎的，回家以后倒头就睡。

时光已是初夏，许多人已穿上了单衣衫。这一天，刘季又从泗水亭回到了村里。但是，他没有直接回家，而是直奔了武负的小酒馆。

自从刘季成了亲，武负对他的态度改变了不少，她决定不再同刘季保持那种关系了。她知道刘季将来是有前景的人，以前喜欢他仅仅是一个独身男人的本性，没有什么情感在当中。她知道什么事情都应适可而止，不要弄到不可收拾的地步。她年龄大了，不再是刘季寻觅的女人了。如果现在断了和刘季的那种关系，刘季或许还对她有点念头儿。将来刘季发达了，准会照应一点她的几个孩子。

所以，最近每次刘季来，她都像对待别人一样热情而大方，不给他一点可乘之机。她想，这样下去久了，刘季就会断了那种念头了。

当太阳西斜的时候，刘季来到了武负家门口。一阵小风吹来，传来一阵鸟儿的欢叫。他抬头看看，只见武负门口的两排杨柳上落了不少小鸟儿，都是些小燕子小麻雀，叽叽喳喳的，似乎是在向他打招呼，他心里一阵欢喜：今天难道有什么好事儿吗？

"兄弟来了？里面请！"

武负笑吟吟地迎上来，一边给他找了个座儿。

里面有不少都是老熟人，大家都相互打了招呼。有一个老头子正在聊当年周武王的事儿，看样子说得很生动，周围有一群人在听。那些人一面喝着酒，一面听着，很入神的样子。

不知不觉，一壶酒已喝完了，刘季叫了一声："送一壶酒来！"

忽然，一双玉手捧着酒壶出现在他的眼下，他看得出，这不是武负的手，而是一双更年轻的女人的手。他抬起头一看，不觉大吃一惊，心中暗道："好一个迷人的女子！"

只见这女人一副小妇人打扮，瓜子脸，长眼睛，秀鼻子，小嘴红红的，头发乌黑油亮，满脸都仿佛能渗出水来，只是眉宇间有一股忧伤之气。她身着一身白色衣裙，头上插着一朵说不出名的白花，小巧动人的身材，妩媚极了。

"你的酒。"

女人挤出一丝笑来，不仅没有甜味，反而增添了几分凄然。

刘季一见，魂儿立即飞到了她身上。他盯着她缓缓离开的背影，那十分合体的衣衫勾勒出了她全部的轮廓，两只胳膊自肘部以下都露在外，如美玉一般，他愈发呆了。

过了好一阵，那边传来的一阵哄笑才让刘季猛然醒来。他连喝几口酒，止不住又用眼睛去寻那个女人。

女人在人群中来回忙碌着，行动是那样小心谨慎，活像一只受过伤的小羊羔。刘季看着看着，在幻想起来将她搂入怀中……娥姁美是美，可总觉得缺少几分娇媚。

"兄弟！"

一个熟悉的声音在他耳边响起。他定睛一看，原来是武负站在了他身边。

"生意还好吧？"他自知已经失了态，忙问道。

武负笑了。这一笑，令他愈发不好意思起来。武负向那边招了招手，那个女子立即来到跟前。

"这是我表妹。她命不好，刚刚死了丈夫，因没有一男半女，被婆婆赶了出来，暂时在我这儿落脚，请刘兄多照应，她姓曹，叫好婕。"

刘季忙站起来，点了点头。

"好婕，"武负又拉住女人的手，"这是泗水亭长刘季，是个讲义气的人。以后有谁欺负咱姐儿俩，还得靠他撑腰哩。"

"小女子见过刘大哥！"那好婕忙忙地叫了一声，脸儿立即红了。

刘季更慌了，忙忙地作了一个揖，站在那儿不知说什么好，直到武负和那女人走开忙活去了，他才渐渐平静下来。

"好婕，曹好婕，嗯，好名字，好听的名字。"他止不住咕咕叽叽地自言自语，连酒也忘喝了。

直到小酒馆里的人快走光了，刘季才依依不舍地回家去。

连续许多天，他都会按时到小酒馆去。多少天下来，他已和曹好婕熟悉了。他已打定主意，一定把这个女人弄到手。

有一天，武负带着两个帮忙的伙计一同去沛县买高粱去了，酒馆里只剩下曹好婕和几个孩子。因为人手不够，小酒馆关了门，曹好婕就领着武负的几个孩子在刷酒瓮。

头一天刘季就知道了这个机会，刚看到武负买粮的车子出了村，刘季就敲开了武负家的门。

院子里都是水，几个孩子也干累了。刘季从怀中掏出一把钱，叫几个孩子去张家小店买零食吃，说那儿新到了一种芝麻糖，好吃着哩。

几个孩子和刘季熟络，也都喜欢他。以前，刘季常常带东西给他们吃，有的还是从泗水带来的。今儿见给的是钱，有点不敢接。

曹好婕说话了："既是刘叔给的，就拿着吧。"

大人说了话，孩子们立即接过钱，欢叫着跑出去了。

刘季看孩子们走远了，忙忙地闩上了大门。曹好婕是个聪明人，脸立即就红了，嗫嚅着道："别这样，孩子们回来看见……"

"不会的，张家小店在南面，远着哩！"刘季早已按捺不住了，上来抱住曹好婕就狂亲起来。

这好婕身材娇小，浑身软绵绵的，哪里经得起刘季的狂亲？一会儿连挣扎的力气都没有了，任由刘季摆弄她。

她知道这刘季是有家室的人，那又怎么样呢？自己还年轻，总不能就这样过一辈子吧。这些天，表姐已经向他说了许多关于刘季的事。

她曾闪过一个念头——将来能做刘季的妾也是好的，她不能生孩子，谁会要她呢？只要这个刘季喜欢她、能给她一个落脚处，她也愿意侍候他。她总不能在表姐这儿过一辈子吧！她也不能跟表姐比，表姐有儿有女，当然有盼头，她呢？

重新梳洗一番，曹妤婕打开了话匣子，开始慢声慢气地叙说自己的过去……

两人相见甚欢，之后不久，曹妤婕竟怀孕了。

刘季很快知道了消息——曹妤婕怀上了他的孩子。

第二年初春，吕娥姁生下了一个女孩儿，小女孩长得十分清秀，刘老太爷和刘老太太十分欢喜。他们老两口一辈子未曾养过女儿，大儿子、二儿子和小儿子家也缺女孩儿，所以这个女孩儿深得众人的欢心。

刘季给她取了个好听而又有点雅味的名字——鲁元。

娥姁倒是有几分不开心，在她的想象里，这头一胎应该是个儿子。将来刘季有了本事，儿子也该长大了，能帮着他点。按年龄说，刘季三十多岁得子本来就晚了点，如果儿子再来得迟，那还能帮上他爹的忙吗？

但是，很快这种不满足就被母性的宽厚温柔取代了。

吕公和吕夫人为外孙女儿预备了很多礼品，长命锁、银项圈、手镯……刘季看到吕公送来的东西，非常高兴，他知道，这些都是老丈人看在自己女儿的份上送的。他面对吕公时，心中似乎有点惭愧，自己至今仍是小亭长一个，并没有显示出什么贵相来。

几个月后，武负派人悄悄给刘季捎了个信儿——妤婕生下了一个儿子。

刘季喜不自胜，偷偷从泗水回到村里，给曹妤婕送去了三千钱及一些必用物品。妤婕怀里抱着孩子，越发显得容光焕发，她柔声道："你给孩子取个名字吧！"

刘季凑近孩子，只见这小子长得像他母亲，只有一双眼睛像他。最引人的就是那胖嘟嘟白净净的乖样儿，整个儿就像是粉团子一般。他沉吟了一会儿，道："如此白胖胖招人喜爱，就叫肥儿吧！"

妤婕笑吟吟地点点头，忙低头连呼："肥儿，肥儿！"

村里人并未注意到曹妤婕与刘季的关系，更没人知道她生了刘季的儿子。曹妤婕是外乡人，对她的过去很少有人知道，只有刘季的几个小兄弟略知一二。自从她生了孩子，武负对外就称这是妤婕的遗腹子，也没有人对此事深思深问。

但是，武负心中有自己的打算，她要为妤婕娘儿俩拿点名分。当刘季从曹妤婕房里出来时，她叫住了他："兄弟，这孩子也出生了，一切都顺利。妤婕是个可怜人，没爹没娘，兄长又不接纳她，你说，这可咋办哩？"

"大姐，"刘季道（自从他和妤婕好上之后，他已改称武负为大姐），"这事你不说，我也要给你个交代。"

他坐在武负对面，似乎早已想好了："大姐，我想暂时让她娘儿俩跟你过，日用我贴补些，以后我有了出头之日，绝不会亏待他们娘儿俩，你知道，我是个重情义的人。"

"这一点，我清楚。"

"大姐，你想，我夫人跟了我过日子，已经算是老丈人照应我了，我哪里配得上人家？她又是个有主见脾气大的女人，我不想让她为了什么事闹得鸡犬不宁，到头来都没有好处。再说，如果我刘季没有出头之日，好婕到了我家也没有好日子过。如果我有了出头之日，谁也挡不住我对好婕娘儿俩好，我想怎么着就怎么着，大姐你说呢？"

"是这个理儿，"武负回头朝好婕的房里看了一眼，"我就劝劝好婕吧，叫她想开点，依我说，她领着个孩子过日子就不错，何必想着去给你做小？做小的日子有好过的吗？唉——"

"大姐，假如好婕是个大姑娘还好说点儿。"

"我明白，她是个寡妇，这一点你对老爹老娘也不好交代。就这样吧，你也不要太为难了，大人孩子就跟我过日子，也不让你补贴什么，你家日子也不太宽裕。我有个小酒馆，吃饭还是没问题的，好婕又是个勤快人，不会白吃饭的。"

刘季听了，谢了又谢，才告辞出来。

他暗暗发誓，等自己将来有了好日子，一定得多弥补他们。

光阴似箭，转眼间又是两年过去了。吕娥姁又生了个儿子，取名刘盈，这才算称心如意。

刘季常常在看着眼前的一双儿女时，就会想起曹好婕母子。他的那个肥儿，叫曹肥，随他母亲姓，已经到处跑着玩了。有时候，他借到酒馆喝酒之机，给孩子带去点小玩意儿。看着孩子快乐的样子，他心里酸酸的。

更多的时候，他觉得有一种烦闷压着他。吕公说他有大贵之相，村里人也传说他头顶上有时现出龙凤之状，可是那好运在哪儿？他心里没一点儿底。

人呀，有时候就是奇怪。如果没有一点想头，也就老老实实生活了。如果一个理想总是盼不来，也够叫人难受的。

刘老太爷和刘老太太年事已高，地里的活儿干不动了，吕娥姁成了种地的能手。每天，她早出晚归，不顾风吹日晒在田间劳作。一天天，一年年，她黑了，瘦了，憔悴了。有时候累极了，她就会怀疑父亲是不是为自己选错了婆家。正月里，是女人回娘家的日子。她带着一双儿女也会到娘家住几天，对比一下城中的人，她会更觉得自己苦。可是，她始终没有放弃她心目中的那个信念——刘季会给她带来大富大贵的。

刘季现在也变了许多，有时要到田中帮助妻子干点农活，以减轻妻子的负担。

却说秦始皇自从方士那儿得知"东南方有天子气"的信儿之后，百忙之中免不掉要耿耿于怀，他暗下决心，要防患于未然，除去一切可能危及他的王朝的隐患。

这时候，李斯等人反复上书给秦始皇，说天下百姓深感秦王朝苛捐杂税与徭役太重，要皇帝深谋远虑，为秦王朝的万古事业考虑，重用人才，减轻百姓负担。同时，请皇帝以六国破灭为鉴，想方设法争取民心。

第二天上午，秦始皇得到了一个好消息——燕人卢生从海上回来了。

秦始皇屈指一算，自从自己派卢生入海求仙至今已近两年了。他心中不快地问卢生："何故如此之久才回来？"

卢生在殿下三拜九叩之后道："回皇帝陛下，臣往仙山之路真可谓千辛万苦，费尽了周折。到了仙人之处，仙人听说臣是陛下所派，又一再挽留臣多住些日子，所以才耽搁至今。"

秦始皇一听他已找到了仙山，不禁生出笑意，让卢生一一道来。那卢生早已胡编了一套谎言，把自己经历了哪些风浪，哪些曲折，进入的什么山，什么宫，仙山是如何之美，仙人如何生活等，活灵活现地说给皇帝听了。终了时，从怀中又掏出一封信，说是仙人呈给皇帝的。

秦始皇早已被卢生描绘的一切打动，又听说仙人有信给他，忙令侍臣传上来。

这是一封写在白色绢上的书信，其中多是对他的恭维之词。忽然，有一句话深深吸引住了他，只见上面写道："皇帝陛下切要保重龙体，一经过了天命之年，本仙定将派使者前往中原，接陛下来此做客。"

看罢，秦始皇顿时精神勃发。他心中暗想，朕征战天下，历尽了千辛万苦，至今都未曾真正享受过做皇帝的欢乐，再过几年朕就到了天命之年，为什么不在这几年中好好享受一下呢？父王他一生拘谨，似乎没有伸开腰身显示过君主的威风，朕不能再走他的老路了。如今天下大局已定，侵扰中原的胡人被赶走了，南方统一了，万里长城正在修筑，朕应该好好修建一下各处的宫殿了。和以往相比，朕的天下是最大的，朕的宫殿也应该是最有气派的。

但是，要知道这是一件费时费力费财的大事，必须告知大臣，征得他们的支持，在此之前，已经有人上奏给他，说这几年百姓忙于征战戍边，修筑长城，民怨四起，请他做大事要三思而行了。

经过一番思索，秦始皇找到了一个好的借口。一天，在朝议之时，他面谕群臣道："众位爱卿，近几年来，各地方豪门大族纷纷迁往咸阳城中，使得都城日趋繁荣。不只是户口逐日增加，就是那许多豪门的庭院也修建得鳞次栉比，豪华气派。而朕却自一统天下以来一直就住这么几间宫殿，与诸位爱卿和众多贵族相比，实在是不太相称。前不久，朕又听允李斯的建议，留住了那些对我大秦王朝有功的外国人，使得今日之朝会上，殿内殿外满是朝臣。虽显示了大秦王朝的繁盛，却不免让众位感到宫殿狭小。先王在日，也曾有扩充宫殿之想，无奈先王身体虚弱，力不从心，朕若是适当扩建一番，亦是实现先王之遗愿，不知众位爱卿有何谏议？"

殿下的臣子黑压压站了一片，初听此言，谁也不言语，他们心中都十分明白，自从皇帝一统天下以来，朝臣及地方官吏连带老百姓，谁也没过过安生日子。先是蒙恬北征匈奴，虽然取得大胜，夺回了塞外水草肥美的大片土地，把胡人赶到了八百里之外，但也死伤近二十万黎民。

其后，皇帝又下令北筑长城。长城本来也曾有一点故城，但互不相连。皇帝让它成为东起辽东，西至临洮，绵延万里的连贯长城，这是多大的一项劳役。蒙恬作为监修之臣，自己吃了不少苦，却不知多少黎民为此离乡背井，在长城上耗尽血汗，惨死在长城脚下；直到如今，这长城尚未完工，每年各地都要源源不断地遣送役工去继续修建。

另一面，皇帝征服岭南之时，因岭南气候异常，加之山高林密，毒蛇猛兽出没无常，蛮夷之人又顽固不化，就令以前关押的一些重刑犯人充军南行，用他们的血肉作铺路石。由于人力不足，皇帝又下令让民间商人同往。不知又有多少个家庭因此家破人亡。黎民的怨愤之情无以言表。

且说那岭南之人，本来安守家园，偏安一方，但秦军所到之处烧杀抢掠，无所不为，在马下刀下丧命的十之四五，余下的不得已为保命就做了奴隶，对秦人俯首帖耳。岭南一统，皇帝为了同化蛮夷，又从中原调了五十万人前往岭南。汉人久住中原，血脉传延，谁人乐意迁往岭南？为此，不知有多少人怒存胸中。

如今，皇帝又要大修宫殿，这将会给黎民增添多少苦难呢？然而，谁人不了解皇帝的威严和专断？所以，稍微沉默了一会儿，众臣皆纷纷称是，赞颂皇帝的打算。

秦始皇见众臣齐声赞同，心中美滋滋的。他立即召见工匠，让他们尽快设计出宫殿的规模。两个多月之后，著名的阿房宫开始修建了。

开建不久，山上的树木被砍光了，周围几百里内的石头被用尽了。每天只见各地劳工源源而来，人山人海。车马声、号子声、凿石声、砍木声、打夯声，此起彼伏。从工匠到刑犯，从监工到役徒，总数超过了七十多万。

当秦始皇居高临下看到这绵延上百里的建宫场景时，又一次体会到了一代皇帝无所不能的威严。

最先建成的是阿房殿。宫殿刚刚落成，秦始皇下令让一部分宫女住了进去。每天，宫中传出悠扬的丝竹之声，从早到晚，几乎不断。从宫中流出的渭水，经常呈粉红色。那是宫女们洗脸洗掉的胭脂色。

看着轻歌曼舞的宫女，品尝着山珍海味，享受着宫人们无微不至的侍奉，秦始皇心中暗道："这是不是跟仙人一样呢？"

有一天下午，秦始皇听着柔和的音乐，心中突发奇想——他要到宫外的亭子中去，边听音乐，边看天地，边体味做一个天之子的乐趣。侍从们听令一片忙乱，抬软榻的抬软榻，搬乐器的搬乐器，铺丝毯的铺丝毯。

须臾，秦始皇已斜躺在一处景色秀美的亭子里。不知为什么，一下子他悲从中来，内心一阵伤感，不知不觉地对侍候在身旁的卢生说："春去秋来，流年似水，秋天是一个萧瑟的季节，今儿朕才感到不知不觉中又消逝了一年。人生天地间，如白驹过隙，如何才能留得住岁月呢？爱卿曾说世间有不死之药，然这药实在难求。且朕曾遭刺客袭击，朕该如何防止这些意外之灾？"

卢生听言，心中不由得一阵惊惧。他向秦始皇说的不死之药，纯粹是胡编乱造之词，寻找仙山的经过，也是他信口瞎说的。天地这么大，到哪里去找仙人去？仙山那么渺茫，又到哪里去寻仙药去？他真担心有朝一日皇帝发现他说的一切都是子虚乌有，他的脑袋掉了是小事，皇帝非夷灭他三族不可。早知皇帝如此痴迷又如此凶狠，他说什么也不会干那一套的。如今皇帝又提起如何才能不死之事，怎么不令他心惊胆战？

但是，事已如此，只好将错就错了。听到皇上说到刺客之事，他灵机一动，计上心来。他要让皇帝忙个不停，让他没时间思索仙山、仙人、仙药的真与假。

"陛下，臣向陛下说过，仙人会在陛下过天命之年后恭请陛下一游仙山的。但臣想，这其间还有几年时间。想起不久前掷锤刺客之事，臣内心忧虑万分。臣想，陛下这几年何不潜心学仙，一来可使心境渐近仙人，二来可防微杜渐，免遭奸人暗中动手伤害龙体！"

"哦？说来听听！"

秦始皇此时心中正是伤感生命短促之时，哪里分得清什么是与非？他早已执迷不悟了。

"陛下，臣上次带人到海上寻仙时，曾有这样的经历——那仙山似乎就在眼前了，但是驶了半天还是上不去。那是一种若有若无的境界，因此，臣以为只有致以诚心，消除世俗之念，才能登上仙山。"

秦始皇思忖了一会儿，睁开眼问道："你是说朕应该清心寡欲，远离世俗？这叫朕如何做得到呢？"

"陛下，一国之君日理万机乃是分内之事，臣是说陛下闲居时可以另辟蹊径。臣听说，凡世间人欲成仙，必须随时微行，让自己避恶避邪。只要心远尘世，就能远离邪恶，招来真人。如陛下所居之处，朝臣皆知，你来我往，如何能宁静得了？宁静不了，即使仙人有意，又怎能走近陛下身旁？只要陛下从今以后，深居简出，隐行隐出，所居之处不让众人知晓，才会招致仙人到来。再说，那帮小人奸贼也无法知晓皇帝的行踪，再无法加害皇帝。"

秦始皇听了这些话，内心得到了许多安慰。他忧郁的脸上有了一丝笑容。

有一天，秦始皇带了十几个侍从，悄悄登上了骊山宫。自从卢生劝谏以来，他常常如此行踪神秘，不为外人所知。

登上山头，他俯瞰山下，一切尽收眼底。时值初冬时节，田野里一片光秃秃的，偶尔有几棵老树突兀而立，光枝光杆，煞是冷清。突然，山下有一队人马经过，旗帜飘扬，很有些气派。他问左右："山下队伍，是何人随从？"

左右看了一下，道："是丞相李斯。"

他一听，不禁皱了一下眉头："丞相平时都是如此气派吗？朕估计一下，有千人之多。"

没有人明确答复。

李斯听说此事后，悄悄减少了出行队伍，收敛了不少。

谁知事有凑巧，没有过几天，秦始皇又在不经意间看到了李斯的出行仪队，发现人数骤然少了许多，稍一思考，就知自己左右向李斯传了信息。他传召那天在骊山宫的所有人，追问是谁走漏了他说的话。

那十几个人谁敢承认？大怒之下，秦始皇把他们全部斩首。

这一举动震惊了朝臣，也吓坏了一些方士。那个卢生本来已胆战心惊，得此消息，更加心寒。他找到了另一方士侯生，两人密谋一番，溜之乎也。

秦始皇常常是三天两头就要见卢生一面，一见查找不着，方知卢生和侯生一起逃走了。他联想到几年前徐福带着五百个童男童女及各类物品一去不回，顿有上当被骗之感，一时间，怒从胆边生，火在心中起，下令御史："尽快把朝中诸生尽数聚集，严查是否有妖言惑众者。一经发现，全部斩首！"

几天之内，御史对朝中所有儒生一一严刑拷打，用尽了酷刑。那一个个读书人哪里受过这等皮肉之苦？在皮开肉绽、鲜血淋漓之际不由得都屈招了。一个大雪纷飞的中午，四百六十多个儒生被生生活埋。

御史报知秦始皇后，秦始皇仍觉不解心头之恨。近几天来，他自己心中悔悟深受方士之骗，又有左右从中添油加醋，更让他对方士恨之入骨，必欲斩草除根而后快。但是，他已听到朝臣议论纷纷，对他坑杀儒生有异议，于是，他决定见机行事。

忽然一日，骊山守吏送来一封奏章，说骊山下有一个地方叫马谷，乃是一个狭长的山谷。此处风景秀丽，四季如春，空气湿润，温暖宜人。值此严冬季节，山谷中仍有鲜甜瓜儿生长，现今都已成熟，不知是否应献给皇帝。

秦始皇看罢奏章，不由心中一喜："真乃天助朕也！"顿时，计上心来。

第二天早上，他下诏全国，声言朝中在太平之时急需文才，请各地选拔名儒送入京城，以助朝廷守天下之用。

此令一下，全国皆动。许多人饱学多识，博精诗书礼仪，只是苦于没有用武之地。今日得以选进京中，怎能喜不胜喜？各地名儒怀着万分喜悦的心情从四面八方奔向咸阳。

等众儒聚齐，秦始皇在大殿召见他们。只听得他诚恳地对众儒说："诸位书生，朕一统天下多年，百业共盛，如今已是天下太平。战时用武，和时用文，诸位皆为各地名儒，正是当今朝中急需人才。朕任诸位为朝中郎官，望诸位尽心尽力，为朝廷效力。"

各儒生苦读数年，所求的不正是有朝一日飞黄腾达，光耀门庭？如今平白地得了个朝官，无异于平步青云，哪个不欢天喜地。个个意气昂扬，随时准备听命于皇帝。

时隔不久，秦始皇又一次临朝对众儒生说："诸位郎官，如今骊山下马谷内竟有不少甜瓜生长成熟，朕不知这是吉是凶，还望众爱卿为朕拿个主意。"

众儒生一听这个，纷纷上奏论说。有的说是吉征，有的说是凶兆，有的则说是皇帝至孝，太后驾崩前曾言想吃甜瓜，当时还是冬日，皇帝到哪里去找？如今苍天赐甜瓜于皇帝，令皇帝献给母后。如此等等，各持己见。

秦始皇假装倾听之态，最后道："既然如此众说纷纭，朕就让各位郎官前往马谷一见那甜瓜，才好有个定论。"

郎官们哪里知道个中原因，连忙称好。于是，郎官们由几个朝臣带领，浩浩荡荡地向马谷出发了。一路上议论纷纷，仍在各说各的理。

时至黄昏，这一行七百余人才进入马谷。人到马谷，才发现这里真是个奇特的地方。

只见此处一个狭小入口，谷长有五十来丈。谷内草木茂盛，郁郁葱葱，到处都是一片苍翠之色，俨然是仲春季节的样子。众人止不住啧啧称奇。走到谷中间，果然看到一片甜瓜秧翠绿迷人，瓜秧上结的甜瓜圆溜匀称，有的已经成熟了。金黄的、雪白的、翠绿的……各不相同，煞是诱人。

就在这时，"轰隆隆"的一阵巨响，从两边山顶上登时滚下许多巨石来。再看来时的山口，已被木石堵住。众郎官被砸得哭天叫地，拥挤推搡之中已有许多人倒地而亡。逃无处逃，躲无处躲，一任巨石袭身。只过得两个时辰，七百多人全部命丧谷中。

原来，这是秦始皇故意设下的圈套，众儒生至死都不明白这是何人所为。

其实，秦始皇早已明白这马谷之中常年受骊山下温泉浸润，气候温暖，四季如春，所以这儿冬季也可生长草木和甜瓜，并没有什么奇特之处。利用郎官的一片忠心，他又一次发泄了心中的邪火，制造了中国历史上又一次文人的浩劫。

杀了那么多儒生，秦始皇的内心越发不能保持平静了。如今，没有人再去为他寻找仙药，他自然更加畏惧死亡。不知为什么，他的耳边老是响起那句预言："东南方有天子之气。"杀人只是他心惧的一种表现，却不能消除他的忧虑。如今他几乎到了风声鹤唳的地步，每天密切注视着全天下的风吹草动。

且说秦始皇的长子扶苏，乃是个仁义重礼之士。父皇所作所为都一一传进扶苏耳中，他思而又思，想而又想，以为父皇这样必定会导致天下群起而攻之，就从边塞专程回到咸阳。进宫之后，扶苏奏道："父皇，天下初定，百业待兴，黔首思和平当下，儒生盼太平时光。如今父皇大兴土木，使黔首疲于奔命不说，又一再坑杀儒生，儿臣恐人心怨愤，燃火四方，危及我大秦王朝。"

秦始皇此时早已是恼羞成怒，哪里听得进去劝告？又听儿子的话，心中甚是不快，他怒形于色道："小子何知！朕所作所为自有道理，岂有让你来指点之理？朝中没有你的事，你快速回北方去，边郡才是你效忠朝廷的地方。"

扶苏一看父皇如此自以为是，内心暗自悲叹一声，辞别父皇，又回到了上郡，监督蒙恬修长城去了。

时隔一年，又发生了一件令秦始皇心惊肉跳的事。

在一个阴雨绵绵的清晨，由东郡的一条通往京城的大道上，突然出现了一个巨大的怪状石头。这石头足有上万斤重，呈灰褐色，样子像铁却又不是铁。石头所在处，砸出了一个巨大的土坑。因为它突然出现在路口，引来许多行人和百姓观看。有人突然在它光滑的一面发现了一行刻字，经仔细辨认，原是这么一句话："始皇帝死而地分。"

顿时，人们惊恐万状，有好事者连忙报告到郡府，郡府一听，岂敢怠慢，连夜派快马报到京城。

秦始皇一听此事，不由心中一惊。但是，他马上镇定下来，黑下脸喝令道："哪里有什么怪石？无非是哪个刁民在想法儿咒朕。严令御史，限一日内查出投石者，惩治刁民！"

御史岂敢怠慢，立即前往怪石出现地，把怪石出现地周围所有的居民全部抓来，严刑逼供。

但是，谁又能知道怪石从何而来？依他们内心所思，乃是天降巨石告诫皇帝，可是哪个也不敢这么说。

最后，秦始皇一气之下，把所有看到石头的人都杀了。同时令官差在巨石上浇上油，用木柴烧。几天几夜之后，石头被大火烧成了一堆碎石。秦始皇觉得还不解恨，又让人把碎石撒到了黄河里。

谁知没过几天，一波未平，一波又起。

这一天下午，他小睡一会儿才醒来，就有一个使臣从关东来，说有要事禀奏，不可等待，他整理衣冠，让使臣进来。

一见使臣，他认出是几个月前去关东巡察边防的。此人为人忠厚，一片忠心诚笃，是他最信任的臣子之一。

"拜见皇帝陛下。臣有急事禀告。"

秦始皇看到他脸上全是忧虑，心中一惊："该不是边防有敌人入侵吧？"

"不，陛下，陛下威震四方，蛮夷早已退避一旁，边防安宁祥和。请陛下看这个。"

说着，他从怀里掏出一块上等玉璧来，呈给秦始皇。

秦始皇接过玉璧，端详半日，问："此璧从何而来？此乃世上稀世之璧，几无瑕疵。"

"皇帝，臣从关东回来途中，经过华阴县时，在平舒道上，忽然遇见一个人拿出这块璧给臣，同时道：'可替我赠予圣上，今年祖龙死。'臣下惊讶万分，正要详细问清，那人却倏忽不见，消失得无影无踪。臣不知何故，所以星夜急走，赶来告知皇帝。

秦始皇并不说话，愣在那儿，好大一会儿才说："卿一定累了，且回去休息，朕自有重赏。此事不可告诉别人。"

使臣悄然告退。

秦始皇手握白璧，一时间，心中纷乱极了，不知该如何确定含义。忽然，他想到了太卜。太卜因为受方士的牵连，早已被他疏远了。没办法，他只好召见太卜。

太卜乃是一古稀老人。只见他低眉沉思良久，才低声道："皇帝陛下，谋事在人，成事在天。陛下今年若要躲避灾异，以迁徙为最佳。"

秦始皇听了这寥寥数语，心中还不甚明了。但想到自己冷落太卜许久，也不愿再追问下去，即令太卜退下。

他想，宁可信其有，不可信其无。朕近日身体虚弱，不便外出，需静养一段时日。朕既为天子，令富户迁徙即如同朕自己迁徙一样。于是传令下去，令咸阳城周围三万余家迁往榆中。

此令一下，十几万百姓只得背井离乡，拖儿带女迁往异地。无形中，他们对皇帝的怨愤又增一层。

整整一个冬天，秦始皇深居宫中，一心静养身体。

阳春三月，天气回阳，大自然又回到了生命烂漫的季节。秦始皇又动了念头，他想再次出巡天下。

丞相李斯得知后，立即上奏阻止他。李斯在奏章结尾处道："陛下，博浪沙一事虽有惊无险，但六年前又两次出现刺客，令臣下不能不为陛下的安危忧虑。盗贼或有，刁民或现，请陛下万万注意出行安全。"

看罢奏章，秦始皇脸上一片阴云。

但太卜的话更令他不安，经过反复斟酌，他还是决定出巡一次。

听到他要出巡的消息，他的小儿子胡亥来到了他身边："父皇，儿臣请求与父皇同行，一来可亲自侍奉父皇的起居，二来也可以开阔眼界，增长见识。"

秦始皇笑了。

像所有做父母的人一样，他也特别偏爱这个小儿子。二十多个儿子中，他感到这孩子最为乖巧机灵，说起话来总让他心里甜蜜蜜的。如今，这孩子已经到了弱冠之年，越发令他欢喜。按理说，也该出去见识见识了。想起他这么多年对儿女们总是那么严厉，那么陌生，心中也有点不安。

"好吧，你可以同行。"思忖了片刻，他答应了。

"谢父皇。"胡亥一听，眼都笑弯了。

安排好朝中大事，他还决定让左丞相李斯、中车府令赵高等人陪他。李斯和赵高是他最信任的心腹之人。

巡行的车队出了咸阳，首先来到了云梦。这里的洪湖、洞庭湖是自古以来最灵秀的地方之一，令他心仪太久了。

在浩如烟海的洞庭湖边，他停留了多日。船行在碧波荡漾的水面上，他欣赏着岸边的风光，听侍臣们讲着关于这里的许多神奇传说。春天里的湖水特别纯净，不时有鱼儿跃出水面。岸边青草遍地、绿树成林，真像一个世外仙境。

胡亥则快乐得如同一个小孩子，在他身边跑来跑去。

路过九嶷山时，李斯奏道："陛下，九嶷山上有舜帝之墓，是否应去祭祀？"

秦始皇略一思索，点点头："朕需要先贤圣君指点，应去祭祀虞舜。"

其实，他是想到今年自己可能有什么不顺，才想去祭祀求福的。

祭祀之后，众人沿江东下。春天的江水又宽又急，船行江上，一日上百里，很快就到了丹阳。到达这里，他下令舍船登陆，向钱塘江逶迤而去。

"传令下去，朕要渡江登会稽山，到那里祭祀大禹。"

之后，经过二十来天，他们到达了海上。面对着无边无际的大海，秦始皇精神倍增。忽然间，他又想起了徐福。但是，他没有说出来，到目前，他已经意识到，徐福、卢生他们那些方士，都利用了自己想长生不老的愿望，以欺骗的手段从自己这儿得到了许多好处。所以，如今当着臣子们的面怎么好再提起呢？

赵高看到秦始皇面对大海出神儿，已经料到皇帝又想到去海上至今未归的徐福了。他想了想，对秦始皇道："皇帝陛下，臣听说徐福已经找到仙山了。"

秦始皇一听此言，十分惊愕。他问赵高："此话说来有何依据？"

"臣下听沿海的好几个官吏都说过。有渔民出海捕鱼，遇到大风浪，船儿不由得一个劲儿向东面的大海深处漂去。最后遇到了一个小岛，小岛上草木茂盛，有房舍楼台。一打听，说岛的主人叫徐福。渔民们十分惊喜，走进岛中，只见街道行人，良田沃土，一如海内。细细询问，方知是徐福所觅得的仙岛。岛上人都是徐福当年所带之人，那些少男少女已长大成人，做夫妻成了家。他们生活得衣食充足，自由自在，犹如仙人一般。"

"渔民们可曾见到仙人否？"秦始皇注意的还是仙人。

"陛下，没有人见到过。据说，这岛上仙人已迁走了，特地留给徐福他们的。"

"好一个徐福，他把朕骗得好苦！领了朕的物品和人，找到了仙山却独自享用。可见刁民还是很多，方士也是可恨！有朝一日，朕若捉得徐福，非把他碎尸万段不可！"

说到这里，秦始皇的手不由自主地按到了腰中宝剑之上。

大船在海上航行，秦始皇又下令组织一个弓箭队，随时准备射杀大海鱼。众皆不解其意，却得按旨意操办。

原来，秦始皇曾做过一个梦。梦中，他见到了东海海神。他对海神兴师问罪，问为什么自己总是找不到仙山，海神和他打了起来。其间，有许多大鱼帮助海神作战。梦醒之后，他找到太卜询问。

太卜说，这些大鱼不仅是他通往仙山的大碍，也是他命中的灾异。从那夜之后，他就对海上大鱼充满敌意。只是，数次到达海上却未曾遇见过。

到达芝罘时，一天中午，众人眼前忽然出现了一条巨鱼。只见那鱼背如屋脊一般大小，跃出水面时，身长足有十几丈。喷出的水柱有几十丈高，直冲云霄。阳光下，鱼鳞闪闪发光，泛着银青色。

"杀死它！杀死那条海神的帮凶！"

秦始皇一声令下，弓箭手们利箭齐发，刹那间，巨鱼身上中满箭镞，海水变成了殷红色。挣扎了一顿饭的工夫，巨鱼才慢慢肚皮朝上死去。

秦始皇脸上大放异彩，顿感身心轻松了不少。

不知不觉已到了六月间，海上大风渐起。秦始皇面对浩瀚的大海，自知不能再得到什么，就决定西归京都。

然而，连日来他身上愈加感到不适，胸闷气喘，四肢无力，头昏眼花，对山水没了兴趣。每日里走走停停，停停走走，饭量越来越小。

李斯想起前不久那个从关东来的使者带来的预言，心中甚感不妙，悄悄催促人们赶快往回走。哪知秦始皇病情一日重于一日，最后到了神情恍惚、胡言乱语的地步。一会儿说和山神作战，一会儿又说和海神相斗，一会儿又说仙人来邀。半夜三更时分，听得人毛骨悚然，四肢发抖。

见此情景，李斯心中暗道："人生有命，看来太卜的预言是真的。俗话说：躲得过算，躲不过命。可是，朝中大事尚未安排，皇位继承者尚未确定，如何是好？为大秦社稷考虑，须在皇帝清醒时问个明白，以防事后混乱。"

但是，一到秦始皇清醒时，他又不敢问了。

谁都知道，皇帝最忌人提起"死"字。"万一皇帝发了怒，只恐怕社稷未来没定，我的脑袋倒先掉了。"想到这些，李斯始终没敢向秦始皇提出来。他只好令随行御医加紧调治，期望能赶回京去处理皇帝的临终之事。

且说秦始皇虽然忌人们说到死，但到了眼下自己几乎水米不进之时，也料定自己撑不下去了。他想到了卢生说的仙人要在他天命之年请他去的话，想起了和母后相聚的那个梦，想起了太卜的叮嘱，感到自己难逃命运的浩劫了。

一日晚上，他忽然清醒了，令侍从扶起他，拿起笔写成了一封诏书。写毕，他召见李斯和赵高："火速派人诏令扶苏公子前来，到咸阳去与朕相见。"

只说完这一句话，他已是大汗淋漓，气喘吁吁。

赵高忙上前扶他躺下，令人为他拭去全身虚汗。封书之前，李斯和赵高都看到了诏书的内容，不过是让公子扶苏前往咸阳送终之事。

李斯看着虚弱无力的秦始皇，内心十分焦急，他知道皇帝还不知自己死期已至，已等不到京城了。思忖了一会儿，他已顾不了许多，小声问道："皇帝陛下，此诏令公子扶苏，是为交代社稷大事？"

面色苍白的秦始皇听了，点了点头。

"是否让臣下和中车府令草拟陛下之旨意？"

秦始皇看看他们，又点了点头。

李斯见状，急令人拿笔过来，和赵高草就了一封立公子扶苏为皇位继承者的诏书。须臾，呈在皇帝的榻前，让他过目。

秦始皇面对诏书，半天没有动静，眼睛呈凝视之状。赵高一惊，上前用手试试皇帝的鼻息，立即变了脸色："皇帝陛下已驾崩了。"

李斯一听，大惊失色。他看着皇帝那双眼睛，依然在睁着，就上前一步，用手轻轻拂了一下，秦始皇的眼这才合上了。

赵高匆匆袖起诏书，立即唤来随行者："看着皇帝陛下的龙体，我和左丞相商议一下后事。"

且说这赵高的一言一行，都有自己的打算。这么多年来，他一直在宫中做宦官，虽说凭着自己的刁滑钻营，已经从皇帝那儿得了不少好处，但心灵上却十分不平衡。所受的侮辱不说，作为一个男人身后却如此潦倒也令他心中十分难受。

为赢家江山，他做了不少，当然也想有所图谋。跟了秦始皇那么多年，他对皇帝的为人与喜怒了如指掌。他深知胡亥深得皇帝的喜爱，就一直想尽方法讨得胡亥的欢心。只要胡亥想要的，他就尽一切能力献上。

天长日久，胡亥终于被他引上了邪道，追求吃喝玩乐不说，也对众兄长们极力诽谤。秦始皇长年忙碌，很少顾及后宫之事，哪里知道小儿子的品格？因为平日赵高熟悉朝内大事，常常为他出谋划策，还以为赵高是个忠臣。赵高想达到的就是这个效果。皇帝总有一死，他要想在朝中站得住脚，就得紧紧拉住未来的新皇帝。

谁知方才皇帝与李斯的对答打破了他的梦想。至今他才明白，皇帝虽然疼爱少子胡亥，但是最信任的还是长子扶苏，欲立的继位者还是长子扶苏。

"无论如何也不能这样。"他一面藏起诏书，一面打着主意。

他看见李斯在忙着安置皇帝遗体，就悄悄问道："皇帝驾崩的消息是否传出去？"

李斯道："如今我们是在行宫，距离京城还有不少路程。如果发丧，恐引起诸公子混乱，引出纷扰，不如暂不发丧，先将皇帝遗体棺殓起来，待回到京城，同公子扶苏商量再说，你看如何？"

赵高点头道："此主意最好！"

瞅了个机会，赵高单独和胡亥相处一起，想要说服胡亥废兄立弟，自己做国君。

胡亥虽平日自以为是，逞能恃强，但自古以来长子继王位的惯例他还是知晓的。听了赵高的话，他淡淡地说："待兄长做了国君，我做我的公子就是了，有什么大碍呢！"

"哼，公子想得倒好，如若公子扶苏不分封给你寸土，你还能像以前那样豪华奢侈、为所欲为吗？"赵高冷笑道。

"自古以来，都是君君、臣臣、父父、子子，一切仁义孝悌，本该严守，我怎么能僭越？"胡亥皱着眉头，一副无可奈何的样子。

"公子错了。人间之事，有可为，有可不为，凡可为而不为，乃愚材也。"

"此话怎讲？"胡亥瞪大眼睛问。

"古人云，先发制人，后发则为人所制。公子为什么不想自己做国君？"

"那怎么可能？你要我不奉父诏，这是不孝；你要我废兄立弟，这是不义。而我才不及兄而强为之，这是违背天意。如此不忠不孝不义之事，我岂能为之？"因为生气，胡亥的脸都红了。

"哈哈哈，既然如此，那么公子且要成为别人的鱼肉了！"

"扑通"一声，胡亥颓然而坐："有这么严重吗？"

"自古以来为王位君位，父子相残，母子相残，兄弟相残，难道是一个两个？天下只有一个君位，百姓们只有一个皇帝。如果公子一味信守仁义之道，自甘成为人家刀下的鱼肉，那臣下就是多言了。"赵高装作拂袖欲去的样子。

"依你之见，我该怎样？"胡亥忽然拉住了他的衣袖。毕竟他还是一个少年，心被赵高说动了。

"先君把天下之事交给丞相与臣下，只要我三人齐心协力，事情都可办到。"

"丞相为人正直，而今日大行未发，我怎向丞相提起？"

"哼哼，公子莫要忘了，人皆有私欲。丞相再耿直，也都是为了私利。否则，一个外国人，为何甘在秦国效力。人不为己，天诛地灭！只要臣下以利诱之，还怕他不答应？"

然后，赵高又单独见了李斯，晓以利害，拉李斯入伙，扶持胡亥。

"丞相虽在朝中德高位重，但丞相才能与蒙恬相较如何？功绩与蒙恬相较如何？谋略与蒙恬相较如何？人心所向与蒙恬相较如何？与诸位公子的感情与蒙恬相较如何？"赵高问。

李斯沉吟良久道："皆不如蒙恬。中车府令如何言及这些？"

"我料定公子扶苏一旦做了国君，必用蒙恬为丞相，丞相今日的辉煌就会变成明日黄花，功名富贵，尽将离去。"

"李斯我本是上蔡一介布衣，能有今日，全凭皇帝赏识。人生在世，盛极必衰，衰极必盛。荣华富贵有待之之时，必有失之之日，有何奇怪。"

"丞相说得有理。然自古以来一朝天子一朝臣。只怕你自甘为民，那蒙恬却还容不了你。丞相试想，那蒙恬为人刚直勇猛，一旦他嫉妒起丞相今日的威望来，欲除去丞相怎么是好？"

"生死由命，我并不介意，人总不能长生不死。"

"然一旦丞相殒命，丞相儿孙岂能活命。凭蒙恬外击匈奴的凶狠，斩草除根之事必在情理之中。丞相不为自己着想，难道置全家性命于不顾？"

"这……"李斯头上已冒出一层细汗。自古以来，这类事情太多了，他博古通今，自然心中有数。

"丞相，我十几年来一直教习胡亥，此公子虽是一少年，但聪明伶俐，诚实笃厚，重义轻财，善纳人言，是公子中难得的一员。若立他为太子，必会敬奉丞相与我，一切风波浪涛都会消失殆尽。"

李斯听到这里，方明白赵高已与胡亥商议定了，自己如若再坚持下去，且不说是否会引起朝中大乱，众公子争位，就连自己及全家性命都难保住。如今那诏书可是在他们手中啊。

想到这里，他已是满面泪水。

赵高见状，知他已被自己说动，连忙报知胡亥："丞相已从，立即行动吧！"

胡亥一听李斯也愿如此，感到这事可行，就和赵高谋议假圣旨，立自己为太子。假诏书拟好之后，盖上御玺，交与使者，令使者火速送给远在上郡的扶苏。

为了防止节外生枝，赵高和胡亥、李斯三人议定，一路上在车中放上咸鱼，遮掩尸体腐败的臭味，严守皇帝驾崩的消息，一切仍照皇帝活着的样子行使，直至进入咸阳。

行了那么远的路，随行百官竟无人知晓。

且说在上郡监督蒙恬的公子扶苏，忽然接到了父皇派人送来的诏书，他打开一看，只见上面写道："朕巡行天下，祷告名山诸神，为的是延年益寿。而扶苏和将军蒙恬率几十万大军驻守边防，至今已十余年，非但没有拓宽疆土，反而耗费巨资，劳民伤财，又数次上书对朕进行诽谤攻击。因此，公子扶苏实为不孝之子，今赐宝剑自裁。蒙恬亦未尽到辅助之职，乃不忠之臣，今令其把兵权交与王离，然后自尽谢罪。"

扶苏看罢，泪水立即滚落下来，他走入内室，拔剑自刎。

蒙恬心痛万分，他知道扶苏向来忠厚仁义，这样了结自己，乃是在情理之中。他令手下殓葬扶苏，自己却不愿自杀。交出兵权给王离后，进入了阳周狱中。

当秦始皇的遗体到达京都之后，使者已从上郡回京。赵高、胡亥、李斯闻知扶苏已死，即日向全国发丧，拥立胡亥为二世皇帝。胡亥接受群臣朝拜之后，正式登基。李斯仍为丞相，赵高迁为郎中令。

一切稳妥之后，已是深秋时节。胡亥将秦始皇棺木送向骊山。

下葬之日，秦始皇的众妃嫔都到了送葬处，胡亥下令让先帝后宫中未曾生子的妃嫔一律陪葬。修墓工匠们也全部闷在墓中，成了一批殉葬者。

回到朝中，胡亥对赵高说，蒙恬对秦王朝功劳很大，他想释放蒙恬，任用他为大将。

赵高一听，心中翻腾起来。他想起许多年前的一件事。

那是他做中车府令的时候，一个朝臣犯了重罪，秦始皇令精通狱法的他审查案情。朝臣深知赵高贪于财货，就向赵高行贿，给了他黄金一百斤。赵高于是故意从轻发落，把本应抄家流放的罪人只定了个革职之罪。有人向秦始皇告发了赵高，秦始皇大怒之下，令蒙毅审理赵高的案子。

蒙毅为人正直耿介，是一个是非分明的人。他详细考察取证。按照秦法，定赵高为死罪。但是，在处罚时，秦始皇考虑到赵高一向精通刑狱，为他在处理朝政时出了不少力，就免了赵高的死罪。从此，赵高对蒙家充满了仇恨。

"如果蒙家兄弟再被二世重用，必将对我赵高不利，我不能让蒙家兄弟再站起来！"想到这里，赵高心生一计，对胡亥道："陛下，先帝在世之时，就一直想立陛下为太子。但是，为何迟迟未下诏书？这都是因为蒙家兄弟再三向皇帝进言，说陛下为人软弱而幼稚，于秦王朝江山长久不利。所以，皇帝驾崩之时，就立了扶苏为太子。而今扶苏已死，陛下再重用蒙家兄弟，就不怕蒙家兄弟为扶苏复仇。依臣之见，不如一了百了，把蒙家兄弟全部处死。"

胡亥听了，瞪着眼睛在那儿发呆，内心升起了对蒙家兄弟的怨恨。

忽然，一个少年向前进谏道："陛下，臣斗胆进言——以前赵王迁杀了忠臣李牧，误用颜聚；燕王喜任用荆轲之谋背秦之约；齐王田建残杀先世遗臣，偏信后胜。其结果，这三个国君都走向了国破家亡，前事不忘，后事之师。蒙家兄弟一向精忠报国，为我王朝屡立战功，乃朝中屈指可数的功臣。陛下要是将他们处死，必将失去群臣的信任，使军心涣散。陛下，臣闻轻虑者不能治国，独智者不可以存君。臣以为决不可杀了蒙家兄弟！"

胡亥闻声望去，乃是子婴。这子婴乃是他哥哥的儿子。这小子竟然当着臣子的面这样劝阻自己，他拉下脸来呵斥道："小子何知！朕自有处置之法，要你来在这里插话！"

之后，蒙毅、蒙恬皆被赐死于狱中。

为了巩固自己的统治，胡亥不仅没有减轻秦始皇定下的严刑苛法，反而加重了。加上他杀死蒙家兄弟，使朝臣人心涣散，人们免不了要议论纷纷。胡亥心中不快，又怕诸位公子与他争皇位，就找来赵高商议对策。

在赵高的提议下，胡亥欲除掉诸公子，并让赵高去处理。

赵高得了这种诏令，马上行动起来。他回想了一下诸公子和公主中平时对他稍稍有轻视行为的，分别给他们加上了不同名堂的逆反之罪，把他们投入了监狱。

胡亥的十二位兄弟和十个姐妹先后被关押起来。由于赵高施行了一系列惨无人道的酷刑，公子和公主们先后都被屈打成招，承认自己有罪过。平日里过着金枝玉叶的生活，他们哪里撑得过这种场面呢？

当赵高乐颠颠地向胡亥报告他们已招供后，一场血腥屠杀开始了。十二位公子在咸阳街头被斩首示众，十位公主则在杜县被车裂而死，他们的家产全部充公。而因此受到牵连获罪的人更是不计其数。

在鲜血浸透的日子里，胡亥迎来了他继位的第二个年头。此时，朝中重要的老臣已没有几位了，而皇室被害者已达四十几个。到处人心惶惶。

然而，胡亥却得意地认为自己帝位已经巩固，可以高枕无忧了。他开始放纵游乐，下令扩建宫殿，大兴土木。

秦始皇在位时，全国民众已经被无休无止的各种徭役搞得疲惫不堪，如今又得到续修宫殿的诏令，更是怨声载道。由于胡亥贪于享乐，衣食游宴追求无度，又增添了五万宫廷卫士，豢养了大批野兽狗马，使得老百姓身上分摊的税捐多得不可胜数。许多人衣食不保，只得卖儿卖女，离乡背井，全国成了一片干燥的草原，只要一把火就可点燃起来。

【第四回】

大泽乡尺鱼献书，芒砀山丈蛇授首

就在秦二世祸国殃民，弄得全天下民怨鼎沸之时，一个在中国历史上流芳千古的下层人物出现了。

在秦末的阳城县，住着一户姓陈的人家，他们世世代代以替人耕种为生，十分贫穷。

然而，陈家人为人正直，很有几分头脑，到了这一代，当家人乃是一个名胜、字涉的好汉。

这陈胜自幼虽然过着食不果腹、衣不遮体的生活，却千方百计读了一点书，知道不少天文地理历史方面的知识。成人以来，他一直寄人篱下，做着卑下的帮佣，但在他身上，却洋溢着一种浩然正气。

有一个中午，太阳特别厉害，大家感到热得难受也累得够呛，一群干活的人就来到地头休息。

大伙儿围坐在一起，一边喝水一边拉呱儿，只有陈胜一个人坐在一旁默默无语。

"陈胜，你为什么不说话？有什么心事吗？"一个衣衫破烂的年长者问道。

"老叔，我在想，如果有一天我富贵了，一定忘不了你们这些穷乡亲，我们在一起流了多少汗水啊！"

老者还没答话，旁边的人就大笑起来："陈胜呀，你真是异想天开！我们这群帮佣的人会有什么富贵可言吗？"

"哈哈哈——"

陈胜长叹一声，然后道："难道王侯将相们就是天生的贵种吗？"

众人听了，依然笑声不断，他摇摇头，轻声说："唉，燕雀哪里知道鸿鹄的远大志向啊？"

第二年，正是秦二世元年。七月里，阳城县令接到了皇帝的诏令——征调闾左贫民前往渔阳戍边。

一时间，全县陷入了一片混乱。被征召的人匆匆做着准备，一边悲伤地与家人话别。只见到处鸡飞狗叫，到处哭声振荡。

陈胜也在被征者之列，由于他身强力壮而又识文断字，就和另一位同样出众的人物——吴广一同被任命为屯长。在两名都尉的监督下，他们带领九百多人向渔阳进发。

从阳城到渔阳，路途遥遥，大约要走两个月时间。他们这一行人个个身强力壮，倒也不在话下。

然而，天有不测风云。刚刚走到第七天时，忽然下起大雨来。天气阴沉，道路泥泞，众人叫苦不迭。

来到大泽乡时，雨下得更大了，雨水积聚过多，到处都成了一片汪洋。他们分不清哪里是路，哪里是沟，实在没法再走了。稍一计议，众人停下来休息，等待雨住再走。

老天似乎有意和他们作对，根本没有放晴的意思。望着雨丝织成的水幕世界，看着阴沉的天，陈胜和吴广万分焦急，戍卒们也议论纷纷，焦躁不安起来。

"这可如何是好，雨如此之大，不是快要淹没庄稼了吗？"

"淹没庄稼是别人的事，照这样下去，我们要误了日程了。"

"误了日程怎么办？按照法律是要定死罪的呀！"

陈胜算算日期，心中大惊，他悄悄把吴广拉到了一边："我们在这儿已停了十几天了，就算马上停雨，路上再也不会出现什么差错，也是难以按预期到达渔阳了，怎么办？"

"按照朝廷法律，误期要杀头的。"吴广也是忧心忡忡。

"难道我们这九百多人都要去白白送死吗？"

"我想过了，与其白白去死，不如大家分散逃走。"吴广怒不可遏地道。

"这不是上策。你想，我们虽然都年轻力壮，但毕竟身处异乡，一无所有，能往哪里去？再说，逃走了一旦被抓住，还是要被砍头的。"

"走也是死，不走也是死，那可怎么办？"

"我们可以另谋出路，如果我们奋起造反，或许还有活下去的希望，甚至还有可能谋得大富大贵。"陈胜显然是思虑很久了。

吴广沉吟半晌，一拍大腿："反了就反了，大不了就是一死！不过——"

"你还有什么主意吗？"

"反了也得有个名目哇，得抓住人心才行。"

"你说得对，虽然如今百姓被秦君害得太苦了，但他们并不知晓一些实情。像那公子扶苏，为人贤明正直，又有德又有谋，却不受重视，被派往北郡守边。

那胡亥乃是一介愚夫，无德无才，却在先帝驾崩之时矫父命害了扶苏，自登皇位；又杀死众多兄弟姐妹和朝中要臣，凶残无比。可是老百姓哪里知道这些事情？要想顺应民心，召唤民众起来造反，必须以天理天意来做借口。"

找了一个借口，陈胜、吴广冒雨来到一个卜者家里。陈胜道："我二人决定要做大事，事情重大，性命攸关，不知是否可行？"

卜者看看二人，请他们报上生辰八字，掐指算了一回，静静地道："二位所行之事，成功有望，但风险很大，道路曲折，还应再祈问鬼神天地，看看它们何意。"

陈胜拿出钱两，谢了卜者，拉着吴广出了门。

吴广问道："这祈问鬼神天地怎么个祈问法？"

陈胜道："卜者的意思不便说啊，这是他们的职业习惯。他是让我们假托鬼神，向大家示意造反乃是天意。否则，你我与众人向无瓜葛，何以服众？"

"如此，我们该如何办才行？"

"这事刚才我就想过了，我们这么办。"他轻轻向吴广交代一番。吴广一边点头，一边称是。之后，二人回到了驻地，各自悄悄行动起来。

第三天，做饭的士卒忽然大叫起来："快来呀，这儿有怪事喽，快来看呀——"

众人听声，不知什么奇特之事，一起聚拢过去。

只见那士卒手中握着一块白绢，满脸惊恐地向众人道："今儿早上我买来的这些鱼，都是活蹦乱跳的，可是刚才剖鱼时，忽然在这个最大的鱼肚里挖出了这块白绢。我好生奇怪，打开一看，这上面还写了六个字。"

众人仔细一瞧，只见上面有红色的六个大字"大楚兴陈胜王"。

众人面面相觑，不一会儿，这事就在驻地传开了。

一个士卒气喘吁吁地找到陈胜，上气不接下气地告诉了他这件事。陈胜正埋头睡大觉，一听此事，睡眼惺忪地道："胡说，哪有这样的事？鱼儿腹中能长帛书吗？"

"千真万确，现在众人正在传看哩！"

"你也亲眼见了？"

"见了，六个字写得清清楚楚！"

"难道这是天意？"陈胜一副沉思的样子，"这不能再传下去了，你现在就回去把那帛书烧掉，都尉知道了可不是闹着玩儿的。"

驻地里再也平静不下来了，士卒们感到这冥冥之中有着天意。他们看陈胜时的眼神里添了许多敬佩，还纷纷去和陈胜打招呼。

雨依旧在下，只是略小了一点。他们居住在一个古庙里，平时十分吵闹，然而，这天晚上却没有了吵闹声，只听得到处是窃窃私语声。人们又听到从东边那大片树林里传来了一种说不出是什么的怪叫声，隐隐约约有两句是"大楚兴，陈胜王"。

人们这才想起，那片树林里有一个大祠堂，不知多少年了，据说是祭祀天地的地方。有些好奇的人相约着走出去，向东面望去。声音越来越清晰了，确实有"大楚兴，陈胜王"二句。那如狼似鬼的声音叫人毛骨悚然。同时，树林里还有闪闪烁烁的光团在跳跃。那样子犹如阴暗潮湿的坟地里出现的鬼火一般，在雨雾中上下闪现。

有人说要去看一看，但没有人呼应他，也就没了胆量。

这一夜，谁也没睡着觉。

以后的几天里，营地里沸腾起来，人们相互传说着一个神奇的天意：

"知道吗？老天显灵了，陈胜要兴起大楚了。"

"那不是天意，是神意。鲤鱼和大雁一样，自古以来都是神物，能传神意。"

"那树林里怪叫的是什么你知道吗？那是狐狸精！狐狸成精了能道天意。"

"陈胜就要取代秦王了。"

"秦王无道，是该有人出来推翻他们了！"

…………

陈胜、吴广把这一切都看在眼里，听在耳里。他们所要达到的效果就是如此。二人商议一下，觉得时机已到，可以行动了。

一天中午，两个都尉被几个士卒灌得酩酊大醉，正在呼呼大睡。陈胜和吴广来到他们面前，把他们叫醒了。

他们睡得正沉，忽然被人叫起，脸色难看极了："你们有什么事，这个时候叫醒我们？"

"都尉，"吴广拱拱手，"我们此番奉命前往渔阳，有严格的期限规定。如今逾期是情理之中的事。按照秦法，逾期必死无疑，与其去送死，不如远走高飞，我二人正为此事前来向都尉报告。"

都尉一听，立即怒火冲天地道："按照秦法，逃亡者立斩，你们难道不知道？"他们一边说，一边歪歪斜斜地站起来。

吴广讽刺道："杀了我们，你们还想活命吗？"

"大胆！"二人拍案而起，抽出佩剑向陈胜、吴广刺来。

然而，醉酒之人哪里能把握自己，他们歪斜着乱挥利剑，根本不是陈胜、吴广的对手。没几个回合，两个都尉死在了他们手下。

有几个士卒在旁目睹了这一切，他们也义愤填膺，明白都尉是要他们去白白送死。陈胜、吴广乘势把全部戍卒召集起来，振臂一呼："弟兄们，静一静！

咱们被大雨阻拦在此已十几天了。照此计算，就是即刻天晴，也不能按期到达渔阳。按照秦律，误期当死。就是侥幸能免掉一死，咱们到那北方荒野无人之地驻守边防，远离人烟，冬寒夏热，随时都可能抛尸荒野。自古以来征战者能有几人回乡？大丈夫活一世，就要有个名堂，活要活得富富贵贵，死要死得壮壮烈烈。我们这一条命，总要有所值才行。王侯将相，难道天生的就是贵人之种吗？"

"屯长所言极是，我们怎么办？"众人齐声应和。

"刚才，两个都尉不听我们的劝告，已被我们杀了，现在大家没人管束了，如有愿意回家的，我们发给盘缠，也可逃往别处。如不愿走的，听我们指挥，大家有福同享，有难同当。"

士卒们想起他二人平日待人极厚道，思忖到眼前的处境，决意追随他们行动，齐声道："我们跟着屯长，悉听遵命！"

陈胜、吴广二人当即宣布起义，他们树起大旗，称陈胜为将军、吴广为都尉。陈胜、吴广又分别任命了几个小头目，让他们分别统领一队，于是，一幅巨大的书着"楚"字的大旗飘扬起来。

陈胜道："自古以来，凡举大事者都要结盟而誓，我们今天也要进行此举，弟兄们意下如何！"

"太好了！马上举行！"众人至此，一呼百应。

一个简单的祭坛建起来了。祭坛的中央，插着那杆才竖起的大旗，旗子下面，摆放着两个都尉的首级。九百多人歃血为盟，在陈胜和吴广的率领下立下誓言："同心协力，兴楚灭秦！"

当晚，陈胜和吴广召集诸位首领，一起议定事项，最后作出决定：以公子扶苏和楚将项燕为名，建国号"张楚"，迅速招募人马。

第二天，这一行九百人冲向大泽乡，占领后作为基地。一时间，没有什么武器，他们就地取材，以铁制农具作用具，砍树砍竹，忙了几天，才算手中各有所持。

这时，天忽然晴朗起来。雨止了，风住了，路干了，水退了。士卒们不由得扬眉吐气，自以为得到了老天之助，更加信心百倍。他们转攻蕲县，军队刚刚开到县城，县城守军已闻风而逃，县城轻而易举地被他们踏在脚下。

符离人葛婴，乃是军中一员猛将，他听命于陈胜，带军向东进攻，又迅速拿下了两个县，顿时军威大震。许多百姓闻知消息，从四面八方涌向起义军，有的人不远几百里路而来，带着干粮，要求参军，十几天之内，人马大增，有好几万人。

考虑到实力壮大，陈胜和吴广决定攻陈。几万步卒，一千多骑兵及六七百辆战车涌到了陈城之下。县丞带兵招架不住起义军，连连后退，他向众人道："这是一帮亡命之徒，还是退守为好。"

但是，此时已经来不及了，起义军势如破竹一般冲上来，城中人已来不及关闭城门了。只消几个时辰，县丞及守军都死在了起义军的棍棒和乱刀乱叉之下，陈城又为起义军所占。

为了安定民心，争取支持，陈胜、吴广下令军中："不许扰乱百姓，不许侵人利益。除暴安良之事可为，骚扰百姓之事不做。"

城中的三老被他们唤来议事。看到起义军如此善良正直，三老们齐声高呼："将军披坚执锐，伐无道、诛暴秦，复立楚国社稷，应当自立为王，以孚民望！"

陈胜向大家拱手道："起兵伐秦，乃是顺应天意，各项功勋，皆是各位将领所建，我无能无德，怎可自立为王？"

就在这时，忽然有人来报，说有两位来自大梁的义士前来拜见他们。陈胜一听，笑容满面地迎了出来。

这来者乃是张耳和陈余。

张耳是大梁人，年轻时是魏公子无忌的门客。后来，他和别人发生纠纷，竟闹出了人命案子。没奈何，他只身逃到了外黄，在当地给人帮佣为生。

外黄有一户富足人家，主人是个很讲义气的豪侠之士。有一天，他偶然认识了张耳，对张耳产生了好感。他认为这个年轻人虽然衣着朴素，是个佣工，却举止有分寸，气度不凡，不仅相貌堂堂，还颇有见识，是个有出息的人。于是，他产生一念，想把那个因嫁给无赖而受不了打骂逃回家的女儿嫁给张耳。

张耳听了富豪的话，心中十分高兴。

富豪女嫁给张耳时，娘家陪送了丰厚的嫁妆，良田、房产、金钱都十分充足。从此，张耳成了外黄的一个富户。

但是，张耳并不看重这些钱财，他是个有大志的人。对朋友，他重义轻财，豪爽仗义，常常解囊相助。没多久，他家中已聚集了许多贤士侠客。

几年后，这些朋友为他出谋划策，让他谋到了一个官职——外黄县令。

有了官职，又有一班义士的指点，他越来越受人尊敬。渐渐地，魏国人都知道了他的贤名。

陈余也是大梁人。跟张耳不同的是，他自幼学习儒术，精通儒家经典。和张耳不谋而合的是陈余也豪爽好客，喜欢广交天下朋友。当初赵国有个地方叫苦陉，那儿有好几个他的生死之交，所以，他曾经在苦陉住了一段日子。由于苦陉人对他都很熟悉，当地的一个富人公乘氏也看上了他，认定他前途远大，就把女儿嫁给他为妻了。

陈余认识张耳之后，非常仰慕他，对他如父辈一般毕恭毕敬，很快，二人结为生死之交。

过了一段时间，秦灭魏国，张耳失了官，成了外黄的一介布衣，正巧陈余此时带着家小返回家乡。由于二人皆存有大志，经常结伴而行，在朋友中走动。对于祖国的灭亡，他们从未甘心过，仍在寻找机会以施展抱负。他们的行为引起官方的注意，很快，他们二人作为反秦嫌疑被秦王朝通缉。秦廷出赏千金捉拿张耳，出赏五百金捉拿陈余。二人为了活命，只得隐姓埋名逃往他乡。几经周折，他们来到了陈县，做里正监门。

"出门在外，你我皆要格外小心，千万不要暴露身份，以免惹出事端来。"张耳经常这样告诫陈余。陈余自然知晓这些，所以处处都很谨慎。

然而，意外的事情还是发生了。一天，陈余在侍奉里吏时，一不小心泼了里吏一身墨汁，把里吏的一身新衣服弄得一塌糊涂。里吏顿时暴跳如雷，喝令左右鞭打陈余二十大鞭。

陈余虽然没有做过人上人，但何尝受过这种惩罚？况且他脾气耿直，认为自己已经赔了罪，不该受这么重的责罚。他双目圆睁，上去要和里吏论个高低。恰在此时，张耳来到，他喝令一声："陈余，快去受过！"

陈余一听此言，心中十分不解。但是，他一向对张耳言听计从，敬佩之至。所以，他马上乖乖地接受了鞭打。

事后，张耳亲自侍候陈余多日，为他敷药、喂饭、洗漱。他对陈余说："这个里吏为人凶狠恶毒，你在他火头上顶撞他，说不定会被他打死。你我有大事要做，怎能为区区小事死在一个小人物手里？太不值得了！"

陈余深为明理地点点头。从此，他们的心贴得更近了，那种要成就大事业的志向更坚定了。

当陈胜、吴广率众起义的消息传到他们耳中之后，二人欣喜若狂。张耳对陈余说："自古乱世出英雄，你我皆是有志之士，只待时机。如今时机快到了，走，投奔陈胜、吴广去，打出一个光明世界来！"

当夜，二人就上了路，风餐露宿十几天才到达陈胜他们这儿。

陈胜见了张耳、陈余，各自行了礼。得知此二人是来投奔的，陈胜十分欢喜，当下把他们介绍给吴广及各队首领。

众人立即来到厅内商议下一步该怎么办。陈胜道："我一向闻知二位乃是大梁义士，足智多谋。众人如今建议我称王领队，二位意下如何？"

张耳道："此事我们已知晓了。那秦二世暴虐无道，蚕食诸侯，席卷天下，以虎狼之心残害天下百姓。你率众起义，以生命为代价，就是要为民除害，这是你深得人心之处，也是四面八方之人投奔你的原因。然而，来日方长，任重道远。如今你刚刚打到陈县就要称王，天下人就会看出你的私心。我们以为，你现在不要称王，应该火速向西进发，分派多人去联络六国国君的后裔，让他们和你联起手来，壮大自己的势力。这样可以使秦王朝多处树敌，从而分散他们的实力。敌人的兵力分散了，力量就相对削弱了。你可以一路打下去，直攻咸阳。一旦占据了咸阳，你就可以号令诸侯共同行动。秦王朝灭亡了，你再用恩德来安抚天下，就自然成了天下之王了。所以我们以为，眼下称王为时太早，容易涣散人心，毁了大事。"

陈胜听了，默默无语。最后，他不快地作出决断："我还是听取三老的建议，先自立为王，定国号为'张楚'，以顺应民心。"

第二天，陈胜派吴广率众向西进攻荥阳。

此时，起义军距离原来赵国的故土很近，张耳向陈胜建议攻打赵地，取得原赵国人的呼应，这次陈胜听从了，他任命自己过去的好友，陈县人武臣为将军，张耳、陈余为左、右校尉，交给他们三千士卒，令他们起军攻赵地。

这当儿，咸阳已闻知陈胜率众起义的消息，各地云集响应的急信也纷纷传来。朝臣们深为忧虑，却不敢上奏秦二世。他们深知秦二世的昏庸和暴虐，早已心惊胆寒了，唯恐因讲实情而得罪了他。

岂不知，此时的楚地到处已呈风起云涌之势，上千人一支的起义军多得不可胜数。

陈胜连连获得各路大军的捷报之后，派汝阴人邓宗率军攻占了九江郡，势力进一步扩大。

有一路大军被派往东城。占领东城之后，领军将领葛婴立襄强为楚王，以赢得当地人心。这时，从陈胜那儿传来信息，说陈胜已自立为王。葛婴杀了襄强，带军返回了总部。陈胜听了葛婴的陈述，十分恼怒，他当即杀了葛婴，以示他对立别人为王者的惩罚。同时，他派出以魏国人宋留为将军的一万人的军队，折道向西，从南阳、武关向关中进发。

至此，已有四路起义军进攻秦王朝。

却说刘季在沛县亭长之位上，不知不觉迎来了他的第三十八个春秋。

这年秋天，沛县县令交给刘季一个任务——令他押解六十多名劳役和三十多个囚犯前往骊山服役。

原来，秦二世在全国范围内征集劳役去营造骊山皇陵，沛县也分到了百十个名额。县令东拼西凑，好不容易凑足了数目。为了押解人选，他也颇费了一番脑筋。这六十多名劳役都是年轻力壮之辈，一般人对付不了。那三十多个犯人更多是亡命之徒。况且让他们远离家乡去遥远的骊山，哪个心甘情愿呢？左思右想，他最终选定了泗水亭长刘季。刘季在当地青壮年中很有威望，又力量过人，即使有个别想对付他也不那么容易对付得了。

刘季得了这个差事，自知是个苦差却也无可奈何。他辞别了父母和妻子儿女，就来到了县衙。

见到那一群要押解的人，刘季心头一沉。只见那一个个汉子全被反绑着手，一个一个用绳子牵在一起，如同拴羊一般。看看他们的脸，全都阴沉着。他们周围，聚集着许多送行的家眷，哭声、叹气声、喊叫声响成一片，真是一个凄惨的场面，令人心中发酸。

他真后悔自己没有想办法推掉这份差事，现在想推辞也来不及了。他只得硬着头皮押着众人上路了。

出了县城，迎面吹来的是凉凉的秋风。队伍中开始有人抱怨发牢骚了。有的怒气冲天骂县令，说他心狠手辣；有的诅咒差吏，说他们该断子绝孙；有的人则唉声叹气，诉说家中有白发老母和弱妻幼子，他们走了，家里将无人支撑，有的人则泪水涟涟，担心自己此去不会复返。

刘季听着这些，心中不免也伤感起来："我虽为押解之人，但不过是个小小的亭长，如今和他们同向西行，和他们又有什么区别？此去骊山山高路远，谁知一路上会出什么事儿呢？家中父母年事已高，妻子儿女没人照料。想当初老丈人说我有贵人之相，如今我都三十八岁了，却也不知贵在何方，连妻子儿女都顾及不了，还有什么好前程呢……"

刘季一路上这样想着心事，出了县城才三十里地，就发现少了几个人。原来，他们看刘季脸色阴沉，自顾自地想心事，就悄悄溜了。刘季想着他们着实可怜，就把余下的绳子全部解开，劝他们好生赶路，行动自便，只要不跑就行了。

看到刘季这样待他们，大多数人都感动了。从来没有当官的对他们这么好过，有的人私下里道："听说过刘季为人仗义，却不曾亲自见过。今日他如此待我们，我们也不能以怨报恩，让他承担责任。反正在家乡也是活受罪，随他去吧。"

有的说："我们跑了刘亭长怎么交差？他仁我义，向前走吧，走到哪里是哪里。跟着他也不会受多大罪。"

当晚，大家停在一个驿站休息过夜。第二天一早，刘季忙着清点人数。这一点人数，他的心又凉了一截——人又少了几个。

这时候，他才感到什么叫势单力薄，只他一个人，上哪去寻找这逃走的人？他勉强支撑着，带着众人继续西行。

几天之后，一行人进入了丰乡。这丰乡西边有一个大泽，向西的道路正从泽旁经过。放眼望去，只见大泽深处全是泥潭，长满了茂盛的苇草。此时是初秋，苇草长得有一人多高，密密匝匝。

"若是这等人在此处逃跑，我可是一点法儿都没有。已经少了好几个人，再少几个人，我就无法交差了。"

一阵秋风吹来，苇草翻起波浪，发出"哗哗"的响声。刘季正盯着后面的队伍，忽然发现前面有几个人如受惊的兔子一般闪进了大泽里。他连忙赶到前面，哪里见得到逃跑者的影子！气恼之间，看到后面又是一阵骚乱。跑到后面，又少了几个，他的火气冲了上来，令众人快速前行，想在最短时间内过了这个大泽。

千焦万虑之中，好不容易才挨过了大泽那段路。再清点一下人数，发现又少了八个人。他心中叫苦不迭，算起来，百十个人总共少了十几个了，这是万万交不上差了。

苦恼之间，一个亭子出现在路边，一条酒旗飘飘扬扬在亭中摆动。众人也都齐声叫嚷走累了，要歇歇脚。

刘季心头烦恼，听到众人叫嚷，就索性停了下来，令大家坐下休息，吃点带的干粮。他一个人走进亭中，买了些酒，自己喝了个够。

太阳西斜了，刘季和众人仍未动身。役徒们看到刘季满腹心事，满脸忧虑，都了解他的心思，坐在一旁看着他。看着夕阳的余晖渐渐消失在西天天边，刘季忧虑不已——又一天过去了，明天会怎么样呢？

夜幕降临之后，劳累了一天后的役徒们沉入了梦乡。刘季虽酒意已消，却没有丝毫困意。

听着众人的鼾声，看着他们疲惫的脸，他想了许多。逃亡多人，眼下已难以交差；道路漫长，一路多艰，不知还会有多少阻碍？到了骊山，难免会遇上山塌石滚之灾；秦法严酷，自己是否能躲过治罪？逼急了这伙人，大家一起对付自己怎么办？役徒各有家眷，他们贪恋故土也实在难免……

这时，一个念头闪现出来："如此这般，我还不如做好事做到底，把他们……"

想到这里，他把众人全部叫醒，让大家围在一处，诚恳地道："各位父老兄弟，你们此去骊山，服的都是修陵苦役。身处异乡，水土不服，再加上繁重劳役，不知会有多少能再回故里。古人云，叶落归根，魂绕故乡，你们却可能都成为异乡之鬼，我想好了，不如放你们逃走，给你们一条生路。"

役徒们一下子全愣住了。过了一会儿，方知这不是梦，齐刷刷跪在刘季面前叩头谢恩。有人朗声道："刘公慨然将我等放行，真是天大的恩德。只是有一条，我们各自作鸟兽散了，刘公你怎么办？"

"哈哈哈！我怎么办？自然待你们各自逃走后也要远走高飞喽！难道我会白白送死去吗？"

"刘公，如此大恩大德，我们将永世不忘！"

众人叩头又谢。之后，像飞萤一样消失在夜幕之中。

最后，刘季面前还站着十几个人。只见他们个个身强力壮、虎气生生，毫无逃走之意。

"各位兄弟，你们为何还不快走？天快亮了！"

"刘公，我们几个商定好了，要跟着刘公。人生在世，讲的是一个义字。刘公如此大恩大德，我们逃走就是不义，我们心甘情愿跟随刘公，与刘公共赴前程，同生共死！"

刘季深深为之感动，他想了一下，向众人拱手道："既然如此，我们就一同向前吧。天地如此辽阔，相信会有我们的容身之地。"

他看看天，环顾左右一下，对众人说："天快亮了，官人知道消息，必定会来追捕我们。抄小路走，先离开此处再说！"

众人听这一声，呼啦啦簇拥着刘季沿着一条杂草丛生的小路向前走去。有的在先，有的在后，只听得轻快的脚步声沙沙作响。露水很重，每个人的裤腿和鞋子早已湿透了，却浑然不觉。草丛中不时惊起一只蛤蟆或一只蚂蚱。蟋蟀的叫声时起时停，更叫人感到夜的宁静。

脚下的小路只有一尺多宽，渐渐地，十几个人拉开了距离。个子大行走快的把个子小行走慢的甩下了有里把路，刘季走在中间，和两个人同行。

"不好啦！不好啦！"忽然间，从前面跑回来一个人，他气喘吁吁地对刘季道，"不好啦，刘公，前面有一条大蛇横在小路上，足有碗口粗，一两丈长。两边都是水洼地，没法儿过去了。"

"会有这样的事？"刘季抽出腰中利剑，"堂堂壮士一往无前，一条蛇有什么好怕的？"边说边向前奔去。

走了一段路，刘季果然看见一条大蛇横在小路正中，十分粗夯。不知从哪儿来的勇气，刘季手起剑落，把大蛇斩为两截。又随手用剑把蛇挑开，带着众人向前走了。

快天亮时，刘季一行人由于走得太急，又累又乏。选了路边一块树林，大家坐下来歇息。一会儿，落在最后边的两个人也赶上来了。二人边抹头上的汗边道："怪事，怪事！距这几里远的地方，我俩猛然遇见一个老太婆坐在地上哭，不知为了何事，我俩就问她为什么半夜三更一个人在野地里哭。你们猜怎么着，老太婆指着旁边的一条死蛇说，她儿子乃是白帝之子，今日化蛇挡道，被赤帝之子杀死了。说罢，又呜呜地哭起来。我俩好生奇怪，就问她蛇怎会是她的儿子，谁知一转眼她就不见了。"

"真有这等事？"众人一齐问。

"还能有假？我俩吓坏了，飞也似的追赶你们，只怕那是什么妖怪呢！"

"这一带水草多，也许是一个蛇精吧。"众人看他俩不像说着玩儿的，纷纷议论着。

刘季听了，心中暗喜。联想到以前的许多奇事，暗道："莫非我就是那赤帝之子？莫非我的机会到了？"

"弟兄们，走，抓紧时间赶路，离开这地方越远越好。"他浑身来了劲，带着众人又上路了。刚才，他已和众人议定，朝芸砀方向逃命。

芸砀因有芸山、砀山两座山而得名。两山相依相偎，中间夹着一块平地。这一带人烟稀少，荒草丛生，乱树遮天蔽日。其间的小路曲曲折折，长满了荆棘。山上有猛虎和野狼，经常下山寻觅食物，一般人听而生畏。但是山上又结满了各种野果子，生存着不少野兔、小鹿、黄鼠等小动物。对于逃难者来说，这一带是隐身的好地方。

在芸砀躲了二十来天后，突然有一天，刘季的夫人娥姁带着一双儿女找到了他们。刘季又惊又喜，他把儿女搂在怀中，感激地问妻子："你怎么找到这儿来的？"

当着众人的面，娥姁道："跟你一道出来的人有偷偷回村的。我从他们那儿知道了你们的解散地，沿着那条路找来的。"

"这一路上，你娘仨儿吃苦了吧？"刘季心中一阵激动，握着娥姁的手问。

"路上倒没什么，两个孩子都走得动，吃的东西都有，只是在家里……"娥姁说到这儿，眼睛红了。

原来，刘季押解一百来人上路之后，没几天就没了消息。县令想到刘季一个人带那么多人，有点不放心，就派两个县吏骑着快马沿着刘季要走的那条路一路追去，哪知前找后找也没见这一队人的踪影。县令急了，这不是要他掉脑袋的事吗？皇帝要的差谁敢怠慢？经过多方打听，他才知道刘季把人都放走了，自己也跑得没个影儿了。

"跑了男人有女人，把刘季的家眷给我抓来！"县令大怒之下，把娥姁抓去关了起来。

因为是夜里抓进去的，吕公一点也不知晓。一个女人家，手里没什么钱，在狱里真是叫天天不应，叫地地不灵。每天饱一顿饥一顿的，娥姁哪里受过这种苦？只几天工夫，她整个人都憔悴了。

有一天，她一个人坐在草堆上掉眼泪，看守的恰巧是一个无赖的狱卒。他见娥姁白白的脸儿，娇弱可怜的样子，心头升起了一种欲望，当下就打开狱门，就要调戏娥姁。娥姁一声惊叫，惊动了不远处的另一位狱吏，他到跟前一看，认出这个女人乃是刘季之妻，当下冲进去，上去就是一顿拳脚，把那个恶棍打翻在地。

恶棍一看有人敢打他，放了娥姁和来者打斗起来。吵闹声惊动了其他的狱卒，众人一起上，才把二人拉开了。

原来这个仗义的狱卒名叫任敖，和刘季处得不错。因为几次到刘季家喝过酒，所以认得娥姁。闻知刘季夫人被抓了进来，他正想办法找门路，谁知竟出了这等事。凭他和刘季的关系，若不上前打抱不平，他觉得实在对不起刘季。

然而，因为打架，任敖和那个恶棍一道被带到了县廷。

"身为狱卒，为何在狱中打斗？如实招来！"县令一拍惊堂木，怒斥二人。

"县令大老爷，任敖他无事生非，上来就出手打人，是他先动的手！"那狱吏来了个恶人先告状。

"回县令大人，他身为狱吏却敢调戏妇女，实在该打，他是损害县衙声誉！"任敖怒气冲冲地反唇相讥道。

当下，你一句我一句，各说各的理。县令听着他们的分辩，一时不知到底是谁的错。这时，一个人上前道："县令在上，任敖虽先出手打人，但委实是出于侠义之心，情有可原。作为狱吏却胆敢在狱中调戏妇女，应该严惩，否则，岂不有损于大人名声？"

县令点头，转脸对堂下道："身为狱吏执法犯法，调戏妇女，实在可恶，重打四十大板以示惩戒。至于任敖，虽主持正义，行为也鲁莽了些，以后不可再犯。"

这上前讲话的，乃是功曹萧何。刚才堂上他知道这一场纷争是因为吕娥姁吕雉引起，自然义不容辞要上前说话。

退堂之后，萧何悄悄派人给吕公送信儿去。吕公得知女儿在狱中，连忙打点了些钱物，令家人送到了县令府上。县令见到了礼物，怎敢接受，这吕公乃是他的恩人。其实，抓吕雉进来，他也实是无奈，上面追究下来他也好有个交代。看到吕公这样对他，他心中甚是不安。平日里他就知道萧何和刘季关系不错，就找来萧何商量，问问该怎么处置这件事。

萧何道："说起来吕公是大人的恩人，这个忙大人一定得帮。上面如今尚未有什么大动静，想来役徒逃走也是常有的事。大人可送些礼物给上面，说吕雉一个女人家，哪能管得了男人的事，把她抓来狱中，没有什么用处，不如把她放了了事。"

县令听了，深深叹了口气："唉，这公事虽是正事，可也不能不讲个仁义。吕公对我有恩，不放吕雉，我这一生都不会心安。就照你说的办，以后的事我担着吧。"

吕雉受了许多惊吓，哪里还敢在家待下去。收拾收拾家，带了些盘缠，领着一双儿女找刘季去了。一路上风餐露宿，护着大的，拉着小的，担惊受怕，哪里是容易的？

听了吕雉的叙说，刘季心头难受了一阵子。但是，要是今后总是这样躲躲藏藏的，带着这娘仨儿如何是好？他搔着头，不说话。

吕雉看出了他的心思："夫君，你也别太忧虑了。我和孩子们跟着你不怕吃苦，你走我们走，你停我们停，保管不拖你后腿就是了。"

刘季想了想，也没有别的什么办法，只好如此了。

一天上午，吕雉带着两个孩子喜滋滋地跑到刘季跟前："夫君，孩子们刚才发现了一个山洞，方方正正的，真像是一间屋子，我们去看看吧！"

正为妻儿们天天跟自己一起露宿发愁的刘季一听，就跟着他们去了。

在半山腰上，他终于看见了那个山洞。只见那山洞呈一个长方形模样，有四丈长两丈宽，很自然地凹进去，像一个天然的石屋，洞口密密麻麻的全是竹子和杂树，完全遮住了石洞。向上望去，山势陡峭，没人能从山顶下得来。向下看去，乃是一个深涧沟，只有一条极其隐蔽的羊肠小道曲曲折折由山下蜿蜒而上，直达洞旁山腰，真是一个藏身的好地方。

"夫君，你看这哪里是山洞，分明是一个家。从外面稍作修整，我和孩子就可以长期在这儿藏身。你平时只管忙你的，把我和孩子安顿在这儿，不会有什么事的。"吕雉指着洞对刘季道。

"真是老天助我！"刘季感叹一声，也显得十分高兴。

从此，这个洞就成了刘季一家的窝儿。

刘季与众人躲在山中，时而有在逃之人投奔过来，人数渐渐增多。

却说陈胜起义之后，沛县人很快知道了消息。一天，县吏们聚集到县衙堂上，惊慌地议论着这些。

"县令大人，陈胜已经在陈县称王，陈县距离沛县这么近，说打来就打来，该如何是好？"

"县令，听说周围许多个县都出了乱子，响应陈胜，这不可忽视啊！"

"可不是吗？听说被杀的县令有十几个了。"

"那都是因为陈胜传檄四方，煽动人心。"

"咱们得加紧城防哪，县令大人！"

"加紧城防有何用？那是一帮亡命之徒，谁挡得住？"

"这不是要夺秦王朝天下吗？那陈胜竟敢称了王！"

"大势所趋，人心所向，天下百姓太苦了，才到今天这地步的。"

"想想办法吧，快来不及了，县令大人！"

…………

听着堂下的纷纷议论，县令忧心如焚。一介书生，又没有经历过战乱，他哪儿有什么主意？他瞅瞅堂下，忽然看见了萧何。那萧何并没有显示出惊慌，一副从从容容的样子。

这萧何平日里沉沉稳稳，有主有谋，我何不问问他呢？想到这里，他看着萧何道："萧功曹，你看当今局势到了什么地步？真的有众人说得这么危险吗？"

萧何上前一步，似乎心中早已有了主意："县令大人，众人的分析是对的，小吏也认为陈胜就会打过来。"

"那本县令该如何行动才是？"

"就听说来的情况看，陈胜至今都是攻无不克，还没有一个县城能保住的。"

县令沉吟半晌，而后道："我欲献城降于陈胜，你看如何？"

萧何道："县令大人身为朝廷命官，如若不战而降，恐怕不能令忠臣们服气。"

"然眼下城中守备单薄，何以能抵挡得了陈胜那帮暴徒？"县令有点急了。

"大人，沛县城池还算坚固，守兵单薄倒是可以解决。眼下四处都有逃亡的役徒和刑犯，他们都是些力大能战之人，大人如果招募一些这类人来，城可守住。"

县令听了，微微点头："事到如今，只有如此了！"

"县令大人！"

堂下又有人发话了，县令循声望去，乃是狱吏曹参，县令知他有计可献，言道："有话请讲！"

"大人，沛县的逃亡之人中，首屈一指的乃是刘季。那人有勇有谋，富于豪气，很受沛县人称道。前不久他解散押送役徒，其中定有原因，大人不如把他召回来，让他带兵守城。从他的为人来讲一定会知恩图报，大人一旦得了他的帮助，定会渡过眼下难关。"

曹参早已听出了萧何的用意，赶紧把萧何要说的话说了出来。

"既如此，可以把那刘季召回。可是我听说刘季的妻儿家小都逃到刘季那儿去了，他的兄弟和父亲早已和他分家另过，压根儿不知道他的事。本县令上哪儿找他去？"

有小吏叫道："这个不难，找吕公去，他还不知女儿女婿在哪儿吗？吕公对他这个女婿可是另眼相待的。"

"吕公年事已高，本令哪能让他去找刘季？"县令听了，为难地说。

"县令大人，"曹参又说话了，"吕公年纪大了，但吕公的另一个女婿樊哙可以出力。刘季犯事之后，樊哙也逃了，可如今他回来了，也许他知道刘季在哪儿。"

"那太好了，来人，去传樊哙来！"

樊哙也是土生土长的沛县人，此人出生在一个市民家中，家境十分贫寒。但樊哙人高马大，威武雄壮，什么活儿都能干。他见沛县人酷爱卤狗肉，十几岁时就以杀狗为生，日子倒也过得去。吕公常买他的卤狗肉，知道他虽生性鲁莽，但讲义气，有胆量，忠实诚恳，就把小女儿吕嬃嫁给了他。刘季出逃之后，吕嬃担心他会受连累，让他也出去躲躲。最近，风声小了，他就悄悄回来看看。曹参常到吕公家去，当然知道情况。

樊哙来到县衙，县令向他交代一番之后，交给他一封信，请他转给刘季。

接过信，樊哙告辞出来。望着樊哙的背影，县令不知为什么忽然犹豫了一下，他想叫住樊哙，却没有叫出口。他只觉得自己心里有一种说不清的畏惧感。"这樊哙虎背熊腰，一个能抵上十几个，若是这等人要干什么，还有干不成的吗？"这样想着，县令心中有些纷乱起来。

樊哙本是从刘季那儿转回家探探风声的，找起刘季来当然容易。见了刘季，他呈上书信，对刘季说："姐夫，咱们躲在这儿快半年了，外面的情况多有不知。几个月前，有两个人带头造反。一个叫陈胜，乃是阳城人。一个叫吴广，阳夏人。他们攻了陈县，占了蕲县，还称了王。据说是战无不胜，已有了好几万人马。如今外面早乱了，各县都有人造反，县令被杀了十好几个，领头响应的不计其数。沛县令看看沛县有被陈胜攻占的危险，想让姐夫回去守城，以前的过错一笔勾销，这是召你的书信。"

刘季早已欢喜不已，接过书信浏览一遍，抬头对大家道："各位兄弟，县令送来了信，他要赦免我们的罪过，让我们回去帮他守城。好了，终于熬出来了，走！随我回去！"

围在周围的已有三四百人，听此一言，无不兴高采烈："好了，时候到了，刘公带我们打天下去！"

众人簇拥着刘季，呼呼啦啦下了山，直奔沛县而去。

沛县县令打发樊哙上了路之后，心中总是平静不下来。樊哙那力大无比的形象在他眼前晃来晃去，总抹不去。"似这等人物如若拿不住他，恐怕反被他所害呀。再说那刘季也不是个等闲之辈，他有那么高的威信，我这个县令往哪儿放？就算如今刘季能帮上我的忙，将来我拿他怎么办……"

正在胡思乱想之时，有一县吏来见。只见那人鬼鬼祟祟上前道："大人，有人从芸砀回来说，刘季那厮身边已有好几百人，皆是强壮敢死之士。如此众多人口一同回到沛县来，大人能降得住他们吗？当下时局混乱，如若刘季一行人像别人一样发动反叛怎么办？到那时，不仅刘季没帮大人的忙，恐怕大人还要为刘季所害。"

"我正在想这事儿哩，刘季那厮不是个安分人，叫人放心不下。如今樊哙已去了，该怎么办呀？"

"依我看，先关紧城门捉住萧何、曹参二人再说。刘季现在还未到，只怕萧何、曹参二人送信儿出去，说大人改变主意了。"

县令点点头，狠狠地说："我得先动手，不能叫这群人给害了。索性杀了萧何、曹参，以免走漏了风声。"

"这样最好，大人。处置好城内的事再对付刘季，省得他们里应外合。"

县令立即召集狱卒，令他们火速去捉拿萧何、曹参。

说来也巧，此时萧何正在曹参房中计议如何配合刘季守城之事，忽然听见有人打门，声音甚急，十分吃惊，不知出了什么急事。萧何心眼儿多，他没让曹参去开门，而是先从门缝里向外窥探。只见来了十几个狱卒，都拿着家伙，立即意识到县令有变，拉了曹参就往后院跑。曹参的后院有一棵大枣树，他们上了树，翻到院墙外，如兔子一般向城外跑去。然而，刚到城门附近，就看见城门紧闭，门边有许多士兵把守着。二人赶紧往回赶，找到一个在城边上住的朋友，借了几条长绳结在一起。二人选了一处僻静的城墙，拴稳了绳子，吊下来之后迅速向芸砀方向逃去。

刘季带着一行数百人兴冲冲正在赶路，忽见前面跑来两个人，样子颇似萧何与曹参，心中起了疑心。他赶紧迎了上去，果然正是二人。

"萧兄、曹兄，为何这般慌张，莫非出了意外？"

"正是，"萧何上气不接下气，满头是灰，满脸是汗，曹参的衣服都湿透了，"刘公，本是我俩出主意，让县令请刘公回来，名义是守城，实是要起义。谁知樊哙走后县令变卦了，如今城门已闭，正派人追杀我俩，若不是冒险从城墙上坠下来，早已没命了。唉，我俩是保住了，可家眷全在城中，不知县令会对他们怎么样！"

刘季稍稍想了一下，对二人道："想必是县令怕我在城中起事，这倒让他料着了。二位兄弟，你们对我向来不薄，如今二位的家眷都在城内，我不能不管。走，跟我回沛县，一定要救出他们！"

"刘公，我俩也认为时机已到，该是有作为的时候了。"萧何一副深思熟虑的样子。

"是的，刘公，要起事就从沛县开始，在这儿容易站稳脚跟。"曹参也道。

"这正合我意，走！"

刘季带着几百人来到城下，只见城门关得严严实实。抬眼望去，只见城墙上稀稀落落有人在走动，似在守护着。众人仔细一瞧，城上之人并不是官兵，都是城中百姓。再看城门楼上，守者也多是着百姓穿戴。

"官兵都聚到哪里去了？为何守城者都是百姓？"刘季问萧何。

"自从陈胜起事之后，许多官兵闻风丧胆。不久前，陈胜打下蕲县，把守城官兵杀得一个不留。沛县士卒知道后，十之八九都逃走了，只恐丢了身家性命。"

"原来如此！"刘季略一沉吟，对萧何说，"萧兄，你精于文案，现为我修书一封，号令城中百姓在城中起事，杀了县令打开城门，我将率领他们共谋大业！"

萧何连忙起草，不一会儿，一封帛书系到了箭头。刘季令人齐声大呼，以吸引城中人的注意力。众人跟着刘季大喊起来："父老乡亲，看我帛书，不要替县令丢了身家性命！"

城楼上人果然听到呼叫后全都引颈相望，借此之机，刘季拉开弓箭，只听"嗖"的一声，箭带帛书射到了城楼之上。

却说城楼上众人见箭上带了封帛书，无不争相去看，只见上面写道："父老兄弟，秦王朝多年来鱼肉人民，欺压百姓，天下之人无不怨声载道、怨愤满腔。当今天下义军蜂拥而起，烽火遍地，已呈燎原之势。父老兄弟被强迫守城，实在是为县令一人卖命。不日之内各路英雄将屠沛城，大家不如奋勇崛起杀了沛县令，选择贤能之士而属之以呼应各路英雄。如此，将可安身保命，保城全家。否则，将身首异处，家破人亡！"

众人正看着，忽从人群中挤上来一个人，众人一看，原来是任敖。他拿起帛书对大家说："各位既然不知如何是好，不如先去找三老和城中义士商议。"

众人在慌乱中，连声称好。任敖带着几个人找到三老和几个常出头露面的人物。大家都说，县令原本是上面派来的外乡人，为人迂腐而又贪婪，早已令人深恶痛绝。如今，性命安危大事就在眼前。为什么要为这个外乡人去送命？县令要维护的是自己的官职，沛城人看重的是父老乡亲的性命。刘季进城来，肯定不会伤害乡亲。不如杀了县令，迎接刘季进城。

三老的主意已定，任敖立即带着一群沛人行动起来。他们冲进县衙杀了县令，砍倒几个恶棍式的吏卒，再也没有抵挡之人。只消一个多时辰，就打开了城门。刘季的人进城之后，秩序井然，除了帮助百姓收拾混乱的衙门、街道之外，没有任何扰民行为，跟以前县令手下吏卒的横行截然不同，城中百姓自然十分欢喜，对刘季又多了几分赞誉。

待城中安定下来，三老和城中一些出头露面的人物，推选刘季为新的县令，来主持以后之事。刘季心中欢喜，口上却说："刘季出身卑微，没有多少见识，如今天下大乱，领头者至关重要，刘季恐难胜任，还应择更为贤能者立之。"

他看了看萧何、曹参，对众人道："萧功曹、曹狱卒一向在县中做事，识多见广，为人正直，足智多谋，胜刘季一筹。"

萧何、曹参一听，连忙相让："刘公，此言差矣！我二人虽在县中做事，但拿的是判狱之笔。如今统领众人于战火之中，我俩实是外行。驰骋疆场，斗智斗勇，谁也比不上刘公，这沛县之位，非刘公莫属！"

刘季听了，依然推辞不断。这时，一个老翁站了起来，只见他银发飘飘，精神抖擞，目光炯炯有神地朗声道："刘季，自古以来谋事在人，成事在天，凡成大事者必定有老天护佑才行。老叟久闻刘季颇有奇异之事，有大贵之相，只是未曾谋面。适才老叟为你看了相，以为确有天相，前途大吉大利。在此非常时期，群龙无首，你何必再要推辞？天将降大任于你，自然能成大事。"

众人听了，齐声称是。刘季无奈，只得点头应允。

三天之后，正是一个黄道吉日，刘季就任沛令之职，众人称其为"沛公"。

这一天，沛公主持了重大的仪式。祀黄帝、祭蚩尤，杀牲衅鼓，以求天地赐福。

这一切都有讲究，沛公并不知晓，皆是萧何为他做的参谋。

想到前不久夜遇老太婆，有赤帝子杀白帝子之说，沛公决定立赤色旗为大旗，表示顺应天意崛起灭秦之意。

由于人心所向，所以祭祀仪式非常热烈，众人不时欢呼雷动，激昂异常。

这天晚上，沛公一夜不曾合眼。回忆有关自己将要大富大贵的种种异兆，他怎么也平静不下来。自古以来，豪杰人物面前都有许多风险，要么流芳百世，要么遗臭万年。成功了就会荣华富贵应有尽有，失败了头断血流全家遭难。而今，他已经踏上了这条风险路，将来怎么样，谁能料到？看着熟睡的妻子儿女，他暗下决心，生死成败都要全力以赴。因为，他已没有退路了。三十九年的生活，他就是为这一天的到来才来到这个世界上的，就他出身而言，他清楚没有什么过人之处，是一个地道的乡野平民，要想达到大富大贵的目的，必须依靠英才们的力量。天下英才多得是，他们生来就是为人所用的。天下的君主之所以杰出，并不是他们自己有多大能耐，而是善于用有能耐的人。

他暗暗告诫自己——无论在何时何地都要善于识才、用才。他听说过，上古时有一个大鹏，身宽三千里，其身长没人能知道，这种鸟能飞到九万里的高空，横绝云气，在无拘无束的天空飞翔。然而，必须借助海上六月的狂风巨浪，没有六月的大风承载，它无论如何也飞不上九万里的高空，只能静卧在地面上，显示不了它的不平凡。如果没有人辅佐他，他自己是很难取得成功的。现如今，他有哪些可用之人呢？

萧何是最了解最知心的了，曹参、夏侯婴、任敖也都是常来常往的县中小吏，他们各有所长。卢绾这个和他同年同月同日生的人也跟随左右，他们之间似乎有一种天生的联系。自从他逃亡以来，卢绾就像影子一般在他左右，风餐露宿，躲入山林，是他共生死的好兄弟；另有一个周勃也是个值得信赖的人。这周勃祖上是荥阳卷县人，三代以前迁来沛县，全家以纺织为生，过得十分艰辛。好在周勃多才多艺，擅长吹箫，平日里常常在人家办丧事时充当吹鼓手，挣点小钱补贴家用。由于见多识广，周勃做事很有主见，也很沉稳，是个难得的好帮手；但是，此人不善言辞，只适于实干。他有一对堂兄弟，即周苛和周昌，都是沛县人。此二人原来在泗水狱中做事，沛公的手下攻下泗水监之后，他们一起投奔到了沛公队伍中。从为人看，二人勇敢善战，有胆识，也可使用。

经过一夜的深思熟虑，沛公一大早把各位文吏武将召集到了一起。

"各位兄弟，如今天下已到处反秦，呈风起云涌之势。陈胜王已派四路兵马西击秦军，项梁、项羽在会稽起事，齐国人田儋自立为王，至于几千上万人为一路的军队，更是不可胜数。秦王朝暴虐无道已久，天意要灭他们。古人云，识时务者为俊杰，当下正是我等崛起之时。人生在世，就要几番拼搏。就目前而言，我等还处于初发阶段，急需壮大势力，扬我威力。为此，我授命萧何为丞，曹参、周勃为中涓，周昌为舍人，夏侯婴为太仆，任敖、周苛、卢绾等以客跟从于我，诸位是否有异议？"

"没有异议。我等谨遵沛公指挥！"众人齐声回答。

"那诸位马上行动起来！萧何、曹参负责张榜安民，征召沛人子弟入伍军中；樊哙、周勃、夏侯婴三人，负责编排操练现有人马，为攻打胡陵、方与做准备；其他人员，各负其责，各尽其职。"

当下，众人听命而去，一时间，热火朝天地干起来。

萧何、曹参原来熟悉文书告示，他们起草的告示言辞恳切，真挚动人，把全城百姓安抚得妥妥帖帖。平日里忙于县中大大小小案件，和城中人极为熟络，他们出面征召人马，自然最合适不过了。没几天工夫，就有好几千沛县子弟应征入军。

樊哙、夏侯婴、周勃三人精于武功，都是深谙拳脚功夫、力大过人之辈，他们操练起军队来真是令人心服口服。不上十天，军队已有了阵势。

光阴似箭，转眼已是十月天。十月初六这天，阳光明媚，晓风习习，沛公一声令下，樊哙、周勃、夏侯婴带领大军打向东面胡陵和方与。这一路人马早已憋足了劲，所以行动起来如秋风一般迅捷，只消五天，已兵临城下。

胡陵、方与二城县令，突见沛公大兵压境，十分惊慌。他们向城外望，只见黑压压密匝匝一片，义军里三层外三层把个县城包围了个密不透风。看来出城应战是必败无疑，他们就各自下令关紧城门死守。

樊哙、周勃、夏侯婴早已料到了这一着，立即令人把携带的云梯架上，准备强行攻取。

正在这时，沛公派人传来命令："立即停止攻城，撤退回沛！"

三人一时愣住了，不知出了什么大事。但军令如山，他们立即带兵返回。

原来，沛公老母刘氏近日忽染风寒，高烧几天后又拉又吐，不治而逝。沛公非常伤心，深感自己这一生让老母操碎了心却从未尽过孝心。当下，他要下令樊哙、周勃、夏侯婴之人火速拿下二城以祭老母。

萧何却马上进谏道："沛公，自古以来进兵都有讲究，其一是丧期不宜进兵。违天不祥，请将三人召回！"

沛公深知萧何博学多识，当下派人去传来了樊哙三人。

一边办理母亲丧事，一边加强军队兵力。十几天后，丧事已毕，沛公再次召集众人商讨出兵之事。忽然，有探子来报："沛公，陈王与秦军交兵大败，周文被困，吴广被杀，正有一支秦军向丰邑开来！"

沛公大吃一惊，但他立即镇定地下令："各位将领火速召集兵丁，准备迎敌！"

却说陈胜自立为王，建"张楚"政权之后，吸引了各地百姓纷纷加入起义行列。在山东，许多郡县的英雄杀了守尉令丞和陈胜呼应。东阳县令被杀后，全县有十几支队伍揭竿而起。就连鲁国的许多儒生都投奔到了陈胜的门下，自称为臣。

这一切，当然令陈王有些自得。他当下分几路进攻秦军。汝阴人邓宗应命进攻九江郡，为的是控制大江南北一带。北方，陈人武臣为将军，邵骚为护军，张耳、陈余为左右校尉，带兵三千人，北上渡河，攻占原赵国领土。同时，魏人周市又领命北征魏地。西线，以夺取关中为目标，有三路大军，一路以吴广为假王，监诸将西击荥阳。一路由周文率领，经颍川，过函谷关，直捣咸阳。一路由宋留带领，将在定南阳之后进入武关。

各路大军一路上得到了百姓的支持，也受到了各种反秦力量的拥护。他们几乎没有遇到过多大的阻挡，转眼间风卷残云，拿下了数千里地。由于人心所向力量强大，许多秦王朝守军不战而降。关东的大片土地及许多郡县都被陈胜军队占领。

吴广率领的大军势如破竹，极顺利地抵达三川郡，围困了荥阳。荥阳是自古以来的军事要塞，眼下乃是关中连接关东的重要通道。它的近旁，有好几处秦王朝的粮仓。秦王朝派出大将——李斯之子李由守城。

李由面对如浪潮般涌来的吴广军队，哪敢出战，只是死死关紧城门坚守。攻打多日，吴广虽未攻下荥阳，却牵制了大量秦军，减轻了其他各路的负担。

周文一路军也以极其利索的行动穿过颍川、三川两郡，直入关中。经过一场血战，突破了函谷关。由于深得人心，至此，周文已拥有战车千乘、兵卒几十万。

九月，周文浩浩荡荡打到了戏亭。戏亭在骊山附近，距离咸阳只有百十来里。这个消息十分振奋人心，在各路大军中不胫而走。

然而，这大顺之中却隐含了大逆。

且说武臣率兵此去，从白马渡过黄河。沿途不断张贴安民告示，遍数暴秦罪行，号令百姓起来反抗。各地豪杰人物见这位陈胜王的大将如此这般体恤民生疾苦，惩处恶霸，安抚百姓，对比秦王朝的繁杂赋役，严刑峻法，敬慕之情油然而生。有的自告奋勇带路，有的率众加入。在他们的协助下，武臣连拔十几座城池，军队增至好几万人。

有人见武臣力量如此之大，就向武臣献计道："那陈王只是一介乡间布衣，既不能文，也不能武，将军听令于他，委实太屈才了。将军不如自立为王，独自打天下，成就一番大事业。"

武臣听了，正色拒绝："不可，陈王首发其难，我等才会追随起义，若无陈王，我也不会有今日。"

众人见其意志坚定，不好再说，只是一个劲儿地推武臣为武信君，武臣只好令人这样称呼他。

谁知以后的许多天里，武臣每攻二城都颇费工夫，城中守令强令城中百姓充兵死守，凡有欲投降者格杀勿论。严刑之下，城池坚固了许多。

看看各城连攻不下，想到这些城邑也无关大局，武臣就撤回兵力集中起来，向东北进发攻打范阳。

这范阳是方圆五百里之内的一个大城，是通往京城咸阳的一大要塞。守城令姓徐，人称徐公。徐公虽只是一个小令，但世代以忠义为治家之本，是个尽职尽责的人。听说武臣向范阳扑来，他立即着手应战，修城壕，缮甲兵，聚粮草，备战车，忙得不亦乐乎，只希望能保住城池，无愧于朝廷。

这时，有一个叫蒯彻的人求见徐公，徐公一听，知道此人是为守城之战而来，连忙接见。这蒯彻也是个人物，见了徐公，先说了一个"吊"字，再说一个"贺"字。

徐公听了，甚觉莫名其妙。但他知道，自古以来的辩士都是巧舌如簧，奇特的话语里必定隐藏着奇特的意蕴，他恭敬地问："此二字从何说来？"

蒯彻道："我闻徐公将赴黄泉，故来吊公！然公若听蒯彻之言便有活路，故来贺公。"

"时间紧迫，蒯公速速道来！"徐公不耐烦了。

"据蒯彻所知，徐公十几年来一直做范阳令。按秦朝要求，收税敛赋摊派劳役自不必说，就是徐公平日断案已够凶狠严酷的。砍头的、腰斩的、车裂的、断足的、斩手的、黥面的，多得不可胜数。百姓早对徐公怀恨在心，必欲置之于死地而后快。若不是秦法严酷，徐公即使有十条命也没有了。如今形势变了，秦法在各路英雄并起之时已丧失了威力，再也保护不了君家性命，一旦有外人打进来，百姓必定会趁势痛报冤仇。就是把徐公千刀万剐，有的人仍嫌解不了仇恨。"

蒯彻这几句话，已把徐公说得汗涔涔的。徐公一下子站了起来，急切地问："依君之见，我该怎么躲过这场大难？"

"秦法不能保公，公自己可保自己。趁现在武信君尚未到来之际，让我去他处游说，沟通您投诚之意。如此，公可转危为安，或许还有更大的荣华富贵在前面，如此岂不可喜可贺吗？"

徐公深深颔首，扶案而立道："好极了，请君为我去游说武信君！"

蒯彻辗转找到了武臣。武臣此刻正为如何攻城而苦苦深思，一听有人来献计，喜滋滋地召见，蒯彻刚一坐定，立即说开了："足下长驱直入到此，如风卷残云一般，实在令人敬佩之至。然而，依我之见，君攻范阳，尚有许多取胜的障碍。就范阳而言，守令徐公忠于职守，已筹备充足的兵马粮草等待来军，虽不能出城迎战，也会以坚守为本。就君而言，军士众多，力量强大，但异地为客，粮草兵器都不充足，不利于久战。"

武臣一听此言，就知他有高明之策，笑问："那么，我该怎么着手才能保证稳操胜券？"

"古人云，不战而屈人之兵，乃上之上者也。今有一计，可使君不战而胜，顺利把范阳城踏在脚下。"

"若有此计，我洗耳恭听！"

"那范阳令虽守城之志弥坚，但城中守士却为数不多，一旦打起来，根本顾不了全城。且他本人又贪生怕死，眷恋荣华富贵。眼下，他之所以立志守城，皆因君在此之前每到一城就杀死守令，守令是降亦死、守亦死，别无出路。范阳城人虽对县令深恶痛绝，会乘混乱之机杀了他，但对君的到来也会以死相抗。到时候，会闹得个两败俱伤。如果君赦免了范阳令，封他为侯，此令必会喜开城门请君入城。范阳百姓对县令和君都会另眼相看。然后，君以范阳令为旗帜，让他乘华盖之车遍行燕赵之地，引得燕赵的贤士豪杰引颈相望，争相降君，君岂不是不战而建大功？"

武臣沉吟良久，郑重地赞叹："好！果然是好计策。现在我就把侯印交给你，由你去代我赍赐范阳令。"

范阳令接到蒯彻奉上的侯印，真是喜不自胜，立即打开城门迎接武臣到来。

让范阳令惊喜的还在后面。武臣按照蒯彻之计，让范阳令乘上宝马雕车，到各城行走。一时间，周围大大小小的守令无不如此趋附，只用了个把月的时间，武臣已把三十多城收归麾下，进入了邯郸。

武臣在这样的势头下，不免生了骄傲之心。想起前番部下的话，又回想起陈王的见识鄙陋，心下浮躁起来：那陈王虽自立为王，但攻战谋略却远不及我，与其为他人作嫁衣裳，为何不自立门户另开张？

恰在这时，传来了葛婴因立楚国王室后裔为王而被陈王斩首示众的消息，武臣心中就更如开了锅一般——这葛婴擅立楚王，毕竟是在陈王自立之前。闻知陈王自立之后，他马上杀了楚王，带着楚王的人头去见，这分明是谢罪之举。然而陈王还是把他斩首示众，这是陈王杀鸡给猴看，目的是树己威风，震慑诸侯，维护自己的地位。如此这般，陈王若是听到不久前曾有人要我自立，还会放过我吗？这样的君王心胸狭窄到丝毫不能容人的地步，我何必还要苦苦追随？

左右校尉张耳、陈余，心中也颇怀不满。当初，是他二人首先向陈王出谋划策北击赵地的，但是进军之时，陈王只任他们为校尉，根本没有给他们以足够的重视。且相处之中，他们深感陈王急功近利，目光短浅，难以成大事。即使倚仗部下成就了功业，也难守住。二人商量许久，决定劝武臣自立为王，另打一座江山。

"将军，陈王率众起义功不可没，然不听我二人劝阻，刚攻下陈地就自立为王，不仅引起六国王室后裔不满，也难于取信民心。跟着陈王打下去，恐怕难有好结局。将军带三千人出击，如今已有近十万人，如雨后春笋一般崛起。陈王素来又妒贤嫉能，以后将军难保不受挟制。所以，将军不如自立为王，摆脱陈王束缚，自由自在施展才能，免得最后落得个凄惨结局。"

张耳这席话正合此刻武臣的心意，但是，他做出犹豫的样子道："身为陈王之将，在外自立为王，恐怕不仁不义吧！"

"将军，所谓陈王之将，那是将军领兵三千人之时。如今军中有近十万人，不都是将军自己扩充的吗？哪里还算是陈王的功勋。机不可失，失不再来。当今将军正如中天之日，正是自立的最好时机。"探知武臣心中欢喜，张耳、陈余又是一番鼓动。

武臣又向各位部下首领做了些询问，众人岂有不拥戴之理？

几天后，武臣学习陈王当初的样子，在邯郸城外祭祀天地，称孤道寡起来。武臣为赵王，拜陈余为大将军，张耳为右丞相，邵骚为左丞相，一面派人通知陈王。

陈王得知，气得暴跳起来，立即喝令左右："去，把那乱臣武臣的家眷全都捉起来杀了！"

"慢着！"

一个洪亮的声音响起。陈王一看，原来是他任命的上柱国蔡赐。

"大王，且请息怒！武臣称王，实在是不忠不义，罪该处死。然杀其家小不是时候。"

"何以言之？"陈王怒气冲冲地道。

"大王，关键之时，只可灭敌，不可树敌。如今秦朝未灭，若是杀了武臣家小，岂不是又树一敌？大王虽有势如破竹之趋势，但一旦两面受敌，也难于取胜。大王可以派人前往祝贺，既可令其安心，又可促其火速攻秦。武臣全力攻秦，就等于援助了周文。至于其他事，灭秦之后再一一处之。"

陈王转怒为喜，一面派人前往武臣处道贺，一边将武臣家眷软禁起来，同时，把张耳之子张敖找来，封为成都君。

陈王使者到了赵地，向武臣呈上了贺信，又一五一十把陈王如何优待其家眷，张敖如何被封之事说了一遍。武臣哪曾料到陈王会这样？他大喜之余连忙把贺信拿给张耳、陈余看，感叹道："陈王如此优待我们，我们把他看错了！"

"大王，恐怕陈王并非本意如此！"张耳冷静地说。

"你有何高见？"

"大王，我以为陈王送来贺信，这只是他的缓兵之计。想一想葛婴之事，事情真相即可明了。一个知错认错之人都不放过，岂能容忍一个知错再犯之人？陈王心胸无论如何也宽广不到庆贺部下称王，奖励部下自立的地步。我以为，陈王这是要大王火速攻秦，一旦他的大事告成，就会回来收拾我们。"

"依二位之见该怎么处置这事儿？"武臣一边点头一边问。

陈余上前一步："大王，过去孟子的论辩术可以启迪我们，他总是在面对对方的进攻时因势利导，以退为攻，然后在迂回中不知不觉把敌人陷入自己设计好的陷阱。陈王既派使者来，大王也趁势优待使者，假装答应联合攻秦。一旦使者离去，大王就立即率师北伐，收燕、代二地，再回师南取河内。在这样广阔的据点内，大王就有了坚强的后盾。即使将来陈王灭了秦，就凭燕、代的广阔，他也不敢轻易攻赵。如果陈王为秦所灭，大王就趁势向西，灭了疲惫之秦，把天下收为己有。"

"妙！就按二位的计策办！"

武臣大喜过望。为扩大自己的地盘，他派三路大军同时出击燕、常山、上党。

韩广乃是一员难得之将，有勇有谋，深得部下拥护。他受赵王之命打到燕地，一路上没费什么劲。燕人本对秦王朝深恶痛绝，早就想推翻秦王了，如今有反秦大军来到，正称了他们的心愿。各城百姓，十之八九是望风归附。没多久，韩广就全部拿下了燕。

俗话说，上行自然下效。韩广的部下见韩广如此迅捷地攻下燕地，其本人又深得人心，就向韩广献计，让他脱离赵王武臣，自立为燕王，韩广道："不可，我受命于赵王至此，军队势力不足，若是自立为王，必将陷入势单力孤境地。况且，我的老母在赵，我不能让老母受累，不仁不孝。"

"将军，眼下将军士卒是不充足，但燕地自古就以出豪杰闻名，一旦将军自立为王，燕人岂有不拥护之理？自然会有众多身强力壮的燕人踊跃参军。至于将军老母在赵，更不为忧虑。试想，赵王南有陈王威胁，西有秦王兀立，他还会再树一个敌人吗？"

韩广见部下说得有理，一不做二不休，当下就称了燕王。

赵王武臣知道后，真是又气又恨。但是，他还是听从了张耳、陈余的建议，派人把韩广老母及家小送往燕地。

看着手下护送韩广的家眷踏上了去燕之路，武臣内心怎么也平静不下来。想到平日里自己对韩广的器重，对韩广的提携，越加愤愤不平。当即下令攻打燕地，张耳陈余拦都拦不住，只好跟从前往。

当武臣的军队到达燕地边境时，韩广早已有备而待了。若是强攻，军队损失可想而知，不得已，武臣就命令驻扎下来。

他想："眼下韩广准备得十分充足，这是不是表面现象呢？我就不相信短短时期内他会强大到什么地步。让我现在就带兵回去，实在不甘。不如趁这个时机我亲自进城去看看虚实，人海之中，他们还能那么巧就认出我来了？"

当下，他带了几名亲信，乔装打扮一番，悄悄向燕地走去。

且说韩广得知武臣大军已逼在境前，所以十分谨慎，不仅在各处要塞加强了兵力，就是在一些小路口，也严设岗哨，查问过往行人。为防意外，这些地方安排的都是老部下。

武臣一行几人扮成卖牛肉的商贩，挑了一处小路走。到了哨前，放下担子接受检查。由于他们穿着粗俗，起初哨兵并未认出来。可是，当他们担起肉担要起步向里走时，有一个小卒突然感觉到武臣那高大挺直的背影很熟。他稍一沉吟，快行几步赶到了武臣前面，仔细一看，认出了武臣。

"快来人哪，这人是赵王！快拿住他！"

由于他喊得声嘶力竭，惊动了所有的人，大家一拥而上，把个武臣绑得结结实实。几个随从，除了一个担柴的，其他的全部被捉住。

担柴的一人待众人拥着武臣等人离去，连忙就近把柴担扔了，转身出了燕地，飞也似的回到营地。

张耳、陈余一听，暗中跌足不已。二人商议许久，也想不出良策，只好派人潜入燕地，探听赵王消息。

好不容易熬过了一天一夜，探子回来了。韩广已放话出来，要得到赵王一半土地，他才会把赵王武臣放回。

"岂有此理？"陈余一听，拍案而起，"这韩广毕竟出于赵王部下，竟然如此这般绝情！割去一半土地，赵还是一个国吗？这样不义，跟他拼了算了！"

"切莫冲动，万事都有挽回的可能。"张耳安慰陈余，"我且修书一封，晓之以理，动之以情，希望他能放回赵王。"

由于一时情急，张耳思如泉涌，不一会儿，书信已写好。封好书信，派了使者前往韩广之处。

谁知连去了三批使者，连个回来的影儿都没有。张耳、陈余纳闷不已，不知出了什么事。二人搔首顿足，叹息忧虑，日夜不宁。突然，有人来报，有一个人回来了。

张耳、陈余迎出帐外，只见此人乃是第三批使者中的一个，他蓬头垢面，浑身是伤，一见二人，"扑通"一声倒在了地上。

张耳、陈余连忙令人扶起他，又掐人中又按虎口，折腾了半天，才把他弄醒过来。

"大事不妙，韩将军怒火冲天，对赵王攻燕恨到了极点，把咱们这儿派去的使者杀得一个不剩。若不是我的结拜兄弟在韩将军那儿说情，我的小命早没有了。"

"韩广这厮太无礼了，真是逼人太甚！"张耳听到这里，再也按捺不住，"传令下去，迅速做好攻城准备！"

众人听令正要离去，忽听帐外有人道："大王回来了！大王回来了！"

张耳、陈余又惊又疑，忙走出帐外。果然是武臣回来了，只见他笑容满面，和众人边打招呼边向帐内走来。他身边还跟着一个人，也是笑眯眯的模样。

"哎呀，大王，你是如何逃回来的？"张耳急步上前拱手道，"可把大家急坏了！"

武臣转身指着身旁那人道："全是仰仗这位义士，否则，我实在难逃此劫。"

众人上前，围住那人问了个究竟。

原来，此人乃是武臣军中一个伙夫。此前，赵王被扣的消息传出，全军都议论开了。"连丞相张耳、大将军陈余也是束手无策，这可如何是好？"

有的说："不如拼他个你死我活，救出赵王。"

有的却说："韩将军也不是吃素的，一旦打起来，还不知谁胜谁负呢？"

听着同伴们的嘀咕，一向少言寡语的他站起身，拍拍身上的灰土对众人道："各位兄弟切勿担心，我现在就去为丞相、大将军做说客，一定能让赵王安全回来！"

众人先是你看看我，我看看你，接着忍不住笑出声来："哈哈哈！真是海水不可斗量！丞相派出的使者个个都是能说会道之辈，连他们都没有躲过韩广的利剑，你一个粗人，只知道烧火做饭，能做说客？别前去送死了！"

那伙夫如同没听见一般，径自向燕地出发了。一路上，他连脚都没停一下，很快就到了燕地的一个要塞。

守卫边塞的人一看他的衣着，就知道他是赵王军中的人，立刻把他拿住了。他甩开士卒的手，泰然自若地道："不得无礼，快带我去见你们将军，我有要事。"

士卒们一下被他的镇定自若唬住了，真的把他带入了燕将军军帐之中。

"哈哈，又是一个说客！你不知已死了多人了吗？"将军大笑着，不屑一顾地问。

伙夫并不回答，而是正色反问道："将军可知张耳、陈余？"

"知道，听说此二人贤良多才，以前我对他们颇怀敬意，但如今，他们对赵王被扣不也是无计可施了吗？"

"将军知道此二人的志向吗？"伙夫又问。

"志向？还不是要救出赵王？"将军嘲笑地看着他。

"嘿嘿嘿——"伙夫低声笑起来。

"怎么，你敢笑我！"将军手按佩剑道，"难道我说得有误？"

"我笑将军只知表面，不知实情。请问将军，若就才智而言，武臣与张耳、陈余相较，谁高谁下？"

"这个……张耳、陈余名声远扬，远高出于武臣之上。"

"这就对了。将军，张耳、陈余而今虽居于武臣之下，但其志向却不亚于他。自从陈王派他们三人攻赵以来，冲锋陷阵的多是张耳、陈余。至今为止，他们披坚执锐，已拿下几十座城池，占领了大片土地。在如此所向披靡的情况下，想南面称王的哪里只是武臣一人？因为武臣身为将军，又年长于他们，所以他们才共推武臣为王。一旦时机成熟，他们就会自立为王。如今燕王扣押了武臣，无异给他们提供了一个天赐良机。他们巴不得燕王立即杀了赵王，这样一来，他们既有了自立为王的借口，又有了进攻燕王的把柄。而燕王背上杀赵王的罪名，就会陷入不义之境，不只是张耳、陈余要来兴师问罪，还会引得各路诸侯的声讨。到那时，燕面临的只能是灭亡了。"

那将军听了，深感有理，立即带了他见韩广。

韩广得知这些，决定放赵王回去，以此来牵制张耳、陈余，也使自己落得个义士的美名。这样，武臣就和伙夫顺利地回到营地。

众人一听，深感伙夫不是等闲之辈，纷纷建议武臣重赐伙夫，武臣自然乐意而为。

再说周市奉陈王之命进攻魏地，不知不觉已抵达狄城，当下把个狄城围了个水泄不通，把狄城人急得如同热锅上的蚂蚁一般。

这时，城内有一人借此机会也行动起来。

此人姓田名儋，是齐国王室之后。自从秦灭齐国之后，他未曾有一天不渴望灭秦复国。无奈秦法苛峻，动辄得咎。看着如狼似虎的秦统治者，田儋内心沉重，一直郁郁寡欢。不久前，他听说陈胜带兵起义，不禁蠢蠢欲动。暗地里他悄悄联络了一些齐国旧贵族，大家凑钱招兵买马，筹集粮草，已经初具规模。现在见周市兵临城下，他立即找到了志同道合的两位堂弟，一个叫田荣，一个叫田横。

"齐国自古就是田家所有，县令乃是秦王派来的狗官，为我田家仇人。而今周市大兵压境，我们应乘机起事，杀了县令自立，一旦夺城，再突袭周市。"

田荣、田横齐声喝彩。

"大哥，县吏那儿近来防范甚严，设有重重岗哨，我们如何进到他跟前？"田荣问。

"这个我已想好了。你二人押一个家奴前往县衙，声言家奴犯了杀人之罪，我装作怒气冲冲的样子率豪壮数人随后，一俟接近县令，我就杀了他。"

田荣、田横连称好计。当下，田荣、田横真的押着一个家奴去了。

一进县衙，二人就大声嚷嚷起来："县令大人，如今真是反了天了，小小一个家奴，竟敢动手杀人，县令大人一定要为我们做主哇！"

县令一听杀了人，不由得放松了警惕，他连忙传令押进堂去。田儋带着一群人紧跟在后，这时候抢前几步，做出要陈述的样子，趁县令一不注意，从袖中抽出短剑，一刀结果了县令性命。县吏们正要动手，田儋跃上一条大案几，高声道："诸位兄弟，我们都是齐人，只是为了养家糊口才听命于县令。然齐地本是我们自己所有，为什么为一个外乡县令奔走？如今许多英雄点燃了反秦烈火，各自自立为王，秦王朝的日子已经不多了。我本齐国国君之后，大家不如随我起事，复我齐国，重建山河！"

众县吏本来对田家兄弟就心存敬意，听此一席话，无不振臂支持。转眼之间，全城人都已追随到田儋旗下。田儋自立为齐王，和许多城中英杰商议击退周市之事。

一位豪杰建议，先让弓箭手对着城下围兵一阵猛射，然后再用火桶滚下。田儋照此行动。周市哪里料到城中人如此凶猛众多，一下子乱了阵脚，只好带兵逃回魏地。

魏地人乘机劝周市不要再攻他处，就在魏占地为王，以定民心。

周市听言，思量再三，还是做出了明智之举——建议立魏国国君之后为王，以顺民心。此时，魏国公子咎正在陈王处。周市派人迎接多次，最后陈王只好让他回到魏地。公子咎深知周市乃是不凡之辈，当即拜周市为丞相，凡事都听周市的。

另一路受陈王委派的周文，顺利进入咸阳城下后，不由得有些洋洋自得。回想起陈王对他的看重，更加有了骄慢之色。以前，他曾为春申君出谋划策，也曾在项燕军中为军队观天象占吉凶，如今才算是踏上了人生的辉煌之路。他指挥部下进攻咸阳，声音洪亮地说："各位为我急攻咸阳，一旦拿下这个秦王本营，我将和诸位大醉三日！"

谁知此时突起风云，周文遇到了前所未有的障碍。

原来，陈王大军四路出击之后，各地义军纷纷而起。这些或大或小的军队攻打的都是秦王朝的城池。秦军随着一个个城池的失陷，节节败退，各地报急的文书像雪片一般飞入朝廷。赵高眼看着再也无法收拾，只得向秦二世奏明实情。

二世听得目瞪口呆，尤其是闻知周文一军直捣咸阳，更是急得满头大汗。他当即召集文武百官上朝议奏御敌之策。这时候，百官被赵高的黑白颠倒、妄自胡为弄得已如寒蝉一般，都不敢多言。看着满朝文武皆低头不语，二世气不打一处来，就要破口大骂起来。

此时，少府章邯挺身而出："陛下，臣下有言上奏！"章邯道，先集中起城中能战者，再放出骊山囚犯并给其分发武器，设立重赏让其杀敌立功。

二世听了，不由大喜道："你就领着那几十万役囚去吧，都城安危与否，就看你的了。"

章邯得令，立即把几十万骊山役囚分编成队，从自己手下选出骁勇善战之人充任教官，令他们日夜操练。十天之后，他将部队分前、中、后三支大军，亲自率领着向戏亭席卷而来。

却说章邯的前、中、后三军分置得颇为讲究，前军为勇猛善战的壮士，充作开路先锋；中军为全军核心，起到调度作用；后队由老弱组成，担任辎重运输。同时他下令全军："只进不退，进者重赏，退者斩首！"

在这样的军令之下，那几十万囚役个个都成了亡命之徒，只见他们挥舞着各种兵器，犹如疯了一般，涌向周文军队。

周文本以为自己已是无敌之军，没料到会突然间遭遇到这样无畏拼杀的敌人，一下子被打得七零八落，四下逃散，周文想挡也挡不住，不得已只得随着人流狂奔而去，一直退到函谷关外。

等刚稳定住局面，周文就火速派人向陈王报告，要求增加援助。到了这时，他才知自己犯了孤军深入之大忌。

然而，周文苦苦等了近一个月，也没见陈王派来一兵一卒。到了十一月，周文已被章邯逼到了渑池。章邯不给他喘息机会，未能等他站稳脚跟，又率大军猛扑过来。没几天，周文全军几乎损失殆尽。看着无法挽回的惨局，周文深感自己气数已尽，于是在一个黄昏，拔剑自刎。

吴广一路大军围住了荥阳，意欲立即破城。但是，守将李由倚仗着坚固的城池，只是关闭城门一味死守，吴广想尽办法也无可奈何。

这样一天天过去，不知不觉已是几个月下来了。将士们看攻城不下，人心已有些涣散。且不说风吹日晒之苦，就是军中衣食也成了问题。天气越来越冷，哪有那么多御寒冬衣。粮草本来充足，可哪里经得起天长日久？

这期间，周文不断差人送来求救信，吴广却不敢轻易派人马去救。万一派人过去，减弱了兵力，城中秦军乘机杀出来，岂不是吃了败仗。攻城攻不下，救人救不成，吴广和众将帅急得火烧火燎一般。

不久，周文兵败自杀的消息传来，全军上下陷入了一片惊悸之中。

这时候，吴广的部下有两个人蠢蠢欲动起来。部将田臧为人刁滑异常，他和另一位将领李归平日里颇为情投意合。一天晚上，他们凑到一起。

田臧道："周文已全军覆没，秦军接下来该腾出手对付我们了。兄弟，你我都是聪明人，难道就这样白白等着秦军宰割吗？"

"我也这么想着哩，一旦章邯到来，城中李由再杀出来，我们两面受敌，只会白白送死。"李归也阴沉着脸。

"我们久围荥阳不下，应该改变策略，留下少量人马牵制荥阳，余下大军主动迎敌，这样才能避免坐以待毙的结局。"

"但假王不愿轻举妄动，谁人能说得动他？"

"假王太自以为是，哪里知晓兵法？我们不如除掉他，免得跟着他一起送命，如何？"田臧恶狠狠地道。

"除掉假王？那军中岂不大乱？"

"当然得用心计，你我联手，就说得到了陈王的谕旨，众人一时哪里分得清是非？"

李归想了想，连称妙计。

第二天早上，田臧、李归二人手捧一封帛书急急走入吴广军帐中："奉告假王，陈王有诏谕到来！"

吴广正和几个部将计议军事，哪里料到这是一场阴谋？他和颜悦色地道："呈上来！"

到了吴广身旁，田臧忽然高声喝道："陈王有令，假王吴广围攻荥阳数月，进退不成而心怀异谋，罪该处死！"

说完，拔出刀来奋力砍去。吴广还没说出一句话，已成了刀下之鬼。

随即，他们展开帛书，说是陈王诏令，他们杀吴广乃是奉旨行事。其他部将一阵慌乱后，闻知是陈王之令，也就信了。少数心存怀疑的，也不敢说出来，只好听从田臧、李归指挥。

为了安定人心，图谋自己的利益，二人决定取得陈王的支持。当下，田臧修书一封，捏造了一大串吴广心存二心，一直在图谋不轨的事由，派人连同吴广的首级火速送往陈王处。

陈王正为各路大军的失利而垂头丧气，接到田臧和李归的书信更加难过。看了书信，再看吴广的首级，他的内心一时弄不准是真是假。回想他和吴广起事以来的桩桩件件，不由得生出一股兔死狐悲之情。他有心要弄个明白，无奈田臧等人远在千里之外。考虑到目前正处于一个非常时期，军队不能没有首领，只好派使者前往三川，封田臧为上将，让他尽力西进攻秦，挽救义军形势。

田臧接到陈王使者的诏令，喜不自胜。他令李归带一小部分人马继续围城，自己带领大部分军队西进迎敌，想以主动出击的方式挫败章邯之军。

章邯大军刚刚挫败周文，士气正旺。一些囚徒各自得了重赏，令那些尚未立功的眼红耳热，恨不能立即把义军生吞活剥了。

俗话说得好，胆小的怕胆大的，胆大的怕不要命的。

遇上了这般敢死队，谁也不免胆寒三分。双方刚一交战，章邯大军就如猛虎扑食一般不可阻挡。在士卒的眼里，义军的人头都是金银财宝，官位俸禄，在他们面前闪闪发光。义军只有招架之功，没有还手之力。

章邯挑战田臧，只几个回合，田臧已受伤落马，章邯也不用剑，只是勒马践踏不已，地上的田臧顿时成了一摊血肉。

眼见主将被杀，义军不战自乱，如决堤的洪水一般溃逃而去。章邯乘胜追击，直入荥阳城下义军营地，斩了李归。

李由也杀出城来，两军夹击，义军死的死伤的伤，余下的少数几个只好投降。至此，西进之军也被灭绝了。

章邯至此感到十分快意，一天，他召集手下的几员大将，自鸣得意地道："谁说陈胜之军势如破竹，所向披靡？目前怎么样了？说起作战之法，他们差得远了！凡战争最要紧的是善于知彼知己。当初，陈胜之军分三路西征，想直捣咸阳，这是一个正确的方案。但是，这三路大军缺乏统一的指挥与调配。三支军队不是协同作战，而是各行其是，互不依托，周文进军戏亭，看上去是取得了大胜，面临的却是孤军深入、后无救援的险境。吴广兵临荥阳城下，也是长期相持，欲攻不克，欲罢不忍，势必导致士气低落，陷入僵局。我正是乘此良机打垮他们的。如今时局大转，陈胜不会有多少日子了。西征军乃陈胜之主力，主力已灭，还能有多少气数？"

众将听了，纷纷称是，这支凶狠残酷的囚徒之军，似乎士气更旺了。

再说武臣被韩广放回邯郸之后，不仅有几分劫后余生的侥幸，还有几分得意，他决定乘势采取进攻形势。

此时，他军中有一员大将，姓李名良。李良本是秦朝官吏，近些年来，他一直不被重用，担任些无关紧要的副职。于是在不久前，他带着一批追随者投奔到了武臣身边，深得赵王武臣的信任。武臣刚刚回营，恰逢李良从常山还报，说自己已拿下常山，前来复命。武臣大喜，令他再度出击太原，进攻井陉。

刚到井陉，李良叮嘱左右："井陉乃秦之要塞，诸位小心！做好攻关准备！"

左右听令，各就各位，拉开了攻关阵势。

忽然，一名秦王朝使者骑着快马来到，递给李良一封信，李良打开一看，只见上面写道："圣皇诏谕赵将李良：良昔曾事朕，乃得以荣华富贵，应感恩戴德，为朝廷尽力。然今日叛主事赵，实违君臣之道，如若幡然悔悟，弃暗投明，朕将赦罪重奖，赏赐爵位，决不食言！"

"哈哈！原来是封劝降信！"他笑着对众人道，"不要理他，军事要紧！"

一边说，一边将书信塞进袖中。几个部下报告道："将军，适才我等已详细探明，此处守军早有防范，恐一时难以攻下。与其眼下攻打有失败的危险，不如再添兵马，一蹴而就。"

李良听言，抬眼望去，果然，城墙上站满了秦兵，一副众志成城的样子。屈指一算，自己的人马根本抵不过守城之敌。他思忖半晌，下令道："暂且撤军返回邯郸！"

一行人迅速回撤，眼看就要接近邯郸，忽见对面拥来一队人马。只听得走在前面的吆喝着开路，声音洪亮。再细看，后面的队伍彩旗飘扬，前呼后拥地簇护着一驾銮辇，左右还有羽扇相遮，俨然是王者气派。一定是赵王出行来了——他想着就倒地施礼，口中道："小臣恭见大王！"

銮辇此刻正好经过他的身边，只听得里面传出一个声音："令他免礼！"

这声音令他吃了一惊，因为分明是一个女人的声音。

"这女人是谁？"他惊诧地站起来，问左右随从。

众人同他一样，一个个向着一闪而过的銮辇引颈相望。一个副将回答道："将军，这好像是赵王的姐姐。"

"腾"的一下，李良的脸全红了，深为自己刚才的大拜而羞惭。望着远去的军队，他愤恨地想："原来是一个女人！当初我为秦将军，虽不算是大富大贵，可也未受过这等侮辱。"于是他脱口而出道："王姐竟放肆如此吗？"

众人见他怒火满面，也都愤愤不平。一个副将道："将军，如今天下大乱，群雄并起，谁是英雄谁就为尊。赵王平日对将军都是尊重有加，作为一个女人，其姐更应彬彬有礼。这等大胆无礼，实乃该杀！"

李良更加愤怒，他猛挥利剑，大喝道："给我追！"随即翻身上马，如箭一段冲了出去。

众将士一见，也都纵身马上，追随而去。一时间，蹄声杂沓，尘土飞扬。

走在前面的队伍看到李良追赶而来，不禁回头张望。这一望才大吃一惊，来人个个怒容满面。几个胆大的侍从大着胆子喝问："王姐在此，为何追来？"

李良冲上前去，一阵乱砍，顿时斩杀几人。赵王胞姐听到外面一阵乱叫，不知何事，伸出头来观看，恰被李良碰了个正着。"呼"的一声，李良伸出左手一把把她从车子里拉将出来，右手一挥，一颗人头掉在了地上。

"不好了，王姐被杀啦！"

有人大声呼叫起来，李良这才住了剑，仿佛从梦中惊醒一般。

"将军，我们闯了大祸了！"几个部下拉长了脸，看着李良。

李良看看众人："事已至此，只有进没有退了。赵王不会放过我们，我等一不做二不休，索性把赵王杀了，另立炉灶，如何？"

"好！"

各位都在义气头上，又见杀了王姐，也只有这条路了。

旋即，李良率领众人如狂风一般冲进邯郸，闯入宫中，找到武臣一刀砍了。邵骚等人都正在和赵王一同议事，自然同时丧命。不到半天时间，李良等人就占领了邯郸。

但是，寻遍全城，李良却没见到张耳、陈余的踪影，乃下令手下："严加搜查，切勿让此二人逃了！"

原来，就在李良斩杀王姐的当儿，有一个侍从骑马走脱了。此人乃是张耳、陈余的心腹，他快速回到邯郸，正碰上张耳、陈余去赵王那儿，他就三言两语把王姐如何醉酒，如何张狂，如何被杀的经过说了。

张耳、陈余正要进宫禀告赵王，却远远见一队人马在尘土飞扬中奔来，知道已经来不及了，只好抄小路逃走，躲过了李良的斩杀。

出了邯郸城，张耳、陈余并未逃往他处，而是停下来静观时局。

毕竟李良的行为是叛主背恩之举，许多士卒不愿与他为伍，于是纷纷逃出邯郸。一见张耳、陈余正在邯郸城外，众人自然聚集到了他们身旁。

这消息不胫而走，留在城中的许多士卒，平日仰慕张耳与陈余，纷纷奔向城外。不到三天，张耳、陈余已收编了两万人左右。他们计议，想打进城去为赵王报仇。

正当此时，张耳过去的一个朋友找到张耳道："丞相与陈将军此时行动，势必和李良血战一场，胜负难定，不如另图他谋。"

"有何上策，请讲！"

"自古以来，凡大事既讲究名正言顺，又讲究顺应民心。如今丞相和将军

·110·

要为赵王报仇，可以说已属名正言顺了。然丞相和将军毕竟是大梁人，不能得到赵人的响应。如若二位立赵国王室之后为王，定会深得赵人之心。以此为大旗，广为号召，必会得到赵人的一呼百应。有了赵人有力的支持，还怕胜不了李良吗？"

张耳一听，不禁击掌称赞，陈余也是连连称道。于是，二人悄悄派人出去寻访原赵王之后。有一个叫赵歇的人，正是赵王后裔。张耳、陈余恭请了来，立他为赵王。同时，传檄赵地，声讨李良。

李良听说张耳、陈余立了新的赵王，又传了檄文过来，已明白他二人正在收买人心，其目的就是对付他。如杀赵王武臣一样，他还要采取先发制人的策略，先行向张耳、陈余发兵。想到这里，他亲自率兵前往，向赵歇的所在地信都进发。

接到探子来报，张耳、陈余立即商议对策。张耳道："李良久经战斗，是个老谋深算之人，我们不可一路出击，须做两方面打算，防止他调虎离山。"

陈余说："你来守城，我带兵迎战，如今赵人心归于我们，要么不战，要战定能获胜。"

陈余率领两万大军出城迎战李良，城中百姓涌上城墙，如山呼海啸一般斥骂李良的叛逆行为。李良部下听在耳中，惊在心中，军心顿时涣散了几分。

两军交兵之后，有城上百姓擂鼓助威，陈余部下越战越勇。没多久，李良就留下了大片死伤之人。城中百姓见了，呼声更响，有的索性操起兵刃，冲出城加入了血战的队伍。

李良部下步步退后，又见城中人如泉水一般涌出，愈加胆寒。许多人索性丢下刀剑，狂奔逃命去了。

李良在后督战，见有人逃跑，连杀几人，却也抵挡不了退潮般的溃逃，最后索性随众人一同逃回邯郸去了。

惊魂未定，李良想起了那封秦王的劝降信，慌忙拿出来看了一遍，稍作思索，自言自语道："只有如此了！"

当下令部下整顿行装，随他投奔章邯去了。

章邯杀了田臧、李归之后，就再度挥师向前。他把军队分为两路，一路攻郏，一路攻许城。不久前，二世接连得到了章邯的捷报后，欢喜万分；又派长史司马欣、都尉董翳领兵一万多人援助章邯，使章邯的军威大增。

陈王这边，镇守郏城的乃是邓说。自从周文、吴广大军被消灭之后，陈王义军早已伤了元气。邓说虽是一员良将，毕竟手下人数有限。章邯军队很快杀进城去。邓说看抵挡不了，只好带人逃出了城。

许城由将领伍徐把守。伍徐与士卒苦苦守城，坚持了一天一夜，最后也战败而逃。

陈王见两位将领先后大败而归，十分恼怒。他埋怨伍徐战败逃跑，更气愤邓说不战而逃。——讯问之后，当即下令斩了邓说，以示惩戒。

时至此时，陈王左右只有上柱国蔡赐和武平君畔了。陈王命令蔡赐带兵迎击章邯，同时让畔前往郯下，让他去统领那儿的几支义军。

在郯下，驻扎着好几支散军。陵县人秦嘉，符离县人宋鸡石，取虑县人郑布，徐县人丁某，都聚集在这里，各人旗下拥兵不等。近日以来，陈王各路兵败的消息纷纷传来，众人对陈王已渐渐丧失了信心。如今看见畔到来身边，说是受了陈王之命来监督各军，哪个服气？

秦嘉最先发难，对众人道："这个畔还是个毛头小子，知道什么兵法？若是把军队交给他，不是白白被毁灭吗？"

众人一听，正中下怀，纷纷响应。秦嘉带人迎上去，三下五除二把畔的几百人打得落花流水，还不到一个时辰，就全部丧了命。

那边的蔡赐和章邯交战，更不堪一击。

章邯纵马上前挑战，只消十个回合，就把蔡赐砍落马下。蔡赐的士卒见统领已死，无心再战，转身就逃。章邯岂肯放过，一声令下，他的手下如狼似虎一般赶上去，杀了个尸横遍野。最后，蔡赐之军全部被杀。

乘着胜势，章邯率军直攻陈县。守在陈县的乃是陈王的将领张贺。张贺闻听章邯几十万大军即将过来，深知自己绝对不是对手，连忙派人飞马报告陈王。陈王思前想后，身边再也无人可以领兵作战，只好亲自统兵，迅速前往陈县支援张贺。

然而为时已晚，刚刚行至汝阴，却见三三两两的士卒从前面逃来，一个个蓬头垢面，伤痕累累，惨不忍睹。一打听，知是张贺部下。张贺已全军覆没，他自己也死在了章邯刀下。

迎着呼啸的寒风，陈王顿感大势已去。没法，只好往回走。时值严冬时节，天寒地冻，士气十分低落。望着漫漫古道，只见一片苍茫，到处是暗灰色，陈王的心如灌了铅一般沉重。

"下雪了，大王！"

一声呼喊使他从沉思中惊醒过来。他伸头看看车外，果见漫空中飞舞着鹅毛大雪。由于雪急，雪花时而在空中打着一个个漩涡，地上已有点湿漉漉的了。

驾车的车夫是一个性格暴躁的武夫，姓庄名贾，是个老车夫。

车中的陈王脑子里乱纷纷的，理也理不出个头绪，不禁焦虑万分。天越来越冷，越来越暗，风雪也越来越大了。

寒风不时地从车缝中钻进来，陈王裹了裹身上的皮袄。这时候，一阵寒意袭上来。他向里靠了靠。微闭上双眼，想休息一下，打个盹儿。他已三天三夜没合过眼了，太累了。

恰在这时，车子"咯噔"一声响，把他颠离了座位。他的火"腾"地一下上来了："怎么回事儿？小心赶车！"他大声呵斥。

"是，大王！"车外的声音仍是恭顺的。

"咯噔"一声，车子又狠狠地颠了一下，接着一下一下，接连不断。

"混蛋！怎么赶的车？你的眼睛长哪儿啦？"陈王恼怒地向车外叫骂起来。

"是，大王！这路上全是石头，我没办法。"庄贾解释着。

"我不管，我只要能稳稳地走！"陈王的心烦躁得不得了，他拍着车厢吼道。

庄贾不说话了。车子还是不断地颠簸着，陈王的腰都被颠痛了。可是，任他怎么叫骂呵斥，庄贾一直不说话。

却说庄贾此时内心正燃着怒火。庄贾本崇拜陈王，才自告奋勇、心甘情愿的为陈王做车夫。但此后，他渐渐发现现陈王为人苛刻，毫无容人之心。

三天三夜了，他一直在赶车，未曾闭过一下眼。陈王累，他更累。跟着陈王半年来，他不知自己挨过多少骂，受过多少呵斥。

"以前，你凶点，还有可凶之处，如今都什么时候了，你还凶？"庄贾想到这里，不由得自言自语道。

"陈王身边的将领都死光了，我跟着他会怎么样呢？"庄贾甩了一下马鞭，又陷入了沉思。"身边没有人，没有了军队，还能称王吗？陈王的气数尽了。章邯一定会斩草除根，紧迫而来灭了陈王的，我能跟着他一道送死吗？我家中的老母怎么办？我不能丢下她不管。咳，早知落得这个结局，还不如在老母身边种点薄地糊口呢，那毕竟不会有性命危险，可如今，我得另想办法才行。"

这样想着，他听由陈王叫骂，再也不作声了。

车子到了城中，已是第二天中午。雪依旧在下。庄贾已经感到疲惫不堪，马也累得走不动了，陈王只好下令换马。

换马的当儿，庄贾忽然想起前天随车后护驾的张顺对陈王颇有不满之色，就心生一计："我何不与张顺联手杀了陈王？如今秦王朝悬赏捉拿陈王。陈王的人头就值黄金千斤，我几辈子也吃喝不尽。陈王大势已去，也没有多少日子可挣扎了。"

想到这儿，庄贾马上找到了张顺，张顺也早对陈王心怀不满，所以二人一拍即合。一阵窃窃私语，一个罪恶的阴谋产生了。

换了快马之后，庄贾把车子赶得飞快。不到一个时辰，除了几辆卫队之车外，大部队已被远远甩在后面。陈王心事重重，也没顾及这个。忽然，车子停了下来，庄贾下了车，又是看车轮，又是查车轴，围着车子转了好大一会儿还说找不出车子毛病出在哪儿，反正是无论怎么车子也走不动了。

陈王不知是计，气得连声责骂庄贾，庄贾一反常态，讥讽道："都什么时候了，还骂骂咧咧的？有本事你自己下车来看看！"

陈王顿时火冒三丈，从车子里探出头来："怎么？你想反了吗？"

"反了又怎么着？你本来不就是个乡野村夫吗？"庄贾嘲笑着，斜着眼睛。

"滚！你好大的胆子！"陈王边说边从车厢里跳了下来。

还没等他站稳，庄贾已从腰间抽出宝剑，只见寒光在陈王头顶一闪，陈王的人头已掉在地上。"扑"的一声，鲜血喷出老远。

众卫士"呼啦"一声围住了庄贾，就要拿下他。

"兄弟们，听我说！"

正在这时，人群的身后响起一声断喝。循声望去，卫士们看见一个高大魁梧的身影，正是卫士张顺。张顺身后站着几个人，一个个手持宝剑，盯着众人。

"兄弟们，如今陈王大势已去，没有几天了。大伙儿跟着他，只会落得个被砍头的下场，还会连累我们的家人。按照秦律，造反者要诛灭三族。识时务者为俊杰，我们为什么还要为这个气数已尽的人白白送命？"

"难道杀了陈王就不是逆反之罪吗？"卫士中有人大声说。

"哈哈！"张顺笑道，"他算什么陈王？平时对大家动辄叫骂，动辄治罪，没有一点仁爱之心。不要说他快到尽头了，就算他能斗得过秦王，成为天下之君，恐怕比秦王还要凶恶。大伙说说，他对谁仁义过？"

卫士们的神色缓和了点，站在车上的庄贾发话了："兄弟们，常言道，天下没有不散的筵席！我们跟随陈胜已半年了，鞍前马后没少流汗，也算尽了一份忠心了。可陈胜没给大伙儿带来过一点好处，如今秦王悬赏黄金千斤要陈胜的人头，我们把头献上去，平分了赏金，不仅免了自家人死罪，还可得到荣华富贵，这不正是我们求之不得的吗？"

众卫士平日里也常常受陈王责骂，或多或少都憋着一些气。此刻见陈王已死，再也无法挽回结局，又听张顺和庄贾说得有理，你看看我，我看看你，慢慢散了包围圈，收起了佩剑。

庄贾见状，和张顺一唱一和又是一番鼓噪，说得众人动了心。最后，不得已跟着庄贾上了路。

一路上快马加鞭，庄贾率众人很快到了陈县。他让人修书一封，表明自己的作为和投降之意，而后，连夜派使者前往章邯的军队去了。

【第五回】

三遗履张良得书，四闯宫李斯陈情

几天之后，陈王被害的消息传到了新阳，那里有一个人深深地震惊了，他就是吕臣。

四个月前，吕臣曾去拜见过陈王。那时候，陈王正处在起义的鼎盛时期，意气风发，对未来充满了信心。听说一位能文能武的新阳人要拜见他，非常高兴。见面之后，二人谈得非常投机，从秦王暴政到人民苦难，从天下形势到未来趋势，从六国破灭到张楚政权。陈王欣赏吕臣的文韬武略，吕臣佩服陈王的胆识。短短的十几天里，二人结下了深厚情谊。

正当陈王要对吕臣委以重任时，吕臣家人突然传来消息，吕家老母病重，要吕臣速速回去见最后一面，吕臣只好告别陈王，回到了故乡新阳。

不久，老母病逝，吕臣在家为母守孝。但是，他身在新阳，心却在陈王身边。在故乡，吕臣颇有威信，许多人常到吕臣家来议论时局，评说秦王暴政。后来，闻知吕臣曾拜见过陈王，都非常羡慕；来往之间，大家纷纷鼓动吕臣率众起义，趁着这个好时机去闯天下。吕臣考虑到自己重孝在身，迟迟没有行动。

听说陈王被一介车夫杀害，吕臣悲愤万分，他左思右想，最后痛下决心——率众起义，为陈王复仇！

话刚出口，就得到了全县人的响应。仅仅十来天时间，吕臣身边已聚集了上万人。为了与众军队有所区别，吕臣让自己的军队都戴上黑色头巾，因此，众人称之为苍头军。在吕臣的带领下，这支大军浩浩荡荡杀向了陈县。

庄贾派出了使者之后，一直焦急地盼望着章邯的回音。一天，忽然有人来报，城外有一支大军包围了陈县县城。

"是秦军吗？难道他们没有收到我的书信？"庄贾大惊，站了起来。

"不是，来者大将自称是陈王部将，姓吕名臣。"

"什么吕臣？陈王哪有这员将领？"

"听说这吕臣以前拜见过陈王。"

"来者有多少人？"

"有一万多。"

庄贾以前哪曾单独带兵作战过？一时间手忙脚乱，不知如何是好。张顺倒沉稳些，忙让庄贾组织军队抵挡。

然而，城中军队早已是人心涣散。一听说是陈王大将来到，个个心惊胆战，后悔跟了庄贾。许多人怨声连连，说庄贾乃是叛逆之人。

吕臣没费多少劲，就攻破了城门。攻入城中，捉住庄贾，吕臣亲手杀了他。同时张榜全城，昭示了庄贾的叛逆行为，为陈王伸张正义。

选择吉日，吕臣将陈王尸首葬在了砀山。一代英雄，终于入土而安。

且说当初奉陈王之命率兵进攻南阳的大将宋留，此时此刻已攻占了南阳。他的下一个目标就是攻占秦王朝的另一个据点——武关。

一天晚上，他正在筹划大军的行进路线，忽然，一个部将慌慌张张地跑了进来："出了大事了，宋将军！"

宋留抬起头，只见来人一脸惊恐，笑道："半夜三更的，能有什么事？秦军远着呢！"

"将军，陈王被杀了！"

"谁？什么？"

宋留以为听错了。

"陈王被杀了，就是那个庄贾干的。"

"陈王？那个车夫庄贾？"

"是，将军。"

"怎么可能？你怎么知道的？"宋留站起来。

"将军，我兄弟就在陈王身边做卫士，他亲眼见庄贾杀了陈王。"

"你兄弟在哪里？"

"我兄弟跑回老家去了，老家让人送信来，要我也回家。现在陈县被庄贾占着，他已派人送信给章邯，要投降秦军。"

宋留一下子坐了下去，他全身出了冷汗。陈王被杀，这是完全可能的，他虽然不完全知晓陈王其他各路将领进军的最后结果，但明白大势不好，各路大军连连失利的信儿前一阵子也不断传来。

"将军，我们该怎么办呢？还要再攻武关吗？"那个部下忧虑重重，小声问道。

"这……"宋留抬起头，"容我三思而后行。"

此后几日，宋留心思一片混乱。他一时拿不定主意是坚守南阳，还是马上挥师武关。

如果陈王真的已死，秦军就会腾出手来对付各路将领。如果各路将领眼下也是大势已去，秦军就更能腾出手来对付他了。如果立即挥师武关，可以以攻为守，如果坚守南阳，也可以保住目前的稳定。

众部下议论纷纷，有的要攻武关，有的要守南阳，莫衷一是。也有的人不声不响，宋留了解他们，知道这不声不响的背后已有后退甚至降秦的想法。

时间对于战争来说，应是分秒必争，往往短时间的犹豫就会贻误战机。

由于宋留的迟迟疑疑，秦军得到了可乘之机。在一位将领的带领下，他们在几天后的一个黎明时分，突然包围了南阳城。

此时此刻，距离宋留攻占南阳，仅仅有二十多天时间。尚未站住脚跟，军队中又已遍知陈王被杀的消息，士气一落千丈。

只消两天工夫，南阳就从宋留手中丢掉，重新被秦军夺去。

逃出南阳，死伤已经不少。宋留带军奔到了新蔡，想在新蔡稍稍休息再重整旗鼓。然而，攻打宋留的不是别人，乃是秦军最厉害的尖刀部队章邯之军。

章邯此时已对陈胜全军状况了如指掌，他狞笑着下令：“立即跟踪追击，包围新蔡，斩断宋留后路，困死他！”

宋留到了新蔡，已是筋疲力尽。士卒们许多带着伤，苦不堪言。众人慌忙关好城门，想抢点时间喘口气。

夜幕降临之后，宋留军队驻地鼾声如雷。几天来太累了，既已关上城门，心安了点儿。

朦胧的夜色中，章邯的大军却悄悄尾随而来，天刚亮，新蔡城四周，飘扬的全是秦军的黑色旗帜。

“不好啦！不好啦！秦军又包围咱们了！”宋留被一阵惊乱的叫声惊醒，他睁开充满血丝的双眼，一下子跳到了地上，抄起利剑就往外走，“走！跟我冲！”

来到城门口，登上城楼，宋留一下傻了眼。只见城外的秦军里三层外三层把个新蔡城围了个水泄不通。城下秦军旗帜遮天蔽日，喊声如雷，大有气吞山河之势。

宋留不禁倒吸一口冷气，忙带众人撤回城中。

“将军，怎么办？”

“我们没有退路了，将军！”

“城内找不到粮草，士卒们和马匹都饿坏了，将军，这如何是好？”

“拼了算了，将军！”

“我们就这样眼睁睁等死了吗？将军！”

…………

只听得部下们吵吵嚷嚷，一片嘈杂。宋留抹了一下头上的冷汗，一下子跌坐下去。

怎么办？看城外秦军，至少三倍于义军。如若冲出城去，无异于孤羊投群狼。如若原地不动，顶多五天，士卒们就会全部饿死，而秦军随时随地都有可能冲破城池，杀进城来。指望有人来援救，那是做梦。陈王死了，各路大军也许都已灭亡多时了，还会有谁来相助呢？

"将军，既然是死路一条，不如投降秦军吧！"有人在下面悄声说。

"投降秦军？"宋留惊疑地抬头看着那人。

"听说陈王的车夫庄贾杀了陈王，就是为了向秦军投降，不知现在怎么样了。"另一位将领犹豫地道。

"不，我以为还不到时候！"说话的是一个高个儿将领，"我们还没到山穷水尽的地步！"

"将军，如果到了山穷水尽的地步再去投降，恐怕太晚了。"立即有人接上了话。

"是的，将军，我们有五六千人呢！难道五六千人就这样白白送死吗？不如先投秦军，以后有机会再作他谋。"

这个主意打动了宋留。他想，如果熬到最后再投降，章邯绝不会等到那个时候的。自古以来，两军相遇不杀降者。如果投降了秦军，这五六千人的性命就可保住了。再说，他的老父老母及妻子儿女都远在家乡，如果他抗争到底，自己送命一条倒是小事，家中的亲人怎么办呢？

他扫视了众位将领，只见他们一个个都是蓬头垢面，又黄又瘦，目光里充满了忧虑和焦急，他的心更软了。

"好吧，各位兄弟，向秦军投降，以后再说。"他的声音里充满了无奈。

乞降书很快由使者送到了城外的章邯手中。看毕，章邯微笑了一下："宋将军早该如此了！我会善待他的！"

随即，新蔡城门打开了，五六千个义军向秦军缴了械，成了手无寸铁的人。

然而，当宋留来到章邯面前，拜见章邯时，章邯却忽地拉下脸，大喝一声："来人，拿下这个叛逆之人！"

"什么？你不是说要善待我吗？"宋留退后一步，怒目相视，"自古以来，两军交兵，不杀降者。"

"哈哈哈！"章邯狞笑一声，"自古以来？自古以来有几个章邯？有几个我章邯这样战无不胜的人？你这个叛逆之臣，以前你身为陈县县令，乃是秦王朝臣子。在盗贼犯上作乱时，你不仅不以死相拼、为秦王尽节，还附和盗贼攻打秦军。此等罪过难道还可饶恕吗？我得把你押解进京，交给皇帝陛下处置！"

"你这个小人！你……"宋留气得咬牙切齿，说不出话来，早有章邯的部下拥上去缚住了他。

到了此时，宋留和他的将领才真正看清章邯等秦王朝之人的凶残本性，可是为时已晚。

数日之后，宋留被缚进京。

秦二世正有万般怒火无处发泄，他看着宋留，对众臣子道："此等叛逆之臣，乱我江山，坏我朝纲，即使投降了还能饶他一命吗？拉出去，车裂了他，以示警戒！看以后谁还敢犯上作乱！"

宋留做梦也没想到他会落得如此下场。在起义的将领之中，他死得最惨。

二世车裂宋留的消息立即传遍了大江南北，震惊了许多义军首领。有一些原本是秦王朝官吏的将领，互相议论道："既然二世如此绝情凶残，我等又都是走上了这条叛逆之路，只有走到底了。"

"对，以死拒秦，也不枉我英雄一场！"

有些人心中存着的一丝后退意念，到此时消除殆尽，反秦的意志更坚定了。

义军首领之一秦嘉，很快得到了陈王被杀的死讯，他召集自己的部下道："弟兄们，我等虽不是陈王本来的部下，毕竟是依附在陈王大旗下的队伍。陈王虽然谢世了，他建立的张楚之国不能灭，我等应继之而上，让楚国继续保存下去。"

"将军，我们听你指挥。将军如此重情重义，我们唯恐追随不及，只有唯将军之命是从！"

"既如此，我欲寻找原楚王之后，重建楚国，如何？"

"甚好，将军！我们立即派人去寻找楚王之后。"

众位部将分头行动。

在一个偏僻的小城，终于找到了一个叫景驹的人，经反复验证，乃是原楚襄王最小儿子的后裔。秦王灭楚之后，许多楚王后代都惨遭杀害。为了避祸，幸存的大都逃到了偏僻之处，隐姓埋名，过起了寻常百姓生活。在一个寻常的小巷里，他们繁衍着后代，很少有人敢透露自己乃是楚王之后的身份。

秦嘉奉景驹为楚王，开始了自陈王谢世以后的大规模独立行动。

依据陈王之后秦军行动的阵势，秦嘉形成了自己新的思路——秦王朝眼下主要力量来自章邯部队，而章邯最善于打进攻战，只要他占了上风，就有不可阻挡之势。要想打击章邯的锐气，义军必须以攻为守，不断迎着章邯之军而上。要想迎敌而上，又必须先有牢固坚实的后方。

战略既定，秦嘉连续带兵冲击秦王军队，以迅雷不及掩耳之势接连攻占了方与、定陶二城。一时间，士气大振。

这时候，田儋与田荣在齐地势力逐渐壮大，在他们身边，聚集了齐地的许多豪侠义士。齐王田儋为人忠信仁厚，深受齐人拥戴。秦嘉对这一切十分明了。攻下方与、定陶之后，他欲与齐王联合，以能在攻秦同时壮大力量。于是派了公孙将军出使齐地。

这公孙将军，名公孙庆，为人耿直磊落，深受士卒爱戴，也很有齐人的风度。秦嘉认为由他做使者往田儋处，一定能成事。公孙庆受命为使，踏上去齐的道路。

虽说受命前往，公孙庆内心颇有些不乐意，这不是说他不愿听秦嘉指挥，而是曾听说田儋、田荣身为贵族之后，常常放不下架子，虽成了义军之首，依然有些盛气凌人。结果因谈不拢，田儋一怒之下杀了公孙庆，哪里还会派兵与楚联手？

正当刘季在家料理母亲丧事之时，在原楚国的会稽境内，又涌起了一支义军，为首的乃是叔侄二人。叔叔名项梁，侄子名项羽，他们率领八千名壮士，如狂飙突起一般，拔地而起。

项梁出身不凡，乃是原楚国大将项燕之子。

当初，楚国即将被秦王消灭之时，也进行过血肉横飞的拼杀。大将项燕率领楚国军队和秦国大将相遇，项燕持着一颗忠贞之心，竭力护城。

然而毕竟楚国已是强弩之末，不再是秦军的对手。血流成河之后，项燕兵败自杀，楚国也随之灭亡了。

作为楚国名门之后，为了免遭秦王毒手，项梁不得不远走他乡，过起了漂泊的生活。然而，他毕竟是一个血性汉子，在他的骨子里，深藏一份凝重的国恨家仇。就像千千万万个原来六国的贵族一样，他一刻也没停止过要报仇雪耻的想法。

但是，项梁成家以后，却一直没有儿子。望着几个出生的女儿，他痛苦万分——没有儿子，将来谁和他一起共同报仇雪耻呢？

恰在这时，他的身边来了一位少年——他兄长之子项羽，让他眼前为之一亮。

这项羽刚刚丧父，母亲为了让这棵独苗儿茁壮成长，遣人送到了他叔叔身旁。"没有男人培养的男孩子哪儿来的阳刚之气？兄弟，这孩子就交给你了，但愿他将来能光耀项家门庭！"项羽之母交给兄弟的还有这句话。

望着项羽，项梁的眉头舒展开了，他心中暗叹一声："好一个项家少年！"

只见这位兄长之子身高八尺多，体魄健壮，方额浓眉，目光坚毅，与一般少年截然不同。再仔细一看，项梁更加大喜："好家伙！这小子竟然长着一双重瞳子的眼睛！不正是一副帝王之相吗？"

传说当初舜帝就长着一双重瞳子的眼睛。

"难道我们项家是舜帝的远代子孙吗？"项梁暗自惊异，"我要好好栽培这小子，不能辜负上天的恩泽！"

从此之后，项梁在项羽身上倾注了全部的心血，一面让他强身健体，一面请人教他技艺。

开始学书，三年下来，毫无进展。老师叹气道："小子不是学书的人，让他学剑术也许是块料。"

项梁无奈，只好另请老师教项羽学习剑术。转眼又是一年光景，项羽又是什么也没学进去。

"浑小子！"项梁揪住项羽的耳朵，大怒道，"你的心思都到哪里去了？"边说边要动手。

项羽并不护疼，歪着头振振有词："学书不过记个姓名，学剑也不过抵挡一个人，有何大用？我要学习那抵挡万人之术！"

揪着项羽耳朵的手渐渐松开了，项梁火气慢慢消解，心中暗道："果真如此，这小子的志气不小！"

他平静地盯着项羽，看了他好一会儿："你果真要学兵法吗？"

"我向往已久！"项羽目光炯炯有神。

"那好，这个我自为师，不用请了。从今儿开始！"

当夜，项梁翻箱倒柜，把父亲项燕当年留下的兵书全都找了出来，堆放成一大排。想到未来，他心里充满了希望，巴望着这个侄子能学有所成。

项羽开始时表现出了浓厚的兴趣，每日黎明即起，在后院中高声诵读。夜半时分，他的卧房里还亮着灯光。

然而好景不长，只有半年时间，项羽就开始厌倦了。项梁每每提问，他就回道："这个我已知晓，讲下一个吧！"

项梁穷追相问，他又说不出个所以然。最后，竟到了一打开兵书他就走神的地步。

看着他，项梁深深地叹了口气："如此，你如何能成大事？"

自此之后，只好听凭他去。回首祖宗的辉煌，项梁深感家道的衰落。

原来，项家世世代代都是楚国的豪门。大约在七代之前，项家人就做楚国大将，为楚国王室尽心效力，建立过汗马功劳。楚王为彰明他家的功勋，把项地赐给了他们。从这以后，他们以项为姓，显赫一方。享受着国君的重恩，项家人也不负君望，代代都有豪杰为国效力，直至项梁的父亲项燕为国战死，楚国灭亡。

岁月如梭，不知不觉之间项羽已长成一个英俊青年，他身强力壮，能轻松扛起三百斤重的宝鼎。因为学了些剑术，身手矫捷，常人十个八个不是他的对手，因为由叔叔教养成人，所以常随项梁左右。

那年春天，秦始皇东巡途中过浙江游会稽，吸引了许多百姓和远处的英雄豪杰前往观看。项梁带着项羽，也挤在了观看的人群里。此时项羽已二十一岁，看到远处旗帜飘扬，銮舆闪光的阔大阵势，他脱口而出："将来我要取代他！"

项梁大惊失色，连忙用手掩住项羽的口："休得胡言！这是要杀头灭族的！"他匆忙环视左右。好在此时人们只盯住远方的秦始皇，人声嘈杂，没人听到。

秦始皇的队伍渐行渐远，项羽的目光却一直追随着队伍，直到旗帜消失在天地之际。项梁心中不禁大喜："这小子有一番不平之志，或许将来能有建树。"

这之后，项梁有意识地给项羽灌输一些大丈夫之气，谈论楚国的破灭、项家的过去、秦始皇的残忍，意在激发项羽的大志。

不久，项梁遭遇了一场官司。

因为家藏宝剑又常习兵书，项家原来的一个仇人就把他告到衙里。时值秦始皇晚年，严刑峻法，唯恐有人逆反朝廷。接到报告，栎阳县令就派人把项梁抓进狱中关押起来。

项夫人急得大哭不已，项羽怒发冲冠，提着宝剑就要去杀了县令，把叔叔从狱中劫出。

"羽儿，且慢！"项夫人知道这个侄儿是一个说到做到的人，她看到项羽拿出宝剑要冲出去，也不敢哭了，一把拉住了项羽。

"羽儿，"她一边抹泪一边说，"你叔父已在狱中，你千万可别胡来了。若是你也有个闪失，我们怎么对得起你死去的爹娘？咱这娘儿几个都是女流之辈，又能靠谁！"

"婶娘，你说怎么办？难道就让叔父在狱中不成？"

"孩儿，你叔父平日里行侠仗义，朋友很多，你今儿个去探探监，问问你叔父，他会有办法的。羽儿，记住婶娘的话，无论如何你都不能鲁莽从事！"

看着婶娘，只见她泪眼蒙眬，满脸焦虑。再看看几个堂妹，一个个也都哭得泪人儿一般。项羽放下了宝剑，点了点头。

来到狱中，项羽还没开口，项梁已掏出了一封书信："羽儿，快去找蕲县狱掾曹无咎，他是我的好友。我已探听过了，曹无咎和栎阳狱掾司马欣相识，只要曹无咎帮忙就行。"

项羽不敢怠慢，立即赶到了曹无咎处。曹无咎看罢项梁的来信，又望望眼前这个威武的小伙子，赞叹道："真乃将门虎子！小子，看你这样儿就不会是个平凡人！好，这个忙我帮！"

当即，曹无咎修书一封，让项羽带给司马欣。项羽接过书信，拜谢完毕，大踏步而去。到了栎阳县，连同婶娘备好的一百两白银，一道交给了司马欣。

第二天项梁的案子就了结了，项梁被放回家中。

回到家中，项夫人泪水涟涟，好言好语抚慰丈夫。项梁一边安慰妻子女儿，一边暗中计算。项家世世代代为将门大户，何曾受过这等窝囊气？"即使是秦人杀过来，也不过是杀了我项梁的头，可没受过这等不明不白的屈辱。"

第二天上午，项梁瞒着夫人带着项羽出了门。

说来也是合该出事。他们刚走到街上，就遇见了仇家之子。项梁拦住他："请问，可是你到县中告我有谋反之罪的？"

那人的舅舅刚刚做了县丞，颇有点狗仗人势，他横着眉道："是我，怎么着？"

"你有什么证据？"项梁竭力忍住气。

"证据？你叔侄俩成天舞刀弄剑，不是想造反是干什么？你以为这还是从前楚王时代吗？告诉你，你们项家的时代过去了！"仗着他弟兄好几个，又家住在不远处，所以他出口很有些硬气。

项梁火上来了，一把揪住了他的衣领："你再说一遍！"

"你们项家的时代过去了！"

话音刚落，一旁的项羽早飞出一脚，正踢在他的脸上，项梁也出了手。叔侄俩你一拳我一脚，一会儿把那小子打得趴在地上没气儿了。

项梁伸手在那人鼻下拭了拭，不动声色地拨开人群，拉着项羽三步并作两步冲了出去。

似乎早有准备，项梁回到家中三言两语交代了夫人，又叮嘱老仆人好生照看夫人和小姐们，拎起一个大包袱，叫上项羽离家而去。

从此，叔侄二人隐姓埋名远走他乡。他们几经周折，最后在吴中落下脚来。

半年之后，项梁看风声渐松，就差人回家打听。官府抓不着项家叔侄，又见余下的皆是女流之辈，也没为难项夫人。项梁索性派人在一个夜晚悄悄接夫人和女儿离了家，把家仆也安排到了吴中。

由于为人豪爽大度，又颇有钱财，项梁很快和吴中的士大夫打成一片。他们欣赏项梁处事果断有主见，每遇大事总要找他帮忙。不久，项梁成了吴中一带红白大事的操办人物。

吴中人多豪门大户，十分讲究礼仪，所以红白之事都是热热闹闹，往来之人多达上千人。项梁发现了这一情况，就暗中借办事之机操练用兵之事，一面练习人员组配使用，一面通过办事了解每个人的本领和长处。他想："秦王朝如此暴虐无道，很快就会有天下风起云涌的时候，现在正是我锻炼的好机会。"

一年之后，项梁对吴中子弟及士大夫已了如指掌。士大夫及那些年轻有为的人都很敬佩他，对他分配的事儿都很顺从。

有一次，一个小伙子抱怨道："你为什么只让我干粗活儿？难道那些算算写写，指挥人的事儿我就干不了吗？"

项梁道："三个月前，张家老母谢世，我分派你管账，你把账弄得一塌糊涂，差了二千钱对不上号。两个月前，李大人娶媳妇，让你专管差人买菜，最后竟少买七种菜。一个月前，陈家嫁女儿，让你专管找抬轿的人，找了三天你都没找齐，你说这是事实吗？"

小伙子没料到项梁这么留心，闭着嘴巴什么也不说了。从此之后，吴中人对项梁更是心服口服了。

陈胜起义的消息传到吴中之后，项梁暗中大喜，他日夜筹划，开始筹集兵器、联络人员，准备乘机起事。

却说会稽太守殷通，见天下已乱，想到秦王朝已到了末日，也决定发兵起事。他寻思再三，觉得项梁叔侄二人乃将门之后，又在吴中深得人心，是最好的帮手。于是他派人找来项梁，对项梁道："陈胜起义，天下云集响应，如今陈胜的军队已到九江，蕲县、陈县皆被陈胜所克，江西造反的人数不胜数。这是老天灭秦的时候到了。古人云，先发制人，后发则被人所制，我也想发兵起事，你以为如何？"

"大势所趋，太守真算是识时务者了！"

"然吴中之人深谙兵法者甚少，我想让你和桓楚做将军，如此一来，定能成大事！"殷通说得眉飞色舞。

项梁早已料到这一着，他沉思一下道："多谢太守厚爱，在下当仁不让。只是这桓楚前不久闹了个人命案子，正出逃在外，怎么办？"

"桓楚现藏身何处？"

"在一个沼泽地里，十分隐蔽，除了项羽，没有人知道那地方。"

"你赶紧去召项羽来，让他去寻找桓楚！"殷通显得有些急不可待。

项梁出了太守府，与此同时，一个大胆的计划在他心中形成了。

其实，项羽正在外面等着呢，他们叔侄二人是一同来的。

"羽儿，一切都如我所料，太守正是要我为他做带兵之将。适才他的一句话提醒了我，即先发制人，后发则为人所制。论起作战，殷通乃是一个庸才，听命于此人，绝成不了大事，到最后还得丢了身家性命。要起事就得做带头人，这样方可真正展示本领。我们何不借机杀了殷通，自立为首？"

"甚好！叔父，我该怎么做？"项羽一点也不吃惊，似乎一切都很正常。

"你带剑在这儿等着，我假装说你来是为了寻找桓楚。一旦太守传你进去，你就——"项梁说到这里，做了一个砍头的动作。项羽点点头。

"我明白，叔父！"

"杀了太守之后，你随我见机行事就是了。"

"放心吧，我知道怎么做！"项羽两眼闪着光芒。

再次走入太守府，项梁道："大人，小侄已到，正在外面等候。"

"传他进来，快！"殷通显得特别高兴。

旁边小吏听命，忙跑到太守府门前叫项羽。

项羽腰佩宝剑，大步流星走了进来。殷通抬眼一看，只见这位青年身高八尺有余，身健体壮，方额剑眉，不禁脱口叹道："好一位英雄少年，真乃将门出虎子！"

"拜见太守大人！"项羽不卑不亢地行礼。

殷通稍稍放低声音，问道："你知晓桓楚所在之处？"

"是。"

"此有书信一封，你速速交与他。"殷通一边说，一边递过一封信。

项羽上前一步，却没有接信，只听"嗖"的一声，如闪电一般，他已抽出宝剑向殷通砍去。殷通连一句叫声都没有喊出来，就已人头落地。

"不好了！太守被杀了啦！"左右侍从一时大惊，喊声四起，同时冲上来几十人一下子围住了项梁叔侄二人。

仿佛憋了二十多年的劲儿一下子迸发出来。只见项羽左冲右杀，剑光闪闪。不大一会儿，已砍倒一大片，足足有几十人之多。

众人见此人人高力大，根本不是他的对手，开始四下逃散。

项梁走到殷通身边，俯身取下郡守印绶，一边把殷通首级拎在手中，向项羽示意一下："走！"

项羽持剑在前，项梁跟在其后，凡遇阻拦的卫士，无不斩杀取命。一时间，郡府空荡荡没了人影。

项梁命人唤来城中三老、豪杰，聚集郡府中尚存的官吏。"扑通"一声，他把殷通首级扔在众人面前，跃到一个高台上："各位父老，各位英雄，暴虐的秦王灭我国家，毁我家园不说，又严刑峻法残害民众，早已令人切齿痛恨。如今天下大乱，陈胜及各路英雄奋起反抗，已成燎原之势。我叔侄二人杀了郡守，愿意用生命领着大家打天下灭秦王，愿意加入的就立即参加进来吧！"

看到殷通的人头，三老们早已心惊胆寒，又见威风凛凛的项羽手持一柄宝剑站在项梁身边，谁敢说个不字？他们只有唯唯诺诺，连声称好。城中那些平时佩服项梁的少年英豪们则欢呼雀跃，从四面八方涌向项梁叔侄身边。

根据平日红白大事中对他们的了解，项梁有条不紊地把那些人做了恰当安排。凡豪杰人物充作校尉司马，一般人则编入士卒之中。仅平日熟悉的，就有几百人之多，以这几百人作基础，到处招兵买马，收罗壮士，数日之后，已形成了八千人的队伍。

项羽此时已初步展示了英雄本色，每日里随叔父左右训练军队，教习战斗之法，出入行令，颇具大将指挥若定的风采。八千江东子弟对他无不佩服得五体投地。

二十多天后，项梁叔侄二人带着大军准备渡过淮河，去开始闯天下的生涯。

吕臣占据陈县之后，章邯的军队已连连攻下了好几个义军的城邑，恰在此时，赵将李良投降了他，这如虎添翼。听说吕臣占据陈县，借"楚"为号，章邯遂率大军杀来。吕臣哪里是章邯的对手，只消几个时辰，吕臣大军就败下阵来，他带着军队向东逃去，希望能寻找伙伴，壮大一下军威。

说来也巧，第二天上午，吕臣就看见前方走来了一彪人马。这支队伍既没有黑色大旗，也没有秦军的衣着，料定乃是一支义军。走近细看，为首的乃是一员猛将，面部虽刺有黑字却生得气势非凡，仪表堂堂。

"敢问前面英雄是哪路队伍？在下吕臣这边有礼了！"

吕臣勒住马，高声询问。

稍稍停了一下，那人回答："在下乃是黥布！"他欠了欠身子，"这厢有礼了！"

吕臣吃了一惊，心中暗道："我从未听说天下还有姓黥的，这其中一定有缘由。但这人看样子必定是一位英雄，我何不邀他助我反秦？"当下吕臣跳下马来，邀黥布下马饮酒歇息。黥布也正要停下休息，慨然允。

两人推杯换盏、三言两语之间就已情投意合。一顿饭后，黥布已决定随吕臣同行，向北攻击，以秦为敌。

黥布为何许人也？

黥布乃是庐江郡六县人，本来姓英。二十岁那年，英布和他人发生了争执，一气之下把那人打成了残废。衙门把他拿入狱中，判了黥刑后，遣送到骊山做苦工。

在骊山的苦役生活简直苦不堪言。黥布凭着他一副铁打般的身体和坚强的意志，硬是挣扎着活了下来。

有一天，他向同伴们说起往事，感慨万千，笑着道："相士说我当黥面而王，如今已黥面多日，莫非真的快做王了！"

人堆里爆发一阵笑声。笑声过后，有人讥讽地说："在骊山这儿干活儿，能保住命就算是幸运了。当王？你是做梦吧？"

黥布并不气恼，只是继续搬着石头。他的眼睛里闪着坚信的目光。要是由着他的脾气，早上去一顿拳脚了。可是，他不想再给自己添麻烦，心中的那团希望之火吸引着他。

由于心中怀有希望，黥布一面干活，一面注意观察周围的人。天长日久，他发现有几个小头目身手不凡又勇武骁悍，是可以结伙干事的人。于是，他想方设法和他们接近，跟他们交友。很快，他和他们成了要好的朋友。

不知经过多少次细心的观察探看，他们几人终于找到一处可以逃走的小路。在一个月黑风高的夜晚，他们结伴逃出了骊山。

几经周折，他们拉起了一支队伍，打家劫舍，干起了江湖草寇的行当。

陈胜起事的消息很快地传遍了江湖。黥布和几个朋友商议，要起事响应陈胜。几个朋友道："打天下得有军队，凭我们手下这几百个人能成什么事儿？太少了！"

黥布点头。他难道不明白这个道理？从此，他开始想方设法留意扩大队伍。

不久，他的手下向他报告了一个消息——番阳县令吴芮为人豪爽大度，虽身为官吏，却喜交江湖朋友，许多江洋大盗都和他有交情。另一面，他对待百姓仁慈护爱，深受百姓拥护。

几天后，黥布衣着整齐，厚备了礼品前往番阳县去拜见吴芮，想和吴芮一起起事抗秦。

吴芮乃是一个见多识广之人。拜官之前，他曾在外宦游多年，有一段时间在江湖间行走，深知江湖之人行侠仗义的秉性。所以，他不像一般朝官那样对江湖之人轻视甚至蔑视，而是挑选着和他们交游，以此为乐。

初见黥布，他一下子就看出了这个青年身上有一种不凡的英雄气概。虽然被黥了面，却风度翩翩，气质非凡，举手投足之中显示出大家风范。二人坐下深谈，吴芮更感到这个青年志向高远、胸襟开阔、见识过人，绝非一般外表潇洒之人，于是将自己女儿许配与他。

既成了翁婿关系，自然要成其心愿。黥布在番阳住下，得到了岳父大人拨给的几千兵马。他令几个伙伴一同操练军队，二天后向江北进发，没想到在这儿遇到了吕臣。他想到此时自己力量并不雄厚，和吕臣联手有益无害，自然答应了吕臣的邀请。

有了黥布相助，吕臣顿时勇气大增。他和黥布分兵两路，似有万夫不当之势，如风卷残云一般向陈县杀去。

守卫陈县的左右校尉，皆是善战之辈，然而黥布正如下山猛虎，既有立志为王的激励，又有报效岳父的鼓舞，手下又都是久闯江湖、出生入死的猛士，哪个能抵挡得住？只消几个时辰，秦军就招架不住了，弃城落荒而逃，陈县再次回到了吕臣之手。

吕臣自然知道这番功劳多应归于黥布，慨然邀黥布入城，每日里美酒佳肴款待不说，更和黥布畅谈英雄大志。黥布带着手下停留了几日后，婉言谢绝吕臣共创天下的情意，带着自己的人马迤逦向东而去。

对黥布来说，此番与秦军之战与其说是拔刀相助吕臣，不如说是初试自己锋芒。虽然自己一向胸怀大志，对有朝一日为王侯充满信心，但并未带领大军冲锋陷阵过。过去，自己逞的是匹夫之勇，那是成不了大事的。而今，他明白自己行兵用武是有效的，所以，他不想和吕臣相随，他要自己创立一番气象。

正当项梁、项羽带领八千江东子弟将要渡江闯天下时，有一个人悄悄把目光投向了他们。

此人就是陈王的将领召平。

召平是广陵人，因为他熟悉广陵的地理形势、兵力布置，所以陈王当初派他带兵攻打广陵。然而事与愿违，召平围攻广陵两个多月，都未拿下。其后，陈王各路大军败北的消息不断传来，逐渐断绝了召平想请求援兵的信念。最后，召平得到了更坏的消息——陈王被杀，陈王各路大军几近灭亡，秦将章邯已腾出手来对付他。

情急之下，召平召集部将商议对策。此时，车夫陈宝献上一计，要召平假称陈王尚在，矫陈王之命，去联合项梁为同盟，令他西进击秦，以吸引章邯军队过去。

当下，召平派使者假称受陈王之命前往会稽郡项梁、项羽军中。

项梁、项羽收到使者送来的陈王诏令，信以为真，几天之后，率领八千江东子弟渡江西进。

一路上晓行夜宿，行进有序。没多久，项梁、项羽大军已近东阳县。

时值初春时节，田野里麦苗刚刚返青，到处空荡荡的。然而，走近东阳县时，却出现一个奇怪的现象——通向东阳县城的道路上，有许多青壮年匆匆向东阳县奔走。他们三三两两，似乎有什么事儿。

项梁令人拦住几个人，带到他的马前。

"东阳县出了什么事？你们为何行色匆匆？"项梁生怕惊吓了他们，和颜悦色地问道。

"回将军的话，"行人道，"我们乃是周围几个县的布衣百姓，前往投靠东阳县的县令史陈公陈婴。"

其中有人已看出项梁他们并非秦军，大胆地说："秦王无道，我们实在无法生存下去。陈令史乃是义军首领，投奔他，我们就有好日子过。"

"是啊，将军，陈令史爱民如子，远近皆有贤名，投奔他的人太多了！"

项梁听了，对项羽道："既是义军首领，就和我们志同道合。如此享有贤名之人，我们何不与他同力攻秦以成大事？"

当即下令："停止行军，就地安营扎寨，等候命令！"

这陈令史名叫陈婴，其实并不是什么义军首领。

陈家世代居住东阳县，虽不算豪门大户，却也是一个受人尊敬的安稳人家。像所有安稳度日的小官吏人家一样，陈家世代以忠信持家，以诚笃传家。本来，陈婴只是县中的一个小吏，每日里为县令写写文稿、拟拟书信，并没有什么权力。但陈家为人忠厚是全城出了名的，所以县中人出了点事都会想到找他帮忙。只要能帮上忙，陈婴也总是尽力而为。一来二去，他也就成了一个起眼的人物。

平时虽说能帮人办点事，陈婴却从不骄矜。行为举止仍旧是那么忠信谨慎，分寸合适。东阳人喜欢这类既能热心助人又不居功自傲的人，对陈婴自然十分尊重。

前不久，东阳的一些年轻人得知陈王起事、天下英雄云集的消息，也行动起来杀了那个一贯为非作歹的县令，自动聚集了几千人。几千人聚集起来之后，却一时找不到能令众人都信服的领头人。有人提到要请陈婴出来领他们起事，众人听了，齐声喝彩，一下子涌到了陈婴的县衙里。

陈婴向来不喜欢抛头露面、聚众闹事儿，就向众人声言自己无才无德，不能胜任首领之职。他越是如此谦恭，众人越是举荐他，最后，不管他同意不同意，强立他为首领。

本来远近几个县的豪杰人物都知陈婴贤名，如今听说陈婴领头起事，许多被县吏逼得无法生存的人都动了心，他们从四面八方涌向东阳县，聚集到陈婴的大旗下。只消十几日，就由几千人猛增到两万人。

两万人的队伍已不再是个小阵势。众人见这情景，纷纷要立陈婴为王。陈婴听了，坚决不愿为王。

众人见陈婴坚决不从，不由得闹嚷嚷吵个不停，有劝解陈婴的，有埋怨陈婴的，也有让陈婴自选英雄给众人做首领的。一时间，陈婴被众人吵得头脑发昏，苦不堪言。

恰在这时，一士卒带进一个人来。此人自称是项梁手下，恭敬地呈给陈婴一封信。

看罢书信，陈婴紧锁着的眉头舒展开了，他喜形于色对众人道："此乃项梁、项羽叔侄二人书信，项氏叔侄二人本是楚国大将之后，将门虎子，英名久传，是会稽郡豪杰人物。他们想与我联合抗秦，若是依从这样的名门大将，我等必成大事。我要回书应招，不知各位意下如何？"

众人也有一些人闻知项家英名的，也有敬佩项梁、项羽豪杰行为的，又见陈婴如此看重他们，欲与他们联合，也都十分高兴，纷纷说："陈令史此言有理，我等相随就是了！"

见众人同意，陈婴修书一封，派人送往项梁军帐，言明将前往商议共同起事诸事。

第二天，陈婴带着几个卫士走到项梁军中。项梁带着项羽远远迎到军帐之外十几丈处。双方相见，各行其礼后，陈婴道："我为东阳之长，实乃众人强而所为，而自以为才力不及，不能胜任。众人又推我为王，我陈家世代布衣，岂能为之？将军乃名门之后，将门之子，我愿带众跟从将军，共创大业！"

项梁没料到竟有如此好事，立即拱手行礼："令史贤名远扬，今日一见，才知人过其名，实乃天下少见贤良。我不敢代领令史大军，只是希望和令史联合，奉陈王之命，共击强秦！"

陈婴一见项梁叔侄二人气度非凡，已经放了心，料定依附于他们必将成大事，所以和他们谈得十分投机。

最后，项梁接受了陈婴的建议，由陈婴自统军队。稍做计议，双方决定在下邳会合。

两军会合处，只见彩旗飘扬，人头攒动，战马嘶鸣，人人精神振奋，个个劲头十足。

就在此时，黥布正在几百里之外苦思冥想。

自从他离开陈县，与吕臣分手之后，一直向东挺进。然而，越往前走，他越是感到势单力孤。关山重重，前途漫漫，他听到的又都是秦将章邯所向披靡的消息。本想逐步扩大自己的军队，但天地辽阔，到处都是异土他乡，谈何容易。俗话说得好，一个篱笆三个桩，一个好汉三个帮。自己就是壮志冲云霄，也难以有什么成就。所以，他索性停下来，让士卒出去打探四方消息，寻找能够合作的英雄。

这一天，一个士卒来报，会稽郡的项梁叔侄二人与东阳令史陈婴二军会合，已有近三万士卒。

黥布听了，暗中欢喜。虽说三万人与章邯的几十万敢死之军无法抗衡，但积少成多，总比自己这样单独闯荡好得多。天下纷乱，必须有强有力的盟主。这项梁乃是项燕之后，英名远播，跟着他定能在事成之后得到封王之赏。

主意已定，他和几个伙伴计议一番，众人无不称好。当下带了人马，朝着下邳方向迤逦而去。几天之后，黥布成了项梁的一员大将。

时至今日，项梁屈指一算，旗下已有近七万人马。他与项羽统筹各位将领迅速做了全面整顿，立下军令法律，严明各种军纪。人多力量大气势壮，项梁、项羽决定挥师向前，攻打秦王朝的军事重镇——彭城。

正当外面风云变幻、日新月异之时，沛公在家为老母送葬已过了二十余天。也许是天意，这二十多天里，丰邑几乎都是阴雨天气，霏霏细雨下下停停，停停下下，没个断头。忽然有一天，天空放晴了，灿烂的阳光洒满了大地。前来吊丧的亲戚朋友也走光了，办丧事的大白布棚也拆去了，沛公才感到多日来沉重的心亮了许多。站在太阳地里，他有点头晕，不由自主手搭在额上向远处望了望。

就在这时，远处一匹枣红马飞驰而来，红黑色的马鬃在阳光下熠熠闪光。

"报告沛公，陈王大军有不幸消息。"

来人翻身下马，走近沛公行礼道。

"讲！"

"陈王西路大军失败，周文孤军深入被困，吴广为部下所杀。秦军近日士气大振，眼下还有一支秦军向丰邑开来。"

众将士早已聚在沛公身旁，一听此言，个个按剑而立，盯着沛公。

"火速调集人马，准备迎敌！"

沛公一挥手，声音格外响亮。

各将士得令，立即散开了去。沛公令探子再探再报，弄清来者是谁，兵力如何。

一会儿，探子满头汗涔涔地回来了。原来，这队秦军乃是泗水守军，大约有一两千人，由泗水郡守统领，目的是剿杀沛公之军。

沛公听了，微微一笑。这泗水郡守他见过，虽然看上去仪表堂堂，实际上是个胆小如鼠之辈。虽会几套马上功夫，却只是空架子。

两个时辰后，秦军来到。双方在丰邑旁边的一处旷野里相见。

那郡守不知沛公这边实力，狂妄地大叫："大胆刘季！你胆敢杀死县令造反！快来就擒，本守或可饶你不死！"

沛公并不答话，只向樊哙使了个眼色。樊哙如箭一般出阵向郡守挑战，郡守旁一员大将奔了出来。那樊哙如猛虎扑食一般行动迅捷，下手凶狠，拿出了平日里杀狗的狠劲儿，不上五个回合，就把秦将杀下马来。

沛公见状，在马上拔出宝剑，大喊着首先冲向敌阵，余下之人就如离弦之箭一般冲上前去。

郡守一下子被冲乱了阵脚，不由自主地夺路而逃。沛公哪里轻易放过，身先士卒一路追去，边杀边喊，身后士卒如潮水相随。

出了丰邑，沛公边冲边令身边的将领雍齿："你带一千人马回丰邑留守，以防意外！余下之人继续前行！"

除了雍齿，各将领跟着沛公一直追到泗水城，把秦军杀得稀里哗啦，郡守带着不多的几个卫士，拼命逃往薛地。

初次大战告捷，沛公脸上并无骄色。他下令全军立即清理人数，清点缴获物品。一待天气完全晴定，再度出击。

十几天后，沛公带军悄悄追至薛城。在一个黄昏时分，冷不防冲进泗水郡守的驻军处，一阵冲杀，几乎杀完了郡守身边的人。清点人数时，才发现不见了郡守。有人报告说，通往戚城的一条小路上有三四个骑马的人。

沛公的左司马曹无伤立即请命追击。大约追了五十里，曹无伤追上了那几个人。上前一看，正是郡守及其亲信，曹无伤冲上前手起剑落，结果了郡守性命。其余几人也都被曹无伤左右杀死。

大胜之时，沛公决定乘胜出击，走出丰邑，向亢父进发。

几天后，他们来到了方与城。

天色渐晚，全军安营扎寨，生火烧饭。沛公一面派探子四处探听消息。

第二天天还没亮，有几路探马已返回来。他们得到了共同的消息——陈王西进部队各将领全部战死。章邯率几十万骊山囚徒，已转过身向东杀来，情况不妙。

沛公脸色阴沉，看众人都望着他，他沉着地道："我们此行的目的是亢父，那儿易守难攻，是驻军的好地方，到亢父后再做计议。"

左右听令，率士卒打点车马，准备向亢父行进。正要上路之际，忽然从丰邑奔来了一骑。骑马士卒下马来快步而行，满脸沮丧之色，沛公心头一沉。

"沛公，丰邑守将雍齿投降了魏军。"

"谁？雍齿怎么了？"

沛公怒目圆睁，一下子从车子上跳将下来。

"雍齿已降魏将周市，丰邑城中百姓盼沛公还军，杀那叛逆之人！"士卒咬牙切齿地说。

沛公怒火满腔，"嗵"的一声，右拳狠狠砸在车厢之上。

他弄不明白，雍齿为何投魏，更弄不明白，丰邑百姓为何不反雍齿。"若不回去严惩这个内奸，余将还不知道在日后会做出何种不义之事。此仇不报，后果不堪设想！"

想到这里，沛公下令："还军丰邑，诛杀叛贼！"

却道这雍齿也是丰邑土生土长之人，为何会背叛沛公投靠了魏相周市？常言说得好，是树有根，凡事有因。原来，十几年前，雍齿因调戏王媪而被刘季打了一顿，为此一直心怀不满，长期积怨在心。

刘季起事时，雍齿和他的几个伙伴也追随而来。刘季看到他们，连想都没想就接纳了。闯天下抗暴秦，相聚就是手足兄弟，哪里还把以前的事情放在心上？

雍齿听命回去守丰邑时，就活动起了心眼儿。从小酒馆挨打起，他就心结仇恨。当年刘季让他丢尽了面子，他这一辈子都不会忘记。跟随沛公为将，他也从未想过要对沛公死心塌地。就在这时，魏相周市探知丰邑守将只有雍齿一人，就修书一封，以封侯为诱饵劝雍齿投降。雍齿稍一犹豫就欣然应允。他胁迫守城的将士依附了周市。

沛公带军回到丰邑，周市和雍齿早做了防备。尽管全力拼杀，连续数日都没打开缺口。沛公怒火难平却无可奈何。

萧何见状，对沛公说："听说陈王死后秦嘉又立景驹为楚王，如今他们驻扎在留县。我们连攻丰邑不下，实在是兵少力弱，不如前往留县借兵再攻。"

沛公沉吟一下："妙计！无论如何，这个雍齿我一定要除！"

随即，沛公下令撤兵上路，向留县方向进发。

十几天后，沛公正走在去留县的路上，忽见前面来了一小队人马，约有百十来人。乃令人上前探问。对方回答："来自下邳的张良是也！"

沛公一听，连忙下马，急步走上前去："久闻先生大名，今得一见，实在大幸！"

为首的一位举止儒雅，气度从容，还礼道："只闻沛公起于沛邑，不想在此相见！"

自从博浪沙暗杀秦始皇未成，张良逃往下邳以来，已是十年光景。当年，张良逃至下邳之后，仍不断听说秦王在四处捉拿凶手的消息。张良行动谨慎，在下邳城郊一个偏僻的小村里住了下来。他深居简出，靠着携带的一些金银生活，倒也安闲。每日里看看书，清静舒适。但是，他的内心焦躁不安。眼看年华流逝，不知何时才能实现他此生的大志。

大约半年之后，外面的风声渐小，张良也和周围人的熟悉了，才开始四处走动，寻访周围。他听说过，下邳自古以来就是人杰地灵、英雄辈出之处。眼下强秦如狼似虎，豪杰虽不敢露面，但一定会有，他希望能有幸碰到一位。

深秋时节的一个下午，张良信步而行，来到了下邳城东，在一座桥上他碰到一位老者。

这老者满头白发，精神矍铄，俨然一个世外隐者。

走近张良，老者停了下来。用手掸掸身上的灰，他慢慢坐了下去，接着，又把双脚翘到栏杆上，一副悠闲自得的神情。

"喂！"

张良回头看看老翁，正碰上老翁笑眯眯的眼光："小子，下桥去将我的鞋拾上来！"

张良一愣，心中道："你我素不相识，为何令我为你拾鞋？"

但是，他见老翁笑眯眯的，一阵风吹过，吹起了老翁头上丝丝银发。"偌大年纪，为他拾鞋也是应该。"

他伸头看看桥下，左寻右找，隐隐看见老者的一只鞋掉在一处低洼儿里。

从桥下上来，张良把鞋递与老翁。老翁却不接鞋，伸起脚，依然笑眯眯地道："替我穿上！"

张良又是一愣，随即笑了笑，便蹲下身去，给老翁穿上了鞋。

老翁满意地站起身来，捋着胡子望着张良，点了点头，转身下桥去了。

望着老翁的背影，张良十分诧异。这时，老者突然转过身来，朗声道："孺子可教矣！五日之后天亮时分，你我在此相会。"

张良挨了五日，去时老者已在桥上，老者又说再过五日再来。

如此到第三次，张良终于比老者早到。老者从袖中拿出一本书递给张良："你若读此书，以后可为王者之师。十年后，可佐王兴国。十三年后，孺子若想见我，可到济北谷城山下，见到一块黄石，即是我也。"

说罢，悄然下桥而去。

张良跪下，向老翁去处拜了三拜，看着老翁消失在茫茫夜色之中。

看手中之书，一片模糊，什么也看不见。张良把它揣入怀中，匆匆向家中赶去。在他的面前，路仿佛越来越明亮，越来越宽阔，他的心头充满了希望，只感到全身热乎乎的，早已忘却夜的凄冷了。

天色刚明，张良急不可待地打开了书。只见书分三卷，首页上写着四个大字——《太公兵法》。他禁不住心头一阵狂喜，奔出家门，朝着谷城山方向倒身便拜："多谢恩师！"

原来，这《太公兵法》乃是周文王之师姜子牙所作，是世间难得的珍宝。姜子牙辅佐文王、武王二代，历尽艰辛战胜纣王，一生的征战之法全凝结在了这本书里。

自此之后，张良潜心苦读、细细揣摩。多年之后，已经掌握了书中要领。学而思，思而学，不知不觉之中，张良胸中已经具备了运筹帷幄的万千韬略。

沛公和张良相见，不知为什么有一种天然的亲近感。二人并马而行，边行边谈。张良对行军用武之道的议论，使沛公极为赞赏。看到沛公的举止，听到沛公的大志，张良也深感自己碰到了知己，暗下决心，要随沛公干一番大事。沛公当下任命张良为大将，令张良相随身边。

到了留县之后，沛公与张良拜见了景驹。景驹唤来秦嘉，要与众人一起商议沛公借兵之事。突然，探马来报："秦将章邯属下攻下相县，又向留县攻来，兵已至砀。"

景驹看看秦嘉，又看看沛公，有些慌乱模样。沛公知道景驹虽为楚王，却未经过战争，对用兵之道知之甚少。当下情况紧急，借兵之事只得暂且放下，先对付眼下的秦军再说。想到这里，他对景驹道："大王，我愿与秦将军共同击敌。"

"甚好！"未等景驹答话，秦嘉已抢先赞同，"沛公真乃仁义之士也！"

二人计议一番，决定迎秦而上。两军相合，朝着砀方向挺进。行军至萧城，正好碰上杀来的秦军。由于沛公军与秦嘉军从未配合过，一场恶战之后大败而退。无法，二人只好引军退守留县。

十几天后，军队元气已有恢复。沛公对秦嘉道："章邯领兵作战最喜打攻击战，我看砀城守兵不强，只是由于你我配合不当才吃败仗。眼下应再攻砀县，一挫秦军锐气！"

秦嘉见沛公如此坚定，当然乐意相从。几日后备足粮草，再度出发。

逼近砀城，砀城秦军并无防备。他们没料到打了败仗的人又送上门来。当下，沛公与秦嘉就把砀城围了三层。经过三天三夜的苦战，终于攻占砀城。

砀城有守兵七千多，除了死伤的之外仍有六千多人，他们全部投降过来。当即，军威大振，士气勃发。

此时此刻，秦嘉建议收兵回留，以防秦军报复。沛公道："作战讲究顺水行舟，眼下我们士气正旺，应再攻一地，壮大力量。"

秦嘉只好相随。十几天后，二人挥师北上，顺利拿下下邑。

看秦嘉这边连连取胜，沛公借了一部分兵力转攻丰邑。谁知雍齿仗着有周市作后盾，拼命死守。相持五天，沛公都未攻下。略作计议，沛公决定先屯兵城下，等待良机再说。

项梁与项羽在下邳做了充分准备后，如旋风一般向彭城冲去。

秦嘉得知消息，以为彭城乃楚重镇，应该抗击项梁。项梁本是针对秦军而来，一见秦嘉迎来，不禁大怒，他振臂一呼道："秦王暴虐无道，是陈王首先发难。然陈王攻秦失利之时，秦嘉未知陈王生死就自立景驹，此乃大逆不道之举。名立楚王，实是自立。诸君，我欲领头诛杀此贼！"

听此号令，士兵齐声响应，又有项羽冲锋在前，当即就把秦嘉之军冲得七零八落。秦嘉逃到胡陵，被项梁重重围住，战败而死。

景驹得到秦嘉身亡消息，慌忙逃出，躲到梁地后被人认出，结果了性命。

进驻胡陵之后，项梁又收纳了朱鸡石、余樊君等几支军队，士气更加昂扬。

恰在此时，章邯大军路过此地。项梁决定乘胜而上，和这支秦之强军一比高下。遂发令，由朱鸡石、余樊君兵分两路，夹击章邯。

且说朱鸡石、余樊君自起义以来，虽多有胜绩，却都是与秦之地方军相遇，并未和秦之大将交过手，缺少身临大战的经验。加之章邯用兵多奇而又诡，两军开战没多久，余樊君就败死敌手。朱鸡石自量不是章邯对手，只好领兵仓皇逃回。

项梁面对垂头丧气的朱鸡石，拍案而起："好一个将军！你不是说不败秦军提头来见吗？军令如山，将命难违！你还有脸回来？来人，推出去斩了！"

当下，他披上铠甲，纵身上马："走！我就不相信这章邯是铁打的！"

项羽见叔父如此，早已纵马驰骋飞到了前方，叔侄二人以气吞山河之势杀向秦军。

章邯一向以战无不胜自称。杀了余樊君，赶走朱鸡石，他即令士卒放心歇息，几日后即要直捣项梁大军，压根儿就没料到项梁转眼间会卷土重来。一待项梁叔侄冲到眼前，只得匆忙应战。然而，已经来不及了。在如雨的箭阵压制下，边战边退，撤出薛城，败北而去。

项梁兵进薛城，军中一片欢腾。这是义军与章邯正面交手难得的胜仗之一。环城而巡，项梁掩不住自豪之色。

沛公围丰邑多日，又闻秦嘉被杀，项梁大败章邯进驻薛城，就和张良计议。张良知沛公志在拔取丰邑，就让他前往项梁处借兵，自己暂守丰邑城下。

到了薛城，项梁出来迎见。初见沛公，只见他举止大度，谈吐豪爽，心下十分欣喜。当即允许，借给沛公士卒五千，另拨将吏十人，听由沛公调遣。

多了五千人马，自然声势大增。强攻三天三夜，沛公终于夺回了丰邑。雍齿抵挡一阵，眼看兵败城破，乘着夜色逃往魏地。

张良跟随沛公多日来，对沛公多有了解。攻丰之战，他看到了沛公身上那种不达目的誓不罢休的毅力，对沛公更加敬佩。常常向沛公谈论用兵之法，沛公每每听之，总有所获。而旁边之人，却多不大懂。张良心中暗道："我所知《太公兵法》乃古之秘籍，沛公却都能知晓。难道沛公的才气是苍天所授？我就是为沛公而习兵法？老翁言我将为王之师，岂非说的就是为沛公之师？"

由此，二人之间更加默契。

转眼已至夏天，沛公与张良离开丰邑，率军前往薛城。此番前行是应项梁之召。自从景驹死后，楚地一直无主。项梁是请二人来计议另立楚王之事。

刚至薛城，沛公恰遇项羽班师而回。沛公询问战况，项羽道："大战三日，襄城已破。襄城守卒尽被我坑杀，万事休矣！"

听此言，沛公心中一惊：活埋数千守卒，怎有如此狠心？抬眼望项羽，剑眉之中溢出一股肃杀之气。不由在佩服之中平添一分惧意。

二人侃侃而谈，倒也十分投机。一偏将见他二人如此亲热，在旁边道："项将军兄弟一人，既和沛公如此一见如故，何不结为异姓兄弟？"

沛公哈哈一笑："我正有此意，不知项将军意下如何？"

项羽爽快地道："倒也正好，沛公确有兄长之风。"

旁立之人听了，齐声叫好。

当下，众人设案焚香，扫清一片空地。沛公、项羽跪下来，拜了三拜，对天起誓，从此结为兄弟。

既为兄弟，自然亲近了几分。在众人眼里，沛公与项家叔侄实在是亲近。

项梁召集诸将，并请沛公、张良就座，对众人道："陈王去世已多时，我楚国不可无主，诸位各拿主意，当立何人为楚王。"

推立国君，不是小事，众将不敢随便说话。沉默良久，项梁再次催问。有人似乎悟出了项梁的用意，高声说："项将军英明果断，德高望重，何不自立为王？"

"对，将军应自立为王。"有几个人附和着。

项梁看看沛公："沛公以为如何？"

沛公静坐一边，已明白了八九分。他笑了一笑："将军知晓楚国内情，又以仁德服人，自有定度。我乃局外之人，唯将军是听。"

项梁本想让沛公推他一把，没想到沛公如此滑头，一时不知如何是好。忽然，有人进帐来报："将军，有范增前来求见，说有要事相告。"

项梁立即传令："请入帐来！"

不一会儿，一个老翁缓缓走入帐来。只见他年近七十，满脸岁月风霜，须发尽白，腰也弯了。

项梁见他上前来行礼，忙令人看了座儿给他，微笑着问："老前辈从居鄛而来，一定有教于我，请明示。"

范增环视一周，这才答话："老朽之人，并无高见。然闻将军贤明仁德，礼贤下士，引得不少英雄相随，所以特来拜见，献言一二。"

项梁更乐了："老前辈来得正是时候。陈王已逝，楚地无王，我们正议立楚王之事。想必老前辈另有高见。"

"将军可知陈王为何而败吗？"范增问道。

"这个……老前辈要指教什么？"项梁知他有话要说。

"陈胜虽首先发难反抗暴秦，顺应了民心，然出身低贱，无名无势却擅立为王，立楚王之后，又违背了民心，所以失败。说起秦灭六国，楚最无辜。当年楚怀王入秦不返，楚人耿耿于怀，颇有顾惜之心。隐士南公有句名言：楚虽三户，亡秦必楚。如今将军起兵江东，楚地英雄豪杰云集响应，唯恐追随不及，没有别的原因，就是因为将军出身楚国世袭将军，乃名门望族，功高盖世。如果将军能立楚王之后为王，则会顺应楚人之心。古人云，得人心者得天下。将军欲定天下，其势必达！"

一席话说得项梁喜笑颜开："前辈教诲，正是我所欲为。"

随即，项梁派下人去，寻找楚王之后。沛公与张良一时不好离开，就留下来等候结果。

各路探子明察暗访，细细打听。怀王之后早已流落民间，所以颇费工夫。

二十多天过去了，有人报上消息——在一个偏僻的山村里，有一个十二岁的牧童乃是怀王第四代孙。

项梁大喜，连忙派出使者，带着准备妥当的车马服饰，前往迎接。

项梁在薛城东郊率众人相迎。牧童在众人的簇拥下安然入座，目光炯炯有神。接受众人的朝拜之时，泰然自若，仿佛从娘胎出来就做了楚王。

众人议定，以盱眙为国都，拜陈婴为上柱国。项梁自封为武信君，封黥布为当阳君。

黥布大喜，当即向众人言明——从今以后，他恢复本姓，为英布。

此时此刻，人心大定，一派喜气洋洋的景象。

然张良站在众人丛中，却显得有点郁郁寡欢。

几天之后，张良拜见项梁，直截了当表明了自己的心思："将军立了楚王之后为王，民心大畅，至此，齐、赵、燕、魏也已复国，独我韩国无主。大势所趋，韩国立主也是早晚之间的事。将军何不寻找韩王之后立之，一来可令其感恩戴德，二来也可统领韩国。否则，若有人立了韩王，韩王与楚国为敌为友在两可之间。"

项梁点点头，心中道："这张良真是个忠义之人，怪不得这些天来郁郁寡欢呢，原来是为这个。"他随即问道："据你所知，韩王之后还在吗？"

"有！"张良立即应道，"韩公子成，原是横阳君，如今仍在韩地。此公子为人贤良，颇得人心，将军可立为韩王，让其与楚交好。"

项梁报知楚王，楚王自然答应。同是天涯沦落人，自然知道珍惜别人复位。同时，封张良为韩相，令其带一千人马，回复韩地。

"张君，自此一别，你我何日才能相聚？"在张良离开之际，沛公依依不舍地送到岔路口。这么多日来，他们彼此之间已结下了深厚的友情。在沛公心目中，张良足智多谋，深谙用兵之道，是当今难得的助手。如果自己要成就一番大事，必须得有张良的辅助。可张良国破家亡之后，历尽磨难，潜伏十几年，处心积虑，为的就是复韩。眼下有了这样一个机会，自己怎好再留住他呢？况且，眼下自身还未成气候，不具备单打独闯的能力，只能依附项梁，发展自己，不能随张良而去。

这一切，张良心中都明白，对他来说，复韩是他梦寐以求的事，此次能回归故里，当然求之不得。然而，立韩王之后还必须能保住韩王，凭项梁拨给的一千人马，实在太微弱了。今后的风雨历程，可想而知。再说，这么多年来，他还是第一次遇到沛公这样和他相知的人。所以，和沛公相别也是依依不舍。在马上，他拱了拱手："沛公，后会有期！"

"后会有期！"

看到张良渐行渐远，沛公感到一种从未有过的孤单。

因为拥立了韩王，回到韩国之后的张良大得人心，队伍迅速壮大。原来的一些贵族之后纷纷崛起追随韩王和张良，有人的出人，有力的出力，有财的出财。一个多月之后，张良连连攻下数城，声威大震。

秦军各地方军队连吃败仗，大将章邯却依然凶猛异常。作为久经沙场的老将，他深知陈胜之死对起义军的负面效应。分析了六国各方的义军势力之后，他选择力量软弱的魏国为突破口，以此给义军以重压。

计策一定，他带领几十万大军向魏发起了猛攻。

提到章邯大军，几乎所有被拥立的新国君都胆战心惊。听说章邯大军压境，魏王日夜惊恐，火速派人向齐王、楚王求救。

楚王得到求援信，马上找来项梁商议。楚王道："项将军，章邯凶狠残忍，有大军几十万，皆是骊山役徒，我楚军能与之相抗吗？"

"大王，"项梁毫不犹豫地道，"我楚国大军虽无法与章邯抗衡，然此次一定要出战。其一，魏与楚乃是唇齿相依，唇亡则齿寒，魏亡则楚不能保。其二，薛城之会乃是陈王死后各路军的转折点，章邯目的在于重创义军，扭转时局。我们诸侯军只有力战抵抗，不让章邯阴谋得逞，才可能有新出路，否则，只有死路一条。其三，楚军与魏、齐联手，力量并不算小。请大王决断。"

楚王虽为君主，毕竟是一少年。听项梁如此一说，只得同意救魏。项梁派大将项佗出征。

齐王田儋接到魏王求救信，也深知魏国存亡与自己关系密切，当即亲自披挂上阵，前往魏地。

魏、楚、齐相会在临济。

在一个十几里宽的旷野里，三国联军摆开了迎敌阵势。

章邯部下已闻陈王被杀消息，此行前来，十分狂妄，根本未把义军放在眼里。在章邯的指挥下，他们如狂风一般蜂拥扑来。项佗、田儋、周市三人与魏军等而待之。

此时正是夏季六月，骄阳似火，大地如同被烤焦了一般。十几里宽的交兵地带，只见战旗飘扬，刀枪剑戟在烈日下闪闪发光。喊杀声、刀枪撞击声响成一片。士卒们挥汗如雨，打得不可开交。到处是血迹，到处是尸体。就这样激战了三天三夜，没有分出胜负。

章邯见状，心生一计。于是鸣金收兵，秦军退了回去。

一见秦军后退，项佗、田儋、周市等也不追赶。三天三夜，时间太长了，饥饿倒是小事，渴与困已经快让每一个人支撑不住了，士卒们赶到井边，把头伸进桶里喝了个够，然后倒在路边。顿时，一片鼾声如雷。

不知不觉已是半夜时分。

章邯撤军之后，只是让士卒稍事休息。吃饱饭，喝足水，睡上两个时辰，夜色笼罩一切之后，他下达了一道命令——衔枚行军，偷袭敌营。

这些士卒大多在骊山服役多年，在皮鞭、棍棒和石块下过日子，什么苦没吃过？别说三天三夜，五天五夜都能挺住。他们犹如铁打的一般耐得住困倦。听令之后，一切都在悄然当中进行。

这是一个六月下旬的日子。本来后半夜该出的月亮又被涌上来的云层挡住了。夜色挡住了一切。只有轻捷的脚步声、马蹄声悄然传出，其他的什么也听不到。

三更时分，章邯人马抵达了三国大军军营，突然之间，大火四起，喊杀声震天，三国军营陷入了一片混乱。

疲劳至极的几员将领从梦中惊醒，才知秦人杀到了眼前。然而，人不及甲，马不及鞍，甚至有的连兵器都没找到就死在了秦军刀下。

不到一个时辰，营地里已是尸横遍地。秦军如切菜砍瓜一般越杀越勇，越战越猛。

田儋、周市在匆忙之中战死。

一群秦兵围住了魏王住的军帐，看着如虎狼一般的秦兵，魏王料定自己必死无疑，与其死在卑贱的士卒之手，不如自取性命。他点燃了帐篷，让自己葬身在火海之中。

项佗及魏王小弟仗着年轻力大，杀出一条血路，冲出了秦兵的包围圈，仓皇向楚军营地逃去。

士卒的鲜血浸透了军营地。

天色微明，三国军营地再也没有活着的义军了。

阴暗的天空下起了淅淅沥沥的小雨。

打扫完战场，章邯撤军回营。当天黄昏，他们冒雨向齐地行进。章邯向全军下达的命令是："火速进军，消灭田荣大军！"

此处乃是齐地的东阿城。章邯率领士卒在雨中行进了三天三夜，黎明时分已安营扎寨于城外，形成了强大的包围圈。

也许是连日作战过于疲劳，也许是动了点恻隐之心，章邯并没立即攻城，而是切断了田荣的退路，令田荣出来投降。

所谓恻隐之心，乃是由魏王引起。

魏王自焚之前，曾和章邯有过书信约定。他要求章邯进入魏城之后勿伤百姓，为此条件，他甘愿自杀谢罪，章邯答应了这一条件。看着大火熊熊燃烧，章邯曾在心中暗叹："虽为乱臣之君，也算仁义！"

虽然带兵作战凶残异常，但是对仁君，章邯还没有完全丧失是非标准。

被围十天十夜之后，田荣已感再难以支撑。通过城墙下的一个暗道，田荣派出了使者。

项梁正在为项佗的败回而怒火冲天时，田荣的使者跌跌撞撞冲进了他的军帐，倒地而泣："东阿城被围，城内兵少粮尽，危在旦夕，田将军恳请项将军救命救城！迟则晚矣！"

项梁心中大惊，思忖道：秦军这一手着实狠毒，斩草除根，先拔魏，再取齐。齐一旦被攻下，我楚国就在劫难逃了。成败与否，看来在此一举了！

然而，为何只有田荣一人守在东阿城呢？齐国其他将领臣子都哪里去了？

项梁不由得细问田荣使者。使者垂泪道："项将军有所不知。齐王田儋死后，众大臣又立故齐王弟弟田假为王，拜田角为相、田间为将。田儋之弟田荣对此十分愤怒，把田儋其他几处军队收集一处，驻扎到了东阿城。将军，齐王田儋尸骨未寒，以前拥戴他的人就做出了许多不义之事，田荣怎能与他们同流合污？"

"咔嚓！"

项梁挥手砍断了帐里的一张几案，大怒道："我平生最恨的就是见风使舵、趋炎附势、落井下石之人！既然如此，我不救齐，何人救齐！"

当下传令下去："暂停攻亢父，急赴东阿城！"

传召项羽与沛公，向他们作了详细部署。两支大军由他亲自率领，迤逦向东挺进。

自从魏王死后，天公一直飘雨不停。道路泥泞，到处都是流淌的雨水。然而，项羽与沛公的士卒依然如两把尖刀一般插向东阿。

几天后的一个黄昏，项梁率军抵达东阿城外。心中燃烧着怒火的项梁恨不能立即与章邯决一死战。然夜色黑暗，细雨绵绵，只好令士卒安营扎寨，待休息后再说。

第二天清晨，天刚蒙蒙亮，楚军已在雨中摆开了阵势。阵势呈东西走向，沛公在东，项羽在西。项梁已向二人下了死令——不克东阿，不可回军！

听说项军来到，章邯狞笑一声："又一队人马送死来了！"

打马来到阵前，只见两彪人马在雨中挺立，无论将领还是士兵，皆是水淋淋模样，如同落汤鸡一般。章邯不禁又是一笑，回头对左右道："自我领兵以来，几无败北之迹，多少英雄豪杰都死在了我的剑下，今日有人雨中挑战，真是活得不耐烦了！"

话音未落，只见西面那队人马前面的将领纵马前来，直奔章邯。

"此谁人也？"章邯一边挥剑迎战，一边大声问部下。

"听说是项梁之侄项羽！"

有人不敢肯定地应道。

剑戟相撞，铿锵作响。交锋之中，章邯深感这位虎气冲冲的年轻人臂力不凡，两臂不禁有些发软。"好厉害的后生！"他一边暗叹，一边留心注意，深恐露出破绽来。

身后，秦军与项家军早已打成一片。马蹄杂沓，刀枪皆鸣，泥水飞溅，形成一幅雨中交战图。与往日不同，秦军怎么冲杀都占不了上风，似乎那种不畏死的精神项军更胜一筹。

约莫二十回合，章邯已深感体力不支，全身汗水与雨水混在一起，眼前也是雾蒙蒙的。而项羽却是越战越勇，越战越强，浑身似有使不完的劲儿。更可怕的是那种临阵不乱、咄咄逼人的斗志，大有一种不杀死敌手决不罢休之势。章邯自忖：如此下去，我非败死在这个壮士手下不可！当即瞅了个空子，勒马逃回阵去。

秦兵个个筋疲力尽，正在暗中叫苦，忽见大将退回，也都纵马而回，随着章邯撤退。沛公看章邯败逃，乘机挥师追击。当下左右夹击，砍倒秦军无数。不消一顿饭光景，东阿城围得解。

田荣见状，此刻也冲出城来。三军会合，穷追逃兵，一直追到十几里之外。一路上，又砍倒了一两千秦兵才大胜而归。

项羽、沛公把捷报报与项梁，项梁道："东阿城围虽解，却不可停止追敌。章邯乃秦军骁将，应穷追猛打，直至彻底击败他。否则，一旦他卷土重来，后果将不堪设想！"

项羽、沛公得令，挥师向章邯逃跑的城阳追去。

大军刚刚上路，项梁又派使者前往田荣处，让他合力攻秦，谁知田荣此刻正与田假等闹得不可开交。他一面另立田儋之子田市为齐王，自己为齐相，其弟田横为将军，一面派兵赶走田假及田角、田间。见项梁使者到来，他又提出了要求，让项梁杀了田假，除了田角和田间，一切办妥之后，他才能出兵攻秦。

听完使者的回报，项梁心中颇为不快，他对左右道："田假已为齐王，又是故齐王田建之弟，我有何理由杀他？当务之急，以攻秦为上。既然田荣如此偏执，由他去好了！志不同，不可勉强。"

章邯到了城阳，气还没有喘匀，项羽、沛公已攻到了城下。看着城下黑压压的项军，章邯不禁倒吸一口冷气，心中暗道："我一向采用的就是穷追猛打的叮咬战术，今日这项羽以其人之道，还治其人之身，太厉害了！正在锐气十足之时，我若与他交手，定会大败，只有避开他的锐气了。"

当下撤出城阳，再向西逃。项羽犹如脱缰的野马一般，冒着如雨般的箭头和落石，硬性冲击，第一个登上了城楼。随即令手下尽情砍杀，屠戮所有秦军。一天下来，城阳城里，血流遍地，惨不忍睹，城中百姓，也多死在刀下。

沛公紧随其后，看着项羽刀下血光四溅，深为惊异，更加感叹项羽的凶悍无情。但灭秦目标不可不达，他也不敢说什么。待项羽屠城之后，同回项梁处报告战绩。

项梁得到捷报并不满足，继续挥兵西下，再追秦军。沛公见状，深为叹服。在穷追猛打这一战术上，项梁真是太彻底了。

大军追击到濮阳城外，又和章邯相遇。项梁凭借着他的无挡锐气，又给章邯重重一击，让他留下了几千具尸体。无奈之下，章邯令士卒退入城内，死守城池，再也不敢出城应战。

云梯、箭阵……项梁屡施攻城之术，连续三天三夜。然而，濮阳乃自古以来的军事重地，城池坚固，又有章邯部下死守，一点效果也没有。

项梁是个急性子，经不住这般拖延。见濮阳难下，又挥师攻到定陶。谁知定陶守军早有准备，也是在猛攻之下安然无恙。

沛公已经深知项梁秉性，随即和项羽又把定陶围了个水泄不通。

一天、两天……又是十天过去了，项羽早已等得不耐烦了。一天中午，他闯入项梁帐中："叔父，如此僵持下去，急死我也。与我三千人马，让我烧了城门，杀将进去！"

"勿急！一张一弛，文武之道。两军相持，冷静者胜！有你驰骋的时候！"

几天之后的一个夜晚，沛公、项羽受命以迅雷不及掩耳之势杀到了雍邱。在城外，项羽憋闷了许久的劲儿一下子使了出来，守军将领李由不到十个回合就死在了他的剑下。正如项梁所料，秦军的缺口又一次被打开了。

且说秦二世胡亥自从增派长史司马欣、董翳二人辅助章邯攻打义军之后，似乎就放心了。随后，又有捷报传来，陈胜被杀，他更觉天下几近太平。赵高更是怂恿他不上朝，整日深居宫禁，吃喝玩乐。从此，二世就不再上朝接见大臣了，每日里住在深宫之中，只有赵高侍奉左右。赵高更是独掌大权，几乎一切事情都由他说了算。

时间一天天地过去了，赵高深深体会到独揽朝政大权的快乐，然而，一件事情却困扰了他的心。

丞相李斯看到赵高在二世面前如鱼得水，在朝政上为所欲为，心中不由得愤愤不平起来。说起来，二世即位为皇帝，他和赵高各有一半功劳。如今他被二世冷落一边，只有赵高一个人成了大红人。作为朝中要员，他心中清楚这一切不怨别人，皆是赵高所为。开始时他还能压住心头之火，但眼见着赵高一天天地得意忘形起来，就开始发牢骚，指责赵高蒙蔽二世皇帝，篡夺皇帝大权。

指责与怨愤很快传到了赵高耳里，赵高为此整日冥思苦想，最后还是决定利用二世皇帝之手除掉李斯。

一天，赵高来到丞相府，鼓动李斯进宫觐见，去规劝二世，并表明自己会在二世得空时通知他。李斯正为二世不上朝的事发愁，一听此话自然是高兴。

几天之后的一个下午，风和日丽，天高云淡。赵高派人来到了丞相府，对李斯道："皇帝此时正有空，丞相可以进宫奏议朝事。"

几天来，李斯一直都在等着赵高送信儿，所以，每日里都是衣冠整齐。一听此言，立即起身往宫中走去。

此时的后宫里，二世皇帝正与一群美女饮宴取乐。

"禀告皇帝，丞相有事前来奏议。"一个宦官尖声尖气地说。

二世一下子愣住了，宫女们也都僵在那儿。"丞相？丞相来了？"二世有点不相信的样子。

"是丞相，他有事奏请皇帝。"

"丞相许久没有上奏了，可是我正玩得快活哩。传下去，让他下次再来吧！"

"是，皇帝。"

宫女们又聚拢在了二世身边，猜拳行令，笑个不停。

李斯听到诏令，只得退出宫来。

如此这般，连连出现了三次。到了第四次，二世大怒道："怎么？丞相是怎么回事？朕平日里有的是空闲时间，丞相不来，偏偏在朕私宴寻欢作乐时丞相就来请求奏报！这难道不是轻视朕，看不起朕吗？真是岂有此理！"

赵高此时趁机说，丞相因扶持了陛下做皇帝，地位却没有提高，所以心生不满，想要割地称王。

"大胆逆臣，这不是要夺我嬴家江山吗？"

"陛下，说起逆臣，臣下不能不说。丞相的长子李由任三川郡守，盗贼陈胜等经过三川郡时，李由只是据城防守而没有出击。为何？那帮盗贼都是丞相邻县老乡。我还听说丞相和盗贼们有文书往来，不知是真是假。外面甚至有人说丞相在朝中权力比陛下都大。"

二世听到这里，早已恨得咬牙切齿："好个李斯，朕绝不能放过他！"

随即，二世派人下去，仔细调查核实三川郡守与起义军有无相互勾结的情况。

事情至此，李斯才恍然大悟——"我上了赵高这个奸人的当了！"

当夜，李斯伏案疾书，第二天就给二世皇帝呈上了一篇奏章："陛下，赵高自陛下即位以来，专擅赏罚大权，如今朝野上下，赵高的权力已与陛下相差无几。赵高蓄意曲奉陛下，看似忠信恭良，实则心存邪恶之意，行有反叛之为。仅就家业而言，他家的富足，已与当年的田常不相上下，而且又贪得无厌，无止境地追求功名利禄，只蒙骗陛下一个人。陛下如不及时对付他，臣下真担心他会作乱啊！"

二世看了李斯的奏章，一点也不相信，还把李斯上奏的话都告诉了赵高。赵高心中大喜道：好，皇帝对我信任到这种地步，谁能把我怎么样？但是，一听完皇帝的话，赵高就凄然地含泪说："陛下有所不知，丞相见陛下宠信臣下，心怀愤恨，早就想杀臣下了，只是没有机会。臣下这条老命，若不是有陛下庇护，哪能苟延残喘到今天！"

说着说着，潸然泪下，悲不自胜。

二世看着他那可怜的样子，心中一热："赵爱卿，别难过，有朕为你做主，丞相不敢怎么着。"

"陛下，"赵高哽哽咽咽地，"陛下，臣下哪里是为自己难过啊！臣下是为陛下担忧。如今丞相担心的只有臣下一个人，一旦臣下死了，丞相就要干田常所干的那些事了。"

提到田常，二世怒火突起，拉着脸问："丞相父子与盗贼有联络的案子查得怎么样了？"

"陛下，正在查呢！"赵高顿时来了精神。

"叫他们尽心尽力地查，朕要铲除那些有逆反之心的人！"

"是，陛下，臣下这就传诏出去！"赵高匆匆地离开了。

当此之时，四方义军蜂拥而起，各地不断传来义军攻占秦军守城的消息，朝中文武大臣莫不焦虑万分。最后，右丞相冯去疾，左丞相李斯，将军冯劫，这三位要臣相聚一处，再三商议之后决定联名上书奏谏二世。

奏章这样写道："陛下，关东群盗并起，朝廷发兵围剿，诛杀的非常多，但群盗已呈风起云涌之势，朝廷一时难以止息。盗贼何以如此？追根溯源，皆是由于兵役、水陆运输劳役、修筑工役等劳苦不堪，赋税太重，百姓已不堪重负。故此，恳请陛下暂时停修阿房宫，减少四方守戍的兵役，让百姓休养生息，减缓不满之气。如此，可保社稷安宁，江山永固。"

二世接过由赵高转递上来的奏章，仔仔细细看了一遍，顿时满脸阴云密布，一甩手把奏章扔到了地上："这是什么劝谏之词？分明是在指责朕！难道乱贼四起是朕的过错吗？岂有此理！"

赵高见此情景，眼珠一转，低头拾起奏章看了一遍后，假装生气地道："真是岂有此理！陛下，难怪您会生气。陛下还没追究那李斯与其子的责任呢，他却与右丞相、大将军反咬一口了。对于这等逆臣陛下还能容忍吗？乱贼四起，分明是他们辅佐无力！"

"郎中令以为该如何处置他们？"

"臣下以为应把他们抓起来共同问罪，以此告诫臣子们的犯上行为。"

"连右丞相、大将军一道吗？以后朕还靠谁支撑朝政呢？"二世有点犹豫。

"陛下，天下英杰豪俊多得是，治了他们的罪之后，再委任其他人就是了。"赵高上前一步，又放低了声音，"陛下，那两个人和李斯联名诽谤陛下，能是忠臣吗？"

第二天，二世对李斯三人说："你们三人，曾亲眼目睹先帝开创业绩的艰难。自朕即位以来，盗贼就蜂拥而起，你们不能加以禁止，还想废弃先帝开创的帝业，这能算是上报先帝，下忠于朕吗？想一想，你们享受了朝廷的优厚俸禄，占据了那么高的官位，这情形还能持续下去吗？"

"陛下……"三人都想分辩，但只听二世大喝一声："来人，将这三人交与御史处理！"

当晚，冯去疾、冯劫先后在狱中自杀。

看着冯去疾、冯劫残缺的尸体，李斯昂然挺立，他连连大声呼喊："我要同奸臣斗到底！我要同奸臣斗到底！"

然而，事件朝着更坏的方向发展——二世把他的案子交与赵高审理。可怜李斯全族上下，男男女女、老老少少几百口，哭天叫地，全部成了阶下囚。

第二天，赵高亲自审问李斯。李斯怒斥其奸佞行为，矢口否认自己与乱贼有干系，态度十分强硬。赵高狞笑道："看来你是不见棺材不掉泪！来人，给我用刑，打他一千大板！"

最终，李斯被屈打成招。

二世派往三川查询李由与叛贼来往的人回来了。李由已死，无从批驳，就定李由参与谋反之罪。加上李斯的口供，定下李斯应处五刑——墨、劓、刖、宫、大辟，判决在咸阳市上腰斩。李氏家族，全定了诛杀之罪，李家几百口人最终横尸咸阳街头。

项梁连连大败章邯军队，这是天下大乱以来所没有过的战绩。军队士气高涨，颇具所向无敌之势。项梁心中不觉滋生了骄傲之情，那目光中就有了几分傲然。恰在这时，老天连降大雨，道路泥泞，水流纵横。沛公和项羽，从雍邱还攻外黄，被大雨阻隔，只能围城，不能攻城。项梁驻兵在定陶城下，也无法举步。项梁道："既然天降大雨，无法攻战，就暂且各守一处，一来稍事休息，二来等待天晴，此乃天意。"

沛公、项羽得令，也就没把军队撤回。从此后连续多日，项梁大军每日在营中饮酒消遣，各自为乐，放松了对敌人的警惕。

章邯连吃项梁败仗，十分头痛。行军作战以来，他几乎没有如此大败过。形势逼迫着他不得不对项梁大军另眼相看。每日里派出士卒，多方打探项梁军情，及时分析琢磨。毕竟久经沙场，他知道凡事发展都有个定数。顺过必逆，逆过必顺。项梁大顺之后，必有大逆。他大逆之后则必有大顺。只要留心，一定能找到对付项梁的突破口。

自李斯死后，赵高就做了丞相。独揽大权之后，他要做出一点样子来。眼下盗贼猖狂，必须予以狠狠打击。于是，他下令到章邯军中，务必扭转败局。

章邯的探卒打探到了项梁全军军纪涣散、日夜作乐的情况，立即报告章邯，章邯心头一动，立即着手部署起来。

目睹军队的状况，项梁部下一个叫宋义的思虑良久，进入帐中拜见项梁："将军，近日来将军带兵作战屡胜秦军，若将领骄傲，士卒怠惰，必定会失败。如今士卒已露怠惰，而秦军却在一天天地增加人数，我暗中为将军担心啊！"

项梁看了看宋义，心想：此人平时并不突出，今日怎么平白来这么一场？我胜章邯，乃是以实力胜之，并非侥幸之事。他这么说不是明显觉得我不如章邯吗？即使不是如此，也是太过虑了点。

"章邯并非铁铸之军，失败是正常的。眼下我军虽然未动，乃是天降大雨所致。一旦雨过天晴，强力击秦是自然之事，将军不必担心，我心中有数。"项梁笑了笑，似乎不以为然。接着，他像是忽然想起了什么，"将军，你来得正好，我正要派一名使者前往齐地去，目的是和齐军联手，等机会一到就合力攻秦，你去齐地吧！"

宋义还想说什么，但看到项梁那果决的样子，只好听命出了军帐，奔齐而去。

半路上，宋义巧遇一个人。此人乃是齐派来的使者高陵君显，原是和宋义认识的。互道礼节之后，宋义问："你此去楚，是为了拜见武信君项梁吗？"

"正是。"

"我有一言相送。"

"请讲！"

"此时武信君与秦军可能正在交战，依我的判断，武信君必败无疑。如果你走得慢，能躲过一场灾难而免遭一死；如果你走得快，就会赶上一场灭顶之灾。"

"果真有这么严重吗？"

"你可拭目以待！"

说完，宋义作别而去。望着宋义渐渐远去的背影，高陵君显犹犹豫豫，慢慢向前走去。

果如宋义所料，一个风雨交加的夜晚，章邯率大军偷袭了楚军营地，许多将士在睡梦中就被砍下了脑袋。项梁被外面的喊杀声惊醒之后，连忙组织人马应战，但哪里来得及？一队秦军冲进了他的军帐，围住他一阵乱砍，把他送上了黄泉路。士卒们见主帅已死，逃的逃、降的降、死的死。一夜之间，全军覆没。

当高陵君显到达楚营时，只见尸横遍地，血流处处，才知宋义预言千真万确。

几个仓皇逃出的士卒奔到了外黄，哭诉了项梁兵败被杀的经过，顿时一营大惊。沛公眼中含泪，劝慰痛哭流涕的项羽："贤弟呀，人死不能复生，别再伤心了，眼下乃是非常时期，你我须赶快计议为好，别再被章邯算计了。"

项羽怒发冲冠，咬着牙道："总有一天我要亲手杀了章邯那个老贼！"

"贤弟，切勿冲动，且听我言。"

项羽抬起红红的双眼望着沛公。沛公道："贤弟，项将军刚刚去世，又损失了几万军队，军心难免有所动摇，我军不能再在外游击了，应迅速返回回防，以防卫京都为妙，贤弟以为如何？"

项羽点点头："也只有如此了。若再散驻在外，定会被秦军各个击破。"

二人计议一定，随即带军离开外黄，向东撤军。此时，吕臣还驻扎在陈县。沛公、项羽向他讲述了眼前的局面，希望吕臣同向东行，吕臣答应了。

三人到了盱眙，沛公提议道："彭城乃军事重镇，具有优越的地理位置，城防又坚固，不如迁楚都于彭城，我三人分向防守，可以抵御秦军来犯。"

项羽和吕臣认为沛公说得有理，齐声称道。迁都彭城之后，吕臣驻军城东，项羽驻军城西，沛公驻军砀郡，形成三角之势，等待来犯之敌。

等了许久，也不见动静。

探卒来报说，章邯以为项梁已死，项羽、沛公不足为敌。如今已北上攻赵去了。

沛公、项羽此时才稍稍缓了口气。

战火纷飞之中，又有一位英杰成了楚怀王的得力将领，此人就是魏豹。

魏豹，就是那个引火自焚而护卫了城中百姓的魏王之弟。他们兄弟俩本是故魏国的两位公子，其兄名咎，在魏国被封为宁陵君。如同许许多多贵公子一样，他们从来都未抛弃过复兴祖国的大志。

陈胜起义为王后，魏咎投奔到了陈王的大旗之下。陈王派遣魏人周市攻魏之后，众人欲立周市为王，周市道："老子云：天下大乱，忠臣乃现。如今天下人共同叛秦，一定要立魏王之后才合道义，我岂能为王？"

齐、赵二国各派遣五十辆战车，前往魏立周市为王，周市坚决拒绝，从陈国迎来魏咎，硬是立魏咎为王。

为章邯所迫，魏王为了保护城中百姓自焚之后，弟弟魏豹逃到了楚军。楚怀王给了魏豹五千人马。魏豹一往无前，连下魏地二十余城，楚怀王于是立魏豹为魏王。

沛公、项羽这边因章邯北上而解了燃眉之急，北面的赵国却一下子陷入了困境。

刚刚大败项梁的章邯大军似乎一下子又恢复了凶猛的状态，像一把利剑直插入赵国腹地。赵王赵歇闻讯，派陈余出战章邯。陈余虽足智多谋，但何曾与章邯这样一流的猛将交过手？两军交兵不多久，陈余的大军即呈溃败之势，一发不可收拾。

章邯立即把大军兵分两路。一路追杀陈余部下，一路逼向邯郸城。城内大将唯有张耳，他带着不多的一部分士卒根本抵挡不住章邯排山倒海的攻城之势，护着赵王撤出邯郸，急速逃向巨鹿，把全城百姓丢给了章邯。

破城之后，秦军就要开始屠城。章邯制止道："百姓拥护自己的君主，理所当然，不算罪过，不可屠杀他们！"

左右将帅曰："邯郸城地大人多，若留下他们，日后还有人会在此称王称霸，割据一方。"

章邯道："无妨，只要毁了邯郸城即可。"

当即下令全城："所有百姓迁往河内，把邯郸城夷为平地！"

顿时，邯郸城烟火四起，大火日夜燃烧，持续整整十六天，火烧之后，满目是碎砖瓦砾、破壁残垣，几百年的古城从此消失了。邯郸百姓在秦军的驱赶下，哭天叫地，离开了自己祖祖辈辈生活的家园，走向异乡他方。

还未等赵王和张耳喘息过来，章邯就已派部下王离追踪至巨鹿，把巨鹿城团团包围起来。为了把赵王等置于死地，王离切断了巨鹿城与外界的所有交通要道，日夜攻城不息。

赵王与张耳无法支撑，眼见得城内士卒越来越少，粮草越来越困难，只得千方百计向楚国、燕国求救。

陈余自从败逃之后，一路上全力收罗散兵游勇，渐渐聚集了几万人。为了恢复元气，他让军队驻扎在巨鹿北面，没有立即前往巨鹿城。

章邯为了防止各国救赵，他远远驻扎在巨鹿南面的棘原，一面催促王离加紧攻城，一面全力以赴支持王离。他派人筑了一条甬道，一直通到黄河，通过甬道供给王离粮草武器。相比之下，王离兵多粮足，巨鹿城中兵少食尽，形成了巨大反差，破城即在旦夕。

张耳在巨鹿焦急万分，这时探子来报，说陈余正带几万人马驻在北面，就多次派人召令陈余，让他速来救城。

接到召令，陈余并没有立即援救。刚刚和秦军交过手，他深知自己这几万人马根本不是对手。如若上前去，即等于孤羊投群狼。

时间一天天地过去，算起来已是三个多月了。巨鹿城中拼命死守已到了人吃人的地步，仍不见陈余前来，张耳由急转怒，怨愤陈余不已。他派自己的两个部下到陈余军中去，把他的责怨传达给陈余："当初你我结为生死之交，这是苍天作证的。如今我与赵王危在旦夕，而你却拥数万之众不肯相救，怎见得是生死之交呢？如若你我真是兄弟，为什么不能同生共死？再说，全力攻秦未必就是一死，至少有几分取胜的希望，你为什么停止不前呢？"

陈余也急了，辩解道："依我的判断，我若前去攻巨鹿，等于白白送死。我在这儿驻军，就是要寻找机会攻秦，为赵王报仇。你强令我同生共死，就像是以肉投饿虎，是不会有任何帮助的！"

这两人见陈余如此说，催促道："将军，巨鹿城实在是到了生死存亡的关头，既然将军与张耳有生死之约，就应该用生命来维护信义，不可再犹豫了。"

陈余听了此言，明白他们已乱了方寸，又说服不了他们，沉吟半晌，试探着问："我先拨五千人马给二位，二位先与秦军交锋一试，如若胜了秦军，我立即出兵，如何？"

两人答应，结果五千人马全部败亡在秦军刀下。

长叹一声，陈余自言自语道："果不出我所料哇！"面对几万士卒的生命，他顾不了兄弟之情了。

正当巨鹿城内山穷水尽之时，燕、齐、楚内部都在紧急磋商救赵之事。在强秦面前，他们和赵是唇齿相依，唇亡则齿寒。于是，三国共同决定：全力救赵。

话说齐国使者高陵君显，走出项梁惨败的阵地后，打探到了楚已迁都彭城的消息，转而向彭城奔去。

楚怀王痛心失去项梁这位强有力的人物。纷乱的时局，已使他渐渐成熟起来。经过一番深思熟虑，他决定合并吕臣、项羽二人的军队，由自己统率，任命沛公为砀郡长，封为武安侯，统领砀郡兵马；封项羽为长安侯，号称鲁公；任命吕臣为司徒，任命吕臣之父吕青为令尹。

高陵君显一见怀王，叙说了自己目睹的项梁惨败后的情形，继而大赞宋义精通兵法，具有料事如神之能。怀王听着他绘声绘色的描述，眼睛瞪得老大。这时，宋义刚好从齐国返回，怀王立即召见了他。先说使齐情况，再论项梁之败。怀王问："你如何知项梁必败？"

"兵法上有句名言：骄兵必败。我看项将军，自从连胜秦军之后，渐生自得之意，士卒更是骄情渐起，这自然会给章邯以可乘之机。因此，项军大败自在预料之中。"

怀王深深颔首，心中暗道：此人果然通晓兵法，是个人才。他抬头又问："依你之见，眼前应如何攻秦？"

"秦军刚大败项将军，士气正旺。如正面与其交锋，败多胜少，不若采用迂回战术，避其锐气，攻其老巢。"

"此话怎么说？"

"如今章邯十几万大军均在赵，一围巨鹿，一堵棘原，陛下可派一将乘机攻魏，同时遣一猛将攻抚兼用，向西攻秦，直逼秦都，使章邯回护不及。如此，秦可破灭之矣！"

怀王喜形于色，和声道："你就留在我身边为我出谋划策，不必再做使者了。"

"臣遵命！"

其后，怀王令魏豹带三千精兵西攻魏，在最短时间内略下魏地。

时值金秋，清风送爽。自古以来，秋天都是用兵的好时光。怀王令左右备足车马粮草，训练军队，忙得不亦乐乎。

一个月后，怀王自认已筹备完毕，召集朝中文臣武将，共商攻秦大计。一次具有历史意义的大会召开了。

沛公、项羽、吕臣、陈婴、宋义、范增齐聚一堂。

怀王高坐堂上，目光炯炯有神，虽还是少年模样，却俨然是一位成熟的君主。国破家亡的仇恨，父辈们早已种在了他的心上，并已生了根发了芽。一种特有的少年老成成为他身上最显著的特征。只要能够灭掉仇敌秦王朝，就实现了父辈们那带血的期望。

"各位英杰，"怀王坚定的目光扫视了一下众人，"秦王朝吞并天下，夺我河山，杀我百姓，掌握天下后又是暴虐无道，让生灵涂炭，二世则有过之而无不及。陈王首先发难，诸侯蜂拥而起，争相叛秦。然唯有直捣咸阳才有可能彻底击败秦军，推翻秦王朝统治。不久前项梁领命攻秦，不幸兵败身亡。现要再派一将西进，带军直扑秦都，哪位将领愿意领命？"

在下之人半晌没人应声。自从项梁败亡之后，秦军更加猖狂。和项梁相比，众人自愧不如。在这个关头上领兵西进，凶多吉少。大家你看我，我看你，都不敢应命。

沛公见此情景，心中嘀咕道：机不可失，失不再来。莫非此次又是我的机会来了？自从我率众起事以来，旗下力量一直不太强盛，只好依从项梁门下，逐渐发展自己，但是，就我所打的几场硬仗来看，是胜多败少，攻丰邑，救东阿，打雍邱，围外黄，也算积累了一些经验。如今怀王下令攻咸阳，正是我脱颖而出之机，如若此行取胜，我将大大改变现状，说不定是我朝帝王之路迈进的关键一步呢。

怀王见众人不语，心下焦急起来。若想灭掉秦王朝，没有众将的鼎力相助，他自己是无能为力的。想到这里，他又加大力度道："众将，如有哪位愿领兵西进，一旦入关，朕封他为关中王！"

"大王，末将愿往！"

沛公一下子站起来，目光炯炯。这一切对他的诱惑力太大了，他听得见自己的心在狂跳。

"大王，我叔父刚刚战死于秦人刀下，我已对天起誓，一定要报仇雪耻。因此，我愿领兵西进，攻破咸阳，为叔父一洗惨败之耻！"

就在沛公欣喜之际，一通铮铮的壮言响起来。不看也知，此人乃是项羽。

这下倒让怀王为难了，他看看沛公，又看看项羽，又看看众人，一时不知究竟该让谁去。

沛公心中暗道，这项羽难道是我成功之路上的一个克星吗？论领兵作战的凶猛程度，他要胜我一等，颇有些咄咄逼人的气势。这个时候他插进来，我还有希望吗？

众人散去之后，仍有一人没有离开：怀王一看，乃是过去跟随着自己祖父的一个老臣。此人年事虽高，但忠心耿耿，自从他为王以来，这位老臣常陪伴左右，出谋划策，进献忠言，功绩不小。

这位老臣对怀王说："那项羽为人一向凶狠残忍，从攻下襄城之后的屠城行为可见一斑。如今他叔父刚刚死于秦人手下，复仇之火更旺，若让他领兵西进，必会攻一城屠一城，这与秦人的残暴何异？相对来说，沛公为人仁善忠厚，颇有不忍之心，在大王军中俨然是一长者，若派他领兵西进，必会除暴安良，收买民心，顺应民意，完成大王大业。"

怀王深深颔首："爱卿之言，我会考虑。"

第二天，怀王颁下令来，令沛公领兵西进。

与此同时，巨鹿城内又来了紧急求救的使者，求怀王速派大将前往巨鹿，否则赵国亡在眼前矣！

项羽正为不能西进而气愤不平，忽听这一消息，挺身而出："大王，我愿领兵援赵，杀了章邯那厮，为我叔父报仇雪耻！"

怀王大喜，但在他心目中，宋义足智多谋，几乎是料事如神，这救巨鹿之战乃是一场血战，上将还是以宋义为合适之人，于是他下令："命宋义为上将，加号卿子冠军。项羽为次将，范增为末将，率本部人马，前往救赵！"

【第六回】

斩军卒彭越肃军，驱莺燕樊哙谏主

宋义领救赵之命后，立即打点好军马粮草上路了。

大军行至安阳，宋义命大军停下来休息。项羽、范增心中着急巨鹿的战事，以为此时不是休息的时候。无奈宋义为上将，他们也只得停了下来。

宋义深知怀王对自己的信任，顾不得众人的情绪，一日一日地挨下来，不愿向前行进。赵国使者内心如火烧一般，又不敢硬催，只能跟在宋义后面软语相求，让他早日前行。宋义不知出于什么缘故，就是不买他的账。

转眼间，部队在安阳已停了整整四十六日了。项羽、范增等将领不知宋义葫芦里卖的什么药，一个个急得抓耳挠腮。但宋义闭口不提，也不接见下属，谁也不敢去问宋义。项羽耐不住了，他拨开宋义帐外的卫士，三步两步走入宋义帐中。

"赵国万分危急，将军应火速领兵过黄河，以迅雷不及掩耳之势抵达巨鹿城下，我为外合，赵为内应，破败秦军势在必然！"

宋义笑着直摇头："此言差矣！我等应从大处着手，才能确保大获全胜。如今秦军攻赵正紧，不久就会有一个结果。秦军胜了，军队就会疲惫不堪，我军正好可以乘机攻之；秦军败了，我军更可以顺利西行，大张旗鼓地直捣秦都咸阳了。故而，眼下最好的是坐山观虎斗，以坐收渔人之利。"

"这怎么……"项羽连忙进言，但还没等他说完一句话，宋义就忽地一下站起来打断了他："好了，项将军，披坚执锐冲锋陷阵，我不如你；但运筹帷幄指挥决策，你还要差一截哩！哈哈哈！"

项羽见状，怒火中烧，转身出了宋义的军帐。

宋义见项羽也不拜别就愤愤而去，心中十分不快——怀王命我率军救赵，在外一切令我自定，难道我是个庸才，还要你来指点不成？除了冲锋陷阵、拼命作战之外，你知道什么？他转念又一想，这项羽一向就是个硬将，个性太强，我得约束约束他才行。当时他和项梁起事时能杀了想利用他们的太守，而今我得防着他一手。于是，他下令军中："凡是猛如虎，狠如狼，贪如羊，倔强不服指挥的人，一律处斩！"

此令一出，部将不禁胆寒了几分。项羽知道这其实是冲着他来的，顿时气得七窍生烟，当即手按腰中宝剑，就想杀了宋义。但怀王的命令一下子在他耳边响起，他强压住心中的怒火，让自己冷静下来。

此时已是十一月天，天寒地冻，士卒们衣食不足，一个个冻饿得缩头缩脑，一副憔悴模样。照此下去，别说救赵，楚军自身的安危都不保了。

这时候，宋义的儿子宋襄要到齐国去做齐相，宋义亲自把他送上无盐城，大摆宴席以示庆贺，一连热闹了好几天。

不知是凑巧还是宋义的行为触怒了天意，就在这几日天忽然下起大雨来。那雨好似夏雨一般，铺天盖地而来，连一点亮色都不露。一时间，道路泥泞，积水遍地，士卒们又冷又饿叫苦不迭，营中一片混乱。

听着外面哗哗的雨声，听着身边宾客的猜拳行令嘻嘻哈哈的说笑声，看着满桌的美酒佳肴，想着士卒们冻饿的情形，项羽怎么也吃不下去，只是一个劲儿喝闷酒。最后实在隐忍不了周围的吵闹声，起身从酒席间走出来。

不知不觉，项羽来了军营之中。只见士卒们有的坐在地上叹气，有的站着抱怨，有的在争抢不知从哪儿弄来的剩菜残羹，个个都是蓬头垢面，虚弱不堪。项羽再也忍不住了，大声对众人道："弟兄们，我等离家在外，吃尽风餐露宿之苦，为的是什么？不就是要大破秦敌吗？可是我们停留在此处多少天了？四十多天了！今年年成不好，春旱秋涝不断，老百姓手里早没有粮食了。这么多天来，咱们吃的是什么？是野菜掺杂粮豆子呀！军中没有存粮，有人却设酒宴大宴宾客，这对得起谁呀？按理说，将军应该先领我们渡过黄河去，到了赵地就地取粮，与赵军合力击秦。然而……"

说到这里，项羽环顾一下众人，见众人都洗耳倾听，更加激动起来。

"然而，将军他却说什么要到秦军疲惫时再发动进攻。哼！众人想想，我们坐而不动秦军怎么会疲惫呢？相反，强大的秦王朝进攻刚刚建立的赵国，肯定是秦胜赵败。赵国一旦被攻占，哪里还会有我们的机会呢？再说，前不久我们刚刚吃了败仗，楚王为此坐立不安，急上眉梢，把全国的兵力都交给了宋将军。可见，我楚国的成败安危在此一举，我们的责任重大啊！但将军却不体恤士兵，只重一己私利，这样的人算是国家的忠臣吗？"

士兵们听完，心情十分沉重，不由得纷纷议论起来。

"我们早对将军的所作所为看不惯了！"

"宋将军看重的是他自己，他的儿子，哪里把我们的命当命啊！"

"这些天来，我们都快急死了，将军就是不发令前行，原来他的葫芦里卖的是这等药哇！"

"都说他是用兵如神的将军，我看这是阎王快到了！"

"他这是拿我们的性命当儿戏啊！"

…………

项羽看到这群情激奋的情形，心中更加坚定了一个信念取而代之！说干就干，第二天早晨，项羽进入宋义的军帐，趁人未防备，一刀砍下了宋义的人头。

项羽拿着宋义的人头，走出帐外，大喊道："弟兄们！弟兄们！宋义那厮与秦国合谋反楚，已被楚王发现，楚王密令我杀了他。宋义人头在此，已经没事了，大家不要惊慌，听我的号令就行！"

众位将领此时来到了项羽身边。他们看到项羽一手提着宝剑，一手拎着鲜血淋漓的宋义的头颅，怒发冲冠，目光如剑，不由得被震慑住了。想到平日里宋义的所作所为，忽然有一种畅快感。有人道："项将军，是您项家人首先拥立楚王的，宋将军确实是不忠之臣，将军这是在诛除乱臣，我们拥护！"

"是，我们拥护！"

"项将军干得好！"

一人出言，众人应和。

"我等就推立项将军为上将军吧！"

"好哇！就让项将军领着我们干！"

这时，项羽忽然想起宋义的儿子宋襄。屈指一算，宋襄应该到达齐国了。斩草除根，否则就会留下后患。于是，他立即派人前往齐国，假托受楚王之命杀掉宋襄。

经过再三斟酌，项羽决定把此事如实上告给楚王。他派副将桓楚前往楚王处，让他如实报告楚王，请楚王定夺。

楚王听完一切，大吃一惊，他问桓楚："这一切都是真的吗？宋义难道是这样一个人？"

"大王，一切都是真的，大王可以派人前往军中访问，军中人人皆知。"

"宋义不是一位善于用兵的将军吗？我难道看错人了？"

"大王，空头谈兵是一回事，实际用兵又是一回事。宋将军确实已大大延误了我军战机了！而且，宋将军自私自利，在军中引起了将士的怨愤，实在是罪有应得！"

楚王沉思良久，长叹一声："真是知人知面不知心啊！"

"项将军请大王速速另立上将军，否则将无法行动！"

"项家世世代代为楚将，今日项羽又是如此果断诛杀逆臣，就让项羽做上将军吧！"

桓楚回到军中，项羽精神振奋。当即下令全军："由当阳君英布、蒲将军为先行军，统兵二万，先行渡过黄河！其余各将，跟我后随！"

且说英布和蒲将军领命之后，直奔巨鹿而去，当下就把巨鹿城围了个水泄不通。

王离作为秦兵首领，不是个吃素的。他仗着有暗道运粮，并不气馁，与英布及蒲将军杀得个不分上下。

项羽得知消息，立即焦急起来。"我就不相信这个王离如此厉害！俗话说：两军相接勇者胜。勇敢的怕横的，横的怕不要命的。"

想到这里，他率大军渡过了黄河，一下了船，他就下令全部后续部队："沉船，破釜甑，烧军帐。每人各持三日粮！"

这显然是要与秦人决一死战。士兵们听令，明白已无后路，唯有与敌人一决生死才有生路。因此，个个都是精神抖擞，义无反顾！

来到巨鹿城外，项羽和英布、蒲将军相会一处，项羽向他们讲了自己破釜沉舟的计划。

英布道："将军，破釜沉舟固然为上等制敌之策，然敌人士气尚盛，我军不一定能达到目的。依末将之见，还应先断城周敌人粮道，使其疲弱不堪才行。否则，那章邯、王离岂能自甘大败？"

项羽心中自有主张，他不假思索地说："将军所言极是，但秦军如此猖獗，得先挫挫他们的锐气才行。待我率人来冲他个人仰马翻再说！"

英布、蒲将军深知项羽出生入死的威力，不好阻拦，只得随他而行。

项羽率部下一阵冲杀，如疾风骤雨一般。但见他左砍右杀，身边一路留下了两行尸首在地，谁也阻挡不住。顿时，一条血路杀了出来。

冲到城下，但见城墙下布满了秦军军帐，密密麻麻地如树林里的鲜蘑菇。秦军从未遇到过这样凶残的将领，不由得狼狈而逃。楚军见状，士气大振，顿时喊杀声震天动地，响彻云霄。剩下的秦军更加心惊胆寒，脚下像抹了油一样逃命不及！

王离此时正在营帐中饮酒取乐，忽然，一个被项羽打败的偏将满头是血冲进来。

"将军，将军——楚军冲过来了！"

"你们被楚军打败了？"

"是，将军。我从未遇到过如此凶猛的将军，兄弟们都被冲散了。"

"何人为将？"

"是项羽，将军。"

"是项羽？"

王离一下子站了起来，端起面前的酒杯一饮而尽，随手把酒杯扔在几上，猛一挥手："传令下去，随我迎战乱贼！"

原来，王离虽未见过项羽，却已早知项羽之名，知道这个年轻人作战凶狠，力大无比，是个一往无前的将领。本来，闻得楚军前来，他并未在意。起义之军，他遇到的多了，打败的多了，料得这一楚军必是定败之军，谁知会是这个结果。他唤来偏将涉闲与苏角二人，命涉闲围城，苏角去守运送粮草的甬道，自己率大军去迎战楚军。

刚刚出了军营，还未等王离布好阵势，项羽已出现在阵前。王离抬眼望去，只见此将浓眉下双目炯炯，有如一双利剑，由于身材高大，坐在马上比别人高出许多。手中那一把宝剑寒光闪闪，让人想到"削铁如泥"四个字。

那边的项羽如杀红了眼一般，遇到秦军，一边左杀右砍，一边向前挺进。他手下的士卒也如着了魔一般，不要命地向前拥，长枪短剑起落迅疾。

王离大喝一声："冲入楚军！"自己先纵马前去，要和项羽比个高低。

尽管王离长枪翻飞，身后士卒如潮，却抵不过项羽的狂风疾雨，不一会儿，秦军就败下阵来。王离不甘心，又挥军向前。如此三进三退，王离实在抵不住了，只好逃回营中。

"项羽那厮真个如此厉害？"秦将章邯望着王离不解地问。

自从他领兵镇压义军以来，几乎是百战百胜。王离虽名声不如他响亮，却也是常胜之将，如今却面对项羽三进三败，真的令他不解。

"今儿个本将亲自上阵，倒要看看这个项羽是个何等人物！"

当下，章邯披挂整齐，率军与楚军对垒起来。

放眼望去，章邯不由冷冷一笑。看两军队伍，楚军只是秦军人数的三分之一，而一看那楚军阵势，如散兵游勇一般，衣衫不整，队伍不齐。

"如此乡野散军竟能击败我秦军，真是笑话！"

他在心中不由得自言自语，一面令众将严整阵势。

"报告将军，四周都是前来助楚的诸侯之军！"一位偏将气喘吁吁道。

"唔？为什么不见他们露面？"章邯应声道，"只怕是他们在隔岸观火吧？"

这些日子来，章邯算是已摸透了各诸侯国的心思。表面上看来，各诸侯国都把秦军当作共同的敌人，但一遇到涉及各自实际利益的事儿，他们并不同心。诸侯军久吃败仗，在此情况下仍然惧怕秦军，是不会轻举妄动的。

章邯判断得不错，当此之时，各国声援楚军的军队都已来到，却只是远远地在高处观望，没有进攻的意思。很明显，他们看到不仅秦军多楚军少，两相差距很大，而且秦军严整，甲胄整齐，楚军则衣衫破乱，三五成群。在这两军相遇之时，楚军哪里是秦军的对手？如若此时上前助楚，无异于自投罗网。所以，此时他们只是袖手旁观，各自为政。

这种情形并未影响项羽的情绪，在他的心目中，天下没有比他更强的将领了。看到章邯率军在前，项羽大喝一声："贼将在前，只许进不许退，违者斩！"

楚军将士谁不惧怕项将军？得此死令，又在连胜头上，他们个个无不以一当十，只管往前冲。由于人数比秦军少得多，攻打阵形也就没有了队式，只是胡乱砍杀，拼命前涌。

章邯虽身经百战，此时却乱了手脚。自从领兵作战以来，他还真没遇到过这种阵势。往日，都是两军相拼时将对将，卒对卒，各有所敌，然而，眼前这项羽部下都是各自为战，并不管是将是卒，遇秦军就砍，见秦将就杀，把他布好的阵势冲得个稀里哗啦。一时间，他和部下都失去了对策，不由自主向后退去。

且战且进之中，夜幕渐渐降临，已分不清是敌是我。项羽这才令士卒停止冲杀，原地休息。

由于连胜王离和章邯，楚军个个士气高昂，并不觉得累。在夜幕下，他们在通红的火光映照下用瓦罐烧水。军营里一片沸腾，将士们欢声笑语不绝。

"哈哈，想不到章邯也有今日之败！"

"兄弟，你杀了多少？"

"十七，你呢？"

"比你还多两个！"

"项将军太威武了！"

"那还用说，要知道项家世代出英杰哇！"

项羽走在闪闪的火光之中，他并没有因胜利而掉以轻心。对于章邯，他琢磨得太多了。这个秦将，最善于出奇制胜。今天，章邯只是败了，并没有伤到筋骨。他有的是力量。过去的多次战例表明，章邯有偷袭的习惯，不能不防章邯对他项羽实施这个计策。所以，他已严令一部分将士站岗放哨，密切注意敌人的行动。

第二天天亮，楚军全军齐聚一处，项羽健步登上高处，声如洪钟："自从破釜沉舟以来，至今是第三天了。干粮只够吃一天，身后是滔滔河水，前面是秦军敌兵，摆在我们面前的路只有两条——大胜敌人和自我灭亡，生死时刻到了！好自为之，打败秦军，复我楚国山河！"

凭着这股士气，楚军打得秦军抱头逃窜。

项羽见章邯逃回大营，并没有穷追到底。现在，该是进行根本举措的时候了。

要想从根本上击败章邯，必须切断他的粮草供给，同时捣毁秦军军寨。当即，项羽下令左右："传英将军、蒲将军！"

英布、蒲将军领得命令，率一部分人马去堵住章邯甬道。项羽则自率余部去攻打涉闲、王离。最后，王离被擒，涉闲在自己的军帐中自焚，王离、涉闲的残兵败将全部投降。

正当项羽的部下一片欢腾之时，英布、蒲将军纵马而来。二人翻身下马，禀告项羽："将军，末将已将守卫甬道的秦兵杀尽，秦将苏角首级在此。呈上来！"

一个士卒听令上前，打开手中拎的一个湿漉漉的包裹。只见一个东西血淋淋滚落出来，果然是苏角首级。

正当此时，有人来报："将军，各诸侯军将领前来求见！"

项羽冷笑一声："他们这个时候倒来了！让他们进来。"

却说各诸侯国将军闻知秦军大败的消息，被项羽的武力威风震慑住了，方才他们稍作计议，决定一同前来拜见项羽。

但是，他们毕竟是隔岸观火了许久，心中有愧，进入军帐之后，一个个伏地而拜，不敢仰视。项羽好不容易压下满腔怒火，昂然而视许久，才让他们落座。众人齐声说，愿附在项将军旗下听命，追随而行。项羽听了，才稍稍恢复正色。

不久，赵国丞相陪同赵王歇来到项羽军帐，向项羽致谢。项羽安然一笑，似乎并无得意之色。张耳见状，知道项羽为人傲慢疏落，不好久坐，不久即同赵王告辞出来。

刚回赵军军营，张耳就和陈余爆发了一场激烈的争吵。

"陈余，想不到我俩相处多年，到了生死关头你却坐视不理我的求救，且不说为了大王，仅就兄弟之情而言，哪里还存在呀？"

"当时的情况是那个样子，你不是让我和部下前来送死吗？我死了是小事，可我不能把一两万人往火坑里送呀！"

"我问你陈余，这世上到底是情义重还是生命重？"

"照你这样说，我率众人舍了命救你，就算有了义啦？你不也是为了活命吗？"

"你！"张耳气得面红耳赤，一时不知怎么应对，他像想起了什么，问陈余，"我两位属下不是到你军中去了吗？他们现在何处？"

"别提那二人。他们一个劲儿地以死逼我，我无奈之下给了他们五千人马，令他们先迎秦军，谁知他们一去不归，全都丧生在了秦军刀下了。"

"什么？他二人被秦人杀了？"

"正是！"

"胡说，一定是你陈余杀了他们！"

"我没有！我还不至于是那等人！"

"你以为你还算是有情有义的人吗？"张耳怒发冲冠，拍案而起。

陈余冷笑一声："没想到你我相知多年到今天，却对我有如此深的怨恨！告诉你，你不要以为我留在这儿不走是为了这个将军的头衔，我才不在乎这个位子呢！"

说罢，陈余解下了腰间的将军印绶，推向张耳面前："请收回！"

张耳没想到陈余会有这个举动，一下子呆在了原地。

陈余并不理会张耳，起身向厕所走去。

这时，张耳的一个属下小声对张耳道："将军，属下有一句话，请将军海涵。"

"说吧。"张耳余怒未消。

"古人云，天与不取，反受其咎。如今陈将军解下印绶与你，你理应接受才是，违背天意不吉祥哪！"

"可是，我和陈将军……"

"天意不可违，何必多辞？"

张耳思忖一会儿，点了点头。他慢慢把印绶戴到身上。

这时，陈余已从厕所回来，看到张耳真个把印绶戴在了自己身上，越发怒不可遏，转身离开了。

陈余带着亲近的几个部下离开了张耳。从此之后，二人之间的矛盾更加深了。

且说沛公接受怀王西征的命令后，心中既有欢喜也有忧虑。欢喜的是怀王立下了盟约，谁先攻进关中谁就是当地之王。也就是说，如今天下各路英雄之中，他最有机会做关中王。关中一带，自古以来就是英雄必争之地。这里土地肥美，百姓殷实，山河险要，易守难攻。所以许多君王都想在此建都，况且，秦王朝国都咸阳正在此处，拿下关中不就是推翻秦王朝最引人注目的英雄了吗？再说，章邯是秦军主力，西行一线，正可以避开章邯，减少伤亡，壮大队伍。然而，令他忧虑的也不少。西行最大的难题就是在孤军深入的情况下能保存住自己。这是何其难哪！想当初，陈胜王西行大军比他刘邦的势力强大多了，却以全军覆没而告终，他刘邦能有回天之术吗？

忧虑归忧虑，独统一军的兴奋激励着他，沛公还是踏上了西行路。从砀邑出发，沛公先勤兵向正北方向进发。前方有昌邑、城阳、东郡几个县邑，先扫除这几处的秦军，以解除项羽的后顾之忧。

此时此刻，沛公深知自己能力有限应听从众人意见的道理，他一面加强军队纪律，一面坦诚地征询属下的意见，精心计划，力争稳扎稳打每一步。

首攻城阳、杠里，竟连连告捷，士气顿时高涨起来，沛公顿时增强了信心。

二世三年十月间，沛公率军又打到了东郡，事如人愿，每战必胜。秦军将领陈武、魏将皇欣、武满三人带兵投奔到了沛公旗下，队伍一下子增添了近二万人。

小试牛刀成功，沛公十分欢喜，旋即进攻昌邑。

小顺之后必有小逆，昌邑城中守兵据城坚守，沛公督军连攻不下，不禁有些犯愁。一天上午，沛公正与萧何、曹参等人计议，忽然有人来报："昌邑人彭越前来求见！"

沛公心中大喜道：一定是有人献计来了。当即传令下去，请彭越进帐。

原来，这彭越世居昌邑却不种地，常常在钜野泽中打鱼为生。由于常在水中使船游水，他力大过人、勇猛无比，被泽中少年推为渔长。当初陈涉发难，项梁继起，天下英雄云起响应，因平日里彭越结识了许多江湖盗贼，有许多人追随，有的少年劝他说："天下大乱，各路豪杰群起叛秦，你何不像他们一样做些大事呢？"

彭越微微一笑："如今正是两龙相斗之时，还不是时候，姑且待之。"

大约一年有余，泽中年轻人结聚了一百多人想有所作为。他们计议一下，决定推彭越为首。彭越起初不愿，但在大家的坚持下只好答应。

"说起聚众起事，那可不是闹着玩的。军令如山，大家共推我为首领，那得真的听我的。如若不从，那得服从军法处置。"

"嗨，彭兄，那还用说，既要起事，理应一切按军中规定行事。只要你愿为首领，一切当唯你是从！"

"好！各位兄弟有此志向，我就放心了。现在我宣布，明天早上日出时分，大家在此相会。如有迟到者，斩！"

"听命！"

众人见彭越答应，个个欢喜。又推举了校尉等职，才一一散去。

第二天日出之时，绝大多数人按时到了，却有十多人迟到，最后一个到的竟然是中午时分。彭越从日出之时就虎起了脸，一直默默无语，当最后一个来到后，他站起身来："我年纪不小了，各位硬是推我为首领。昨日约好日出相会，却有那么多人来迟了。我昨天说了，军令如山，这十来个迟到者理应全部斩首，但考虑到是第一次，不好全部诛杀，但要杀最后一人！"

他喝令校尉："推出去斩了！"

众人哗然大笑起来："彭兄，何至于此？今后让他们按时守制就是了。"

彭越毫不理会，亲自带着校尉杀了那个人，同时设立祭坛，令众人起誓，随他起事，听令而行。

看着校尉手起刀落，那个最后到的人砰然倒地，众人都变了脸色。至此，他们才开始领教彭越的威力，无不对彭越敬畏三分，一时间，没人敢藐视彭越。

盟誓完毕，彭越率领这一百多人随即进亭占乡，仅三天时间，就拿下了周围方圆百里之地，队伍扩充近千人。近日，他听说沛公至此攻昌邑，就打听沛公情况。得知沛公为人沉稳老练、唯才是用，就投奔沛公来了。

沛公与彭越相见，互通姓名尽了礼节之后，沛公才仔细观察那彭越。只见他身高七尺多，紫红色脸膛，身强力壮，眉宇间透着一种水上人特有的机灵和勇敢，不禁暗中称赞："又是一员骁将！"

有了彭越助战之后，沛公又来了劲。随即令两军合并，架起云梯全力攻城。但是，昌邑城内秦军拼命死守，在城墙布满弓箭手，堆放了许多大石头。看到沛公队伍攻城，箭石如雨劈头盖脸而下。随着一声声惨叫，攻城者一个个滚落下来，死伤不少。

如此反复再攻，再攻再败，整整三天下来，沛公丧失了信心。他和众部下计议一番，决定舍去昌邑，西取高阳。

彭越听说沛公要转而西进，沉吟一会儿，和沛公告别，仍旧向钜野泽中去。原来，他也以为沛公西行乃是艰险之行，自己人马尚少，不足以助沛公，更不利壮大队伍，所以决定原地不动，等羽翼丰满了再说。

沛公看着彭越带着人马辞别而去，心中若有所失。西行路上，他对队伍稍作整顿，到达高阳之后采取了夜间偷袭的战术而一举成功。进城之后，一面命士卒们饱食休息，一面筹谋下一步行动。

此时，又一个人物奔沛公而来。

此人姓郦名食其，乃是陈留高阳人。自幼年时起，郦食其就饱读《诗》《书》，学了一肚子学问。无奈他运气不佳，一直没有施展才能的机会。日月如梭，岁月如流，不知不觉他已是六十几岁的人了。几十年来，他吃尽了寒窗之苦不说，衣食也不能周全。前几年，他落魄到了无以为生的地步，面对老老小小一家人，他只好做了里中监门吏。每日里因为家贫，他不知受了多少嘲弄。然而，令人称道的是这郦食其有一份别人所没有的自信，总以为此生不会虚度，有一天他会大展宏图。有了这份自信，他一直活得乐呵呵的，一切的衣食艰苦都不以为然。

陈涉、项梁从楚地起兵的时候，其部下先后有十几人领兵经过高阳，郦食其嫌那帮将帅皆为龌龊小人，而未去追随。后来，他从一个在沛公麾下的邻居嘴里得知沛公是一个礼贤下士之人，就有心追随，并请求邻居传话。

然而，年轻人听完却沉默不语，半晌也不答话。

郦食其微笑着说："怎么？你以为我年老不中用了吗？我不为难你，你只要把我的话传到就行了。见了沛公，你就这样说：'臣下同里有个郦生，年逾花甲，身高八尺，素来狂妄，邻里以狂生呼之。其实他为人忠厚且满腹经纶，胸有万千方略，足以辅助有志之士成大事。'如此而已。"

"倒不是因你年纪大了，而是沛公最不喜欢儒生。记得有一次，有位儒生前去求见，他留是留下了人家，却常常解下那儒生的帽子当溺器，竟把那儒生气走了。平日里谈起儒生，也常破口大骂，呼儒生为腐儒。所以，你不可以儒生的身份前去游说他，否则，你将自取其辱。"

"你尽管把这些话告诉他吧，余下的你就不必多虑了。"

"既然如此，我把你的话转告沛公就是了。"

那个士卒见郦食其如此坚定，只好一五一十地把话传给了沛公。沛公对众人道："古代周公之时，天下人才蜂拥而至。有时候周公刚吃一口饭，一听说来了人，忙得连忙起身迎接，连那嘴里的饭都吐出来。这郦生如此信赖我，不是天助我吗？来人啊，你们两个专程跑一趟，把郦生请来。"

第二天，郦生被请到了沛公住的高阳客舍。此时，沛公正叉开两腿坐在床上，两个女子蹲在地上为他洗脚。女人柔软的双手轻轻搓揉着他的大脚，十分轻柔，他不由自主舒服地闭上了眼睛。

"将军，郦生来到，就在门外！"左右报告道。

"唔，请他进来！"

他轻声说，并没有想到这样有什么不当。毕竟读书不多，又处征战之中，习惯了。

郦食其进得门来，把这一切都看在眼里。他从容地拱手行礼却没有跪拜，开口道："请问足下，您今日领兵到此，是想助秦消灭诸侯呢，还是想率各路诸侯击败秦王？"

沛公见他不下跪已是十分不快，又听他一出口就说这等话，一脚踢翻了洗脚盆，破口大骂："没见识的儒生，天下人长期以来为秦王所苦，恨死了秦王朝，各路英雄崛起都是为了消灭那秦王，我难道还会助秦吗？"

两个侍女见状，吓得躲在了一边，大气也不敢出。

郦食其并不慌张，他抬起衣袖，从容拂去溅在脸上的洗脚水，道："足下既然目的是率众诛灭暴秦，为什么坐着见长者呢？"

沛公愣了一下，连忙站起身来，令两个侍女下去，又仔细整理好衣冠，恭敬地道："先生见教的是！请先生上座。"

看到沛公态度诚恳，郦食其也不推辞。刚一坐下，他就滔滔不绝地谈论起了六国当年面对强秦时合纵连横的史事。其后，联系到当今天下的形势以及应采取的对策。言辞条理清晰，有理有据，直听得沛公双眼发直，一个劲儿点头不止。

不知不觉间，已是黄昏时分。沛公令人送上饭菜，请郦食其吃饭。刚吃完饭，沛公动动坐姿，上前问道："先生果然满腹经纶，足智多谋，眼下，我最想知道的是如何用兵，先生有何高见？"

"足下从一群乌合之众中起事，收拢了一些散兵游勇，部众还不足一万人，就想靠此径直去攻打强秦，依我之见，这是虎口拔牙哇！陈留是天下的要冲，与四周各处四通八达。如今城中又贮粮丰富，是个首攻之城。"

"好哇！我明天就转攻陈留。"沛公摩拳擦掌，起身就要去下令。

"且慢！我与陈留县令交情不错，足下让我出使陈留，我会劝县令向足下投降。假如他不听我的劝告，足下再领兵攻打，我会在城中做内应！"

"妙！妙！"

沛公高兴得了不得，当即派郦食其为使者，让他前往陈留做说客，自己则率军在后相随。

事情进行得并不顺利。

陈留县令见郦食其来到，分外高兴。两人之间是几十年的朋友了，却难得相见一次。县令刚要命人摆酒设宴，郦食其却道出了自己此行的目的。县令陡然变色，厉声道："投奔贼人沛公？这万万不行。我家乃世代忠臣，从未有过叛逆行为。如今让我做那不忠不孝之人，绝不可能！"

郦食其还要说什么，县令命左右："我还有公务要办，送客！"

看到郦食其依然原地未动，他又说了一句："兄弟，别的事都好说，唯有这事没有丝毫商量余地。若是贼人来攻，我将与城池共存亡！"

郦食其知其绝无降意，只好实施第二步计划。

几天后，在郦食其做内应的情况下，沛公一举攻下陈留。同往日一样，一进入城中，沛公就贴出了安民告示。百姓见义军如此知晓民意、体贴民情，很快折服。当下，不少年轻人欣然从军，沛公的军队壮大了许多。

为报答郦食其的忠心效力，沛公封他为广野君，同时令其相随左右，随时随地听取他的谋略。

至此，郦食其才真正信赖起沛公。家中，他有个弟弟，名叫郦商，比他小十几岁，乃是勇武善战之人。他把弟弟推荐给沛公，沛公见其相貌堂堂、威风凛凛，暗中感叹郦家生了这一对好兄弟。稍稍问了一些行军用武之道，郦商皆对答如流。沛公十分欢喜，当下拜郦商为裨将，让他招募陈留子弟，组织一支军队。

郦商本在陈留城里就颇负盛名，深受一些青年的拥戴，一经号令，云集响应。仅十天时间，就统领起了一支四千人的队伍。沛公命他为将军，让他带兵相随。郦食其则常被沛公委以使者之职，出使各诸侯国，协商共同灭秦大事。

时值严冬时分，每日里寒风劲吹，时而雪花飘飘，时而细雨霏霏。士卒们虽然衣食充足，却也被冷得缩手缩脚的。沛公想，我带兵西行，必须稳扎稳打，如此恶劣季节不利于作战，不如借机休整一下。开封城乃是一大要邑，等来年我就把它当作第一个目标。休整归休整；练兵习武是不能停的，部下们每日定时演练，士卒士气高昂，只等待时机来临，

转眼已是三月天，大地呈现了一片绿色，树枝也吐出了新芽儿，空气里充满了暖洋洋的气息，士卒们的手脚也舒络开了，各种小飞虫已嗡嗡作响。

中旬，沛公挥兵围住了开封。然而，开封毕竟是一军事重镇，城内守兵众多，粮草充足，不会那么轻易被攻破。直围了好几天，也没有找到突破口。萧何、曹参、郦食其等人为沛公出谋划策，忙个不停。

就在这当儿，忽有探马来报，说秦将杨熊自北而来，带着大队人马支援开封来了。沛公大吃一惊，忙召众人计议。

"沛公，我军实力有限，不可分兵两处，否则，将腹背受敌！"

"萧何说的是，必须集中力量迎战杨熊大军！"郦食其和萧何意见一致。

"沛公，杨熊正行至白马城，劳师袭远，将士疲惫，我们若立即袭击他，必获全胜。"

曹参也极力赞同。

沛公见众人说得有理，立即撤离开封城围，率军直捣白马城。

杨熊没料到沛公会迎头来截，一时间被沛公冲得有些慌乱。但是，他的兵马毕竟超过沛公，稍作调整后就和沛公军厮杀起来。

几个回合之后，杨熊看出了这么一个势头——义军单打独斗个个勇猛善战，以一当十，然整体布阵上颇显散乱。如果能引着义军离开城到郊外旷野处作战，那将对他有利。这方面，他尤善于布阵大方位作战。

想到这儿，他暗中命令部下边战边退，向城东而去。城东有一片旷野，足有方圆二里大小，他曾经在那儿打过一仗。那一带的地势，他心中明了。

沛公见杨熊拉出退败之势，哪知其中缘由？他心中一阵大喜，以为杨熊远道而来疲惫不支了，立即率兵追杀过去。刚出城东门，却见杨熊先到之军正忙于布阵，方才恍然大悟。由于忙于追杀，在严阵以待的杨熊军前，沛公军免不了有些混乱。杨熊见状，乘机反扑过来。尽管士卒极力抵抗杨熊的反扑，沛公军还是猝不及防，死伤较多。

恰在此时，忽然从北方冲来一支军队。只见尘土飞扬中快骑如飞，直向杨熊军中部拦去，顿时把杨熊军断为两截。而后，那支快军又如飞龙摆尾一般把杨熊军东部的一截围起来，寒光闪闪中一阵猛杀猛砍，杀得秦军哭爹叫娘。

杨熊被这突杀而来的军队弄傻了，顾头顾不了尾，顾尾顾不了头。拼命抵挡一阵后，再也支撑不住。只见他大旗一挥，带头向荥阳方向逃去。兵卒们见状，一个个拼命地冲破包围，抱头鼠窜。

沛公见状，感激不已，立即飞马向那支军队靠近，以表感谢之意。谁知那领头将军比他速度还快，迎头向他飞来，转瞬间已至眼前。尘烟中，那人翻身下马，倒头向沛公便拜："沛公别后可好？张良这厢有礼了！"

沛公也翻身下马，就近一看，真个是张良，不禁喜上眉梢："原来是韩国司徒张良，兄弟，我真想你呀！"沛公上去握住了张良的手。

自从上次在项梁身边与张良惜别以来，沛公是真的常常想起张良。在他心目中，张良是个少见的用兵奇才。越是想在这混乱的时代打出一片天地来，就越加感到张良这样的人才难得。张良当日志在恢复韩国，随韩王而走，他是无法留住的。谁知今日会在这西行路上相见呢？谁又会料到在与杨熊难分上下时张良助他一臂之力呢？沛公不由得问起他别后情形。

原来，从项梁那儿领命为司徒辅佐韩王之后，就随韩王西略韩地。凭着麾下的一千余人连得数城，倒也十分顺利。但是，相对庞大的秦军，这支军队显得太微不足道了。当秦王获知韩王自立后，恼怒万分，派军追杀韩王。自知无力和秦人对阵，张良只得护卫着韩王东躲西藏，在颍川一带活动。近日得知沛公到此，赶来相会，正巧碰上了这场厮杀，自然就全力以赴了。

"唉——，当日离开足下之时，尚得项梁相助，如今项梁却已长眠地下了。人生在世，有时真的是飘忽不定啊！"

张良说到最后，颇有些伤感。

"司徒，何必如此！人生一世，本来就是那么几十年的光景，有什么可叹的？可幸的是你我生逢乱世，只要不愿苟且偷安，就有大展宏图的机会。一切都不算迟，只要你我相伴相随，定能成就许多大事！"

沛公明白，张良是有毅力的人。此番伤感，完全由于自身兵力的弱小而导致的复国无望情绪，所以极力激励张良。

"司徒此次助我，我亦当助司徒去拿下颍川，如何？"

这正是张良求之不得的，张良如何不乐意，当下两军相合，直攻颍川。

自从陈余赌气离开张耳之后，张耳心中快快不乐。毕竟二人相伴相随多年，有过许多次同生死的经历。难道人与人之间真的像古人说的只可共患难不能共荣华吗？当年我俩沦落他乡逃命时，生活清苦心却相连，怎么会到了今天这种地步呢？是我错了还是陈余错了？我们俩多年同甘共苦的情谊真的就这么了结了？……

想是这么想着，事情还得照做。陈余走了，他的军队还在。张耳把军队收揽过来由自己统率，仍旧护卫着赵王赵歇驻扎到信都，随后自己带兵回到项羽处，与项羽一同攻秦。

趁着秦军连吃败仗，项羽率各路人马向章邯发出了猛攻。章邯已有几分畏惧项羽，不敢主动出击，只在荆原堡垒营坚守，他心中暗道："天外有天，人外有人，我几十年来战无不胜攻无不克，一直畅顺无比，今日算是碰到克星了。也许，这是此生中的一劫，若过得去，以后必是更加畅顺，无人能敌；若是过不去，我一生英名就断送在这个年轻人手里了。"

看到项羽力主猛攻，老将范增道："将军，那章邯虽连吃败仗，手下却仍有二十多万人。常言道：瘦死的骆驼比马大。虽说气势低了些，但他的架子还在，实力还在。如果采用缓攻之计，待他粮尽势蹙之后再攻，则有水到渠成之效。反之，属下担心欲速则不达。"

项羽不大喜听别人意见，这次却觉得有理。他带兵到了漳南，安营扎寨，设置营垒，和章邯相持不下。

两军相持了二十余日，章邯依然找不到对策。长此下去，如何了得？思来想去，他只好修书一封，令人上奏二世，陈述近日连败之状。

二世放纵赵高，致使此时的赵高已目中无人。收到章邯的奏折，他深感大局不妙。章邯军乃是秦王朝的支柱，若是这根支柱晃动了，那秦王朝也就没多少日子了。如果二世真的知晓这事会发怒的。所以，他把奏折搁起不呈。

但凡事一旦发生，总会透出风儿。一班宫中宦官闻知章邯连败，也都焦虑万分，忍不住私下里交头接耳议个不休。秦家王朝若亡了，他们哪里还有寄生之处！事关自身性命，也就顾不了赵高交代的忌言了。

终于有一日，二世闻知其事，当下大惊失色，立马传来赵高询问："丞相，传闻章大将军近日连战兵败，是真的吗？"

赵高则想要推掉自己辅佐不力、杀贼不及时的罪过，在朝中找一个替罪羊，李斯已死，只有章邯了。如果把纵容顽寇的罪名推给章邯，一切不就得了！

三天之后，一封诏书送到了章邯手中。章邯阅毕，气不打一处来。凭经验，他断定此诏乃是赵高让二世所为。这诏书含意有二：一是令他全力以赴维持秦王朝江山，二是一旦贼人侵犯朝廷，就是他的罪过。这不是在威胁他吗？必须及早澄清一切，否则自己将来也是个冤死鬼。想到这里，他传来长史司马欣回京向二世报告实情。

司马长史也深知将来二世怪罪下来也有他的份，自然同意前往京城。当下，他连夜踏上了回京之路。

当司马欣风尘仆仆赶到咸阳后，赵高就知道了消息。他故意拦着司马欣面奏二世。一天，两天，一直拖了四五天，司马欣心急如焚，明知是赵高阻拦他，却找不出办法。司马欣花了些银子探到了其中底细。原来赵高要推脱责任，把屎盆子往章邯头上扣。知情人一一说明，顿时吓得司马欣冷汗直冒。当夜，他令快马送他回去。

赵高是个有心人。虽然不见司马欣，却派人注视着司马欣的一举一动。听说司马欣在夜间悄然离京，心中一惊——难道他发觉了什么了？随即派人火速追赶，但司马欣有所准备，所行之道乃是偏僻小路，哪里追赶得上？

司马欣将此报告给章邯，章邯听后想着自己效力朝廷、南征北战大半生，却如此遭人算计，心中痛苦万分。

正值此际，赵将陈余派人送来游说结盟的信。

看罢信，章邯沉默良久。近日来，秦王朝对各位将领及有功之臣的寡情薄义，他考虑得太多了。忠而被谤，义而被诛，在他前面已不止一两人。从司马欣打听得知的信息看，赵高已把加罪的矛头指向了他。当今朝廷，赵高一手遮天，为所欲为，想干什么都能达到目的。在这种情况下，还要为谁死守死战呢？与其成为别人刀下的牺牲品，不如自寻一条活路。再说，各种迹象都表明，秦王朝气数已尽，谁也无回天之力。

想到这里，他不由得把来信又看了一遍。之后，递与司马欣。待司马欣阅毕，他紧紧盯着司马欣，两人商议，欲向项羽求和。

可项羽却因章邯杀了项梁而不接受求和的请求，并率军逼近章邯营寨。

章邯求和不成，只有硬着头皮上前迎敌了。

快马前行几里路，却见自己的士卒如决口的洪水一般向后退来。"站住，顶住敌人！"他一边呵斥败逃之人，一边挥剑威胁。然而，败势如潮，哪里挡得住？恼怒之中，他挥剑连斩三人。

"将军，将军！"一个偏将叫到他身边，"项羽率主力杀过来了，势不可挡，已呈包抄之势，快撤吧，性命要紧！"

章邯一听，心下慌乱起来。知道这是因为军队士气已衰，自己挡是挡不住的了。

"将军，走吧！属下护卫着你。回大营再做计议！"

无奈之际，章邯只好随众士卒回撤。过了一会儿，回头张望，却见项羽军队不知为何已停止追击，才松了一口气。

回到营寨清点人数，又损失了近二万人。只见士卒一个个面容沮丧、毫无斗志，如临末日一般。章邯内心凉了半截，心道："莫非我的气数尽了？"

正在苦思苦虑之时，都尉董翳入得帐来："将军，我军已丧失斗志，还是向项羽请和吧。"

"混账东西！难道还让本将去丢人现眼吗？"章邯如同被揭了伤疤一样勃然大怒，拍案道。

董翳明白，这是因为上次请和遭到项羽拒绝的缘故。他耐心道："将军，我以为项羽心中仍有意与我相和，今日追来半路而撤即是明证。既然不想置我于死地，就是留有生路。”

章邯沉默了，低头沉思起来。

“将军，”董翳乘机又言，“司马欣与项羽有旧交，派他为使请和，一定成事！”

“交情有多深？”章邯显然被说动了。

“当初项梁在世时，曾犯案在身。多亏司马欣出面说情，使其得以脱身。我闻项羽乃重义之人，对其叔父情意深重，不会不顾及这份情意的。”

章邯思忖一下，传来司马欣。司马欣知道项羽为人刚毅，担心不会给自己面子。然而当此之时，也只有如此了。当即带着章邯的求和书上路了。

来到项羽大营，项羽虽以礼相待司马欣，但谈及请降之事，项羽仍然怒不可遏，要杀章邯以祭叔父。

范增见状，进言道：“项将军，此一时彼一时也。审时度势方为俊杰。章邯虽为罪人，但毕竟是我军强敌之首。我军逐日而发展，然虽依然力量有限。树敌太多，只会损害自己。战场上，能化敌为友者乃是上策。如今章邯求和，乃是我军一大良机。章邯领兵作战多年，有勇有谋，乃一良将，若收在将军麾下，将军无异于如虎添翼，何乐不为？”

众将领见状也都纷纷进言，说军队粮草不多，真的把章邯逼急了，也是说不清的事。

许久，项羽面色稍转，才答应下来。和司马欣签订和约，立下文书。司马欣舒了一口气连忙奔驰而去。

次日上午，章邯带军来到洹南。项羽昂昂然立在马上，章邯等颓然长跪着。项羽微微一笑，心中仇恨顿消不少，当即令章邯等免礼起身。

看着项羽的威严模样，章邯内心是升起了万千思绪。曾几何时，项羽只是个逃匿之人，流落于乡间野土，尘灰满面，一身萧瑟。而自己多年来则威风凛凛，所向无敌，从未遇到过令自己心慌的顽敌。然而，时世如流，变化多端，今日却到了这个地步！这一切都是二世皇上昏庸，盲信赵高所致。可见人生世上，命运都由不得自己，纵使你做臣子的有万千本领，如遇上了昏君也是身家性命不由己。想到这里，又悲又愤，向项羽道：“军人的天职是领兵作战。我为秦王之臣，本应效忠秦王朝，护卫皇帝。然今日奸臣赵高把揽朝政，指鹿为马，残害忠良。二世不明是非，听之任之，致使民怨鼎沸，义军四起，朝廷已是日薄西山，气息奄奄。本将不愿不明不白就这样带着十几万人跟着送命了。将军自起事以来，龙神虎威有如神助，所向披靡，令本将仰慕不已。今将军不计前仇，宽容待我，愿接纳收留，不胜感激之至。唯有竭尽全力杀敌报效，才能对得住将军。"

说到这里，不知是伤感、愤怒、感动，还是别的什么原因，章邯竟黯然泪下。

项羽心中怦然一动："将军，往事已逝矣，不要再提起。灭秦是我等大事，个人恩怨且放一边。将军身经百战，乃是良将劲旅。如若与我携手灭敌，同享天下富贵自不必言，苍天作证！"

当下，项羽封章邯为雍王，拜司马欣上将军，让司马欣统领二十万降军。顿时军中一片欢腾，转眼间，项羽已有四十多万人马。

事已至此，一切就绪，项羽开始向关中进发了。

沛公攻破颍川之后，又和众将商议如何进攻荥阳，击败杨熊。然此时探马来报，杨熊已被秦王派人杀了。

原来，二世闻知杨熊大败的消息，十分恼怒，加上赵高在旁添火加柴，气得二世当即下了诏书，派人前往杨熊处，治了个杀贼不力之罪，砍了杨熊的头。

沛公大喜，唤张良前来："既然杨熊已死，此处已安然了，下一步如何进行？我想攻下韩地，如何？"

"这样最好。拿下韩地，我军后方就更加牢固了。"张良道。

正当军队整装待发之时，沛公得到了一个消息——赵国大将军司马卬，正打算率军入关，直攻咸阳，心中不禁焦急起来。如果那司马卬真的抢在他的前面可如何是好？他哪里还能做成关中王呢？于是，他决定加快行动步伐。

论实力，他要远远超过司马卬。近日，他已积累了大批粮草武器，又一路收编了陈王的残部和其他人的队伍。从这一点说，司马卬与他不能相比。然而，时势动乱，英雄辈出，谁能知道其最终结果如何？机不可失，失不再来，必须抢在各路英雄前面。

当下，他率兵向北急攻平阴。然而，由于行动匆忙而守城之兵又以死相守，连攻三日都未能拿下。

时间就是成败的关键。沛公见攻平阴不下，又转攻洛阳。谁知洛阳守兵比平阴还多，又是苦战几日后没有结果。

沛公心下有些慌乱起来，暗道：莫非我要落在司马卬之后吗？但另一个念头马上占据了他的心头——不会，我这一生有诸多不平常处，理应称王称帝的。有了这个信念，他又开始冷静地分析近来的行动。所攻二城，皆是平缓坦荡之地，交通方便，又为秦人重兵防守之地，自然难以拿下。那镮辕山，道路崎岖，百步九折，行人极少从那里经过，秦人守兵也少，为何不从那里打开缺口？

几天后，他率军越过了镮辕山，进入韩地。势如破竹，连下十几个城邑，士气又高昂起来。

韩王闻知，立即前来拜见沛公。他向沛公提供了一个信息——阳城中有一支秦军骑兵，大约一千五百人。他们所骑军马，都是胡人进献给秦王朝的，一个个膘肥体壮、快行如飞。沛公大喜道："太好了，我正需一批良马哩！"

当夜，他和张良偷袭阳城，一举破敌，夺得骏马一千匹。选派善骑之人充作骑手，组织了一支先锋军，以此做部队前驱，转而攻向南阳。

南阳太守已得知沛公前来，早早率兵出城到了犨县东，想抵住沛公。然而，他哪里是沛公对手，当下被沛公杀得个稀里哗啦，抱头鼠窜，逃向了宛城。

沛公无心再攻宛城，向前赶路要紧。他绕过宛城，向西疾驰而去。

这一切，都被张良看在眼里。作为谋臣，他明白沛公急于求成的心理，但更知道欲速则不达的道理。此时，他不能不劝沛公了。

"主公，"自从沛公受命西进以来，大多数人就开始这样称呼沛公了，"属下以为，主公虽然急于入关，但如今秦军数量还相当可观，且大都据守险要之处，我军仓促间未必能够取胜。主公绕过宛城不战，乃是一个失误。"

"请细言。"沛公有点震惊了。

"我军前行，宛城之敌就会从背后夹击我军。试想，前有劲敌，后有追兵，岂不危险吗？"

沛公略一思索："言之有理！今夜就折回头去！"

晚上，是一个漆黑的夜。天上的云遮住了星光。夜幕下，士卒们悄然返回宛城。一路上，只听见杂沓的脚步声和马蹄声，没有任何说话声。黎明时分，大军包围了宛城。

南阳太守还在梦中，就被一阵急呼声惊醒了："太守，不好了，不知什么人围城，里三层外三层，怎么办啊！"

太守如雷轰顶，急急忙忙套上衣衫就往城墙上跑。到了城墙上往下一看，惊出一身冷汗。只见一杆杆红色大旗下士卒如潮，早把城邑围了个密匝匝不透风了。

"这，这，这是谁的队伍？"

他发着抖问左右。

"是沛公的。"

"如何换了旗帜？人也多了许多，为什么？"

"郡守，沛公又添了兵力，那旗帜是援兵的。"

"天啊！"

郡守早被沛公打怕了，此刻一下子坐在几凳上："完了，全完了！纵有天大本领也出不去了！嗨，与其死在贼人刀下，不如我自杀向朝廷谢罪吧。"

说着，就要抽出腰中宝剑。这时，他的舍人陈恢拦住了他，劝他向沛公投诚，方为上策。"还不到山穷水尽之时，郡守如何就自暴自弃了呢！"

于是，太守请陈恢前去请和。

其实，这也是沛公求之不得的事，所以陈恢一说，他便答应了。这时已是七月天，天气虽然稍稍转凉了点，但依然热气逼人。城中守敌真的以死相抗，偌大个宛城也真够士卒们玩命一阵子的。损兵折将自不必说，耽搁时间是大事，他可耽搁不起。

只消几日，一切都处理完毕。沛公封太守为殷侯，留守宛城。同时，封陈恢为千户之食辅助殷侯。双方皆大欢喜，城中百姓更是高兴万分。既为主属关系，就在城中大宴一日，以为庆贺。

沛公即刻又踏上了西行路。似乎是一顺百顺，从宛城到丹水，从丹水到胡阳，到郦城、析城，都是未折一矢未伤一卒。各城守将都仰慕沛公英名，闻风而降。

张良建议沛公严明军队纪律，凡扰民者皆严惩不贷。沛公一一照办，使得民心大顺。老百姓早已饱尝秦吏的横征暴敛、无恶不作，看到沛公如此爱民安民，皆欢呼如潮。除了秦军多降者外，许多年轻百姓也随军而行，以为沛公效力为荣。

七月底，军队直达武关。

秦朝上下，一下子陷入了混乱。

这武关乃是通向关中的要塞之一，有咽喉之称。一旦武关城破，就等于打开了京城的一扇大门，拿下咸阳，只是时间早晚的事了。

二世闻讯，如梦方醒，忙令人召赵高入宫商讨对策。去的人回来了，说赵高重病卧床，三天五天之内是不能上朝的了。二世急得直跺脚："坏了，坏了！秦王朝要亡在我手中了！"

适在这时，飞马来报：沛公已轻易攻破武关，进入关中了。

二世瘫倒下来，有气无力地责令众人："传赵高来，传赵高来！"

当此之时，赵高称病在家，正在苦苦寻找保命之计。

沛公入关，谁也无回天之力。再说，章邯已降项羽，支柱也倒了。凭着他，虽为丞相却也不能冲锋陷阵。秦王倒了是小事，保住全家性命及荣华富贵才是大事。当然，这个家是他的家族，并不是他自己的儿女。当此之际，无力对付外来之敌，只有处置宫中之君了。

从骨子里说，他本来就没看得起过二世。他平日里对二世的曲意逢迎，无不是为了权、利二字。看上去他对二世百般顺从，实则在百般索取。有时，他一离开二世就止不住暗中嘲骂："好一个昏君，我把他卖了他还帮我数钱哩！"

"如今我该怎么办呢？"

　　经过几天的苦思冥想，一个恶毒的阴谋产生了。

　　他找来弟弟——当今朝中郎中令赵成，谋划杀掉秦二世以向沛公议和。

　　"但是……"赵成忽然想到一个问题，"该派谁去诛杀二世呢？"

　　"我已想定了人选，就让女婿阎乐去。"

　　赵成想了想："最好，他定能成事。"

　　赵高既然身为阉人，何来儿女？没有女儿，又何来女婿？

　　原来，这女儿是赵成的二女儿，因赵高无后，自幼过继给赵高做女儿。阎乐正做咸阳令，是个胆大心细之人。

　　然而，女婿毕竟是女婿，当着阎乐的面，赵高就换了种说法："贤婿，二世皇帝昏庸无能，只知安逸享乐从不过问朝政。平日里朝政大事，都交与我处理。他乐得个清闲，忙我上下奔走，焦头烂额。古人云：鞠躬尽瘁，死而后已。我累垮了身体倒没什么，只要尽到臣子之责，辅助朝政就行。然而，二世听不进任何劝谏，一味胡作非为，使得天下民怨鼎沸，义军蜂起。如今听说沛公已打入关中，二世慌了，不去召集力量应战，却想加害于我，把责任推到赵家头上。贤婿，我赵家能坐以待毙吗？我老了，一条老命算什么！可是，你们还年轻，都在官位上，前途无量……"

　　"岳父大人，先下手为强！"

　　阎乐是直率之人，当下就表了态。

　　"贤婿，我有一计，不知可否——我想废掉胡亥，改立子婴为君。我早看准了，子婴为人正直，有勇有谋，心胸宽广，一定是个贤君。"

　　"小婿也多闻子婴贤明，此计最好。岳父大人，让我来干什么哩？"

　　"贤婿，你叔父是郎中令，可在宫中做内应，你在外可入宫去，内外合之，如此定可成大事。"

　　"请岳父大人明示。"

　　"你带一队人马入宫，就说宫中发生了变故，受皇帝之命前来捕贼。如果宫内卫兵拦你，你就硬性闯入，杀掉他们。"

　　阎乐听到这里，才明白过来，赵高这是借他之手杀人。所以没立即回答。

　　"如今朝中都在盛言胡亥败国早有征兆，此言不假。记得是秦始皇刚灭六国那一年，胡亥刚刚九岁。有一天，始皇在宫中大宴群臣，并召各位公子进殿入席，胡亥是最后一个进去的。当时，群臣的鞋子都放在殿外台阶上。由于规定严格，尽管参宴群臣众多，阶上的鞋子很多，但都排列得整整齐齐，放置有序。胡亥吃饱喝足之后，仗着平日父皇的娇惯，不愿再待在殿中，提前退了出来。他顺着鞋子行列，边走边踢，一直下去，把整齐的鞋子踢得乱七八糟才离开。当下有人就赫然变色。这是一种征兆啊！如今，全天下就像当年被他踢乱的朝鞋那样混乱，这是天要灭秦。"

赵成在旁说了一遍。阎乐才道："好，我愿为之。"

看着赵成与阎乐辞别而去，他立即令人去接阎乐老母来丞相府。刚才，他已从阎乐的犹豫里看出了点不乐意。阎乐是个孝子，他会明白这其中的分量的。

阎乐回到家中，得知老母刚被丞相接走，一切犹豫都解除了。老母是人质啊，他不干也得干了。

却说二世胡亥找不来赵高，内心更加忧虑，吃不好，睡不着。就在得知沛公入关的当天晚上，他做了一个奇怪的梦。

梦中，是一个月夜。凉风习习，月影在林间道路上落下参差斑驳的影子。时而能听见一种鸟儿的叫声。他坐在车上，正在林间道路上走着。仔细倾听鸟叫声，"归呀！归呀！"能分辨出这是子规鸟。"子规鸟叫了，已是春末了！"他微闭着双眼想着。忽然，一声震天动地的虎啸在他耳边响起。定睛一看，只见一只白色大虎冲到了他的车驾前。一个饿虎扑食的动作，白虎竟然把他的左骖马咬死了，"天哪！"他大叫一声，却又见白虎张牙舞爪向他扑来。

"哎呀——"大叫一声醒来，却是一梦。只听得自己心头"咚咚"作响，全身都湿透了。二世不知是吉是凶，再也睡不着了。

天刚蒙蒙亮，他就召太卜来，把梦中之事说了。太卜已是垂垂老者，听他自言自语咕咕噜噜掐算了一回方道："陛下，此乃泾水水神作祟，并无大碍。陛下只需到泾水边的望夷宫，斋戒三日，然后祭祀一番即可。"

二世这才稍稍放了心，令人移驾望夷宫。

望夷宫乃是一个行宫，在咸阳城外。二世虽有不少人陪伴，却是郁郁寡欢。这天中午，他正躺在宫中的软榻上想事情，阎乐已带着一千多吏卒悄然来到了望夷宫外。

阎乐不由分说，一下砍倒宫门口的卫士，进入宫门，率士卒见人就杀，到处是刀光剑影。哭叫声，求饶声，刀剑撞击声响成一片。不大会儿工夫，除了投降的，宫中卫士、宫人几乎都被杀光了。

早在宫内等候的赵成这时露了面："随我来！"当下就带着阎乐向二世住处冲去。

二世已听说有人冲入殿来，正由卫士护卫着在殿上。阎乐冲进去，拉开弓箭，朝着二世的座位下就是一箭。

二世大叫一声，吓得面如土色。

只见阎乐手握利剑逼到二世跟前："你为人凶狠残暴，天下人无辜遭难不计其数，都恨死你了，你自己想个主意吧。"

"大胆逆臣，你们为何敢闯入宫中来威逼朕？"

见只是一个咸阳令，二世还有些胆量。

"你荒淫误国，丞相命我等来取你性命！"

"什么？丞相叫你们来的？"

二世没料到赵高会阴险到这种地步："我要见丞相！"

"别废话了，快拿主意吧！"阎乐一挥利剑，一副不耐烦的样子。

"扑通"一声，二世瘫坐在床上。他低声道："我愿退出帝位，到一郡中为王，还不行吗？"

"不行！"

"那……我就只做个万户侯吧？"

"不行！"

阎乐回答得斩钉截铁。

二世眼中露出了一种绝望，一种渴求，声音更低了："我只愿做个百姓，如何？"

"别胡思乱想了，丞相只让我等取你的性命！"他示意一个士卒，"动手！"

二世至此才算彻底明白了。他的双眼一下变成了血红色，不知从哪里来的勇气，一下退到床里面，抽出腰中宝剑，大叫一声："丞相误我！"

只用力一抹，顿时鲜血四溅，喉管已经自行切断。

一个软弱、昏庸的二十三岁的生命结束了。

赵高得到消息，立即把皇帝玉玺拿到手，把满朝文臣召集起来，以贤臣身份自居道："二世残暴无道，天下人已恨之入骨，欲共讨之，共诛之。如今诸侯四起，纷纷作乱。二世闻沛公入关，已自刎身死。"

群臣哗然色变，谁也不敢出声。

"朝不可一日无君，国不可一日无主。二世已死，诸位公子皆早亡，只有公子子婴可即位。子婴为人仁厚，也能担起重任。但是，今日不比过去，由于各诸侯国纷纷自立，占地为王，秦地只剩下了狭小的一片。故子婴即位不可称帝，应称王才是。"

知道这一切都是赵高事先定好的，谁敢反对？只由赵高去胡作非为。

子婴被立为秦王。

既然二世为有罪之人，当然不能享受君王的待遇。赵高令人依百姓之礼把他葬在杜南宜春苑中。

可怜秦始皇三十多个儿女，都以不同的悲惨方式死在赵高的阴谋之下。

深秋九月，关中大地一片肃杀之气。树早已落尽了叶子，枯草倒在地上，一片枯黄。秦宫中到处是荒凉的样子，早已消失了往日的热闹和繁华。

子婴即位的仪式在一个有阳光的日子里开始举行。斋戒五日后祭拜祖庙，佩戴玉玺，开始成为真正的秦王。

虽是被赵高推上的王位，子婴却另有打算。

二世即位三年来，所有的一切都看在他的眼中，思在他心中。如果二世能听进他的劝告，不会到今天这种地步。

身为王室之后，他要比别人更能悟出王朝破败的根本原因——一切都是奸佞赵高所为。如今赵高把他推上了王位，并不是因为他厚道仁义，才华过人，而是要把他当作幌子，以掩盖自己的罪行和阴谋。赵高能除掉二世，也会同样除去他。相比起来，他的力量比赵高小多了。如今朝中要职多是赵高一人掌握，总有一天这王位也会落在赵家人手中。

"一定要除掉这个奸臣！"

为了这个目标，他要寻找可以助他之人。然而，经过反复试探，他证实了一个判断：满朝文武早已被赵高震慑住了，没人可以帮他达到目的。最后，他想到自己的两个儿子。

他找来两个儿子，对他们说："二世不是主动自杀，而是赵高逼杀的。为了掩人耳目，他才让我即位。但是，他另有阴谋。我已得知，他要派人和楚军联络，以灭秦并可在关中称王为条件降楚。两天后，是朝拜祖庙的时候。有人告诉我，他要在我去祭祀时杀我，拿我的人头去见楚人。我想让你二人抢在前头除掉他，你们敢干吗？"

"敢！父王，男子汉为国家肝脑涂地在所不惜，有什么不敢的！"

两个儿子也早恨透了赵高，立即跃跃欲试。

"我担心那赵高身材高大，你们对付不了他。"

"父王，您太小看我们了。自幼读书习武，我们何尝停止过！对付一个年老体衰的奸佞，一个就够了，何况弟兄俩一齐动手呢？父王，您只管交代我们怎么干就行了。"

"也罢，覆巢之下岂有完卵？与其全家丧命于奸佞手下，不如拼死一搏。到了两天后祭祖时，我就称病不去。赵高心有奸计，必会亲来请我。你们隐在我身后帷帐中，见机行事！"

计策已定，父子三人悄悄做着准备。

两天后，赵高早早等在庙中。然而左等右等，却不见子婴前来。派人去探看，说是子婴病了，不能来。

"既为秦王，怎么连这样的大礼都不参加呢？真是荒唐！我去看看。"

赵高不知是计，怒气冲冲前往宫中。一边走一边想："好个不知高低的人，是谁扶你为王的？竟端起架子来了！"

进入宫门内室，也不见一个侍臣。赵高并不在意。朝中除了他，谁还有什么威严啊！这时，忽然见子婴伏在一个几案上睡着了，还发出了轻微的鼾声。

赵高火冒三丈，上前推推子婴，怒气冲冲地道："今日有祭祖大事，大王为何不去？"

还没等子婴抬起头，两个少年从旁闪出。一前一后，两把利剑交互从赵高胸中穿透。随着"嗖"的两声抽剑声，赵高满身是血，"扑通"一声倒在地上，连一句话都没说出。

接着，子婴命人唤来朝臣。面对鲜血浸透的赵高，历数赵高罪恶，表明自己除恶务本之旨。

群臣早已盼着赵高暴死，看到这个结局，无不拍手称快，盛赞子婴英明。

这时，有人站出来道："赵高奸佞误国，弑君篡权，一死岂能了结他的罪恶？理应灭他三族！"

子婴一看，原来是自己的心腹，总管宫中事务的韩谈。众人听言，也纷纷称是。子婴当即下诏："捉拿赵高三族，尤其是叛逆犯上之臣赵成、阎乐，不可走脱一个！"

第三天，赵家全族在市中斩首示众。一代奸佞，终于走上了黄泉路，带给家族的是一场灭顶之灾。

一切事毕，子婴调来一切能调来的兵马，布在函谷关之上。这里是咸阳要塞，虽然到了日薄西山之时，也还要抵挡一番。

却说沛公进入关中之后，一路直入，此时也抵达函谷关之下。

一个月前，赵高曾私下派人来，说自己已将暴君二世杀死，希望和沛公讲和。虽然及早入关进入咸阳是他求之不得的，但赵高臭名昭著，怎么能和这等人搅和在一起？沛公当时就把来人打发走了。

"秦王子婴将大部分兵马布于函谷关之上，欲以死守，诸位，我欲攻之，如何？"

沛公正在军帐中与张良、郦食其商量计策。连日来的日征夜战，沛公消瘦了许多，黑了许多，但事事顺心又使他精神矍铄，充满自信。

"秦兵尚强，属下以为不可强取。"张良立即应道，"我听说那守关的秦将乃是一个屠户之子，为人粗俗，贪于财货。主公可派人去用重金打动他。同时布兵于函谷关四周，在各处山峦上插上战旗迷惑敌人。如此，则秦将会内贪外怯，我军必能拿下关口。"

"此计最妙，属下愿前往劝说秦将。"郦食其也主动请缨。

沛公十分高兴，依计而行。他让郦食其带上两个士卒，把缴获的珍宝中最好的挑了满满一箱前往。另一面则派人在四面山上插满旗帜，点燃烽烟，装成遍地遍山士卒模样。

秦兵见四面山上旗帜招展，误以为敌军呈现包围之势，联想到连往日百战百胜的章邯都投了项羽，吓得心惊胆寒，只想着将会命丧此关了。虽是各处都在严密把守着，心早已在撤退了。

郦食其一路行贿秦军士卒，很快进入主将军帐。

"将军，沛公久仰将军大名，今日来到关下，特令属下送上一些宝物，以表心意。"

"心意？什么心意？我与沛公素不相识。"秦将一听有宝物，故作不快之色，心里却急于想知道是些什么。

郦食其从他脸上看到了这一切，回头令两个随行士卒："打开箱子，让将军过目！"

士卒听令立即开箱，顿时，一片金光闪烁，撩人眼目。只见那箱内塞满了金珠玉器，都是些稀世珍宝。活了几十年，他一个屠户儿子何曾见过。

一丝笑意闪现在这位将军脸上。他想，我就是为秦朝血战效力一生，也得不到这些东西。若是得了它们，即使我从今后逃往他乡为民，也是一辈子吃喝不尽啊！再说这秦朝廷内部一片混乱，今天你杀我，明天我杀你，不知道有几天日子了，为他们拼命值得吗？

"将军！"郦食其把他从沉思中唤醒，"沛公令我送上这些礼物，除了表达仰慕之情外，还想和将军联手攻秦，同享秦之天下。"

他说到这里，停了一下，又道："将军，属下以为，秦王朝已是秋后的蚂蚱，没几天日子了，如今沛公十万大军皆在关下，破关只是早晚之事，将军何不与沛公联合呢？"

"我是个粗人，不懂得太深道理。先生说得对，人在世上就要看值不值。好，回去告诉沛公，我愿与他同攻咸阳！"

沛公听了郦食其的回报，心中大喜，当即就要进城去。

"且慢。"张良立即阻止住他。

"为何？"沛公不解，"这不是你的计策吗？"

"主公，适才郦先生谈及这秦将之言，我心中另有打算。"

"请详明。"沛公与郦食其道。

"这秦将贪财好货，见利忘义，今天如此，将来也会如此。主公能把这等人收在军中吗？再说，这人接了宝物答应了，但其部将愿意吗？一旦众人反对，一个粗鲁直率之人又会反悔。若是我们贸然前去，中了埋伏都未可知。"

"如你这般疑神疑鬼，该如何破关？"郦食其反问道。

"如今秦军应诺，已放松了警惕。我们不如连夜偷袭敌人，既可达到目的，又免掉了一份风险。"

沛公、郦食其连连点头。

当夜，月色昏暗，片片浮云遮住了月光，正是偷营的好时光。

周勃、樊哙、郦商等武将悄然行动。天亮之时，早已围住了函谷关的各个要口。

秦将没想到会有这一招，还在美滋滋地摩挲那些宝物时，突听得号角震天，喊杀声震天。冲出军帐，朦胧中见沛公军已乘云梯登上城来。匆匆应战，哪里来得及？周勃找到了他，一阵格斗，把他杀了。

早已闻风丧胆的士卒听说主将已死，降的降，逃的逃，弃函谷关而不顾了。

站在函谷关之上，沛公长长舒了一口气。他眺望咸阳，心早已飞到了城里。

当天，他率众乘胜追击，一直杀到蓝田。仿佛打顺的竹子，只觉一路顺滑，毫无障碍。

不久，全军来到了灞上。

此处已是咸阳东郊，沛公本可以率军打入咸阳，但像以往许多次一样，为了避免自己军队的伤亡，减轻对百姓的伤害，他决定招降子婴。

秦王子婴也算是个有志有谋之人。但是大势已去，自己手下既没有什么士卒可用，身边的朝臣也所剩无几，哪里还有路可走？

十月中午的一天，他接到了沛公派人送来的招降书，用颤抖的手写下降书，派人送与沛公。

出降的这一天，子婴乘着白马拉的素车，以白绫系颈来到轵道等候沛公到来。那手捧玉玺的样子仿佛木雕泥塑一般。

沛公威风凛凛来到子婴身边，接过玉玺，向城中走去。

秦王朝的时代结束了。

进入咸阳城后，沛公的部下分头占领了秦王朝原来的府库。面对闪闪发光的金银绸缎，哪个不动心？他们跟随沛公浴血奋战，不就是为了功名利禄吗？

于是，众人你争我抢，掳掠起财物来。顷刻间，各处都是一片繁忙。那种半路上得了横财的惊喜映照在每个将士的脸上。

一片忙乱之中，萧何悄然带着一批人进入丞相府。但是，他没有拿那些金银细软，而是把秦廷的法律典籍等细心整理，一一运回大营之中。他的心目中想的是如何在将来辅助沛公管理好天下，没有这些典籍簿册怎么行？

沛公陶醉了。

他漫步在秦宫中，在豪华的帷帐和雕梁画栋间穿行。亭台，楼阁，金银，珍宝，回环往复的走廊，鸟飞鱼翔的花园，千娇百媚的宫女……这一切，过去只是在梦中见过。

他又想起了过去的一切，尤其是那些神奇的琐事。看来，这一切都是命中注定的。

　　长期以来的风餐露宿，日行夜走积累下的疲劳似乎都涌上来了，他不知不觉来到宫女中间，伸手揽了一个搂在怀中……

　　却说张良、郦食其、樊哙、周勃、曹参等人在各处忙完之后，却不见了沛公的影子，众人放心不下，只得分头去找。

　　樊哙是个粗中有细的人，他想了想，直奔宫中而去。

　　没去金库，也没往兵库，而是直往后宫宫女居处。撩开一道道薄如蝉翼的帷帐，令人眼花缭乱的挂设，他终于找到了沛公。眼前的情景，正如他所料。

　　在衣着艳丽的一群宫女中间，沛公左手拥着一个娇俏女子，右手端着酒杯，正在取乐哩。

　　一股怒火蹿到了他的头顶，他没好气地问："沛公，你是想得到天下还是只想当个富翁？"

　　沛公脸上的笑容僵住了，并不答话。

　　"沛公难道忘了秦是怎么灭亡的吗？这些金光闪烁、千娇百媚之物是什么？是毁掉秦王的恶浊之物！沛公不应在此，请随属下回营！"

　　沛公知道樊哙的脾气，他慢慢地说："我太累了，今晚就在宫中留宿了。"

　　说完，松了手中宫女，低下双眼，只一个劲儿饮酒，仿佛身边无人一般。

　　樊哙欲发作，却按捺住了，他转头愤然离去。

　　在宫门外，与张良迎面碰上。

　　"沛公在何处？"张良急切地问。

　　"在那群妖女中间！"樊哙气呼呼地说。随即，把刚才的情形说了一遍。

　　"沛公素听你言，快去劝劝他吧，我不会说话，沛公也听不进。"樊哙显得很焦急。

　　张良点头，大步向内宫走去。

　　站到沛公身边，已见沛公面红耳赤，不知是酒意还是愧色。

　　张良慢声道："沛公本为一介布衣，何故今天能进入宫中？因秦王无道。作为替天下铲除残暴之人，应首先去除秦王弊政，消除荒淫，提倡俭素。沛公初入秦都就想在此为乐，岂不是又一个秦王吗？人称沛公胸怀大志，为何为一时逸乐而毁掉天下大业？樊哙适才来此，话不中听，却是一番好意，一片忠心。古人云，良药苦口利于病，忠言逆耳利于行。请赶快离开宫中，不要往秦王毁灭的路上走。"

【第七回】

入关中约法立誓，出南郑追将逐贤

自樊哙走后，沛公就已内心不安，只是不知怎么下台阶。听罢张良此言，立即起身道："我马上离开，蒙君提醒！"

二人来到门口，对守卫士卒下令：封府库，关宫门，退出宫殿，还军灞上。

回到营中，沛公陷入了深深思忖之中。他暗道张良、樊哙今日劝我回营，皆是为了我将来能更安稳地住在宫中，掌握天下。有此忠实属下，真是此生大幸！然而，我还应怎样做才能更有利自己呢？古人云："得天下者必先得民心。"在没有真正为王之前，我要先取得关中百姓的拥戴才行。

于是，他下令召集所有关中的名人和豪杰人物。几天后，在营中有几百位当地豪杰、父老相聚。

"关中父老，秦王无道，横征暴敛日久。我与各路诸侯曾和怀王立下盟约，先入关者为关中王。按理说我今天就可做关中王了。在此，我与父老们约法三章：杀人的处死，伤人者和抢劫者治罪。至于秦法统统免掉，原来的官吏和百姓照旧不动。我之所以到此，是为父老除害除暴，绝不会凌辱你们，请大家切勿害怕！我带兵驻扎在此，也不是为了对付百姓，而是为了等候各路诸侯到齐后，大家一起订立一个共同遵守的盟约罢了。父老们安心生活就是。"

关中父老一向直率仗义，听到此言，欢喜而去。

此后多日，沛公向各县分派许多属下，令他们慰问百姓，安抚官吏，宣传安民宗旨。

在秦王的苛政下生活许久的当地百姓，哪曾见过这种阵势？心下感动，无以表达，就三三两两来到沛公营中慰问官兵。你拿一只鸡，我牵一头羊，他送一坛酒，捧上的是一份热心肠。沛公对送来的礼物，一律回绝，再三向百姓辞谢。

百姓欢喜不尽，私下里议论道："这沛公真是仁义之人，但愿将来由他来做关中王！"

关中百姓的热心肠让沛公备受感动，他不由得想到了自己的父老乡亲们。

再说那项羽，自从收降章邯大军之后，就以章邯部下为先行军，迅速向西行动。到达新安之时，他做了一件震惊天下的大事——活埋了二十万投降的秦卒。

为何项羽有此举措？

原来，自从章邯率士卒投降项羽后，他的二十万士卒就被安插到各个行伍之中。按照常规，士卒们彼此应和睦相处，但是出了意外。

章邯部下十之八九都是关中人，而项羽部下却都是崤山东西各国人。山东百姓在关中，经常遭受秦吏虐待，使许多人家破人亡，一些人把过去的一切当作血海深仇牢记在心头，如今有了机会就发泄在这些秦卒身上。

开始时，秦卒自以为是降兵，还能忍受，但时间一长，怨愤之情强烈起来，他们经常相聚在一起，悄悄发泄愤怒。这种情绪很快传遍了所有降卒之中。谁都明白，这是一种反抗，也是军中一种潜在危险。

有人把这些议论报告了项羽，项羽火冒三丈，心想：你们这些关中人，本来你们随章邯攻打六国，伤害天下百姓，杀我叔父性命就该被杀，只是看在章邯是真心投诚上才饶你们不死，你们不知恩德，却心存报复，真是不识好人心，你们以为我想收留你们吗？

当下，他传来了英布和蒲将军，说道："秦卒身为败降之人，却内心不服，此乃军中大忌。我军正在西进，一旦入关之后他们共同谋反，就危险了，不如把他们全杀了，只留章邯、司马欣、董翳几位，他们成不了气候。"

英布、蒲将军领命而去。当夜，采取分而制之的手段，英布、蒲将军率众把所有二十万降卒活埋在了城南。二十万血性关中汉子成了屈死鬼。

中午时分，章邯、司马欣、董翳才得到这一消息，顿时，三人面对面放声大哭。

几天后，这一噩耗像一阵风传到了关中，百姓们哭声遍地，把项羽看成是杀人不眨眼的恶魔，对他恨之入骨，加以诅咒。

生性粗暴的项羽此时并未产生恻隐之心，他以为内患已除，只剩下打入关中这一重大目标了。二十几天后，他率军抵达了函谷关下。

抬头望去，却见关门紧闭，上面看守兵防卫，项羽好生奇怪，顾问左右："章邯已降我，秦王子婴已降沛公，为何关口还有人把守？"

"将军，请细看！"左右并不答话，用手指着关上的大旗和守卒说。

项羽定睛细瞧，明丽的阳光下树立着一杆赤色大旗，旗上书着一个斗大的"刘"字。旗帜下士卒皆是楚军装扮。

"沛公进入咸阳了吗？"

"占领咸阳多日了，如今驻军灞上！"

项羽大怒，对左右道："沛公进了咸阳又把守关口，这不是要独享战利吗？"随即，向关上喊道，"守卒听着，我乃项羽，速速打开关门，我要入见沛公！"

那将领已认出项羽，却巍然回道："将军，沛公有令，无论何人军队，一律不准放入！"

"大胆妄人！再不开门我就攻关了！"项羽的头发已直竖起来。

关上人依然不予理睬。

项羽大叫一声："给我拿下关口！"

令出军行，全军立即行动起来，向关上射箭的射箭，架梯的架梯，攀登的攀登，行动得迅速快捷。

沛公军虽居高临下，却是人数较少，根本挡不住项羽的强大攻势。只消大半日，函谷关已在项羽手下了。

项羽率军继续前行，立马就要进入咸阳。范增道："不可，不知沛公如何，先扎寨安营探明情况再进不迟。"

项羽初来乍到，也摸不清情况，就依范增之言，在戏亭西部扎下大营。

沛公还军灞上后，如何派人把守函谷关的？

这事发生在沛公与关中百姓约法三章之前。

从咸阳回到灞上，沛公不断打听项羽消息，探听项羽西进进程。十一月份，探马来报，说项羽快到函谷关了，大约还有二十来天的行程。

沛公心中暗想：我虽最先破秦入关，但秦人主要兵力章邯军是由项羽击破的，且没有项羽牵制章邯，凭我自己的力量，是无论如何敌不过秦军的。楚王有约在先，先入关者做关中王，项羽能遵约吗？当日西进时，他就与我相争，一旦他来到关中会怎样呢？

恰在这时，他的一个谋士为他出主意道："关中一带自古以来土地肥沃，物产丰富，是一个取之不尽用之不竭的宝库。地势上则易守难攻，颇具军事价值。天下英雄对关中莫不朝思暮想，欲得之而后快。听说项羽大败章邯，直奔关中而来。沛公要做关中王，应先下手；如果派兵守住那一夫当关、万夫莫开的函谷关，就可实现愿望。"

沛公十分称意，立即派兵前往函谷关。

其后，他又以约法三章行为从另一方面为自己做关中王做准备。

这一切，张良等人并不知晓。

项羽在戏亭西部扎下大营之后，当夜也召集了身边的文武部下议事。

军帐外，寒风呼啸，树枝发出哨子一般的锐响。军帐内，项羽坐在上首，看着众人。他的目光在烛光的映照下闪闪发光。毕竟是年轻气盛，连日来的征战风尘似乎没有在他身上留下太深的印迹。英雄气壮之下，军帐内一片暖融融景象。

"各位属下，沛公先入关中，我们心中都十分明了。可是，他派人在函谷关阻我入内，这是什么意思？"

"将军，他这是惧怕您哩！"

"不对，我以为这是想独得关中！"

两位将领一前一后说道。

"可是，沛公与将军是结拜过兄弟的。"另一位将领道。

"岂止是兄弟？如果没有先辈项梁收留助他，沛公他有今天吗？"

"各位，"一个沉稳的将领站了起来，"不要如此性急，我等毕竟同是楚人，有楚王在上，应先派人回禀楚王再说。"

项羽一听就不耐烦了："难道今日要跋山涉水去那千里之外寻楚王吗？那得等到什么时辰？"

自从楚王选西进之人为沛公之后，项羽对楚王就颇为不满。

众人一时不知如何是好，只得沉默相待。

"将军，有人求见！"

守卫之卒一声报告打破了沉闷。

"来者是谁？半夜三更的？"项羽厉声问道。

"沛公左司马曹无伤的属下。"

"传他进来。"

一个身材高大的黑脸汉子走了进来。跪拜完毕，向项羽道："曹无伤令我传言给大将军，沛公已把秦王宫的一切珍宝据为己有，接下来就要在关中称王。"

项羽勃然大怒："好一个沛公，我明天就灭了他！"

范增这时发话了："沛公一向是贪财恋色，而我所听到的消息是，沛公入关以后什么财物都不取，什么女人都不近，跟从前判若两人，这是有大作为的表现。况且，近日来我让人望气，他所在之处总有龙虎之气，呈五彩之色，这是天子之气。如果再不及时铲除他，就来不及了！"

"我若要破那沛公，易如反掌！明日大攻。"

当下嘱咐来人："回报曹无伤，说我明日攻打沛公，令他做内应。"

来人应声出帐，消失在夜色之中。

此时此刻，项羽有兵四十万，沛公只有十万人。沛公驻军灞上，距项羽大营所在鸿门只有四十里路。飞马直驰，转眼即到。所以，项羽才如此狂妄，根本不把沛公放在眼中。

当夜，项羽下令犒赏士卒，一到天亮，就要急攻灞上。

一场风暴似乎就要爆发了。

世间的事情往往就是如此，有来就有往，有敌就有我。

就在项羽全营摩拳擦掌准备清晨攻打沛公之时，一骑快马却悄然从他们的军营中飘出，向沛公大营驰去。此人姓项名伯，乃是项羽的本家叔叔，在项羽手下做左尹。此时悄然出营，他是为了去告诉张良大难将临。张良是他的生死之交，他必须告知张良。

数年前，项伯在秦王朝的一个小县里做小吏，因一人对项氏家族出言不逊，项伯就杀掉了他，之后开始逃亡。一天，项伯来到下邳，此时，他已身无分文，除了一把家传宝剑，身上已没有任何值钱的东西了，于是就决定卖掉佩剑。可是，他要价太高，整整半天工夫，也无人要买。太阳升到了头顶上，他又渴又饿，不禁焦急起来。

这时，张良悄然走近他的身边，给他提供衣食。从此，项伯就在张良隐居的小屋落下了脚。两人相随相伴，谈古论今，抨击暴秦，十分合得来。

两年后，追拿项伯的风声渐小，项伯也打听到了一个消息——项梁与项羽已杀了郡守殷通，率众起义了。他告别张良要回去。张良给了他足够的路费盘缠，送他上了路。

后来，项伯得知张良已跟随沛公，只是没有机会相见。但是，张良的救助之恩他牢记在心间。傍晚，他听说项羽要踏平沛公军营，就下了决心要通知张良。"有恩不报，非君子！"

"哒哒哒"，响亮的马蹄声惊破夜空，也惊动了沛公帐外的卫兵。

"来者何人？"卫兵大声喝问。

"我是张良挚友，传进去，我有急事见他。"

此时此刻，张良正在沛公帐内，与沛公等人筹划军情。得知项羽就在四十里外的鸿门，谁睡得着呢？

"此刻正是夜半三更时分，项伯到来必有要事。"张良得报，一边想，一边出帐迎接项伯。

来不及叙旧，项伯拉起张良的手急切地小声道："快跟我走，不然就来不及了！"

"项兄，什么事，如此急迫？"张良吃惊地问。

项伯三言两语说了事情的原委，最后催促道："走吧，快天亮了，逃命要紧！"

张良沉吟一会儿，坚定地说："项兄，我不能走，沛公在此。"

"你要一起送死吗？一同送死于事无补。"项伯着急起来。

张良说："韩王把我送给沛公，嘱我尽心尽力辅助之。如今沛公有难我却要私自逃走，太不仁义了。如果你愿意，容我报知沛公再说。"说毕，抽身回到军帐。项伯跺着脚，却不忍自个儿离开。当初张良救命的恩情，他不能不报。

张良一进帐中就向沛公道："明日项羽来攻大营！"

"为何？我没有开罪于他。"沛公十分愕然。

张良也不答话，反问道："你为何要派人守住函谷关，阻挡项羽入关？"

沛公脸红了一下，这件大事他并没有和张良商议。黄昏时分，从函谷关回来的残兵败将也没让张良看见。此刻，他见实在躲不过了，就含着几分惭愧道："有人劝我，让我把守好函谷关，不要让各路诸侯进来，即可称王关中。"

张良又问："沛公自量一下，您能胜项羽吗？"

"恐怕不能。"沛公如实而答。

"如今我军只有十万人马，而项羽拥兵四十万，哪里能与之抗衡？"

"你为何能知道这些？"沛公料定其中必有缘由。

"我朋友项伯正是项羽手下，现来邀我同去。但我怎可背负沛公！所以就来告知沛公了。"

沛公跺足不已："事情至今，如何是好？"说着，头上已冒出了冷汗。

张良思忖片刻："别无他法，只有恳请项伯回去劝阻项羽了。我告诉他，只说沛公派将守关，并无抗拒项羽之意，不过是为了防止乱盗进入。项伯为项羽叔父，或许能起作用。"

沛公忽然像想起了什么，问道："你与项伯如何相识的？"

"那是以前的事了。有一次项伯杀了人，我搭救了他，所以今有大难他才来救我。"

"他和你谁年长些？"

"项伯年长于我。"张良不知其中奥妙。

"快为我喊他进来，我要以兄礼相待。"沛公像抓到了救命稻草一般。

项伯听说沛公邀他入帐，推辞道："这不大方便，我是依私情见你，怎可见沛公哩！"

"沛公对我恩重如山，见他如见我。况且，项羽大怒之下要两军开战，这实在对双方不利。秦王刚灭，为何要自相残杀呢？沛公邀你进去，是想共议和平大事，何必推辞？"

这番话打动了项伯。他也认为，天下大乱之时，项羽和沛公血战，不是你死就是我活，只会给动乱的天下更加添乱。

张良见他动了心，拉起他不由分说就走入帐内。

沛公已迎出来，立即请项伯上座。项伯一看，美酒佳肴热气腾腾摆满几案，人人笑脸，个个热情，不容他推辞就有人把酒杯塞到他手中。

沛公亲自为他敬酒，陪坐在旁。开始项伯还有点生分，酒过三巡，就放松多了，沛公乘机道："项兄，我入关之后，什么也没敢动，亲自封了府库，登记了百姓，一心等待项将军到来。我派兵守关，没有别的意思，只因天下混乱，难民到处都是，哪有阻挡项将军的目的？只希望项兄转达我的心愿给项将军，我日夜盼望的是项将军入关，绝无二心！"

项伯见他一副推心置腹状，也觉得项羽错怪了沛公，应允道："既如此，我回去后一定详细禀报。"

沛公一听，喜上眉梢，愈加亲近地问："项兄子女几人？可都成人了吗？"

张良见状，立即接话道："沛公，项兄长女自幼美貌可人，如今恐已到了及笄之年，沛公何不趁此与项兄结为儿女亲家？"

沛公会意，诚恳地道："我正有此意，只恐项兄嫌弃。"

项伯听了，未置可否，张良就接话了："沛公，本来你和项大将军就是结拜兄弟，如此亲上加亲，岂不更好？项兄哪会不乐意呢！"

沛公立即奉上一杯酒与项伯："祝亲家安康！"

"项兄，端起杯，干了！以酒为盟，就这么定了！"

项伯被他二人说得晕乎乎的，不得不举起了酒杯。

又坐了一会儿，项伯起身告辞："天快亮了，我要回营了。"

沛公叮嘱道："万望项兄为我传言！"

"放心，我回去即见项羽。不过，明儿一大早，沛公不能不亲自来向项羽道歉呀！"

沛公一边应着，一边把项伯送出帐外。

一阵寒风袭来，项伯不由自主打了个冷噤。他翻身上马，径直向大营奔去。

回到本营，东方已露出了鱼肚白。将士们都在呼呼大睡，唯项羽帐中还亮着烛光。项伯知道项羽精力充沛，每遇大战，几天几夜不合眼是常有的事。

走入帐中，项羽正在饮酒。他的身边只有一个美貌温柔的虞姬相陪，别无他人。

借着烛光，项羽看到项伯红光满面，不像是刚刚醒来，就令虞姬退下，问道："叔父如何至此未睡？从何而来？"

项伯轻声道："我曾有个朋友，姓张名良，曾在危难中救我性命，如今他在沛公军中做事，我怕他明日跟着送死，特地去了一趟请他来降。"

生性粗直的项羽并未想到其中的枝叶，追问道："那张良随你来了吗？"

"张良为人仁厚，本想来降，但想到将军冤枉了沛公，让沛公不明不白受死，于心不忍。"

"沛公受冤？这是什么意思？"项羽吃惊地道。

"沛公入关后，并没有先入为主之意。财产他没拿，美女他没动，早早封了府库，登记了民众，一心只等将军来到，没有丝毫违背将军之心。"项伯侃侃而谈。

"既如此，为何派兵在函谷关拒我？"项羽仍有疑问。

"那是为了防止其他小盗小贼出入关口，坏了将军以后的事。那守关将领只知一味执行命令，不知灵活处理，才得罪了你，闹了误会。"

说到这里，项伯看到项羽陷入了沉思，又道："我以为凡事都要以仁义为本。如今沛公先破秦入关，为将军扫清了道路，连降王子婴也等待将军亲来处置，如此应以礼待之才对。人家未得到半分奖赏，却还要受到你的袭击，这太令人寒心了。"

"叔父是说，我今日不该攻沛公？"项羽疑惑地问，他已被项伯说动了。

"正是。"项伯坚定地说。

项羽若有所思。

不知不觉中东方破晓。全营将士烧火做饭早早吃了个大饱，只待项羽发令攻敌了。然而，日出时分，却见一行人马迤逦从灞上方向而来。眼尖之人立即认出，来人是沛公及几个亲近。

"这是怎么回事？"项羽士卒见此不禁面面相觑，"将军不发号令，这厮反倒送上门来了！"

沛公走在前，张良几人随后。士卒通报进去，项羽早已消了不少火气，遂令传人。

步入项羽军营，只见两边甲士环列，刀枪林立，个个都是虎视眈眈的样子，沛公不禁倒吸一口冷气，心中道："今日我还能回得去吗？"

他不由得看了张良一眼，却见他神态自若，如入无人之境。这如同是一种激励，渐渐使他平静下来。

到了中军营帐，张良让樊哙守候在外，自己随沛公进入。

项羽军帐内，项羽居中而坐，项伯立在左边，范增陪在右边。看到沛公步入，项羽也不起身，只微微动动身体，算是有礼了。他的目光中透着一股杀机逼向沛公。

与项羽目光相遇，沛公内心一颤，但脸上仍堆着笑，下拜道："刘季不知将军大驾入关，有失远迎，罪过罪过，特登门谢罪。"

项羽冷笑一声："沛公也知罪吗？"

沛公早已准备好了应对之词："属下与将军曾在楚王面前盟约同力攻秦，将军战河北，属下战河南。凭借将军的虎威，属下侥幸先入关破秦。在咸阳，属下亲封府库，登记吏民，一切原封不动，只等将军来临。为了防止其他盗贼进入，属下派将守关。一片明心，上天为证。然而，不知哪个小人在将军面前搬弄是非，令将军与属下有了隔阂，这可真是冤枉属下了。"

听到这一席肺腑之言，想起叔父项伯说的那些话，项羽心里说："莫不是我太过分了吗？"再瞅沛公，满是委屈模样。他心头一软，脱口而出："这是沛公左司马曹无伤派人前来送的信，不然，我怎会知此？"

沛公一听此话，心中一喜。接着又是一番软语相劝，项羽已是怒气全无，待沛公犹如当初了。当下，令人送上酒菜，留沛公喝酒。直到这时，张良才拜过项羽，陪在沛公身旁，他的一颗心稍稍放了下来。

须臾，众人依次入宴。只见项羽、项伯面东，范增面南，沛公面北，张良面西而侍。

推杯换盏，你来我往，席间一片融洽之象，宴前的乌云和阴风早已不知刮到什么地方去了。项羽善饮，沛公喜好杯中物，二人不住举杯，不一会儿就酒酣耳热了。

范增见状，心内焦虑万分。本来他和项羽共同订下攻打沛公大营之策，哪里知道后来发生的一切？如今见沛公自家送上门来，喜不胜喜，以为项羽会借机除掉沛公毫不手软。然而看项羽待沛公神色，早已没了仇恨，哪里还有动手之意！不得已，他一个劲地看着项羽，前后三次举起自身所佩带的玉玦向项羽示意。项羽视而不见，压根儿不理他。

内心一急，范增坐不住了。他起身离开宴会，来到帐外，找到了等在那儿的项庄。这项庄乃是项羽堂弟，人高马大，剑法娴熟，手脚利落，是个难得的勇士。

"项庄，我们将军虽有英雄之勇却长着一颗妇人之心。当今正是杀沛公最好的机会，他却不理我的示意。不能再等了，一旦放了沛公，就会放虎归山，总有一天会坏了将军大业。你现在就进去，借口舞剑助兴，趁机杀掉沛公，快！"

项庄领命进入，向众人道："沛公前来与将军饮酒取乐，军中音乐太不合时宜，我愿舞剑助兴。"说毕，自行舞起剑来。渐渐地，他向沛公座位移去。

项羽心无城府，只笑微微地看着。

沛公也未看出苗头，脸上也含着温厚的笑。

项伯却一下子看出了势头："这项庄不是要对付沛公吗？张良在此，我不能让项庄伤了沛公。"他一边想，一边起身向项羽道："我愿一同助兴。"

随即伴着项庄一同舞剑。只见二人你来我往，身姿柔婉而苍劲有力。一个只想往沛公边上靠，一个则竭力以身体掩护住沛公，一时难分上下。

张良再也坐不住了，他装作上厕所出了军帐，急步来到中军军门。

"怎么样了？"看到张良面色严峻，樊哙迎上来问道。

"太不妙了，那项庄拔剑起舞，其意在刺杀沛公。"

樊哙大怒道："既已如此，我进去和他们拼了！"不等张良答应，他早已急步向里走去。

"站住！不准进入！"守门士卒见他一副拼命武士模样，横戟拦住了去路。

樊哙来不及和他们理论，猛地侧起盾牌用力一撞，两个手持长戟的卫士同时倒地，只留"扑通""扑通"两声重响。

揭开帷幕入帐，樊哙已火上头顶。只见他怒发冲起，圆睁双目，一副凶神恶煞的模样。

项庄、项伯见有人突然进帐，停止舞剑注视着来人。众人把目光一下子集中到了樊哙身上。

项羽大吃一惊，立即手握腰中宝剑问道："你是何人？"

张良连忙应道："此乃沛公参乘樊哙。"

项羽手放松了，脱口赞道："好一个壮士，赐给他一大杯酒！"

樊哙倒身拜谢后，起身一饮而尽。

"赐给他猪肉！"项羽又是一令。

左右闻命怎敢不从，递上来一个半生不熟的猪腿。

樊哙心知这是项羽左右有意戏弄他，却毫不犹豫，将盾牌翻放于地，挥剑将那猪腿切开就吃——那骨肉还渗着鲜血呢！

项羽就喜欢这样的汉子，欣赏地问道："还能喝一杯吗？"

樊哙看着项羽，这才发话："属下死且不避，何况一大杯酒！"

项羽不解地问道："此是何意？"

樊哙昂然正色，稳健而言："秦王暴虐无道，天下英雄共起，欲同除仇患。当初，怀王与众将有约在先，谁先入关破秦，谁就在关中称王。如今沛公先一步进入咸阳，却未称王，封了府库、登记吏民后，退军灞上专等将军来到。之所以派将把守函谷关，完全是为了防止盗贼出入，扰乱关中。沛公如此劳苦功高，没有人赏赐他，却有人听得小人挑拨，要杀了他，这不是又一个暴秦吗？我认为将军是不会这样做的。"

项羽露出愧色，沉默片刻，对樊哙道："坐吧。"

刚才紧张的气氛缓和下来。

过了一会儿，张良乘人不注意之间，向沛公使了个眼色。

沛公会意，起身向厕所走去，随手向樊哙招了一下手。

不一会儿，张良也悄然跟出。

转过军帐，是一个偏僻处。

"沛公赶快离开这个是非之地，越快越好！"张良急切地道。

"我未向项羽告辞，怎可兀自离开？"沛公为难地说。

"都什么时候了！趁项羽还未醒悟，走吧！"张良有些火了。

"俗话说得好，讲大礼不要顾及小细节。如今人家好比是屠刀和砧板，我们好比鱼肉，性命危急，还告什么辞哇！"樊哙催促道。

"张良，我先走一步，你先留下辞谢。"沛公道。

"这个自然。"张良应道，"你带了什么来吗？"

"我随身带了一对白璧，这是要给项羽的；一对玉斗，要送给亚父范增。刚才看势头不对，没敢拿出来。你替我献给他们。"

张良一边答应，一边催他们快走。

为了悄无声息，沛公丢了车子，只骑一匹马。樊哙、夏侯婴、靳强、纪信四位壮士手持利剑徒步跟随沛公快跑如飞。

避开大路，他们从郦山下抄了一条羊肠小道而去。这条路到沛公营，只有二十来里。

看着他们消失在山间乱树之中，张良舒了一口气，这才转身向项羽军帐走去。

帐内项羽见沛公久出不归，已派都尉陈平出帐寻找。陈平各处找不见，却只看到了沛公一行人的车马。项羽正在惊疑处，正好遇到张良往军帐里进。

"沛公在哪里？"

项羽醉意蒙眬，头脑还是清楚的。

"沛公喝多了，已支持不住，不能来向将军告辞，已先回军中了。他命我向将军奉白璧一双，向亚父奉玉斗一对，以表心意。"

项羽接过白璧，放在了座位上。他心中什么也没想，只觉得沛公顺从仁厚，没什么值得怀疑。

张良见状，乘机告辞。项羽点头示意。

出了军门，张良与项伯告别后，乘上车子走了。

帐内亚父范增，见他心中杀死沛公的计划完全破产，怒火中烧。他把张良奉上的一对玉斗狠狠扔到地上，又挥起利剑，只听"咔嚓"一声，玉斗成了碎片。

"竖子不足与谋！将来和项氏争夺天下的必是沛公，我等总有一天要成沛公的俘虏了。"

项羽知范增怪罪他不杀沛公，也不应声，由他发火去。

转眼间，沛公已抵达军中。刚坐定帐中，他就传令下去："杀了内奸曹无伤！"

三天之后，项羽领兵西进。既然沛公是为他开的路，他为什么不坦然进入呢？

原来，一种习惯性的杀戮又开始了。不知出于对暴秦的痛恨，还是为项梁复仇，他洗劫了全城。到处是哭声，叫声，求饶声，到处是鲜血和尸首。冲天大火在一处处燃烧，百姓又遭受了一场空前的灾难。

项羽率军冲入秦王宫，杀了降王子婴及家眷，把宫中所有的珍宝和女人塞入车子，然后，放了一把大火。千万人心血凝结成的豪华建筑被烈火吞噬，变成焦黑色。

由于宫殿高大，绵延不断，大火整整烧了三个月。

秦地的人真正见识了这个叫项羽的人……人少了，地荒了，坟多了，一派惨不忍睹的景象。

在血光火影中，项羽的内心稍稍得到了平静。可他哪里知道，这一切已埋下了他此生失败的根子。看到项羽把咸阳城中的珍宝和女人向东掳去，许多人大不解。这关中有华山黄河作屏障，四面地势险要，沃野千里，在此建都称霸是再好不过了。可项王为何要东归呢？

项羽自己说："古人云，大丈夫最讲究荣归故里。一个人富贵了，发达了，若是不回故乡，跟穿着锦绣之衣在夜间行走有什么两样？谁看得到呢？"

众人都知项王还乡心切，便不再问什么了。

听着众人尊称自己为王，项羽心中十分自得。连沛公都对他俯首帖耳，谁还敢与他抗衡？但是，这毕竟未得怀王应允，还是有些名不正言不顺。于是，项羽派人去怀王那儿，请怀王拿个主意。

使者很快从怀王那儿回来了，怀王的回话是："照先前约定的办。"

一听此言，项羽暴跳如雷，许久以来对怀王的怨愤一下喷发出来："呸！怀王是怎么为王的？他忘了！是我们项家扶他为王的，不是因为他建有什么功绩。如今他想一个人做主，这怎么成！不错，当初全天下起兵反秦之始，都暂时拥立过去各诸侯国国君后代为王，但这是为了有利于讨伐秦王朝。然而身披铠甲，手执锐器首先起事的是谁？风餐露宿，日战夜征的是谁？打入关中灭掉秦王的是谁？是各位英雄！是我！"

"说得对，项王！"

各位将领见项羽说得慷慨激昂，又都是实情，一致叫起好来。

"如今，怀王可以得到一份土地，被尊为王，众人却不应由他来分封。"

"好，项王说得好！我们听项王的！"

一班部将，随项羽征战许久，当然想得到封赏，若要怀王分封，怀王哪里能想到他们。他们自然是支持项羽。

说做就做，这是项羽为人的风格。

当下，项羽派出使者，前往东部接怀王，尊怀王为义帝，并把他恭送到江南，占据上风，以长沙郡的郴县为都。

对此，怀王心中明白，这完全是项羽一人所为，是孤立他，架空他，贬谪他。项羽对他的态度是再鲜明不过了。

二月，春暖花开，万物复苏，项羽身边一片繁忙。

送走了义帝怀王，他项羽就是天下至尊，所以他要坐分天下。

十六这一天，是个良辰吉日。张灯结彩之中，项羽把天下英雄都召集在他身旁。彩旗猎猎，分封仪式开始了，英雄们侍立两旁。

怀王为天下至尊，为义帝，都郴县。

自己为西楚霸王，都彭城，管辖原魏国和楚国的几个郡。

封刘邦为汉王，统辖巴蜀两地，建都南郑——关于刘邦的分封，项羽和范增经过了仔细斟酌。范增以为，巴、蜀二郡道路艰险，原先都是流放者的居住地，应让刘邦到那里去。这样，既不会背上违背约定的罪名，又暗中辖住了刘邦。项羽当时宣布：巴郡、蜀郡也算关中的土地。如此，刘邦成了一个被控制者。

封章邯为雍王，管辖咸阳以西地区，建都废丘。

封司马欣为塞王，建都栎阳，统管成阳以东至黄河岸边。

封董翳为翟王，管辖上郡地区，建都高奴。

这样，汉中土地被分割为雍、塞、翟三国。他们处在刘邦和项王之间。显然，项王有意让他们在意外之时抵御阻挡刘邦。

封魏王魏豹为西魏王，统辖河东郡，建都平阳。

封申阳为河南王，建都洛阳。这申阳为谁？乃是瑕丘县人氏，张耳部下。正是他率先攻下河南郡，到黄河岸边迎接楚军到来的。

韩王仍为韩王，建都阳翟。

封司马昂为殷王，管辖河内地区，建都朝歌。这是因为项羽欣赏他做赵将时平定了河内郡，屡次建功。

改封赵王歇为代王；立张耳为常山王，统管赵地，建都襄国。

立英布为九江王，建都六县；吴芮为衡山王，建都邾县；共敖为临江王，建都江陵；改封燕王韩广为辽东王，建都无终；臧荼为燕王，建都蓟县；改封齐王田市为胶东王，建都即墨；封齐将田都为齐王，建都临淄；封田安为济北王，建都博阳。

分封完毕，众人欢呼雀跃，齐声高呼"项王"！

项王心中快乐，昂视众人。此时，他初步尝试到了称王天下的威风。

天上的云更白了，阳光更亮了。

有人悄悄劝项王道："张耳、陈余对赵国，功劳大小不分上下。如今大王封张耳为王，陈余却名在王外，不可。"

项羽最讨厌有人对他指手画脚，但今天还在兴头上，他没有一点不快，略想了想，道："说得有理！陈余不正在南皮吗？就把南皮周围的三个县封给他。"

劝者听了，不敢再说。但是心中道："这准要留下隐患。张耳有封有号，陈余只有三个县，并无封号，成吗？"

沛公很快得到了音讯，他顿时怒从心中起，火向胆边生："项羽那厮，竟敢违背怀王盟约！是可忍，孰不可忍？我要与他拼个你死我活！"

"我先和那项羽拼了再说！"樊哙拔出剑来，就要奔出去。

周勃、灌婴等也都咬牙切齿，要和项羽拼个鱼死网破。

"大王三思！大王三思！"

萧何拦住沛公，又劝众人："切勿鲁莽，大王正在气头上，你们如此蠢蠢欲动，只能乱中添乱。"

"大王，且听我一言。巴蜀虽然地势险要，充满艰险，但总要求生，不至于马上送命。大王胸怀天下，大志尚未如愿，能半途放弃吗？"

"项羽已君临天下，分封诸王，连义帝都被他赶走了，局势已定，我还能怎样呢？"

沛公虽消了点气，但仍然怒火满腔，没好气地对萧何道。

"大王，那秦王江山一统多年不也亡了吗？何况刚称王的项羽呢？"萧何似乎话中有话。沛公不由得注视着他。

"如今局势是项羽几倍于我，兵强气盛，我们去拼，无异于去白白送死。人死了，一切不都完了，大王甘心吗？"

沛公此时已徐徐落座。

"当初，汤王、武王都曾事奉过暴君，一个是夏桀，一个是商纣。他们屈而不伸，无非是因时机未到。大王如到了蜀地，能蓄时待势，克己为民，总有一天会回到关中，获取天下，大王难道没有这个自信吗？"

萧何采用的是激将法。说毕，他看了看张良，张良会意道："萧何所言极是。且我等尚未上路，分封之事也是项羽一人说了算，或许还有周旋的余地。"

"有何高见吗？"

"项伯之言项羽十分尊重，如果能让项伯进言，让项羽加封汉中之地，就更好了。"

"项伯如何会听我之言？"沛公问。

"自古道：有钱能使鬼推磨。那项伯纵然是项羽叔父，也不会不重名利二字。大王如果厚赂项伯，定可成事。"

沛公想，张良深谋远虑，凡事机智果断又料事如神，听他的不会有错。

项伯收到沛公派人送去的金银珠宝，心中暗道："项羽分封天下，给哪个少一点多一点没多大妨碍，分给沛公多一点，不过给别人少一点罢了，有何不可为的？"

凭着叔侄之情，项伯为沛公说情。项羽想到沛公一路共行，也委实不易，竟答应了，在巴、蜀之外加封汉中郡。

沛公内心稍稍平衡了一些，仿佛平白捡了一个汉中郡似的。想到这一切都是张良之计所得，不由得内心感激不已，赐给张良黄金百镒、珠二斗。

张良想到自鸿门宴以来的桩桩件件，暗叹项伯对自己情深义重："我虽救他一命，却敌不过他救沛公一生。为了对我的这份友情，项伯付出的太多了，说不定还有项氏家族。我不能亏待于他，把沛公赐我的珍宝金银都送与他，也抵不过一份深情厚谊。"

当即将珍宝送给了项伯，项伯推辞不掉，只好全部收下。

四月初，草长莺飞，万物郁郁葱葱。各路侯王结束了庆贺活动，开始各自就国就位。汉王刘邦收拾停当，准备起程前往封国。一些仰慕汉王的将士暗中找到他，要共同前去。汉王自然高兴，心想："我前时一些爱民之举没有白费。"陆陆续续，他前后收编了几万人马——这些人都来自其他诸侯部下。

走到褒中，已是傍晚时分，汉王依旧令人安营扎寨，生火做饭，让众人休息一夜。

夜深人静之时，张良悄然来到汉王帐中，汉王不知何意，连忙请他上座，张良沉吟一会儿，道："臣要与汉王告别了，明日就走。"

"这是为什么？难道本王有亏待之处？"汉王大惊失色，立即坐直了身子。

"汉王多心了。臣与汉王情同手足，心灵相通，哪能说到这个！常言道：叶落归根，张良本是韩人，虽汉王待我情深似海，我也应回归韩王身边。如今韩王初封，势单力孤，我应尽一份辅佐之力，所以不得不告别汉王。"

汉王面呈戚然之状，半晌才说："既如此，我也不强行留人，只是你我相处日久，我又多是依仗于你，这叫我……"

张良连忙阻止汉王："大王切勿如此这般夸赞，一切功绩，全在大王英明及诸位将领机智忠心。"

他转向各将领道："今后诸位定要竭心尽力效劳汉王，汉王不会亏待诸位的。人生一世，追随汉王这等忠厚仁义之主，也不算虚度了。"

众将领也是依依不舍，各叙别情，直到夜半时分方才一一散去。

第二天早晨，汉王亲自把张良送上东归路。临别时，张良趁着一个空隙匆匆对汉王耳语几句。汉王听后，一个劲儿点头示意。

至此，汉王才明白，张良是专程送他到此地。

张良渐行渐远，汉王依然伫立凝望，直到张良的身影消失在东方的山路之中。

怀着惆怅之情，汉王率众继续前行。大约有一里路光景，后面一阵喧嚷，队伍混乱起来，一员将领拨开众人，飞快赶到了汉王身边："报汉王，后面燃起了熊熊大火，有人把我们身后的栈道烧掉了！"

"知道了，继续前行！"

汉王连头也不回，只是督促众人前行。

又走了几里路，那个将领又赶上了汉王，怒气冲冲道："汉王，在下已打探得知，这栈道乃是张良所烧。"

"知道了，只往前走便是。"汉王依然不动声色。

左右的人一听忍不住了，纷纷叫骂起来："张良火烧栈道，不是在断绝我们回来的路吗，难道叫我们一去不回？"

"后路已断，我等怎么再见父老乡亲？"

"张良是在替项羽打算吗？"

"汉王对他那等宽厚，他竟然过河拆桥，太绝情了！"

"怎能对得起他和汉王相处一场？"

汉王默然无语，只由着众人说去。

原来，这正是张良临行前对汉王耳语之事，是他为汉王将来计划的一条妙计。

项羽对汉王的种种戒备之心，没有人比张良更为明白了。本来，早在灞上时他就打算好要回到韩王身边。但是为了这条计策，他还是不动声色地送到这里。这烧栈道之举，有两个目的，一是给项羽看的，表示汉王自绝回路，并无东归之心，让他放下心来。二是给各国诸侯看的——汉王之地道路已绝，若想进犯是难上加难。

不管左右如何叫骂诅咒张良，汉王依然自若。回首与张良相随的日子，汉王内心充满了感激：生我者父母，助我者张良也！

张良边行边烧，一直把汉王走过的栈道烧光，才向阳翟而行，去等待韩王回国。

此时韩王仍在项王身边，只能眼巴巴看着别的诸侯一一归国。

当初，项羽一路西行向关中进发时，当时韩王势单力孤，没有什么力量，所以没有及时追随入关。但项王不管他什么原因，只记得他并未相随。虽然也分封了韩王，但他仍对此耿耿于怀，就唤来韩王铁着脸道："入关灭秦，你没什么功劳，分封天下理应没你的份。但念你是旧韩王，不能不封。然你必须答应我一个条件。"

原来，他要求韩王召回张良，以去掉汉王的一个左膀右臂。

"这个不难，我只要诏令张良即可。"

张良也应允了。谁知，因张良去送汉王，被项王得知，就不打算让韩王回国了，最后，竟一怒之下杀了韩王。

什么事情都是如此，一旦开了头，就会接二连三来到。

项王杀了韩王之后，同样的事情层出不穷，刚刚平静下来的天下又出现了混乱。

燕王韩广，被封为辽东王，却无论如何不愿迁往辽东。这种违令行为自然惹恼了项羽，同时也惹恼了臧荼。燕大将臧荼因追随项羽征战有功，被项羽封为燕王。别人都已就国，他却不能前往，发火道："韩广不往辽东去，仍要回燕国，那还要我这个燕王做什么？这不是要抢我的封国吗？"

于是就在一天晚上，臧荼率军突袭了韩广，一锤结束了韩广性命。对此，项王竟称赞其除逆有功，加封臧荼为辽东王。

项王只顾发泄心中不满，却不知这样坏了大事。

那臧荼之所以敢杀韩广，完全是因为他明白项羽对韩广不满，同时又侵害了他个人的利益。他胆敢对别王先斩后奏，就证明他胆大妄为。身为天下之王，此乃祸患，而非福分。

此乱刚出不久，另一场纷乱又爆发了。

五月，骄阳似火，刚刚推翻秦王朝，天下百姓盼望能有一个安宁的夏天，好喘息喘息。可在此际，齐人却遭了另一种灾难——一场战乱发生了。

燃起战火的，乃是齐人田荣。

说起田荣，也算是最早起兵抗秦的大将之一。当初，章邯大军围魏时，田荣的兄长齐王田儋派兵救魏时败死，是田荣东山再起，赶走了田假，他立田儋之子田市为齐王，自任丞相，以田都为将，才平定了齐地的。

项羽分封田都为齐王，而以田市为胶东王，大大激怒了田荣，他大怒道："岂有此理！难道因田都随他项羽击秦人入关就可让他凌驾于其主田市之上吗？是谁派田都击秦的？是齐王田市和我！这种无视其主的行为岂能放纵？不理他！"

他对侄儿田市道："你身为齐王，世代居于齐地，项羽却让你去做胶东王，让那田都做齐王，这分明是轻视你，你千万不要按项羽命令行事！"

那田市虽为齐王，却无勇无谋，胆小怯懦，缺少他父亲田儋所具有的血气。对于项羽改封他为胶东王，内心虽不乐意，却不敢说什么。此时，他嗫嚅着道："项王之命，我哪敢不从？"

田荣愤愤地道："瞧你那没骨气的样儿！项羽是谁？他有什么权力号令天下？遇事不分君臣上下，只顾一己私利，谁人服他？纵使不听他的又怎么样？我倒要看看！"

田荣说项羽只顾一己私利，是有所指的，那还是项梁在世时的事情。原来，当年项梁救齐时，在东阿城下大败章邯。可后来章邯军队日益增多，大有反扑项梁之势。项梁派使者向赵、齐二国告急，请他们发兵共同击秦。田荣接到求救信，却不愿出发。因为当初被他赶走的齐王田假逃到了楚怀王那儿，而田假的丞相田角、将军田间则逃到了赵国。这样，齐、赵、楚三国就形成了尖锐复杂的矛盾关系。此刻，田荣说楚国必须杀了田假，赵国必须杀了田角、田间，否则就不发兵。

可怀王不答应，赵国也不同意。

在这种僵持局面下，齐国人自然没有发兵。可怜项梁孤军奋战，最终血洒疆场。

项羽从此对田荣充满怨愤：如果不是田荣见死不救，只唯一己利益是图，我的叔父就不会死。所以，到项羽分封天下诸侯时，没有给田荣赏赐。同时，改齐王田市为胶东王。田荣表面上怨怒项羽改田市为胶东王，实际是为自己鸣不平。

看到各路诸侯欢喜而归，田荣怒火中烧，他的一个将领摸透了他的心思，就出主意劝他寻找怨恨项王之人来结成一体反抗项王。

于是，田荣立即草就一封信，派人送与陈余："将军与张耳皆有功于赵，今封张耳为王，而不封陈将军，这岂不是太不公了吗？将军情愿坐视不公，将为天下人耻笑。如果将军愿抵抗项王，我会出兵相助。"

信送出去，还未等陈余回答，田荣就内心烦躁起来。田市眼看着别的诸侯王纷纷就国，有些着急，可田荣不愿走，田市就决定偷偷到胶东去。

第三天晚上，正是一个月白风清之夜。避开田荣，田市带着左右随从悄悄向自己的都城即墨出发了。他想，得罪了田荣叔父，总比得罪了项王好些。

田荣闻讯大怒，立即派亲信赶到即墨杀了田市，一不做二不休，田荣乘胜作战，向济北王田安一路杀去。田安是原齐王田建之孙，曾在项羽引军渡黄河时，攻下济北数城后投降了项羽。项羽念他追随自己有功，封他为济北王。

这时，一个人帮了田荣大忙。

当项羽入关后，彭越仍在钜野泽中带兵行动。这时，他已拥有一万多人马。这些人有的是泽边渔民，有的是泽上大盗，他们还未能依附到谁人手下，精明的田荣在对付田安途中想到了他，立即派使者送去了将军印绶。

彭越本来就后悔自己没有离开距野泽，落到今天清静无为无名无利的地步，见如今田荣这么看重自己，又有兄弟们支持，立即答应了。

不几日，彭越收到了田荣送来的甲兵粮草，就迅速扑向西部的田安。彭越率军，从未经历过正规训练，也没有潜心研读过什么兵法，完全凭着江湖上一种无畏的拼劲。冲上去就乱砍乱杀，似乎不知道死是怎么回事。

田安哪见过这种蛮兵横卒，不消几个时辰就被打得七零八落，狼狈而逃。

也许是水上捕鱼生活的影响，他们最擅长穷追猛打败逃之人。见一个杀一个，遇一双杀一双。在一片半人高的玉米地里，彭越亲手杀死了田安。

此时正是初秋七月，凉风习习，蝉儿高唱，彭越首次尝到了独立作战取胜的欢乐。在夕阳的映照下，他们三十一群、五十一伙唱着渔歌，随着彭越走在回返的路上。

田荣大喜，自立为齐王，统一了齐地。

彭越正式被田荣拜为大将军。

随即，田荣命彭越率兵攻打楚国。

却说陈余闲居在南皮，日日郁郁寡欢。回首往日，陈余怎么也想不通，他像对父亲一般尊敬的那个人怎会那样误解他，以至于眼看他离去却毫不挽留。从客游外黄开始，他们就结下了生死之情。在陈国做里监门，到陈王宫中做校尉，支持武臣自立为赵王，用计救赵王出燕国……这么多年来，他和张耳都是心心相通，相互配合如一，仅仅是一个巨鹿之围，就使他们之间的友情化为灰烬。

现在，他虽然身在乡野，但心中只有一个愿望——出山闯天下！

听说项王要分封诸侯，陈余也派了几个人去当说客，想得到一个赏赐。

但是，几个人垂头丧气地回来了，说只封给了他三个县。陈余对此十分不满。

田荣派人送信来，陈余一时拿不定主意是否应和田荣联手。他有两个属下张同、夏说就劝他趁此机东山再起，共同反楚。

共同反楚，这不正是田荣求之不得的吗？当下拨出一部分兵马粮草，交与陈余使用。

憋闷了许久，陈余出师之后势不可挡。除了自己原有的一万多人马，又有田荣的一万多人，加上他统辖的三个县的守军，足有近五万人。一夜之间，他们突然出现在张耳的国都襄国城下。

襄国城内只有一万士兵，哪里抵得住陈余的强取强攻。从黎明到中午，陈余就打开了一个缺口。顿时，他的部下如狂蜂一般涌进城去。

张耳自知陈余怨他已久，不敢恋战，带着队伍仓皇逃出城去。一直跑了二十多里，回头看没有追兵上来，才稍稍放慢脚步。封国被陈余占了，该逃向哪里呢？

一个副将建议他去追随汉王。

这时，因为善于观看天象而远近闻名的甘公说话了。

"大王，汉王入关之时，我曾仔细观看了星相。那一天，五星聚在东井。东井不寻常哇，它是分秦之地。按照这种星相来推算，先到的人必会称霸。不错，大王说得对，如今是楚最强大，谁也敌不过他们。但到最后，天下一定是汉王的，绝不会错。"

张耳平素甚是尊敬甘公，最后下定了决心，带着众人投奔汉王而去。

话说汉王到达南郑，立即着手完善自己的人员配置。

自从入关以来，汉王就打定了主意——拜萧何为丞相，所有的行政官吏，都由萧何来委派。从秦王那里拉来的典章簿籍，这时派上了大用场。成竹在胸，萧何干起来条理清晰，用不着汉王再操心了。

樊哙、周勃、夏侯婴等皆为将。他们招兵买马，训练军队，日夜操练，忙得不亦乐乎。不知不觉之中，已过了两月有余。

这时候，士卒们中间却升起了一种极不利于汉王的情绪。

原来，汉王带人最先入关，士卒们心中已形成一种统一的思想——沛公要做关中王，他们将随沛公在关中生活。自古以来，关中生活富裕，又是古代圣贤之君的建都地，谁不留恋那儿？项羽分封沛公为汉王，让沛公到南郑建都，当时沛公是不得已而为之。他们认为，这只是暂时的，汉王一定会在近日内打回汉中的。许多诸侯的部下也追随而至，大都存有这个想法。

谁知到了南郑，汉王就忙得不亦乐乎，看那架势像是要下决心在南郑扎根了，哪里还有东归之意。离开故乡，到了这到处是叽里呱啦外乡音的地方，土地潮湿，吃的都是水上产品，太不习惯了。一天天地过去，许多人思乡情切，斗志衰落下来。

思乡之情能传染。一传十，十传百，犹如瘟疫一般很快传遍了汉王军中。于是，有人开始偷偷逃走了。

一个，两个……数量一天天地增加。

消息不断传上来，汉王日夜苦思，却不知如何是好。

每天晚上，他都悄悄出宫，来到士卒中间。夜幕下，军营一片安宁。昏黄灯光点点闪亮，和天上的星光交相辉映。这时候，一阵阵凄婉的箫声吹来，悠悠地在空中飘荡。这是士卒们吹奏的思乡曲，几乎每夜都有人吹起。

"唉，他们哪里知道我内心的苦衷呢？"每当此时此刻，汉王都情不自禁地叹气。项羽背约，他不能不来到南郑。但是，没有一刻他不想着回家。细心的人会注意到，他没有大建宫殿和各种设施。在这里，只是权宜之计。一方面，他要励精图治，积蓄力量；另一方面则要想方设法寻求最佳的反攻计策。然而，理解他的人太少了。士卒们逃走的不少，有人建议他采取严惩之法，强行禁止，他没有采纳。是自己力量不足让士卒失望，怎么能要求每个士兵都高瞻远瞩呢？

一天清晨，刘邦刚刚起床，忽然急匆匆走进一个军士："报告汉王，萧丞相不见了！"

"怎么可能！"汉王大惊失色，"消息可靠吗？"

"大王，丞相今早出去时，我们亲眼所见，但至今未回！"

汉王竭力让自己稳定下来，过了一小会儿又问："丞相是如何上路的？带了何物？"

"丞相一人一骑急匆匆出城，什么也没带。"军士回答得十分肯定。

"莫要惊慌，不会有事，立即派人找找看。"汉王说话间似乎心里有了点底。

军士应声出门，汉王心里却一片混乱。萧何多年来可谓是同甘共苦如同手足一般，决不会不辞而别。何况，目前是一个艰难时期，萧何更不会舍他而去。但是，有什么重要事情这么急，竟然连个招呼都不打呢？张良已离他而去，若是再失掉萧何，后果真的不堪设想。

当天黄昏，各路寻找的人都回来了，没有萧何的音讯。

第二天依然。

汉王寝食不安，不时走来走去，仿佛是热锅上的蚂蚁。只要外面有人走动，他就急忙发问："是丞相回来了吗？"

度日如年一般，终于挨到了第三天黄昏。外面一声传叫："丞相回来了！"

随即，一个人踉跄而入，一下子倒拜在地上。

汉王上前扶起，果然是萧何。只见他满面尘土，衣衫不整，头发七零八落，疲惫得说不出话来。

端上茶水，赐了座位，汉王才急问道："丞相去哪里了？急煞我也！难道想背我而逃吗？"

萧何嘶哑着喉咙道："臣怎敢私自离去！我是急于追赶逃人去了。"

汉王本来见萧何回来是又急又喜，听此一言，心中道：追人？走了那么多，你追得了吗？他脱口道："所追为谁？谁值得丞相连招呼都来不及打一个就去追赶？"

"臣追的是都尉韩信。"

"都尉韩信？就是那个高个子韩信吗？"

"正是，臣走得太急了，来不及报告汉王。"

"丞相，自从来到南郑，逃走的人太多了，有士卒，也有将领，我不曾见丞相追过哪一个，为何单单去追韩信呢？"

"汉王，过去逃走的将士，都是平常之辈，而这位韩信，乃是军中奇才，一旦失却，就再也没有第二个。一旦将来争夺起天下来，不可没有韩信。臣日夜兼程追他回来，正是这个原因。"

汉王无语，内心道："知我心者萧何了。"

"大王既要东归，就应马上起用韩信。若过了这个时机，韩信就会离去，大王快拿个主意。"

汉王看着萧何，心道：萧何看中的人不会是凡人，萧何极力推荐的人，必是高人。不知这韩信才能如何，且看在萧何奔波三天三夜的份上，我且用他试试再说。

"既如此，我先用他为将试试，如何？"

"试试？大王，要用就用他为大将，否则，难以留住他。"

萧何说得十分坚决。

汉王见萧何说得如此认真，笑了："丞相，你不止一次说起过这个韩信，可见他何等了得。"

"大王何时拜韩信为将？"

萧何没笑，追问了一句。

"丞相为我唤来韩信，我马上就拜他为大将！"汉王收住了笑，回道。

"大王，这可不行。如此这般就可拜大将了吗？过去，大王用人时一向简慢少礼。现在要拜一国大将，还似这般传呼小儿，此乃韩信离去的原因。"

汉王吃了一惊，才知道韩信是因自己而走，萧何是为自己而追，真是一片忠心啊。他正色问道："依丞相之见，应如何拜大将才算有礼？"

"先择吉日，进行斋戒，再设坛具礼，然后才可进行。"

"好，就依丞相之言进行！"

到了这时，汉王仿佛才知道登坛拜将应有的隆重性。

萧何与韩信无亲无故，为何要竭力举荐他呢？这是因为萧何早已看中了这个军中难得的人才。

大凡天才，总有与众不同之处。

三十年前，淮阴一个姓韩的游侠之家诞生了一个健壮的男婴。韩父十分欢喜，为这个男婴取名叫信。在当时方圆百里之地，韩父是一个人人皆知的侠客。他讲义气、重友情、擅剑术、懂军法，为人仰慕。韩家祖上留下了不薄的家业，但经不住韩父行侠仗义，广交朋友之用，渐渐呈现了贫穷之象。韩父义无反顾，并不在意家境一天天地在变穷，依然大手大脚招引远近朋友。韩信不愧是侠客之子，自三岁起就喜爱兵书和剑术，没有人督促他，他却苦学苦练，六七岁时剑术已有模有样，兵法也略知一二。韩父十分得意，常常在朋友面前喜滋滋地道："此子将来必定有大出息！"

然而好景不长，韩信八岁时，韩父得了一场急病死了，丢下了孤儿寡母。韩母为人温柔贤惠，生性软弱。丈夫一死，她的精神支柱倒了。贫困之中，她忧急交加，第二年也撒手人寰，丢下了独生儿子——九岁的韩信。

后来，靠着这宅院犁钱，韩信饥一顿饱一顿，渐渐长成了一个十五六岁的少年。

他身长八尺五寸，剑眉大眼，长方脸，一股英气洋溢在眉宇间。他的腰下总挂着一把宝剑，这是祖上传下来的。

这个时候，当地有点武艺的少年都进了官府当差。但是，韩信没人举荐，又不会逢迎，只有游荡闲逛，没人用他。十几年来，除了兵书和剑术，他对人间的事似乎知道得很少。正因如此，他的衣食成了最大的问题。

肚子饿得受不了，韩信千思万想如何才能弄到吃的。然后，就想到了钓鱼。旁边钓鱼的人一条条往篓里收，可日上三竿了，他还没钓到一条。

他双腿一软，全身瘫在了地上。这时，一个头发花白的本在上游洗丝绵的老太婆给他拿了两个馍馍和一点咸菜。

看着那金黄色的玉米馍馍，韩信的肚子一阵叫唤，他接过馍和咸菜，深深鞠了一躬。

他感觉，这两个玉米面馍馍是自己有生以来吃到的最好吃的东西。

从这天起，一直到四月里老太婆洗完她的全部丝绵为止，前后有四个月时间，老太婆每天都会给他带两个馍馍和一些咸菜。韩信十分感激，并默默地想以后一定要报答这位老太婆。

韩信高大的身材和腰下那一柄宝剑引起了淮阴少年的注意。年轻人都有不服气的特点，他们容不得有人超过自己，总要占点上风心里才快活。县城中有一条小街，那儿住的几乎都是小商小贩和屠户。屠户和屠户之间来往多，他们的孩子也走得近。

有一天，几个屠户的儿子聚到一起，商量着要治一治韩信。

刚好这时，韩信过来了。

"喂，姓韩的小子，你过来！"一个瘦高个儿向韩信大声喊。

韩信远远地已看到了这群少年。他知道这群小子粗俗没教养，行为野蛮，正要绕道走开，听到喊叫，知道他们盯上了自己，只好硬着头皮走过来。

这伙人故意嘲弄韩信，想要激怒他，可韩信始终忍着。看到韩信无动于衷，他们以为他胆小怕事，越发大胆了。

"胆小鬼，动手呀！"几个人一齐叫喊。

仗着人多，他们希望韩信动手，只要一动手，他们就要狠打，一定要韩信知道他们的厉害。

韩信看着他们，却一动不动。

"韩信，你若有种，是个不怕死的，就给我一剑！若是怕死鬼，那就从我胯下钻过去，否则，今天你休想离开。"壮小子双手叉着腰，唾沫星子乱飞，冲着韩信嚷道。同时撑开了两腿。

"对，要么打一仗，要么装孬种，选一样吧！"

"哈哈，你钻吧，从大哥裤裆下钻过去！"

他们一齐叫骂着，围住了韩信。

静静地注视他们好一会儿，韩信咬了咬嘴唇，随即慢慢伏下身子，从那少年胯下爬了过去。

"哈哈哈，瞧！"

"像条狗，癞皮狗！哈哈！"

只听见周围全是哄笑，韩信什么也看不见。他慢慢站起身，挺直腰杆，大步走了。街两旁都是人，指点着他的后背，许多人在骂他是胆小鬼。

七年之后，项梁率军起义。韩信已是一个力大无比、威武雄壮的汉子。听到消息，他日夜兼程投奔而去。项梁渡过淮河北上，韩信才赶上他的队伍。看到他一副英雄模样，项梁毫不犹豫地留下了他。

当时，从四面八方涌来的英雄好汉如雨后春笋一般，项梁没有多余的时间去分辨哪位是谋士，哪位是将才。韩信虽精通兵法和剑术，却不喜欢表白自己。时局纷乱，项梁部下人员混杂，今天你来，明日我往，彼此了解甚少。所以，韩信一直默默无闻。

项梁战死之后，项羽看中了韩信那副勇武的身姿，任用他为郎中。韩信心道：难道我只是个做卫士的人吗？太小看我了。过去，我一直想让项梁发现我，却未能如愿就再也见不到他了。现在我得自荐，否则，谁人会知道我？

刚好他平日经常伴随出入，护侍项羽左右，有的是接近项羽的机会。于是，他多次向项羽献计，希望引起项羽的重视。然而，每一次项羽不是笑而不言，就是如没听见一般，毫无反应。

"这是一个自负的人，我得离开他。人们都说沛公善于知人用人，我到他那儿去。"

主意一定，在一个风清月白之夜，韩信悄然离了项羽，投奔了汉王营中。

汉王也没有看到他有什么与众不同之处，只给了他个连敖的小官。这连敖是专干接待客人的小事的，无足轻重。

这下韩信失望极了，自幼苦学的兵法就这么白学了吗？他胸中保存的万千用兵之法就无用处了吗？不觉一天天消沉起来。人就是一种精神的支撑，一旦失去了希望和追求，行为就会懈怠放纵。

一天，士兵们一起邀韩信饮酒。酒到半酣，韩信思前想后，把从项营到汉营这么多年来的辗转不定想个遍。自己空怀天下大志，空有满腹才华有什么用？难道就这样无所事事了却一生？人们常说伯乐总会看出谁是千里马，而今自己就是一个实实在在的千里马，可伯乐在哪里呀！自幼至今，孤苦伶仃，受尽屈辱，不就是希望自己有出头之日吗。可是，这一天在哪里呀！

这种人生不如意的伤感似乎能传染，十几个人又都喝多了，各自想起自己的种种不如意，也都纷纷叫骂起来。你摔一只碗，我砸一个凳子，顿时一气乒乒乱响，杯盘狼藉。

这个场面立即被汉王知道了，报告的人又说，这帮人肯定有谋反之心，应重重处罚，以示惩戒。

联想到近来逃亡的人不断、抱怨声不绝，汉王大怒，立令斩首。

刑场上，十几个人被反绑起来排成一排，韩信站在最后。

夏侯婴负责监斩。前面十三个人的头掉在地上了，到了韩信，韩信却从行刑官有力的大手下猛地抬起头，双目炯炯有神，看着夏侯婴大叫道："汉王想得到天下，为什么要杀像我这么有用的人？"

四目相对之际，夏侯婴一下子看出了韩信眼中那份特有的自信和不凡，他吃了一惊，暗道："此人气势不凡，一身正气，不能错杀了他。"

"停斩！"夏侯婴一声令下，又让人为韩信松了绑。一阵交谈之后，夏侯婴深信自己绝没看错，认定他真的胸怀旷世之才，只是没有发挥的地方。所谓谋反之言不过是长期不得志后的牢骚而已。

"谢将军不杀之恩！"

韩信发自内心地感谢道。夏侯婴微微一笑："十四个人中死了十三个，你命大，这是上天注定的。将来，你一定能成为汉王的左膀右臂。"

说完，令他回营中待命。

来到汉王宫中，夏侯婴向汉王申明韩信才志不凡，绝非一般士兵，不应草率斩首。如果重用他，将会起重大作用。

汉王不了解韩信为人如何，但他信任夏侯婴。夏侯婴释放的人没错，看中的肯定有才。

"既如此，赦他死罪，提为治粟都尉。"

在汉王看来，这是个不小的官了。掌管一国粮草，有比这还重要的吗？

夏侯婴听了，似乎还要说什么，却又止住了。

萧何当时就在旁边，所有这一切他都听到了。

自从张良离开后，萧何深感汉王身边缺少一个军中帅才。即使张良在，他也不善于领兵出征上前线。汉王心怀大志，他们这一班人也志在辅助汉王取得天下。然而，取得天下得靠人领兵打仗死命拼杀。自己和一班人虽有些军事策略，但在血与火的拼杀中委实要逊色得多。许多年来，他都在为汉王寻找大将军。听夏侯婴说起这个韩信，他便记在了心上。

第二天，他亲自找到了韩信。看上去，这韩信果然是一表人才，气宇轩昂，胸中似有万千韬略。推心置腹一交谈，萧何心中不禁大为赞叹：此人文通经纶，武善韬略，真是旷世奇才。当下表示，自己将向汉王举荐他，让他好自为之。

谁知一连几天汉王忧虑军心涣散，郁郁寡欢。萧何见状，不好提及就暂时放了下来。那边韩信却等得不耐烦了：自古丞相权重，乃一人之下万人之上。丞相这几日来想必向汉王说过了，为何仍不见有什么动静哩？肯定是汉王不愿用我，那丞相不好向我说明。如今天下未平，需要大将的人太多了，我何故要在这一棵树上吊死。此处不留人，自有留人处。走！

当天晚上，夜幕刚刚降临，韩信带着简单的行囊，悄悄出了军门，大踏步向东而去。

有人看见韩信走了。此人当晚想起前几天丞相与韩信推心置腹交谈，又面呈喜色，觉得丞相与韩信关系一定密切，第二天起身，立即报告了萧何。

萧何一听立即顿足："为何不早来报告？"

说完，冲出房门，顺手牵了一匹快马，顺着东去大路飞奔而去。

边走边找，边找边走。直到第二天下午，才在一片树林中找到韩信，此处距离南郑已是一百多里，把韩信追了回来。

几天之后，一个圆形的高坛在南郑东郊落成。

在萧何的督促下，汉王开始斋戒。三天过去了，迎来拜将的吉日良辰。

一切由萧何指挥。一大早，文武百官来到宫中，站在大殿两边。汉王衣冠整齐，神态端庄，在众人的簇拥下登上车辇来到东郊坛旁。

高高的祭坛上，已插上了一杆红色大旗。斗大的一个黑色"汉"字显得十分耀眼。坛下，彩旗林立，队伍严整，一片寂静。汉王下了车，静立坛旁，只等日出的那一刻。

不一会儿，一轮红日从东山上跃出：金色的光辉洒满大地。天高云淡，彩旗飘扬，烟飞云敛，好一个吉日良辰。

这天，汉王郑重地拜了韩信为大将军。

授任仪式结束，众人缓缓散去，汉王回到宫中，他身后跟着萧何、韩信等一干文武大臣。

"大将军。"刚一落座，汉王看着韩信就发话了，他的目光里含着疑问，"丞相一再向我举荐你，你有何良策开导我吗？"

"臣不敢，臣唯大王之命是从。"

韩信明白，这都是萧何唯才是举的结果，又当着这么多大臣的面，他不好造次。

"无妨，我只想听听你的开导。"

汉王知道韩信是在谦让，微笑着鼓励。

韩信稍一思忖，不慌不忙地问："大王的目的是向东去争夺天下，你的对手难道不是项羽吗？"

汉王点点头："正是。"

"大王您估量估量，在勇敢、猛悍、仁爱、刚强等方面，您和项羽谁强些？"韩信又问。

沉默一会儿，汉王说："我不如项羽。"

韩信立即向汉王拜了两拜，直言道："我韩信也认为您在这些方面比不上项羽。不过，我曾侍奉过他，深知他的为人和禀性。行军作战之时，项羽叱咤风云，威武无比，但是他不会用人，此不过是匹夫之勇罢了，且日常待人有妇人之慈。这是其一。其二，进入关中雄霸天下时，他使诸侯臣服，正是君临天下的好时机，他却舍弃关中而建都彭城。其三，背弃怀王的约定，把自己亲信偏爱的将领分封为王，各国原来诸侯则安置到偏远的地方，使天下诸侯愤愤不平。其四，因为追随他入关有功，他把各诸侯的将相加封为王，却把原诸侯迁出原国土，甚至把义帝也迁到了江南。这引导天下将相蔑视自己的君主。其五，他的军队残暴不仁，到处烧杀抢掠，老百姓怨愤极深。凡此种种，使他名义上是霸主，实际上却已经失去了天下人的心。所以，他的那种强盛极易衰弱。现在大王您如果能真的反其道而行之，唯天下英勇善战之才是用，那还有什么对手不能灭！把天下的城邑封给有功之臣，会使天下的人心悦诚服；用恰当的军事行动去顺应思归心切的将士们，就没有打不垮的敌人。再说，分封在秦地的三个诸侯王都是过去秦王将领。对章邯、司马欣、董翳这三个人，关中的父老乡亲恨之入骨，恨不能生吃了他们。而今，项羽倚仗着自己的威势，强行封这三人为王，秦地的百姓哪能爱戴他们呢！然而，大王您入关之时，军纪严明，秋毫无犯，废除了秦王的严刑峻法，和秦地百姓约法三章，秦地百姓无不盼望您留在关中。而且，按照楚王事先的约定，大王您在关中称王是理所当然，这一点关中百姓都知道。看到您失掉应得的王位，关中百姓没有不埋怨项羽的。当今之下，大王您起兵向东，三秦之地只要发一道征讨的文书就可以平定了！请大王斟酌。"

汉王早已听得入了神，大喜道："将军之言，令我茅塞顿开，我应该早用将军才是。从今之后，军队全由将军调遣。东征大事，将军择日而行就是。"

"大王，将不练不勇，兵不练不精。项王虽有败象，但毕竟势力强大，历经百战，不可轻视，我大军需要演练校阅，才可出征。"韩信回道。

"就依将军之言。"汉王称善。

第二天，又是一个好天气，只见天气晴朗，大地清明，一派令人赏心悦目之象。韩信升起军帐，开始点将。

众将多不知晓这韩信是何等一个人物，虽齐刷刷分列两排，却在心里有些不服：从哪里冒出个韩信，一向无名的人，能有什么奇才？从今儿起倒要看看他。

韩信居高临下，早已从众将眼中看出了那份不服气。宣读完军令军规后，他威严地扫视众人一遍，道："汉王已拜我为大将军，我所统管一切关汉王大业，军令如山，众将今后要严遵军令。不得有误，凡违令者严惩不贷！"

五日过后，最基本的步法已掌握，开始演练阵法。所统之兵，不只是汉王原来士卒，还有追随而来的各诸侯的将士，要想统一练习阵法可真不容易。韩信重用樊哙、周勃、灌婴等几员大将，同时令他们紧紧扣住自己手下的各位偏将。然后，他亲自上阵，边讲边示范。只见练兵场上人山人海，时起时伏、时聚时散，变幻多端，煞是雄壮。可守可攻，可聚可散，十分灵活实用。这些阵法不仅以前不曾见过，甚至连听说也没听说过。于是，将领们渐渐对韩信刮目相看。

转眼一个月过去了，汉军在韩信指挥下已上了正路，焕然一新。

就在汉王日思夜想、千方百计要东归之时，张良也在悄悄地帮助汉王。

回到韩国之后，张良等韩王不来，就知项羽心中另有所图。他派人送给项羽一封信，信中有这么一句话："汉王就国之际，已烧绝身后栈道，这说明汉王绝无回归之心了。"

项王已听左右谈到过烧栈道之事，不太相信，今又听张良提及，才略微放下心：这汉王看来是不想到东方来了，否则，为何自烧栈道呢？

不久，田荣反叛自立为王的事件发生了。张良第一个把消息传递给项王，项王心为所动。若要造反，汉王也该反了。最危险的人是汉王，如今汉王没有动静，反的却是田荣。汉王那边不必再去担忧。

所有这一切，其实都是张良用心所为，对汉王来说，也实在难找张良这样身在异地还为之用心良苦的人。

汉王自觉时机已到，召见了韩信："我军已焕然一新，士气大振，将军看何日出征三秦？"

"大王，暑气将尽，中秋来临，八月是用兵的最好季节。"

"该用何种计策？"

"当初，张良火烧栈道，意在迷惑敌人。然臣已探明，自南部通向三秦另有一条羊肠小道，因它掩映在草木之中，很少有人知晓。我军可悄悄沿此道直达三秦。与此同时，大王可派一队人马修理栈道做掩护，只要老弱病残即可。"

"好哇，这不正是明修栈道，暗度陈仓吗？真是英雄所见略同！"

汉王击掌大笑。

原来，张良临行前留下的话里也有这一计。只因走得急促，张良只交代了八个字：明修栈道，暗度陈仓。

这陈仓乃是一个地名，为关北的岐州陈仓县，是通向三秦的一个要塞。

当下二人商定，由樊哙统兵带一些百姓去修整烧得破破烂烂的栈道，萧何留在南郑收取巴、蜀的税租，保证军队粮草供给。统率大军的任务则由汉王和韩信完成。

八月初二，这一天，汉王和韩信带领三军出发了。

没有战鼓，没有战旗。在一条通向陈仓的山间小路上，只能看见一些小树的树叶晃动。在严厉的号令下，将士们衔枚急行军。衔枚，是古代留下来的一种军令，一种行动。为了防止士卒们走路谈话，每人一根七八寸长的小木棍横在口中，这就是衔枚。临行前，大将军韩信已传下令来："打到关中去，圆月之夜回故乡团聚！"

一听说要打回老家去了，将士们喜上眉梢，不由得加快了行军的步伐。往日衔枚行军，总会引起埋怨，而这一次，士卒们心甘情愿，他们归心似箭，只想着要打回老家去，什么苦都忘了，在日夜兼程之下，很快抵达陈仓。

【第八回】

洋洒洒韩信排阵，忙急急沛公撤亲

章邯自从被封为雍王之后，内心稍稍得到些安慰。

投降项羽，实在是迫不得已，赵高把他逼得无路可走了。为了二十多万将士的生命，他抛弃了一个忠字，来到项羽旗下。身为军人，选一个值得自己拼命的主儿，这也无可厚非。但是，没想到项羽也给了他一刀子——坑杀了他的二十万部下。他发过狠，流过泪，但还是忍过来了。

回到关中，他没敢露面。他没脸见三秦父老，是他把三秦父老的儿子、父亲、丈夫送给项羽活埋了。三秦人恨透了他，他也明白。因此他一直噩梦连连，吃喝不宁。还好，后来项羽称了霸王，他才稍稍放了心，有了一点安全感。再后来，他被封为雍王。

不能说这是大喜过望，但还是对项羽充满感激。他为秦王朝出生入死、东征西伐半辈子，得到了什么？差点被赵高陷害了。人生一世，做臣子的图什么，不就是功名利禄吗？人主得到了江山，人臣就应该有功名。从这一点上讲，他觉得项王够义气，比秦王仁厚。

有人私下里对他说："将军，这是项王在利用你哩！用你来阻挡汉王，真是妙算啊！"

他笑了："这有什么！做人臣的不就是为人主所用吗？再说，我是个军人，军人的天职是作战。"

这话传到了项王耳中，使得项王又信任了他几分。离开关中前，项王秘密嘱咐他："雍国乃是三秦第一门户，阻隔汉王的要塞，雍王可谓肩负重任啊！"

"项王放心，养兵千日，用兵一时，臣当鼎力而守！"

自项王走后，他就严密注视着汉王的行踪，日夜派兵巡察。但是，一段时间过去，便心下急慢起来，他对左右说："项王也许太过虑了。那汉王赴南郑时已火烧栈道，只剩下了支离破碎的一些焦木桩子，纵使汉王有心东归，哪里有路？

再说，如若汉王真有心东归，何必烧掉栈道呢？汉王不会如此愚蠢的。"

放松了警惕，就只派人马远远监视着，不再日夜设哨了。

韩信为将的消息传来，章邯惊问左右："这韩信是什么人，我怎么从未听说过？"

左右道："此人乃是淮阴人氏，自幼丧父，颇喜兵书剑法，先随项梁，再跟项羽，最后才投了汉王。郁郁不得志多年，最近才蒙萧何举荐做了汉王的大将军。"

接着，又把韩信少年钻胯等轶闻逸事说与章邯听了。

"哈哈哈！"章邯听完一边大笑一边说，"汉王身边也真是没有可用之才了！此人一向无名无功不说，竟然能做出这等甘心受辱之事，还有一点骨气吗！汉王用他做大将军，该不是喝酒喝昏了头吧。"

"大王，听说汉王左右多有不服哩！"左右又道。

"这不是明摆着的吗，一个无名小卒又没骨气，谁人肯服？唉，也难怪汉王看中他，你们想想，那汉王身边又有谁可胜此大任？樊哙，一介武夫，有勇无谋；夏侯婴，乡间小吏出身，有谋无勇；周勃，行为莽撞，常有顾首不顾尾之处……哈哈哈！"章邯轻蔑地数落着，又笑起来。

恰有探马来报，说汉王已派人修理栈道，似有东征之象。

"有多少人在修？"

章邯并不惊慌，问道。

"大约四五百人样子，皆是些老弱百姓。"士卒回道。

"不必担忧，只派了数百人，不知要到何年何月才能修好哩，让他修便是了。"

他心里想，人人都说汉王精明过人，倒看不出表现在哪儿。怪不得项王抢在他的头里，这是自然的事。

八月十五一大早，一骑快马从陈仓飞到了章邯身边："大王，汉王大军突现在陈仓城下。"

来人惊魂未定，焦虑万分。

"胡说，栈道刚修几里，难道汉王大军从天下掉下来的？"

"韩信统兵从山间小路而又偃旗息鼓，我军都未察觉。"

章邯一阵惊慌之后很快镇定下来，毕竟是身经百战之人。他立即着甲戴盔，率军扑向陈仓。

出了废丘往西快马疾行，不断遇见败逃的士卒。章邯一面喝令他们重新上阵，一面暗自惊异：往日任何战争都是乱民和败军混杂而逃，如今如何只见士卒不见百姓？

他哪里知道，这正是汉王过人之处。

得人心者得天下，这是古代圣贤留下的遗训。所以，还归三秦之前，汉王就下了命令，要士卒爱护百姓，千万不能扰民。

同时，为解除后顾之忧，他还采取了一系列措施稳定自己的领地。一是"赦罪人"，即释放现有巴、蜀的犯人，以扩充劳力和兵源。二是"施恩德，赐民爵"，即免除蜀汉民众两年的赋税，免除关中从军家属一年的赋税。五十岁以上有德行的人，每乡从他们中选一名乡三老，每县选一名县三老，利用他们的威望帮助官吏管理各项事务。待遇是每年免除徭役赋税，年初官府赐以酒肉。

章邯边走边想，不知不觉到了陈仓。登高一望，不禁倒吸一口冷气。城池之外的原野上几乎全是汉军，还有人马不断从西涌来。细问探马，才知从南郑到陈仓，其间真的有一条山间小道，汉军正是从那小道上偷袭过来的。

摆开阵势，章邯不敢怠慢，立即指挥部队和汉军打将起来。只见秋阳下你来我往，刀光闪闪，剑戟声铿锵不断。

汉军在韩信的指挥下，不断变换阵法，弄得章邯眼花缭乱。相比之下，双方士气大不相同。那汉军思归心切，只想着与亲人团聚，所以是越战越勇，以一当十。

章邯军却是瞻前顾后，随时随地准备择路而逃。这乃是章邯自己留下的后患——士卒们以为章邯过去能把二十万弟兄送与项羽活埋，如今不知又会如何坑害他们。也有些人是那被活埋士卒的兄弟亲戚，更是对章邯充满仇恨，哪里肯卖命而战？

不到三个时辰，章邯军就开始四下溃散。败军如潮，挡也挡不住，章邯自己也向回跑。

跑了几十里后，章邯勒住马回头观望。汉军追是追来了，却只有稀稀拉拉的一些士卒。再仔细一望，汉卒个个满脸疲惫，似有力不从心之状。

"只一味败逃哪里有活路？不如我猛回头杀他个回马枪，那韩信初次入阵，不会想到这一招。"

章邯突然心生此念，大声断喝士卒停止撤退，随他反攻汉军。胆战心惊的士卒只得跟他向回冲。

忽然间，本来看似一盘散沙般的汉军卷起了一阵狂风，很快组织起变幻不定的阵形。只见四下里的散兵游勇犹如中了邪一般迅速连成两条大队，先纵后横迎头而来。冲在最前的乃是樊哙。其后，左右两侧又出现了两支大军，一是灌婴为首，一是周勃为将。队伍移动如神差鬼使一般快捷，一起包抄过来。

"韩信果然用兵如神，何等了得！"

章邯暗叹一声，不敢恋战，向着来路只顾逃窜。

原野上，已横七竖八躺满了章邯士卒，粗略估摸一下，约占全军一半。

　　百里路外，乃是好畤城。章邯一边进城喘息一边想：莫不是我再也打不了胜仗了？汉王既来之，则必想定之，凭着我的力量看来是胜不了他了。人们常说将来得天下的是汉王而非项王，我何必为项羽白白搭上一条老命？

　　想到这里，他唤来一位副将，也是自己的弟弟章平："贤弟，我年岁已大，不易进退。你守在这里，能进则进，能退则退，自作定夺吧。我先回废丘去。"

　　章平年轻些，为人也很仁孝，他点点头："大哥，你只管离去，我会根据变化相应选择。"

　　章邯把剩下残军留一半给弟弟，另一半自己带着上路了。

　　当天半夜，汉军包围了好畤城。已两败章平，士卒越战越勇。他们在城下高声叫骂，战鼓敲得咚咚响，恨不得一下子杀进城去。城上守军只看着他们，像没事人一般，任凭他们叫骂，只是不理。

　　原来，章平采取了以柔克刚，以静制动之术。他以为，汉王刚刚出来，锐气十足，若是硬拼硬打，必为所挫。不如先置之不理，挫挫他们的锐气。等过了锋芒，或许可以对付过去。

　　众将士在城下叫哑了嗓子，也不见城上有动静。樊哙、周勃、灌婴都有些急了。

　　"将军，不如弃下此城去追那章邯老贼，如此硬磨，太消耗时间。"灌婴对韩信道。

　　"章平乃是一员偏将，不足挂齿，何必在此久留？能灭了那章邯回来再收拾他也不妨。"周勃也是这个意思。

　　韩信却自有主张："古代克敌，尤其是克首当之敌，有一个策略，就是与其伤其十指，不如断其一指。我军征秦，前几仗最重要。于敌则震慑敌胆，于我则振奋士气。要么不打，要打就要置敌人于死地。"

　　众将听令，只得再行挑战。

　　一天、两天、五天过去了。汉军不再叫骂，只严密注视城上，等待时机到来。

　　章平亲自到城上察看，只见汉军三步一岗五步一哨。到了中午和晚上，竟还烧火做饭。他松了口气，对左右道："死死守住，好畤城池坚如磐石，汉军难以强攻。远离南郑，粮草供应困难，他们熬不了多久。只消数日，他们就会自行退了。躲过这场大难，雍王定有重赏！"

　　将士们听了此言，也轻松了些。

　　三天之后，天阴了。天空阴云密布，低低地压着，仿佛离城楼不到一丈高。冷风一个劲地吹着，刮在脸上如刀子一般。黄昏时分，冷雨在风中打着旋儿铺天盖地而来，形成一个雾蒙蒙的白色世界。

　　士兵们已经穿上了冬衣，可是不一会儿都给雨淋透了，冷得发抖。守在城上的士卒仔细地瞅着城下，除了几个哨位上的披蓑戴笠站着外，其余的全钻进军帐中去了。守了一会儿，他们也都钻进了城楼。

晚饭之后，雨越下越大，哗哗的雨声遮住了一切。外面，伸手不见五指，出奇的黑。紧张了多日的守将太疲劳了，一边令士兵们注意动静，一边坐在火堆边休息。

半夜时分，一声恐怖的叫喊划破了天空："汉兵摸上来了，不好啦——"

顿时，城上一片慌乱，摸刀的摸刀，披甲的披甲，但已来不及了，只听得喊杀声一片，黑乎乎的人影已布满城上。

原来，韩信观察到雨中敌人放松了警惕，基本上没留人在城墙上，就下了急攻偷袭的命令。架梯的架梯，攀登的攀登，神不知鬼不觉地摸上城来。偶尔也弄出一些轻微的动静，但哗哗的雨声盖住了一切，谁听得到？

毕竟是坚守了多日，守卒们很快聚集到了石块堆前。顷刻间，石头如雨般落下。黑暗中不少汉兵被击中，号叫着滚落下去。

冲上来的汉兵见守军冲出，也不敢乱砍，敌中有我，我中有敌，谁分得清。耳边响着一阵落下人的惨叫，有些人惊慌失措起来。

"看不见，将军，怎么办？"

混乱中有人大喊。

"往里冲，城里都是敌军，往里冲！"

守军听到喊声，仿佛听到提醒，聚成一条护卫线阻止汉军。

此时，一位守将用油浸松木点起了火把，来分辨汉军。城中汉军虽多却不如守军多，城下士卒一时上不来，不大一会儿，冲上来的汉军死伤过半。

樊哙急了，大吼一声："让开！"

他右手握着剑盾，左手抓着云梯，冒着石雨往上冲，只消三五下就冲上了城墙。顿时，他如虎生风，左手舞盾，右手挥剑，不要命似的杀个不停。守军蜂拥而围，却怎么也挡不住他。很快，他杀开一条血路。他跳跃着、躲闪着、冲杀着，须臾到了城门跟前。一阵左砍右斩，终于打开了城门。

汉军蜂拥而入，喊杀声震天。

此时，天色已亮，雨也停了。

两个时辰后，城中守军除了投降的，全部死在了汉军刀下。

清点守将时，看到县令、县丞及主要官吏尸首，唯独不见章平。抓来章平家仆人，仆人战战兢兢地告诉樊哙："天刚要亮时，城池被攻破。章平带着家眷坠下城去逃走了，只带了十几个随从。"

浑身湿透的仆人面无人色。

汉王见状，忙令左右："找衣服来给他换上。"又转头对他说："切勿害怕，我们不伤百姓。"

这事仿佛给他提了个醒，当即令人到处张贴安民告示，抚慰百姓。

韩信待战场打扫完毕，上奏汉王："大王，行军作战，须赏罚分明。言必行，行必果。樊哙身先士卒，首破城门，有功，请大王斟酌。"

汉王大喜，心道："这樊哙乃是我的妻妹夫，忠贞勇敢，早应重赏，今日正是一个好机会。"

于是当众宣布："将军樊哙破城有首功，特授予郎中骑将之职。"

此后，近四十天时间，汉军连下数城。下邽、槐里、柳中、咸阳等都被控制在汉军手中。于是，章邯的都城——废丘，成了水中孤岛。

"是拔下最后一枚钉子的时候了！"

韩信向汉王道。

"章邯虽为败军之王，但身经百战，不可轻视，对付他必须巧施计策。"

汉王提醒韩信。

"我先到废丘审视城防地形，再定计策。"

几天后，韩信带着左右，悄悄来到废丘。绕城一周，他走走看看，看看走走。一回到营地，他就把几位大将召集到了一起，一条攻城妙计布置下去了。

却说章平惊魂落魄从好畤城逃到废丘，不得不把汉军的威力又说了一番。章邯听了，心中暗暗惊叹："那韩信果然不同凡响，汉王得了他，真是如虎添翼。"

其后多日，周围城池一个个失守。章邯深感大势不妙。他亲临城防，严令将士加强防守不可大意。章平也协助指点，忙个不停。

不出所料，汉王大军齐围到了他的城下。兄弟二人亲自督战，矢石如雨一般落下，压得汉军抬不起头。

太阳西沉，一天终于过去了。城下汉兵偃旗息鼓，章邯却不敢放松，守在城上不敢动。

"汉王为人狡猾，诡计多端，要防止他夜中偷袭。"他一边各处巡察，一边传下令去。

三更时分，一弯新月即将落下去，城中一片凄凉冷清。忽然，寂静的城中各处都骚动起来。随之，到处灯光闪闪，人声嘈杂。

"一定出了什么事，你们严守着，我下去看看。"

章邯带着章平来到城里，不觉吃了一惊。只见平地上到处是几尺深的水，水还在一个劲儿地往上涨。

他抬头看天，天上星光灿烂。倾耳而听，没有哗哗之声。只见水涨，却不知水从何处涌来。

"不好，天要亡我！"

章邯大叫一声，立即传令撤军。随即，全军将士及将领家眷，蹚着没腰深的大水向北门水浅处撤去。

章邯做梦也想不到，这是韩信的水攻计。

原来，这废丘两面环水。水从西北流向东南，顺顺当当。韩信看准了这一地形特点，令樊哙、周勃、灌婴等堵住了下游，水因此自然涌入城中。

章邯出了城北门，汉军冲入城中，众将又立即挖道引水，令其畅流。天亮时分，城中大水已全部退去。

汉王自己率人进城安抚民众，令众将追击章邯。

章邯哪里知道这是人计而非天意？看到汉兵追来，他已无心死战。最后，他仰天长叹一声，拔剑自刎。

章平战到最后被汉军活捉了。

人不解甲，马不停蹄。汉王指挥人马，向翟、塞二王杀去。

汉王人马来到，翟王董翳、塞王司马欣内部已纷乱起来。

当章邯节节败退之时，曾向他们求救。考虑到自身安危，他们都未出兵相救。章邯败死的消息传来，他们久久说不出话来。

回首往日，二人跟随章邯多年，章邯待他们不薄。许多艰难关口，三人共同渡过。封王之后，他们是各自独立了，但是，他们毕竟都曾是章邯的部下，眼睁睁看着自己的老大人战败自杀，这哪里还有一点仁义之情呢？他们担惊受怕之余，颇有些愧疚。一个人良心若是不安，哪会振作起精神来呢？

手下士卒对他们二位也颇有些愤恨。当初项羽坑杀二十万关中士卒，他们也有责任。回到关中，乡亲父老唾骂他们，恨不得杀了他们。如今，他们的士卒大多也是秦人，对他们没有拥戴之情。听说汉王已回到三秦，人人拍手称快，有些胆大的竟偷偷去降了汉王。

汉王大军已经向二国发兵的消息很快传来，董翳坐立不安。一番思前想后之后，他派人给司马欣送去了一封信：

塞王足下：

雍王不敌汉王近日战死，我二人本不能与雍王相提并论，同汉王交战结果可想而知。项王立我二位为王，有恩有义，然凶狠残暴、刚愎自用亦是项王本性，加之不爱抚民众，将来得天下者必是汉王。回首往日，我二人已做了一次不忠之臣，忠义二字已离我二人远去。如今汉王兵戈相逼，为了属下万千士卒及儿女眷属，不如再做一次不义之臣。何去何从，请深思。

司马欣阅毕信件，内心也禁不住一阵伤感。思忖良久，他长叹一声："人网中之鱼虾，何必再拼个鱼死网破呢！"

当下派了使者前去与董翳联系，商量投汉王事宜。十几天后，二王不战而降，投到了汉王部下。至此，三秦统一，从回到三秦至今，仅仅一个多月时间。

却说田荣派彭越前往攻打项王，项王大怒。左右有人道："大王，诸侯王众多，一旦乱起来将难以制服。田荣是出头之鸟，必须狠狠打击，以示惩戒。"

项王不以为然："杀鸡焉用宰牛刀。小小的彭越，乃是一个无名小辈，哪里需要我亲自出征！派一个偏将足以平之。哪位将领愿迎战彭越？"

项王话音刚落，一员将领站了出来："大王，末将愿往。"

项王一看，乃是萧公角。

"好，给你三万士卒，且记，一定要把彭越杀得人马不留！"

项王咬着牙命令道。

萧公角领命而去，意气昂扬，似有气吞万里之势。项王心中想，十天之后就有好消息了。

十天之后，果然有一骑快马飞驰而来，来人向项王传来的却是令人意想不到的结局："萧公角大败，三万士卒战死两万多，余下部分全被彭越俘获。"

"可恶！可恶！"项王不听则已，一听暴跳如雷，"传令下去，本王要亲征彭越，杀他个片甲不留！"

车马兵戈刚刚备好，赵地传来信息——陈余打败了张耳，张耳投奔汉王而去。项王冷笑一声："陈余乃一个三县之侯，也敢反叛，不是找死吗？"

笑声未落，一个人跌跌撞撞奔进宫来，跌倒在他的身边，双手向他呈上一封信，却说不出话来——他已累到极点了。

项王赶忙打开信函，顿时铁青了脸。只见上面写着一行大字："汉王正在攻三秦！"

"大王，齐有田荣，赵有陈余，汉王已到阳夏，快做决策吧！"左右见状，急得不知如何是好。

项王一下子也拿不定主意了——是向东征齐，还是向西讨汉？田荣首叛，十分可恶，不杀不足以平心头之恨；汉王奸猾，是当今天下最有力的竞争对手，不除不能解后顾之忧，但他没有分身术，该怎么办呢？

恰在这时，一个儒生模样的人走进来，恭恭敬敬呈给项王一封函，谦恭地道："张良恭奉大王信函一封，小人奉命谨奉！"

项王心头讨厌张良，知道此函肯定与汉王有关，就忍着心头之火打开了。

大王足下：

近闻有齐、赵、汉等地叛乱，十分不安，此辈反叛之举，实在于大王初定天下不利。臣为韩王臣子，亦是大王之臣，今有一言敬献：凡面临纷乱，定要提纲挈领，分清轻重缓急后再一一处之。如陈余之乱，乃是大王分封不公，若他与张耳同等待遇则不会有今日。汉王回攻三秦，亦是在履行怀王之约，一旦得三秦后，汉王自会停息。至于田荣作乱，实在是以下犯上，罪该万死。此人不除，不足以平众愤，请大王三思而后行。

不知为什么，项王认为张良说得还十分在理。他最后决定：先放下赵、汉，集中全力攻齐。

此后不久，一条噩耗传遍天下——义帝被人杀死在长江之中。

众人皆惊：此种不义之举是何人所为？

苍天有眼，高居人间之上，把一切都看在眼里。

项王早就派使者送信给义帝，要他迁到长沙去。义帝深知项王之心，拖延着未行。项羽回到彭城，哪能容忍义帝再留，软中带硬催义帝赶快上路。

此时已是十二月，寒风刺骨，冰封大地。义帝召集他的左右群臣就要启程时，却发现大多数人已逃走了。那些臣子都是中原人，世世代代居住在中原地区，谁愿意离开故乡？义帝的处境更令人担忧，真不知他会死在哪一天。跟着一个空有名义的帝王又冒着生命危险，没有忠心做不到。义帝痛苦地摇着头，带着几个忠臣上路了。

俗话说，势在追随来，势去转身离，这世上有几个不是势利小人！

看着义帝形单影只，像一个走卒一样被项王使唤来支使去，随行役夫们内心就有些看不上他。一路上根本不听义帝的话，想走就走，想停就停，想歇就歇。今日走二十里，明日走三十里，没个定数，只随他们的心才行。义帝受冻受气，也只好由着他们，许多天后，一行人才到了长江边上。

费尽九牛二虎之力，义帝左右才觅得过江船只。连人带物，大大小小用了七八艘船。这是一个晴朗的日子，江面上风平浪静，波光粼粼。义帝眺望长江南岸，心事重重，谁知道到了彬地会怎么样呢？唉，过一天算一天吧。

忽然，后面追来一只大船。放眼望去，只见那船上之人一个个衣衫驳杂，利剑在身，如凶神恶煞一般，直冲过来。

"不好，遇上水盗了！"

船夫们见多识广，大叫道。

顷刻间，盗贼们已跳上船来。但是，他们并不说话，也不问身带何物，只一个劲地砍杀船上之人。一小群卫兵连回手之力都没有，就一个个成了刀下鬼。

"此乃义帝，不准乱来！"一个臣子大叫。

"什么义帝！杀的就是义帝！"一个头目挥剑砍下了义帝的脑袋。

待把君臣船夫杀得一个不剩，又把他们的尸首一一抛入江中，一行人才开始搬运船中金银物品，欢喜而去。

可怜义帝，他至死都不明白这些杀他的人是谁。

这哪里是一群江洋大盗，都是受项王之命弑主的乱臣。

项王把义帝赶向郴地，并不能了却他心头之恨。在他心目中，义帝对不起他的地方太多了。当初，确立西进关中的人选时，他和汉王同样跃跃欲试，义帝却选中了汉王。也许，义帝忘了他楚王的身份是谁拥立的了，立楚王者是项家而非刘家。

进入关中灭秦，汉王自愿退出，把咸阳让给他。义帝却固执坚持应该如约而行，意思是汉王首先入关就应该把关中交与汉王，这不是又一次偏袒汉王吗？如果不是义帝定下让汉王西征，哪会有后来的一切争斗？那汉王又哪会成为竞争对手？成者为王，败者为寇，与其让一个名义上的主子在世碍眼，还不如一下清除掉干净。

主意拿定，他就要动手去干。向齐进攻前，召集诸王议事，九江王英布推托有病在身，不能前来。项王忽然心生一计：何不借英布之手杀掉义帝？

当下，他修了一道密令，令人秘密送与英布，要他派一批九江兵装扮成盗贼模样，趁义帝过江时除掉他。

英布接到密令犹豫起来：这义帝乃是天下诸侯共立，我杀了他岂不成天下罪人了吗？可是，若是不杀他，心狠手辣的项王能放过我吗？

权衡再三，他还是下定决心：义帝无权无势，只空有一个名分，谁把他看在眼里？与其得罪项王，不如对不起义帝。

他派人注意义帝行程，看到义帝一行上了渡江的船，就密令亲信动起手来。

九江士卒的船在回程中又先后遇上了两班船只，彼此问讯过后，对方船只不再向前，也掉头回去了。至此，他们才明白，多心的项王密令的不只是九江王英布，还有衡山王吴芮、临江王共敖。

项羽很快接到了三王送上的奏报，心头暗喜，以为一切都在神不知鬼不觉中完成了。

俗话说得好，若要人不知，除非己莫为。上有天，下有地，中有人心。项王密害义帝的消息还是在天下传开了。

此前一个月光景，汉王派出了原韩王之孙韩信领兵略韩。这韩信与大将军韩信同名，也是个有勇有谋的公子。临行前，汉王对他说："项羽杀了韩王，韩地无主。如若你攻下韩地，就封你为韩王。"

韩信道："项王暴虐，骗杀韩王，此仇不报，韩国宗室难以面对世人。只是我势单力弱，还望大王相助。"

汉王当即拨出一部分兵马给韩信，要他好好指挥。

韩信正要出征之际，张良从韩地来了。自从韩王韩成被项羽杀掉之后，张良就十分痛苦。多年来，他梦寐以求的理想就是恢复韩国。故国的一切令他魂牵梦绕，时时牵挂。原以为此番回到韩国后，能助韩王一臂之力，振兴韩国，没想到韩王连自己的封国都未到就死在了项羽手下。

在此之前，张良对项羽还有一分歉意。当年，是项梁给他一队人马让他随韩王而去的。项梁对他有恩，他却辅助汉王许久。现在，他对项羽有了更清醒的认识。如此暴虐不仁之君，最终难以拥有天下。所以，当汉王还攻三秦后，他送给项羽一封信，麻痹项羽，让项羽放松对汉王的警惕。在一个月白风清之夜，他悄悄奔汉王而去。

见张良来到，汉王大喜。然而，听说韩公子韩信要收复韩地，张良立刻要求同去击楚。汉王道："你一番忠君为国之情可敬可嘉，然恢复韩国之本，在于消灭项羽。项羽不灭，亦难做到。我的目的正在于此。眼前，我身边缺少谋臣的深谋远虑，运筹帷幄。需要有人帮我一把，请留在我身边吧！"

思忖良久，张良答应下来。汉王立即召集文武群臣，当众宣布："张良随从本王日久，智谋可赞，忠心可嘉，特封张良为成信侯，从本王东去击楚。"

有了张良在身边，汉王多了一个心腹之臣。对着张良，汉王把自己心中的策略说了一遍，最后道："大将军韩信曾断言这次东归三秦，会一路顺风马到成功，如今都一一实现了，我想乘胜向东击楚，如何？"

张良反问道："大王此次东归，仅仅是想收回三秦吗？"

汉王摇摇头，笑了："你是最知道我的志向的人。"

"既然大王决策东向的目标是为了争夺天下，就应该实施一个重要的步骤。"张良似乎已经思虑许久了。

"请详述。"

汉王洗耳恭听。

"自古以来，社与稷乃立国之本，人非土不立，非谷不食。所以，凡明君圣主在即位之初都要封土立社，以示有土。而稷为五谷长，应立稷而祭之。灭人之国，也一定要变置所灭国的社稷。因此，大王须除秦之社稷，更立汉之社稷。"

汉王听了，深深地点了点头。他想，张良为我想得太远了，也太有意义了。我虽有一统天下之志，但对于这些根本大礼知道得不多。张良的这个建议，对于我来说有两层意思。其一，表明我名正言顺地登上了关中王位。其二，暗示天下人，我终将一统天下。项羽就未曾想到这一着，其他人也没有想到。项羽所继续的只是楚国的正统而已。因此，这一举措，就是在宣告要继承秦皇即天下共主的地位。同时，对外也可有名正言顺的理由：我做关中王，不过是落实怀王的约定，以此可以掩饰我的雄心，麻痹对手。有了张良助我，真是万幸。

十几天后，汉王选择了良辰吉日，举行了重大的仪式：废除秦社稷，立下汉社稷。

从此，汉王同项羽正式抗衡的日子开始了。

项羽指使英布杀死义帝之举已众人皆知。

汉王此时并无太深的感触，反正怀王是楚国国君，项羽弑主大逆不道，天下人自然会谴责他。

转眼又是三月，春暖花开，万物复苏。一切就绪之后，汉王率军从临晋渡过黄河，向东直指彭城而去。十几天后，大军来到洛阳。

洛阳自古以来就有牡丹之城的美名，值此三月，更是繁花似锦。红、白、粉、黄，各色牡丹开满大街小巷，引得蝴蝶蜜蜂乱飞，嘤嘤嗡嗡，叫人沉醉。汉王无心赏花，一到城中就安抚百姓，召集三老，晓以大义，明以事理。众人见汉王如此爱民，都十分欢喜。散去之后，却有一个老人留下未走，静静坐在那儿注视着汉王。

汉王不由得观察着这个老人，只见他鹤发童颜，精神矍铄，双目炯炯有神，似乎有话要对他说。他忙走前几步，谦逊地问："请问长者尊姓大名？"

"不敢，小民姓董，乃是当地三老。"

老人声如洪钟，不卑不亢。

"敢问董公高寿？"

"哈哈，谢大王，小民八十有二了。"

"老人家洪福齐天啊！敢问有何见教吗？"汉王笑着问。

"臣听说过这么几条古训，就是'顺德者昌，逆德者亡''兵出无名，事故不成。明其为贼，敌乃可服'。这里是说只有顺从道德指引的人才能昌盛，凡是悖逆道德行事的人注定要灭亡。军队出师打仗，如果没有正当的名义，肯定不能取得胜利。所以，如果能指明对方的非正义，敌人就容易战胜了。现在，那项王恣行无道，流放且杀害了他过去的主子义帝，已经成为天下的独夫贼子。讲仁德的人，不必依靠武勇；讲正义的人，不必依靠蛮力。项王既有此不义之举，我方的三军将士，应当为义帝穿素服，将项王的罪状通报各诸侯。如果用这个名义征讨项王，四海之内都将仰望大王的功德，这样的义举可同古代贤明的夏、殷、周相提并论。"

汉王心头一震：好一个睿智的老人，竟然有此高见！过去，我并没把义帝当成自己的主子，更没想到可以利用义帝之死大做文章，这里的奥妙太多了。对付项羽，有正当的名义跟没有正当的名义绝不相同。师出有名的一方理直气壮，可鼓舞士气；戴有罪名的一方理屈词穷，易瓦解军心。而今，我的实力比不上项羽，但是，如果我打出名正言顺的堂皇旗号，即使不能给自己增添实力，也能给对方造成被动和干扰，在一定程度上削弱对方的力量。

"说得太好了！"汉王不禁赞叹，"如果没有老先生的指教，我不会想到这些。好，本王封你为成侯！"

内心激动，汉王脱口而出。

"感激汉王封赏之恩。"董公叩拜道，神态依然自若。

说做就做，汉王立即召集了随行的文武群臣。一俟众人到齐，汉王脱掉上衣光着脊背，泪流满面地对大家说："义帝为项王所杀，此乃我汉国之大悲。我要为义帝发丧，守丧三日！"

话毕，竟呜呜哭出声来。

众人先是一惊，接着也哭起来。

过了一会儿，汉王擦去泪水，令道："即日起，我汉将声讨项王弑主之举。"

接着，令礼官宣读《发使告诸侯书》。只听上面写道："天下共立义帝，北面事之。今项羽杀义帝于江南，大逆不道。寡人亲为发丧，诸侯皆缟素。悉发关内兵，收三河土地，南浮江汉以下，愿以诸侯王击楚之杀义帝者。"

当下，汉军上下群情激奋，纷纷称道："汉王真是正义之君，义帝并非我们汉国之主，只是名义上的长者，汉王却亲自为他守丧三日！"

"古人云，得道多助，失道寡助。汉王如此深明大义，我等跟着他值得！"

"项羽太无情了，将来若是他成为天下之君，我们这些草民还有活命之路吗？"

"多行不义必自毙！我们杀到楚国去，惩罚弑主的不义之人！"

各诸侯王也先后收到了汉王的声讨书，纷纷表明拥护汉王。大逆不道是自古以来人人唾骂的，哪个会不表示自己对这种行为的坚决反对呢？于是，各路人马陆陆续续聚到汉王身边。

也许是受董姓老翁的启示，汉王想到还应采取一系列配合东征的相应措施。在关中及巴蜀，已择立三老，大赦罪人，把秦王朝皇室苑囿辟为民田，但这只是在安定内部，争取民心，外部各方怎么办？

一天，汉王问张良道："我欲派兵略边地，你意下如何？"

"大王，此事臣已思虑多日。安内攘外同等重要。西部、北部地域广阔，是关中的屏障。拥有它，就消除了西部、北部的隐患，一般情况下就可高枕无忧了。"

"然当此之际，略西部、北部必会分散一部分人马，恐于击楚不利。"汉王说出了自己的担忧。

"这个不难解决。西部、北部自二世死后，已陷入无主状态，将领们基本上是各自为战。且兵力不多，人心混乱，大王在东征楚国之前即可派兵收回。"

"你是说本王应在攻楚之前平定那些地方吗？"

"臣以为应该如此。这样，既壮大自己，又稳定了后方，还起到震慑敌军的作用。"张良显得胸有成竹。

几天后，几位将领分别受命奔陇西、北地、上郡而去。一个多月后，捷报频频传来：各路皆已略定所到边地。

相应的，汉王在西部、北部分别设立了一系列郡县：陇西、北地、上郡、渭南、河上、中地、河南等。放眼望去，大片广阔地盘已列入汉本土版图之中。

转眼间已是四月，汉王带领大军浩浩荡荡向楚国开去。刚离开洛阳三天。他忽然感到一种莫名其妙的心烦意乱。看到士兵们大多已脱尽了冬衣，而自己穿的还十分厚实，汉王心想：也许是天气回暖，我穿得太多了吧？

这天晚上，汉王一直忙到二更天才睡。躺下来，只觉全身酸痛，不禁自言自语：年岁不饶人啊！

迷迷糊糊之中，从外面走进一个人来。看上去，此人身体单薄，似有老态。只见那人慢慢走到他的床前，轻声喊道："季儿，季儿！"

他仔细一看，原来是他的母亲。他吃惊地问："娘，是您吗？"

"季儿，是娘。"还是那么慈祥温柔的声音。

"娘，您老不是病死了吗？您老这是打哪儿来的？"

一阵咳嗽声。过了一会儿，老人喘息道："季儿，娘没死，娘只是换了个地方，到你祖父祖母那里住去了，为的是侍候他们，他们年岁大了。"

他看到娘还是死时模样，面色苍白而瘦削，只是头发全白了。

"季儿，娘常跟着你哩，放不下心啊！今儿个娘是来看看你的。"

"娘，您老有什么要吩咐儿吗？"

他知道母亲的脾气，很少对儿子提出什么要求。

"儿呀，自从你出生后，娘就知道你会有出息。如今你太忙了，也不容易。可是为娘的有一句话要说。"

"请娘吩咐，儿定照办。"

"你在外面日子不短了，一个人太孤单。该把家小接来了。你爹年纪也大了，也该在你身边。一个人没有老小，就是没有源的水啊！"

"娘，儿知道了，您老坐会儿吧！"

"儿呀，天不早了，天亮我就回不去了，你自己保重，娘走了。"

"娘！"他喊叫一声想上前拉住她，却转眼不见了她的身影，不禁吓了一跳，大叫道，"娘！娘！"

"大王，大王！你怎么了！"

几个侍卫的声音把他惊醒过来，环顾四周，才知刚才在梦中，看帐外，昏黄的灯光下，树影婆娑，一片静寂，什么也没有，一阵怅惘之情袭上他的心头。

老父为人憨厚，自从母亲去世后他变了许多。常言道，少年夫妻老来伴。离开母亲的陪伴，父亲显得孤独、落落寡欢。常常在日落西山之际，他看到父亲一个人坐在门口望着天边发呆。以前，由于父亲常训斥他，他对父亲没有什么好感，甚至有点厌烦。但是，看着父亲孤单的神情，他心头升起一种怜悯。也许是年纪大了，父亲显得格外疼爱孙子。他的一双儿女最亲近的人是祖父。父亲没有什么钱，但常常给孩子买一点儿零食。只要孩子站在父亲面前，父亲的目光就变得有神采了。

妻子吕雉也够难的。一个女人领着一双儿女，吃呀穿呀用呀，可不是容易供应的。老丈人把女儿嫁给他，至今可没沾上什么光，除常常补贴之外，就是担惊受怕。这些年来，吕雉学会了各种农活，种、割、犁、锄，样样都能拿得起放得下，连讲话都是粗声大气的了，哪里还有什么小姐架子，都是生计所逼。能想象得出，吕雉每天都会在黄昏时向远处眺望，祈祷他平安，盼望他早日回家。

第二天中午，他传唤薛欧和王吸。此二人都是他的部将。

"你们二位即日引兵前往南阳，那儿有王陵驻扎。本王已修书一封与他，令他与你们一同前往沛邑，迎接本王的眷属入关。"

二人领命而去。

薛欧、王吸刚刚离开，一封奏章从边关飞送到了汉王手中，汉王打开一看，只见上面写道："河上塞已修缮完毕，随时随地可阻挡匈奴入秦。"

阅毕，汉王喜形于色。

原来，这是他制定的另一措施。

所谓"河上塞"，乃是西北部的一道边塞，原本是秦时派大将蒙恬带人所修，目的是防御匈奴人入侵。汉王进入三秦后，出于长远打算，立即派了人去修缮那些被破坏了的工事。在关内，他要和项羽一决高低，争夺天下，就不能不注意匈奴的动向。这样一来，就可防止匈奴人趁乱而入。

时至今日，汉王认为他身后关中一带已无须太多顾虑，只剩一心对付敌人了。

自田荣叛乱以来，项羽怒火中烧。当他看完张良的信函之后，也认为齐乱比汉王回攻三秦更为危险。且齐地近在咫尺，对楚的威胁最大，所以，刚刚开春他就马不停蹄地杀向齐地去了。

一路上，项王无所畏惧，所攻皆破。田荣闻之，大惊失色。从为人上说，这田荣胸无城府，缺少韬略，所有的只是一股悍勇之气。听说项王一路杀来，田荣就一路派兵阻挡。但是，他哪里是项王的对手？项王所向披靡，他却是屡战屡败。最后连城阳也守不住了，只得率着残兵败将逃往平原去。

齐地百姓对田荣没有什么好感，他杀死了自己的国君——侄子田市，可谓是大逆不道，役使百姓，不知体恤。如今吃了败仗狼狈逃窜途中，田荣更是无所顾忌了。粮草衣食都成了困难，他令手下见东西就抢，见马匹就夺。每到一处，都惊扰得鸡飞狗叫，人无宁日。老百姓忍无可忍，自动组织起了卫队，向自己的这位国君发起了攻击。一天深夜，田荣带着几个卫士在一堆乱草中歇息，被村民发现将其围住活活打死。

项羽闻讯，乘势杀将过去，一路上任由士卒胡作非为。士卒们烧杀抢掠，毁坏城郭，把老百姓骚扰得日夜不宁。最后，又把投降的齐兵聚拢到一起。

"大王，这些个降卒该如何处置？"一个偏将到项羽帐中拜问道。

项羽眉毛一拧："全都给我活埋了，一个不留！"

"大王，这是齐地，活埋降卒，恐……"那将领有些犹豫。

"废话！齐地又如何？叛逆之臣就该活埋！谁能奈何本王吗？"

项羽怒不可遏，吓得他赶紧退出去，令人执行大王命令。

齐地百姓得知此事，众怒顿起：

"项羽坑杀我齐兵，违背天理！"

"如此暴虐无道之君真如禽兽一般，咱们反了他！"

"楚霸王可恶，是要绝我齐人，跟他拼命吧！"

"与其等着人宰割，不如奋起反抗找一条活路去！"

…………

当下，三十个一群、五十个一伙自动组织起来，要和项羽拼命。也有一些心思缜密的贵族站出来道："田假乃齐王室之后，如今正在楚地，何不立他为王？咱们哪能没有国君啊！"

原齐国的一些王公大臣都赞同这个建议，迎田假回齐，推为齐王。

"田假无才无德，立他为王，我等不从！"老百姓不乐意，他们以为，当今乱世，无能之君只能给他们带来灾难，任人宰割。所以，根本不买田假的账。

这一形势被田荣之弟田横看在眼里，他暗中收拢齐军的散兵走卒，有三四万人之多，到处号召齐人道："项羽杀我子弟，不仁不义，所立田假乃是他的走狗，若容田假，即是忘了项羽坑杀之仇，我齐人岂是这等无骨气之人！"

齐民一呼百应，田横声势大增。当下，他率众攻占了城阳，把田假赶跑了。

田假无处可去，只好又奔向楚军。

项羽刚刚安定齐地，又见田假狼狈败回，只恨铁不成钢："好个无能之辈，连自己的百姓都驾驭不住，还能做国君吗？"

田假见项羽发怒，大气也不敢出，只是低头不语。

项羽平生最瞧不起这等打不动赶不走的黏糊人，隐忍不住，上前一剑砍下了田假的脑袋，大声命令部下："组织人马，杀回城去！本王倒要看看那田横有多大能耐！"

听说楚兵又杀将过来，田横对士卒们道："项羽与我等势不两立，此次一战，非败即胜。命只有一条，要么拥有齐地，要么送与项羽剑下。我等拼死也要挡住那项羽。"

众人应道："将军说的是，项羽凶狠无比，就是死，我等也要死个值得。"

在田横率领下，严守关口，同仇敌忾，都抱定拼个你死我活的信念。项羽攻势虽猛，却找不到突破口，两下对垒，不分上下。项羽急得嗷嗷乱叫："给我杀，杀他个人仰马翻！荡平城阳以解我心头之恨！"

这时，恰好有人来报："大王，殷王使者送信来，汉王围攻，殷王快支持不住了！"

"汉王围攻殷王？"项羽大吃一惊，"汉王不是已得三秦了吗？"

众人哪敢出声，心中道："项王你还蒙在鼓里呢，你以为汉王真的如张良所说，只占了三秦就满足了吗？"

至此，项羽方才悟出不妙来：这汉王不是在要与我争夺天下吗？我差点被他蒙骗住了。不行，我不能再在此处耽搁了，汉王奸诈，我得先对付他才行。思忖一会儿，他决定另行安排。

这殷王乃是司马昂，先为赵将，因平河内有功被封为王，以朝歌为都。汉王带兵入境他匆忙应战，首战大败，逃回了朝歌。自知自己不是汉军对手，只得向项王求救。

消息回得快，司马昂立即得到了项王的回复："援兵即刻就到！"

得了这个支持，司马昂顿时来了精神，令士卒拼命死守朝歌。

汉军攻势不减，士卒越聚越多。司马昂居高临下看得清清楚楚，只盼着项王快快来到。

谁知时局突起变化。

第二天黎明，士卒突然报告司马昂，说汉军正在撤兵。司马昂不信，亲自登高眺望。果如其言，汉军是在撤兵。从此，一天一夜之间竟撤了个精光。

"一定是项王攻了汉王的外围，不然，汉王何故撤了？好，我要趁机追敌，一报前日败逃之仇。"

司马昂一边调集人马，大声令道："快，汉王逃了，杀出去和项王相应！"

　　众将见状，也都喜不自胜，打开了城门，争先恐后拥了出去，都想趁此机会立个头功。

　　立功的欲望驱使着每一个人，只听得马蹄声阵阵，不知不觉已是五十多里，却什么也没有追上。定睛一看，众人已来到了一个特殊的地方。只见四面环山，道路狭窄，两旁都是密密丛林。司马昂忽然心头一惊，暗道："该不会有什么埋伏吧？"

　　立即调转马头："撤！"

　　话音未落，只听"咚咚咚"三声炮响，从两边树林里冒出许多人马来。

　　"不好，中埋伏了！"

　　司马昂大叫一声，慌忙寻找逃路。道路狭窄，人又多，当下乱作一团，跌跌撞撞之间倒下许多。汉兵跟在身后砍杀不止，只听得一片哭爹叫娘声。

　　司马昂哪里顾得许多，领着那些逃出来的人马狂奔不止。好不容易跑到城前，他才敢回头一望。这一望他的心就凉了半截：人马损失过半，所归者多丢盔弃甲只剩下了个空身子。

　　"快放吊桥！"

　　又急又怕，司马昂的声音都变了。只想一步跨过吊桥躲进城里。

　　守城士兵听令，连忙放下吊桥来。说时迟，那时快，一员汉将飞到了吊桥头，大声喝道："司马昂，快快下马受擒！"

　　司马昂仔细一看，原来是汉将樊哙，只见他如铁柱一般伫立在桥头，左右砍杀，想夺路的士兵如被镰刀割下麦子一般倒下来，不禁大惊失色，正要再转马头，却见另一将领早已挡住了自己身后的路。

　　"司马昂，受死吧！"

　　那位将领冲着他大吼。司马昂认得此人乃是灌婴。

　　前不能进，后不能退，难道就这么受死了吗？司马昂全身汗涔涔的，挺枪上前与吊桥下樊哙打将起来。

　　樊哙力大无比，司马昂哪里是他的对手！不消三个回合，司马昂被挑下马来，只得乖乖受擒。

　　士卒们见状，只好乞降求生。

　　其实，司马昂的判断完全错了。所有一切，都是大将军韩信所设计策。他想，司马昂已向项王求救，项王不日即到。如果项王一来，损伤必大，必须抢在前面拿下朝歌，降伏殷王。所以，令汉军佯装撤退，引诱司马昂出城，樊哙、灌婴、周勃埋伏在外，把司马昂打了个正着。司马昂果然中计，落得个被擒的结局。

　　司马昂被五花大绑送至汉王面前。

　　"完了，本王今日命休矣！"

司马昂长叹一声，只待汉王下杀头之令。不料，却见汉王笑微微迎上前来，令左右："快快为殷王松绑。"

其后，一番软语抚慰，令司马昂感激万分。稍一思忖，他倒身拜道："臣愿降于汉王麾下，望大王恕罪！"

汉王一把扶起："切勿多礼，请起！"脸上一片喜色。

当下，汉王与司马昂携手进入朝歌城中。军民见状，都随司马昂投降了汉王。

司马昂心中暗想：这汉王毕竟与众不同。使用的乃是安抚招降之策。古人云：不战而屈人之兵，乃上之上者也。前闻塞王、翟王、河南王、魏王皆降，如今我又成了其中一个。与项王相比，汉王可谓高啊。这样可免伤士卒，免耗兵马粮草，远远胜过真刀真枪地硬拼硬打。照此下去，项王定会江河日下。

却说汉王聚集各路兵马浩浩荡荡杀向彭城，一路顺风，心中欢喜，向左右道："本王如此顺畅无阻，得力于董公之谏，也是陈平带来了好运。"

左右皆道："大王说的极是。"

这陈平又是谁呢？

当汉王战败司马昂之后，领兵出了朝歌城，一路西向，攻取了修武。全军将士见进军如此顺利，无不欢欣鼓舞，少不得欢宴一番，休息几天。

一天黄昏，霞光满天，大营前的树林里一片鸟叫声。士卒们十分惊奇。有人道："来此多日，都未曾见过这么多鸟雀，今日莫不是有贵客要至？"

正议论间，遥见远方大路上有一骑飞驰而来。临近一看，乃是一匹白马驮着一位男子。男子翻身下马，走进营门："请兄弟通报一声，陈平求见魏无知。"

守门卫士进入，一会儿出来了："魏将军有请！"

这陈平把白马交与卫士，向里走去。没行多远，却见汉将魏无知已迎接出来，二人本是极要好的朋友，在此相见，十分高兴。魏无知把陈平迎入帐内之后，立即设宴款待。

陈平看上去十分快乐，但眉宇间透出一种忧虑，魏无知早已看在眼里。酒过三巡，魏无知问道："兄弟跟随项王多时了，今日何故来到这里？"

陈平放下酒杯，叹息一声，道："不瞒大哥，我此次前来之先，有两次都差点送了性命而见不到大哥了。"

"此话从何说起？"魏无知也放下手中杯子凝视陈平。

"自从兄弟跟随项王，也有两年多了。入关灭秦后，兄弟从项王那儿得了官位，也算没有白跟项王一场。项王东归之后，汉王回攻三秦。消息传来，有人产生了二心。那殷王司马昂，不满项王刚愎自用，暗中蠢蠢欲动，策划反叛。项王暗中闻知，令我前往征讨。兄弟想，当此汉王还归之际，到处皆需兵力，能不烦劳士卒处就不烦劳了。自己悄悄到了朝歌城见殷王，晓之以理，动之以情，明之利害，劝说阻止。殷王幡然觉悟，当即罢兵谢罪，兄弟我回报项王，项王十分欢喜，当即拜兄弟为都尉，赐金十二镒。谁知平地起风雨，近日汉王攻殷，殷王降汉，项王派去的援兵只得半途而返。项王大怒，以为是我这个都尉当初就没看出司马昂的虚伪，到今日才出了大事，发誓要置我于死地。兄弟闻讯，赶紧连夜逃出。到了黄河边，匆忙雇了船只西渡。"

"逃出项羽手下，算是一险，这渡黄河又哪来危险差点要了你性命？"魏无知不解地问。

"我心中焦急，只想快快过河。送我过渡的船上，有四五个汉子，我只道是河宽有浪，需要人多。到了河中心，我无意间才看到这四五个汉子皆眼露杀机，只顾觑视我。我心中一惊，心想，莫不是他们见我衣着不凡把我当富人了吧。当下脱去外衣，起身与他们一起划船，只穿薄薄单衣。这一招果然有效，他们见我外衣上只放着一小包碎银子，不值得害我一命，眼光就变得平和了。船刚靠岸，我连忙付了船钱，到前面村里买了一匹马，就直奔这儿了。唉，后来才知道，那阵子衣服全汗透了。"

说到这里，陈平又轻轻舒了一口气。

"大难不死，必有后福。兄弟，先在这儿歇息，明日我带你去见汉王。项王不留人，自有留人处。汉王一向宽怀待人，如你这等足智多谋又忠义之人，一定会得到汉王的重用。"

"如此最好。关于汉王之事，我心中也有些谋略，或许汉王能够用上。"

二人举杯相祝，说了许多往日旧事，直至深夜三更才睡。

第二天一大早，魏无知就进见汉王，细细把陈平之事说了一遍。汉王果然欢喜，令召陈平相见。

待陈平拜毕，汉王抬眼望去，只见这陈平身高八尺有余，浓眉大眼，面容白皙，言语之间颇有风采，真是一位美男子，于是微笑道："陈君暂行歇息，待本王处理完事务后再作安排。"

魏无知明白汉王上午公务繁忙，就引着陈平退了出去。

待忙完事务，已是中午时分。汉王想起几个进见之人，乃令中涓石奋招待他们，地点就在侧厢内。陈平看左右，一共有七个人，也不言语，就和众人就餐。

午饭之后，众人坐着休息。陈平坐了好一会儿，仍不见汉王召见他，就告诉石奋道："恳请中涓转告汉王，臣有话要奏知汉王。"

石奋进入汉王帐中，须臾出来了："汉王多喝了几杯，需要休息，请君前往馆中休息，适当之时即召见。"

陈平道："臣有要事，今日当详细奏明，否则将延误时机。"

石奋只好硬着头皮再去汉王处。汉王虽然微醉，头脑却还是清醒的，一听此言，当即令左右端来一盆冷水洗了洗脸，整理好衣衫后召陈平进来。

"大王已得三秦，此行可是伐楚？"

陈平单刀直入正题。

"正是，君有何高见？"汉王问。

"俗话说，一寸光阴一寸金，寸金难买寸光阴。当此之际，项王正在全力伐齐，大王何不趁此良机迅速东行。如果把彭城拿在手中，截去项王西回之路，楚军军心必会大乱。项王即使自己勇猛无比，也无回天之力了。"

陈平侃侃而谈，显然早已深思熟虑多时了。

"君说得有理，但此往彭城，道路多折，须探明才可行动。"汉王似乎想得更远。

"臣下对行军路径了如指掌。"

汉王面露喜色："就依君言！"转而又和声相问，"敢问君在项王手下任何等职务？"

"臣为项王都尉。"陈平如实应答。

汉王沉思片刻："好，本王亦授你都尉之职，何如？"

陈平倒身而拜："谢大王！"

"且慢，"汉王见陈平转身要走，又道，"另让你参乘，兼掌护军。"

"谢大王重用之恩！"陈平再拜，不卑不亢退将出去。

半天工夫，重用陈平的消息就传遍了军营，士卒们啧啧羡慕，一些将领则议论纷纷：

"这陈平刚从项羽处过来，是忠是奸能把握得住吗？"

"汉王如此亲近陈平，别被他蒙骗了。"

"看那陈平相貌堂堂，谁知有没有真实本领？"

"汉王待人太仁厚，只是一个魏无知引荐，就这番厚待他，试过他的能力吗？"

这些闲言碎语也传入汉王耳中，汉王毫不在意，此后，待陈平更加温厚。众将见状，甚是不解。张良最知汉王为人，心中道："这正是汉王的过人之处，用人不疑，疑人不用。"

陈平见汉王如此待他，只用行动报答。所有具体东行策略，详细筹备，不留半点空闲，对下限令亦是十分严厉。

众将见状，私下里议论道："这陈平真个是正人君子么，我等试他一试，如何？"

"妙计，一试即出结果。"

于是，有人悄悄送给陈平一些银两，要他手下留情，把任务放松一点。陈平也不言语，竟收下了。

此后，你送一点，他送一点，纷纷效仿。陈平毫不推辞，一一都收下了。

"好哇！这下明了了，陈平贪财受贿，是个奸臣。"

"见钱眼开之人，大王竟那么看中他。"

"快快奏明大王，别被那陈平陷害了。"

众将你一言他一语，气呼呼地找到周勃和灌婴，把听来的陈平的一些故事都说了。周勃和灌婴都是耿直之人，一听此话就火了，立即来到汉王面前奏道："陈平往日在家之时，曾与其嫂有过奸情，实在是大逆不道，如今被大王重用，又多方收受贿赂，见钱眼开，无纪无法，大王别被他堂堂外表挡住了视线，误了军中大事。"

"此话当真？"

汉王惊愕起来。

"有凭有据，怎会有假？他和嫂子之事乃是他的同乡所说，收受金银，众将谁送多少，何时何地，都牢记在心哪！"灌婴愤愤地道。

"召魏无知来！"

汉王拉下脸来，传令左右。

须臾，魏无知走进来。

"将军所荐陈平，可了解他吗？"汉王的声音颇有些不快。

"大王，我与陈平交往多年，乃是相知相悦的朋友。"

"本王听说此人在家之时曾与嫂子有染，而今又收受各位将军贿赂，难道是个可用之才？"

"大王，臣举荐陈平，只是看重他的才能对大王东行有利。大王今日提起他行为不端，实非今日要务。在这楚汉相争之际，谁胜谁败，全在奇策奇谋。至于细节小礼，何必多计较。古代有个叫尾生的人，忠诚守信，和相悦的女子相约桥下，结果女子没有如约而至大水却来到桥下，尾生竟抱着桥柱子活活淹死了，大王听说过吗？还有像那孝己事亲至孝，如今有用吗？臣以为，大王应明察陈平之计是否可用，而不必去详究那什么与嫂子有染及收点金银的事。臣敢向大王保证，如若陈平无智无能，耽误了军中大事，臣甘愿受罚！"

汉王被这一席话说得怒气顿消，可是思忖一会儿，仍不放心，又召陈平进来。

"众将均言都尉过去与嫂子有染，今日又在我军中受贿，可有其事？"

陈平并不直接回答，挺了挺背，正色道："大王，臣本为楚王都尉，只因项王不能用臣，所以才弃楚归汉。一路上曲折艰难，几度危及性命自不必说，连过去拥有的一些财物也丢尽了。大王重用臣下，然臣身无分文，除了腰下宝剑，再无他物。如若不收些金银在手，如何开展一些事务？古人云，用人不疑，疑人不用。大王今日若信任臣下，只管听臣行事，若不信臣，那些金银俱在，未少一分一毫，全都交与大王，大王放我走便是了。”

汉王一听此言，脸上露出笑答来：“既如此，都尉只管行事好了。”

后来，经多方了解，汉王才知众人传说的陈平与嫂子关系暧昧之事，纯粹是冤枉。

陈平十岁上下，就先后失去了父母，只得跟着兄长生活。虽然家境贫穷，陈平却天生喜欢读书，兄长见他如此，鼓励道：“兄弟，常言说：书中自有黄金屋，只要你有出息，为兄的供着你。”自个儿则劳作不止。

后来，兄长娶妻成家，嫂子见小叔子已经成人，却一天到晚捧着书本什么活儿也不干，心中很是不快。但是，长嫂为母的道德束缚着她，她也不好表露什么。

有一天，陈平正坐在院中读书时，家中走来一位邻居。来人见陈平面目白皙，就开玩笑道：“你家向来是贫穷之人，你倒长得白白胖胖的，吃的是什么呀？”

陈平还未来得及应答，他嫂子从屋里走出来了，气呼呼地说：“我家小叔子吃什么，反正不是吃糠咽菜。那么大个小伙子，有什么用？还不是白吃饭！”

陈平从来没听过这么重的话，当下脸就红了，不知如何是好。

恰在这时，他的兄长从田里归来，听清了妻子的话，立即火了：“妇道人家知道什么？你若是这般离间我们兄弟，容不下我兄弟，就回娘家去吧！”

陈平见哥哥动了气，连忙劝道：“算了，哥哥，都是我不好。”

“不行！”兄长怒道，“这等不贤之女留她干什么！”

嫂子见状，真个哭着走了。

陈平自此之后，更加刻苦读书，以此报答兄长。不久，因才华出众而名扬一方。虽然如此，早已过了成家之年的陈平却迟迟没有成家。

有钱的人家看不上陈平，陈平又看不上贫穷人家，就这么高不成低不就地耽搁着。

不久，村里一户人家办丧事，因家境富有，极其讲究，想到陈平知书识礼，颇通礼仪，特意聘请他主持操办。陈平为人忠厚，忙前忙后，把大小事情都办得井然有序。吊丧的客人之中，有一位叫张负的老者在旁边一直盯着陈平。

原来，他有个孙女儿，人长得如花似玉，远近闻名。但是，说来也怪，这姑娘前后嫁了五次婆家，五个丈夫都得病死去。人们私下里议论说，张家女儿命里克夫，谁娶她谁得倒霉。张负看到陈平仪表堂堂又办事如此麻利，心中暗道：若得此人做我的孙女婿就好了。

老人有心，丧事过后一个人慢慢走到了陈平的门旁。从外面看，只见陈家破墙小院，十分简陋，一副贫穷模样。再留心细瞧，老人心中喜滋滋的。这陈家门里门外清清爽爽，连一根杂草一块碎块碎石都没有，门口路上还有两道深深的车辆停留的印迹。慢慢踱回家去，张负喊来自己的儿子张仲。

张仲问道："父亲大人有何吩咐？"

张负道："我想把孙女儿嫁与陈平。"

"哪个陈平？就是街东头苦苦读书的那个小子？"

"正是。"张负笑眯眯的。

"爹，那陈平乃是穷书生一个，城中人哪个愿意把女儿嫁给他呀！我家家境如此，还能把女儿送到他家？"

"你可曾见过世上人有像陈平这般仪表堂堂、才华出众的人贫穷一生？"听儿子反对，老人仍旧笑容可掬。

"爹，反正我是不愿把女儿嫁与那个穷小子。"张仲不乐意地道，"要么，您老问问您孙女儿吧！"

张负点点头："我是不会看错的。"当时就走进孙女的房中。

"孙女儿，我欲把你嫁给街东的陈平，你愿意吗？"

那姑娘先是一愣，接着红了脸点点头。

原来，张家前几次嫁女时，陈平都曾前来帮忙，与这姑娘见过面。姑娘见陈平温文尔雅，一表人才，心里暗暗喜欢。如今寡居在娘家，一个人没事儿也常常想起陈平，只是不好向家人开口，今儿个听祖父一说，正合心意。

张负马上请来媒人前去陈家提亲。

陈平听完心中也是欢喜：那姑娘我见过，美貌可人，若能娶她为妻，乃是我此生的造化。那张家家财万贯，也是百里挑一。别人都说那姑娘克夫，我不信，只怕是那几个死去的男人没福分享受罢了。随即与张家订立了婚约。

张仲虽满心不乐意，但也不好再说什么了，只由全家人准备嫁妆，选择吉日良辰。

张负暗中派人送些钱财给陈平，叮嘱道："一定要把婚礼操办得有模有样，切勿令人笑话。"

陈平一向知礼，又有这么多钱财支撑，一切都张罗得大大方方，让张家人挑不出毛病来。

成亲之日，张负特地叮嘱孙女："陈平既有人样，又有才华，贫穷只是眼前光景，日后定会大富大贵。你嫁到陈家，一定要恪守妇道，切勿以富压贫，做出些让自己后悔的事情来。"

姑娘内心欢喜，立刻含笑答应了。

成家之后，小两口恩恩爱爱，如胶似漆一般。陈平兄长也另娶妻子，生活得十分幸福。

因为有了妻子娘家的帮忙，陈平腰杆挺得更直了。平日里广交朋友和贤人，在众人眼中的地位更高了。

后来，每每遇到里中社祭，众人都推举陈平为社宰。陈平秉公办事，连肉都分得十分均匀。父老乡亲交口称赞道："陈儒生真是个主持公道的人，可喜可赞。"

陈平听了，长叹一声："唉，即使让我主持天下，我也会主持得公平合理。"

不久，机遇来了。陈涉起义后，派部将周市前往略地，立魏咎为魏王。陈平闻讯，前往拜谒魏王。一番交谈后，深得魏王信任，当即拜陈平为太仆，陈平当下大贵起来。

然而好景不长，有人见陈平一介布衣平步青云，内心嫉恨，在魏王面前捏造是非，说陈平有谋反之心。魏王信以为真，要处置陈平。陈平暗中得知，连夜逃奔项羽去了。

因此，一些人说陈平过去如何如何与嫂子勾搭，纯粹是诬陷之辞。汉王了解这一切后，更加信任陈平了。以后东向计策，一律听由陈平决定。

日行夜宿，不知不觉之间汉王带兵已到了外黄。一员大将奔汉王而来，走近一看，原来是彭越。彭越把自己如何杀败楚将萧公角，如何收取十几座魏地城池一一报与汉王。

汉王道："既然魏地已被将军攻下，即日可立魏王了。那魏豹本是一国之君，应让他复位。至于将军，理应作魏相。"

"谢大王！"彭越辞别汉王而去。

来到彭城脚下，汉王立即令人探明城内状况。探马回答道："城内有守兵七千，皆是老弱之卒，精兵强将都随项王伐齐去了。"

汉王大喜："天助我也！"立即四面围城。

彭城守军居高临下，只见四处皆是汉兵，人山人海，别说攻打，就是硬挤，也把他们挤死了，遂跌跌撞撞下了城墙，沿着一条幽静小路出城逃走了。

汉兵不费吹灰之力就打开了城门，蜂拥占据了全城。汉王令众将各去处理政务，自己带着一班人马，缓缓进入项王宫中。

走入宫内，汉王眼界大开。只见到处堆满了奇珍异宝，有的是从秦王宫拉来的，有的是从各地新搜刮来的，珠光闪闪，光彩夺目，令人目不暇接，再往内宫走去，更见美女如云，仪态万方，比那秦王宫中还胜一筹。不知什么缘故，汉王顿觉四肢疲惫，春心荡漾。当下令人摆上美酒佳肴，搂着美女享乐起来。美酒乍入腹内，温热无比，令人全身酥软，汉王不禁想：有这般生活享乐，也算人生到顶了，还有比这更令人陶醉的吗？项羽远在齐地，我且消停几日再说。

众将见汉王沉溺于美人美酒之中，心下也散漫起来，天天饮酒作乐，如散马游鱼一般快活。

常言道：乐极生悲。汉王只顾纵酒享乐，却不知危险已悄悄降临。

却说从彭城逃出的楚兵一路狂奔，仓皇找到了项王。项王一听彭城被汉王攻下，暴跳如雷："好一个奸诈的沛公，竟然打到我的头上来了！此仇不报，难消我心头之恨。"

当即唤来部将："你等留在齐地攻齐，本王率精兵三万，回救彭城，定要把那沛公杀个屁滚尿流！"

选定的三万人马，全是精兵强将，听说将跟随项王杀回彭城，个个意气昂扬，摩拳擦掌。项王戴盔披甲，翻身上马带众人飞奔而去。

尘扬满天，风卷残云。这三万将士人人骑骏马，带宝剑，身后背盾牌，奔腾起来真如飓风卷过一般，只见一股烟尘伴着震耳欲聋的马蹄声，根本分不清人马。而这一大股烟尘之前，一骑总远远超出队伍几丈远，如领头雁一般带队引路。这不是别人，乃是英气勃勃的项王。

出了鲁地，过了胡陵，前方就是萧县了。项王知道，这萧县距彭城很近，只有八九十里路了，不禁加快了行程。

突然，探马来到他的身边高声报告："大王，萧县城内驻有汉王军队十几万，是绕是打，请大王定夺！"

"十几万人？"项羽停下马来稍一思索，"打，先灭了这十几万再说！"

沉沉的夜色中，众将士都从这一喝令中听出了决战到底的信心，精神倍增，争先恐后冲向前去。

黎明时分，项王的三万人马冲入了汉军在萧县的军营。

多日来，汉军自以为已占领项王的彭城，乃是一支胜利之军，且项王远在齐地，真是毫无防备，驻扎在萧县的这十几万人连个岗哨也没设。此时正是人们睡得最香的时刻，就是做梦也想不到项王已经杀来。

项王一马当先冲在前面，一把宝剑在手，在汉军大营中如砍瓜切菜一般挥舞。等到一部分汉兵找到武器，营地早已乱成一团。项王的三万士卒无不以一当十，只顾左砍右杀个不停。也有个别胆大利索的汉兵想起身反抗，可哪里抵得上楚兵的骏马铁蹄，还未等他们抬起手来，早被马蹄踩在了地上。只听见刀剑声、哭叫声、求饶声响成一片。

天色渐亮，等到能看清地上草叶儿的时候，汉军十几万人只剩下两三万了，营地里遍地是尸体，到处是鲜血。剩下的两三万人丢盔弃甲而走，向谷水、泗水方向逃去。

项王岂能让这些败兵残将走脱，只听他大喝一声"追"，众将士就如支支利箭冲向前方。

半个时辰后，剩下的两三万人也全都丧命在泗水边上。

放眼望去，泗水淙淙流淌，两岸的杂草树丛中躺满了汉兵的尸体，鲜血染红了草地，原本褐色的泥土变成了紫黑色。有的汉兵倒在河水中，一缕缕血水在清清的河水中显得格外刺眼。

抬起衣袖，抹去脸上溅满的血迹，项羽又一挥剑："杀到彭城去，灭了刘邦那老贼！"

"杀了那老贼！"

一呼百应，将士们只觉心中一阵畅快，打马直追项王，逼向彭城。

汉王头天晚上喝多了酒，又和一个娇美的宫女缠绵了半夜，此刻还醉睡在温柔乡里，哪里知道他的十几万人马已死在了项羽刀下！加之萧县驻兵无一生存，待到项羽三万精兵来到城下，汉王仍毫无知觉。

"城上守将听着，我家项王在此！那萧县十几万人马已死在我等刀下，快叫汉王出来受降吧！"

彭城内的将士日日沉溺于酒宴之中，昨晚当然也不例外，此时此刻，那城上将士都刚刚起床，头还是晕乎乎的，听到城下的叫阵声，大吃一惊，低头一看，几乎跳起来。

"妈呀，城下那个骑白马的不是项王是谁？看他们的人马，人身上马身上都血迹斑斑的，刀剑鞘上也有着点点猩红色，不是刚刚血战一场又是如何？那十几万人果真是全送了命了！"

城上将士胆战心惊，踉跄着跑下城楼，朝宫中飞奔而去。

宫内的一方纱帐里，汉王搂着一个女子睡得正香。

"大王，大王，有守城将领来报，说项王来到城下了。"

汉王立即坐起身来，慌忙穿衣戴冠，不觉已是一身冷汗。

"切勿慌张，立即开门迎敌！"

出宫升帐之后，汉王才调整好情绪，一边调配人马，一边披甲迎战。

萧县十几万人马已死光了！这一消息已传遍汉军，上下将士们听了都胆寒了几分。众将随汉王登上城楼，向下一望。只见那项王骑在白马上，盔甲在初升的太阳下闪闪发光，他腰佩宝剑，手中一把长槊足有一丈多长，目光中闪出火来，一副杀气腾腾的模样。再看他身后的将士，一个个红着眼睛，如凶神恶煞一般的拼命架势。众人不禁倒吸一口冷气："项王要夺回都城，是拼命来的，恐难以抵挡他了。"

士卒们见状，心下都道："汉王抢了项王的家，占了项王的珠宝，睡了项王的女人，项王这下是来玩命儿了。"

不得已，汉王指挥众将应战。众人尚未向前，已气弱了几分，只是硬着头皮向前冲。如此两军对阵，汉军哪有不败的。从上午日出时分至中午，汉军是每战必败。阵地上，留下的全是汉兵尸体。楚兵则是越战越勇，伤亡寥寥。只那射过来的眼光就叫汉兵不寒而栗。

项王见状却在心中道："如此杀来杀去要杀到何时？汉王人多，若是这样战下去我岂不是被他拖垮了，不行，本王要给他来个速战速决方能合我心性。"

想至此，他大吼一声，纵马越过成堆的汉兵，冲入汉营之中。只见他手中长槊上下翻动，如一条舞动的银蛇，顷刻间，数名汉将被他挑下马来。

看前方，那个红脸汉子正是汉王。项王怒火中烧，大喝一声；"老贼，吃我一枪！"持枪快马而来。

这一声，如雷贯耳，唬得汉王心惊肉跳，手脚都有点不听使唤了。

说时迟，那时快，正当汉王手足无措的当儿，从旁边闪出两员大将一左一右夹击拦住了项王去路。汉王一看，乃是樊哙和周勃。只见二人轮番冲杀，如两只扑食的猛虎。而那项王更胜一筹，如雄狮一般力战二将，一杆长槊左挑右挡，运用得出神入化，不时和二将的枪戟相撞，激起了点点火星。不上五个回合，樊哙和周勃渐呈败势，都感双臂发麻。樊哙精明，瞅空向周勃使了个眼色，周勃会意，立即跳出阵来护着汉王撤退。

汉王早感支撑不住了，一见二将败下，仿佛找到了下台的台阶一般，忙不迭地往后退，只恨人多拥挤退得慢。

汉兵见汉王后退，顿时乱成一片，争先恐后之中，免不了你推我搡，互相挤压，楚军未到跟前，自伤已不在少数。

楚军见状，随着项王边追边杀，只顾砍杀不迭，刀卷了刃，剑断了尖，枪弯了头，随手换上汉军丢的兵刃继续来，直杀得天昏地暗，日色无光。追赶路上，汉兵尸体如遍地的小麦捆子一般一个挨着一个，足有十几万之多。

忙乱之中，汉军逃入南面山中，到了灵璧东边的睢水边。小河虽然不算水急流深，却也有二十多丈宽，潺潺向东方流去。汉军刚到河边，后面的楚军又已杀到。目睹杀红了眼的楚兵，汉兵没有选择的余地，只得跳入水中。谁知小河竟有两人深，不会水的一到河中心就拼命挣扎起来。楚兵个个骑着高头大马，只那马匹都超过一人高。一看这阵势，乘机纵马入河，见一个杀一个，见两个杀一双。那汉军大半淹个半死，哪里有回手之力，只有束手待毙。

到了日落时分，睢水河上留下了十几万尸首。放眼望去，河床早已堆满了尸体，河水也早已流不动了。两岸草地上、泥潭里、苇丛中也是横七竖八的尸骸。遍地鲜血和那满天的红云相映，惨不忍睹。

靠着将士极力护佑，汉王终于逃过了睢水。慌不择路又跑了十几里，却猛然看见前面闪动的又是楚兵，再顾左右，也都挤满了楚兵。原来，不知什么时候，楚军已追赶上来，从四面把汉王围住了。

汉王惊得目瞪口呆，环顾身边，所剩将士只有几百人了。刹那间，一阵深深的悲哀袭上心头：不久前东征之始，随我出来的是几十万人啊，如今竟到了这种惨境了，都道我是天龙之子，有真龙天子之命，看来这将变成神奇的传说了。想到这里，他潸然泪下，不禁仰天长叹："苍天哪，难道我将葬身此地吗？"

身边将士都被这悲怆的声音打动了，一个个低头流泪。

谁知汉王话音刚落，天空突然昏暗起来，适才满天的晚霞消失殆尽。一阵阵狂风平地而起，顿时卷得树叶乱摇，沙石乱飞。还没等人弄清是怎么回事，风力已加大到如飓风一般，屋顶掀翻、树木折断，人马皆站立不稳。

楚军人多，见狂风袭来，只好寻找一些避风处暂时躲躲。只看到眼前弥漫一片，根本分不清敌我。

汉王见状，悄然带着几十人弯腰屈膝迅速向南逃去。大约走了五里光景，天空陡然变亮，刚才的一切霍然消失，只剩下遍地落叶。汉王以为已脱险了，不由得回头张望。这一望不要紧，却又见一队人马追将过来。天色将晚，虽看不清对方面目，但隐约看出那人身影十分熟悉。

汉王气喘吁吁地急中生智道："那位英雄是我认识的，何必把人逼上绝路呢，我身边只有这几十个人了，不如放我逃生吧！"

说罢，率众又拼命逃走。

那位楚将似乎被打动了，犹犹豫豫彷徨一回，竟拨马回走了。众人传与汉王得知，汉王才稍稍放慢了脚步。

原来，那人姓丁，人称丁公。他不仅认得汉王，也知汉王为人贤良，颇讲仁义。如今见汉王如此狼狈，几十万人马只剩下几十条人命，顿生怜悯之心：到了这种地步，谅汉王也不会如何了，且饶他一命吧。正由于此，汉王才躲过了最危险的一劫。

夜幕渐渐降临，一切都沉进了夜色之中。踏着夜色，带着满身疲惫，汉王一行匆匆赶路不停。一路上，汉王不时停下脚步四处张望，倾耳而听。四下里一片寂静，除了草虫偶尔鸣叫几声，什么也听不到。担心和忧虑占据了每一个人的心，连饥饿和焦渴都忘了。

士卒们紧随汉王左右，谁也不说话。从白天到现在，他们经历了一场翻天覆地的变化。几十万人马在一天多的时间里灰飞烟灭，真是令人心惊肉跳，不敢相信。当下，他们只期望身后不再有追兵，但愿上天留他们一命。

樊哙走在众人最后，他没有胆怯，只有忧虑。他一边注意四周动静，一边

想：今儿如此惨败，责任全在汉王。自从入彭城以来，汉王就有些自得。正是
他贪恋酒色，麻痹大意才放松了警惕的。上次在咸阳城，汉王就有此态，当时
我劝说他，他还有些不理不睬。后来多亏张良一番良言才使他幡然悔悟，出了
秦宫回到军营，否则他那时就亡在项羽手下了。这次又是旧病复发，以致落得
惨败结局。不过，我也未尽到规劝之责。无论如何，这一仗我算领教了那项王
的威力。我和周勃联手尚不是项王对手，别说我自己了。论起这打仗来，汉王
远不是项王对手，更不用说单打独斗了。真较起真来，十个汉王也不敌一个项
王。今日好险也。唉，留得青山在，不怕没柴烧，只要汉王和我等活着，就没
到绝路。

周勃走在人群左边，他的心中也一直翻滚不停：今天这一仗算什么打仗
呀，简直就是一幅项王穷追汉王图。真让人揣摩不透，那项王的三万人马将汉
王的几十万人马灭掉。一天来，眼前闪现的全是楚兵砍杀汉军的形象，汉兵哪
有还手之力啊！人们常说败军如潮，我今儿个算是亲眼看见了。那项王着实厉
害，我和樊哙加起来都不是他对手。看这身边，还有几十个人，今后该怎么
走呢？

灌婴、夏侯婴等人也都心事重重，脚步越走越重。

漫漫长夜终于过去，大地在熹微中挺起了胸膛。当一切都清晰之后，汉王忽
然停住了脚步："山的那边不就是沛县了吗？"

"大王，正是。过了前面山的转弯处，再走二十来里，就到大王的家了。"
夏侯婴回道。

汉王一副沉思神情。夏侯婴马上明白了他的心思，问："大王是想回家接家
眷吧？"

汉王点点头："我恐项王会对他们下毒手，想趁早接他们走。"

"既如此，快走吧。"夏侯婴说。

众人听言，随着汉王奔丰邑而去。

不大会儿，不远处出现了一个村庄。灌婴道："大王，如我们这般步行太不
方便了，消耗体力不说，如果遇见意外，又如何走得脱？我身上有些银两，足够
买几十匹马了，不如让我和樊哙进村买马去。"

樊哙还未等汉王答话就应道："我也这么想的，至于说银两，我也带着一
些。只要出高价，好马是有的。"

汉王道："我也确实累了，你二位快去快回，耽搁不得。"

二人应声而去。约莫有一顿饭工夫，灌婴骑着一匹枣红马跑来了，走到汉王
面前"咚"的一声跳下来："大王，这是你的。"

又转身对众人说："快走，马买好了，都拴在村东的那片树林里，樊哙在那

儿守着哩。"

众人听言，面露喜色。须臾来到小树林，每人都牵到了一匹马。

奔进汉王的村子来到汉王家门口。只见大门加了锁，没有一个人影。汉王吃了一惊，连忙下马问左右邻居，左右邻居惊异地看着汉王："是刘季呀，听说你当大王了？嗨，你当大王自自在在，你家人可倒了霉了。"

"怎么回事？快告诉我！"汉王急切地问。

"前些日子有一队人马闯进村来，说要找你的家眷。众人见他们不怀好意，都谎称你家人都逃走了，把他们骗出了村。回来后，大伙儿告诉了你爹你妻子，他们都变了脸色。第二天一早，他们就不见了，谁知道他们到哪儿去了。"

汉王谢了邻居，低沉着头半晌不语。良久，才上马离开了村子。

这是明摆着的，楚王已抢在前面来抓汉王的眷属了。至于抓到未抓到，那是另一回事。想到老父和妻子儿女，汉王的心如装了石头一般。众人见状，也都闷闷不乐，说不出任何劝慰的话来。

汉王脑子里闪现出各种各样的设想，老父和妻子儿女是被项羽抓去了，还是逃进山里了？他们是怎样艰难行路的？如此等等。一边走一边盼望着路上能找见他们，只任由胯下的马儿漫无目标行走，不知不觉之间已走了几十里。

"太阳又快落山了！"

不知谁说了一句，才把众人从沉闷中惊醒过来。向西一望，一轮红日正慢慢坠向地平线。近旁成片成片的云彩呈现出峥嵘模样，有的像马，有的像猴，有的像老虎。大地上的树木花草和庄稼，都染上了一层血色，显得格外凄凉。不远处，有一个小小的村庄，看上去，顶多有十几户人家，有好几家的茅屋上冒出了袅袅炊烟。这时候，众人才感觉到饥肠辘辘，一两天没有进食了。

"大王，我们到村里歇歇吧。"一个将领打马来到汉王身边。

汉王摇摇头："不行，天色尚早，万一遇见楚兵就完了，再向前走走吧。"

众人无奈，只得咬牙往前走。一个个都没精打采，疲惫不堪的模样。

仿佛又过了许久，天色才完全暗下来，每个人都左顾右盼，希望能找见人家，可是，漫天野地里一间房子也没有。好不容易又走了几里路，忽然从前面传来一阵阵隐约的狗叫声。

众人顿时来了精神，朝着狗叫的地方走去。

星光之下，他们走进了一片树林，再向前摸索，从树林深处透出了几缕灯光。一个小村庄依稀可见。

"走，且到村中歇息一夜再说。"

汉王一边说，一边策马快走。

狗叫声越来越响，越来越多。众人不敢冒失，悄悄走到村西头，来到一户人家门前，门缝里隐隐有灯光。

"笃笃笃，笃笃笃！"

一位将领上前轻轻叩门。须臾，有轻轻的脚步声在院中响起。

"谁呀！"

这是一个老者的声音。

汉王恐众将声粗，连忙抢先回答："老人家，我们是过路的，想在您家借宿一夜。"语调极其温厚。

门打开了，老者手中还打着一只灯笼。借着灯光，只见这老者有五十多岁，身材瘦削，面目温和，眼睛中透着一种饱经风霜后的精明。

"这么多人，你们是……"

老者见几十人站在他的门口，不禁吃了一惊。

身上带着剑戟，手上牵着马匹，瞒是瞒不过的。汉王只好如实相告："老人家，我是关中汉王，行军作战至此迷了路，这都是我的卫士，千万不要害怕。我等只想在此歇息一下。"

"您是汉王？"

老人抬起手中的灯笼看了看之后，道："既如此，请进来吧！"

"汉王是给项王打败了吧？"

老人一边关门一边问，声音放得很低。

汉王一愣："老人家怎会知道？"

"今儿一天有几批楚兵来过了，他们都是来搜查汉王的。"

"实不相瞒，本王几十万人马全给楚兵杀完了，只有我身边这些人了。"汉王一脸沮丧。

"放心吧，只管在我这儿歇息不妨。"老人见状，安慰汉王。

汉王细看老人，衣衫整洁，举止高雅，不像是种地的农人，因问道："老人家不是本村人吧？"

"大王有眼力。老朽姓戚，原是定陶大家。当初项梁与秦军血战定陶，死人无数。老朽带着妻儿星夜逃出，只求活命。谁知路上人多拥挤，妻子和三个儿女走失了，现在也不知死活，只剩下我和小女两个。老朽看此处偏僻安静，就在这儿落下脚来，只是苟且度日而已。唉，大王，生逢乱世，人哪里还算人啊！"

说毕，老人以袖拭泪，十分悲戚。

汉王内心为之一动：英雄盼乱世，老百姓可遭了殃了。这时，柔和的灯光从房屋透着一种温馨，汉王更觉饥饿难忍，便问道："近处可能弄到吃的吗？"

"小户人家没有什么美酒佳肴，饭食却是有的。为了安度动乱，我父女俩准备了不少东西，大王等若不嫌弃，尽管用好了。"老人大方地说。

"谢老人家！"

"孩儿，快快备些酒食！"老人向房内吩咐一声。

"是，爹，女儿这就去生火。"

一个娇甜的声音传出来。

众人洗漱一番后，饭已好了。老者把将士安顿在大房里，只留汉王一个人在厅堂。汉王饿得难受，只盼酒食快快上来。这时，从屋里走出一个姑娘，手捧酒食，姗姗而来。汉王一看，内心一惊：好一个小家碧玉！只见姑娘约莫十七八岁，身材窈窕，面容姣好，一丝甜甜的微笑挂在脸上，灯光下脸庞红润可人，全身散发出一阵春天的芳香。

"大王请慢用。"

姑娘放下酒食后款款行礼，声音如莺歌燕语一般。汉王心里痒痒的，盯着她缓缓退下。

一旁的老者静静地看着这一切。

"大王且放宽心，慢慢饮用。"

老者一边斟酒一边劝慰，汉王顿感温暖。数杯酒下肚，全身松散，愁思渐散，脸上现出了红光，慢慢和老者聊起了家常。

说着说着，汉王有意无意提到了那个姑娘："敢问老者，令爱多大了，可曾许配了人家？"

老者佯装低头倒酒，须臾才说："回大王，小女一十八岁，尚未许配人家。大王，老朽想来这是命中注定的。"

汉王不明白，忙问："老人家指的是什么？"

"小女十岁时，老朽曾请相士为她看相。相士道小女有贵人之相，当在十八岁时福星高照。大王今天到此，不正是小女的福星吗？看来，这份姻缘是前生注定的了。只是小女粗俗不雅，不知是否能合大王心意？"

说毕，真诚地注视着汉王。

"老人家，我虽为汉王，却今日惨败到此，不知日后是吉是祸。能承蒙老人家照应得以安歇，已是感激不尽了，怎好再让令爱为姬妾呢，只恐委屈了令爱。"汉王说的是真心话。

"大王，这是从何说起。小户之女，能侍奉大王，乃是万幸之事。大王如何这般说，莫不是嫌弃我小女？"

汉王低头沉思片刻，向老者道："老丈既如此厚意，本王只得领情了。"

"这便是了，天意难违。"老者满脸欢喜。

汉王摸摸自己腰间，别无他物，只有一条玉带是珍品。当即解下来递与老者："本王有此玉带一条，权作聘礼，以后平安之日，再做厚报。"

老者双手接过，转脸向屋里道："孩儿，快出来拜见大王！"显然，那姑娘什么都听到了。

姑娘慢慢走出来，她已换了一身粉红衣裳，满面娇羞，更显得粉雕玉琢一般。

"贱妾拜见夫君。"

一声软语，让汉王不禁头晕目眩。汉王看到，她那接玉带的一双纤手格外柔嫩。

老者先让姑娘斟满一杯酒，双手捧与汉王。汉王早已醉了三分，接过来一饮而尽。第二杯斟满，老者让姑娘自己喝了，轻声道："孩儿，这是合卺酒了。"

姑娘脸更红了，端起来，一点一点喝干了。

待姑娘捧出饭食，汉王已有七分醉了，匆匆吃完时，已是双眼蒙眬，只顾盯着姑娘。老者见状，悄然退去。

看着姑娘收拾完碗筷，汉王起身上前，轻轻拉起她的双手。姑娘低着头，不胜娇羞。汉王心醉神迷，一下子把她拥入怀中。

几天来的惶恐和焦虑在女人温柔的身体里消解得云开雾散。

天刚蒙蒙亮，汉王就推枕穿衣起了床。众将士也都起身洗漱，早饭后，汉王向老者告辞，老者道："大王多日疲惫，又刚和小女合欢，理应多住几日。"

"老丈，我军溃败，活着的将士一定还有，他们下落不明，我如何能够在此安度？来日方长，待我重整旗鼓之后，自会来接老丈父女。"

老人听了，似乎心有疑虑仍有话说，汉王明白，上前一步说："老丈，众将在此为证，我决不食言！"

老人不再挽留。汉王又回房中，再度拥戚女入怀，依依深情，难分难舍。那戚女双眼含泪，柔情万端，只听汉王软语相嘱并不说话，所有的心思都在一双泪眼中表现出来。

离开戚家走上一条大路，约莫中午时分，遥见一队人马在前面出现。汉王连忙带众人躲入旁边树丛。待那人马走近，夏侯婴一下子蹿了出去："大王，是我的人马！"

众人大喜，连忙走出树丛。上前一看，果然都是夏侯婴的属下，足有三四百人。

原来，身为太仆的夏侯婴一直侍奉在汉王车辇左右。交战紧急时，汉王丢车上马，夏侯婴见状也跳上一匹马护卫汉王逃离，没想到他的随从们还带着车不放。那些人逃出楚军的追击后到处寻找汉王，没想到竟在这儿遇见了汉王及各位将领，禁不住一阵欢喜。

"车辇尚在，请大王换马乘车！"

夏侯婴对汉王道。汉王想，虽为败军之王，君主的礼仪不能丢，就下马上了车子。

走着走着，路上人渐渐增多。挑担的，赶车的，推车的，拖儿带女扶老携幼者都有。楚汉作战，老百姓不得不上路逃难。

汉王的目光透过帷幕在逃难的人丛中寻觅，众人皆知其心意。一些认识汉王眷属的人也都格外留心。

忽然，夏侯婴奔到汉王车前大声道："前面有一对小儿女，极像是大王的孩儿，大王快看是不是？"

汉王打开帷幕，顺着夏侯婴手指的方向看去。前面几十步开外的灰尘中，果然有一男一女两个孩子手拉着手在慢慢行走，从身材和衣着看，确实是自己的两个孩子。

"正是，快去！"

汉王大叫一声，令夏侯婴快快前去。夏侯婴拨开行人，快步走到两个孩子前，把他们拥入怀中，几步送至汉王车中。

两个孩子认出父亲，大哭起来。

汉王看着怀中的儿女，心头一酸。只见他们蓬头垢面，满身是灰，衣服肮脏不堪，全身散发出一股难闻的气味，小手上更是灰黑一团，看不清皮肤颜色了。

"孩儿，你们怎会流落这里？"

女儿鲁元抹一把鼻涕，抽抽噎噎地说："两天前，祖父和娘带我们离开家，半路上人太乱，又来了一阵子兵，我和弟弟就找不到祖父和娘了，没想到在这儿碰上爹了，呜——"

儿子刘盈也是涕泪交流："爹，快去找祖父和娘吧，别让人把他们抓走了。"

说完，两个孩子一起盯着父亲，一副可怜巴巴的样子。

将士们为之动容伤感，汉王兀自想的是：但愿父亲和吕雉别让项羽抓到。

突然，一个将士大叫道："大王，不好了，后面有楚兵追来了！"

汉王立即向后望去，只见远处一片楚旗招展，直奔这边而来，不由得大声命令："快！打马快走！"

众人听令，"啪！啪！啪！"一阵马鞭脆响，几百人拥着汉王的车子飞也似的向前逃走。隆隆的车轮声，嗒嗒的马蹄声震耳欲聋，卷起的尘埃冲天而起。

原来，有人刚才看见了汉王在路上逃命，想到项王正用重金买汉王的人头，就悄悄骑马报告了正在搜寻汉王的一队楚兵，楚兵闻讯，立马飞速策马而来。

汉王心中焦急，只嫌车子走得太慢。掀起车帷向后看，那群楚兵的速度似乎要更快一些。

看那拉车的马儿，鼻息冒烟，在夏侯婴的连连鞭声中拼命向前。

楚兵喝骂声越来越近，越来越近，汉王已急得满头是汗。

"若是被这群楚兵追上，我就彻底完了！"汉王想到这里，心头一凉。忽然，他的眼里闪现出一丝凶光，接着抓起一双儿女的胳膊一用劲，只听"扑通"一声，两个孩子掉到车边地上了。

"哇！爹呀！"

两个孩子一声凄厉的惨叫惊动了夏侯婴，他腾地跳下车，把两个孩子夹在腋下，三下两下赶上来。

"大王不可如此！"

一边说，夏侯婴一边把两个孩子塞回车中。

汉王回头看看，又将两个孩子推下车去。夏侯婴见状，又将他们拾回车中，如此反复几次。

汉王大怒，呵斥夏侯婴道："情况万分危急，难道要为了两个孩子丧命？"

夏侯婴也上了脾气："情况再急，也不能丢了孩子！"

汉王一下抽出腰中宝剑，照着夏侯婴就要砍去，夏侯婴闪身躲过。汉王恼羞万分，飞起一脚，把两个孩子又踢了下去。

夏侯婴见汉王已丧失了理智，翻身跳下车子，把两个孩子从地上拉起，一腋一个紧紧夹住，跃上一匹战马飞奔而去。

不一会儿，夜色从远而近铺满大地，一切都隐入夜色之中，有将士来报汉王："后面的楚兵已停止追击了。"

众人一听，方才稍稍放慢速度。

后面楚兵的将领，乃是季布。这季布世代居于楚国，为人豪侠仗义，重义轻财，全楚之人皆知其名。季布叱咤风云，任项羽的大将，在战场是个气吞千里的人物，深受项王看重。听说汉王就在前面，他带兵奋力追来。但天色将黑，他又看到汉兵虽然人少却旗帜不乱，心中道："汉王诡计多端，看那阵势并无多少仓皇之象，不会是有埋伏吧。"

所以，令众人停止追击，这才使汉王又一次脱离了危险。

又走了一个时辰，进入一个宽阔地带，四周一片寂静。汉王停下来，侧耳倾听，远处确无人马之声，方才放下心。休息片刻，一路向下邑而去。

下邑位于彭城西北，砀县东面。来时汉王曾派一将在那儿驻扎，即是妻兄吕泽。到达那里，可以喘口气。

夏侯婴不知何时已聚拢而来，两个孩子已在他怀中睡着了。汉王此时已心平气和，见了夏侯婴也不言语，只让夏侯婴把孩子放进车来。

为了防止楚兵埋伏，汉王与众人抄小路快走。天亮时分，一行人到达下邑城下。走近城门，只见几个士卒奔跑过来："来者可是汉王车马？"

"正是。"夏侯婴答道。

"快请，吕将军已派我等在此等了一夜了。"

原来，汉王兵败彭城之后，吕泽日夜都在派人四处打探。得知汉王逃出，他料定汉王近日必会奔下邑而来，所以，每天日夜派人在各个路口接应。

走入下邑，汉王才稍稍觉得有了点安全感，稍稍休息之后，他把众将召集到身边，问道："如今我军已元气大伤，该如何重整旗鼓？"

众人互相看看，沉默不语。张良、韩信皆在其中，却不好发话，尤其是韩信。身为军中大将，竟然有这样一个惨败现状，用兵如神又表现在哪里？多日来，他没有说过什么。

汉王深知众人心思，故作坦然之状，笑道："众爱将，常言道：智者千虑，必有一失。骏马日行千里，也有失前蹄的时候，天下哪有百战百胜的将军。且彭城之败责任多在于我，各位不必多虑。来日方长，眼下不是最后的定局。"

听此一言，众人面色放松了许多。吕泽见状亦说："臣已派人四处打探消息，彭城一战，我军并未全军覆没，据估计，尚有十来万人流落在外。信使已出各路，不日内逃散的人马就会来到。"

韩信闻言，有了几分振奋，上前道："大王，我军所受创伤虽重，但只要各路将军还在，就可重整旗鼓。臣以为，先在此歇息调整，一面等待人马，再做计议。"

"彭城惨败，定要吸取教训，我等在此调整，尤要注意这一点。"樊哙也说了话。

当下众人开了话题，活跃了点气氛。惨败的烟云稍稍淡了一些。

数日之后，各路探马陆续传递来了信息。殷王司马昂、塞王司马欣、翟王董翳又投向了楚王，赵国、魏国残兵逃回了本国。

汉王感慨万千：不久前，各路诸侯联合讨伐项王的盛大局面已不复存在了。时世多变，竟在倏忽之间，真是难以预料啊！这一生，我的帝王梦就这样破灭了？是不是我的欲望太强烈了？如若安守汉中也许不会有这么悲惨吧。

正在他愁肠百转之际，一探马飞报来说有太公及吕后消息，汉王急忙令其入内。

"大王，太公、吕后正在楚军营中。"士卒气喘吁吁，显然是急于告知汉王从远处赶来。

"项王把他们怎么样了？"汉王惊问。

"回大王，项王待太公与吕后甚好，并传出话来说，要招降汉王。"

汉王挥手让探卒退下，顿时心乱如麻：项羽这一手太歹毒了，他是以太公与吕后做人质啊！天下之人皆知我为人仁厚，不会置老父与妻子不顾，项羽正是利用这一点要我放弃与他争夺天下的机会，真是用尽心机！这真是苦煞我也。

思来想去，不禁有点埋怨父亲和妻子，怎么会偏就给项王捉住了。

原来，太公听说有兵前来村里打探汉王家眷情况，就知大事不妙，一定是儿子给项王打败了，被人追杀。项王要捉拿家眷，要么是为了要挟刘邦，要么就是为了斩草除根。和媳妇吕雉稍稍计议一下，吕公打算带媳妇孙子孙女出去躲避一阵子。还没动身，却听说汉兵与楚兵打得不可开交，乡里乡亲都逃出了家门。容不得多想，太公立即带着媳妇孙子孙女上了路，舍人审食其也一同而行。

一家老老小小，互相搀扶着挤在人群里。突然，一群乱兵骑马飞驰而过，冲得人群四下逃散，哭叫不绝。吕雉只顾着照应公公，待乱兵走后却发现一双小儿女不见了。

"我的儿呀，你们在哪里？"

吕雉号啕大哭，疯了似的在人群里穿梭奔走寻找。可是，她的嗓子哭哑了，叫哑了，仍未见儿女的踪影，她的心快碎了。

恰在这时，又来了一群楚兵。楚兵中有人认出了太公和吕后，惊喜大叫："将军，快看，那就是汉王的老父和妻子。"

众人一拥而上，抓住了太公和吕雉。审食其见状，不愿独自活命，也跟了上来，楚兵就把他们一同押走了。

各位将领见汉王不胜悲伤，纷纷上前劝慰，说只要太公与吕后活着就有办法。汉王只是木讷地听着，眼中溢满了泪水。说起来容易做起来难，哪里有那么容易的事情啊！

【第九回】

全大义慈母自刎，弃小节汉王遁逃

才过几日，探马又送来一个消息：项王收复彭城后正在招兵买马，不日即将西进攻汉。汉王一听，又急又恨，连忙召集左右文武道："那项羽即将西进，欲趁我军喘息未定之时扼杀我们。诸将请议退敌之策，不知何人愿意一马当先？"

此言一出，半晌过后无人应答。自从彭城两军交战，众人目睹了项羽骁勇的雄姿，那樊哙与周勃平日就胜众将一筹，他二人联手与项羽交战都不能退敌，其余之人谁是项王对手？且项王仅仅带着三万精兵，就把汉王几十万人马杀得七零八落，这也算是用兵史上的奇迹了。众人在用兵上合谋都对付不了项羽，况且是哪一个两个大将呢？项羽那等既有过人之勇又有过人之谋者，常人岂能对付得了？所以，汉王发话，无人敢应。

汉王顿时大怒道："我情愿把关东之地分与豪杰，却不知何人能破楚立功，享受这关东沃土！"

张良慢慢站起身来——自从韩返汉以来，他一直体弱多病，未曾独自领兵打过仗。作为谋臣，他深感自己对汉王陷入目前的境地有责任。

"大王，臣以为，当今天下能叱咤风云于沙场以助大王者，只有三个人，一是九江王英布，此人虽为项王所封，却与项王有隙；二是昌邑人彭越，此人助齐反楚，有一番不凡战绩；三是大将军韩信。前二人大王可以利相招而来，与韩信联合。若大王将关东之地分封此三人，定会破楚。"

汉王面露喜色，片刻后却道："此乃破楚良策。韩信是本王属将，彭越也关系较近，然不知那英布该派何人去劝说？"

众人闻言，又都不说话了。谁都知道那英布为人粗俗，凶狠奸猾，弄不好就会命丧他手。

汉王环顾四座，见众人如此，不禁怒火又起："像你们这样的人，没有够得上可以共商天下大事的！"

"不知陛下此话指的是什么？"汉王话音刚落，一个人应声而起道。

众人一看，乃是汉王身边新来不久的谒者随何。

"你愿意为本王去劝说英布助我吗？"

"若大王不弃，臣愿往！"随何回答。

汉王喜形于色："好，本王派你为使臣，带随从二十人前往九江！"

"谨遵王命！"随何拜道。

第二天，随何踏上了赴九江之路。

同时，韩信、彭越领汉王之命前往荥阳，他们将在那儿与汉王共商破楚大计。

楚汉决战的第二个浪潮开始掀动了。

汉王离开下邑，由梁至虞，又由虞到荥阳，一路风尘，却不敢有丝毫怠慢。彭城之败告诉他，机遇再好，若是疏忽松懈，放纵欲望，也会导致灭顶之灾。所以，一到荥阳他就与将士一道忙着安营扎寨，布置岗哨，四处派探马去打探消息，整整忙了一夜。

卫士已多次催促汉王歇息，汉王正要闭目养神片刻，突然一员大将跟跄跌入帐中，倒在他的脚下大哭起来。

汉王低头一看，只见来人一袭丧服，全身素白，竟是同乡故友王陵，连忙上前一步扶将起来，问："王兄，快快请起，何故如此？"

只因一向称王陵为兄长，此时尚未改口。不久前，汉王让王陵与另外二将打仗后去接自己的眷属，如何会有这般光景。

王陵涕泪交流，呜咽道："那贼人项羽，我素来与他无冤无仇，只因我投于大王旗下，他竟把臣的老母掳去，逼得老母自杀不说，还把老母的遗体煮了，这哪里是人能干出的事啊！"

汉王大惊，红着眼睛问："那项羽怎会如此歹毒？"

"大王，老母死前令人嘱咐我，要我事汉无二。臣恳请大王拨一批人马，让臣与那逆贼决一雌雄，若不将那阎王碎尸万段，臣绝不为人！"王陵抹去泪水，咬牙切齿地说。

"兄长且坐，多多节哀。我二人相处多年，情深义重，此仇一定要报。君有所不知，我的老父和妻子也被那项羽掳去了，现在还不知死是活。"

王陵抬起头问道："我前日听说了，果真如此？"

"千真万确！只是我军刚刚吃了败仗，正处于低谷阶段。敌强我弱，眼下不是硬拼的时候，复仇之事，还当从长计议。"汉王说到这里，脸上一片忧虑。

"大王，无论如何，我都会拼死相随大王，以遵母命的。"说到母亲，王陵的泪又落下来了。

汉王一边安慰，一边细问，得知了王母自杀前后的详情。

　　几个月前，王陵见汉王力量壮大，可以做倚仗之人，就带领自己的几千人马归属了汉王。那时，正是项王刚刚得知汉王还攻三秦之时。他本来就是怒火中烧，又听说王陵投了汉王，不禁恼羞成怒，发誓要亲手杀掉王陵。

　　一个谋士献计道："项王，王陵可杀可降，有一条妙计最为可行。"

　　"何计？快快道来。"项王迫不及待地问。

　　"王陵是个至孝之人，一向唯老母之命是从。只要把王陵老母抓来，令其劝儿子投降，就可成事。老人一般是年龄越大越怕死，只要老人发了话，王陵哪有不从的！"

　　项羽立即下令："来人！你们五人前往丰邑王陵家乡，把王陵老母抓来！"

　　多日后，士卒果然把王陵老母用车拉来了。项羽亲自见了老人家，只见她头发全白了，虽七十多岁年纪，却眼不花，耳不聋，口齿十分清晰。项羽让她劝儿子来投自己，只要他来，就给他高官厚禄。

　　听项羽说完，老人家一句话也不说，还是那副不惊不惧的模样。

　　同时，项羽派人给王陵送去一封信，信中道："将军足下，令堂大人在我军中为客，一切安好。本王期望将军弃汉归楚，与令堂共享荣华富贵。否则，令堂性命不保。人生在世，孝悌为上。将军为孝顺之子，声名远扬，何去何从，请将军三思而后行。"

　　王陵接信，焦虑万分。但是，那项羽的为人他实在不敢恭维，之所以归属汉王，那是千思万想之后采取的行动。若要他弃汉归楚，万万不可为。但是，老母身在项营会怎么样呢？最后，他决定先派使者去项营见见老母，然后与项王商议一下再说。

　　使者到了彭城，项王大喜，再次向使者晓谕了自己的旨意，使者肩负着王陵探母的重任，要求亲自见王陵老母一面。

　　王老太太听说儿子的使者来了，心中安坦了许多。其实，何去何从，她早已有了主意。要儿子背汉投楚，那是不可能的。且不说他们母子二人与汉王同乡，情深义重，就是依人品而论，那项王也比不上汉王。许久以来，她听说过许多关于项王的事。不说别的，就是当初活埋二十多万降卒的事，就悖逆了天理。自古两军交战不杀降者啊。老太太曾对王陵道："儿呀，那项羽咋就那么狠心啊？人家都投降你了，你还活埋人家，这是缺德哩。老天爷在看着哪，迟早会得到报应的。"

　　王陵依附了汉王，她赞成。以前，王陵和沛公常来常往，她了解汉王的为人，信得过他。这次项王把她抓来，她心里明了，这是把她当人质啊。这么大年纪了，她不怕死，只是不放心儿子。

　　王陵的使者一到彭城就想私下拜见王老太太，无奈项王派人严加看管，接近不了。如今项羽安排了使者与王老太太的会面。

　　老人泪流满面地对使者小声道："麻烦你捎话给陵儿，让他好好侍奉汉王。

汉王为人宽厚，将来取得天下的一定是他。我是一把老骨头了，叫陵儿千万不要因为我对汉王有二心，我在这里以死相送了！"

使者听罢，深受感动：真是一位识大体的母亲，刚才见她泰然自若，想不到心中竟是如此愤激。当下劝道："老人家切勿这么说，好好保重，来日方长。"说完，匆匆上车。

这时，老人忽然从袖中抽出一把雪亮的短刀，面向西方连叫两声："陵儿！陵儿！"随即在颈间用力一横，只见喉管断开，鲜血喷出老远，老人"扑通"一声倒在车旁。

须臾，项王派人来看视王陵老母，见老人已倒在血泊中断了气，大惊失色，赶紧报告给项王。项王大怒，下令煮尸，属下虽对老太心怀尊敬，但谁敢违拗大王，于是架锅的架锅，加柴的加柴，真把老人的尸首给煮了。

正是项王的凶残，让王陵对他产生了彻骨痛恨。

几日之后，韩信与萧何等分别率兵来此。众人分头招兵买马，不论老小弱幼，只要愿意即可。清点人数，士卒又有了十几万之众。汉王大喜，对韩信道："荥阳为河右要冲，只要扼住此城，就可阻挡楚兵西进，你统军驻此，本王暂且带一双儿女回栎阳去。"

韩信应令，立即分兵布阵，忙个不休。汉王则匆匆登程。一双儿女虽在身边，却不能让他内心安宁。一想到老父和妻子，他内心就焦躁不安，如火烧火燎一般。到了栎阳，每日里吃不香睡不安，思前想后，对自己目前处境怎么也乐观不起来。

情绪低落之时，觉得万事都不如意。但是，他又转念道：自古以来成龙成凤的人都是这么过来的，我又怎能例外呢？

"报大王，大将军派人送信来了！"

一声喊叫把汉王从沉思中惊醒，他一下子从卧榻上惊坐起来，立起身道："快，快请他进来。"

"报大王，大将军让我禀告大王，我军近日与楚军三战三捷！"

汉王认得，来人是韩信的一个偏将。

"快说详情！"汉王一阵欢喜，令左右送上一杯水后，命令道。

"楚军八天前抵荥阳城外，大将军带兵趁楚军立足未稳迎头痛击，楚军疲惫之下大败，死伤三千人。两天后，大将军追到郑京，在郑京郊外与楚军大战一场，歼敌两千多。三天后，楚兵逃到索城，大将军在索城设下一个包围圈，楚兵又丢下三四千具尸体。三战三胜，我军士气大振。"

"大将军劳苦功高，接下去将如何部署？"

"大王，将军已成竹在胸，他已令士卒沿着河边修筑了甬道，以运取敖仓粮食补给军粮。"

"好！这下我放心多了。"

待众人退去，汉王让萧何留下议事。汉王道："丞相，大将军坚守荥阳，乃是我军一大转机，渡过这一关，应该是万事皆顺了。我想立了太子以安定人心，丞相以为如何？"

"大王所言极是。自从彭城大败之后，各路诸侯大多背离了当初要共同讨项的盟约，都在引颈看着大王。立了太子，以示大王取天下的决心，极好！"萧何道，"然前方战事紧急，大王不可久留栎阳，立了太子后，请大王立即前往荥阳。"

"我也有此意。太子只有五岁，不谙世事，一切宗庙、社稷之事，就都交与丞相了。"

"大王放心，臣当尽力而为。关中安危，及转漕运输之事，臣定会谨慎行事。"

第二天，按照仪式立了太子之后，汉王带着一队卫士向荥阳出发了。

到了五月，白日渐长，黑夜渐短。汉王日夜兼程，很快到了荥阳。君臣今日相会，已与前些日子不同。汉王问及如何以荥阳为中心阻楚西进，众将意气勃发，纷纷献计。樊哙、周勃等人更是义愤填膺，要报仇雪耻。

众将散去之后，有一个留了下来。汉王一看，乃是魏王魏豹。这才想起方才众将议论纷纷之时，只有魏豹一人默默无语，似乎有什么心事。

"大王，臣有一要事相求。"未等汉王发问，魏豹先发话了。

"请讲！"汉王和颜悦色。

魏豹说家中老母患病，欲回乡探视。汉王听后就慨然应允了。

于是，魏豹拜别而去。

过了一会儿，樊哙来了，汉王向他说了魏豹之事。

樊哙听后却不禁有些担心。

正在这时，韩信匆匆来到，急急地向汉王道："大王，探马来报，项王新派了一队骑兵，行动迅速，已达荥阳东南。"

"将军有何退敌之策？"

汉王知道此时韩信肯定有了方略，问道。

"以其人之道，还治其人之身。来犯之敌是骑兵必须以骑兵对之。请大王下令，挑选军中善于骑射者为将，率骑兵制敌。"果然不出汉王所料。

"将军以为谁可为骑兵将领？"其实，他相信韩信心中已有人选了。

"臣早已听说李必、骆甲二人骑技射技皆精，可当此任。"

"此二人不是原来秦军将领吗？"

"正是。大王，此二人曾为秦王屡立战功。"

汉王立即对左右道："传李必、骆甲来！"

"拜见大王！"二人片刻间来到了。

"大将军向本王举荐二位，以为二位精于骑射，万里挑一。本王想拜二位为将，如何？"

李必、骆甲一愣，相互看了一眼。李必道："大王，我二人原为秦将，归属大王之后尚未建立奇功，以我二人为将，恐难服众，这对战事不利。如若大王任命善于射骑者为主将，我二人愿尽力辅佐。"

汉王沉思不语。片刻之后朗声道："好！本王拜灌婴为中大夫令，李必、骆甲分别为左右校尉，立即领兵击楚！"

几日后喜讯传来，骑兵大败楚军，歼敌五千。

汉王见局势好转，又牵挂起栎阳。张良理解他的心思，向他提出了建议：释放狱中犯人，把他们收编成军队，令他们到边防去守边。同时想方设法把关中一部分百姓迁到汉中去，这样，既可巩固后方，又可减轻关中经济上的压力。

汉王一一照此发布了命令。

却说萧何留在栎阳，除服侍太子之外，更要处理各种事务。制定规章制度，设立郡县，征集粮草兵马，运输兵器衣食，日夜操劳不息。

一般事务，他自主处理，重要事务，就派信使请示汉王，一切井井有条，与汉王相处多年，他了解汉王，相信汉王。将来取天下者必是汉王——这是他的信念。所以，他要竭尽全力消除汉王的后顾之忧。

韩信的用兵与萧何的辅政令汉王稍稍安了一颗忧虑的心，然而，另一件事却搅得他烦躁不宁。

魏豹回到平阳之后，立即将河口截断，派人把守，带兵投向了项王。

消息传来时，正是中午时分，汉王看着刚刚摆上来的饭菜，再也没有了食欲，命人撤去。他独自陷入了沉思：我平日待魏豹不薄啊，他怎会这样做呢？难道我有哪些地方对不起他吗？思来想去，怎么也想不通。

因此际他正集中兵力对付项羽，所以就先没有对魏豹动武，而是派了郦食其去劝说魏豹。

汉王对郦食其说："先生能言善辩，若能劝说魏王回心转意，我以魏地万户封赏先生。"

郦食其心中欢喜，立即备车上了路。郦食其星夜兼程，一赶到平阳，就去拜见魏王。可任凭郦食其晓以大义，明以利害，反复陈词，魏王毫不动心。

见魏豹如此坚决，郦食其无可奈何，只好告辞返回。汉王一听如此，便怒从中起，立即叫来韩信："大将军听令，本王拜你为左丞相，率同曹参、灌婴二将带兵讨魏！"

众人见汉王脸都白了，都不敢说什么。韩信三人听令而去。

汉王像一下子想起了什么，又让人传唤郦食其，问道："魏豹竟敢叛我，如此有恃无恐，他究竟拜何人为将？"

郦食其回答："听说是一个叫柏直的人。"

汉王忽然笑了："那柏直乳臭未干，怎能敌得住我韩信！那骑将又为何人？"

"是冯敬。"

汉王又笑了："冯敬乃是秦将冯无择之子，此人贤名远扬，可惜谋略上不行，与我灌婴相比也差得太远，看来只有步将了。"

"大王，步将是项氏。"郦食其道。

"哈哈！"汉王笑出声来，"项氏怎与我曹参相比！"

顿时，他脸上怒气消尽，愁容全无，举止也从容了。

韩信带兵很快抵达临晋津。此处乃是黄河西岸的一个军事要塞，地势宽平。他让全军悄然静待，一边派人观察敌情。

河对岸，有魏兵把守，要想渡河，实在不易。于是，韩信下令："扎下营寨，与魏兵隔河相峙！"

全军一片忙碌，挖土埋锅，支起营帐。韩信暗中溯河而眺，观察上游渡河情况。几个时辰后，探马来报："河对岸处处密布魏兵，防御严密，只有上游的夏阳，守兵甚少，是个空当。"

韩信思忖须臾，心中已有了破敌之策。

于是，他命曹参去山上采木料，灌婴去市上购买瓦罂。然后制作木罂，具体做法是用木桩夹住罂底，四周捆扎成方格，一格里放一个罂，几十格里夹几十罂分成一排，几千罂分成几十排。

木罂制好后，韩信让灌婴领着士兵明里装出要抢渡黄河的模样。与此同时，韩信与曹参从嘈杂的人群后转入军帐后悄悄插向夏阳。天色尽黑之后，他们抵达夏阳。韩信指挥众人放下木罂，士卒们则分坐进罂中，每罂两至三人。由于底部有木方绑住，整排木架四平八稳，比大船还稳当。每排靠木罂两边的士兵手中拿着短小的木桨，奋力向对岸划去。由于木桨短小，士卒动作轻缓而有力，水面上基本上听不到哗哗的水声。在夜色的掩护下，他们箭一般向前冲去。马匹与之同行。

却说灌婴领着几千人大喊大叫，立即引起了对面魏将柏直的注意。其实自从汉军到来之后他们就加强了警戒，柏直下令左右："密切注意汉军行动，扼住津口，千万不要让敌人渡过河来。"

同时，柏直报告魏王，说汉军正准备渡河。魏王自己不放心，又派人来到临晋津督战。全军上下如临大敌，半步也不敢离开。

二更时分，韩信与曹参率大军悄然登岸，迅速向北移动，一个时辰后，到了东张。远远望去，前面灯光点点，一个挨一个，就知是魏兵军营。

曹参大喊一声："冲啊！"自己纵马奔在前面，挥刀杀入敌营，身后士卒惊天动地一般紧随而上。顿时，魏营一片混乱。守在这里的魏将乃是孙遨，在梦中被士卒惊恐的叫声吵醒，匆忙中仓促应战，可哪里抵得住曹参的冲杀。看到士卒死伤过半，他不敢恋战，于是带着余下人马向北逃去。

原来，夏阳平日很少有船只，魏豹心想，纵使有千军万马，如神兵法，若是没有船只，你也休想过河来。所以，夏阳处守兵极少，韩信与曹参如履平地。

曹参带兵乘胜追击，很快杀到了安邑城下。此时已是黎明时分，朦朦胧胧可辨人影。安邑守将姓王名襄。已经得到汉兵杀来的消息，他并未放在心上，昂然对左右说："过河来的汉兵能有几人，勿要担心，看我如何收拾他们！"

说罢，翻身上马出了城。天色放亮，他看到汉军阵前乃是一个骑枣红马的瘦高个将领，那体重恐怕只有他的一大半，立即纵马上前大打出手。

曹参见他身体肥胖，一副骄傲模样，心中已打定了主意。他用力迎战几个回合后，开始佯装体力不支。王襄得意扬扬，恨不能三下两下拿住曹参。忽然，曹参卖了个破绽，他立即恶狠狠挥刀劈来。就在这当儿，曹参一闪身，他的刀劈了个空，身体歪向一边，曹参如猿猴一般纵下马来，双手如铁钳一般卡住了他的脖子。余下士卒一拥而上，把他五花大绑起来。

魏兵亲眼看到大将被汉兵推推搡搡拖向后面，顿时心惊胆寒。群龙无主，无心恋战，逃的逃，降的降，如散了架的葡萄架一般，安邑城成了一座空城。曹参顺顺当当地占领了全城，迎接韩信入城，这才让将士大宴一番，放松歇息。

士卒们一片欢呼雀跃，吃吃喝喝，说说笑笑。韩信和曹参一边派人放哨，一边紧急谋划如何攻打魏都。

魏王都城平阳，地势平坦，城外四面都是旷野。魏豹此时已接到安邑城破的消息，心中不由得一阵慌乱。他派人火速前往临晋津召柏直回都，自己仍是惊恐不安：这平阳易攻难守，不是应战之地。若是柏直赶回之前汉兵来到就糟了，不如我先带兵出城，堵截汉军，等待大军来到。

顷刻工夫，魏豹已率兵出城，沿着通向曲阳的大道快马奔走。大路两边，是很多的树林，魏豹边走边左顾右盼，生怕有汉兵埋伏。距离曲阳还有两里路光景，却听探马来报，说前方就有汉兵，正闪电般冲杀过来。

"这可如何是好？须选择一个开阔处。"魏豹一着急，忽然瞥见左边有一开阔地，正适合迎战汉兵。当下大喊一声："向左，向左迎敌！"

士卒们刚移到左边立足未稳，汉兵已到眼前。只听得曹参大叫："杀上去，趁柏直未到拿下那魏王！"

汉兵听令，又见魏王士卒稀少，如发疯一般直扑魏军。魏兵人少本已胆怯几分，又见汉兵个个如狼似虎，更加惊恐了，转眼间，步伐乱了，阵营也乱了。

魏豹平日为人除了粗豪之外并无他长，双方交手几个回合他就知必败无疑。

忽然，他瞅见曹参向他直冲过来，再也不敢支撑了，夺路就逃。士卒见他逃窜，紧随后面向着北方一溜烟狂奔而去。

韩信与曹参深知汉王恼怒魏豹反复无常，怎肯轻易放过他？曹参在前，韩信在后，指挥大军穷追不舍。

轻风吹起，携来阵阵凉意，汉兵却是个个汗流浃背。许多树木已开始落叶，骑兵过处，卷起一阵阵急风，刮得那黄叶乱飞。曹参双眼紧盯住前方魏兵激起的一阵尘雾，只顾打马向前，大约跑了七八十里，终于在一座城外将魏豹团团围住。

此城乃是东垣，城中没有士卒把守，无人增援魏豹。魏豹急了，三番五次向外突围。曹参早已令左右将领分布各处，包围圈如铜墙铁壁一般。魏豹在其中如笼中困兽一般，满脸是汗。曹参见状，向韩信道："且让我上前拿他！"

韩信摇摇手说："逼急了他会死拼伤人，以后的城邑也要费心，不如让他投降。"

韩信当下令左右向魏豹喊话，只听士卒道："魏王，你已经山穷水尽，无路可走了，何必拼掉性命！不如早早投降吧，这样可免你及全家一死！"

反复多遍，魏豹听得一清二楚。他不由得想道："我的性命不算什么，但是全家老少几十口哪！难道为了我一人就让他们全部送命吗。嗨，我不能再顾什么面子了，到了这种地步，全家性命要紧。"

士卒们怕死者居多，纷纷向魏豹建议投降。

魏豹心烦意乱，环顾四周，到处都是汉兵，真是插翅难飞。他翻身下马，向着曹参、韩信所在方向，匍匐在地，束手就擒。

囚车早已备好，韩信把魏王囚入其中，一路驰向平阳。到了城门口，曹参把魏豹放到阵前，给平阳城内魏卒观看。魏王已投降，谁还愿意死战，都乖乖做了降卒。

进了平阳，除了魏豹家眷，一律赦免。街市上，魏豹一家老小被绳子牵成串慢慢走过，老百姓伸头引颈看得目瞪口呆。

不多会儿，魏将柏直率兵来到城门口。仰头而望，却见魏豹全家都成了囚徒，不禁瞠目结舌，愣在城下。韩信派使者来到城门口，晓以大义，明示招降之意。柏直稍思片刻，只得下马跪降。

此后多日，韩信以平阳为中心，令灌婴和曹参分头攻占魏其他领地。只用十几日，就收占了魏王各处城邑。

韩信唤来灌婴、曹参，对他们道："汉王计划略赵已久，此处距赵最近。我先留此处，你二位将魏豹押赴荥阳，交与汉王处置，另外请汉王拨三万兵马给我，随我略赵。"

灌婴、曹参押着魏豹一家，迤逦到了荥阳，汉王立即拨三万人马交与二人，张耳带人也在其中。之后，汉王令人将魏豹提将出来，上来就把那魏豹骂了个狗血喷头。魏豹识相，由着汉王尽情怒骂，一边如捣蒜一般叩头请罪不止。汉王看那样子最后不由得笑了："瞧你那狗熊样！你也不撒泡尿照照自己，看自己有多大能耐，也敢和我对抗！今日且饶你不死，若是以后再生二心，我一定灭了你全族！"

随又令左右："魏豹全家除老母外，立即入宫为奴。"

魏豹听得，懊悔不迭，真是一失足成千古恨。当初放着好好的日子不过，非要和汉王来一番较量，唉，他不觉落下泪来。

韩信见援兵三万已到，立即着手东行攻打代郡。陈余早已归汉，汉王为何要攻赵呢？说来话长。

当初，汉王西进抵达洛阳，向各路英雄发出檄文要声讨项羽逆杀义帝，陈余也有一份。汉王的使者到赵国，向赵相陈余说明利害，要陈余出兵相助，陈余知道张耳就在汉王军中，他决定利用这个机会除去张耳，就对汉王使者说："要我出兵共讨项王也不难，只要汉王杀了张耳即可。"

汉王听了使者的话，心中暗道：张耳兵败投我，是对我的信任，我不能为一己之利落井下石。但是，不杀张耳又得不到陈余的兵马，怎么办？汉王左右为难。后来，就找了一个与张耳相貌相似的士卒代替。

待首级送到陈余处，早已弄得血肉模糊。陈余没有看出破绽，就如约而行，派一部分兵马随汉王攻打彭城。之后，知道被汉王骗了，他就十分愤怒，从此与汉王断绝来往，并发誓要报复汉王。

汉王闻知，也恼怒道："小小陈余有几个人马，竟也不自量力要和我斗，迟早我要灭了他！"从此，这成了汉王的一桩心事，韩信深谙汉王脾气，要趁胜攻下赵地，拿下代地。

早在陈余赶走张耳，迎赵王赵歇还国后，赵王就拜陈余为成安君，同时兼封代王。但是，陈余担心赵王刚刚还国，力量单薄，并没有前往代地。而是留在了赵王身边尽辅佐之力。他身边有一个叫夏说的，颇有些智谋，陈余就任他为代相，料理代地事宜。韩信与众将略一计议，决定先取代都阏与。

汉兵长驱直入，待夏说发觉后，汉兵距离阏与只几十里了。韩信对曹参、灌婴、张耳道："那夏说性情耿直，缺少谋略，只会空谈兵法，对付这等人的最佳策略是智取。"

接着，他对三人悄悄耳语一番，三人频频颔首。

夏说果然已得信息，在汉军又向前走了二十里路时带兵来到。放眼观看，汉军所来之人并不多，大约是自己兵马的一半，夏说心中暗道："汉王太小看我夏说了，竟派这么一点人马来对付我，今日让他尝尝我的厉害，也让代王陈余知道他用人用得恰当！"

细看汉军阵前，那一马当先的乃是曹参，就纵马直逼过来，曹参自然持刀相迎。两马交错，大刀相撞，一阵阵"哐哐咔咔"之声。大约战了二十个回合，曹参渐显不支之态，节节后退。突然，曹参瞅个空儿，拍马便走。汉兵见状，呼啦啦跟着就跑。夏说心中大喜，大喊一声："追！"率领士卒杀奔而来。

两边的庄稼地向后飞闪，只觉得两耳生风，胯下坐骑如长了翅膀一般。夏说心中得意，不知不觉已追了二十多里。突然，从大路两边冒出两路汉兵向他夹击而来。夏说大吃一惊，仔细一看，左边大将是灌婴，右边大将为张耳，已将身后退路阻断。原来，刚才经过这里时，韩信已观察好了地形，右边是一处低洼的干河床，左边乃是当地农民用来浇田的一个大水渠，也是干的，可以充当埋伏之地。

夏说带着身边的人不要命似的边战边退，终于杀出了一条血路。曹参见夏说向后逃窜，打马直追，五六十里路下来，在鄃东把夏说团团围住。

"夏说听着，你的人马不多了，快快下马受擒吧！如此可饶你不死！"

曹参对着困在中间的夏说大喊，让他快快投降。想不到那夏说倒是个硬骨头，破口大骂道："休想！汉王不仁不义，违背诺言，欺骗我代王，难道我会依附这种人？来吧，要命有一条，休想要我投降！"

曹参大怒，挥刀向前，只几个回合就把那夏说砍下马来，割下头颅。随即，汉军攻下代城。

如往常一样，曹参到处张贴安民告示，安抚百姓，消除众人对汉兵的畏惧心理，同时派人迎接韩信来到，准备下一步攻赵。韩信大喜，乃开始拟定下一步计划。

谁知这时汉王信使来到，说汉王有新令。韩信连忙打开信函，只见上面写道："敖仓守兵甚少，将军速调遣将士返回驻守！"

韩信思忖良久，对曹参道："敖仓乃军事重地，至关重要，你速带自己人马回去助守，攻赵之事，我另行筹谋。"

曹参领命上路了。

韩信不禁犯了难："陈余手下人马充足，随我出来的士卒精壮者大多在曹参部下，如今曹参回去，若是只凭我手中剩下的人马攻赵太难了。赵有二十多万兵马，几倍于我，该如何是好呢？"

一时想不出好的策略，韩信先行招兵买马。

然而，此时汉王正处于劣势，能入伍应征者一听是汉王部下，多不愿应征。韩信不得不增加银两，即便如此，也只招收了一万多人。

此时，探马传来可靠消息，说赵军以井陉口为据点，正严阵以待。他们有二十多万人，均由陈余率领，且粮草充足。

井陉口这地方韩信并未到过，但听说过。此处两边都是高山，人迹罕至。中间有一条出入道，道上有一个狭窄的山口，易守难攻，真的打起来，可以说是一夫当关、万夫莫开。

　　于是，在距离井陉口外十多里处，韩信扎下了营寨，一方面令士卒好生歇息，同时密切观察敌情，等待机会。

　　渐至深秋，天气转凉。士卒们渐渐觉得衣衫单薄，只催促将领们快快决策，战后好早早回家。

　　却说陈余在赵王身边，已把代地发生的一切打听清楚。赵王只是个贵公子，无勇无谋，一切都交与陈余处置。

　　陈余道："汉王目标不是代地，而是全部赵国。代已失守，大王须把全部兵马用上，死守各险要口，或许能够阻住汉军。"

　　赵王满脸忧郁，对陈余说："何去何从，本王只依赖代王，所有兵马，随代王调遣，不必请奏了。"

　　陈余也知赵王素无勇谋，嘴上应承着赵王让赵王放心，内心却忐忑不安，小鼓敲个不停。自己有人马二十多万，但与汉王比起来相差太远。汉王身边聚集了一批良才贤士，文武皆备，只那一个韩信就够受的。武将如灌婴、樊哙，个个骁勇善战，非一般人所能敌。而自己身边却缺少得力的助手，冲锋陷阵、运筹帷幄多靠自己一个人。这些年来，虽然自己也打过几场胜仗，可是这与韩信等人根本不能相提并论，就是古代兵法自己也读得极少。若要击败汉军，真是难上加难。

　　正当陈余愁肠百结之际，一个叫李左车的谋士上门自荐，向陈余进言。他自信地说："那韩信与张耳等乘胜离开本国远征，锋芒锐不可当。但是，我听俗语说过：从千里之外供给军粮，士兵定会面有饥色，临时割草拾柴烧饭，军队势必食不果腹。将军请想，如今井陉口这条路道路狭窄，以致车辆不能并行，骑兵不能并列，行起军来队伍前前后后要拉开几百里，这样，随军的粮草必定会落在大部队后面。请代王拨给我三万人马做突击队，我抄小路去截断汉军的辎重粮草。与此同时，将军可深挖壕沟，高筑营垒，坚守在本营决不出战，如此，便可使汉军向前则无仗可打，后退则无路可退。那荒郊野外，秋天粮食已收割完毕，只有光秃秃的树木和田地，有什么可供汉军吃食？我敢保证，不出十天光景，我就可把那韩信、张耳的头颅献到代王面前！否则，我等皆要被汉军俘获。"

　　陈余早在内心冷笑起来："好一个狂妄之徒，这不是说只有你才可取胜吗？难道我陈余还不如你这个小小的谋士？"

　　但是，他不便把此话说出来，只笑了笑："我向来以为自己军队乃是义兵，与那汉王惯于欺骗不同，如你所说全是诡诈之策，我岂能用这种投机奇计？"

　　李左车大吃一惊，心中道：想不到陈余竟如此幼稚可笑，自古以来都是兵不厌诈。到了战场上，无论哪一方岂有不杀人放火的。既要杀人存己，又哪有什么义呢？这样看来，献计是没有用处的，我何须多言！

陈余见他不语，却以为是理屈词穷无以应答，又笑道："放心，我心中有数。那韩信劳师远袭，军队已疲劳不堪。面对这样的军队若是避而不击，各诸侯还会以为是我胆怯无能哩！"

李左车默默退出了陈余的军帐。

韩信很快探得了这一消息，心中大喜：陈余不用李左车之计，真是诚实得可爱，我军的机会来了。当下，一个计策在他心中形成了。

半夜时分，冷清清的，一弯新月沉在西天边上。

韩信突然号令全军出发。

同时，他挑选了两千名轻骑兵，让他们每人手拿一面红旗，抄小路上山隐蔽起来，时刻注意赵军动向。临行前，韩信叮嘱道："交战时我军会退逃，赵军看到，一定会倾巢出动来追赶我们，你们就趁机冲入赵军营中，拔掉赵军的旗帜，全换上汉军旗帜。"

士卒皆低声应道："是！将军！"

韩信又唤来他的副将们："传令下去，令将士们先随便吃点什么填填肚子，今夜打败赵军后，我让你们大宴一场！"

众将们你看看我，我看看你，都在心中道：赵军有二十多万，我们还不到十万人，能有那么容易吗？但谁也不敢说出来，也齐声答应了，声音却是有些发虚。

接着，韩信又选出一万精兵，让他们过了河。

有偏将问："将军，赵军有二十多万，这一万人先过河，不是去送死吗？"

韩信笑了一笑："赵军已占据了有利地势，他们若是不见我军大将的旗鼓，是不会出兵攻打我们的先头兵的，为的是怕我们一旦受阻就撤回去。"

一万人马知道韩信心中早有定谋，顿时来了精神，摇来大船，一会儿就到了对岸。

井陉口上，赵军居高临下，都把这一切看在眼里，只见那汉军背对河水，摆开了一列长长阵势，只觉得汉军傻得可爱，有将领嘲弄说："瞧那帮人，还有模有样摆阵哩，却不知已在我军口袋里了！这不是癫蛤蟆垫床腿——硬撑吗！"

众人听了，哗然大笑，指指点点戏说着汉军在下面的匆忙样。

此时，天已蒙蒙亮，山峦的轮廓愈来愈清晰。

韩信大声令道："打旗击鼓！"

随即，只见一方将旗飘然出现，鼓声喧天，汉军开上了井陉口。

赵军早已等得不耐烦了，只将大门开着，如潮水一般涌出来迎战汉军。放眼望去，你来我往，战马交错，兵器相撞，直打得天昏地暗。赵军仗着人多，越战越勇。

约有一个时辰，韩信和张耳作出败势，丢旗弃鼓而逃，钻入河边阵营之中，赵军自然急急追来，营中汉兵又排出阵来。

陈余此时再也待不住了，挥剑一呼："全部出击，把那韩信与张耳活捉了！"

赵军听令，倾巢出动，有的争抢汉军的旗鼓，有的拼命追赶后退的汉兵，如急风疾雨一般扑来，恨不能一下子把汉兵全吞下肚去。

谁知汉兵忽然振作起来，一个个拼死抵抗，不让赵军前进半步。两军呈相持之势，打成一团。

时至中午时分，两军士卒都已疲惫不堪，饥饿难耐。陈余看着两军不分胜负，一时难以捉住韩信、张耳，就鸣金收兵，令将士回营。

走到半途，陈余呆住了——只见自己大营中到处红旗招展，人影攒动。

"将军，不好了，看来是汉军占了我本营了！"众将也惊慌失措，一阵乱喊。陈余一看，也慌张起来。士卒们早有人开始逃命，挡也挡不住了。

"站住，谁跑就杀了谁！站住！"

陈余及诸将大怒，挥剑连斩数个逃兵，却无济于事。此时，汉军前后夹击，呼声动地，对着纷乱的赵军只顾砍杀不停。赵军死的死，逃的逃，全乱了。

陈余又气又怕，乱了方寸，也不管是赵军还是汉军，他是见人就杀，遇人就砍，口中哇哇大叫不停。

汉军左骑将傅宽与常山太守张苍，一左一右，冲上来把陈余夹在其中，二人虽占上风却不杀他，只把他往河上逼。陈余边战边退，眼见得到了河边再无退路，不禁恼红了眼，声嘶力竭狂叫，活生生一个疯子模样。突然间，一员汉将闪过来，冷不防手起剑落把陈余砍下马，又上去一剑割下他的脑袋。众人定睛一看，原来是张耳。

众将士押着降卒回报韩信，才发现赵王已被捉住绑了。韩信喝令左右："叛逆赵歇为恶作乱，死有余辜，拉出去斩了！"

待赵歇人头落地，汉军上下一片欢腾。出征多少天来，就是为了平定赵地，今天终于实现了。

将士分别报上各自战功之后，纷纷向韩信道贺，骑都尉靳歙却忍不住发问："兵书上指出，凡欲取胜之战，须在布军列势时要右边和背面靠山，前面和左边临水，将军这次却让我们背水布阵，说什么要待打败赵军后再会餐，我们当时都颇不信服，但后来竟然打胜了，这用的是什么战术？"

韩信笑了："其实，这战术也是兵书上有的，只是你们没有留意罢了，兵法上不是说'陷之死地而后生，置之亡地而后存'吗？况且，我所率领的并不是平时训练有素的将士，这就相当于驱赶街市上的平民百姓去作战，一定要把他们置于死地，使他们人人为各自的生存而战才行。倘若给他们留下活路，他们就会逃走了。"

众将听言，纷纷称是。各人都在心中道：都道韩信用兵如神，果然如此，吾等实在比不上他！

"诸位将领，可曾有人见到那李左车吗？"韩信忽然问道。

众将都道未曾遇见。韩信面色严肃，对众人说："有人能活捉广武君李左车，赏千金！"

众将听了，无不牢记在心。

常言道，重赏之下必有勇夫。三天之后的一个黄昏，一位将领押着一个衣衫不整的人走进了韩信的军帐。

"将军，属下捉到李左车了！"

韩信正在低头写着什么，猛抬头，只见那个被五花大绑的人面目清秀，中等身材，身上衣衫虽然脏乱，却掩不住他眉宇间的睿智。

"你是李左车吗？"韩信问道。

"在下正是。"那人平声静气地应道。

韩信又唤来部下将领，令曾见过李左车的人辨认，果然不错。众人见了，以为韩信定会立斩此人，都盯着韩信，只等那一声令下。却见韩信迅速下座，来到李左车面前，亲自为他解去绑索，一边说："在下不识先生，失礼了！"

一边又引着李左车面东而坐，自己则面西而陪。那种谦恭模样，俨然是学生拜见老师。众人大惑不解，直愣看着。

"在下想北进攻打燕国，东进伐齐，先生看在下该如何进行？"

坐定之后，韩信和声细语地问李左车，把身子挺得直直的。

李左车沉吟片刻，推辞道："在下不过是一个兵败国亡的阶下囚，哪里有资格来谋划大事呢！"

韩信诚恳地看着李左车："早在战国时期，百里奚先在虞国而虞国灭亡了，后来他到了秦国，秦国却成为天下的霸主。这并不是由于百里奚在虞国时是个蠢材，而到了秦国则成了贤才，而是由于国君对他的态度不同，能不能接受他的建议使然。"

说到这里，韩信顿了一下，见李左车的脸色温和了许多，又接着道："您向陈余献计的事我都听说了。倘若真的采纳了您的计策，我韩信恐怕已成了俘虏了。只是因为他不接受先生的意见，我才能侍奉在先生身边向先生求教啊！如今，我会认真听取先生的建议，请先生不要再推辞了！"

李左车的眉宇完全舒展开了，他稍作思忖，便道："眼下将军渡过西河，降伏魏王，活捉夏说后又东下井陉口，一夜之间击垮二十多万赵军，杀掉陈余，可以说是名扬海内、威震天下了。许多百姓停止耕作，只想到你军中来听从你的号令。然而，多日的战争，百姓劳苦不堪，士兵也疲惫至极，实在很难再让他们去攻伐了，在这种情况下，你要想调动疲惫之军去驻扎在燕国城池之下，其结果必定是想打打不了，要攻又攻不下，军中实情就会暴露在敌前，威力也就减弱了。如此旷日持久，军粮就会耗尽。到那时，连燕国这样弱小的国家都不肯屈服，齐国那样的大国就会据守一方而逞一时之强。这么一来，燕齐两国都与汉军对峙，相持不下，汉王和项王的胜负也难见分晓。自古以来，善于用兵的人，从不以自己的短处去对付别人的长处，而是要以自己之长击别人之短。"

韩信全神贯注地听着，像是要吞下李左车的每一句话。他又问："既如此，我该怎么办？"

"眼下的你，不如按兵不动，暂作休整，一边镇守赵地一边安抚百姓，使得附近百姓天天自愿来犒赏将士。过后，摆出攻燕的架势，派能言善辩的说客拿着一封信去向燕国炫耀自己的功绩，燕国弱小，不敢不听从你的招降。燕国一旦归服，即可东临齐国，如此，纵使有智多星，也不知该怎样为齐国谋划了。这样，天下大功告成。所以，人们所说的用兵之道要先造声势再行动，就是这个道理。"

"说得太妙了！"韩信由衷地赞叹，"我就依先生之计行事！"

几十天后，燕王臧荼投降。

韩信报知汉王，并且请求加封张耳为赵王，汉王心中欢喜，自然答应了。

那日随何遵汉王之命到了九江，九江王英布已把随何来意猜了个八九不离十。他每日里只是命太宰招待随何，让随何住在客馆里，自己则避而不见。

到了第三天，随何实在等不及了，就对太宰说："在下奉汉王之命而来，目的是拜谒大王，大王却托故不见，到今天已是第三天了。依在下看来，大王的意思无疑是楚强汉弱，内心犹豫不定。但是，见见我又何妨呢？如果在下所说合乎大王心意，大王就听，不合，就把在下及同来二十人枭首示众，献给楚王，岂不是快事？"

太宰只好向英布言明，英布想：既如此，我还怕什么？我英布在天下也算是堂堂英杰，如此回避既不是长法，也让人笑话。

第二天，英布召见了随何。随何坐在英布左侧，委婉地问："汉王让我到此，只是来看望大王近日贵体可好，顺便问问大王为什么只与楚王亲近呢？"

英布道："本王曾是楚王属下，楚王之臣，怎能不与楚王相亲近呢？"

随何微微一笑："说起来大王与楚王都是诸侯，如今大王却北面事楚，想来是觉得楚王强大，可以依托吧？但是，我记得楚国讨伐齐国时，项王身先士卒冲锋陷阵，将生命置之度外。在这种情况下，大王理应亲自率众为项王作先锋。然而，当时大王却只拨了四千人马去助楚王，这是为什么？难道真心为臣的人会如此敷衍塞责吗？再说，不久前汉王攻入彭城时，项王正在齐地作战，匆忙之间来不及回防，大王距离彭城那么近，早该统兵相救，但大王可派了一个人渡淮河去吗？坐视成败，无动于衷，既然大王想依赖楚国，为何还会如此袖手旁观呢？所以，大王名义上以楚为主，但实际上并不是真心的，也没有什么真实行动。眼下楚王太忙，来不及顾及这些，但他心中没有数吗？一旦项王动怒怪罪，前来声讨大王，不知大王该如何应对？"

那英布低首不语，一副沉思的样子。随何见状，心中暗喜，又接着说："大王以为眼下是楚强汉弱，所以内心虽不服楚王却依然没有背叛他。古人云，顺德者昌，逆德者亡。大王想过没有，那楚王虽暂时强大，却因违背盟约，弑义帝，成为天下逆人，哪里还会有好势头。如今汉王维护公理，仗义讨逆，召集诸侯，以成皋荥阳为据点，高筑堡垒，广积粮草，阻挡楚兵西进。那楚军虽人数众多，但劳师袭远，缺少外援，势必转弱，进退两难，还有什么可依赖的？如果楚国战胜了汉军，各诸侯就会人人自危而互相援救，这么一来，楚军的强盛，倒恰恰会招致天下的军队都来对付它。所以，楚国形势没有汉国有利。我以为，大王不和万无一失的汉国结好，却把自己托付给行将灭亡的楚国，实在令人困惑不解。相比之下，大王的兵力确实不足以消灭楚军，但是，大王如果起兵反叛楚国，项王必会留下来对付九江军。只要能拖住项王几个月，汉王就可万无一失夺取天下。如果大王立即归汉，汉王肯定会划一块土地给大王，大王不就能在九江之上再有一方乐土了吗？"

英布喜形于色，说道："看来，我恭敬不如从命了！"

当下，他向使者允诺要叛楚归汉，只是提出一个要求：暂时不能走漏风声，以防过早惊动项王。

此后几天，随何每日住在客馆中，不时派左右前去催促英布早早动手。他知道，英布虽被自己的如簧巧舌说动了心，但还是下不了决心。

到了第四天，一个侍从急急忙忙从外走进来，对随何道："楚王派使者来催促九江王相助攻汉呢。"随何大惊，知道使者正和英布在一起时，就直接闯进楚使住处。

走进门，他也不通报，一屁股坐在楚使者上首的座位上，朗声对楚使道："九江王已经归汉，你身为楚使，凭什么来调动他的军队？"

刹那间，众人都愣住了，英布更是大吃一惊。

忽然，楚使者迅速离座，要向外走——如果这是真的，得赶快逃命。随何急忙向英布道："真相已经泄露，不要让楚使走脱了，赶快杀了他，免得留下后患。助汉攻楚吧，不然就来不及了。"

英布一时慌乱，只好听了随何的话，令左右三步两步追上楚使，一刀结果了他。眼下，除了归汉，哪里还有选择余地！于是宣布归汉，共同伐楚。

几天后，消息传到彭城，气得项王暴跳如雷："大胆英布，我早就料到了他有二心，怪不得前日我攻齐时征召他，他不来呢！还说是有病，原来是二心之病！传项声与龙且进帐！"

项声与龙且应声而进，项王怒不可遏，发令道："今拨与你们三万精兵，前往攻略九江！"

这项声乃是项王本家兄弟，龙且则是有名的悍将，二人领着三万骑兵，日夜兼程奔向九江。

英布无奈，只好出兵布阵。两军相遇，连战数场，都是不分胜负。项王见英布拼命相抗，随即又增了援兵。英布渐感力量不支，连吃败仗，最后与随何向荥阳奔去。

为防止楚兵追杀，英布与随何抄小路走。

迎面吹来的风刺骨般冰冷，英布顿感衣衫单薄，全身发冷。屈指一算，如今已是十二月，又是一年过去了。胯下的黑马在崎岖的道路上艰难行走，让英布颠簸不停。看两边，都是荒地和杂树丛，除了枯草和光秃秃的树枝，一点绿色也没有，一缕悲伤袭上他的心头。一个月前，一切都是安宁的，如今却成了这种局面，士卒死伤无数，自己也成了逃难的人。出来的匆忙，家小还留在九江，不知他们安危如何。这不都是汉王招降他的结果吗？唉，好在汉王为人仁厚，应该不会亏待我。一等有了机会，我就回九江接取家小，至于军队，只有再慢慢壮大了。

一路上思前想后，不知不觉到了荥阳。汉王传下话来，令随何带英布前去相见。英布穿戴整齐，想好一切拜见汉王细节，进了汉王府中。

大厅宽敞明亮，除了几个侍从，却不见汉王身影。随何问侍从："大王要召见九江王，现在何处？"

"大王正在内室等着你们哩！"

英布一听，心中道：这汉王好奇怪，初次召见我，不在厅中却在内室，哪里合乎礼节？莫不是有什么机密相告？即便如此，也没有在内室见属下的！

随何带着英布，顺着曲曲折折的走廊及院落，来到汉王内室。走进门去，他一下愣住了。只见汉王斜坐在榻上，正让一个妙龄女子给他洗脚呢。脸红红的，一股酒气迎面袭来。

英布见汉王如此无礼，再加上汉王冷淡的态度，一出来便埋怨随何，觉得自己好歹是一国之主，在这里受人冷眼。说着便要拿剑抹脖子。

随何大惊，手疾眼快地夺下剑来后，不解地问："大王，这是为何？"

英布满脸沮丧，气恼异常，随何又追问一遍，英布才说："虽然九江地盘不大，但我好歹也是一国之主，平日里自己称王，呼风唤雨，谁人敢不恭顺服从！今天见了汉王倒好，他待我不理不睬，目中无人，像对奴仆一般。你想想，这叫我还有什么脸见人，不如一死了之！"

随何急忙说："大王有所不知，刚才汉王醉酒未醒，他自己都不明白自己在干什么，才显得傲慢无礼。放心吧，汉王马上就会以礼相待，千万别急。我跟随他多年，太了解他了。"

"即便如此，也不能让人理解，汉王是一国之君啊！难道能这么接待贵宾吗？连我这个乡野侯王都知道，何况汉王哩！"

"大王，你忘了，汉王也是乡间草民出身，平日不免有随便失礼的时候，你何必计较！我敢保证，他定会厚待大王的。"

正说话间，一个侍从跑了过来，气喘吁吁地来到二人面前，恭顺地对英布施礼道："大王，汉王尊请大王前往馆舍，以表迎接之礼。"

英布看到侍者举止恭顺，极其殷勤，又看了随何一眼，火气消了许多，慢慢把利剑放入鞘中。

"大王，请，我来为你带路！"随何微笑着说。

英布随他慢慢向馆舍走去。进入厅堂，正是华灯初上之时，只见眼前一片辉煌，各种陈设一如他在九江的王宫，高贵华丽，在橘红色烛光的映照下显得金光闪闪，令人眼花缭乱。两边分站了许多卫士侍从，看神情都极其恭敬。

"臣拜见大王！"

众人一看见他，立即下跪施礼，仿佛迎接主子驾到。

英布心中一团乌云顿散，不由得喜形于色。

"恭迎九江王大驾光临！"

声音响起，从门口走进一行人来。英布一看，全是汉王亲信，如张良、陈平等尽在其中。张良上前一步，携英布上座，同时笑眯眯地说："我等先来替汉王为大王接风洗尘！"

英布顿感一片温暖。那席上山珍海味摆得满满当当，杯盘碗盏，皆是珍品，张良、陈平等频频举杯，轮流向英布敬酒。英布欢喜不尽，心中暗道：这汉王真是以隆重之礼相待我啊！不由得敞开胸怀，把心中的忧虑丢得一干二净。

酒酣耳热之际，轻轻走来一队歌女，只见她们慢舒身姿，轻放歌喉，极其娇美。英布一向喜欢亲近娇艳女人，见此情景，不由得心动神摇，连心跳也加快了。其中有两个身材窈窕，皮肤细白，引得英布紧盯着不放。一个念头闪了出来：若是我刚才抹了脖子，不是太不值得了吗？哪里还能享受到这等佳肴、美女！

夜阑更深，张良、陈平等告辞而去。待他醉眼蒙眬步入卧房，却见那两个中意的歌女已经侍立床前。英布大喜，上前去一把将两个女子拥进怀中。两个歌女颇通情意，殷勤地为他脱鞋解衣。英布一夜之间，左拥右抱，极尽欢娱，真可谓醉生梦死一般。

第二天，英布梳洗完毕，进入汉王大厅拜见。却见汉王笑容满面，亲切仁厚，极尽礼节，与昨天判若两人，英布内心感激，叩谢道："臣英布幸得大王厚爱，内心感激不尽。从今往后，臣愿肝脑涂地，以报大王厚待之恩！"

"请勿多礼！"汉王走下来一把扶起他，"大王暂歇几日，再收散兵，组织队伍，我自会助你抗拒楚军。记住，家眷要紧，速派人回九江把家眷接来。那项王心狠手辣，大王要谨防不测。"

英布听此，眼中一阵发热："汉王想得太周到了，臣不胜感激！"

从汉王身边退出之后，英布立即派人前往九江。

一个多月后，有几千人马从九江跋涉而来，英布欢喜不尽，亲自到郊外迎接旧部。但是，却未见家眷同来，急问部下，部下沉重地道："楚将项伯不久前潜入九江，把大王全家都杀了，老少一个未留。"

英布一听，不由得大放悲声，流着泪对汉王说："项王令人杀我全家，我与他势不两立！血债要用血来还。请大王让臣率旧部，和那楚军拼了！"

汉王面露悲凄之状，安抚一番之后，道："项羽力量强大，千万不可轻举妄动。你只有几千人马，到那楚地无异于自投网罗。"

"难道我就眼睁睁地由着亲人被杀却无动于衷吗，大王？"英布猛地抹了一下泪水。

"此仇定要报，但现在不是时候。我暂助你一万兵马，前往成皋坚守，一有机会，你可带兵雪耻报仇，如何？"汉王真心要的，就是任用英布为将，一听英布全家被杀，心中暗喜：英布反楚的志向会更坚定了。

英布当然愿意，当下谢了汉王，打点行装，带兵上路了。

严冬时节，天气寒冷。军中士卒衣服还算充实，可军粮却有些紧张了。汉王听了部将们的禀奏，心中有些着急，在这天寒地冻的时节，将士吃不饱饭是万万不行的，更不要说就快与楚军决战了。于是，他开始计划派人去关中催粮。

一天中午，太阳暖洋洋地照在大地上，显得比平日温暖了许多，让人感到格外舒服。营地上，将士们练了一上午兵，吃过饭都靠在军帐上休息，聊天的聊天，打盹儿的打盹儿。

忽然，远处的哨兵骑马而来，告知汉王说，丞相派人送粮来了，让士卒快去迎接。汉王心中一喜，暗道：丞相真是及时雨啊，就像知道我的心事一般，我刚要派人去催粮，他就把粮送过来了。

走近来，汉王却见送粮的人不是军中士卒，而是皆平民百姓打扮，不由得发问："丞相为何派你等百姓送粮？"

为首的一个约有四十来岁，上前道："回汉王，我等全是丞相同族的兄弟子侄。丞相想到大王风餐露宿，亲临前线，十分牵挂，只恨自己不能鞍前马后侍奉大王。所以，特地让臣这些亲眷前来应征入伍，以解大王忧愁。"

汉王一听，心中道：丞相真是心细之人。嘴上却说："丞相为我汉国，鞠躬尽瘁，其诚可嘉，其忠可奖，真是难得之臣啊！你等应征入伍，本王太高兴了。"

当下唤来将领，令其把这些年轻人分别编入军中，凡能者一律录用。

却说汉王认为丞相心细，另有一番原因。

自从汉王驻扎到荥阳后，栎阳只留下丞相萧何坚守关中，萧何既要呵护太子，又要处理各种事务，忙得不可开交。想到汉王在荥阳作战，他还要不断筹集粮草。一天到晚，几乎没个歇息的时候。大约每隔十天，汉王就会派人去慰问萧何，打听关中情况。萧何只顾忙碌不休，并未感觉到什么。

他有个门客姓鲍，人称鲍生。这鲍生平日沉默不语，颇有些头脑。一天，他向萧何进言道："丞相，汉王眼下在前方指挥作战，辛苦异常，却时常来慰问丞相，这其中定有奥妙，丞相想过为什么吗？"

萧何是个明白人，稍作思忖，就点了点头。他轻声问："先生有何指教？"

"这个不难，丞相家族中可有什么人吗？"

"我萧家乃是大族，人多众广，男女老少都多。先生问这何意？"

"丞相可挑选亲族中的丁壮，让他们应征入伍，既可固宠，又可释疑。"

萧何茅塞顿开，依计而行。汉王心机极深，也知萧何让家族人从军的用意。自此，他心中把萧何看得更重了。

却说曹参应汉王之命驻守敖仓，也是异常劳苦。

敖仓之所以为敖仓，是因为这粮仓储存在敖山之上。敖山在荥阳西北，秦时就开始在这儿建粮仓了。自从韩信派将领占据之后，即修筑一条甬道，直达黄河边。汉军打仗用粮，大多是由这条甬道运送军粮的。所以，汉王格外重视敖仓，派周勃驻守。看到项王屡屡进攻荥阳，汉王担心敖仓安全，又令曹参前来相助。

项王数攻荥阳不下，又恼怒英布降汉，发誓要增加兵马，踏平荥阳，以解心头之恨。

范增从鸿门宴后，就对项王失望了许多。但人在歧途，已是身不由己，只得竭力辅助项王。看项王又急又恼，他陷入了沉思，终于想出一条妙计，他对项王说："那汉王之所以能固守荥阳，无非是有敖仓粮草做基础。大王如果要攻荥阳，必须先截断敖仓的粮道，敖仓粮食供不上，荥阳就唾手可得。"

一点就破，项王当下唤来大将钟离眛："本王与你四万人马，前往敖仓与黄河之间，不论采取何种方式，你一定要截断那条运粮路！"

"大王放心，臣知道敖仓与黄河之间有条汉军的甬道，此行当凯旋！"钟离眛似乎早就等着领任此命了。

到了目的地，钟离眛派人精心搜索，终于发现了甬道的蛛丝马迹，带人一阵拼命挖掘，抢去了汉军的许多军粮不说，还毁坏了好几处甬道。

周勃与曹参分别派人出击，却跟不上楚军游移不定的踪迹。那甬道漫长，守住一处两处无济于事。况且，钟离眛的四万人马都是精兵强将，也不是吃素的，打了几仗，汉军没占到一点上风。

荥阳城内已接到粮路断绝消息，不由得紧张起来。众将计议，要派兵援救敖仓，保护粮草。军队还没出发，却有飞报传来："项王大军直扑荥阳而来！"

原来，钟离眜截断甬道后已飞马报知项王，要项王乘荥阳粮食缺乏迅速进军。

汉王闻讯，大惊失色，急忙召入郦食其问计。

郦食其道："据臣所知，项王此番前来，几乎动用了全部兵马，气势汹汹，锐不可当。凭我汉军，难以抵挡。然而，有一计可行，能让天下人共同对敌，这就是大王分封原六国诸侯，让各国都参与行动，牵制楚军，以此减轻我汉军的压力，汉军即可顺利过关。"

"分封诸侯，能使他们奋而抗楚？未必吧。"汉王犹疑，问道。

"大王，这都是有古训的。从前，商汤讨伐夏桀，把夏桀的后裔封在杞国；周武王讨伐商纣，把商纣的子孙封在宋国。只有那秦王朝，他们丧失德行，背弃道义，灭掉各国后让诸侯的后代无立锥之地。大王如果能重新扶立六国的后裔，自然和秦王朝形成鲜明对比，这样，六国的君臣百姓都会对大王感恩戴德，甘愿做陛下的臣民。一旦天下诸侯都归顺大王了，能不对项王同仇敌忾吗？说不定项王也会衣冠整齐地前来朝拜哩！"

"好！这个方法有道理。我立即令人去赶制印玺，然后由你带着它们出使各国！"

郦食其高兴地答应了。

印玺尚未完工，有一天中午，张良入谒汉王。这时，汉王正在吃饭，面前摆着几样菜肴，一壶酒，脸红红的，头上冒着热气。张良没料到汉王这么迟才吃午饭，一时进退两难。可巧，汉王一抬头看见了他，忙招呼道："哦，是张良吗？来，来，你来得正好，我正要找你商量一件事哩。"

张良正准备退出去，听了此话，只好走近前来。汉王待张良坐定，笑着问："近日为项羽大举来犯，我忧虑得不行。有人献了一计，让我分封原六国后人，以促他们分头牵制楚军，你看此计可行吗？"

张良吃惊地说："不知何人为大王出了这个馊主意。若是依计做了，大王就大势去了。"

汉王正把一块肉往嘴里送，一听此言，立即放下了筷子，把郦食其的计策一五一十都说给张良听了。

张良听完，随手拿起汉王放下的筷子，一边比画一边说："让我借用这双筷子来指画一下目前的局势，和以往的做个比较。不错，从前商汤王、周武王是分封过夏桀、商纣的后裔，那是有前提的，他们估量自己可以掌握住对他们的生死大权，能把他们玩于股掌之中。而如今呢？大王你能够决定项王的命运吗，能使令得动项羽吗？同时，当初周武王进入殷商的都城，在里门表彰商纣时的贤人商容，释放了箕子，翻修比干的坟墓。而如今大王可以这么做吗？再说，周武王曾把商纣王巨桥的粮食和鹿台府库的金钱散给百姓，陛下今天可以这么做吗？还有，殷商灭亡后，周武王废弃战车，改作乘车，倒置兵器，以此来向天下表示不再用兵。如今大王可以这么做吗？另外，把所有战马放在华山之南，以示人们不再使用战马；把牛放牧到桃林之北，以示不再用它们运送粮草辎重，大王能做得到吗？大王试想，全天下那些能言善辩的士子，之所以远离自己的亲人，离乡背井，来跟随大王辗转奔波，为的是什么呢？不就是那朝思暮想的一点点封地吗？倘若大王分封了各个诸侯，士子们就会返回家乡侍奉各自的君主，和亲人团聚，返归故里，大王到那时还靠谁去夺取天下？况且，当今天下有谁能和楚国相比呢？一旦大王分封了诸侯，诸侯们屈于楚国之势，都转而去侍奉楚国，谁还来臣服于汉呢？如此来看，一旦采用了此策，岂不是无法完成统一大业了？"

汉王含着那块肉在嘴里，听完此言，"呸"的一声吐了，也不吃饭了，破口大骂道："那个书呆子，差点坏了老子的大事！"

随即传令左右："快把那些正在刻制的印玺都给我毁了！"

郦食其正在整装待发，一听此事，心凉了半截，满心的欢喜顿时消失得无影无踪，一个人呆坐了半天，想来想去也觉得自己太书生气，还用老法子套现实。此一时，彼一时，时代变了，应事的策略就得变啊！

从此后，他再不敢随意向汉王献计了。

第二天，荥阳城外楚兵云集，汉王只好命城外守兵退入城中，令诸将坚守城池，不要轻易出去，苦苦寻找退敌之策。

黄昏时分，天上飘起了细细的雪珠子，渐渐转为雪片。寒风四起，裹着雪花在空中翻飞。尽管已入了正月，还是冷得很。大厅里，汉王一个人独坐，看着门外的飞雪发呆，项王兵临城下，老天又下起了大雪，这日子真不好过。老父和妻子还在楚军中，也不知怎么样了。这种艰难日子什么时候才能过去啊！动了动双脚，才觉双脚都冻麻了，汉王赶紧把火盆挪过来，放在自己脚下。

盆内炭火很旺，木炭燃烧，泛着火红。风吹来，炭火一闪一闪，让人觉得暖和。须臾，汉王双脚温暖过来，一股暖意从脚下向全身蔓延。闭着双眼，汉王迷迷糊糊进入了梦乡——

四周一片漆黑，冷得像冰窖一样，他一个人在黑暗中，左摸摸，右摸摸，想找到门在哪里。摸索了半天，却什么也摸不到。这仿佛是一间无门无窗的小黑屋。他十分焦急，不断向上跳，想看看这屋子有多高，但是，怎么跳也够不着屋顶。渐渐地，连空气都越来越少了。他急得浑身是汗，用尽全身力气向一个方向拼命撞去，什么也没撞着，但是忽然一切都改变了。到处一片光亮，一轮灿烂的太阳正挂在天上，他的全身顿感温暖无比。仔细一看，原来是正好有一缕阳光直射在他身上。环顾四周，奇怪的是什么都消失了，根本没有墙也没有挡板，这是一个开阔的地方。原来虚惊一场，他正在晒太阳呢，哪有什么屋子哩！不知不觉，他"嘿嘿嘿"地笑了起来。

这一笑，倒把他自己笑醒了。睁开双眼，才知刚才打盹中做了一个梦。

"大王一个人笑什么呢？"

一个声音在他面前响起，定睛一看，是陈平。原来陈平已来多时了，看汉王正在打盹，没敢打扰他，悄悄站在门边等着。汉王忙招呼他入座，把刚才的梦说了一遍。

"大王，这个梦吉祥。大凡梦见日月照身，出头之日就要到了。"

"你是说这荥阳之围快解了？"汉王问。

"也许指的是这个吧？"陈平未置可否。

提到荥阳，汉王不觉又是满面愁容，他轻轻叹了口气道："如今天下纷纷扰扰，一片混乱，到什么时候才能安定呀？"

陈平知道汉王是因项王而愁，沉思片刻道："项王身边的臣子，算得上刚直不阿的，也不过只有几个人，如范增、钟离眛、龙且、周殷等。如果没有他们，项王就势单力孤了。"

"可是，谁能除掉这些人呢？"汉王像是问陈平，又像是自言自语。

"大王，您如果能拿出几万两黄金，施用反间之计，离间项王与群臣的关系，就可使得他们内部互相猜疑。那项羽的为人，原就有猜忌多疑的特点，容易轻信谗言。只要项王失去对臣子的信任，他们内部必会互相残杀。到了那时，我军乘机发兵去，一定可击败他们。"

"妙计！金银本来就是为人所用的，何足珍惜！只要能击倒敌人，花费再多又有什么。"他又令左右取来黄金四万两，对陈平说，"只要能离间敌人，尽管使用，一切交与你处理。"

陈平带着黄金走了出去。

选择几个心腹小校，陈平让他们每人携带一些黄金，乔装打扮成楚兵模样，悄悄出发了。

几天之后，这几个人已混进项王军中，他们以黄金做诱饵，买通一些嘴快心直的士卒，让他们在军中散布谣言，说钟离眛如何如何不忠。只过了两三天，楚军中到处传说着钟离眛的闲言碎语：

"听说钟离将军正跟项王闹着别扭，你知道吗？"

"知道，他说自己功多赏少，本应分封的。"

"钟离将军确实为项王鞍前马后，付出了不少。不过，项王待他不薄啊！"

"人心哪有个满足哩，有了一就想有二。"

"有人说钟离将军与汉王有来往，想联汉灭楚。"

"这话可不能乱说，项王知道了那还得了！"

…………

项王很快听到了，他不由得怀疑起钟离眜来，一连多日，他处处留心观察钟离眜，想发现点什么，却一无所获。但是众人的议论却怎么也抹不去，他渐渐疏远了钟离眜。

平时出谋划策的人物，主要是范增。项王依范增之计，一个劲儿地猛攻，把汉军逼得抬不起头，只有招架之功，没有还手之力。

荥阳城内，一日比一日难过。粮草越来越少，士卒伤亡增多。汉王吃不下饭、睡不着觉，思来想去，再也没有别的办法，决定和项羽讲和，以保以后的安全。

主意一定，他修书一封派使者出城送与项羽。信里写道，如果项王愿意撤兵，他愿划荥阳为界，荥阳以东归楚国，荥阳以西归汉国。

使者坠下城去，进入楚军营中递与项王。项王展开一看，哈哈一笑，对范增说："汉王老贼害怕了，向我求和来了。呸！这个奸猾的家伙，我能上他的当吗？还讲把荥阳作为楚汉的分界线，想得倒美！我要的是全天下，跟我讨价还价，他想错了！"

当下草草写了一个回书，叫来一个心腹，让他进城交与汉王。临行前，楚王悄声道："留点意，把城内虚实探一探。"

使者领命而去。

陈平听说楚王使者来到。连忙向汉王献计，如此这般布置了一番。

使者先去拜见汉王，侍者引着他走入大厅。抬头望去，汉王高坐厅上，满脸通红，正眯着双眼打盹。一股浓烈的酒味扑来，还有饭菜的余香。

"这汉王还有心喝酒！怪不得人家都说汉王最贪杯中之物，果然不假。"楚使心中想着，不由得露出一丝嘲笑。

"大王，大王！楚使者来了！"

侍卫大声喊叫几声，汉王才慢慢睁开双眼，迷迷瞪瞪地问："在哪里？"

这时，楚使就在离他几步远的地方站着。

"拜见大王，这儿有项王回书一封。"使者双手呈上。

汉王伸出手来，一下子没接住，信函掉在地上了。

"瞧他醉成什么样儿，连信函都看不清了。在这关头，这等人能不败吗！"使者不由得在心中暗笑。

汉王从侍卫手里接过拾起的信函，却不拆开，随手放在了几案上，对使者说："我多喝了两杯，头皮发胀，有事等会再说。来人，好好招待使者！"

说这句话时，汉王口齿都不清楚了，似乎是在咕咕噜噜自言自语。

"大王，项王的信函你还是先看看吧！"使者急忙说。

汉王歪着头，却不回答。他仔细一看，汉王像是又睡着了。

使者无奈，只好跟着侍卫前去用餐。半路上，陈平追了上来，真诚地对使者说："十分抱歉，汉王喝多了，他让我来陪先生。"说着，就在前面引路。

到了客馆，侍者带着使者洗漱之后，把他带到厅堂里，谦恭地说："先生暂且歇息一会儿，陈将军等洗漱之后就来。"奉上一杯茶，退了出去。

静坐片刻，他看见一行仆人，抬着宰杀好的鸡鸭鱼肉，急匆匆走向灶间，有一人从灶间伸出头催促道："快点，有贵客来到！"

"汉王还真把我当贵宾看哩！"他喜滋滋地想着，"看来，他是真想和项王议和了。"

恰在这时，陈平走了进来，面带笑容坐在他面前，小声问道："亚父好吗？有没有带信来？"

他一愣，答道："我不是亚父所派，是项王让我来与汉王谈议和之事的。"

陈平一下子收敛了笑容，有些吃惊地说："原来是项王使者！"

言毕，也不招呼一声，起身就走。

过了一会儿，有几个仆人匆匆走向灶间，低声道："他不是亚父使者，就不必以贵宾相待了。"

接着，几个人又将刚才的鸡鸭鱼肉抬了回去。

过了许久，也不见有人来陪。那陈平等人全没了踪影，连刚才侍奉的侍者也不见了。他左等右等，也不见饭菜上来，不由得饿得肚子咕咕乱叫，只后悔自己匆匆而来，连早饭也不曾吃。不得已，只得把杯中的水喝了。

好不容易熬到日斜时分，才上来两个仆人，一个端着饭菜，一个捧着酒。二人把东西放在几案上，说了一声："请用饭！"又退下去了。

他一看，只有一碗米饭，四个素菜，外加一小壶酒。

"这也算是待客？简直是在打发下人哩！"他气哼哼地想，但是，肚子饿得太难受了，只得拿起筷子。夹一口菜，少油无盐；喝一口酒，淡如清水；吃一口饭，有些酸味。他皱了皱眉，咬牙吃了几口，就再也咽不下去了。索性放下筷子，起身就走。

出了客馆，踏上归路，竟也没人理他，到了城门口，草草说明是项王使者，就出了城门。

回到大营，他径直来到项王帐中，气呼呼地一口气全告诉了项王。项王听完，想了片刻才恨恨地说："前些日子军中就有人说亚父私通汉王，我毫不相信，自以为他跟我这么多年，是忠心不二的，想不到他竟这样辜负我，这个老家伙，看我怎么处置他！"

说毕，就要着人去召范增，问个明白。左右见他在气头上，连忙拦住他，要他勿要太急，待暗暗察明再说，也许这是敌人的离间计呢！说得项王无语，只好忍住气，等几天再说。

范增哪里知道这其中的奥妙，一如既往，一天到晚忙碌筹划，只盼着项王能打败汉王，一统天下。七十多岁的人，竟不知疲倦，浑身像有使不完的劲。项王对他不冷不热，他也浑然不觉。

过了好几天，项王怒在心中，都未再加紧攻汉。一是因为汉王一再要求议和，二是尚未摸清范增的底细。

范增看项王放松了攻势，心中十分着急。不由得回想当日鸿门宴上放走了汉王，若是这次项王再让汉王的所谓议和糊弄住了，可真的就没有夺取天下的希望了。这么久以来，他对汉王琢磨得很多，深知汉王的手段，比起心计来，项王远不是汉王的对手。

心急之下，他立即入见项王，进门就对项王说："大王近日不该对汉王宽缓，应加紧攻城才是，汉军势弱，兵力又分散，眼下是最好的时机。一旦错过这个机会，就会误大王大事。"

项王看着他，一句话不应，心里在揣摩这些话的真假。

看着项王沉默不语，范增有些着急，不禁加重语气："大王，古人云，当断不断，反受其乱。当日在那鸿门宴上，臣再三恳请大王杀了刘季，大王被他花言巧语蒙过，动了恻隐之心。不然，哪会有今日这么多事！现在又是一个良机，大王若再不听臣言，放了那汉王，那就等于放虎归山。到时候，大王想后悔，都来不及了！"

项王最不喜欢范增这种教训他的口气，联系前日使者的话，再也压不住怒火，厉声道："你只一味叫我速攻荥阳，是不是别有用心？告诉你，我就不听你的。我担心一入荥阳，我的人头就被人出卖了！"

范增一听此言，真是丈二和尚摸不着头脑，气得他一个劲儿盯着项王，脑子里竭力思索这话是什么意思。

忽然，他想起钟离眛近日被项王怀疑疏远的事，一下子心有所悟：莫不是项王听了什么人的话也怀疑起我来了？若是如此，项王不是太蠢了吗？我有否二心，别人不知，你项王应该一清二楚。在那鸿门宴上，你自己出卖了自己，我却是竭力为你着想。若你项王这么偏听偏信，不太令人伤心了吗？

越想越气之间，范增大声道："好吧，时至今日，天下大事已基本安定，愿大王好自为之，不要轻易上别人的当。臣年老体衰，也帮不了大王什么了，是回乡葬这把老骨头的时候了。"说完，扭头就走。

项王正在气头，也不挽留，任他径直回营帐去。

范增没料到项王一句挽留的话都不说，心也伤透了，独坐良久，不由落下泪来。于是，他起身把项王所封历阳侯印绶拿出来，让手下人送给项王，草草收拾一下行装，辞别部下，踏上了东归之路。跟随的，只有几个同乡。

开头几天，他走得很慢。走走停停，停停走走，时常在歇息时向后面观看。这时他还对项王寄有希望，希望项王能及时知悔，派人请他回去。但是，连续多日，连项王部下的人影也没看见过，他彻底绝望了。

此时已是初夏四月，天气暖和，草木茂盛，万物蓬勃生长，大自然充满无限生机。路旁的草丛中，不时有鸟儿飞起，有兔子蹦出，都不能让他打起精神。

回想自己一生，饱读诗书，博晓奇计，却一直没有施才之地。到了七十岁才遇见项王，有了依托之人。本以为可以帮助项王夺取天下，自己也挣得个生前死后的美名，却不料苦熬多年后竟落个被猜忌的结局。读书人实在可悲，几十年寒窗之苦，抵不过别人一时之气。自己偌大一把年纪，跟着项王鞍前马后流汗奔波，落得了什么？项王为什么那么轻信别人？又为什么那么没有头脑？当初，正是看准了项王不平凡的志向和威风，才投到了项王部下。项王有君主之态，却无君主之谋。料想不久的将来，项王定会死在汉王刀下。这葬送的岂止一个项王性命？多少个士子，多少个士卒，多少有志青年赔尽了心血与生命啊！人生在世，真是太可悲了！人的命运，太难以自主了！

忽然，他想起上一年的八月和十一月，曾两次发生天狗吃太阳的情形。原本明亮亮的太阳慢慢被天狗吃掉了，当时，军营里一片吵闹，敲鼓的敲鼓，打锣的打锣，叫喊的叫喊，终于把天狗赶走了。可是，他再看那太阳，怎么看也不像原来的那个了，似乎比原来的那个暗了许多，如今看来却是真的。原本这天下应该为项王所得，可是，以后将成为汉王的了。

看眼前，路边绿草如茵，碧树葱郁，田野里庄稼也长得正旺。一切都在朝生命最旺盛的盛夏走去，而自己却正走向生命的终点。人生七十古来稀，自己还能有多少日子呢！从家乡来的时候，多少人嫉妒地看着他，都以为他要光宗耀祖、飞黄腾达了。被项王封为历阳侯之时，他曾派人回乡报喜，那时心中的自得简直无法表达，可是今天……

就这样，范增千般怨恨，万般忧思，一刻也放不下。白天，迎着热辣辣的太阳踯躅在漫漫长路上，吃，吃不香，喝，喝不下；晚上，身在旅店，辗转反侧，怎么也睡不好。几天下来，人就憔悴了许多。

随从的几个年轻人都是他的追随者，见他一天比一天消瘦，不断劝解他。但一个七十岁的老人认准的事，谁能说得进去？在他的眼里，这几个年轻人哪里知道他内心的痛苦。

走到第十天，范增感到身上一阵阵发冷。他暗想：这是烦闷至极引起的寒冷浸身，没有大碍。就让身边的人找些草药来，煎汤喝下去了，依旧支撑走路。当晚躺下歇息时，忽然感到背上一片奇痒，伸手抓抓，什么也没有。谁知第二天早上，那痒转为奇痛。随从一看，惊叫道："老先生，你背上长了一个大疮，红红的，咋办？"

"像是要发起来吗？"他问。

"是，一大片都是红的。"

他心中一惊：这是心火上身，转为毒疮了。若不及时治疗，就麻烦了。此时又是初夏时光，这个时候长疮是最毒的。

可是，这旅途中，到哪里去寻找良医呢？为了加快行程，他拿出身上带的银两买了车马，自己侧躺在车上，催促众人快走。他心中想：快快回到家乡，纵使治不好病，死也死在家乡了。

哪知毒疮发作迅速，已有寿桃大小，红艳艳的如桃花一般，疼痛难忍。同时，他还浑身高烧，整日不退。渐渐地，范增不时进入昏迷状态。

清醒时，他被剧痛折磨得呻吟不止；昏迷时，他就回到了老家：儿孙都围在他的身旁，读书的读书，干活的干活。有时候，他在自家的庄稼地里，拔草间苗。晓风轻吹，太阳暖和。孙子们在田埂上欢笑，小狗跟在孙子们后边汪汪叫。有时候，他似乎又在自家的池塘边垂钓，有一个孙子坐在他旁边，不时地欢叫着拿下鱼钩上的鱼儿，吹起柳叶做成的小笛子……从中清醒过来时，他禁不住泪眼模糊，无限伤悲。

人生在世，本来就那么短暂的几十年。自由自在，无拘无束，恬恬淡淡，和血浓于水的家人相厮相守，这是多么快乐的事！粗茶淡饭中充满自得，布衣草履中充满自在。儿女情长，夫妻意深。可是，自己当时为什么没有悟出这些最可贵的东西？为了所谓的功名利禄，离乡背井，抛家舍业，一路风尘，满身伤痛。真是糊涂啊！如今自己病入膏肓，这是上天对自己利欲熏心的惩罚。现在后悔已晚了。

到第十四天上，他突然觉得疼痛轻了一点。中午，他侧卧在车上竟沉沉地睡了一个实在觉。

当天下午，范增忽然完全不省人事了。

几个人见状，只好暂停旅店之中，精心侍奉。但范增已是水米不进了。

过了两日，夜里三更时分，范增忽然一声惨叫。众人仔细一看，背上那个大疮爆裂了，浓血溅得到处都是，溃烂处往外流血不止。再看范增，已气绝身亡。想起他每日叨念"回家"二字，不禁都流下泪来。

前面就是彭城了，几个人买棺殓尸，快速向家中奔去。日夜兼程，马不停蹄，终于赶在尸体腐烂前下葬入土，算是安慰了死者的心。

范氏全家老小哭得惊天动地，无不痛恨项王偏听偏信，无情无义。

十几天后，项羽一大早就听到消息，说范增死在回家路上了。静默之中，突然瞧见案几上历阳侯印绶，内心一下子伤感起来。坐在几案边，有关范增的一幕幕往事浮现在他的眼前。从薛城求见，到安阳杀死宋义，到入关进咸阳，到鸿门宴斗汉王，到西来攻荥阳，这哪一处没留下范增的身影！想自己不该那么怒气冲冲对范增，凭他七十多岁的年纪，还犯得上卖主投敌吗？或许真的是中了汉王的反间计呢！如果不是我将他气走，哪至于半途暴病而死！都是那汉王捣的鬼，让我失去了左膀右臂。

当下唤来钟离眛等人，诚恳地对他们说："我悔不该听信谗言疏远你们，如今历阳侯已走了，请各位不计前嫌，鼎力助我。一旦城破功成，本王定将封侯重奖！"

众将深知项王为人，疑人也真，用人也真，也都不再计较往事，各自率兵全力攻汉，以解对汉王离间之恨。

汉王等正为范增之死大喜，忽见项王大军攻势更猛，却不知何故。汉军连日抵抗，筋疲力尽，再加上军粮紧张，不由得人心惶惶。看那阵势，破城就在一时之间。汉王焦虑万分，张良、陈平等谋士也没了主意。这时候，只幻想天兵天将来助，汉王心下着急，不禁长叹一声，道："我本想过了荥阳之战这一难关，领众人重闯天下，给大家带来一个新生活，谁知却到了这步田地！"

众将听此肺腑之言，深为感动。想大王到了这份上，想的还是众人利益，真是感激万分。只恨自己没有过人之计，能为汉王排忧解难。

"大王，臣有一计。臣甘愿粉身碎骨，以报效大王知遇之恩！"

一个慷慨激昂的声音响起，震惊了众将。仔细一瞧，原来是将领纪信。

"什么计策？将军请明示！"

汉王闻声大喜，问道。

纪信也不回答，大步走近汉王身边，悄声耳语："大王，此事机密，请屏退左右。"

待汉王令众人退下，纪信道："大王带领部下困守此城，屈指算来已八个多月了。如今楚军围困数重，截断了粮草供应，我军已是朝不保夕。情况紧急，大王应脱身出去逃出此难，再做他计。臣愿扮作大王模样代替大王，假装出城投降，迷惑了敌人后，大王趁机逃出去。"

汉王吃惊地睁大眼睛说："如此这般，我是脱离了危险，但将军不就危险了吗？"

"大王，若是不用此计，一旦楚军破城，大王与诸将都会玉石俱焚，试想，臣还能免掉一死吗？那时的死，又有什么益处呢？今大王依从臣之计，不仅可使大王脱难，也会使众将士脱险，以一人之命换千万人性命，值得啊，大王！"

汉王沉吟着，犹豫不决。纪信见状，果断地说："既然大王怜惜臣的性命，不忍心看臣奔赴死地，反正臣这条命最终不免一死，与其在死前眼睁睁地看着大王和众将士受难，倒不如先死为快吧！"

说着，抽出腰间宝剑，就要向脖子上抹。汉王见状，抢前一步夺下宝剑，泪水一下子涌了出来，说："将军如此忠诚，可与日月同辉。我就依你而行，但愿苍天保佑，让我们来日相会。"

说毕，已泣不成声。

纪信这才收起利剑道："大王答应了臣的计策，臣即使死，也算死得其所了。"

"将军，这事须让陈平知晓。"汉王说毕，召陈平进来，如此这般把纪信的计策说了一遍。

陈平思索片刻，道："纪将军忠贞如此，真是至诚至义。但臣以为，若要增加成功的稳妥性，还应加上一计。"

"请明示。"汉王急忙说。

陈平上前一步，附在汉王耳边低语一番，说得汉王频频点头。

于是，陈平写了降书，唤来使者，叮嘱他出城送与项王，切勿误事。

此时，项王正在帐中与众将计议何时能破城，只听钟离眛意气昂扬地道："如今荥阳城内士卒已面呈菜色，精神萎靡，想来是粮食奇缺，食不果腹。臣估计，最多只需四五天，即可破城灭敌！"

"这一次，本王再也不能放过那刘邦了！"项王眼含怒色，愤愤地道。

正说话间，侍卫来报，说汉王使人送降书来了。项王笑对众将说："看来汉王真的顶不住了。"

当下传使者进来。那使者唯唯诺诺上前，双手呈上降书后，低眉垂手恭立一边，俨然是个败军之使。

项王展阅完毕，问使者道："你家汉王何时出城来降？"

"回大王，汉王说他今夜就出城来降大王。"使者说，"此时正在做准备哩。"

项王向门口望去，只见夕阳满天，一片灿烂，心中想道："此时已是黄昏，看来那老家伙实在支撑不住了。"不由得喜形于色，说："好，就定在今夜吧！"

使者拜别而去。

这时，项王对钟离眛等将领道："你等率兵马到城门口等着，一待那汉王出来，就拿下他！"

众人兴高采烈，分头行动去了。

黄昏过去，夜幕降下。五月的天，已经十分炎热。直到掌灯时分，热气才开始被黑夜收起，慢慢凉快了点。由于多日无雨，到处是干巴巴的，大路上尘土很厚，空气中也有浓浓的尘土气息。

钟离眛和众将从黄昏到夜晚，守在东大门外，眼巴巴地盯着城门。左等不见人影，右等也不见车辆，都有些着急起来。想到毕竟是汉王投降，迟缓些情有可原，只好耐着性子等待。

好不容易到了三更天，终于见城门打开了，火把照耀处，走出许多穿铠甲的人。

钟离眛吩咐道："众人听令，都防着点，小心汉兵诈降！"

"呼啦"一声，士卒们将枪戟高举，对着那些出来的人。

"楚兵兄弟！楚兵兄弟！别拿枪指着俺们，俺们都是女人！"

一阵女人的说话声响起，惊得士卒们一跳。定睛观看，这群穿甲胄的人全是女人，老的，少的，中年的都有。

"这是怎么回事！汉王来降，怎么出来的都是女人？"

钟离眜上前挡住了女人们，喝问道。

"大哥！"一个中年妇女上前道，"你有所不知，城里缺衣缺吃大半年了，粮食和衣服都供给男人们，好让他们打仗，我们哪能吃上饱饭呢！这是想趁开门之机，出城找条活路去。大哥，谁家没有老母妻子？谁家没有姐妹女儿？行行好，积点德，放我们一条活路吧。"

钟离眜拿起火把就近照着他们仔细一看，果真是面容憔悴，瘦弱苍白，也动了恻隐之心。但是，他还有几分不放心，怀疑地问："既如此，你们为何这般怪模怪样？"

"大哥，说来别见笑。我们都是穷人家的女人，实在没有衣服穿，就把那些战死的汉兵的衣服脱下来穿了！"

钟离眜想，这话也合情合理，常言道，乱时人不及太平狗，哪个女人不喜欢穿红着绿呢！

当下，让士卒们分立两边，放她们出城。士卒们久在战场，对女人已经渴望太久，今天得以观看这么多女人，格外欢喜。一双双眼睛在女人群中搜寻，看见那娇美的，盯着只顾看，还悄悄指给身边的伙伴看，口中"啧啧"赞不绝口，只恨不能跟着走。

谁知这些女人数目不少，走了一阵又一阵，络绎不绝。一个个又是拖儿带女，挎着包袱，提着篮子，走得特别慢。将军们不禁焦急起来：这要什么时候才能走完？士卒们正在开心处，并不管这些。连西、南、北三方的楚兵也跑来不少，指指点点，说说笑笑，快活极了。

与此同时，汉王带着陈平、张良、夏侯婴、樊哙等人，将西门闪开一条缝，在漆黑夜色的掩护下，逃走了。城内，只留下了御史大夫周苛、裨将枞公、将领魏豹等。

仿佛看戏一般，楚兵只顾挤在东门口观看女人。直到黎明时分，人群才断了头。继之而后的是汉兵。只见他们打着旗帜，低着头，没精打采的，步子如灌了铅一般。楚兵敛声屏气，看着那队伍慢慢走近。

走在前面的，乃是一辆龙车。从装饰与气派看，众人知道这是汉王的车子。透过薄薄的挡帘，只见汉王端坐其中，低着头。左右前后士兵簇拥着，却也是垂头丧气的。

顿时，楚兵欢声如雷，高叫着："汉王投降了！汉王投降了！"

汉兵们不敢抬头，只是低着头跟着车子往前走。

来到楚兵营地，楚兵排列好阵势，专等汉王下车来。片刻过后，却不见那车上之人下车来。钟离眛慑于汉王的威名，也不敢妄自行动，连忙向项王报告。项王一听，不禁大怒："那个老贼，难道还等着本王亲自去接他吗？"

一边说，一边怒气冲冲走出来。看那车中，俨然是汉王模样，却仍不见他下车来。项王喝令道："刘邦那厮，为何不下车来？"

车中人仍如木偶一般，动也不动。项王怒不可遏："给我拿下他！"

众将一拥而上，有人一把扯下屏帷，却不禁大叫一声："大王，这不是汉王！"

项王一惊，走近一看，真的不是汉王，只是一个相貌相近的人。

"大胆狂徒！你是何人冒充汉王？"项王双眼喷火，逼问道。

"我是汉将纪信，哈哈，项王，你上当了！"

项王顿时暴跳如雷："刘邦那个老匹夫哪里去了？"

纪信稳坐车中，笑了几声，才回道："项羽，你给我听着。我家汉王心高气盛，胸怀天下，岂能向你这个暴君投降！告诉你，他早已飞出城了，有朝一日集来各路兵马与你决战。你还是识相点，凭你的本事，哪里是我家大王的对手！将来取得天下的，绝不是你，而是我家大王！你不如快快退兵逃命去吧，哈哈哈！"

"混蛋！我要烧死你！烧死你！"项羽狞笑着，已是七窍生烟。士卒们迅速在车子周围堆上木柴，浇上油。大火迅速燃烧起来，烧着了车帷幕，烧着了车身，纪信身上也着火了。但他依然稳坐不动，口中大叫道："项羽，你这个逆贼！弑义帝，杀将领，害百姓，你绝不会有好下场。我会在阴间看着你丧命的那一天！"

这叫骂声一直持续到大火把纪信烧倒下来才停止。

项羽早就从怒火中清醒过来，令将士火速攻城。谁知城门关得如铁板一般，城墙顶上汉兵严阵以待，石块与箭矢如雨一般落下来，压得楚兵抬不起头来。项羽气得了不得，却也束手无策。

城内粮食越来越紧张，一些老弱病马也被杀死充做军粮。周苛和枞公，一向对汉王忠贞不贰，自然竭尽全力筹集粮食，指挥作战。但是，魏豹却不大出头露面，每日只是安坐营内，饮酒作乐。

自从汉王把他全家送入官府为奴之后，他就耿耿于怀。虽说汉王饶了他不死，算是有恩有义了，但是，一想到他的妻子儿女，他的内心就痛苦不堪。所以，当众将和汉王为守城日夜不宁时，他却淡然处之，不焦不虑。他的部下当然偏向于他，理解他的心情。从总体关系上说，他的部下比别的部下对汉王疏淡得多。

汉王走时，魏豹主动请求留下来守城，他说要借此机会报效汉王。但汉王离开之后，他却显得很消极。他的部下围在他身旁，一些将领也不停地出入他的营房。

周苛与枞公每次找魏豹商议军事，魏豹不是借口有事，就是支支吾吾。二人见状，也不好勉强。过了两日，有士卒前来报告，说魏豹正在城中暗中筹集粮草，留待己用。二人大吃一惊。周苛对枞公道："汉王命我三人在此率卒守城，是汉王信任我们。汉王走时，我三人都曾立誓，要与荥阳共存亡，这是众人皆知的。我三人肩负的担子可说是重如泰山啊！如今仓库中还有几十石粮食，足够我们支撑十天半个月的，但是，我看那魏将军有些不对劲，假如他再乘乱反复，从内部作乱就坏了。"

"我这两天也琢磨这个哩。听士卒说，魏豹曾说汉王夺了他魏地化作自己的一个郡，此仇不报，誓不为人。我还担心他会暗中与楚人联合，到那时，我二人两面受敌，就彻底完了。"枞公也若有所思地说。

"与其到时后悔不迭，不如现在行动。我想乘机把他杀了，以绝后患，你看如何？"周苛问。

枞公想了想，反问道："此事未经汉王允可，万一事后汉王怪罪起来咋办？"

"到时候，我二人据实报告汉王。若是汉王不肯饶恕，任由他处罚罢了，总比今日城毁人亡要好得多。"周苛十分坚决地道。

"好，就这么办，先下手为强。"枞公也下了决心。

于是二人暗中谋划一番，一条计策开始实施了。

当天晚上，魏豹正在营中饮酒，忽然间有士卒进来，说周苛与枞公有要事与他相商。正在心情舒畅之际，他爽快地答应了。

待酒足饭饱之后，魏豹才踏着方步缓缓走入周苛营中。周苛与枞公笑脸相迎，又令士卒奉上茶水，给魏豹解酒。枞公坐在魏豹对面，周苛则坐在他旁边。枞公故作慎重地询问今后该如何应付项王的猛攻，吸引魏豹的注意力。突然间，周苛出其不意地挥剑向魏豹砍去。

"妈呀！"

魏豹大叫一声，向旁边一闪，右肩中了一剑。他立即跳起来，就要向外跑，枞公反应更快，闪电般抽出剑来，直刺魏豹胸间。利剑竟然穿胸而过，从后背出来了。

"你——们——"

魏豹左手捂胸，右手指着二人，只说出两个字，就双目圆睁，倒地身亡。

一不做，二不休，周苛和枞公马上把魏豹陈尸军中，佯称魏豹暗中通楚，要把荥阳城中汉军全部出卖换作侯王之位。并声言，凡有同此情况者，一律斩杀勿论。

将士见状，无不屏声静气。只想着要拼死守城，再不敢有别的想法。至于魏豹，人们毫不怀疑他有通敌行为，处以死罪都认为是应该的。只有魏豹的一两个亲信心中怀疑，他们知道魏豹痛恨汉王不只是因为灭了他的国家，还有一个更重要的原因。

自从汉王处置了魏豹反叛事件后，魏豹的母亲年老体衰，被汉王释放养老，其余男女皆入宫为奴。

魏家老母开始是痛苦万分,每日只是以泪洗面。不管怎么说,她是在富贵中度过这一生的,锦衣玉食,一呼百应,家人捧着,仆人巴结着,哪曾受过一丝委屈?贵为王室成员,从来就没想过能过平常人的生活,更不用说成为别人的奴仆了。巨大的反差击碎了她的心,给了她致命的打击。虽然她能和儿子生活在一起,但没有了媳妇们、孙子们,哪里还有乐趣!每日里忧思伤感,泪水不曾断过,饮食也骤然减少许多。只消一个多月光景,老人就骨瘦如柴了。一日天凉,老人受了风寒,从此一病不起,七八天后就谢世了。临死之前,老人把所有家人的名字都念叨了一遍才断气。魏豹是个孝子,为了母亲的痛苦,他不止一次偷偷流泪。但在母亲面前,他却强装出笑脸,反过来安慰老母亲。娘儿俩常常无语相对,一坐就是一整夜。看着母亲因忧伤过度而死,魏豹再也忍不住了,号啕大哭起来,让部下们都伤感得落了泪。这一切,他能不怪汉王吗?

另一件事也让魏豹尤为痛恨。

在魏豹的妻妾中,有一个姓薄的女子,姿容俏丽,性格温柔,深得魏豹欢心。她的母亲本是魏王宗室之女,在秦王朝灭魏之后,流落到了民间。有个吴国人姓薄,看上了她,娶她为妻,几年后,生下一个女儿,就是薄姬。薄姬继承了母亲的贵族血统和姿容,十几岁时就出落得如清水芙蓉一般俊逸妩媚。每日里,母亲把薄姬关在家中,教薄姬读书、识字、女工、宫廷礼仪。老夫人相信,有一天她的女儿会重新回到宫中的。王宫的一切记忆犹新,她认为只有在那儿生活,才不会亏待她的女儿。魏豹做了魏王之后,开始在民间选取宫女。老夫人闻讯,又惊又喜,她亲自从吴地把女儿送到京城。魏豹一见薄姬,立即被她的美貌和气质迷住了,把她留在了宫中。薄老夫人也随女儿在宫中生活,颐养天年了。

当时,河内有个老太婆,姓许,人称许负。这个许负最善于看相,凡是她预言的,没有不应验的,声名广传。

有一天,许负来到京中,魏豹把她请入宫中为妻妾们看相。当相到薄姬时,她面呈惊愕之色,道:"此女将来定生天子。"

魏豹坐在旁边,惊喜地问:"这是真的?"

许负肯定地点点头:"凡是我老太婆看到的,万无一失。"

"那么,你看我的面相如何?"魏豹高兴地问。

许负心中早已有数,脱口道:"大王本有贵相,如今为王,已是贵人了。"

魏豹点点头,笑着说:"你真会说话。"

但是,魏豹想:我虽只能为王,我的儿子能为天子,这也需要努力啊!此时,项羽和汉王在荥阳城前打得不可开交,魏豹分不清将来谁会得天下,于是就叛汉中立,以观时局。

在内宫,魏豹更加宠爱薄姬,几乎天天晚上都与她共度良宵,希望在她肚子里能种上龙种。可是，说来也怪，这薄姬总也没有怀孕的迹象。

待到曹参等应汉王之命击败魏豹，薄姬和其他宫中女人一样，被罚入宫中为奴。她干的活儿是在织室织丝，每天起早贪黑忙个不休。有时候想起和魏豹在一起的生活，不由得伤感叹气。

由于她心灵手巧，通文识字，很快被送入汉宫中作宫女。一个偶然的机会，汉王看到了她，对她那优雅的举止和婀娜的身材格外欣赏，恨不得立即拥她入怀。但是，战事吃紧，汉王只好暂时压下这强烈的欲望。不过，还是悄悄嘱咐内使，令他好生照应薄姬。

所有这一切，魏豹暗中都打听得知。想到自己的女人被汉王所占，有朝一日要为汉王生下天子，他恨得牙痒痒的：原来许负所相是为汉王，哼，早知如此，我当初就该把薄姬杀了。当汉王逃出荥阳城里，薄姬和另外几个女人也被带出城了。

…………

对于魏豹的这些仇恨，他的几个亲信都知晓。但是，一旦魏豹为周苛与枞公所杀，谁还敢声张呢！

虽然汉王已逃出荥阳，荥阳城又连攻不下，项王依然不肯撤兵，他就是要攻破它。

过了十几天，项王正在与众将商议最后如何屠城，如何掠城中汉王之财，突然从远方飞来一骑探子，向他报告道："汉王如今在向关中征筹粮草后，已出了武关，向宛洛方向进发！"

众将一听愣住了，项王也一下子坐直了身子，他恼怒地道："刘邦向来诡计多端，他设诈降之计逃出荥阳，又向宛洛进军，莫非是要攻我彭城？"

众将你看看我，我看看你，齐声道："大王，有这个可能。"

"本王岂能让那个老匹夫得逞。传令下去，撤出荥阳，随我火速拦截刘邦！""腾"的一声，项王起身，向部下传出了命令。

城内周苛与枞公已到了支撑的极限，忽见项王撤兵，不禁大喜。二人暗中猜测汉王的行踪，不知汉王将要如何行事。

原来，趁着东门妇女向外走之机，汉王迅速带众将溜出西大门，快马直向成皋奔去。一路上惊恐异常，只感到草木皆兵，不时回头张望。逃出很远，也未见楚兵追来，才稍稍放下心来。饿了，啃一点干粮，渴了，喝一点水沟里的水。不敢在人家居住，也不敢生火做饭。好不容易到了成皋，就听到了纪信被焚的消息。悲愤之下，汉王迅速招兵买马，打算尽快回救荥阳。他对众将道："纪信为救我被焚而死，城中周苛与枞公还在坚守，我不能再眼睁睁看着他们食尽兵绝而亡了。否则，我还有什么脸面对天地！"

众将齐声称是。

第二天，一个姓辕的谋士入见汉王，道："听说大王不日就要攻荥阳，以解荥阳之围？"

"正是，先生可有什么指教吗？"汉王正在焦虑关头，急需有人出谋划策，谦和地问。

"此次回攻，大王觉得定能解围吗？"辕生又问。

汉王沉思一会儿道："不能肯定。"

"既然不能定取，何必再贸然前去？就双方力量对比看，汉王如果采取硬攻的方法，获胜的希望太小了。"

"然而，本王怎能不救荥阳呢？"汉王的声音是焦灼的。

"大王可以虚晃一招迷惑项王，以此巧解荥阳之围。"

"请先生言明！"汉王急切地道。

"大王带着兵马，直出武关，向南奔宛洛而去。项王一定会认为大王又要攻打他的彭城，撤下荥阳之围，带兵拦截，荥阳之围不战自解。一旦大王与楚军相遇，切勿出战，只坚守壁垒之中。相持几个月，既可以让荥阳、成皋二处的兵马得以歇息恢复，又可等待韩将军等人从东北归来。一旦三方力量会合，那楚兵已被我军拖得疲劳不堪，定会败在我军手下。"

汉王拍掌道："有道理，有道理！"

当下就下令出武关，奔宛洛而去。项王果然上当。抵达宛城后歇息几日，汉王命部队深挖壕沟，高筑壁垒，严阵以待，只等楚军来到。

项羽性急，撤出荥阳后日夜兼程，马不停蹄追赶汉王，恨不能一步跨到汉王面前。赶到宛城外，只见汉军阵前关卡重重。最外面是一道两丈宽两丈深的壕沟，沟中灌满了水，人马很难跳过去。第二道乃是用树木做成的栅栏，绑扎牢固，密密匝匝。第三道是高高的壁垒，易守难攻。

"刘邦老贼！你使用诈降之计骗我，溜到这个地方来了，出来！本王与你决一死战，先要了你的老命再说。"恼怒之余，项王对着汉兵一阵大叫，他的将士也是高声骂阵。过了半天，汉军阵内竟无人搭理。项王越加恼火，令人搬来大木板，横搭在壕沟上，让士卒强行而过向南冲。谁知，突然间一阵箭矢飞来，士卒纷纷从木板上掉进水里，无人过得去。无可奈何，只好另图他计。

正在万般焦虑之中，又一骑飞来，一下子奔到项王面前："大王，魏相彭越大举进攻下邳，我军大败，大将薛公战死了。"

来人乃是薛公部下，是从下邳星夜赶来的。

项王大吼道："真是可恶，什么人都敢对本王撒野了！那彭越算个什么东西？也来乘机攻我，真是个无耻小人！待我先去宰了他，再来拿刘邦！"

当下撤军，大军随他东击彭越。楚兵还未站稳脚跟，又开拔了。

历史小说

草根皇帝

刘乐土 ◎ 著

刘邦

（下册）

中国铁道出版社有限公司
CHINA RAILWAY PUBLISHING HOUSE CO., LTD.

【第十回】

叵耐十面埋伏阵，且闻四面楚歌声

彭越自从受汉王之命做了魏相之后，陆陆续续攻下了十几个梁地城邑，力量逐渐壮大。然而，好景不长，当项王在睢水上大败汉王时，彭越也不敢再留，向北而去，来到了黄河边上。一边招兵买马，一边休整军队。

不久，又听到项王围困荥阳的信息，彭越心中暗道：项王截断了汉王的粮草之道，让汉王处于危难之中，我不能坐视不管。他能以断粮草之道围困汉王，我也能以同样手法对付他。虽说我的力量不能与他相抗衡，但从外围不断骚扰他，也多多少少能打击打击他，让他不得安生。

于是，彭越把自己的全部人马分成四股，采取游击方式，从外围对付项王。今天截断一个运粮道，明天杀死一批辎重队，后天又偷袭一处营帐，弄得楚军人心惶惶。一边攻城，一边又得注意身后，恨得项王咬牙切齿。近日，趁着项王只顾追赶汉王，彭越又攻下邳，杀了他的一员大将，项王真是火上浇油一般。

由于怀恨东行，项王行军迅速，很快逼到了彭越跟前。项王见着彭越部下，眼都红了，没命一般只顾冲杀。

彭越只有那么一点儿人，哪里经得住项王发狠？抵不住，走为上策。彭越边战边退，回退过睢水，飞也似的退逃，人少行动快，项王人多追得慢，追着追着项王就跟不上了。

钟离眛道："大王，这彭越虽然可恶，却已被我军打得无影无踪了。他们人少，躲进哪座山里都够我们找上一阵子的，在他们身上再费时间，只恐会便宜了汉王，我们还是回撤攻汉王吧。"

项王虽然十分想彻底铲除彭越，但也觉钟离眛说得有理，就依从钟离眛之言，追踪汉王。

谁知派出去的探马来报说，汉王已经不在宛城，而是和英布一同驻扎到了成皋。项王沉吟道："那汉王在引我军不断奔波，疲于奔命哩，眼下，成皋有英布和他共守，我不去攻了。我要杀他一个回马枪，回攻荥阳，打他一个措手不及。然后，再去对付他！"

当即引兵西进，向最近的荥阳奔去。

周苛和枞公仍在荥阳城守着。这些天来，他们补给了粮草，充实了兵马，稍稍恢复了些。久战之后，军民都是饥饿疲劳至极，哪里是短时间内能歇息过来的？况且，二人以为项羽追沛公，不会轻易回来，所以，防备上略微放松了点。

一天清晨，待他们接到信息，项王离荥阳城只有几十里了。匆忙间，刚刚关闭城门，楚军已如排山倒海一般拥到城下，将士们一齐登城抗击，哪里来得及？一架架云梯飞架，从四面八方齐上。刚刚打死一个，又上来两个。

只几个时辰，楚军已攻入城内。有认识周苛和枞公的大将，一并把二人活捉了。

一时间，楚兵在城内烧杀抢掠，无所不为，到处是惨不忍睹的景象。

项王心情好了许多，自思眼下自己身边缺少人才，就和颜悦色地对周苛和枞公道："本王与二位相持很久了，对二位忠心守城尽职尽忠，十分佩服。试想那汉王哪里是本王的对手，只不过是个奸诈小人，如今已被我追得屁滚尿流，没有多少日子了。二位跟随汉王，目光太短浅了。若是二位愿意降我，我一定各封邑三万户，予以重用，如何？"

"呸！"项王话音刚落，周苛就发话了，"你这个刚愎自用的匹夫！你也不睁开眼看看，你身边还有几个人？如那亚父般忠贞的人都被你逼死了，谁还愿意跟从你？我告诉你，你若是识相，还是跟我去投汉王吧。将来取天下的是汉王，绝不会是你！"

这一席愤怒之言让项王面红耳赤，怒火一下子燃起来了，他破口大骂："你这个不识抬举的混蛋，胆敢这样跟本王讲话，若是我一刀杀了你，太便宜你了。我倒要看看你的骨头硬，还是我的开水厉害。"

转身传令左右："快支起大锅来，把这个不识相的蠢材给我煮了。"

周苛听了，冷笑一声，自动向大锅走去。

待水烧开后，楚兵剥去他的衣服，把他按入锅中，只听一声惨叫，就什么也没有了。

枞公目睹周苛变成一锅肉羹，也毫无惧色。

项王盯着枞公良久，才问："将军打算好了吗？"

枞公坦然道："我与周苛同时受命汉王守城，曾立下誓言，城在人在，城亡人亡。君子一言九鼎。如今周苛已被煮死，我还能独自苟活？人生一世，总免不了一死，总要死得其所。随便大王处置我，我甘心受死。"

项王一听此言，内心不禁一动：真是条汉子！如此忠贞之人，不可再令他活受罪了。便令左右："推出去斩了，让他死个痛快！"

须臾，枞公的人头落在了地上，随周苛去了。

在荥阳城内放任了整整一天，项王也勒令将士上路。下一步，他要攻打成皋，看那汉王还有什么招数。

项王向成皋逼来的消息迅速传遍了全城，汉王又一次陷入焦虑之中。他想：荥阳在诸城之中，城池是最坚固的了，荥阳都被项羽攻陷，成皋怎守得住呢？我这条命能从荥阳逃到这里，完全是由纪信用生命换来的。难道我就白白葬送于此了吗？常言道，留得青山在，不怕没柴烧。要想有将来和项羽争天下的机会，我得先保住自己这条命再说。但是，我怎好面对众将士张口呢？

思来想去，他做出一个难以面众的决定——先行逃出城去。

当天晚上，汉王在夏侯婴的护佑下，从北门走了，消失在茫茫夜色中。

天色昏暗，但汉王能感到自己的双颊在发烧。

天亮时分，楚兵距离成皋只有十几里了。众将急得火烧火燎一般找汉王计议，却不见了汉王踪影。仔细一询问，才知汉王已经从北门走了。众人稍稍愣了一下，立即不约而同向北门奔出，追赶汉王去了。

英布此时正在城上率兵严阵以待，搬石的搬石，布阵的布阵，只等与项王决一死战，一个部下从城中气喘吁吁地登上来，大叫："将军，将军，汉王和将领都从北门走了，只剩下我们了！"

"此话当真？"英布不敢相信。

"千真万确，将军。不信，将军自己到营中看看。"

"还有什么可看的，将军，再迟就走不掉了！"另一位偏将着急地说。

英布急速地转了一下眼睛，一股怒火顿从心起，他大手一挥，道："他们走了，我们在这儿干什么？撤！"

众将士巴不得这一声儿，立即蜂拥向北门逃去，把成皋丢在了身后。

项王不费吹灰之力把成皋占为己有。走进城去，早有人上来报知他，汉王早就逃走了。他听后，大笑一声："那刘邦本来就是胆小如鼠之辈，既不能文，又不能武，有什么能耐？还不是依赖他身边的几个谋士将领！除了逃跑，他还有别的本事吗？"

"大王，要派兵去追赶吗？"钟离眛问。

"不必了，让他跑吧，反正他逃不久了。下令军中，进城暂时休整几日，以利再战！"项羽颇为自得地道。

当天，楚军在城中大开宴席，一片欢腾。

汉王离开成皋后，和夏侯婴一人一匹快马，只顾向北奔去。原来，他是奔向韩信、张耳那儿去的。

这几天，汉王得到了韩信的飞报，知道韩信和张耳正在赵地铲除那些残余势力。军队则驻扎在修武县。

一天一夜之后，二人终于抵达修武县。相对一望，二人面面相觑。只见两人都是满身尘土，面目黧黑，已分辨不出真实模样。马也累得东倒西歪，快趴下了。

夏侯婴道："大王，我们如此去见韩将军和张将军，太狼狈了，有失君王之风。不如找个地方歇息一下，整理整理，明天再去见他们。"

汉王苦笑一声："只有这样了。"

二人找了一户偏僻农家，找了点饭吃，住了一宿。

第二天天刚亮，汉王就起身了。心中有事，哪得安睡？稍稍洗漱梳理后，二人就径直向韩信与张耳大营奔去。

二人来到营前，将士们刚刚起身，一个个正在忙着洗漱。守门的正好是几个新兵，从未见过汉王，看到二人来到跟前，枪戟相交，挡住了去路。

"来人是谁？请通名报姓！"为首的一个喝令道。

汉王和夏侯婴互看一下，汉王道："我二人是汉王派来的使者，有要事要见大将军。"

士卒盯着他们看了一会儿，好像是在审视二人的可靠性，才道："见大将军可以，然须稍等片刻，大将军还未起来。"

说毕，放二人进去。汉王奔向一个最大的军帐，急步向前。帐门口，有几个是认识汉王的，连忙上前行礼。汉王微微一笑，以手示意，让他们别声张，径直跨入帐内。

软榻上，韩信正在沉睡，鼾声很响，一点也没听到有脚步声。几案上，放着将印兵符。汉王稍停一会儿，拿起将印兵符就向外走。一到帐外，令军吏速召集各将领前来。

诸将都在睡眼惺忪之中，见汉王来到亲自点兵，不禁大吃一惊，纷纷下拜施礼。汉王一一改换他们的职守，派他们到各自营中。

直到这时，韩信、张耳才被士卒叫醒，穿戴整齐过来。他二人内心惊恐，一齐拜倒在汉王脚下："臣不知大王来到，有失远迎，罪该万死！"

汉王面露微笑，道："快快请起，这也不是死罪。然军营中无论何时何地都应来回防备。此时，东方露白，是起身的时候了，你二人却仍酣睡，连将印兵符都随手放于几案上，太大意了。今日是我与夏侯婴，若是敌人到来，不会割下你二人的首级吗？"

二人一听，此话柔中有刚，绵里藏针，都惭愧得抬不起头来。

汉王见状，也不再说此事了，问韩信道："将军受命攻齐，你我约好，待略齐地会师攻楚，将军为何久留此处？"

韩信一听，恢复了常态，应道："大王，只因赵地尚未平定。在此情况下，臣若是率兵向齐，赵人从后面夹击，会使我军腹背受敌。臣也曾想让张耳驻扎赵地，但张耳人少力薄，臣担心他支持不住。再说，臣率领的几万兵马近日来转战南北，士卒已深感疲劳，不能再打硬仗。所以，臣打算暂时停留赵地，一边扫除残余敌人，一边休养生息，补足给养。眼下，赵地已经平定，士卒也已恢复常态，臣正在策谋攻齐计划，正值此时大王就到了。臣请大王率兵驻扎在此，寻找机会攻打成皋，臣则带兵东去，乘着大王的威势，一举平定齐地，然后，臣与大王会师，共同向西击楚。"

听到这里，汉王脸上的不快消失了，看着他二位，片刻道："这个计策不错，二位将军起来听令！"

"拜谢大王宽恕之恩！"韩信和张耳齐声道，悬着的两颗心才放了下来。

"张耳率自己本部，速回赵地镇守！韩将军尽快招募一批赵地兵马，操练后迅速攻齐，而这修武驻扎的士卒，全部留下，由本王自己统率回击楚军！"

"是！"二人立即应命而去。

把修武的人马统帅自己手下后，汉王内心又获得了一些自信。过了一些天，从成皋逃出的将士们陆续来到。他们本来怨怒汉王不辞而别，抛下他们先行出城，现在看到汉王手下重新拥有这么多人马，怒气就消失了，对汉王敬畏如初。如此，君臣协调一致，士气当然大振。于是，汉王召集各位将军重新磋商攻楚大计。

一天晚上，汉王和众将齐聚一堂。汉王高坐上首，问道："本王打算西还攻楚，众将领以为如何？"

夏侯婴立即接上了话："大王，臣以为暂时不可，楚军力量强大，又连获荥阳与成皋，士气正旺，我军若是再上，无异于飞蛾扑火。"

"此言甚当！古人云：避其锐气，击其惰归。楚军正是锐气十足之时，我军则连失两城，若想打败楚军，甚需调整。"卢绾也应和着。自从还攻三秦以来，卢绾逐渐得到汉王的重用和宠信。卢绾也仗着自己与汉王之间特殊的关系——同村、同年、同月、同日出生，说起话来也是十分直率。

"大王，臣以为眼下恰恰是攻楚的最好时机：其一，那项羽追踪我军，东奔西走，也已疲惫不堪。其二，荥阳与成皋乃是我军重镇，对它们的得与失，关系到我军的成与败。得到了，则信心倍增，失去了，则人心不稳，我军无论如何也要决一死战，扭转目前被动的局面。"樊哙站起身，完全反对他二人的意见。

"樊将军说得好！逆水行舟，不进则退。只要度过这一段低谷，我军势力必定会迅速壮大。而且，军队总是在战争中发展，而不是在休整中壮大。"陈平道。

汉王听着，一时拿不定主意。这时，一直沉默的郎中郑忠发话了："大王，臣以为大王可以从两面同时进行。一面是大部队屯兵不动，调养休整，等待最佳时机；一面派少数人马迂回楚军后方，扰乱楚军。如此，使楚军疲于奔命至极后，再会师各路人马与楚军大战，定会扭转大局。"

汉王顿时舒展了眉头，微笑一下，命令道："好，就依此计而行，卢绾、刘贾听令！你二人率两万人马，从白马津渡过黄河，深入楚军后方，与彭越联手，游击楚军。余下三人随本王在黄河岸边待命！"

这实际是一个折中的办法，众将也都觉得切实可行，立即分头行动去了。

目送众人离去，汉王心头一阵惆怅。回想近一年来的桩桩件件，他不由得忧思重重。

项羽对他步步进逼，压得他喘不过气来。依仗圆滑的计策，他硬是躲过了一个又一个劫难。平心而论，他自以为不如项羽，但是，他相信自己是上天护佑的人，将来得天下的必定是自己。然而，不知为何，他感到这个念头有点空泛了。

正如众将所言，眼下他正处于一个关键时期。如果能转败为胜，他的前景可观，如果不能，那只有死路一条了。

夜深人静，汉王独坐帐中，看着面前的烛光跳跃，久久不能平静。

天色刚亮，军吏把汉王从睡梦中叫醒。探马从成皋方向送来信息：项王从成皋出发，率军向西而来。汉王大惊，立即召集诸将，急切地说："诸将，项王率兵西进目标乃是取我关中。关中乃是我汉国腹地，不可失，我想把成皋以西的地方全部放弃，全力保住洛地，以此挡住楚军，以免丢掉关中，你们意下如何？"

未等众将发话，郦食其就起身道："臣以为此计不可。自古道：君以民为本，民以食为天。得食者得根，得民者得天下。敖仓粮草充足，而楚军攻下荥阳后却未想到夺取敖仓，这是舍本逐末之为，也是上天有意助我军。大王可以派兵急攻荥阳，占有敖仓之粮凭借成皋之险，控制太行山，占据蜚狐口，守住白马津。如此，就可阻住敌人。项王因此会担心后路切断，不敢贸然向关中去。关中安全此为上策，何必再去守卫巩洛呢？"

汉王道："此计最好，本王竟未想到。"

郎中郑忠起身说："大王，臣以为在进击之前，还应断绝楚军的粮道。军中无粮，不攻自慌，待敌军慌乱了再进军，可以收到事半功倍的效果！"

汉王笑道："这个我已先想到了，已暗暗叮嘱卢绾、刘贾，他们临夜出发，现在已在一百里之外了。"

几天之后，卢绾、刘贾率领两万多人潜入楚地之中。与彭越会师后，二人向彭越传达了汉王的旨意。彭越拍手笑了："好哇，我已侦探到楚军的辎重所在处了，就在燕西的一个大山坳里。"

"如此最好，"卢绾道，"我三人联手，既要毁掉他们的辎重，又要狠狠打击一下他们的军队，打出一个突破口。"

"不如这样，"彭越说，"我熟悉地形，由我率兵先行烧他们的辎重，你二位在旁边等候，一待火起兵乱就杀上去！"

卢绾、刘贾拱手道："依从将军之计！"

两天后的深夜，三人抵达燕西楚军粮营之外。此处是一个大山坳，十分偏僻，楚军做梦也未想到汉兵会摸到此处来。

彭越派人摸到粮仓后，沿着粮仓和辎重大帐浇上油，然后来到上风口。此时，是中秋时节，西风刮得大，火沾上油，粮仓、辎重立即燃烧起来。风助火力，火借风威，须臾，只见大火冲天，一片火红，哗哗剥剥的响声连成一片。

楚兵从梦中被火光和响声惊醒，人都吓呆了。彭越从南、卢绾从北、刘贾从东三面杀上来，楚军死伤大半，余下的有的向山上跑，有的向山外逃，倾刻间这里就成了一片火海。

其后几天，彭越乘胜大举进攻梁地。十几天里，捷报频传，睢阳、外黄等十七城成了彭越的囊中之物。

卢绾与刘贾二人占据一方小城，严守城门，不管楚军如何挑战，二人就是不出城门。楚军既要追打彭越，又要围攻卢绾与刘贾，自己的粮草辎重又被烧了，不禁有些慌乱起来。

项王在成皋城，听说汉军烧了他的粮草，不禁火从胸中起。他环顾四周，寻找去征服彭越之人。但是，瞅来看去，他没有看中谁。也确实令他犯难，自从与彭越交过手之后，他了解到彭越确实是个难得的将才，作战凶狠异常，用兵则神出鬼没。整个楚军将领之中，能敌得彭越的几乎没有。

"看来，只有我亲自出马了！"项王内心道，"然而，谁来守卫这成皋呢？主要兵马随我出征，一旦汉兵乘虚而入，怎么办？"

思虑一会儿，他召大司马曹无咎前来，叮嘱道："彭越那厮跑到燕西，又烧又抢，把我们的粮草弄个精光，可恨至极！如今他又窜到梁地去，占了十几个城邑，真是太猖獗了。若不及时扫平他，难以安宁。本王要亲往征讨，留下将军守住成皋。"

曹无咎听言，急忙道："大王……"

项王以手止住了他："我明白，城内兵少。将军且记我言，不管汉军怎么挑战，你只管坚守城门，切勿出战，只要挡住汉军就算是大胜。我速战速决，十五天左右即可凯旋。记住，切勿出战！"

"大王放心，我记住了。"曹无咎领命道。

项王还有些不放心，又看看左右，忽然道："司马欣，你也留下来，协助大司马守城！"司马欣也连忙领命。

出了城门，项王还回了一下头，只可惜自己没有分身之术。

连得了十七个城邑，彭越十分痛快。这天中午，他和将士们大摆酒宴，庆贺胜利。忽然，一骑快报飞到他的身边："将军，项王带着成皋城内大部兵马来了！"

彭越一听，手中高举的酒杯慢慢下落，脸上的笑容也消失了。须臾，下令全军：迅速进入外黄城，以挡住项王进攻。

将士们在外黄城上忙得热火朝天，精神抖擞，彭越心中却直敲小鼓："我谁都不怕，只怕项王，不料他却亲自打来了。坚守当然要坚守，一旦势头不妙我得逃走，不然，吃大亏的可是我。"

他一面走遍各处察看准备状况，一面留心四周地形，看哪一处是将来出逃的最好地方。环城一周后，心里已有了底。

不久，项王直抵外黄城下。仰头望去，只见城门紧闭，城上士卒密密麻麻，一副众志成城的模样，怒气冲冲地冷笑道："好一个彭越，还真的拉开架势与本王较量呢！我倒要看看你是真硬还是假硬。"

回头大声令道："给我猛烈进攻！"

弓箭手分成几排，一排接着一排地向城上射箭。城上人也成排地射下来。顿时，空中一片乱响，箭飞如雨。

城下，楚兵乘机搭云梯往上爬，城上士卒不慌不乱，一阵乱石齐下，楚兵也难以得手。你来我往之间，互有伤亡。

到了第三天，楚兵突然加强了攻势，在项羽的亲自督责下万端齐上，云梯、箭雨、火球、巨木撞大门，全用上了。

彭越有些招架不住了，有好几处险些让楚兵攻破，那东大门也让楚兵的大木桩撞了个洞。好在夜幕终于落了下来，双方休战才算化解了危险。

彭越不敢在脸上露出惊慌，叮嘱众将坚守各处。

半夜时分，天色转阴，灰色的云层涌满天空，仅有的星光也被遮住了，四下里漆黑一片。彭越大喜，悄悄令士卒下了城，从北大门冲出一个缺口，飞也似的逃了出去。项王未加防备，只一心要攻破城池，被他钻了个空子。待项王率人追上来，他早已无影无踪了。

追了十几里不见彭越的影子，项羽大怒道："胆小鬼，竟从本王眼下溜了，这如何能解我心头之恨！"

回头看看外黄城，心头忽生一念：这外黄城中百姓也委实该死，若没有他们支持彭越，彭越早让我给打趴下了，我得给外黄百姓一点颜色看，看他们将来还敢帮助彭越？

当下带人冲入城中，到处张榜出令："凡城中百姓，男十五岁以上者全部到城东集合，违者斩首！"

一大清早，百姓们看到这样的布告都出了一身冷汗，人们拥到街上，议论开了。

"项王让我等集合，莫非是征我等从军？"

"不是，征兵小的太小了，老的太老了，该要青壮年才对。"

"那项王为人凶残，曾一举坑杀过二十多万降卒，此令必无好意！"

"天呀，该不是要活埋我等吧？"

"难说，他攻了几天城攻不下，心里恼着呢！"

"以前项王常常屠城，老天爷，这怎么办呢？看样子是躲不掉了。"

"我们要没命了，天呀——"

不一会儿，大街小巷，家家户户都传出了凄厉的哭叫声，似乎天要塌了，地要陷了。

一片慌乱之中，一个少年穿过纷乱的人群，挤过狭窄的街道，来到楚军大营前。

"劳烦各位大爷，请通报一声，我要拜见你家大王！"

楚军守门士卒一见这个男孩刚刚总角，一双眼睛炯炯有神，大约十一二岁模样，却如此一本正经，不禁笑着逗他："哟，你要拜见我家大王，干什么？他可没有奶给你吃哟！"

人群中一片哄笑。

"各位将士大爷，你们听好了，我真的有要事报告大王，你们若是误了事，可是要吃不了兜着走的！"

卫士见他的小脸绷得铁紧，不笑了，问道："小家伙，你是何人？"

"我父乃是县令舍人，就是专门为县令出主意的，我此来是为项王出主意来了。"

众人见他人小口气大，只好把他带到项王的营帐外面，进去先通报项王。

"大王，外面来了一个十一二岁的小少年，口齿伶俐，礼貌周全，说是有要事求见大王来了。"

"一个小少年？"

项王一听笑了，他一下子想起了自己那天不怕、地不怕的儿时，心中道：有此胆量来见我的孩子一定不寻常。于是，他让人带进来。

"小儿张宝拜见大王！"

一进帐内，那张宝朝着项王不慌不忙拜了下去，又不慌不忙立起身。

项王一看，只见他满头乌发在头顶梳一小辫，余下的披下及肩，面目白皙，双眼黑亮，紧紧注视他，毫无惧色，不由得欢喜起来——这小子怎么跟我小时候一模一样？

"娃娃，你这小小年纪，怎么敢一个人来见我呢？"他柔声笑问。

"大王不是老虎，而是百姓父母，小儿犹如大王的孩儿一般，怎会不敢来呢？大王，你有儿子吗？他是不是常围在你的膝旁欢闹？"

张宝也笑着问。

项王心中一动：好一个可人的孩子。他不禁笑容满面，问："士卒说你有要事见我，说吧，什么要事？"

"大王驰骋天下，威名远扬四海之内。我外黄百姓，更是久仰大王盛名。前几日，那彭越突然入城，一副凶神恶煞模样。城内既无粮草，又无守兵，百姓只得向他投降。但每人心里都盼望大王速速来到，赶跑彭越，让我们恢复平安生活。今儿大王真的来了，城中百姓都高兴得睡不着觉，一大早就起来了，聚在一起商议如何来感谢大王。谁知街上谣言四起，说大王要把城中十五岁以上男子全活埋了。我一点也不相信。大王将来要成为天下之君，凡天下之君都会以古代的尧舜汤武为榜样，爱民如子，护民如亲，大王怎么会把全城手无寸铁的百姓杀了呢？所以，小儿劝大王赶快贴出告示，安顿人心，切勿让百姓人人自危。"

项王脸上的笑容没有了，他看着张宝，道："你说百姓是畏于彭越威势而投降他的，前几天我攻城时为何见百姓上城送饭送水？我就是气恼这些支持彭越的人！"

"大王，既是百姓投降了彭越，就会为他做事。别说送饭送水，就是端尿端屎也得干呀！这就好比一个大人跟一个孩子，孩子硬得过大人吗？大王为此屠戮百姓，对大王不仅无益，反而有害呀！"张宝一张小嘴像炒豆子一般声声脆响。

"嘿，娃娃，你还会唬人哩！你说什么我坑杀百姓，不仅无益反而有害，我倒要听听这是为什么。你若说明白了，我就放过百姓。若是你说不出个道理来，我连你也杀了！"

说到最后一句，项王的声音里已满是凶狠。

张宝并不惊慌，从容回道："彭越进入本城，既快又急，因为他最怕的人就是大王。听说大王即将到来，他担心城中百姓会做内应，就抢先占了四个城门，派重兵把守。百姓有心迎接大王，但手无寸铁，无从下手，只有软磨硬泡，凡是彭越命令，众人都消极应付。彭越见状，知道长此下去，必被大王击败，所以昨日连夜逃走了。若是百姓真如大王所言协助彭越，大王能三五日之内就得到此城吗？百姓暗中顺从大王，大王反而要活埋他们，这不是违背天理吗？再说，大王杀了百姓，百姓自是无法抗争，只能束手就死，但外黄以外的老百姓会怎么看大王？身为百姓，顺从也死，抗争也死，那还不如抗争，以争得一线希望了。百姓都与大王为敌了，岂不分散了大王对付汉王的兵力？大王纵使有天大的本领，哪里敌得过处处敌人呢？所以，小儿以为大王这样做，是无益而有害。"

项王又笑了："好小子，说得头头是道，好，传令下去，切勿扰民！"

"谢大王爱民之恩！"张宝倒身拜谢后，转身要走。

"且慢，"项王随手拿起几案上的一锭银子，"给，这是本王赏你的！"

张宝双手接过抱在怀里："谢大王！"一溜烟跑了。

不一会儿，有不少楚兵手提大锣来到街上，大声宣告："百姓听着，大王下令，收回男儿去东门之命，所有百姓尽可安心，士卒也决不扰民！"

乍一听，百姓们简直不敢相信自己的耳朵，只得跟着打锣的楚兵又听一遍，方才破涕为笑。有人壮着胆子问楚兵这是为什么，是不是项王开恩了。

楚兵把张宝求见项王之事说与众人听，众人感慨万端，一齐往张宝家拥去，把那份不杀之恩全集中到张宝身上了。

此后几日，项兵马不停蹄，把彭越攻下的十几个城邑一一收回。等到睢阳城时，距离离开成皋已十天了。项王高兴，下令全军在睢阳休息几日，开怀畅饮几日，以示庆贺。

第二天中午，项王与诸将喝得正欢，忽有军吏沉着脸走上来。项王心头一惊，忙问："有何等要事？"

军吏道："成皋来了快马，说成皋失守，大司马曹无咎阵亡了。"

项王跌足道："我再三叮嘱曹无咎切勿出战，怎么让汉兵破了城？"

"大王，来人说曹无咎违命出城，被汉兵围困，不得已自杀了。"

"那司马欣呢？"项王又问。

"司马欣也殉职了。"军吏道。

"该死的刘邦！"

项王一把掀翻了几案，酒菜洒得满地都是。

"传令全军，立即集合，回救成皋！"

自从项王离开成皋之后，曹无咎与司马欣深感肩上责任重大，不时地互相勉励，加强城中守备，密切注意来犯之敌。

一天晚上，二人坐定营中，一边喝酒，一边叙旧，说着说着就忆起了往日旧事。曹无咎提到了过去与项梁的友情，提到那次为项梁求情免罪的事，不禁感叹道："当时多亏老兄相助，放出了项梁，不然，哪有项王今日？"

司马欣说："没有项王，也就没有我俩今天的功名。项家人为人讲义气，项王一直待我二人不薄，我们决不能辜负了他。"

说话间，探卒进来，说汉王已带兵向成皋方向来了。二人连忙起身，走上城墙四处查看防守情形，唯恐哪一处出了差错。

第三天下午，汉王带着兵马逼到了城下。俯视城下，曹无咎只见人头攒动，战车成排，旗帜招展。寒风没有对汉兵造成任何妨碍，看上去士气极旺。

他心中道："项王深谋远虑，他已料到汉王会乘虚而入，派了司马欣助我守城。这汉王来势汹汹，我可不能大意了。"

汉王已知项王不在城中，城中大将只有曹无咎和司马欣，且守兵也少，当下就下令攻城。曹无咎早已坚固城池，稳坐城上指挥若定。

到了第三天，汉王一无所获，箭支和云梯都已损失不少，心中想：若是再这样下去，项王就会杀回来了。那彭越再厉害，却也不是项王的对手，顶多十天八天，项王就会折回头。到那时，我就会内外受敌了，无论如何，得想办法在项王回来之前把成皋拿下才是。

张良见状，对汉王道："大王，如此硬攻不行，我军近无基地，远无援兵，时间久了必然疲惫不堪。城中人借机杀出来，我军必无招架之力了。"

汉王说："我正为此发愁哩，得想个巧计才行。"

陈平道："我听说曹无咎为人粗直，极爱动怒，如果用激将法引他出城，即可大功告成。"

"三天了，曹无咎就是不出动，咋办？"汉王问道。

"那是两军对峙，挑战是众人对众人，大王不妨让人辱骂曹无咎本人。"张良说。

"派人试试吧！"汉王似乎不以为然。

陈平挑选军中几个巧舌如簧的士卒，轮番对着城上，单提曹无咎的名字叫骂不休。"孬种，软蛋，胆小鬼，缩头乌龟……"一阵阵直扑城上，一句比一句难听，一句比一句损。

城上人怒火满腔，将领们纷纷请战。

"大司马，让我等出城去打他一阵，把那些鸟嘴堵上！"

"这口气如何叫人受得了？让我出去杀他个人仰马翻！"

"这群小人，不杀他几个回合怎能出气！"

曹无咎铁青着脸，对司马欣道："将军，你守着城，待我带人出城杀一阵，把那些假婆娘宰了！"

司马欣急忙劝阻："大司马，千万不要冲动。项王临行前再三叮嘱，让我等坚守勿出，大司马忘了吗？

"汉兵如此叫骂，谁受得了？"曹无咎气得面红耳赤，争辩道。

"但是，大司马分明知道这是诱敌之计。项王叫我等勿要轻举妄动，待他回来一举灭敌，什么气都能出。"司马欣倒是十分冷静。

曹无咎无言应对，只好忍气吞声令将领们各守其位，不要出战。

汉兵见城中没有动静，在天黑时分，只得止住叫骂。

曹无咎这才缓过一口气，算是熬过了一日。第二天一大早，城下骂声又起，还不时传来一阵阵大笑声。曹无咎强压住怒火，又熬了一天。

到了第三天，汉兵四下齐骂，手中还拿着画着肥猪小狗乌龟的白色旗幡，这一切，都看在了曹无咎眼中，他一跃而起，叫道："大丈夫可杀不可辱，走，不怕死的随我杀出城去！"

他的一群亲信也早耐不住了，一呼而应，打开城门就冲了出去，司马欣想拦哪里拦得住！不得已，只好也带兵跟上去呼应。

谁知汉兵并不抵抗，丢下手中旗幡、枪戟转身上马就跑。曹无咎已气昏了头，竟率士卒拼命追赶。到了汜水边上，汉军一一跃下水向对岸游去。

"想跑？能跑得掉吗？追！"

曹无咎一声令下，楚兵纷纷跳下去想堵截住汉军。一时间，满河都是人马。约莫游到一半光景，忽然两岸涌出许多人马，摇旗呐喊。

曹无咎看去，大吃一惊，左岸大将是樊哙，右岸大将为靳歙。汉兵如下山猛虎一般手持长枪，对着楚兵杀个不停。想游到对岸去，对岸也冒出一队汉兵，领兵的竟是汉王。无可奈何，曹无咎只好下令后退。

这时候，岸上汉兵飞箭如雨，楚兵大部分中箭溺水而死。曹无咎左臂与后背各中一箭，好不容易爬上岸，却见一群汉兵围了上来。想到自己违背项王之令，使军队落到这个结局，不禁自怨自艾，拔出佩剑自刎而死。

司马欣正在岸上，想救水中人做不到，只好拼命抵挡汉兵，想借此让水中人脱身。无奈汉兵人多，又是岸上水中分头对付，他就自顾而退。突然，他看到曹无咎自杀身亡，身边的人越战越少，一转念，索性也举枪自刺喉管，了结了性命。

成皋已成了一座空城，汉王清理了汜水两岸的楚兵后，率众入城。城中百姓原来就拥护汉王，一见汉王到来，立即欢天喜地地打开城门欢迎。

汉王一面贴出安民告示，一面令人运出项王收藏的金银珍宝，还拿出了一部分分赏部下，全军一片欢腾。

张良对汉王道："项王得知后，不日就会杀来，大王速做准备迎敌，时间要紧。"

汉王会意，立即分令将领各自行动。樊哙带人从敖仓向城中运粮，靳歙领兵据险设营，余下人抓紧时间修缮枪戟战车。郎中郑忠忙中有序，上奏汉王道："项王一旦来到，必然拼命攻城，大王派人到齐地去，若是齐地平定了，速速召回韩大将军，如此，方能稳操胜券。"

汉王明白，一骑快马直向齐地驰出。他看着探马消失在天际，心中暗道：不知郦食其的事情处理得怎么样了？

原来，在此之前，汉王派郦食其出使了齐地。

自从汉王派韩信征召赵地青壮年征讨齐地之后，心中仍然不能安然。他想：这韩信招兵买马以后才能奔齐，中间得费不少时间，如何才能快一点拿下齐地呢？若是能不战而使齐降，那真是太好了。

郦食其得知汉王的这个心思后，他稍思片刻，就对汉王道："臣愿往齐地招降齐王。"

汉王当然欢喜，笑道问："齐王可降吗？"

"臣愿尽力而为。"郦食其显得很有把握。

"若是齐王能降，那就省了本王许多时间了！"汉王道。

此时，齐王乃是田广，即田荣之子，田横之侄，是由田横拥立起来的。齐地的主要将领乃是丞相田横。

自从在城阳与楚兵大战一场之后，齐兵在齐地发展很快。趁着楚汉相斗的机会，齐人发展生产，筹集粮草，休息了一年有余。

半个月前，齐王突然接到信息，说汉王派大将军韩信征集兵马将要攻齐，忙召来田横计议。田横久经沙场，不慌不忙地道："我王莫急，我自有阻兵之策。"

当即，他召集本家人田解、部将华无伤，对他们道："韩信将来袭我齐地，正在征兵。为防万一，你二人带兵马到西下去，一有风吹草动就出征迎敌。如有难处，我自会相助。"

二人领命，就要出发时，郦食其来到了。

田横微笑着对齐王道："这个郦食其乃是汉王的心腹谋士，此人来到，定有大事，你且仔细听他说些什么。"

齐王乃是田横所立，对田横的话基本上是言听计从，他召郦食其进见。郦食其拜见完毕，笑着问："当今正是楚汉相争不分胜负之时，大王可曾揣度过谁胜谁败吗？究竟归属何人，大王可曾有判断？"

齐王也笑着说："天下风云变幻，你败我胜，我胜你败，交错而行，怎么好预料哩？"

郦食其说："依我看将来天下必是汉王的。"

齐王又笑了："先生从何处看出来的？"

"古人云：得道者得天下，失道者失天下。想当初，最先攻入咸阳的是汉王。按理讲，汉王应该做关中王。但那项王却违背怀王之约，恃强凌弱，强迫汉王到汉中去，又将义帝杀死在长江上，天下之人，谁不痛恨！汉王闻讯，就调动蜀汉的军队攻打三秦，以示惩恶扬善。同时，汉王收集天下之兵，扶立诸侯后裔。每当他攻下一个城邑，就把土地金银都分给部下士卒，从不占为己有，想让天下人共享其利。所以，天下英雄豪杰都乐意为他所用，而那项羽贪得无厌又凶狠残暴，弑主背恩，坑杀百姓，民怨四起。得民心者得天下，将来天下必是汉王的。看汉王征三秦以来，平定三秦，渡过西河，打垮北魏，出击井陉口，杀掉陈余，一路顺风，这难道仅仅是人的作用吗？这是上天相助啊。现如今，汉军占有敖仓之粮，成皋之险，控制了白马津，断绝了太行路，设防在蜚狐隘口。照这个形势看，谁若是不肯归属汉王谁不就要倒霉？大王若是能审时度势，归顺汉王，将是一片光明。否则，一旦大军压境，还来得及吗？"

齐王头上汗涔涔的，良久，才问："本王若是依先生之言归附汉王，汉兵就不来了吗？"

郦食其微笑着说："大王以为我这次是私自来劝降？大王错了！汉王顾惜齐地百姓，不忍看着生灵涂炭，才派我来探问大王的。若是大王诚心归属，汉王还会大动干戈？汉王定会阻止韩信，让两下和好，大王只管放心好了。"

齐王眼看着田横，意在征求他的意见。田横心知肚明，他多了个心眼儿，对郦食其道："既如此，先生不妨修书一封送与韩信，让他快快休兵，否则，我王哪能放心。"

"这个容易，快拿笔墨来！"郦食其见大功告成，十分欢喜，立即修书一封，让韩信不要进兵了。然后让手下人带着书信和齐使上路了。

且论那韩信不愧为军事奇才。自从受汉王之命去征召赵地兵力以来，已经颇具规模了。那些应征入伍的人，都是未曾当过兵的，乍一进入军中，都十分英勇。韩信看在眼中，喜在心上。

但是，韩信的心头已蒙上了一层不快。汉王在修武取了他的兵符将印，把所有的军队都划归自己统率，这一举动他认为有点过分。

他心中暗道：没有我能有这样的军队？身为君王夺印夺军，这是什么意思？莫不是对我有了猜忌。我虽有疏忽大意的过错，还不至于这般待我吧？

身为臣子，疑虑只在心中，他丝毫未曾流露。汉王让他去征召赵地之兵，他干脆地答应了。凭着他的才能，他相信很快就会重新组织一支强大的新军。不过，他有时想，汉王兵败彭城时，是他收兵至荥阳，在京索之战中大败楚军的，攻魏、代之后，又是他带精兵在荥阳抗拒楚军的。汉王每到紧急时就想到了他，这也是他的荣耀啊。

几日后，郦食其的使者抵达韩信大营，韩信认得那使者，看完信函后，对信使说："郦先生已游说齐王成功，这最好了，省得我再用兵，我立即撤兵就是。"

当下修书一封，让使者带回。心下省却了攻齐的牵挂，就要挥兵南下，与汉王会合。

这时，有一个谋士叫蒯彻，悄悄走到韩信帐中，问："大将军要南下吗？"

"正是。先生有何见教？"韩信一边收拾行囊，一边问。

"属下以为不可。"蒯彻话里大有深意。

韩信不解，盯着他，问："齐王已降汉王，用不着我去了，不向南去与汉王会合又干什么呢？"

"自从将军奉命征军攻齐以来，日夜操劳，征兵、练兵，费尽心思。好不容易兵力充足了，却又不打了，连自己新军的威力都不曾试过。那郦先生巧舌如簧，或许一时说动了齐王，齐王若是改变主意了呢？再说，大将军只听令于汉王，汉王向将军下令停止攻齐了吗？常言说武将拼命效死战场，还不如文士几番巧舌，难道将军甘心让此功被那郦先生抢了去吗？这太不公平了！"

韩信心动了，问："先生以为应如何？"

"将军不如乘齐人不备之时，长驱扫平齐地，立下赫赫功勋，给汉王看一看。"蒯彻道。

韩信听了，心中暗暗称是。当此之际，是该立一大功给汉王看看，一来可以免去修武疏忽大意之耻，二来可以再树自己的威信。"但是，那郦先生怎么办？齐人恼怒，不会杀了他吗？"他问蒯彻。

"将军真是太憨厚了！"蒯彻笑道，"那郦先生已经不义在先了。试想，若不是他逞能贪功，会在将军受命攻齐之后再请命入齐吗？他都不顾及将军，将军还顾及他什么哩！"

几句话说得韩信心头上火，心中又想：这是汉王不信任我，已经先派我征齐了，又派那郦先生劝降，多此一举，我还顾那么多干什么呢？当即清点人马，杀向下历。

齐国将领田解与华无伤，刚刚接到齐王命令，说齐国已归附汉王，不必再守关了，汉兵不会打来的。谁料到汉兵却从天而降，齐军在莫名其妙中毫无还手之力。最后，交战结果是，田解丧命，华无伤被擒。韩信一不做二不休，向前直冲一直到了临淄城下。

齐王田广与丞相田横近日来心情愉快，每日与郦食其宴游欢乐，昼夜不休。汉兵杀来的羽书飞到宫中时，齐王半天才明白过来，转脸问郦食其道："好一个说客，本王倒被你骗了，撤掉边防，倒让那韩信一路杀进来。你真会做鬼，一边劝我降汉，一边暗中让韩信偷袭，真是可耻之极！"

郦食其脸早吓白了，他连忙说："大王实在是误会我了，我怎能做出那等不义之事！这完全是韩信自作主张，大王别急，让我带人出去见韩信，当面向他说明，让他退兵。"

齐王还未来得及回答，旁边的田横冷笑道："你还想做戏？我等被你骗得还不够吗？想不到你们汉国竟用这种卑劣手段灭我齐国！"

郦食其急得满面通红，分辩道："丞相既然怀疑我，就把我扣押在此，等你们派人去责问韩信弄清真相后再说，大不了一条命！"

齐王与田横互看一眼，齐王道："好，就先扣押你。若是那韩信退了兵，就放先生回去，否则，别怪我们无情无义！"

"好，我的命就交在这里了！"郦食其一边说，一边提笔修书。封好后，派人送给韩信。韩信正在布置攻城，忽然看见郦食其的使者到来。接过书信一看，只见上面写道：

大将军足下：

汉王派老朽前来齐国说降，实在是君命难违，丝毫没有抢夺军功之意。今将军来攻，齐王逼迫老朽甚急。你我同侍汉王，皆是人之臣子，难道将军要以老朽之命做搏击？望看在老朽的面上快快撤军，给老朽一条生路，来生变马变牛也会报答将军大恩！

韩信眼前浮现出郦食其那苍老的面孔来，心中颇为悲悯，站立半晌，说不出话。

这一切，都被一旁的蒯彻看到了。他上前一步，朗声道："韩大将军每临大敌当前，都是不动声色，今日为何为了一介书生，就做出黏黏糊糊的小儿女之态？区区一个郦生性命，顾及个什么！怎可与创世之业相比？快做决断吧！"

韩信道："逼死郦生事小，违抗王命事大！"

"将军错了！将军今日带兵伐齐，不正是在完成汉王之命吗？如果将军今日退兵了，让那郦食其活着回到汉王身边，他不知会在汉王面前说什么哩！到了那时，无罪之人也成了有罪之人了！"

韩信心下道：蒯彻说得有道理。眼下，汉王说不定已对我心存疑虑了，若是让那郦食其回去再说点什么，就更糟了。不如灭了齐国，建了大功，万事皆休。

于是，他对众人道："我来此地，是奉命伐齐，不管怎样，我并未接到汉王停止的命令，那齐王投降汉王谁知是真是假？就是降了，万一再反叛怎么办？我要为汉王建一劳永逸之功。请使者转告郦先生，他就是死了也是为国而死，抱歉我顾不了许多了。"

使者听了，只得怏怏而归。齐王听了，怒火中烧，立即令人架起油锅，召郦食其前来，道："先生至此，还有什么话可说？"

郦食其这几日已把这一后果想过了，所以面对油锅他并不惊慌，冷笑一声，道："韩信置我于死地，我自愿受死，但是，齐王您的国家也算完了。那韩信，将来也没有好下场。俗话说，善有善报，恶有恶报，不是不报，时候未到，灵着哩！只是我不能亲眼看见了。"

说完，对着滚烫的油锅，一头栽了下去。

齐王不甘心被韩信攻打，与田横登城抗击。谁知那韩信率领的军队从未打过败仗，心中就没有"畏惧"二字，个个如拼命三郎一般只顾攻个不停。到了第三天，齐兵已现败势。田横见大事不妙，对齐王道："大王先走吧，我留下拼杀一阵再说，不能君臣一同被韩信拿住了。"

田广无奈，只好由一班人马护着，从东门破围而逃，向高密方向奔去。第二天，田横看着有几处已被韩信攻破，也乘空逃离，朝博阳方向奔去。

韩信占了齐都，依然穷追不舍，要把齐王本人杀了。齐王在担惊受怕之下，不得已，只好派出使者向项王求救。

项王从梁地撤兵后，直奔荥阳而来。走在最先的，乃是大将钟离眜。刚到荥阳城东面，迎头碰上了汉王的几员大将，双方当场大战起来。

原来，汉王早有准备，派将守候这儿多时了。钟离眜贸然到来，一下子被围在当中。放眼一望，钟离眜大吃一惊：汉兵竟有好几万人。相比之下，自己手下只有几千人马。只听四下里喊声如雷，从四面越围越紧。钟离眜左冲一阵，右杀一阵，虽也杀死不少汉兵，却人数太少，眼看着就要被汉军吞没了。

就在这万分危急之时，从东面忽然涌来一队人马，如狂风一般席卷而来。一声大喊——"本王来了！"

钟离眜心头一喜，对士卒道："大王来了，杀呀！"顿时来了精神。

汉军见项王来到，顿时大乱。项王杀入重围，救出钟离眜等，竟然变被动为主动，追击起汉兵来，一直追到广武山中，才停下。

这广武山形势险峻，地形独特。左边是一望无际、深不见底的荥泽。西边是汜水，河水滚滚流淌，长年不停。山中间，有一巨大山涧，把个广武山分为东西两半，自然形成两个山头。汉王军队驻扎在涧西，用山石筑垒，依涧而立，自成一体。

项王停下后，就在东边顺地形筑垒，安营扎寨。涧两边，大旗飘扬，人头攒动，形成两大阵营，煞是壮观。

这时，正是严冬开始，山上满眼枯枝败叶，一片褐黄。除了少数几棵郁郁葱葱的松树外，几乎看不见绿色。汉王兵力少，韩信又不在身边，只期望就这么守着，等待恢复一阵再说。项王呢，有心急攻汉王，却过不了深涧，也只好眼巴巴地望着对岸。不知不觉间，双方进入了一个平静的相持阶段。

十几天后，一场大雪铺天盖地而来，把山上山下全变成一个银白世界。干枯的树林成了玉树琼枝，山石也不见了平日的峥嵘模样，看上去温和多了，天气寒冷，铁衣凉得刺骨，将士们都觉得伸不开手脚，只得缩在帐中烧木棒取暖。

项王的追杀之气仿佛也被这大雪冻住了，不再心急火燎地每日观望汉阵，也开始在军帐喝酒歇息，涧两边的气氛稍稍缓和了点。

时光如飞梭一般，不知不觉两军对峙已经三个月了。春天已渐渐显出它的本色，山上的雪化了，溪水又开始流淌了，树木露出了绿色，连小草也钻出来，挤满了石缝。

项王又开始焦虑起来。汉军那边，一直从敖仓运粮草，军粮充足，但楚军的粮食没有这么多，储存的粮食已经不多了。若是再熬两个月，那就要闹饥荒了。不久前，齐王又派使者来，乞救齐地。项王本对齐王没有什么好感，但转念一想，汉王的大将军韩信在那儿，派军前往不就可以牵制韩信吗？所以，他派出了大将龙且及副将周兰，领兵二十多万救齐去了。面对汉王，论起作战来，他有十足的信心。于是，他开始派人向汉王挑战。

汉王早把目前的情形摸透了——项王粮食少，耗时间上耗不过他。若要打起来，自己却不是项王对手，就这样拖下去，待韩信平定了齐地再说。所以，他叮嘱左右，不要出战。

项王连续挑战几天，却不见汉王露面，也着急起来。左右道："大王，刘邦的老爹与妻子都在我军中，他不顾自己的女人可以，还能不怜悯自己的老爹？"

项王一下醒悟过来，令人做了一个大木案。

这天早上，太阳刚出来，项王把刘老太爷绑好，放到了大案上，令士卒们叫阵，待汉王出现在涧对面人群中时，项王大声叫道："刘邦听着！你赶快投降吧！若是今日再不投降，我就煮杀了太公！"

汉王开始以为这天又同往常一样，并未在意，一听此言，大吃一惊，不由拨开人丛向对面望去，只见对面一个大木案上，果然缚着一个老者。寒风中，老者衣衫飘飘，头发纷乱，正是他的老父亲。

"这如何是好？"

汉王被这场面吓住了，又急又气，脸也变了色。

"大王，不要着急。"张良急忙扶住汉王，"这是项王设的计，目的就是引大王出来。"

"我该怎么应对？那项羽心狠手辣，什么事都干得出来啊！"汉王求救的目光盯着张良。

"项王再心狠，对大王老父还会有所顾忌，这是会为天下人所知的事，他不会轻易下手的。大王先破了他这个计要达到的目的再说。"张良道。

汉王会意，片刻，大声向对面道："项羽，你也听着！我俩曾同侍义帝，结拜为兄弟。我老子就是你老子，你真要煮杀你老子，那就分一杯肉汤给我吧！"

楚军听此一言，顿时大哗，随即是对汉王的一片咒骂声。

"呸！这也是人说的话吗？"

"嘿，竟有亲儿子要喝自己老子的肉汤的！"

"汉王真是个畜生，要天下连老子都不要了！"

"刘邦真是个流氓！这真是在放屁哩。"

"这种人还有人性吗！"

项王也没料到汉王会说出这等话来，一时竟被汉王噎住了，须臾，恼道："汉王既如此，就把太公杀了！把太公抬过去，放入锅中！"

突然，一个人冲了出来，柔声对项王道："大王，刘邦如此对他老父，还值得与他计较吗？大王正在争天下，哪能也不顾及亲情义理？杀了这个老头儿，只会让天下人指责大王，什么益处也没有。不如饶了他，看他那可怜样儿。"

项王一看，乃是项伯，再看看太公，老人早已抖作一团，面无人色，涕泪交流。他不觉心生怜惜，改变了主意，令人解下太公，依旧着人看管起来。

又是几天过去，项王又急了，他挺立涧边向着对岸高声疾呼："刘邦听着！天下沸沸扬扬闹腾好几年了，无非是因我们俩相持不下。今天，我愿与你挑战，一决雌雄。免得让天下百姓再受煎熬！"

汉王在对面听得清清楚楚，他哈哈大笑一声，大声说："项羽，我宁愿斗智，不愿斗力！"

项王不听则已，一听恼怒万分，立令左右出去挑战。谁知连出三位壮士，都被对面一人射倒了。

原来，汉王部下有一个叫楼烦的，精于骑射，百发百中，汉王便令他射杀楚兵。

项王怒发冲冠，纵身上马冲到涧边，高声叫道："大胆狂徒，出来与我决战！"

狂怒之下，声音惊天动地，气壮山河，楼烦正要拉开箭，蓦地听此一吼，肝胆俱裂，双手不禁发抖，两脚也站立不住了，连退数步后才看见一位目光如炬的英雄挺立涧边，吓得他回头就跑，钻入营中去了。半晌，还觉得心脏在狂跳不止。

"刘邦，出来，我只要和你说话！"

项王高呼道。

众将围在汉王身边，一个个面有惧色。汉王环视左右，心道：我若是不出面，将士该怎么看我，不是会觉得我太胆小怕死了吧！当即斗胆站起身来，由众将簇拥，缓缓出阵来到涧边。看对面，项王威风凛凛，犹如松树一般挺拔。

"刘邦，你敢与我单打独斗吗？"项王怒目而视，问道。

汉王当着众人的面，也不甘示弱，大声道："项羽，你这只是一逞匹夫之勇，实在没有意义。天下人皆知，你项羽有多重罪过。违背先约，封我到蜀汉为王，这是其一；假托怀王之命，杀死卿子冠军宋义，这是其二；救赵之后，不回报怀王，擅自胁迫诸侯军入关，这是其三；焚烧秦宫，掘毁秦始皇皇陵，盗取财物据为己有，这是其四；诛杀降王子婴，这是其五；活埋二十万降卒于新安，这是其六；将肥沃之地封给亲近之将，却将原来诸侯迁往他乡，这是其七；迁义帝出彭城，自己在那里建都，侵夺韩王、梁、楚之地，扩充自己的地盘，这是其八；派兵到江南暗杀义帝，这是其九；执政不公，立盟不守，大逆不道，这是其十。今天，我就要带领天下正义之师讨伐你这个逆贼。所以，我只需使用那些刑徒之人来攻打你，根本用不着我自己动手！"

项王被他这一席话气得脸色发青，只见他大手一挥，身后无数的弓箭手赶上来，朝着对岸一阵狂射。

汉王正要回马，冷不防被一支箭射入胸中，顿时血流如注，当胸的衣服全红了。头一晕，汉王差点跌下马来，幸亏旁边列将扶住。他用手捂住箭头，悄声对两边道："切勿声张！"

众将会意，大声对项王那边喊道："真是绝妙的箭法，竟然碰到我们大王的脚后跟了！"

一边麻痹项王，一边悄悄牵马回营，迅速召医官前来。医官拨开衣衫，对汉王道："大王命大，箭头射入肉中，竟未伤着骨头，不会危及生命，只需好生疗养一阵就没事了。"

汉王痛得满头是汗，咬紧了牙关还是呻吟不止。医官轻轻擦洗完伤口，敷上药，汉王才觉稍稍好受一点。

众将不敢声张，只对士卒说汉王伤了脚后跟。回到涧前，像没发生什么事一般。

眼见得汉王中箭回营，项王一阵欢喜，但涧沟又深又宽，谁也没法过去，他只好收兵回营，一边派人探听汉王伤情。他心中暗想：若是汉王伤情加重而死，那就是天赐良机了。韩信又不在此，杀光那帮汉兵偏将，我不会费吹灰之力。

第二天早上，汉王依然在榻上昏睡。毕竟年纪不轻了，受了创伤难以支撑。昨晚一夜，他都是疼痛难忍，几乎不曾睡着过。到了天亮时分，他才乏极而睡。

"大王，大王！"

一阵叫声把汉王从昏睡中惊醒，他艰难地睁开双眼，眼前站的是张良。

"有何要事？"一边问，又止不住闭上了眼睛。

"大王应该起来巡视军中。"张良道。

"我一夜未睡，伤口痛，太困乏了。"汉王使劲睁开双眼，立即又闭上了，断断续续地说。

"大王，此时很关键啊！"张良语重心长。

汉王一惊，立即睁开了充满血丝的眼睛。是啊，不要说是全体汉军，就是对面的敌人也在密切窥视自己呀！汉军不见自己，必会惊慌；敌人不见自己，必会大举进攻。

他强行挣扎着，由众人扶起。让医官裹好胸口，轻轻上了车辇。静坐车上，他极力激励自己，半晌，对左右道："走吧，行了！"

众人望去，只见汉王面带微笑，神态自若，根本不像是一个伤病之人，悬着的心才放了下来。车辇向士卒行列中驶去。

汉王受伤的事早已传遍军营，今天一大早，士卒们就议论纷纷，七嘴八舌地说个不停。

忽然，有人喊了一声："瞧，大王来了！"

顿时，一切都安静下来。将士都在注视着车辇。见汉王一切都好，他们的脸上都浮上了微笑，精神抖擞地站立着。

对面项王与将士们也看到了汉王，虽然没有人说什么，但大家心中都相信了这么一个事情——汉王确实只是脚受了点轻伤，什么妨碍也没有。项王当下心中怅惘起来：这样的对阵要到什么时候才算个完？粮食越来越少，机会越来越少，该如何是好哇！

"大王，大事不好了！"一个军吏急切的呼叫把他从沉思中叫醒，"大将龙且战死前方！"

"什么？龙且战败了？"项王大惊失色。

"信使刚刚从前方传来的消息。"

"韩信竟伤了我的大将龙且！有这么厉害？！"项王像是自问，又像是在问人。

片刻，他喊来信使，详细询问了龙且战死的经过。

龙且拜别项王后，带了二十万大军，向东快速行进。进入齐地之后，立即派使者飞报齐王，让他带人马前来会师。逃难中的齐王正处于惶惶不安之中，一听此讯，大喜过望，对左右道："项王军中大将，龙且应数第一。有他前来，我等就安全了。走，跟我去迎接龙将军！"

众人一听，转忧为喜，紧随着齐王，迤逦出了高密城，向着楚军来的方向迎去。到了淮水东岸，就看见楚军大旗招展，一员猛将身后的旗帜上大大地书了一个"龙"字。齐王知道他就是龙且了，当下走上前去，行相见之礼。

龙且环视前后左右，对齐王道："此处水草丰美，地势开阔，四下眺望，平坦无际，就在此安营扎寨吧。"

齐王一点儿也不懂用兵之道，就依了龙且。双方驻扎下来后，四处派出探马，打探韩信消息。

韩信正在追赶齐王和田横的途中，忽得探马来报，说项王大将龙且到来，不禁愣了愣神。他思忖道：这龙且作战英勇，又颇通兵法，是个劲敌。他手下二十万兵马皆是精兵良将，我自己恐难胜他，不如避开他为好。

偏将们似乎看透了他的心思，对他说："大将军，躲得了初一躲不过十五。那龙将军是项王的悍将，将军是汉王的排头人，若是项王与汉王要分个高低，两将军总是要相遇的。不如借此机会向大王请兵，一口气败了那龙将军，把以后的事都了结了。"

韩信沉思一会儿，笑着道："众将说得有理。但是，即使大王加派兵力，你们也不可大意了。"

汉王得到韩信的求援信，一时拿不定主意。张良道："龙且为项王主将，若是能打败他，就等于砍掉了项王的一个左膀右臂，大王应该出兵相助。"

汉王道："若要派兵出去，我身边兵力就太弱了，项王就在对面，万一——"

张良说："让军队夜间出发，不要被项王发觉了。这边隔着一个大山涧，项王一时难于进攻，只要那边速战速决，不会有大碍。"

当天晚上，汉王派曹参、灌婴两军出发了。

韩信迎来两位大将后，不禁信心百倍。三军来到淮水岸边，只见河对岸到处是楚、齐军队，营帐成排，士卒们严阵以待，士气旺盛。韩信对曹参与灌婴道："龙且作战一向凶悍，如今又带了二十万兵马，若是硬打，即使我三人联手，也很难取胜。必须用计才行，二位听我的命令行事。"

"谨遵大将军之令！"曹参、灌婴对韩信深信不疑，同声应令。

须臾，韩信令军队后退三里路，各自选险要处立寨，按兵不动。

这三里处，乃是一大片起伏不平的丘陵地，地势比河边高出许多，众人心里就有了数。

龙且先是看到韩信率兵而来，不久又不战自退，以为是韩信害怕了，慷慨发令道："不要让韩信跑了，追过河去！"

"将军！且慢。"一位偏将闪出来，急促地说，"那韩信远道带兵而来，目的就是同我军接战，如今骤然后退，必有原因，将军不可贸然前去。"

"难道我二十万大军，再加上齐王之兵，还怕他一个韩信？"龙且含笑而问。

"将军，我军二十万皆是精兵不假，但齐兵是败逃的散兵游勇，心已散了。若是真的打起来，大顺最好，只要稍有不顺，他们就会后撤而退，奔向各自附近的家。齐兵一逃，必然影响我军，到时候，不溃也得溃，不逃也得逃。末将以为，我军最好坚壁自守，等待时机——因为此时此刻，齐人若是知道齐王尚在，又得楚兵援助，必会全力支持齐楚二军。那汉军离国两千里路，没有坚实后盾，如何能够长久？一旦到他们粮食乏绝、人马困乏之时，我军再攻上去，就可稳获大胜了。"

龙且道："这是我龙且作战的风格吗？等待敌人疲惫了再战？那要到何时？项王日夜等着我大胜的消息哩！再说韩信那厮，不过是一介懦夫。他早年宁受胯下之辱，甚至托瓦乞食，我还能怕他！我奉项王之命，就是要与他决一胜负，以建大功的！"

周兰也上前道："龙将军，那韩信不可轻视。自从汉王回攻三秦以来，他一直建功不断，是个足智多谋的人物。今日他悄然退兵，说不定又是一计。"

龙且笑了："将军多虑了。韩信自汉王回攻三秦以来，确是每战必胜，但所遇之人都是平庸之辈。今日与我相遇，定有所不同。不必多言，明日决战！"

众将见他听不进去忠告，只有暗自担忧的份儿了。

韩信接到楚军使者送来的战书，不动声色地回了信函。待楚使离开，他起身道："传令全军，尽快赶制一万多个布袋出来，连夜完成，不得有误！"

士卒听令，赶紧把每人身上的干粮袋拿下来，把干粮装进衣服袋里。还未到黄昏，数目就凑齐了。

韩信得知，召部将傅宽前来，悄悄道："今夜夜幕降临后，你带一部分士卒到上游去，用那水边的泥沙装满布袋，选择河面窄而浅的地方，把那些布袋垒起来，阻挡住河水。明日交战之时，楚军一旦过河，我军就发出号炮，竖起红旗，你们速将布袋捞起，放水就行了。不要询问，只管照办！"

傅宽应声而去。

韩信又召集其他将领，对他们交代道："明日交战后，你们看红旗为号。红旗竖起，就要全力攻敌，切记切记。各自回帐静养一夜，只等明日取胜了。"

布置好守夜士卒之后，韩信也安然入睡。

第二日清晨，全体将士早早起身，饱餐之后都来到阵前。韩信道："我带几位将领过河去布阵，曹参、灌婴等留在此处，分为两队，各位注意见机行事！"

众将得令，各就各位。

这时，河水已变得十分浅窄——上游的傅宽已经堵河了。韩信带着几位将领，卷起衣裤，蹚水过河后，摆起了一字长龙，与西岸的两队人马遥相呼应。

须臾，龙且率兵来到韩信阵前，韩信故意大声嘲弄道："龙且快来受死吧！"

龙且见河这岸汉兵人马稀少，轻蔑地一笑，纵马出阵，大声怒斥道："韩信，你原是项王将士，却不声不响投了汉王，真是可耻！今天我龙且来到这里，你快快下马受缚吧，省得要我费力气！"

韩信哈哈大笑："要说起不义之人，第一乃是项羽，他背约弑主，罪该万死。你却甘心归顺于他，真是太糊涂了。我就让你这个糊涂人今天糊涂地死，来吧！"

龙且大怒，拍马向韩信奔来，手中的长刀在阳光下闪着寒光。众将见状，早有冲出去护卫韩信的。

那龙且也不愧是一员猛将，竟一人敌对数将也丝毫不乱刀法。周兰见数名汉将同战龙且，也拍马前来相助。二人虎虎生威，两把长刀挥得龙飞凤舞。双方大战有二十回合，汉将渐显不支，开始慢慢后退。龙且大喝一声："别让韩信走了！"

韩信听罢，打马向河中奔去，众将也紧随韩信而逃。

"哈哈！"龙且不禁笑道，"韩信真是无能之辈，刚打就逃了！给我追！"也纵马奔向河水中去。

这时，韩信率众已过了河。周兰忽然看到河水变得又窄又浅，正要喊住龙且，却见龙且已经下水，来不及了，只得跟着下水。

龙且正在得意之间，走得最快，众将还在河中间，他已独自到达了西岸。就在这时，只听"轰"的一声巨响，众人皆惊，愣神之间，突见河水猛涨，波浪翻滚，如海潮一般涌来。楚军的骑兵连忙拍马登岸，步卒则在深水中拼命挣扎。不大一会儿，许多人都顺水漂走了。

岸东的楚兵站在河边不知如何是好，岸西龙且、周兰身边只有两千多骑兵相随，不禁有些惊慌。

突然，一杆猩红的大旗在汉兵中竖起来，这是汉军的信号，曹参、灌婴立即一左一右杀将过来，和韩信等恰好形成三面之势。

龙且、周兰一面背水，三面环敌，成了网中之鱼。不到半个时辰，龙且惨死于刀下，周兰被擒，其余骑兵，一个不剩，全成了刀下之鬼。

这一切，都被岸东的楚兵看得一清二楚。他们不攻自散，回头狂奔起来。齐王夹在人群中肝胆俱寒，边走边回头张望，唯恐汉兵追上来。

好不容易跑到高密，就看到身后的大道上烟尘四起，依稀可见汉旗飘扬，齐王大惊失色，对左右道："汉兵已经追来，高密是不能待了，该如何是好？"

"大王，城阳易守难攻，往城阳去吧！或许可以逃过大难。"

齐王只好飞马再奔，神情憔悴，苦不堪言，赶到城阳外，已是傍晚时分，齐王大口喘息，暗自庆幸逃脱了汉兵追击。

谁知突见四面树林里涌出许多汉兵，已把他们包围了，齐王顿时呆若木鸡，还没来得及反抗，就已经被拖下马来。

原来，韩信已料他会逃往城阳，早就抄小路先行一步，等待多时了。

众人将齐王五花大绑送至韩信面前，韩信喝问道："你与郦先生约好投奔汉王，为何又把郦先生烹了？竟做出这等残忍的事，哪有一点为君之道？"

齐王明知死到临头，也不分辩，讥讽道："本王烹杀郦先生，不是正中将军下怀吗？"

"大胆，一派胡言！推出去斩了！"

韩信生怕他再说出什么来，大声命令道。

齐王一边向外走，一边笑道："郦先生不死，将军哪会建立今天的大功呢！"这一句话，说得韩信面色通红。

全军稍稍歇息之后，开始攻略其他各处。灌婴前往博阳，曹参进军胶东，韩信守在营中，清扫周围散兵。

韩信之所以派灌婴进攻博阳，是因为博阳城为田横所守，是个硬骨头。自从与齐王分手后，田横一直坚守于此。

博阳城中，田横已得知齐王死讯。众将道："齐国不可一日无主，齐王本是将军所立，又是将军侄子，今日齐王已逝，将军应自立为王。"

田横正有这个想法，就半推半就地答应了。谁知只有半天光景，就有探马来报，说大将灌婴杀过来了。

田横素知灌婴勇猛，可又无他法，就只好硬着头皮出战。他带兵驻扎到嬴下，想截住灌婴。但败势之中，哪里抵挡得了。激战一天后，他的兵马就被灌婴杀得所剩无几。思来想去，他乘乱带着几十个人马投奔彭越去了。

灌婴不知田横已逃，见到一路人马狂奔而去，拍马就追。一直到了千乘，众人把那一路人马围住杀死，灌婴才知这将领不是田横，而是田横本族的田吸，仔细一问，才明白田横去向。不得已，灌婴只好带兵回报韩信。

韩信听了，十分高兴，道："博阳已平，只少了一个田横，无妨。"

正说话间，曹参也纵马回来，说平定了胶东，守将田既已被杀死了。韩信笑道："齐地已平，分赏将领、犒劳士卒，大宴三日再做计议。"

顿时，一片欢腾声响起。

大宴三天之中，曹参和灌婴却看到韩信常常独自沉思，似有什么心思，二人揣摩许久，也不知其中缘由。

项王得知龙且确已战死，内心伤痛，半日都不说话，他的内心翻腾得如大海一般——我与汉军相持几个月了，汉王粮食充足，我方粮草匮乏，真是多事之秋！此时，龙且又被韩信杀了，我又失掉了一个有力的手臂，这该如何是好呢？想到这段时间以来，自己的亲近一个个失去，项王就痛心疾首。可是汉王身边有那么多人相助，别人不说，只那一个韩信，他为汉王出的力可真不少……

忽然，他心中一动：若是我能得到韩信就好了，即使韩信不降，也许会让汉王生疑。汉王赶走我的范增，不就是使用此计吗？不妨试试看。我身边刚好有一个武涉，他能言善辩，就让他去巧言一番。

想到这里，他命武涉前往韩信军中劝降。

韩信此时此刻想的是什么？

重组军队，平定齐地，杀掉龙且，这一切再次显示了他是不可多得的军事奇才。

他心中暗道："若是汉王派别人来，能做到吗？汉王在修武夺了我全部人马，太不尊重我了。今日我又建大功，充分说明若是没有我，他汉王就是一个空架子。是我支撑起了汉国，如今齐王一死，齐地又是我平定的，我得要求汉王立自己为齐王，不然，他哪里会想到我，也不能只让我卖命不给我功名吧。"

当下，他修书一封，派人送给汉王。

汉王受箭伤之后的第二天，由于勉强支撑起来巡视全军，伤势又加重了，不得不悄悄离开军营到了成皋养病。好在医官精心护理，终于没有使伤口腐烂，二十多天过去，竟痊愈了。病好精神就好，他来到栎阳视察一番后，才回到广武大军之中。

前一天，他已得知喜讯，韩信杀了龙且，平了齐地。高兴之余，他令韩信快来合击楚王。使者已去了几日，他盘算着韩信会在何日到此。

忽然，一个信使从韩信军中来到，向他呈上一封信函。急忙打开，刚看了个开头，他的脸色就变了。看到一半，他不由拍案大怒："我困守在这儿，日夜都盼望他来助我，他不来助我，还要请封齐王？"

信使吓得脸色发白，呆在那儿了。

张良和陈平恰在一旁，二人见状，连忙走近汉王，用脚轻轻碰碰他的脚。

汉王心领神会，当下就明白了，立即停住了叫骂，把信函递给二人看。二人接过书信，只见上面写道："齐人伪诈多变，是个多变之国，南面又和楚国相接，如果不立一个齐王以镇之，它很难安定，臣愿为假齐王镇守此处。"

二人交换一下目光，附在汉王耳边小声道："我汉国目前正处于不利之势，有能力制止韩信为王吗？大王不如好好对待他，让他守着齐地，继续为国出力。不然，难免发生不测之事。"

汉王会意，立即意识到自己刚才失态了，佯装生气，大声呵斥道："男子汉大丈夫能平定诸侯，就该做真王，为何还要做假齐王呢！"

使者这时才明白过来，汉王不是真的生韩信的气，而是喜爱他，刚才的惊恐消失了，面容又呈现出轻松的模样来。

汉王又对使者道："你赶快回去告诉大将军，让他等着册封吧。"

信使乐颠颠地回去了。

张良和陈平又详细向汉王陈说了利弊，汉王更加明白了。第二天，汉王派张良带印赴齐。

韩信派出信使后，心中也是嘀嘀咕咕不安坦。汉王的脾气他是知道的，向汉王邀功要赏，汉王会怎么样，他做了各种设想，也做好了准备。

最坏的结果就是汉王派兵攻打他，这一点他不怕。双方对阵，无论从军事指挥还是从兵力上来讲，汉王都比他弱。而且，他想汉王不到万不得已是不会对自己动武的，眼下正是楚汉相争的关键时刻，他觉得自己功劳如此卓著，应该得到封赏。汉王如果真的信任自己，就应该答应自己的这个请求。

这一生，他的目标就是取得侯王之位，有一个安逸荣华的生活。以前汉王也曾对臣下们示意过，将来要用关中以东的土地封赏有功之人，这不是一次兑现吗？

正在千思万转之际，信使从汉王处回来了。

韩信闻讯大喜，心中的一块石头也落了地。

张良到来后，即代表汉王授予韩信印绶，正式封韩信为齐王。韩信欢喜万分，盛情招待张良。张良乘机督促韩信尽快攻楚，韩信一一应承了。

直到送张良踏上回程之路，韩信才独自静下来享受受封的欢乐。

韩信被封为王，全军欢喜。左右举酒祝贺，韩信微笑接受，对众人道："汉王对我恩深，我等只能全力攻楚予以报答。一旦打败楚军，我会一一重赏各位！"

众人道："大王英名，天下皆知，我等能跟随大王，十分荣幸，且大王给我们赏赐的金银已经够丰厚的了，大王不必多虑。"

韩信笑道："汉王都能赏罚分明，我怎会心中没数！"

正在说笑间，一个军吏快步走进来，大声道："项王使者前来求见！"

"是何许人也？"韩信吃惊地问。

"是武涉。"军吏回答。

韩信暗想：我和楚军乃是敌对双方，项王为何派使者前来？噢，想必是来做说客的。我心中自有主张，任凭他怎么说也不会怎么样。他会说些什么，我倒要听听。

"传他进来！"韩信道。

须臾，武涉快步走入。韩信看这武涉，乃是一白面书生，一表人才，看上去像是个有主意的人。

"恭贺齐王新封大喜！"武涉倒身便拜。看来，他已知道汉王封赏的消息了。

韩信起座答礼，微笑道："你不是专程来为我祝贺，是为项王做说客的吧！"

"大王既然一语道破，我就直言不讳了。很久以来，天下人都被秦王害苦了，所以，陈涉一揭竿而起，各路英雄就同心协力攻打秦朝。秦王灭亡之后，诸侯军将领们按功劳大小，划分土地，分封为王，士卒才得以休息，百姓得到安宁。但是，汉王如今又兴兵东进，侵占人家的国土，侵犯人家的王位。他已把三秦拿到手，却还要再领兵出函谷关，纠集诸侯的军队向东去攻打楚国。他的心思很明了，是不占领全天下誓不罢休，真可谓贪得无厌，永不知足。就为人来说，那汉王是靠不住的。回首往日，他曾多次落到项王手中，项王怜悯他，每次都给他留一条生路，放他一马。然而，只要一脱身，他就会背弃盟约，转身攻打项王，这种人能让人亲近信赖吗？"

武涉看着韩信，顿了顿，又道："现在，表面上看您和汉王交情深厚，可是，大王，要知道这只是您自己以为的。您替他卖命，竭尽全力地去为他用兵打仗，可是，终是将来有一天，您会被他拿下的。汉王对您早有杀戮之心，您之所以能苟活到今天，完全是由于项王的存在。单就一对一来说，汉王哪里是项王的对手？谁都看得清楚，目前楚、汉二王成败之事，关键就在于足下。足下向西依附汉王，汉王就会获胜；投靠项王，项王就能成功。倘若项王今日遭受灭顶之灾，那么，下一个就轮到足下了。回想往日，您跟随项王多时，项王也不曾亏待过足下，为什么如今不反叛汉国来和楚国联合，将来三家瓜分天下呢？现在放过这个良机，跟着汉王来攻打楚王，这绝不是一个明智的选择。"

韩信道："我侍奉项王的时候，官职不过是个郎中，地位不过是个持戟的卫士，平时说话项王不听，所献的计策项王不用，所以我才弃楚归汉的。汉王授给我的，则是上将军的官印，拨给我几万人马，甚至脱下他的衣服让我穿，送他的食物给我吃，使我达到今天的位置。汉王如此亲近我，信任我，我要再背叛他，那就违背天理了。明白告诉你，即使是死，也不会改变我跟随汉王的决心！只好请你向项王替我道歉了。"

武涉凝视韩信良久，心中道：想不到韩信对汉王如此忠贞，这就可以看出汉王与项王的不同。汉王善于用人，靠这种手腕收买人心，使人乐于自己被用。但是，韩信你真的了解汉王吗？说起义字，汉王比项王差多了。将来天下太平了，汉王用不着你了会怎么样，你想过吗？武涉还想再说些什么，但韩信热情地命左右招待他，然后客客气气送他出了军营。

回到房内，韩信看到谋士蒯彻正在等他。对于蒯彻，他太了解了。此人饱学多识，头脑清晰，十分睿智。只要到他身边来，必有要事相告。适才项王使者到来时，他也在座，必是有所感悟，急于向他说了。

"先生有何要事？"

"大王，臣最近正在研习相术，您知道吗？"蒯彻并不回答，却反问道。

"先生博学多识，触类旁通，既已学了相术，就为我看看相吧。"韩信知道他不是为此而来，却也顺着他的话说。他心中道：我已是侯王了，还不够高贵吗？我此生的愿望就在于此，看你还想对我说什么。

"我相大王的面，不过是个侯王之相，且有危险；相大王的背，却是高贵得无法言传。"蒯彻沉稳地道。

韩信笑了："这是什么意思？我弄不明白。"

蒯彻说："目前楚汉相争中，二王的命运就牵系在您手中，您若为汉王效力，汉国就会获胜；您为楚王助战，楚国就会获胜。若您肯听从我的计策，那就能让楚汉都不受损而并存下去，您与二王三分天下，鼎足而立。一旦三角形势构成，就没有谁敢先行轻举妄动了。其后，您再凭着圣德贤才，仗着众多兵马，以强大的齐国为据点，强令邻近的赵、燕两国顺从，出击他们的兵力薄弱之地，牵制他们的后方。再顺应百姓意愿，向西去制止楚与汉纷争，为百姓解除苦难保全性命。做到这样，天下的人就会闻风响应，无论是从威严上还是从信任上，谁会不听从您的号令！然后，您就分割大国，削弱强国，封立诸侯。诸侯只要被扶立起来了，天下的人就会顺从。功德归功于谁？当然归功给齐国了。再之后，您就随即盘踞齐国原有的领地，控制住胶河、泗水流域，同时恭敬谦逊地对待天下各国诸侯。各国诸侯一定会接二连三地到齐国来朝拜，大王就会成为实际上的霸主了。人生在世，就要顺时应势。人们常说，上天赐予的如果不接受，反而会受到上天的惩罚；时机到了如果不行动，反而会遭受灾祸。所以，我劝大王要仔细斟酌。"

韩信沉默不语，半响才道："本来我只是个身份平常的人，是汉王重用了我。他那么优待我，我怎么能因贪图私利而忘恩负义呢？"

"大王，讲信义是有条件的。当初常山王张耳和成安君陈余还是平民百姓之时，相随相伴许多年，风里来雨里去，彼此结成生死之交，到后来，却要捕杀对方，置对方于死地，这是为什么啊？祸患从无止境的欲望中产生，欲望又会使人心多变，难以预料。您现在想要凭忠诚和信义与汉王相处，但我要问您，您二人的友情能比常山王与成安君更牢固？而且，我以为您二人之间要涉及的事情远比张耳、陈余那样的事情大得多。您若是认为汉王会看在情义的份上绝不会伤害您，那就大错特错了。春秋之时，越国的大夫文种，竭心尽力保住了岌岌可危的越国，让勾践称霸于诸侯，他自己功成名就之后却惨遭杀害。与他同样下场的还有大臣范蠡。俗话说得好：野兽捕尽，猎手被杀。从结交朋友的角度说，您与汉王的交情不如张耳和陈余的交情深；从忠诚信义的角度说，您也比不过文种、范蠡那样忠心。这两点，已足够供大王借鉴了。"蒯彻一边说一边真诚地凝视着韩信。

"可是，我忘不掉汉王对我的恩惠，他把车子给我坐，脱下衣服给我穿，送来食物给我吃。常言道：乘人之车者载人之患，衣人之衣者怀人之忧，食人之食者死人之事。我应该为汉王效命终生啊！"韩信望着远方，像是追忆一件件汉王的恩德。

蒯彻一笑，道："大王也应知道另一个道理，那就是勇敢和谋略过人、令君主为之震动的人，自身就要遭到危险；功勋卓著，雄冠天下的人，就无法给他封赏。如今您就拥有震撼君主的威势，具有无法封赏的伟绩。归附楚国，楚王不会信任您；归附汉国，汉王将因您而惊惧，在这样的情况下，您将到哪里去安身呢？"

韩信被他说得头晕脑胀，站起身道："先生先别说了，让我考虑一下吧！"

蒯彻深深叹了口气，起身告辞了。

看着蒯彻的背影，韩信心里七上八下的。

不能不承认，蒯彻所说的都十分有道理。人活一世，谁不希望飞黄腾达，称王称霸，成为天下至尊之人！与项王、汉王三分天下，自己有过这个念头，也有这个能力。

但是，在他的心目中，还有比争做天下之王更重要的，那就是人格追求。凡做什么事，都要讲信义，有德行。若是没有汉王的重用，他的用兵才能哪里有发挥之地呢？

"汉王对我有再造之恩，我怎么能背叛他呢？跟随汉王这么久了，对汉王的长处很明了，他知人善任，有仁有义，这是项王所不能比的。单就汉王身边吸引了这么多有识之士来说，自己就无法与他相比。也许自己能在军事上取胜，但人格力量上必会败给汉王。无论如何，我都不会拥兵自立。汉王，我是跟定了。至于尊位，只要有个侯王之位，也就够了！"

蒯彻没有料到韩信如此看重与汉王的情义。但是，他感到韩信心中也有矛盾，不是不曾想过自立。自己身为谋士，就要有言必进，进言必力进。

他决定再劝说韩信一次，如果韩信答应了，他就全力追随韩信到底；如果韩信还是那么坚决，他就一走了之。

因为，有韩信相助，天下将来必是汉王的。汉王得天下之后，有朝一日必会除去韩信。除去韩信，一定会追捕他这个鼓动过韩信自立的说客。即使先不杀韩信，这事也会让汉王知道。汉王是不会放过他的。

主意已定，几天后他又一次劝说韩信道："凡做大事的人，善于听取意见，就能够预见到事物发生的征兆；善于谋划深思，就能把握住事物发展的时机。相反，能长久安宁的人天下少有！所以，若是为人明智坚定，抉择事情就会果断；为人犹疑多虑，处理事情时就会招致危害。一个人，如果一味在微小的枝节上精打细算，却遗漏掉那些关系国家生死存亡的大事，明明知道事情该怎样做却不去做，做出了决定却不敢行动，就会埋下大祸之根。大王啊，机不可失，失不再来！"

韩信说："我知道先生的心意，可是，我主意已定，是不会拥兵自立的。从此以后，别提这事了！"

蒯彻深深点点头，起身道："大王多多保重，来日方长啊！"

回到宿舍，他拎起早已收拾好的行李走了。

广武山上，不知不觉又是几十天过去了。汉王盼望着韩信到来，却一直不见韩信的影子，心中万分着急。

同张良、陈平商讨一番后，他派出使者，带着印绶到了英布处，封英布为淮南王，令他火速赶赴九江，截断楚军后路。英布心中高兴，就爽快地答应了，即日就带兵上路了。

与此同时，汉王又派人前往彭越军中，让彭越深入梁腹地，继续想方设法截断楚军的辎重运输。

初秋来临，广武山上草木开始变黄，原本绿色葱茏的一切渐渐呈现了衰败模样。一日黄昏，汉王独立在一块大石头上，看着前边的一片树林发呆。

成群结队的鸟儿不时地飞进来飞出去。仔细一看，鸟儿每次从外面飞向树林，嘴上都衔着东西，一片干草叶儿，一个松果，一根结种子的草秆，或是一只小虫子。汉王就坐在林子边上，它们却一点也不害怕。

"它们这是在准备过冬的东西哩。"汉王想，"它们的窝里一定有老鸟，有小鸟。它们要积存食物，加固窝儿，为全家老小安全过冬而忙碌。"忽然间，他悲从中来，"连鸟儿都知道顾及家小，何况人呢？我的老父亲，我的老妻都还在项羽军中，他们怎么样了？冬天将近，项王的粮草快尽了，他会怎么做呢？如果到不得不撤离的时候，他会把我的老父、老妻怎么样？"

他坐不住了，起身回到营帐，召集张良和陈平，说了自己的心事。最后，眼中含泪道："若是项羽那厮急了，要了我老父和发妻的性命，我该如何对一双儿女交代啊！"

张良、陈平听了，如同约好一般，齐声道："项王若是粮草断绝，必会寻找退路，大王不如借此与他讲和，救回太公、吕后。"

"我也有此打算，但是，项羽性格暴躁，一句话说不好就会引他大怒。若要与他讲和，必须派合适的人去，否则，一旦他发起威来，不是促他要太公、吕后性命吗？"汉王忧心忡忡地道。

张良与陈平相视一下，都不再言语。二人心中明白，他们在项王心中是十恶不赦之人，项王恨不得一口吞掉他们。若是让他二人去，是万万不成的。

正在三人沉思之间，旁边有人起身道："大王，臣愿往楚军。"

汉王一看，乃是侯公。此人姓侯，洛阳人，因为从军多年，又经常为汉王出谋划策，人尊称他为侯公。他为人沉着老练，胸有城府，最善于应对一些紧急场面。

"此次一行，是要冒生命危险的。"汉王提醒他。

"臣知道，臣自会见机行事，请回太公与吕后的。"侯公像早准备了似的。

汉王心中没有把握。但是，眼下哪有更合适的人呢？

"我让你去，然而，你需处处小心啊！"汉王眼中还有疑虑。

"大王，结果只会让您满意，不会让您失望，臣以性命担保。"

"只要先生尽力即可。"汉王宽厚地道。

随即，汉王令左右为侯公准备行装，打发他上了路。

这天傍晚，陈平忽然带了一个衣装奇特的年轻人来到汉王身边，对汉王道："大王，我军可以得到一支骑兵的援助。"

汉王忙问缘由，陈平指着身边的人说："这是我儿时的朋友郭逸，如今在北方貉族中做了一个小王的女婿，手中握有一部分军权。他看在与臣下友情深厚的份上，愿意派一支几千人的骑兵来援助大王攻楚。"

"拜见汉王！"郭逸这才开口说话，果然是地道的汉人语言。

汉王大喜，连忙赐座，详细询问了郭逸的一切。

原来，这郭逸与陈平同村，二人从儿时就相识相交。与陈平喜好读书不同，郭逸从小就对做生意感兴趣。长大之后，他随父亲到了洛阳，专门做丝绸生意。

北方的貉族人盛产宝马和银器，特别喜欢汉人的丝绸，常常拿宝马和银器换中原人光滑柔软的丝织品。

有一年夏天，郭逸跟着父亲一行人到了貉族人居住的地带去做生意。因他生得潇洒俊逸，被当地的一个郡王看上了，要强行留下他做自己的女婿。人在异地，郭逸的父亲不得不答应郡王的要求，郭逸起先不乐意，但当他看见美丽温柔的公主时，心中的不快就打消了。为了挽留郭逸，郡王让他做了自己军中的一员偏将。

一年后，他和公主有了儿子，郡王心安了，允许他每年回中原一次，看望老母和家人。此次一行，郭逸是在回家途中专门绕道来看陈平的。

在家乡，谁不知陈平成了汉王的宠臣呢！陈平在交谈之中，向郭逸说了汉王目前的处境，郭逸慨然相许，他愿意带几千精锐骑兵前来相助汉王。

汉王立即令人赐给郭逸许多金银珠宝，让他即日回去带人马来。郭逸爽快答应，要了一骑快马踏上了归程。

二十多天后，一支三千人的骑兵身着貉族人服装来到汉王军中。只见他们一个个凶悍勇猛，快骑如飞，几乎个个是神射手。汉王喜上眉梢，对郭逸道："若足下能助我大败楚军，凡足下士卒，每人赐绸缎一匹，银一百两。"

郭逸却道："谢大王！我与陈平情义，比什么都贵重，我是为陈平来助大王的。"

汉兵获知貉族人来助，士气大振。

张良乘机向汉王提出了一个建议——许多士卒远离故乡，思乡情绪浓烈，如果大王向他们允诺，最终会送他们回故乡，一定会受到士卒拥护。

汉王采纳了，向全军宣布："凡是军士在战争中不幸死亡的，一定要为他们制作包被敛尸入棺，并将棺木送回家乡。"

这个消息一经传出，汉王仁义之名远传，许多人自愿投奔到汉军之中。汉军人数又增加不少。

眼见得冬日将近，项王也陷入焦虑之中。

不久前，武涉从韩信军中返回，详细叙说了韩信拒绝弃汉奔楚的情形，他听后良久不语。当初韩信在他军中的情形他记不太清了，谁会料到韩信会有那么大的能耐呢？隐隐之中，他觉得这一切都是上天的安排，上天那时并没有让韩信显示出异才来。

迫在眉睫的一大困难是：军粮越来越少了。近几天，士卒们不得不挖一些野菜，摘一些野山果搭配着吃。

运粮队还不断遭到彭越散兵游勇的拦截，能运来的粮食也越来越少。照这样下去，是无论如何也打不过汉王的。看来，恐怕要早早退出广武山了。

正在愁上加愁之中，军吏的报告令他一振："有汉使前来议和！"

他稍整仪容，高坐上首，传汉使入见。

来人慢慢走入。项王一看，乃是一位中年男子，气度从容，举止大方，心中道："汉王身边怎么会有那么多大方君子哩？"

那侯公上前施了礼，并不惊慌。项王一手扶腰中之剑，瞪眼愤怒问道："你家汉王真是懦夫！本王挑战无数次，他却不敢出战，又不愿自动退去，打的是什么主意？今儿派你来此，有何话说？"

侯公不慌不忙反问："请问大王，是想打还是想退呢？"

项王道："本王意思两军皆知，本王愿决一死战！"

侯公说："大王息怒。我以为，真的打起来，谁胜谁负，还不一定呢！两军相持已久，哪一方不是疲惫不堪、粮草不济呢？"

为了显示项王一方粮草匮乏，他故意把最后几个字说得很重。

"你此次前来，是想与本王讲和吗？"项王脱口而出。

"大王，汉王本来就未想与大王一争高低，只是为大王所迫才打仗的。若是大王想安国保民，尽释前嫌，我家汉王哪敢不从！"

听了这几句谦恭的话，项王开始平静了。他的手从腰间放下，稍稍动了一下身体，问道："汉王议和有何条件？"

"大王，我家汉王只有两个条件：一是两国以一地为界，从此后各不相扰，彼此相安；二是求大王释放太公与吕后，让他们家人团圆。此二者，于国于家兼而有之，大王若是成全了，汉王将不胜感激。"

"哦，原来是你家大王要保全家人才让你来的，是吗？"

项王忽地拉下脸来，指着侯公斥道："本王多次被汉王欺骗，难道这次还会上当？"

侯公连忙说："大王以为汉王是为了保全家人才让我来欺骗大王？完全不是那么回事！就是以往，汉王也未曾有过蒙骗之意。本来，汉王这次向东而来，就无意和大王争地盘，而是去家乡接家小的，人生在世，谁不是父母所养？谁又不做父母？当日汉王身在蜀汉，离家遥远，常常因思家想眷弄得寝食不安。那一次到彭城，不过是为了接取家眷。后来，听说大王抓了太公和吕后，汉王一下子着急，才派兵和大王交战的。谁知这一打就激怒了大王，战争是一场接一场打不完了，一直闹到今天这个地步，好像是汉王决意和大王争天下似的，这真是天大的误会。汉王知道大王军力强大，天下无敌，不愿讲和。但是，大王为什么不想想这次讲和的结果呢？大王只要把太公和吕后放了，汉王从此再不东进自不必说，更会对大王感恩戴德，就是天下诸侯闻知，也会仰慕大王的恩惠。古人云，人生在世，最要紧的不过仁义孝悌。大王不杀太公，就是孝，不污吕后，就是义，放归人家骨肉，就是仁，对结拜过的兄弟汉王手下留情，这就是悌，仁义孝悌四德皆具备，大王就会深得人心。那汉王如果负约，就是不仁不义。能取得天下人的人心，别说是汉王，无论是谁，也不是大王的对手啊！"

项王听到这里，已是满心舒服。这一生，他就是个吃软不吃硬的脾性。况且，自己的军队也是处境不佳，不如就势退兵再说。

"既如此，本王就依从汉王的请求了。"项王话语中已含温和，召项伯道，"至于议和条款，你和汉王使者去谈就是了。"

项伯坐在一边，早就盼着项王下这一声令。当下就与汉王使者相对而议，达成了约定。以荥阳东南二十里外的鸿沟为界，以东为楚，以西为汉，从此各不相扰，各自为政。

项王派使者随侯公前往汉军，同汉王商讨。汉王赞同，双方才签字画押，立下盟约。一切订立后，侯公才到楚军中迎接太公和吕后。项王让人放出了太公、吕后及刘家的舍人审食其，送他们上路，也舒了一口气。

当太公、吕后到达汉王军中时，汉王悲喜交加自不必说，心头的一块大石头也落了下来。得知项王已开始东归，汉王也下令全军整理行装，即日西归。

此时已是深秋九月，虽然西风劲吹，寒冷刺骨，太公和吕后却感到格外温暖。

老实巴交的太公见到汉王时，老泪纵横，却一句话也说不出。看着儿子也在流泪的脸，他更关心的是当时项王要烹他的那个场面。那个时候，他真有点恨儿子，不明白为什么儿子不力救自己，还要项王分一杯羹喝。现在，一切都过去了，儿子最终还是想法把他救出来了。

吕后却一直深信刘邦是会救他们出来的，也相信将来得天下的是她丈夫。这几年，日子虽在动荡漂泊中度过，可她却从来没有丧失过信心。她相信爹的那个预言。

"快送我去见我的孩儿！"

刚刚抹完相见的泪水，她就急不可待地对汉王说。

汉王立即派专人护送太公和吕后，一面派使者迅速告知萧何，让萧何派人从那边迎接。

"你们先行一步见孩儿，我随后就会返回，与项王的约定早定下了。"汉王一边扶太公上车，一边叮嘱道。

看着车辆渐走渐远，汉王回到帐内，即令军吏收拾行装。

这时，张良和陈平却一同来到他的帐内，齐声道："大王切不可就这么西归了！"

汉王吃惊地问："我和项王已立下和约，项王带兵走了，我还留在这儿做什么？"

张良道："我二人请大王与项王议和，乃是为了救出太公、吕后，这是权宜之计。"

"如今太公与吕后已经归来，大王就该与项王决战。天下土地大半已在大王脚下，天下诸侯也都归向大王，而项王是兵疲力尽，这是上天赐予大王的最佳时机！"陈平滔滔不绝，"若是放走了项王，就是放虎归山自留遗患啊！"

汉王心中为之一动，令二人入座，详细叙谈。到了掌灯时分，汉王已改变主意，决定留下攻楚了。

第二天，天空飘起了细碎的雪片。为了安抚人心，汉王下令大宴三日，将士可以纵酒而欢。因为，新的一年也快到来了。

三天过后，汉王率兵向东进发，一路马不停蹄，直至固陵。他令军队安营扎寨，就地而息，一心只等韩信和彭越到来。

在决定攻打项王之日，汉王已分派使者，一个往韩信处，一个往彭越军中，让他们尽快前来合兵击楚。

一天，两天……好几天过去了，仍不见韩信与彭越的人马，汉王不禁有些担心：只凭我现在的人马，很难战胜项王，这可如何是好？

正在忧虑之间，飞马来报："项王大军杀回，距离固陵只有几十里了。"

汉王头上顿时冒出一层冷汗，他心中叫苦不迭：这下要坏事了！

原来，项王拔营之后一路向东而行，根本没想到汉王会反悔。

等汉王大军驻扎到固陵，他才得知消息，当时真是怒从胸中起，当着众将士破口大骂："这个刘邦真不是人养的，前面说话后边摆手，我又被他欺骗了。如此不仁不义之徒，我竟放了他许多回！不杀此贼，我誓不为人！"

当下命令全军："随我杀回去，宰了刘邦那个老贼！"

将士们也是义愤填膺，纷纷谴责刘邦是背信弃义的小人。

项王火在胸中烧，飞马来到固陵城下。汉王知项王此时状况，为防全城倾覆，他连忙率兵出城迎战。

还没等汉兵排好阵势，项王已按捺不住，挺起一支长戟如猛虎一般杀向汉军。只见他须发皆竖，双目炯炯。胯下的那匹宝马如同知道他的心思，拼命直往汉军里冲，一杆长戟上下翻飞，左右挥舞，所遇者死，所碰者亡，没有一个能拦得住他。

楚兵紧随他身后，一个个也如不要命一般，咬牙切齿只顾砍杀，只一会儿工夫，汉军阵里已倒下一大片。

汉王促战的当儿，一下瞥见了项王那逼人的目光，不禁心惊胆寒，心下叹道："若是我落在项羽手中，他非活剥了我的皮不可。"

眼见得项王向自己逼来，汉王再也不敢多留，急令将士撤回城中。

惊魂未定之时，军吏报上说，方才损失了几千人马，将领死了好几十个，汉王不禁暗暗叫苦，忙不迭地大声道："关紧城门！关紧城门！"

回到营中，他一边大口喘息，一边想：为什么彭越和韩信还没到呢？

左思右想半天，他也找不出答案。于是，召张良、陈平进帐。他满面不安地问："我已召韩信、彭越前来相助，他们却迟迟不至，该如何是好？"

"这也难怪。眼看楚国将败，韩信与彭越却没有得到封地，怎会前来相助呢？"张良道。

"我已封韩信为齐王，拜彭越为魏相国，怎么会说他们没有封地呢？"汉王大惑不解地问。

"韩信虽为齐王，却不是大王主动封予，是他自己请求所得，彭越攻下梁地许多城邑，大王却让他去辅佐魏豹。如今魏豹死了，彭越难道不想为王吗？大王至今却没有开口说要加封他，他心中自然不快。"

汉王听张良这么一说，深感有理，又问："依你之见，我该如何调动他二人？"

"大王如果能把睢阳北部直至谷城封给彭越，把由陈以东至东海封给韩信，只怕他二人跑得比兔子还快，几日就到了。"张良说到最后笑了。

略想一会儿，汉王深以为有理，立即派使者前往二人之处，传达封地之令。

在此之前，彭越自然接到了汉王的诏令。他心里道：自从你汉王与项王相持以来，我可出了不少力。别的不说，单就不断袭击项王的辎重队，就起了多大作用！韩信有功，被封齐王；英布有功，被封淮南王。我的功劳也不少，汉王都不曾想到过我。眼下攻打项王，倒想起我来了，哪有这样的事！

几位偏将得知汉王来召，一齐问道："将军，我们何时前往？"

彭越笑道："各位知道，全天下的英雄我都能对付，几乎是每战必胜，但是，一遇到项王我就败北，项王是我的克星。汉王派我来魏地为相，魏地刚刚安定，我畏惧楚王，不敢前往。"

众将道："将军不是怕楚王，实际是兵力远远比不上楚王。"

"那还不是一样吗？作战靠的就是兵马。我的人马不可与楚王相比，能去硬碰吗？"彭越一边说，一边显出轻松模样。

将领们这才悟出，彭越此次不去会合，乃是另有原因。

几天后，汉王为楚军所败的消息传来，将领们有些急了，问彭越："若是汉王彻底败了，楚王不会放过我们，该去合兵击楚了。"

"不要着急，汉王使者快来了。一旦汉王使者来到，我等再出发不迟！"彭越胸有成竹，不慌不忙。

第三天，汉王的信使来了，并传达了汉王封地的旨意，众将这才如梦初醒，欢欢喜喜地向彭越道贺之后，精神抖擞地随彭越踏上征程。

数日后，韩信与彭越几乎同时到达。

来到固陵，却见汉兵深藏壁垒之中，已不见了项王大军，一问汉王，才知项王刚走，便料定项王兵疲食尽，实在无法支撑了，已东归回都。

汉王带了二位大将的军队，立即又来了精神，直向东追去。刚走了几十里，又见淮南王英布与刘贾带着许多九江兵来到。汉王更是喜不自胜，笑着对韩信与彭越道："二王前来，我万事皆顺，连楚大司马周殷也降我了。"

原来，汉王加封彭越、韩信封地之后，灵机一动，一下子想到了九江的楚国大司马周殷：若是我能招降周殷，占有九江，楚王不就孤立了吗？当此之际，若是强敌，必将分散我的兵力。九江是英布的故地，派他前去，定能成事。

汉王正在思索间，忽见陈平走来，便向陈平说了自己的想法。陈平道："大王此计甚妙。只是淮南王英布容易冲动，兵力又少，还应派人同往。"

汉王想了片刻，问："刘贾如何？"

"最合适不过了。"陈平道，"让他们带兵前往，定可成事。"

这刘贾乃是汉王的堂兄，自从汉王起事以来，一直随着汉王，如今已是汉王得力大将之一。由于他年长知世，办事十分沉稳。

英布与刘贾带领几万人马到了九江，迅速包围了周殷的军队。

刘贾让人修书一封，派使者送与周殷，周殷早已知晓项王众叛亲离，兵疲食尽，正向彭城撤退。想到天下英雄大多归附汉王，汉王身边聚集了众多英才，占有天下对汉王来说是大势所趋，而项王的路却是越走越窄，就答应降汉吧，免得落得个陪葬项王的结局。于是，英布与刘贾未伤一卒，未损一矢，反得了九江许多人马，带着周殷凯旋。

追赶项王的大军，又多了许多人马，更加雄壮了。

十二月初，项王率兵退到了垓下，令将士安营扎寨，稍事休息，准备迎敌。谁知刚刚扎好营寨，就听得探马不断来报，说汉兵已追到了。

项王立即清点人马，还有十几万之多。但军中缺粮，且多日奔波，士卒又饿又累，士气低落。将领们侍立项王身边，眼巴巴地看着他。

项王这时已坦然了，他笑道："尚有十万人马，还可与汉军决一死战。我会冲在最前面，你们怕什么？"

"与大王同生共死，我等心甘情愿。而那汉王奸诈狡猾，虽生犹死，有何可羡！"将领们也将生死置之度外，慨然相答。

汉军浩浩荡荡，蜂拥而来，韩信一路，彭越一路，汉王一路，三路共三十余万。垓下地小，只见漫山遍野都是汉军。

烟尘弥漫之中，汉王一时不知从何下手。指挥三十万大军，他从来没有过。沉思良久，他召韩信前来，道："齐王，本王命你为大将军，统率这三十万大军，进退诸事，全由你来决定。"

韩信慨然领命，立即挑选了十位将领，对他们道："项羽一向骁勇善战，所向无敌，如今虽是兵疲食尽，也不可等闲视之。我已将士卒分成十队，你们各率一队，从十面埋伏布阵，阵与阵之间层层相围，层层接应，如此方可破敌。"

众将领命，各就其位，皆按韩信叮嘱布阵。

韩信又对汉王道："大王带兵守住大营，只需坚守，不要出战，我自领三万人马前去挑战。"

汉王自知不如韩信谋略多变，也只有答应了。

项王出了营帐，只见四处都是汉兵，不禁长叹一声："悔不该当初放走刘邦，让他有了今天的局面。"

他正说话间，突然看见韩信前来挑战，不禁兴起，纵马冲出，大喊一声："待我杀了你们这些背信之贼！"

当下就带领人马向汉军冲去。将领们也知项王一向是勇猛有余，用智不足，但到了这个时候，也想不了那么多，只有尽力拼杀了。

韩信心中有数，带着英布边战边退。项王一向没把韩信与英布放在眼中，只道是二人敌不过自己，跟着冲杀不停，不知不觉已进入韩信布下的阵中。

突然，一声炮响。韩信隐于左边的一片树林，杳无影踪，项王原地勒马，正在寻找间，却见四面山坡上涌出许多汉兵。一左一右各有一员大将冲在最前面。

项王定睛一看，乃是周勃和灌婴。看到他们各自横刀拍马而来，项王毫无惧色，纵马相迎，左攻右打，杀得周勃和灌婴靠近不得。汉士卒更是节节败退。只十几个回合，已冲出汉兵包围。

他回头笑对身边将领道："都说韩信用兵如神，也不过如此。"

话音刚落，又是一声炮响，从两边又闪出两路伏兵。为首的乃是樊哙、曹参。项王大喊一声："来吧，今日让你们领教一下我的威力！"

话音未落，人马已冲到二将面前。樊哙和曹参不敢答话，只是拼命直攻项王。项王不时大吼，将士们左冲右突，把樊哙、曹参也杀得节节败退，来到汉兵包围之外。

待将士跟随上来，炮声又起，同样又是两员大将带着无数人马。项王来不及休息，又是一阵拼杀……

不知不觉之中，项王已冲破了七八重汉军，身后倒下了成片的楚兵和汉兵，他自己也渐觉乏力，跟随上来的将士越来越少。

就在这时，连响三炮，韩信布下的十面埋伏一起发动。汉兵如遍地野草一般多，直涌上来。只见汉旗到处飘扬，只听四处杀声震天。前是骑兵，中是车辆，后是步兵，把项王围了个水泄不通。

勒马环视，项王召季布和钟离昧前来。

"与其坐以待毙，不如舍命冲出去！你们听好了，你二人断后，我打先锋，冲出去，回大营再说。"

"末将领命！"

钟离昧与季布不失英雄本色，挺身而出。

"杀——"

项王突然一声断喝，如雷贯耳，吓得跟前的汉兵连连后退。只见他长戟纵横翻飞，汉兵触之皆死。胯下的骏马高腾飞蹄，甚至跨过了汉兵的头顶，一条血路闪现在他的身后。能跟上的将士随之冲出了汉兵的包围，跑回了垓下大营。

清点将士，只剩下了三四万人。一阵冲杀，死一批，逃一批，剩下的只有三分之一了。面对血染战袍的将士，他的内心一阵凄凉，这是他起兵以来从未有过的感受。

他心里暗道："自我出征以来，从未遇到过真正的敌手，今日遭此惨败，莫不是我的末日到了？"

走入营帐之内，却见虞姬迎接上来，殷勤地为他脱去战袍，匆匆之中，已窥见了他的脸色。

"大王，胜败乃是兵家常事，不必多虑。"

项王听到这温柔的话语，也不说话，闷闷地坐在那儿。

虞姬见状，连忙命人送上酒菜，亲自为项王斟酒，双手端着，呈到项王面前。

项王哪里有心思饮酒？但是，虞姬的情意万千，他不能拒绝，三杯过后，他才吐出话来："败了！今日败了！"

说话间，面色阴沉，极为难看。

虞姬心中大惊，才知今日之败非同小可。

从跟随项王以来，她从未见过项王有此状态，更没听项王说过自己败过，更不用说像今天这般发自内心的长叹了。项王是一个真正的英雄，不到山穷水尽，他是不会言败的。

她心中一阵慌乱之后，立即恢复了平静，抬头对项王道："在妾身的心目中，大王是永远的英雄。"

说完，继续斟酒，一杯一杯递给项王。

突然，一位军吏走进来："大王，汉军围住大营了！"

"不要慌张，传令下去，小心坚守营垒，明日我与汉王再决生死！"

军吏悄然退出。

看帐外，夜色已现。虞姬亲自燃起一根蜡烛，把营帐内照得一片光亮。

柔和的烛光映红了一切，几案、印玺、宝剑，虞姬的脸也愈发显得妩媚娇艳。项王看着眼前的这一切，不由得心潮起伏。

几年来，他驰骋疆场，度过了多少风云变幻、险关重重的日子！但是，从来没有什么能阻挡得了他。每一次决战之后，烛光映照着的虞姬、宝剑、楚王的玉玺，都抚慰了他的心，让他爽快地擦去身上的血迹，抹去身上的灰尘，重振精神，去投身又一场新的战斗。然而，明天，明天会是什么样呢？

今天，是他一生败得最惨的日子，明天他还能拥有身边这些吗？这些伴随他日日夜夜的心爱之物还会属于他吗……

酒入愁肠，又化悲愁。项王不知不觉就有点醉意了。虞姬体贴地上前，扶他上榻睡下了。

夜半时分，帐外吹起了凄厉的寒风，呜呜地打着尖利的哨子。守着沉睡的项王，虞姬更加感到寒夜的凄凉。

忽然，一阵阵怪异的歌声从四面八方传过来，如怨如忧，如泣如诉，飘飘忽忽在半空中游荡。虞姬侧耳倾听，歌声忽强忽弱，忽高忽低，似鬼唱，似狼嗥，不禁毛骨悚然，手脚冒冷汗。这不是在为项王招魂吗？难道是上天知道项王不久就要离开人世了？这是人还是鬼？是预言还是诅咒？可敬可依的项王就要撇我而去了吗？

不经意间，虞姬已是泪流满面。她看着项王那熟悉的面容，心中道：项王一旦离我而去，我会怎么样呢？人都道那狡诈的汉王最喜女色，他会不会把我掳去呢？明天就是生死决战了，无论如何，我不能成为项王的牵绊，让他放心不下，最好在他血战之前先走一步，让他没有后顾之忧。

"这是什么声音？"一声询问打断了虞姬的思绪，是项王从梦中醒来了。

他倾听了一会儿，已听出是汉军在四面唱歌，惊疑地问："汉兵已占领全部楚地了吗？怎么会有这么多楚人在唱悲歌呢？"

他一边说一边向帐外走，迎面与一个人相撞，定睛一看，原来是他的一个军吏。

"大王，钟离眛、季布等看大势已去，已带军逃走了。"

"怎么会有这等变故？"项王大惊，问道，"如今还有多少人马？"

"只有几千人了。"

项王转身入帐，却见虞姬泪流满面地等着他。触景生情，他心头不禁一阵悲酸，泪水也滚滚落下。

天色尚早，项王百无聊赖，苦闷异常，重斟美酒，借酒浇愁。虞姬跪在一旁，一边斟酒一边自饮，泪水和着美酒滑进她的腹中。项王见状，万分悲伤，脱口作歌道：

力拔山兮气盖世！
时不利兮骓不逝！
骓不逝兮可奈何，
虞兮虞兮奈若何？

虞姬听到此歌，心中犹如针扎一般。当今之世，有几人能在气概上超过项王，然而，人的命运哪里是自己能把握得了的呢？自信的项王也无法逃脱命运之神的摆布啊！在这生死关头，他割舍不下的是他的宝马和红颜伴侣，真是个情深义重的人啊。大难当头，他想到的不是不能夺得天下的悲伤，甚至没有悔恨，没有叹息，这样的人儿还不值得自己为他而死吗？

想到这里，虞姬悲泣呜咽，也跟着唱了起来：

汉兵已略地，
四面楚歌声。
大王意气尽，
贱妾何聊生！

歌声飞入项王心头，他为之深深伤情。可亲可爱的女人，有了你这份忠贞之情，死了也值得了。死亡就在眼前，又有什么可怕的！

突然间，虞姬站起身，猛地抽出了项王腰间的宝剑横向颈间。项王大叫一声"虞姬"，想上前制止，却已来不及了。只见剑光一闪，虞姬的身体慢慢倒在地上。

"虞姬！虞姬！虞姬啊！"

项王抚尸大恸，泪水沾满衣衫。

半晌，他令左右在帐外挖一深坑，把虞姬的尸体掩埋了。

此时天已快亮了，项王悄悄带着余下的人马，绕过汉兵军营，快马向南突围。天色大亮之时，项王已逃出了汉王的包围圈。

清点人马，只有八百多了。大部分士卒在急速奔跑中落在后方了。

来到一个平坦地，回头张望，只见几里外尘土飞扬，有汉旗晃动。项王大声道："走，又有汉兵追来了！"

众人听命，跟着项王身后打马飞奔。

原来，汉王发现项王逃走后，命令灌婴率五千人马追来了。

项王一行人一路狂奔，终于到达淮河岸边。正值严冬季节，河水几近干涸。来不及寻找船只，项王率人马从泥水中硬冲过，不少人马陷在深泥中。到了对岸再清点人马，只有百十人了。

来不及多想，带领这百十人马只顾向前。不知不觉，项王来到一个城邑跟前。这地方是阴陵县，距离故地江东已经不远了。

走进一处荒草地，项王一下子分辨不出方向，不知该往哪里走才是道儿。四处观望，见不远处有一个老农在田间劳作，项王一行就快马奔了过去。

"喂，老头，这边哪儿有道啊？"项王情急，也顾不得礼仪了，大声问道。

老人家盯着他们看了好一会儿，似乎认出他是项王，便随手一指，道："向左走！"

其实，右边才有道儿。

项王来不及多想，带人向左边奔去。不久，许多人马都陷入泥潭中不能自拔。项王这才发现那老人把他们骗到一个沼泽地里了，他不禁心头一惊：这莫不是上天要亡我？

好不容易从沼泽地里挣扎出来，却发现身边只有二十八骑了。余下的七八十人都陷在了泥潭中，一时哪里上得来！

项王等不及他们，带领二十八个骑兵又向前方奔去，抵达东城。

突然间，他发现四周已布满了汉军骑兵，汉兵已把他们包围了。二三十人要想逃出五千骑兵的包围，太难了。

项王勒住马，看着身边的二十八位英雄，慷慨道："我起兵到现在，已经八年了！身经七十多战，不曾败过，才称霸天下。但是，今天竟被围于此，这是天要亡我，不是我仗打得不好。今天，我要一决生死，为你们痛痛快快地打一仗。破重围，杀敌将，砍汉旗，我将连胜三次，让你们知道是天要亡我，不是我用兵的过错。"

随即，他把身边的二十八个人分为四队，令他们向四个方向冲杀。

然而，他们放眼四望，汉兵兵围几重，太难了。

项王见状，对他们说："好！先看我为你们斩杀一敌将！"

当即命令骑兵们从四面飞驰而下，约定在山的东边会合。

这时，项王一边大声呼喊，一边纵马奔驰而下。所向之处，汉兵无不四处溃散，狂奔逃命，无人能抵得住项王这阵狂风。转眼间，项王已斩杀了一员汉将。

忽然，汉王的郎中将杨喜纵马追上来，逼近项王。项王眉毛一拧，大吼一声："滚开！"

声如炸雷，杨喜人马俱惊，不由得拨马后退，直到好几里外才停得住。

乘此空隙，项王与骑兵们又分三处会合了。

汉兵只见项王二十几个人分作三小队，却不知哪一处里有项王，只得兵分三路，又把他们围起来。

项王有如神助，纵马冲入敌阵，砍掉一大片士卒，又斩杀了一员汉兵大将，总共有百十人之多。聚拢他的骑兵在一起，却发现只损失了两名骑兵。项羽昂然对骑兵道："怎么样？"

骑兵们早已惊异于项王那非凡的威力，不禁齐声道："正如大王所言！"

又是一阵冲杀，项王率领二十六位骑兵抵达了乌江江边。这时，汉兵已远远地被他们甩在身后了。

乌江边上，一位须发尽白的老人正停船岸边，看到项王一行，连忙上前施礼，项王认得，他是乌江亭长。

亭长急匆匆地对项王说："江东虽小，却也有土地千里，民众几十万，足够称王的了。请大王火速渡江！现在，只有我有船，汉军即使到来，也无法渡江！"

项王笑道："上天要亡我，我还要渡什么江啊！况且当年我带江东子弟八千人渡江西征，他们而今没有一人归还，纵使江东父老怜爱我，仍然以我为王，我又有什么脸面去见他们啊！即使他们不说什么，难道我心中就无愧吗？"

他不等亭长说话，拉了一下自己的宝马，又对亭长说："我知道你是江东的长者。这匹马，我已骑了五年了，所向披靡，没有谁能挡得住它，常常可以日行千里。我不忍心它与我同亡，就把它送给你吧！"

亭长接过马缰绳，已是泪流满面。

这时，汉兵又快追到眼前了。项王一边催促亭长赶快离开，一边令士卒们下马步行，持手中剑与汉兵接战。只见他一柄宝剑在手，左右翻飞，在敌群中纵横斯杀，不大一会儿，已有一百多名汉兵死在他的手下，他自己身上也有十几处受伤，鲜血浸透了衣衫。

忽然，在一回头间，他看到涌来的汉兵群中有一个熟悉的面孔，大声道："喂！你不是我的老熟人吗？"

那人乃是汉王的司马吕司童。吕司童一下认出了他，立即指着项王对旁边的郎中王翳说："他就是项王！"

项王笑道："我听说汉王以千金买我的人头，还有万户封邑，我就给你留一点好处吧！"

说毕，以剑自刺胸膛而死。

王翳连忙上前一步，一刀割下了项王的头颅。众人见状，蜂拥而上，争抢项王的尸体。只见将士们你争我夺，互相推搡，以至刀剑相向，杀得你死我活，须臾，就有百十人在争抢中丧了性命。

抢到最后，杨喜、吕司童、吕胜、杨武四位将领各得项王的一部分肢体。为防止意外，五人把尸体合并相凑，确信都是项王的，才喜滋滋地向汉王报告去了。

闻项王已死，汉王大喜过望。当即下令，把楚国的土地分给五人，封吕司童为中水侯，王翳为杜衍侯，杨喜为赤泉侯，杨武为吴防侯，吕胜为涅阳侯。

就在众汉将士争夺项王尸首的那当儿，他的二十六个骑将乘机冲出了包围圈逃走了。

乘着胜利之风，汉王挥师向楚地各城邑。由于项王已死，楚地纷纷向汉王投降。几乎没费什么力气，楚地就被汉王占领了。

然而，捷报频传之中却有鲁城坚守，不愿向汉军投降。

汉王闻讯，不禁大怒道："鲁城人真的那么强硬吗？待本王杀他个尸横遍野，看他们还反不反抗？"

随即，他亲自率兵来到鲁城下。气愤在胸，他立即就要攻城。突然，从城墙上飘来一阵舒缓优雅的乐曲声。仰头望去，只见城上并无守兵，也不见枪戟剑戈，只有一排排的书生和乐师，正悠闲地诵文弹琴，仿佛城下无人一般。

汉王见状，心头一震，自言自语道："人都称鲁是礼仪之地，儒雅成风，今到此一见，果然如此。面对此种诵读之声与琴瑟之音，若是刀剑相加，岂不是会大坏名声？古人云：待君子须以君子之礼，待小人以小人之道。这鲁国当初是项王的封地，百姓自然对项王另有一份深情。今日坚守不降，正是为过去的主子守节哩。像这等忠于主上的百姓，实在难得，我若是以武力相加，不是打击那些忠于主子的臣民吗？这对我以后统治天下太不利了。"

于是，他一转念，下令左右切勿鲁莽行事，他决定采取安抚之策招降鲁人，要将士们切勿惊吓民众。

可是，如何才能让鲁人归顺呢？徘徊城下，汉王怎么也想不出办法。

张良献计说："大王，鲁人不降，主要是对项王还存希望。虽然都说项王已死，但他们并不完全相信。若是大王把项王的头颅高挂起来，让全城人都看到，就可以绝了他们的念头。"

汉王依计，找了一根长长的竹竿，把项王的首级挑在上头，高举起来，环绕城池一周。此计果然有效，当城上人看到项王那血肉模糊的头颅时，无不大放悲声。一时间，满城都是哭声。那悲凄的样子，连城下的汉兵都为之动容。

其后，汉王传谕全城，凡降者免死，同时厚葬项王。

城内三老及守兵协商许久，终于打开城门，迎接汉军进城，以示降汉。

汉王进城之后，也信守诺言。当着全城百姓的面，他宣布要以鲁王之礼收葬项王尸首。

第二天，苍天有意，下起了零星细雨。在谷城的西角，汉王令人挖了一个大坑。凄凉的喇叭唢呐声中，装殓着项王尸首的棺材徐徐抬到坑前。

百姓已哭成一片，声震天地。

汉王冒着细雨，面呈悲色，站在坑前，听文吏诵读祭文。只听文吏用悲凄的声音诵道："追思怀王在日，我与你结拜为兄弟，虽无血肉之亲，却也同战秦人，共过生死。且大王拘太公不杀，虏吕后不犯，供养军中整整三年，此番盛情，动人心扉。如大王地下有知，也能领悟我一番祭奠之意……"

寒风鸣咽，苍天低沉。霏霏细雨，忽然变成豆大的雨滴泼洒下来。汉王一时悲从中来，也泪洒衣襟。

项氏宗族都在惊恐之中，却接到汉王的诏令，项氏全族一律免罪，众人一颗悬着的心才放下来。

项伯早在项王大败之时就已逃往张良营中，汉王闻讯，连忙召见，封为射阳侯，赐姓刘氏，族人项表、项佗，也都封侯赐姓，算是了结了往日的一份恩情。

从此时起，谷城西面平添了一座高大的新墓，三十一岁的项王长眠在了这块土地上。

每当阴天之夜，谷城人能从城墙上看到项王墓地上有剑影在闪光。有时候，还能听到那儿传出刀剑相撞的乒乓之声。

"项王的魂灵未死，他不服汉王占有天下哩！"谷城人常常私下里这么说。

谁能说得清项王之败是天意，还是人力呢？

汉五年，正月。

也许是长达四年的楚汉战争终于结束的缘故，春意显得比往年都来得早。有的地方冰雪还没有化尽，空中的气息已经暖融融的了。

各路诸侯在项王死后，纷纷归顺汉王，奉书称颂。然而，一片顺服之中，却有一位侯王不愿降服，他就是临江王共敖之子共尉。

共敖本是怀王的上柱国，深得怀王宠信。此人为人既忠义笃厚，又骁勇善战，是个难得的有德有才之人。当项羽领兵入关之际，他受怀王之命带军攻打南郡，一路十分顺畅，很轻易地就拿下了南郡。项羽封王之时，他为临江王，掌南郡之地，以江陵为国都。不久，共敖突然得了一场大病，不治而死。他的长子共尉继承王位，成了新的君主。比起共敖，共尉于德于才都是有过之而无不及。项王战死的消息传到临江南郡之时，他不禁失声痛哭。

悲痛之余，群臣劝他赶紧顺服汉王，因为天下都已顺风而服，只剩下南郡一地了。共尉严词拒绝了，他说："本王所有的一切，都是项王所赐，我怎么能忘记呢？人生在世，总得讲个忠义二字！"

左右见他如此坚决，也不好强求，只得跟他坚守城池。

果然，汉王一听共尉不降就大怒不已，派遣堂兄刘贾等人，率兵征讨。那共尉再有才能，毕竟人力单薄，坚持了七天七夜之后城破被俘。

见刘贾凯旋，汉王笑道："一股小逆流还想冲动大石头，不是做梦吧！"

至此，天下归一。汉王带领文武群臣回到了定陶。

当天晚上，是一个晴朗之夜。汉王一个人当窗独坐，想了许久许久。项王已死，当今天下没有强大的敌手了，然而，隐蔽的敌人呢？他一下子想到了韩信。

论起本领来，只有项王和韩信最让他畏惧。实际上，在他的心目中，能真正称得上英雄的也只有他们两个。至于他自己，无论是用兵之道还是志向威势，都要稍逊一筹，尤其是气势。

人的一生，最重要的就是一个"气"字，"气"既源于个人的先天禀赋，又有赖于后天的培养，人的品德、能力、风度等，都取决于气。项羽在这些方面超过了与他同时代所有英雄。但是，项羽虽然英勇无敌、举世无双，天时对他却不利。这一点，自己则胜上一筹。他始终认为是上天让他统一天下的。一个人无论有多大能耐，和上天比起来都是微不足道的。所以，最终项羽败了，他胜了。

项羽死了，韩信还活着。况且，自己的军队还都在他手中。从韩信请封为假齐王起，他就深感韩信是个有野心、敢和他相对抗的人，可当时无奈，无法发泄这一怨愤。而如今天下归己，用不着大的战役了，韩信的作用也就不那么大了。

然而，是自己请韩信统兵大战项羽的，如今项羽刚死，怎么好削夺韩信的军权呢？该如何下手呢？说实在话，若没有韩信的十面埋伏之计，纵使项王兵少食尽，也是难以制服的。可是，不削夺韩信的兵权，他会日夜不宁啊！

一阵寒风袭来，他不觉裹紧了衣服。一个念头闪现出来——打天下难，守天下更难啊。

早饭刚过，汉王召集陈平与张良。整整过了两个时辰，二人才从汉王处出来。须臾，汉王带着一群左右大臣，快马向韩信营中奔去。

【第十一回】

喜忧半三千故土，忠义全五百英雄

韩信在营帐中，还在回味大战项羽的胜利。亲自指挥三十多万人马，这在他是第一次，却是如此得心应手，连他自己都有点难以置信。

这次大战一过，他还了解了许多将军虽平时默默无闻，却潜藏着无穷威力，孔将军、蒙将军、柴将军这三员大将都是栋梁之材。可见，用兵之中才能了解人才，发现人才。

正在畅想之中，忽听得军吏一声报告："大将军，汉王驾到！"

此时的汉王已不同寻常，韩信不敢怠慢，连忙起身帐外迎接。

"臣不知大王驾到，有失远迎！"他一面迎驾，一面心中打鼓——汉王只要突然到他的大营，必定有要事要做，不知今天又有什么举动。一丝不祥的预感袭上他的心头。

汉王入帐，二话不说，当场就诏谕道："将军为我汉国屡建大功，直至灭楚灭项，寡人始终不忘。如今天下统一，理应与民休息，不再劳师，将军可缴还军符，回到原先镇守之地，保一方平安。"

韩信心中一冷，但又不能不交出军符。当下只好取出印绶，双手奉给汉王。汉王接过印绶，即告辞而去。

怏怏之中，韩信收拾行囊，带着亲信，离开大营往驿馆中去了。

第二天，风和日丽，韩信带着随从，准备回归齐地。尚未出驿馆，却见汉王使者又来，当着众人又宣读了汉王的一道新诏令："楚地已经平定，义帝又无后人，本王想安抚楚民，设立其主。齐王乃是楚生楚长，熟悉楚地风俗民情，特改立为楚王，统治淮北，以下邳为都。"

"臣谨遵王旨！"韩信立即领命前往楚地去了。

一路上，他的心中五味杂陈，说不上是忧是喜。

不错，楚国是他的故乡，他熟悉那里的风土人情和山山水水。像所有飞黄腾达的人一样，他也渴望荣归故里。但是，汉王令他往楚地去，却另有一番意思。

当初，汉王是说过要分楚地给他，如今也算是实现诺言了。实际上，汉王的深意并不在此。齐地广阔，又靠近汉王，乃是一个重要的地方，汉王是不会让他在这个地方为王的。

心中这么想着，韩信深为难过和不安。刚刚夺了他的军权，如今又改他为楚王，这是一种警告啊！

彭越倒是高兴了！他一下子又想到彭越。彭越被汉王封为梁王，统治魏地，定都定陶，他本来只是个侯王却一下子得到这个封号，这是一个跨越。而我呢？难道是大势已去了吗？

"好在我荣归故里了，也算是一得吧。"韩信自我安慰一番，稍稍平静了些。

到了下邳，韩信迅速安置好落脚点，把家小安顿好，就派人去寻找当年给他饭吃的漂母。滴水之恩，当以涌泉相报。

这些年来，每当夜深人静之时，韩信都要在心中默念几番。在那个艰苦孤凄的年月，漂母如一缕温暖的阳光，给了他温馨和安慰。

十天后的一个傍晚，属下带着一个老妇人慢慢走进他的王宫。

韩信仔细打量了老妇一番，只见老妇人头发已经全白了，满脸皱纹，双眼浑浊无光，痴呆呆站在那儿望着他。但是，那神态韩信还记得，她就是那个漂母。

"扑通"一声，韩信一下子跪倒在她面前："老人家昔日赐食之恩，我一直牢记在心，韩信能有今日，多亏老人家厚爱。谨奉黄金千两聊作报答。"

漂母端详了他半天，咧开没牙的嘴笑了，颤巍巍地问："真是那个可怜的钓鱼少年郎吗？"

"正是晚辈。"韩信仰着头，依然直挺挺跪着。

"哎呀，你？你不已是俺的大王了吗？这……"老人不知如何是好，竟也跪下了。

韩信连忙站起身将她扶起，亲切地说："老人家，晚辈无论到何时，都是您的晚辈，切不可对晚生行此大礼。"

韩信当即令左右端上各种美味佳肴，亲自为老人添饭夹菜，陪着老人吃饭。各种美味都烧得稀烂，老人脸上笑开了花。

饭后，韩信专门让人带着千两黄金送漂母回家。

又过了几天，当年那个欺他的恶少也被找到带进宫中。

他已是一个中年汉子，岁月的风霜在他脸上刻下了印迹。不知为什么，他衣衫不整，面目黧黑，形容枯槁，当年的富贵之态荡然无存。

"一定是他家道中落，变成下层穷苦人家了。世道就是这么变幻不定，没有永远的富，也没有不变的贵。"韩信一边打量他一边想着。

"扑通"，他已经认出了韩信，一下子跪在地上，头像捣蒜一般："小人该死，大王饶命！小人该死，大王饶命！"他面无人色，只顾着乞求。

韩信大笑着，令左右扶起他，问道："我是那有仇必报的小心眼儿之人吗？你错了。我准备授你中尉之职，如何？"

他眨着眼看着韩信，又看看左右站着的人，满面狐疑。

"我要给你一个中尉的官当，你以为如何？"韩信笑着，又说了一遍。

"感谢大王！小人昔日冒犯大王，承大王赦罪已是万分感激，怎好让大王赐官？"他又倒地叩头道。

"你到底愿不愿意？"韩信最烦这种啰嗦之状，拉下了脸。

"小人……当然愿意。谢大王！"他明白这是韩信的真意，利索地站起来，告辞而去。

"大王，此人在您潦倒之时那般侮辱您，为何还要以礼相待？"

左右惊异地问。

"昔日，是他侮辱了我。但是，正是因我受辱而又不能以死相拼，才有了今天。把我向前踢一脚的人，不也是个壮士吗？"

众人看着韩信，领略了他待人的宽宏大度。

这时，一个心腹走进来奏道："太公太夫人墓地已修缮完毕，大王可以亲去祭扫了。"

韩信忧郁地点了点头。

几天之后的一个早晨，细雨霏霏。在左右的簇拥下，韩信来到了父母的坟地。两座土坟已修缮整齐，显得格外庞大，在那块又高又平的开阔地里，犹如两座小山一般。

来到墓前，韩信大叫一声："父亲！母亲！儿子来看你们了！"

就倒在地上放声大哭起来，二十多年的孤独、凄凉、艰难、思念……一下子塞满了他的心，母亲的憔悴模样仿佛就在眼前。哭声之悲，令左右无不为之动容。

不知不觉，韩信来到楚国已一个多月了。多日来，一件事萦绕在他心头：天下平定了，应该有一个统一之主。汉王得到天下各路诸侯的臣服，应该成为天下的帝王。可是，如何把汉王推向帝位呢？

他派出使者联络梁王彭越、淮南王英布、韩王韩信、衡山王吴芮、赵王——张耳之子张敖、燕王臧荼等，提出了自己的建议，想不到众王竟一口答应了。

于是，他与众王协商，共同联名写了一封奏章。

汉王接到奏章看毕，心中大喜。这上面有楚王韩信、韩王韩信、淮南王英布、梁王彭越、衡山王吴芮、赵王张敖、燕王臧荼的签名，真可谓是众人心愿了。他立即召集群臣，把众王的奏章给群臣看了。

之后，他对群臣道："寡人向来听说，只有贤王才可当帝号。寡人虚名在身，并无实德，众王却共推寡人，寡人怎敢当此尊号啊？"

群臣齐声道："大王从微末中崛起，灭乱臣，诛无道，威震海内。如今天下已平，功臣都被裂土而封，大王却无自立之意。天下诸侯虽多，却无人能与大王相比。于才于德，大王都应居帝位。拥立大王，乃是天下幸事！"

汉王还想推让，内臣外僚却都长跪不起，恳请汉王应允。

汉王站起身来，动情地说："既如此，寡人准请了！"

众人听此一言，才欢欢喜喜地站起身。

应汉王之请，太尉卢绾、博士叔孙通等人留下商讨汉王登位之事宜。

择定的良辰吉日到了。

二月初三，果然是个天赐良辰。一大早，和风微吹，旭日明丽，与往日相比，天空显得格外高远。轻风之中，偶尔有几片软软的白云在天空飘过，柔和极了。

定陶城边的汜水北岸，一个圆形祭坛已经筑好。

坛上，摆放着太牢。太牢边并放两块圆形美玉，在阳光下熠熠闪光。坛下四边，彩旗林立，迎风招展。

吉时已到，只听得一阵号角声，响彻天空。汉王一袭红袍，在群臣的簇拥下登上高坛。礼官朗声高喊着拜祭天地，敬奉白璧等。汉王满脸虔诚，倒地而拜。香烟缭绕，一片肃穆。

须臾，群臣簇拥着汉王回到行宫大殿，面南而坐，莅临殿下。文武百官齐刷刷跪满殿上。

"汉王登基为帝！"

礼官一声宣礼后，朝臣齐声庆贺："吾皇万岁，万万岁！"

如平地春雷，回响在大殿内外。

这时，高祖起身颁诏："本王既承天意民意为帝，今日宣布，大赦天下罪人，以示皇恩。尊先妣为昭灵夫人，立王后吕氏为皇后，王太子盈为皇太子！"

"吾皇万岁！"

第二天，高祖又连下两道谕旨："故衡山王吴芮，与子二人，兄子一人，从百粤起兵，佐诸侯，诛暴秦，有大功，为衡山王。后项羽侵夺之，降为番君，今以长沙、豫章、象郡、桂林、南海诸郡，立番君芮为长沙王。"

"故粤王无诸，世奉其礼，秦侵夺其地，使其社稷不得血食。诸侯伐秦，无诸亲率闽中人马以佐伐秦。项羽废而不立，今以为闽粤王，王闽中地，勿使失职。"

当此之际，高祖已分封了八位诸侯王，即楚王韩信、韩王韩信、淮南王英布、梁王彭越、赵王张敖、燕王臧荼、长沙王吴芮、闽粤王无诸。在各诸侯王以下，仍实行秦朝的郡县制。

一日，张良奏道："天下已定，陛下身边无须再留那么多将士。战乱多年，应尽快让百姓从事生产，亲人团聚。"

高祖笑道："朕正在筹划此事。所有有战功的将领，一律量才录用，士卒则放他们回家，为奖励他们的征战之功，朕决定免除他们的赋税，你以为如何？"

"陛下英明，还要尽快办理。这么多人闲在陛下身旁，只恐闲来生事。"

高祖心道：子房心细，朕倒未想到这些。

一切办理完毕，高祖召见文武大臣，商讨定都之事。群臣都说，当今天下初定，百废待兴，还是等安宁一阵再说，可以先以洛阳为都以定天下。

高祖思忖半天，就依群臣之议，定都洛阳。

时光如梭，不知不觉已是三月底了，高祖见身边诸事皆已有了头绪，就派大臣赴栎阳接太公、吕后及太子、公主来都。

吕后如今已大大变样，她的行为、举止俨然有了皇后模样。当她迈入皇宫之时，脸上洋溢着一种从未有过的幸福和自豪。

当夜，烛光闪烁之中她坐在高祖对面，笑着说："当年我爹没看错人，他就料定你会成为人上人，所以不顾我母亲反对，坚决把我嫁给你，这一天终于给我盼来了！"

"这一切都是天意，你知道吗？"高祖得意地瞅了她一眼，笑着说。

"天意是天意，这些年跟着你，倒叫我担了不少心！逃难，找孩儿，叫项羽捉住，受尽了苦难惊吓，那日子真不是人过的。如今的这一切，也是我的泪水和惊吓换来的，我可得好好守着！"吕后喝了一口手中端着的参汤，看着高祖，静静地道。

高祖并未听出什么，他只想快快睡觉。这么多年来，他哪曾和女人好好地亲热过。夫妻二人许多日未见，他内心有一种强烈的渴望。

每日里政事繁忙，高祖忙得不可开交。一天傍晚，他好不容易才送走那些前来议事的臣子，于是来到后宫。

斜阳下，公主鲁元和太子刘盈正在一棵石榴树下捉蝴蝶，两个孩子边玩边说着话。

皇后在不远处坐着，看着两个孩子。火红的石榴花映照着孩子的脸，孩子的脸也快乐得像花一样。

忽然，高祖想起了什么。

远在沛邑的曹氏还一个人带着儿子刘肥过日子，刘肥现在恐怕比鲁元还高吧。他们怎么样了？过得还是那么艰苦？

还有，不久前他接待了一个人，他来自定陶城外的那个小村庄，是戚姓父女派来的。那人告诉他，戚夫人和他一夜交欢之后就有了身孕，生了个儿子，取名如意。如今天下安定了，戚夫人希望他尽快接他们来。

"如今我已身为天下帝王，理应让骨肉团聚。哪个帝王不是宫妃济济？"

主意已定，他选派了两位近臣，让他们各带随从去接曹氏母子及戚夫人母子。

太公知道了此事，这天喊来高祖，说："身为天下之君，仁义孝悌都应顾及，才能服天下人。你二哥刘仲、侄子刘信、弟弟刘交还在老家，应把他们也接来才是。"

父亲的话说得很轻，似乎在恳求。他看看爹然后道："父亲说的是，我这就派人去接。"

太公这时却轻轻地叹了口气。高祖想了想，也不问父亲，径直走了出去。

原来，太公还记挂着他的大媳妇及大孙子，长子死得早，这娘俩也够艰难的。按理说，三儿子做了皇帝，也该给他娘俩一些照应。但是，太公知道三儿子不喜欢大媳妇，因为当年不给他饭吃。所以，太公不敢提出来。

高祖也知道老父想说什么，为什么叹气。可是，他实在不能原谅大嫂的小气和势利，自己更是不会提起的。

二十天后，曹氏母子、戚氏母子、兄弟侄子都陆续来到。

身为皇后的吕雉，自然也跟着皇帝去探望曹氏母子及戚氏母子。但是，自始至终，她都没有笑容。

曹氏已老了许多，站在高祖身边，满脸惶恐，双手紧张地交叠在一起，低着头。刘肥已经有他母亲那么高，无论身材还是脸型，都活脱脱像他年轻时的样子。儿子多年没见过他，此刻站在母亲旁边，面无表情，一会儿看看他，一会儿看看母亲。

"这些年辛苦你了，一个人抚养肥儿，不容易。"

高祖笑眯眯地让他们坐下。

曹氏依旧低着头，什么也不说。

一份怜爱顿时涌上高祖的心头，柔声问："你们还有什么要求？尽管跟朕说。"

"陛下，妾身这就觉得像是在天上了，哪里还需要什么呢？"

乡村的风吹粗了曹氏那张温柔的脸，但那份温顺的味道并没改变。高祖还想问起那两个卖酒女人的生活，可是话到嘴边又咽回去了。

高祖见到戚夫人时竟然内心一阵狂跳。

不知为什么，戚夫人比当初见到时更加迷人了，脸儿又白又红，腰儿又细又柔，一双眼睛水灵灵的。若不是奶妈在她身边抱着她的儿子，谁也不会想到她是一个母亲。

那个男孩子长得十分清秀，脸部轮廓跟他母亲一模一样。也许天生的血缘关系，刚见到高祖，他就伸出一双小胖手要他抱，小嘴咕咕噜噜地叫爹爹。

戚夫人什么也不说，一双眼睛只在高祖身上盯着，丝毫不顾忌吕后就在旁边，直看得吕后双眼起火，她也没注意。高祖是个精明人，立即令人把她娘儿俩送到后宫去了。

五月的天已经十分炎热，高祖见亲人全部来到，天下又如此平静，百官各就其职，就决定大设宴席，以示庆贺。

初六是个好日子，和风吹送，阳光明媚，一大早喜鹊就在枝头叫个不停。

大殿内，张灯结彩，布置一新。高祖高居上座，文武大臣分坐两边。各人面前的几案上，摆满美酒佳肴。

酒过数巡，高祖红光满面，笑意盈盈，不由得放松了礼节。众人频频向高祖敬酒。高祖是来者不拒，谁敬跟谁喝。不一会儿，许多人忘记了君臣之礼，仿佛又回到了往日。

敲几案唱小调的，拍座席哼小曲的，脱掉鞋摸脚丫的，斜坐着剔牙的，半躺着打饱嗝儿的，什么姿态都有，谁也没注意别人的形象，只顾取乐儿了。

从中午，一直喝到日落西山，众人还没尽兴。长期的征战生活积存的疲劳，都在美酒与闲话当中消失了。

晚上，星光灿烂，和风轻吹。酒意正浓的高祖不知不觉来到戚夫人房里。戚夫人刚刚沐浴完毕，宫女正帮她擦拭头发上的水。她一见高祖到来，慌忙迎上前去拜道："臣妾拜见陛下！"

"快起，快起！"

高祖上前一步，一把把她拉起来。只见她双颊绯红，两目生辉，一阵淡淡的草香从她身上飘过来，高祖不由得心旌摇动，拉她的手紧了许多。戚夫人顺势向他怀中一倒。

顿时，高祖全身酥软，只觉得戚夫人的身体像丝绵一样柔软。那夜初次相遇的情景浮现在他眼前。

"想死你了，你可让朕想死了！"

高祖一双手紧紧抱住她，贴在自己胸前，呓语般地说。

"陛下——"

戚夫人一声软语，随即竟抽泣起来。

"我的小亲亲，你这是怎么了？"

高祖一时不知所措，连忙问。点点的烛光里，戚夫人的眼泪像断了线的珠子一般落下来。高祖一边用衣袖为她拭泪，一边抬起她的脸，又问："你这是为什么？"

"没什么！臣妾只是想陛下——"

戚夫人一下子破涕为笑，很不好意思地说。

"噢，我明白了，你是不是说自从你入宫后，我没来看过你？"

"不是，臣妾只是日思夜想，度日如年般难受。陛下太忙了。"

高祖顿时兴起，轻轻抱起她，附在她耳边道："朕今天晚上就是来陪你来了，让朕好好亲亲你。"

日出三竿高，高祖才从美梦中醒来。

戚夫人似乎早就醒了，正在一边笑眯眯地看着他。见他睁开了双眼，她伸出一只玉葱似的手，轻轻抚摸他的脸，充满爱怜。

顷刻间，高祖产生了一种幻觉——他又回到了少儿时，母亲正亲切地抚摸着他，一股暖流传遍全身。他轻轻抓过戚夫人的手，紧紧贴在脸上。

"陛下，您太累了，这些年……今儿个您什么也别干，就在这儿睡个够。我已让宫女煮了参汤给陛下喝，现在喝吗？"

这声音多像母亲当年的声音啊，充满了母爱。人人都知道他取得了天下，但是不是人人都知道他也很累呢？

"我喝，端来吧！"

他似乎像个孩子，顺从地应道。

戚夫人扶他坐起来，在他后面垫了一床被，软软的，又亲自拿来了手巾，为他擦擦脸和手，又理理头发。

"你们去吧，我来侍候陛下。"

她从宫女手里接过参汤，轻轻坐在高祖身边。高祖伸手要接过碗盏，却被她挡住了。她舀了一勺汤，自己试了试，送到高祖嘴边。

"喝吧，这是滋补的，喝完了再睡。"

她的目光里满是爱怜，像是请求，又像是命令。高祖由她喂完了参汤，躺下又睡了。

"吕后从来没有这么对待过我，她总是粗声大气的。"高祖一下子想到了吕后，吕后毕竟年龄大了许多，浑身又瘦又硬。可这戚夫人全身软如丝，柔如水。还有，吕后看他的目光里从来也没有戚夫人的这份爱怜……女人和女人不一样啊！

从这天起，高祖往戚夫人这儿来得频繁了。

几天后，一位大臣来到朝中，向高祖禀奏说，原齐王田横，逃到了一个海岛上躲着，带着五百来人同住。

高祖思忖道：如今天下方安，绝不能容许有人背叛我。田横毕竟是齐人故君，齐人不少民众还对他十分忠诚。若是田横将来有一天发展壮大了，回到齐地去就难办了。不如招安他，除掉这个祸根。

当即，他派了一个大臣带着诏书，前往海岛上招安。

田横自从被灌婴大败之后，不得已投奔了彭越。在彭越那儿住了一个多月，倒也安宁。彭越待他不薄，每日有酒有肉地招待，两人也谈得投机。谁知好景不长，彭越就带兵跟随了汉王。

田横心中不由暗暗担忧：若是汉王知道我在彭越这儿，一定会责令彭越交出我。彭越是个老谋深算的人，他最会审时度势，说不定就会把我交出去，不如赶紧逃走吧。

一天深夜，他带着自己的随从悄悄离开了彭越大营，一路隐踪隐形来到了海边。一个渔民告诉他，自己曾发现了一个海岛，在东海上，从来没人到过，只有自己一个人知道，是个隐身的好地方。

田横灵机一动，花重金买通了这个渔民，让他把自己一行人带到了那个岛上。

这是一个生活的好地方，有广阔的田野，茂密的树林，各种各样的海鸟。岛周围鱼很多，极容易捕到。

田横让人修建了房舍，在这儿扎下根来。大海辽阔无边，蓝天高远，远离人间，令人赏心悦目，田横一颗失败痛苦的心慢慢平静了。

仗义疏财，热情好客，是田横的为人特征。每当有人来到岛上，他总是真诚相待。尤其是豪侠之士，他更是敬若上宾。

时间一久，许多江湖游侠慕名而来，聚集在田横身旁。他们尊敬田横，甘愿为他效命。人数逐渐增加，到现在已有五百多人。

汉朝使者辗转到了海岛，找见田横，向他呈交了招降书，同时对田横道："如今天下一统，陛下仁厚，念大王乃是齐地旧主，特来召服。若是大王肯从，就随我去洛阳。"

田横看罢书信，沉默良久，才说："天子赦罪，是我此生大幸。但是，当初我曾烹杀了汉使郦食其。如今他的弟弟在汉王朝中做大将，我担心他记念前仇，会加害于我。请转告陛下，我不敢奉诏，宁愿在这偏远之处做一介布衣，老死岛上。"

使者听了，无言以对。高祖并未交代过这个，他不能擅自答应会怎么样，只好乘船返回。

高祖听了使者的回复，轻松地笑道："这有何妨？只要他愿意降顺，朕为他解除后顾之忧。"

说毕，令左右道："传卫尉郦商前来！"

须臾，郦商来到。高祖把招降田横之事简单说了一遍，叮嘱说："齐王田横来到朝廷后，你不要以兄长之事加害于他。若是你私下里陷害他，朕定加你诛灭三族之罪，记住了吗？"

郦商仰头看着高祖，心潮起伏。但是，皇帝降旨，他也无可奈何，只得应道："臣下遵旨！"

走出大殿，郦商心头甚是不平。兄长郦食其本是陛下所派，为陛下完成使命。韩信逼迫，齐王加害，把他活活给煮了，谁为他说过好话？死得如此冤枉，却不准我为他报仇，哪里说得过去？想兄长偌大年纪，随着高祖鞍前马后，为高祖联络诸侯，出的力，立的功也不少哇。可是，如今为了朝廷利益，高祖却把兄长给忘了。

一股悲愤之气袭上心头，郦商竟独自流下泪来。

高祖又派使者持节再次前往海上。使者回来后向他的奏说更让他坚定了招降的决心。

据说，田横身边聚集了不少齐地豪杰和江湖英雄，这让他如何放心得下。对于用人的方略，他是深谙其道。一个君王即使十分平庸，只要有三个以上的贤才鼎力相助，就能成就大事，被推向最高位。

使者到达海岛已是七月初，岛上风景煞是迷人。大片大片天然的果林结满了各色水果，沉甸甸地压弯了树枝，绿的、红的、黄的，色彩缤纷。扑面而来的果香沁人心脾。倘若把这些果子都采摘下来，能堆起几个小山，足够岛上人吃一年的。捕鱼的人正在剖鱼晒鱼干，大的几尺长，小的尺把长，摊满了整个海滩，有的鱼干已开始冒油了。不知为什么，这岛上竟没有令人讨厌的苍蝇，鱼干都是干干净净的。房舍旁边，一些人在收晒粮食，大豆、玉米、稻子，什么都有。粮食场地旁边，还晒着蔬菜干。成行成排的木架子上，则挂满了各种野味。山鸡、鹿、獐子、兔子、山羊、野猪，凡是陆地上有的这儿都有，肉香气味令人直流口水。

"真是一个人间仙境啊！"使者不由得感叹一声，心中道：我若不是汉朝使者，也宁愿住在这里哩！

见到田横，他展开诏书，诏谕道："田横所顾之事，朕已解除。如前来降服，大者仍可封王，小者也得封侯。倘若违诏不来，朕将发兵讨之！"

田横听了，许久没有回声，最后才道："容我思索两天再定，如何？"

"望大王三思而后行！"使者大有深意地说。

自从亡国以来，他已饱尝人世的艰难，人情的冷暖。时光如流水，天运多变，谁也不会预知未来的事。几个月前，他还是威风有加，一人之下万人之上，如今却沦落天涯，成了亡命之徒。为了齐国，哥哥、侄子先后死于非命，想来令人不堪回首。当初那样拼命，现在想来真有些可笑。死生有命，富贵在天，哪里是人力所能达到的？

看天下诸侯王，自秦王统一天下至今几十年，竟是几起几伏。不知多少诸侯王室的男女老少死在秦王手下，也不知多少王公贵族死在楚汉相争之中。夷灭全族的有多少家，谁也说不清楚，夷灭三族者也是成万上千。活活煮死者有之，腰斩者有之，车裂者有之，凌迟者有之，剁成肉酱者有之。哪里比得上那些平民百姓，一家人互相扶持，粗茶淡饭度日？如果让他选择，他宁愿自己是一介乡民，不知名不知姓，老死乡野。

想当初为相时，多少人对他巴结讨好，阿谀奉承，让他风光无限。如今，又有多少人想割下他的头颅去领功请赏！失势掉头去，得势人如潮，他已厌倦了这种生活。在这个海岛上，他完全没有反逆之心，只想安度余生。

可是，汉皇帝不允许。其中原因不过是害怕他会东山再起，任凭他有十张嘴去为自己辩白，谁又会相信呢？再说前往汉王朝，也会是凶多吉少，汉皇帝的阴险狡诈他领教得多了。那郦商又能轻易放过他吗？不难料想，归降汉王朝的那一天，他就会身首异处。

不去归服更不可行。汉皇要想踏平这个小岛，真可谓易如反掌。岛上有他的全家老小，兄长、侄子的遗孀子女，还有追随他的英雄好汉。不能因为他让这么多人跟着白白送命。

苦苦思索之后，他决定跟汉使去降服。但是，一个主意在他心头立定了。

花了整整一天光景，他走遍了全岛，田野树林、丘陵、海边。他亲切地和所有遇到的人打招呼，问候他们的生活，又详细交代了家小应当小心的一切。

当天晚上，他独自在海边坐了许久，听听海潮，吹吹海风，闻闻大海的气息。海水的咸味那么让人留恋。

临睡前，他叮嘱王后道："此番我去汉王朝，你不要挂念。无论以后如何，你且记住，千万不要离开此岛，就在这儿繁衍生息，做一户乡野之人。功名富贵如过眼烟云，不值得追求，把这句话传给后人。"

王后早已泣不成声，只能点头答应。

第二天早晨，他坐船随汉使出发了。同行的，是他挑选的两个应变力极强的门客。

抵达海边后，他们舍船乘马向洛阳进发。一行四人晓行夜宿，一直走了十多天。

这一天，他们到达了一个驿站。此处距离都城洛阳只有三十里，是最后一个驿站了。这时已是晚上，田横对两个门客道："身为人臣的去觐见天子，应当沐浴，我们在这儿停下来吧！"

"大王说得有理，在这儿住一宿，明天再去京都见皇帝。"汉使也说。

其后，田横把两个门客唤至无人处，满面凄楚地说："当初，我与汉王一道南面称王，不分彼此上下。而今汉王却做了天子，我则成为败亡的奴隶，面北侍候他，这耻辱是够大的了。更何况我还煮死了郦食其，又要同他的弟弟并肩侍奉君主呢！也许这做弟弟的畏惧天子的诏令不敢动我，可我内心难道不惭愧吗？还有，我以为汉皇帝之所以想见我，不过是想看看我到底长得什么样子。所以，请你们割下我的头颅，快马奔驰进城去。三十里路，很快，到了那里神态容貌都不会变。"

说毕，一刀割断了自己的喉管。

门客大惊，根本来不及阻止。

抚着田横的尸体，二人放声大哭。投奔田横多年来，他们一直敬仰田横的疏财仗义，尊贤重士。今日看着主人在万般无奈之下豪壮而死，怎能让他们内心不苦？

使臣听到哭声慌忙奔来，大吃一惊。听二人说了田横的诀别，也忍不住潸然泪下。无奈之余，他只得让二人割下田横头颅，连夜飞奔洛阳。

三骑快马，转眼工夫就到了洛阳内王宫。

高祖询问了事情原委，令二位门客进入大殿。田横的头颅体温犹在，高祖细细端详，看到了一股刚毅之气，不禁感叹道："田横兄弟三人，起自布衣，先后成为齐王，也算是今世的英杰了，唉，实在太可惜了。"

可能由此想到了自己过去的布衣生活，他也止不住流了泪。

"田横气节感人，朕授你二位都尉之职。朕拨两千人给你们，为齐王田横筑墓。"

高祖拭泪后，对两位门客说。

"谢陛下厚恩！"

两人倒地拜谢，泪流满面，不知是为主人伤心，还是感激高祖的厚谊。

几日后，墓地筑成。田横的尸首由二位门客精心缝合好，擦拭干净，放入棺中。按高祖诏令，一切依侯王之礼举行，隆重、肃穆、庄严。

葬礼过后，人们慢慢退去。那两位门客却留在墓旁，他们先是大哭一场，然后在墓旁各挖了一坑，拔剑自刎，倒入坑中。他们早就商量好了，为了报答田横的厚恩深情，他们要为主人陪葬。

朝臣迅速报知高祖，高祖大为吃惊，亲自来到田横墓前观看。

一左一右两个坑穴中，二人的尸体还未僵硬，那神情极为安详。

墓旁的树林里，有无数只鸟儿在悲唱，像是在为这主仆三人送行。

"二位真是壮士，田横待人有其高明之处，有些地方恐怕还要胜我一筹。"

高祖心中这么想着，下令出尸棺殓，把二人安葬了。

回到朝中，高祖独坐大殿许久许久，又召见那个使臣，说道："客从主死，可见田横为人贤良。如今他还有五百人在海岛上，你带人速去唤来，朕将安排职位，使用他们。"

使臣领命退出，心下却犯了难。如今齐王已死，他们不来怎么办？须对他们说谎才行。

到了海岛，使臣把田横的五百门客全部召集一起，对他们说："你们大王已经归顺汉皇帝，仍旧被封为王。征得你们大王允许，特来招你们前往朝中，以便共效朝廷。"

五百人皆是忠义之士，当下信以为真，乘上大船就要赶往洛阳。

但是，田横的家小却不愿同往。田横夫人拿出一封帛书，乃是田横手迹。上面书着让后人安居此岛等话，似乎深爱此处。汉使见家小都是些妇女孩子和老人，也不强求，就带着那五百门客上路了。

来到洛阳，还未见到高祖，他们就听到田横及二位门客皆自杀身亡，如五雷轰顶，他们一下惊呆了。

众人一齐来到田横墓前，齐刷刷跪成一片。顿时哭声震天，悲声动地。他们时而倾诉田横的恩德，时而歌唱田横布衣出身到奋斗为王的人生历程，时而哭泣田横自刎的刚烈之气。路人无不驻足观看，泪涕交垂。

也许是这悲壮的场面感动了上天，原来晴空万里的蓝天，忽然阴云密布，电闪雷鸣。

当众人拜祭完毕，五百人全部站起身，高呼一声："大王，我们来了！"

声落剑起，五百人各自横倒在自己的佩剑之下。

"轰隆！"一个响雷随之响起，倾盆大雨铺天盖地直倒下来。

所有的围观者都惊呆了，站在大雨中一动不动，一任雨水和着泪水流淌。

消息传到朝廷，无人不为之惊叹。高祖令人厚葬他们，让他们安眠在田横墓边。

田横已死，高祖要寻找的另一个人就是季布了。

项羽惨死沙场之后，季布冲出重围，只身藏到了濮阳县一个姓周的人家。

季布在大难临头之后，为何敢逃往周家？

原来，这周家乃是季布家的世交，两家从祖父辈就十分要好，礼尚往来，从未断过。到了父辈，两家对对方家的孩子亲近到如同己出，不分彼此。

一个月黑之夜，季布敲响了周家的大门。周家主人一见季布，大吃一惊。他浑身是血，衣衫破烂，手中牵着的马也是又瘦又弱。问明原委，周家就毫不犹豫地把季布安顿下来，供给上等的衣食，让他休息疗养。

谁知好景不长，捉拿季布的消息和文告很快传到了濮阳。街上到处是搜捕的官吏，见人就问。布告上说，若是敢有藏匿罪犯者，就诛灭三族。

周家害怕了。周夫人最先打破了沉寂，对丈夫说："我们两家虽是世交，可是不能为了一个人而害了三族人性命呀！"

"人生在世，仁义二字。我不能把季家小子送出去吧。"当家的一脸无奈。

夫妻俩苦苦相对半夜，终于商定一个办法。

第二天，周家父亲叫来季布，对他说："朝廷缉拿将军的风声太紧了，搜捕的人到处都是，不知哪一天就会发现将军在我家。让我交出将军，无论如何我做不出来，可是，我也不忍心眼睁睁看着全族人受累。我有一计安排将军，两下均可平安。否则，我宁愿死在将军前面。"

季布心中想："周家老爷说的极是，许多人都知道我们两家是世交，万一有人贪利告发上去，我岂不是害了周家三族人吗？这种事哪是仁义之人做的呢？"

"我听您老的安排。"

季布果断地对周老爷说。

周老爷亲自剃去季布的头发，用铁圈套住其脖子，为他换上粗毛布衣服。这下子，季布看上去是一个活生生的刑犯模样。

周老爷亲自带几个家奴，带着季布来到鲁地，把季布卖到一个姓朱的人家为奴。

"这是我家里的一个奴隶，犯了伤人之法。为了防止他报复仇家，我把他带给你了，随便你给几个钱。他身体壮，有力气，什么活都能干，是个好伙计。"

周老爷对朱老爷说。

朱老爷乃是鲁地有名的侠义之人，在一个偶然的机会下认识了周老爷。从此，二人就成了朋友。朋友自远方来，朱老爷自然热情接待。对于这个家奴，当然一口应允周老爷的要求，当场买下了。

朱老爷是一个有心人，他知道这其中必有奥妙。

他心中想：我们相处多年，从未见过周老爷做过贩卖奴隶的买卖，他怎么会一下子弄了这么一个人大模大样地卖了呢？又为什么不卖给他们濮阳当地的大户人家，却要跑那么远的路卖到我家呢？我俩自相交以来，虽算不上亲如兄弟，却也是真诚相待，知彼知己了。这一定是出于对我的信任，明是卖奴，实则是为了让我保护此人。

他悄悄来到季布干活的地方，仔细观察季布。只见此人虽着下等人衣衫，却气宇轩昂，身上有一股英雄之气。那光亮的头顶，方方的额头，长方的脸，都有几分坚毅在其中。巨大的双手并不粗糙，却显得十分有力。

他再细瞅，觉得似乎这个人在哪儿见过。

回到房里，思忖半晌，忽然想起来了："他不是街上张贴文告中的季布吗？对，正是他。"

这个名字他早就听说过了，也知道季布是项羽的悍将，勇敢善战，百里挑一。对于项王，他怀有十分敬意。

"人活一生，能够见到真正英雄的机会不多，朋友信任我，英雄更令我仰慕，我得尽全力保护好季布才是。"

想到这里，他安排好家小，让他们好好度日，说自己将到京城有事。

他买了一处田宅，找来季布，道："我已知道足下乃是赫赫有名的季布将军。出于对将军的敬意，我决定到京城去想办法。这一处田宅足下先经营着，我有了消息，就会来告知将军。"

季布万分吃惊。这一切来得太突然了，他从未发现朱老爷对他有什么不同之处，没料到朱老爷竟是这样侠肝义胆。他泪流满面，一下子跪倒在地："先生的大恩大德……"

朱老爷也泪水莹莹，上前一把扶起他："英雄不能下跪，除非对苍天和父母。起来，我是出于一番敬意，切勿多言！"

"危难之中见真情，倒不如说是危难之中见英雄。足下才是天下难得的豪杰！"

季布挺直了腰杆，对朱老爷道。

朱老爷带着好几个门客，携着重金来到洛阳。

一个门客知道朱老爷的心思，献计说："要救季布，必须找到具有侠肝义胆的人。金银固然重要，但只适合于贪利之人。而今，朝廷到处张贴文告，谁不知道藏匿或保护季布要诛灭三族？在利益与性命之间选择，再重利的人也会望而却步。只有那种有天地之义和浩然之气的人，才能成事。"

一席话说得朱老爷口服心服。他打消了以前的念头，开始想方设法打听城中的豪杰义士。

忽然，他想到了夏侯婴。此时，夏侯婴已列王公之列，是滕公。很久以前，他就知道夏侯婴具有侠义之心。若是能得到夏侯婴的帮助就好了。凭他和高祖的关系，一定可以救季布一命。

第二天，朱先生慨然来到滕公府。递上拜帖之后，静静等待。

夏侯婴正好歇息在家，见到拜帖，立即记起此人乃是鲁地有名的义士，就令人迎接进来。

二人相见，行礼完毕后，各自都对对方产生了好感，随后谈得十分投机。夏侯婴心中高兴，当下设宴招待。

酒宴上，朱老爷的慷慨言行深深打动了夏侯婴，他欢喜异常，兴高采烈地与朱老爷频频举杯。

见时机已到，朱老爷开始把话题往正事上引，他问道："听说朝廷在缉拿季布，到处撒下了罗网，不知季布犯了什么大罪？"

夏侯婴不知其用意，就介绍说："那季布原是项羽麾下的一员猛将，曾经屡次围困陛下。别的不说，只是睢阳一战，他领兵追杀，险些拿住陛下。你想，陛下能不想捉住他杀了吗？"

"滕公以为那季布如何？"

朱老爷问道。

夏侯婴放下手中的筷子，沉思片刻，道："此人为人忠诚，也是一位难得的义士。"

朱老爷心中有了数，不由慷慨陈词："在下以为那季布没有什么罪过。常言道：臣尽力为主方算忠。作为项羽的大将，季布尽心效力，这是理所当然之事，何罪之有？英雄之所以成为英雄，不过是因一片忠心，一身义气。项羽已经死了，可是追随他的许多豪杰都还在，能一一赶尽杀绝吗？况且，我以为陛下刚得天下，就想着报私仇，这会让天下人怎么看，如何让天下人看到他的宽宏大度呢？再说，英雄豪杰，你不用他用，总会有人收留。像季布这样的人物，如果朝廷追捕太紧，即便他无处藏身，也必定会远走高飞。不是向北投靠胡人，就是向南投奔粤王。这样，岂不是把壮士赶向敌国了吗？足下乃是陛下的心腹之臣，为什么不去劝劝陛下，赦免季布之罪呢？季布身后有的是同类豪杰，这不是一个人两个人的事啊！"

夏侯婴听到这里，微笑着问："足下这一番话必有深意吧？"

朱老爷也是个利索人，只笑不语。

夏侯婴明白了，朱老爷已藏匿了季布。他慎重地道："足下乃是贤士君子，有成人之美。既如此，我会劝说陛下。"

朱老爷心中大喜，知道目的已经达到，告别夏侯婴后，就带领随从返回家乡。

二十多天过去了，有一天，大街上张贴了一张新的文告。那是一道赦免令，赦免季布罪行，令其迅速入朝见驾。

当家人把这一消息告知朱老爷时，他一下子跳了起来。奔到季布住处，拉着他跑到街上的那张文告前。

季布简直不敢相信自己的眼睛，连连把文告看了两遍，才敢确认。面对朱老爷，他激动得说不出话来。

临行前，朱老爷送了一程又一程。季布在一个岔路口止住了他，他拜了两拜，对朱老爷道："足下的浩然正气乃是天下英雄层出不穷的根本，在下此生能得老爷相救，乃是终生大幸。在下无以为报，只愿来生仍做忠臣义士。"

来到洛阳，季布拜见了夏侯婴，由夏侯婴带着去拜见高祖。

季布真诚拜见高祖，谢道："陛下不杀之恩，臣终生不忘。"

高祖道："你已知罪，朕不再追究往事，只望你为本朝效力。朕授你为郎中，与朕的旧臣并立朝中。"

此事很快传遍了天下，人们到处传颂着朱家人的侠义之举。从此，朱家的名声更响了。

不久，一个人也来到京城，希望从高祖那儿得到重赏。此人乃是季布的舅舅丁公。

原来，丁公也是项羽旧臣。当年，他曾跟随项羽在彭城西追堵过高祖。有一天，丁公带着一群人围住了汉王及几个随从，双方短兵相接，情况十分危急。汉王在左右的掩护下，乘空逃了出去。丁公见状，快马直追，很快追上了汉王。

情急之下，汉王拱手道："你我都是贤者，为何要把我向死路上逼？放我一条生路吧，以后定会重报！"

出于怜惜，丁公竟然停军不追，放走了汉王。

项王败死之后，丁公便藏匿了起来。他想，如今天下成了汉王的，他一定会追杀项王旧臣，我千万不能让他发现了。

所以，他未曾露面，当季布的事儿传来之后，他心中一阵大喜，自言自语道："季布追杀陛下甚急，都为陛下赦免了。我曾救过陛下的命，能不对我重赏吗？只要我到了朝中，一定会更加显贵。"

他喜滋滋地来到朝廷，拜见高祖。

高祖当然还认得他，见他到来，却十分冷漠。待丁公从地上爬起来，高祖大声喝令左右："将这丁公给朕拿下！"

丁公愣住了，随后挣扎道："这是为什么？陛下难道忘记彭城之事了吗？"同时，泪如雨下。

高祖冷笑一声："哼！那时你是项王大将，战场纵敌，就是对主不忠。对主不忠之人，朕留他又有何用？"

丁公听此，十分后悔，不由得捶胸顿足，大放悲声。

这时，有一个官吏乃是当初跟随汉王的随从，他劝高祖道："陛下，丁公有罪，但毕竟救过陛下，臣以为不当斩首。"

高祖挥挥手："朕主意已定，请勿多言！"

这个军吏哪里知道，今日已不同当初了！

高祖令卫士将丁公推出大殿，同时诏谕道："丁公为项王臣时，不忠其主。就是这等人使项王失去天下的，朕要斩其首示众。"

臣子们深知高祖用意，谁敢多言？

两天之后，高祖与文武大臣济济一堂，正在议事。忽然，虞将军走入大殿拜见高祖："陛下，陇西娄敬有要事求见陛下，陛下愿意接见吗？"

高祖看着群臣，笑道："我朝刚刚建立，各方人才都需要。只要是贤士，朕都要接纳。传他进来！"

须臾，虞将军领着娄敬进入殿来。那娄敬行过君臣之礼，立在一旁。

高祖望去，只见他身着粗毛皮衣，脚穿草鞋，一副风尘仆仆的模样。眉宇之间，自有一番不凡气象。

"你是从陇西来的吗？"

"是，陛下。"

"千里迢迢，太辛苦了。此时已是正午，你先去吃饭，随后再来见朕。"

娄敬也不推辞，领命而去。

众臣子纷纷议论说："这人怎么穿着破皮袄、草鞋上殿来？太不礼貌了，竟然还让虞将军领着。"

原来，这娄敬本是齐人，与虞将军是同乡。虞将军听说他让自己带着去拜见皇帝，就对他说："行！但是，你这身衣服太不庄重了，我给你找一身华贵的衣服，你穿上再去。"

娄敬道："为什么要装模作样？我若是穿着丝绸，就身着丝绸去拜见；若穿的是粗毛布衣，就身着粗毛布衣去拜见。西北寒冷，我在那儿穿的就是这一身。"

虞将军拗不过他，只好让他穿着那身不像样的衣服去了。

饭后，娄敬又来到殿上。高祖问："听说你有要事说给朕听，什么事呀？"

娄敬反问道："陛下建都洛阳，是不是想和周王朝一比隆盛威势？"

"朕是有此意。"

"然而，陛下夺取天下的途径与周朝不同。周朝先祖，从后稷被唐尧封在邰地起，就积累盛德善行，达十多代之久，直到太王、王季、文王、武王时期，使诸侯自行归附周族，最后灭商成为天子。到了周成王即位，有周公辅佐，才营造洛邑。为什么？因为他们认为此处是天下的中心，有利于各地诸侯前往缴纳贡税。作为君主，有德就可以统治天下，无德则会失去天下。所以，周王朝强盛的时候，天下和睦，诸侯遵从，外族归顺，主动向周王朝奉上贡品。可是，周王朝衰微之后，谁也不来朝拜，周王朝对诸侯和外族都失去了驾驭之力。这时候，难道周王朝的德行微薄了吗？不是。这是由于天下形势变了。就陛下而言，陛下从沛县丰邑起兵抗秦，如秋风扫落叶一般，席卷蜀郡、汉中，平定三秦及在荥阳与成皋之间，和项羽作战，大大小小的战争加起来达一百多起。战争中，百姓肝脑涂地者数不胜数，漫山遍野都是尸骨。天下虽然已定，但念生吊死的哭声仍处处可闻，伤残病弱者还不能行走。在这种形势下，陛下还和周王朝兴盛之时相比，臣以为是做不到的。依臣下之见，秦地依靠华山，濒临黄河，四面都有险要关隘，这些都是天然的大屏障。一旦有紧急情况发生，朝廷的百万之军就可以立即调整停当。自古以来，秦地物质基础雄厚，土地肥沃，良田千里，是一个天府。陛下如果在那儿建都，纵使崤山以东混乱了，仍可以把秦地完整地占据在脚下。这犹如和别人打架，如果不卡住对方的咽喉，只是拍击他的后背，是不能大获全胜的。陛下现在如果占据了秦地，就等于扼住了天下的咽喉，这才算得上万无一失。"

高祖频频点头，道："你说得太好了！朕先同群臣商议一下再定。"

随即，他派人把娄敬送到客馆，予以厚待。

第二天，高祖把文武群臣召集起来，简单说了娄敬的进言，询问大臣都有何意。

高祖话音刚落，群臣就嚷嚷开了。

"陛下，周王朝在洛邑统治天下，长达几百年；秦王朝在秦地统治天下，只有几十年，当然是洛阳好了。"

"陛下，洛阳难道不是难攻易守之地吗？那娄敬真是一派胡言！"

"是的，陛下，洛阳东有成皋，西有崤山、渑池，背靠黄河，面向伊水、洛水，其坚可依。"

"陛下千万不要听到那齐人的唠叨就改变主意了，洛阳是天下最好的城邑。"

…………

高祖被众臣吵闹得头发昏，到底是在洛阳为都，还是到秦地去，他一下拿不定主意。于是，他决定询问张良。

张良道："诚如众臣所言，洛阳也是坚固之城。他们都是崤山以东的人，人都有恋乡情绪。但是，洛阳也有诸多不足。它的中心地区狭小，方圆不过几百里，土地贫瘠，四面受敌，因此，这里不是用武之地。而关中地区，东有崤山、渑池、函谷关，西有陇山，西南有岷山，沃野千里。南方的巴、蜀，资源丰富。北方有广阔的牧场，可以提供各种牲畜。如此，可以倚仗三面险要的地形做防守，只有一面用来控制诸侯。倘若诸侯安定，就可通过黄河与渭水水陆两地转运天下的粮食，西上供给京都；如若诸侯发生变故，也可顺流而下，足以转运军队和辎重。古人说金城千里、天府之国，就是这种情况。娄敬的劝说是对的。群臣反对，那是他们恋乡的缘故。"

高祖听了，心中道：自从江山一统之后，张良就闭门不出了。他那衰弱多病的身体，太需要休养。他的建议，不会有任何偏见。可见，娄敬的话深有道理。不管群臣怎么说，我定要迁都。

当即，他诏告文武大臣：迁都西京！

他又召进娄敬，拜为郎中，号奉春君，赐姓刘。

几天之后，浩大的迁都工程开始了。为了表明决心，高祖首先起驾，带着文武大臣迤逦而行。

抵达栎阳后，暂时住下。因为，此时咸阳宫殿依旧破损，在项羽焚烧之后无人修过。萧何奉高祖之命先入咸阳，监修宫殿。

众文武大臣祖辈生活在崤山以东，家小在此，祖坟在此，怎愿轻易离开？

然而，君命如山，荣华富贵如阳光，谁又能不跟着走呢？

自从进入关中之后，朝中文武大臣就很难见到张良的面了。就是高祖，也难得见他一两次。平日里，他静居家中，学习养气闭谷之术，闭门不出。

一日，高祖问他："过去打天下，你跟随朕前后，出谋划策，功劳不薄。如今四方统一，你为什么不到朝上来了？享受富贵的时候到了啊！"

张良平静地说："臣家以前世代做韩国宰相，直到韩国为秦所灭。那之后，臣不惜拿出万贯家财，为韩国复仇，震动天下。如今，臣凭着三寸不烂之舌成为陛下的军师，得到万户侯的封赏，这已是一介布衣所能享受的最高待遇了，还渴求什么呢？且臣一向体弱多病，需要静养。臣现在只希望抛开人间俗事，追随仙人赤松子去云游天下。"

高祖听了，微微点头。

少数明智的门客深知张良如此的用意。人生在世，有生就有死，犹如大自然有白天和黑夜一样自然。

自古至今，何曾有过能超脱天地的事物？凭张良的睿智，他会相信真的有神仙吗？他所说的要追随赤松子远游，是用心良苦啊！人间的功名，谁能长久地占有？

能让高祖称道的人，也只不过三个人。这三个人谁最明智呢？适可而止，这就是张良把握的分寸；明哲保身，这乃是张良的处世哲学。

高祖一面住在栎阳处理朝政，一面等待咸阳宫殿的修复。

这时正是盛夏六月，天气炎热。为了消夏，他几乎每天下午的时光都在各妃子的房里度过。屈指算来，他已是五十六岁的人了。有时候，他感到自己不如从前耐热了，常常大汗满身。但是，这些年南征北战，马不停蹄，他的身子骨还是硬朗的。

这一天，他来到了薄姬的住处。上次宠幸薄姬，是几个月前的事儿了。想起那一次宠幸，高祖心中不禁想入非非起来——

这薄姬本是魏王魏豹的妃子，自从入汉宫以来，一直默默无闻，不要说得到高祖的宠幸了，就连高祖的面也未见过。

那时候，高祖还是汉王，日理万机，忙于打天下，后宫的女人大多都被他冷落着。薄姬相对其他女人来说，少言寡语，性格内向，不喜招摇，所以更为孤寂。

在妃子中间，另有两个女人，也是来自魏豹后宫，一个叫管夫人，一个叫赵子儿。她们和薄姬一向要好，常在一起做女红、拉呱儿打发时光。

刚入汉宫时，三人曾相互立下盟约道："今后若是谁先得幸了，不要忘了另外两个。"管夫人和赵子儿先后都得到了高祖的宠幸，只有薄姬依旧未得宠幸。

有一天晚上，月白风清，是个美好的时光。管夫人和赵子儿在后花园中的凉棚下说闲话儿，不知不觉说到了薄姬身上。

管夫人道："薄姬到现在还未得到汉王宠幸哩！"

"是啊，相比之下，我们姐儿俩算是幸运的啦。姐姐快生了，我也有了身孕。"

"薄妹妹倒也是，整日那么不声不响，不说不笑，谁能注意到她呀！"

"汉王太忙了，她不喜打扮装饰，难得留心看她。"

"当初我们有约在先，谁先显贵都得同甘共苦，想到另外两个，可是现在我们哪里能向汉王说近话儿啊！连我们自己也是难得一见汉王。"

"为这事儿我常内心不安，薄妹妹怪可怜的，唉——"

这一番谈话恰巧被路过这儿的汉王听到了。他心中道：后妃都是为男人而活啊。这个薄姬也挺可怜的，好，我今晚就到她房里去。

薄姬见外面月影疏淡，竹影参差，也沉浸在一片伤感之中。

进宫一年多了，同来的女人只有她没有幸事。看着她们被宠幸后欢快的样子，她心中一阵难受：这辈子难道就这么了此一生了吗？想当初在魏豹王宫，我是最得宠的一个。人们说，运道多变，我的运气变坏了吗？年龄一天天变大，上天注定我要在这汉宫里做个白头宫人了吗？这么想着，不禁落下泪来。

昨天晚上，她做了一个奇特的梦，不知是吉是凶。今儿个月色这么好，心情好的妃子们都出去赏月了，她却独坐窗前看外面的月影，想昨晚的那个梦。

"汉王驾到！"

宫女的一声呼喊把她从沉思中惊醒过来，她连忙站起身，却见汉王已经来到面前，那高大威武的身姿令她心头一跳。但是，她呆立原地，只道了一声"大王"，就再也说不出什么了。

汉王喝了酒，一双醉眼盯住她。清淡的烛光中，她一身淡青色衣服，衬着那柔和苍白的脸，显得妖媚动人。

想起刚才听到的谈话，汉王一把把她拉近胸前，随之让她坐在自己的双膝上。薄姬第一次接触汉王，不由得浑身一颤。汉王身上散发着汗味和酒味，她不敢挣扎，却期望他搂得更紧些。

"爱妃一个人在想心事吗？"

汉王笑嘻嘻地问。

"大王，妾身在……想昨晚的梦。"薄姬的声音是怯怯的。

"哦，说来给本王听听。"

汉王盯着她的脸，嘴里喷着酒气。

"不知是吉是凶……"薄姬吞吞吐吐地说。

"只讲无妨。"汉王看着她的羞怯样儿，越发心动了。

"妾梦见一条巨大的苍龙，不知怎么从天上下来了，爬到了妾的身上，一下子把妾身吓醒了。"

"哦，是这样一个梦吗？"汉王暗吃一惊。他一下想起了自己从出生以来种种奇特的事儿，心中道：这个女人是要生龙子的。

"哈哈，这是个吉梦。"汉王大笑着，一下子把怀中的薄姬抱了起来，"那个苍龙就是本王啊，哈哈哈！"

说来也怪，汉王这一夜雨露，薄姬竟怀上了孩子。十月之后，她生下了一个儿子。汉王很高兴，给这个儿子取名刘恒。

薄姬常常暗自感叹——过去魏王在她身上花费了那么多时光，却也没让她生下个一男半女，这汉王只一夜光景就让她生了儿子，这莫不是天意吗？

一日，高祖来到薄姬住处，只见薄姬正在逗儿子玩耍。拜见高祖之后，薄姬连忙令人呈上美酒佳肴，陪高祖喝酒取乐儿。直喝到二更时分，高祖才说困倦了，令左右侍女撤宴。

自从上次宠幸，至今不觉又是一年多了，薄姬何曾不想与高祖缠绵几天？

待高祖与她亲热一番之后，她轻声对高祖道："陛下，后宫的姐妹多，陛下不要牵挂臣妾这儿，只管往别的姐妹房里去。皇后娘娘是陛下的结发妻子，陪着陛下受苦很多年。陛下最该常到娘娘房里去。臣妾有了恒儿，已经知足了。"

高祖听了，称许道："难得你一片苦心，朕会记住的。"

从此之后，薄姬很少见到高祖，但高祖对她却看重了几分。

金风送爽，暑气渐弱，不知不觉已是初秋七月。夜晚来临之后，各种草虫的叫声已没有夏日那么尖锐脆响。高祖经过一个月的休养，身体长了不少肉，脸也显得比往日白了。

一日黄昏，他正在大殿中和几个朝臣议事，忽然从北方传来了一封羽书。打开一看，原来是燕王臧荼造反了。

"大胆狂徒！"

高祖看毕，拍案大怒，直震得几案的东西一阵乱蹦。

"臧荼那小子本无大功，朕见他及时归降，还算是明智之人，就封他为燕王，他不知感恩，还敢起兵作乱，真是狂妄至极！"

武臣们一听，一个个自告奋勇，要前去征讨，一除祸患。

高祖用手止住了他们："朕要亲自征讨，将那小子活捉了！"

忽然，他又想起了项羽的大将钟离眜，下令道："传令全国，继续追捕钟离昧，以免他乘机作乱！"

三天之后，高祖带着朝中精兵强将，向燕地出发了。

却说那臧荼，本是个燕国大将，当年因为跟随项羽救赵有功，得到项羽的赏识，得以在项王入关封王时，被封为燕王。项王战死之后，他见大势已去，投降了汉王，仍居燕王之位。

像所有的燕赵壮士一样，他禀性耿直，豁达豪爽，很讲义气。虽然已成为汉朝的侯王，但他内心总是不能平静，想起项王对自己不薄，自己却投了汉王，常常感到内心惭愧，对不起旧主。又思忖到燕地偏僻，在汉朝的边缘地区，汉朝出兵前来也不那么容易，心中就活动起来了。

恰在此时，他听到一个信息——汉高祖时常赏赐侯王，但总是局限在过去跟随自己的那几个心腹范围内，不禁心中起火：这不是一样臣子两样待吗？真后悔当初降服于他。如此待人不公，不如我反叛了他，另立为王，独立起来。于是当即宣布反叛汉王朝。

他有一子名叫臧衍，是个极有心计的人。他劝说父亲道："汉皇帝兵强马壮，父王与之对抗，岂不是以卵击石？"

"怕什么？天高皇帝远！等那汉皇帝打到这儿时早已疲惫不堪了，谅他不能把本王怎么样！"

"父王，天下初定，对于反叛之人，汉皇必会重兵压境。为何要引火烧身呢？"

"什么引火烧身！那汉皇帝待人不公，歧视本王是项王旧臣，我咽不下这口气。别说了，我宁愿与之决一死战，也不愿受这份窝囊气！"

他固执地打断了儿子的规劝，只由着自己的性子来。

高祖带着几万骑兵星夜行军，没几天就抵达燕境，待臧荼知道，才大吃一惊。他没料到高祖竟会亲自出征，而且来得这么迅捷。一时间，手忙脚乱，仓促应战。

数年来，秦末战乱，楚汉相争，燕地百姓早已厌恶透了战争。一听说又要打仗，而且又是和汉朝打，又怕又急，实在不愿上战场。臧荼带着将领逼着士卒出征。

出了蓟城，他们摆开阵势迎接汉军。军心涣散的情形下，哪里是汉军对手？尤其是士卒们，一看到汉骑兵排山倒海一般涌来，就开始想着如何逃走了。

所以，双方交战不上十个回合，燕兵就开始向城内溃逃。臧荼挥剑连斩十几人，也挡不住败退的人流。

高祖哪里肯放松？当即令大军从四面围住了蓟城。

军民登城俯视，都吓呆了。只见四下里黑压压都是汉兵。红旗招展，马嘶阵阵，喊杀声惊天动地。于是，人心思降，自然也就兵败如山倒。围城的第三天，汉兵轻而易举杀入城去。只消两个时辰，就把臧荼给活捉了。

清点人马时，唯独不见了臧荼之子臧衍。打听得知，早在头一天晚上，臧衍就打扮成百姓模样逃出城，投奔北方的匈奴去了。

高祖气得咬牙切齿，命人砍了臧荼首级，挂在城门之上。燕人胆战心惊，随后几天，全部都向高祖投降了。燕地恢复了平静。

回到栎阳之后，一个问题摆在了高祖面前——派谁去燕地重新镇守做燕王呢？

他心中理想的人选乃是卢绾。

卢绾此时已是太尉，被高祖封为长安侯。这么久以来，卢绾一直受到高祖的厚爱。不只是他平日得的赏赐比别人多，更重要是在亲近关系上。平日，连萧何见高祖都要事先通报，只有卢绾，可以直接进入高祖卧室。

自小一块儿长大，一块儿读书，彼此的脾性摸得都清楚。卢绾当然也比别人更忠心，处处呵护着高祖。

上次共尉反叛，卢绾也跟随着刘贾前往平乱，是刘贾的得力助手。这次高祖亲征燕王，他又随驾前往，功劳不小。

其实，高祖除此之外还另有理由让卢绾当燕王。燕地自古以来英雄辈出，民风淳朴而有骨气，如果能得到当地百姓的拥戴，便有能力独霸一方。况且，此处远离朝廷，可以任意妄为。如此，若不是让君主心腹之人镇守怎能让人放心呢？

但是，高祖不敢轻易提出。他想，当今天下，非刘氏而被封王的只有七个人，我若是要封卢绾为王，恐怕会引起群臣的怨愤。这样，就要出大乱子了。毕竟与那些出生入死，拼命攻敌的猛将相比，卢绾显得太平庸了。

犹豫不定，高祖就把这件事交给群臣去议。

众文武大臣却是心中有数：近来陛下常常提及卢绾与他同年同月同日生，自从起兵始，卢绾一直伴随左右，最近两次伴驾出征也是十分辛苦。这不是明摆着想把燕王之位给卢绾？话说回来，卢绾也不容易，五十好几的人了，自幼与陛下称兄道弟的，如今却只是个太尉。

于是，众人一起给高祖回了奏议："太尉长安侯卢绾功劳最多，请陛下立为燕王！"

高祖看了奏折，当下眉开眼笑，下了诏令道："群臣奏议太尉长安侯卢绾有功，当封燕王，朕顺应人心，准奏！加封卢绾为燕王。"

卢绾又惊又喜，第二天就拜别高祖，乐颠颠地向燕地出发了。

七月十五的晚上，是个晴空万里的好天。一轮明月高挂空中，人间一片洁净。高祖想到燕地平定，心中高兴，忽然记起已有许久未和吕太后相伴了，便来到吕后住处。吕后知他刚刚征燕归来，有心慰劳，就赶紧让御膳房准备了一桌丰盛的美酒佳肴，让人摆到院中的石榴树下。

月色迷人，风儿细柔。石榴树硕果累累，投下了斑斑驳驳的影子，婆婆娑娑，犹如幻境。

吕后亲自为高祖布菜，殷勤劝酒。

夫妻二人难得如此单独相处，不知不觉感到亲近不少。高祖眉飞色舞叙说了出征的顺畅，自然有几分自豪。吕后微笑倾听，不时点头。说到江山镇守，就说到了千秋万代的未来，高祖忽然叹了口气，对吕后道："我已五十好几，算是到了秋天了，可惜太子尚小。"

吕后听出了他的几分担忧，劝慰说："陛下，五十多岁哪里算老呀，那古代的周公、姜太公，整天操心，不都活到了九十多岁。依我看，陛下的身体结实得像一头猛虎。我担心我的皇儿到了四五十岁还做不了皇帝哩。照你这个身子骨，至少也要活到八十多，那时候我的皇儿都四五十岁了！"

"嘿，皇后可别这么肯定，到了战场上，那刀枪可都是要命的。"高祖笑道。

"天下不是一统了吗，纵使有小打小敲的，还能伤着陛下？我信天命，陛下有天护着哩。再说，嫌皇儿年岁小，那是陛下没早娶我。"吕后为让高祖开心，故意说起了开心话。

"喂，当时我娶你时，你才刚满十八，如果可能的话，我倒是希望能早些娶你，哈哈哈！"

高祖凑近吕后耳边也调侃起来。

"看你，都做了皇帝了，还这么没正经！"吕后娇嗔地推了高祖一下。

"陛下——"

这时，一个急促的声音在他们身边响起，吕后不由得吓了一跳。

定睛一看，原来是陈平。

"出了什么事？"

高祖知道陈平一向知礼，没有大事绝不会夜间进见，更不会直入后宫。

"颍川侯利几反叛了朝廷。"

陈平回道。

"谁？颍川侯？什么时候？"

"三天之前，陛下。使臣偷偷逃回朝廷，乘快马刚刚来到。"

"混蛋！什么人都敢造反了！"

高祖忽地站起身，一脚踢飞了旁边的一篮果品，大怒道："朕有哪里对不住他？朕对哪个臣子不够厚道？真是把老子气死了！"

吕后见他有些失态，忙从旁扯了扯他的衣襟，又故意干咳了两声。

高祖会意，又坐下来，对陈平道："你且坐下，朕与你商议一下。不要紧，小小的一个利几，翻不了天。"

这利几本是楚国一个小臣，做陈县县令，项羽败亡之后，汉兵攻到城下。他

草根皇帝：刘 邦

见大势已去，只好率众投降。汉王见他乖顺，就封他做了颍川侯。

本来他是出于一片好意，为全城百姓性命着想，所以才降了汉。谁知自从降汉以后，全城一片唾骂之声。

许多德高望重的人，对他也失去了往日的恭敬，斜着眼看他。陈县人一向讲究仁义忠信，十分拥戴项王。项王壮烈而死，他们都知道，更认为项王才是真正的英雄。而那汉王，只不过是个奸猾势利小人。

看到全城人都唾弃他，利几心里很是委屈。人们都说他的侯爵是出卖忠义换来的，他简直觉得自己无脸见人。

这时候，传来了燕王臧荼反叛的消息，他心中一震，立即对两个儿子说："城中人蔑视我们父子，这比杀头还难受，我实在忍不下去了，决定反叛汉王朝。"

两个儿子比他还坚决，齐声道："父亲，早该这么做了。千人指、万人骂，这是什么日子啊！我们愿与父亲同生共死。"

"那怎么行？是我一个人的事，与你们无关！"利几厉声道。

"父亲，您想，谁不知您有两个儿子？纵使您的事与我们无关，我们的命是您给的。做儿子的怎能让父亲只身赴难啊！若是那样，别说百姓，连天地也不会放过我们。"

利几听了，眼中溢满了泪水，沉吟半晌道："为父就依了你们，可是，我的孙儿们是无辜的。"

"这个好办，父亲，我们把家小和老母悄悄送往外乡，隐姓埋名，做一个异乡布衣。"

利几吃惊地问："这么说，这事你们早已商量好了？"

两个儿子点点头："父亲，纵使您不干，我们也决定反叛了。"

"可是，她们孤儿寡母的，在异乡怎么过啊？"

"父亲，苍天有眼，会庇护忠义之家的。日子可能会艰难一些，但总比那平常布衣之家的孤儿寡母好过些，她们一定会渡过这个难关的。"

过了十几天，他们估计两个忠心的家仆已把家小安顿在了异乡，就打起了叛汉的大旗。城中百姓闻讯，举城欢呼，自愿从军入伍，等待抗击汉军。

高祖仍旧亲自征讨。

小小的一座城邑怎能抵得住猛攻，只两天工夫，汉兵就破城而入。利几父子三人率众且战且退，一直进入寻常巷陌之中。

高祖恼怒至极，率士卒见男人就杀。

最后，利几父子与全城男丁几乎全部丧命，一座城邑只剩下了孤儿寡妇。

怏怏不乐之中，高祖回到洛阳。此际已是年末，按例要举行一些庆祝活动。咸阳宫殿还没修好，只能在洛阳暂时举行。

· 358 ·

大宴群臣之后，高祖内心才稍稍快乐一点，将利几的反叛放置一旁。

萧何派人从咸阳传来信息，禀报在按他的旨意修长乐宫，已经进行一半工程了。这长乐宫的一切都令高祖着迷，所以心情更加高兴。

然而，庆贺之礼刚过，有司来报，说朝廷正在通缉的要犯钟离眜正在楚王韩信处。

"果真如此？"

高祖大惊，忙问。

"千真万确，朝廷的使臣亲眼所见。"有司肯定地回答。

一层阴云顿时布满高祖脸上。

"这韩信才高气盛，用兵方略天下无人可比。我虽收了他的兵权，可是楚地人杰地灵，随时随地可以拉起一支队伍来。本来，我让他到楚地为王，是让他身处不利之处——那儿毕竟是项羽的故国，以此来控制他。没想到他竟敢收留钟离眜，这不是要有意和我朝廷抗衡？谁不知钟离眜是朝中要犯，是项羽的悍将？若是韩信真的和钟离眜结合一起反叛，麻烦就大了。此二人，一个通晓兵法，天下第一，一个勇猛善战，所向无敌，合起来真可谓是珠联璧合。我可不能大意了。"

高祖这么想着，心中甚是担忧，恨不能立即带兵将那韩信拿了。

转念一想，韩信并没有反叛，只是收留一个钟离眜。他二人是同乡，一向认识，收留故友，也情有可原。当下，就派使臣带着诏令前往下邳，让韩信将那钟离眜送到朝廷来。

钟离眜此时确在韩信幕府之中。

说起二人的相识，真是由来已久了。

当年，韩信在河边钓鱼充饥之时，记得有一天漂母对他说："年轻人，这样不是糊口的法儿，该去找点事情做做。我从来没见到过有人能钓鱼钓到富贵的。"

"谁说没有？"

还没等韩信答话，一个声音在他们身后响起。

韩信回头一看，原来是一个陌生的壮实少年。他高大英俊，身材魁梧，眉宇间透着一股豪气，腰下带着一柄宝剑。

"当年，姜太公不就在渭水边钓过鱼吗？他还是用直钩钓的呢！后来，周文王出行来到渭水边，恰巧碰到了他，封侯拜将，姜太公从此成为周朝的开国元勋。"

年轻人微笑着说。

韩信顿时来了精神，和那年轻人互通了姓名。他叫钟离眜，是本地人，平日不思耕种之事，一心只想行军打仗，可惜没有机会。

韩信仿佛找到了知音，也不钓鱼了，坐在河边和钟离眜大谈起行军用武之道来。

夜幕降临，他们却不知晓，直到一轮明月高挂天上。轻风吹拂，明月朗朗，二人谈得十分投机，深感对方是难得的人才。

最后，分手之际，钟离眜深深叹息道："唉，你我如果早生二十年，正值那天下纷争的战国时代，凭我俩的军事才能，夺取功名富贵还不犹如探囊取物一般！我们定不会比那名将王翦、白起、蒙恬等人逊色。"

韩信说："过去的好时光我们是追不上了，但谁能断定将来呢！只要有机会，不封侯拜将，我决不回乡！"

"好！让我俩一起等待时机吧。"

钟离眜也是信心十足。

不久，陈胜、吴广起义的消息传来，他二人相约，一同离开了故乡，后来又一起投奔到了项羽军中。

钟离眜威武雄壮，作战勇猛，很快脱颖而出，得到了项王的重用，成为项王的左膀右臂。而韩信虽也身材高大，却一副书生模样，只在项羽军中担个小职，腹中的用兵韬略无从施展。时间一久，韩信深感项王不善用人，心下渐渐冷淡了。

这时，他认识了待命辅助韩王的张良，张良一下子发现了他的军事才能，修书一封给他让他投奔汉王。

从此二人各事其主，都施展着自己的才华。

谁知最后楚王大败，天下一统在汉王手中。当日显赫一时的钟离眜成了败军之将。

逃出汉王的追杀圈之后，钟离眜一直隐姓埋名在异乡流浪。韩信被封为楚王，来到了下邳。钟离眜想起过去二人的情谊，在走投无路之下就来到韩信门下，韩信毫不犹豫地收留了他。

不久，高祖通缉钟离眜的文告贴到了下邳，韩信有些不安，但念及过去，还是把钟离眜深藏家中，未露声色。

天下没有不透风的墙，有人看见了钟离眜，就告到高祖那儿去了。

高祖的使臣很快抵达了下邳。韩信打开诏书一看，才知有人告发了他。但是，他想：此处远离朝廷，朝中重臣无人能见到。钟离眜又是被我深藏着，从未公开露面。高祖所知，也不过是捕风捉影，并无实据，钟离眜如今落难投奔我，我不能把他交上去。

主意已定，当下写了一封奏折，说明自己并未见到钟离眜，若是陛下不信，可以派人来缉查等等，交与使臣。

使臣迅速回报，高祖也无可奈何。说钟离眜在下邳，只是个别人看见的，怎好对证？然而，另一个念头在高祖心头闪出了——这韩信不肯交出钟离眜，别是另有目的吧。我得仔细打探打探，看那韩信有没有造反的迹象。

于是，十几个心腹假扮成百姓模样，来到了下邳城中。他们一天到晚在街上游荡，探听韩信的动静。

每月十五，韩信都要出巡一次，以了解民情，安抚百姓。这一天，又是十五，韩信照例出了宫门。前面是礼仪旗队，武士卫队，中间是王辇，后面是随行人员。沿着大街，迤逦而行，倒也是十分气派。百姓好奇，都站在街边观看。一时间，熙熙攘攘，好不热闹。高祖的心腹站在人群中，留心看着这一切。从头数下来，巡行队伍竟有两千多人，似有天子气派。

回到朝廷，众人没什么向高祖报告的，就把那巡行情形夸张一番说与高祖听了，末了，绘声绘色地道："陛下，一个诸侯王出行如此显赫，前呼后拥，有几千人之多，这不是有意在声威上与天子相比吗？韩信表面顺从朝廷，实际上早有叛意了。"

高祖大惊失色，心想：我总是怀疑那韩信有叛逆之心，果然如此，总算是让我抓到把柄了。

高祖召见文武大臣，把韩信的反叛之心说了。为表忠心，许多人跃跃欲试，大声道："竖子造反，有何了不起？臣愿领兵征讨！"

那阵势，如同韩信仅仅是个小县令一般。高祖看着他们那一个个摩拳擦掌的样儿，倒是冷静。眼下之人，哪一个是韩信的对手？听凭众人嘁嘁说了一会儿，高祖道："且议到此，以后再说吧！"

众人面面相觑，只好怏怏退出。

须臾，陈平应召进见。

"韩信造反，该如何对付？"高祖劈头就问。

陈平心中明白，韩信造没造反，只是两个字。高祖一向忌讳韩信，所以听风就是雨。但又不能替韩信辩护，只好说："陛下，此事不应太紧，缓缓再说。"

"缓缓再说？你是要朕任他在朕头上动武吗？"

高祖有些恼了。

陈平反问道："文武群臣是怎么说的？"

"他们都替朕着急，要带兵征讨呢！"

"陛下说韩信反叛，有证据吗？"陈平又问。

"有心腹上奏给朕，情况属实。"高祖显得振振有词。

"除心腹上书外，还有人能说出韩信如何反叛的吗？比如带了多少兵马？树立了大旗没有？有没有散布反叛言论？"陈平平静地问。

"这些，倒没人告知朕。"

"那韩信可曾派使者告知他要造反了？"

高祖越发显得犹豫，半晌才道："不曾有。"

陈平见状，不好再逼，接着又问："依陛下现有的将士，能胜过楚兵吗？"

"不能！"高祖利索地应着。

"陛下真的要征讨韩信，就必须有带兵大将。陛下身边的将领，有谁能比得过韩信吗？"

"一个也没有。"

高祖的声音越发低沉了。

"陛下的兵比不上楚兵，将比不上韩信，若是突然前往楚国征讨，岂不是把战事激起来了？韩信看到大兵压境，不反也得反了。这不是个万全之策啊！"

陈平看着高祖的脸，话外有音。他的意思是在旁敲侧击，让高祖改变策略，别听风是雨，逼韩信造反，还是笼络韩信为妙。

高祖道："无论如何，那韩信是个猛虎，朕要拿住他才行。不然，朕心中不安宁。你替朕想个法儿来！"

陈平心头一惊：看来高祖是一定要除去韩信了。我若是再为韩信说话，连我也会被怀疑，跟随高祖多年，到了今天才有了这份功名富贵，可不能轻易失去了。身为人臣，要侍奉主子，这也是没法改变的事啊。

想了多时，陈平心生一计，道："古时候，天子有巡狩的习俗。每当此时，一定会大会诸侯。臣听说西方有个云梦泽，景色优美，天下第一。陛下去巡游云梦泽，召集诸侯到陈地去。陈地与楚国两面接壤，韩信身为楚王，知道陛下前来巡游，必会前来拜谒。等他来到陛下面前时，只要一两个壮士，就可将韩信拿下了。"

高祖听得喜笑颜开，连声称赞："妙计，妙计！"

第二天，诏书纷纷传向四方，说高祖要巡游云梦泽了。诸侯应当到陈地相会，等待天子。

韩信接到诏令，心下立即生疑。他思忖道：天下刚定，藏荼与利几叛乱才平，高祖会放下朝政去到云梦泽吗？过去，他曾两度夺我兵权，皆是出其不意。这一次又要到云梦泽，还令诸侯们到陈地集会。陈地与我相近，这又是对付我的了。而且，高祖为人一向多诈，前不久又派人送诏书来，要我交出钟离眜。可是我身为楚王，怎能不去陈地呢？去了陈地要是正好中了高祖的埋伏怎么办？

心生忧愁，不免闷闷不乐。

左右见他脸色阴沉、少言寡语，就问道："大王可是为高祖诏令会集云梦泽之事吗？"

韩信点点头。

"其实，这事不足忧虑，大王只要交出那钟离眜就行了。"

"那怎么行？钟离眜是我同乡好友，如今落难投奔我，交出他岂不是会陷我于不义之境？"韩信连连摇头。

"大王，您是在引火烧身啊！当初，根本就不该收留那钟离眜。大王辛苦征战，好不容易有了今天，难道就被那一份情谊毁了吗？大王不是一个人，家小一大群。如今只有交出钟离眜，才能免去天子的疑心，确保一切平安啊。"一位将领说。

"此话说得有理，"另一个将领接着道，"钟离眜本身为朝廷所通缉，大王为了一个罪犯受天子逼迫，实在不值得。不如杀了钟离眜，呈上他的首级，天子见了，哪里还会疑心大王反叛呢？"

韩信不免动了心：我这一生，只想封侯拜将，荣归故里。这一切都实现了，我已无他求。当初，蒯彻那等劝我反叛汉王，我都不为之所动，若是现在为着钟离眜落得个叛逆之罪，太不值得，也太冤枉了。再说，朝廷正紧盯着钟离眜，他迟早要被拿住的。

这么想着，就令人请来了钟离眜。他隐隐约约说了自己目前的难处，不知是去陈地还是不去。

钟离眜是个聪明人，自然十分敏感，看韩信的脸色，已不如平日爽朗，听了此言，心中已明白了几分。他试探着问："足下目前处境，是因我在此而得罪了汉帝吗？"

韩信不语，只是重重叹了口气。

钟离眜冷笑道："足下是否明白，那汉帝猜忌足下，并非由于我在足下这儿，实在是嫉恨贤能。天下安宁，哪里还能容许比他高明的人存在？我敢说，足下如果把我献给汉帝，乃是最糊涂的举措，我在前面死，足下就会跟在后面啊！"

韩信默然不应，也不看钟离眜。

钟离眜心中一阵凄凉，长叹一声，道："自古以来胜者为王，败者为寇。可是我没想到你韩信也是这种小人！我错了，错了，真不该投奔到这儿啊！"

言毕，抽出腰中宝剑抹了脖子。

韩信心中一阵抽动。他忍住泪水，半晌说不出话来。

左右见状，把钟离眜首级割下来包好，催促韩信前去陈地拜谒高祖。

到了陈地，高祖还未来到，只有几个前行官到了。

"看来我的担心是多余的。若是陛下有心治我的罪，早该等待这里了。"韩信不由得一阵轻松，只静待高祖驾到。

三天过后，高祖才迟迟抵达。他刚刚在行宫落下脚，韩信就带着钟离眜的人头进见。

"臣拜见陛下！这是钟离眜的首级，臣已将他杀了。"

韩信拜倒在地，一面双手呈上手中的包袱。

高祖连看也不看，大声喝道："快将韩信拿下！"

两旁闪出十几个武士，三下两下将韩信捆绑住了，根本没给韩信挣扎的机会。

"我犯何罪，陛下擒我？"韩信急切相问。

"有人告你谋反，所以拘你问罪！"高祖铁着面孔吼道。

韩信这才恍然大悟，长叹一声："嗨，这真如别人所言：'狡兔死，走狗烹；飞鸟尽，良弓藏；敌国破，谋臣亡。'如今楚国已灭，我也该死了！"

高祖也不理会，令人把韩信放到车子后面，径直回洛阳了，同时诏令诸侯们，不必前来陈地。

回到洛阳之后，高祖并没有及时处置韩信，只是暂把他囚禁起来。

不知为什么，他牢牢记住了韩信说的那句话："狡兔死，走狗烹；飞鸟尽，良弓藏；敌国破，谋臣亡。"这句话说得太恰当了。他读的书不多，可是，历史上一些帝王的事他还是知道一些的，也果然都是如此。"我也成了其中的一个了？若是我给天下人这么一个印象，那就不妙了。那'过河拆桥'说的就是这种情况啊！"

几天后，一封诏令传了下来："除了谋财害命，逆杀主上的罪犯，一律大赦。"

这一招果然灵验，朝野上下无不欢喜，盛赞天子圣明。

一天，大夫田肯进朝来，当着众臣子的面向高祖道贺道："陛下拿住了韩信，又在关中建都，这真是绝妙之计。秦地地势险要，以华山为屏障，以黄河为城池，易守难攻。若是要制服诸侯，好比是高屋建瓴，势不可挡。再说那齐地，东有琅琊、即墨，那里物产丰富；南有泰山，高耸入云，是道天然长城；西有浊河，深不可测，浊浪排空；北有渤海，鱼盐丰富；土地则方圆两千里，士卒则有强兵百万，算是东方的重地。如此重要之地，若不是陛下的嫡亲子孙，万万不可让他去统治。"

高祖听了，欢喜不尽，立即令赐黄金五百两。

但是，田肯离开宫殿，高祖就回过味来了：这田肯所说似乎话外有音，似乎是在为韩信辩白啊。

就说韩信，他的功劳很多，说起来最主要的乃是三件。其一是拜将后还征三秦，其二是率兵平齐，其三则是垓下之战中任大将军灭楚。田肯说到的三秦和齐地，不都是韩信为朕取得的吗？这不是提醒朕不要忘掉韩信的功劳吗？

忽然，高祖心头一震：这田肯的意思是不是代表了许多大臣呢？天下虽然一统，却不能保证不出乱子。这才一年的时间，就有两个人叛乱，谁知以后会出什么事呢？杀了一个韩信没什么，若是引起众臣之怒，就弊大于利了。

反复思量，高祖决定赦免韩信，于是下诏书将韩信贬为淮阴侯，以示皇恩浩荡。

韩信本来料定自己必死无疑，没有想到高祖这么处理。他入朝谢恩之后，住到了京城中的宅第里。

命是保住了，一颗心却冷了。明摆着，自己功劳最高，又绝无反叛之心，却被钳制在这里。真不知为什么当初听不进蒯彻的劝告，也弄不清为什么没理会钟离眛的警告，像喝了迷魂汤一样，只一味信任陛下。落得如此结局，岂不是天意？

从此之后，韩信常常托病不朝，只闭门守在家里。

一天，吕后专门请来了高祖，郑重其事地问道："那韩信说什么走狗与狡兔的，是个什么意思？"

高祖笑了，道："那是他影射我过河拆桥。意思是说狡猾的兔子死了，撵兔的狗就该杀了；高飞的鸟儿没了，好弓就该收起来了；敌对之国灭了，谋臣就该不保命了。你妇道人家，问这个干什么？他韩信翻不了天，我心里有数。"

"这倒是个预兆。我想给陛下提个醒儿。如今天下已平，大多数功臣还没分封哩。"吕后说。

"这么多天来，我不是一直在忙吗？平燕王，平利几，擒韩信，哪曾坐下来过。不要紧，我抓紧分封就是。"

高祖不经意地说。

"陛下可不要再拖了，这不是小事。人家鞍前马后为你卖命，图落个啥，还不是功名富贵？你得到天下了，人家也都伸着脖子等好信儿哩。那么多热乎乎的心，别让人等凉了。"

高祖笑道："没想到你还真有心计哩！说得有理，有理。"

经过多天思虑，高祖对必封功臣有了数。为了不致引起纷乱，他让各位将领讨论商议。谁知一遇聚会，众将你争我吵，闹得沸沸扬扬，哪里有个定论。不得已，高祖自己定下了封赏的功臣名单，下了诏书给众人，只见上面写道：

萧何封酂侯，曹参封平阳侯，
周勃封绛侯，樊哙封舞阳侯，
郦商封曲周侯，夏侯婴封汝阴侯，
灌婴封颍阴侯，傅宽封阳陵侯，
靳歙封信武侯，王吸封清阳侯，
薛欧封广平侯，陈婴封堂邑侯，
周缲封成制侯，吕泽封周吕侯，
吕释之封建成侯，孔聚封蓼夷侯，
陈贺封费侯，陈豨封阳夏侯，

任敖封曲阿侯，周昌封汾阴侯，

王陵封安国侯，审食其封辟阳侯。

谋士张良与陈平，高祖自然不会忘记。此时，张良正在家中练气养生，高祖着人把他请来，道："你为朕运筹帷幄，多出计谋，朕才有了天下，你自选齐地三万户。"

张良说："臣本是王国贵族，避难于下邳，在留邑与陛下相会，乃是天意，天功不可贪。而且陛下已封了留邑给臣，已足够了，怎敢再要三万户哩！"

"你勿推辞了，朕已封你为留侯了。"

高祖知道张良深明大理，毫无领功之意，就硬性定下了。

陈平又被高祖召入。

"你随朕左右，曾屡出奇计，功劳甚大。因你在户牖乡，朕封你为户牖侯。"

陈平拜倒在地，仰着头道："历来计策，都不是臣的功劳，陛下应封赐他人。"

高祖很惊奇，问："我用了先生的许多计策，皆战攻得胜，为什么说不是先生的功劳呢？"

"陛下忘了是谁举荐臣的啦？是魏无知。若没有魏无知的举荐，臣即使想为陛下效力，能做到吗？"

高祖连连点头，叹息道："难得你这样饮水思源啊！"

随即令左右："传魏无知进殿！"

须臾，魏无知进殿拜见。

"魏无知，陈平得封不忘本，牢记着你的举荐之恩。朕也记着你唯才是举，特赐你黄金千两！"

魏无知大喜过望，连连拜谢。与陈平同时退出。

张良与陈平受封为侯，很快传遍了朝野上下。许多将领心中甚是不服，私下在一起议论。

"曹参、周勃、樊哙等一流大将，随陛下冲锋陷阵，出生入死，理应受封。如萧何等几乎没上过战场，只拿拿笔杆子，什么危险都没经历过，为什么要封他？"

"还有张良与陈平，他们杀过一个小卒子吗？倒也封侯了，实在难以服人。"

"我们这些人比不上曹参、樊哙，可总能与张良、陈平他们比吧，跟着陛下许多年，连个侯边儿也不沾，嗨——"

"不知陛下被他们灌了什么迷魂汤啦，我弄不明白，又不是同乡，又不是亲戚，又没有战功，竟给了他们侯位。"

"不如我们去问问陛下，你们敢去吗？"

"去就去，有什么大不了的！"

他们一起拜见高祖，齐声问："陛下，臣等一班人披坚执锐，身先士卒，多的打了百余战，少的也有几十战，出生入死，得以蒙受恩赐。那萧何并未上过战场，只是安坐后方，筹个粮草，送个辎重，或是舞文弄墨，未曾有过些许危险，为什么把他封为侯，位列诸侯之上呢？"

高祖面色冷静，似乎早有准备，等他们话音一落，就大笑一声，然后说："你们可曾见过田猎场面吗？追杀野兔，靠的是猎狗，发号施令，靠的却是猎人。你们是很辛苦，但你们攻城克敌，就同那猎狗一般，只不过逮几个野兽兔子罢了。而萧何，他是发号施令之人，正是他指示猎狗奔走捕猎的方向与目标的，就好比是猎人一般。由此来看，你们是有功之猎狗，他却是有功之猎人。再者，我问你们，萧何全族有多少人相随于朕？几十个，知道吗？请问各位，你们有哪一个家族中有几十人跟我打天下的？朕重用萧何，自有理由，你们不要多疑了！"

谁也没料到高祖会有这么一番高论，一时间无言以对，你看看我，我看看你。半晌，有人仿佛找到了个借口，道："陛下封侯也罢了，可也不该把萧何排在第一，平阳侯曹参攻城略地最多，应排首位。"

高祖听了，似乎觉得有理，不禁沉吟起来。这时，一个人从旁道："臣以为陛下如此排列，大有深意，请陛下允许臣下解释。"

高祖一看，原来是谒者鄂千秋，心下欢喜他的机巧，忙道："请讲！"

"平阳侯曹参，虽攻城略地最多，也不过是一个个局部功劳。当初，陛下与楚王相持不下，长达五年之久，其间曾多次失利败北，若是没有萧何居守关中，不断送粮送草送兵，上哪里去转危为安，东山再起？萧何之功，其实有扭转大局作用，臣以为，陛下可以少一百个曹参，却不能少一个萧何。若是依众将所言，不是以一时之战功，掩万世之功名吗？"

众将听鄂千秋这一番迎合之辞，无不心头起火，却找不出话来反驳，只能眼巴巴瞅着鄂千秋生闷气。

高祖笑了："是呀，鄂君说得对。朕命萧何第一，是有道理的，朕还要特赐萧何可带剑入殿，入朝不趋哩。"

众将气得鼓鼓的，慢慢退出殿来。

高祖见众人退去，召令鄂千秋前来，道："你身为谒者，进贤有功，朕封你为安平侯！"

"谢主隆恩！"

鄂千秋真是欣喜万分，忙不迭拜谢高祖，脸上如开花一般回家报喜去了。

偌大个殿堂里只剩下了几个侍臣，高祖从刚才的闹嚷中冷静下来，鄂千秋的话让他想到了许多事情。萧何的作用很大，他心里明白，可是没有鄂千秋说得这么头头是道。农民有许多人家，丈夫管外，妻子管内，萧何就是一个贤能的主内妻子，把后院料理得清清爽爽，排除男人的后顾之忧不说，还不断给外面的男人以支持，送饭送水，冬来添衣，秋来置被。还有，那一次他从泗水赶赴咸阳，众友为他送行，别人送的都是三百钱，只有萧何一个人送了五百钱。

"他家族还有几十人跟在我身后，这都是因为他把自己的命运与我联系在了一起啊！"想着想着，高祖心中感激，竟自言自语起来，于是又令左右传萧何进来，加赏萧何食邑二千户，又给萧何的父兄弟十几人封了赏。

萧何心中感慨万千。今天取得这一切，有自己的一份功劳，何尝不是由当时鲍生的劝说呢？

那时候，正是楚汉战争最激烈的时候。身为汉王的高祖就授权给他，凡事可以斟酌自定，过后再告诉也不妨。但是，读了许多书，又在官场多年，使他明白了许多别人不能明白的道理，身为臣子，无论主上对你多么信任，你都不能居功自傲，擅自做主。凡事需谨慎小心，才可保证万无一失。江山是别人的，你只是暂时为别人守护江山，所以，且不可有丝毫的自得之举。为了解除主上的疑虑，他听了鲍生的劝说，把家族中青壮年几十人送到了前线。这实际上是送去做人质啊！所以，他是用家族人的性命才换来了主上的信任的。

当今，高祖把他列为第一，引起众人怨愤，他何尝不知！唯有恭谨自抑，才能消除隐患。

功臣分封完毕，余下就是兄弟子侄了。

楚地已从韩信手中拿回，自然先分楚地。兄长刘贾，自他起事三个月后就随着他，每日里忙前忙后，也很辛劳，大功没立过几次，小功倒是有过，如降服周殷等。但是，他毕竟是堂兄。于是，就把淮河以东封给刘贾，为荆王。淮河以西仍称楚，封给小弟弟刘交，为楚王。代地陈余已死，无人为主，就封次兄刘仲为代王。

齐地辽阔，有七十三个县，是个重地，就封给曹氏生的儿子刘肥，封为齐王。刘肥年幼，不能把握住偌大一个国家，高祖令曹参为齐相，辅佐刘肥。

太公待高祖分封后，不见他分封自己大儿子的儿子刘信。想到大儿子早早过世，儿媳拉扯刘信也实在不易，他就对高祖道："刘氏侯王，已有四国，为何不见封刘信？"

高祖一听，十分不快，反问道："难道太公忘了大嫂是怎么待我的？吃她几顿饭就难受了，还想指望我封她儿子吗？"

太公气呼呼地说："妇道人家那般短见识，你也同她一个样？刘倍毕竟是你长兄的骨肉，你如何不念这一点儿？"

听到太公这么指责他，高祖也火了："我就是要气气他们，看他们还那般势利不！"

太公指着他："你若是这样，还像一个天子吗？让群臣笑话！"

这一句说到了高祖的心上。他想了半天，才带着气说："好，就依太公之言，封他个羹颉侯吧！"

太公一听，"羹颉侯"，这不是明摆在嘲讽刘倍母子吗？这三个字的意思乃是戛羹釜，是在暗骂大嫂的吝啬哩。他还想说上几句什么，可一想到这个三儿子的脾气，只好叹了口气作罢。

"侯就侯吧，总比什么没有强些。"

太公无奈，安慰自己道。

分封功臣难免会引起一些人的不满，说三道四、评论不公的大有人在。但是，众人也不好当众说出来。就说那三个最有争议的人——萧何、张良和陈平吧。他们向来为人谨慎，善于自守，封功之时都有谦让，众人也都见着了。人就是这么一类怪东西，人人都不想让别人比自己强，更容不了别人处处表现得比自己强。有了比自己高的人，只要他们处处自谦，倒让人心里好受了许多。那三个人都是一个劲地谦让，自守家中，深居简出，你还能说什么呢？

只有韩信，他就是不掩不遮地表现自己对分封的不满。

"这班人过去都是我的部下，听我指使命令的，如今倒好，他们封侯，我也是个侯，这算个什么？我岂能和他们称兄道弟、平起平坐？"

韩信越想越气，越气越恼。

夫人见他锋芒毕露，处处表现出不满，深为担忧，劝道："夫君啊，你为什么不吸取上次的教训呢？明知这样会遭难，为何不敛声屏气过日子？早年，你不是忍了那胯下之辱吗？"

"你知道什么？"韩信不耐烦地说，"忍胯下之辱是为了保存自己，有一天能够拜将封侯。如今我功成名就，只想守一份安宁，再没有别的想法，却遭到猜疑和打压，能再忍吗？人活着，就是为了争一口气，我就是咽不下这口气。"

夫人流着泪说："夫君，你只任着自己的性子，只怕是有一天我们会跟着你遭大难啊！"

"怕什么？我又没有一点反叛之心，谁还会加害于我吗？总不能说打肿了我的脸还让我忍气吞声吧！"

看自己拗不过丈夫，夫人只有暗自叹气。

有一天，韩信在家烦闷之至，就乘车外出，想散散心。

路过舞阳侯樊哙家门，正巧樊哙出门。一看见韩信，樊哙慌忙迎上来，一定要请他进去坐坐。

"大王肯亲临臣家，真是荣幸至极！"

樊哙跪在地上，还像从前在军中做韩信的部将一样。

韩信见状，一股暖流涌上心头。他下车扶起樊哙，只得随樊哙进门去。

樊哙十分殷勤，可是韩信心中不快，也找不出什么话说。片刻之后，就起身告辞。樊哙恭敬相送，直到韩信上车走远了。

坐在车上，韩信不由得想起了战火纷飞的往日。只要他一声令下，诸将无不纵马驰骋，奔杀不停。千军万马，谁不唯他是尊？如今呢？

"我韩信今日竟落到与樊哙之类为伍的地步了！"

他自嘲地笑笑，心中升起一阵酸楚。

为了避免与诸将相见，他从此深居简出，闷在府中，不再与别人多打交道。

一天，韩信入朝见驾。众臣与高祖议事完毕，就闲谈起来。话题不知不觉扯到了用武行兵的能力上，高祖问韩信："依你之见，夏侯婴能带多少兵？"

"三万。"韩信答道。

"樊哙呢？"高祖又问。

"五万。"

"朕呢？"

"最多十万。"韩信几乎是不假思索地说。

"那么，你呢？"

"越多越好。"韩信不卑不亢。

高祖不由得面带嘲讽，笑问："既然如此，你为何为朕所擒？"

韩信不慌不忙，欠起身子，道："陛下不善统兵，却善驭将，所以臣被陛下所擒，况且陛下有苍天相助，不是人所能左右的。"

高祖点头微笑，心中却是更加嫉恨韩信了。

【第十二回】

谈天相方士退敌，秉国法忠臣蒙冤

令高祖不快的事情不止一件。

四月初的一天下午，阳光明媚。天上有几朵白云飘动，空中有微风轻吹，绿树掩映的阳南宫，显得格外幽静。只听得阵阵鸟鸣，清脆而嘹亮，让人心旷神怡。

午睡起床之后，高祖心情特别好。几个将臣随身后，在宫中闲悠悠漫步。走上复道，只见满城房屋街道尽收眼底。大街上行人熙熙攘攘，人来车往，川流不息。街两旁，店铺满布，一家挨着一家。最引人注目的自然是那些高挂幌子的酒馆。

高祖不由得想起了故乡的那两个小酒馆，想起了酒馆中欢乐的气氛，还有酒馆里的那两个有情有义的女人。

前不久，他已悄悄派一个近臣前往故乡，各送给武负和王媪一百两黄金。为了避免麻烦，他让那个近臣不要说出是他所赠，就说是她们的一个老熟人发了迹赠送她们的。那时可以"滴溜滴溜"地喝着小酒，随意地品着小菜，听乡人说长道短，谈天说地，那份自得也是一种难得的享受。如今身为天子，再也享受不了那份欢乐了。

"唉，百姓有百姓的欢乐，天子也有天子的苦恼。"他叹息一声，继续往前走。

忽然，他的目光停在了一个地方。宫南面有一条河，河边绿草如茵，绿树成行。河水在阳光下闪闪发光，十分迷人。在河边沙滩上，一片树荫下坐了不少人，他们都是武官打扮，看上去正在聚精会神地商议什么。有的指手画脚，有的侃侃而谈，有的倾耳而听，丝毫没注意到有人在盯着他们。

高祖回头，想问那几个随从，话到嘴边却又打住了。

静静地注视了许久，他就下了复道回了宫。

这天晚上，他在榻上辗转反侧，久久不能入睡，百思不得其解。

第二天早上，他宣召张良进殿。

张良已许久没出来过了，他看上去面色苍白，身体瘦弱，不过精神好像还不错。

"朕昨日从复道上看见许多军吏在河边沙滩上交谈，不知他们都在干什么，留侯是否能为朕指点一下？"

"这个，臣已有所知。"

张良显得毫不吃惊。

"你已知道了？他们都在商量什么？"高祖迫不及待地问。

"依臣之见，他们极有可能在谋反。"

高祖大吃一惊，忽地一下站起了身："他们为何谋反？"

"陛下凭一个布衣，带领诸将夺取天下。今日陛下所分封的，不是亲人就是故友，而所诛杀的，皆是平生有私怨的。如此怎能不让人又疑又怕呢？人就是这样，只要疑畏一生，必会增多顾虑，顾虑之中，只担心今天没能受封，说不定明天就会遭杀头之罪。患得患失之中，有时急不暇择，就会相聚谋反了。"

张良之言，显然是深思熟虑过的。高祖觉得连他这个平日闭门不出的人都能看出这个，说明问题就相当严重了。于是，他急切地问："你看这事该如何处置？"

张良沉思良久，问道："陛下平日最讨厌的人是谁？"

"雍齿。"

"为什么？"

"当初朕刚起兵时，曾让他留守丰邑，谁知他却带兵投了魏人。后来，他又从魏逃到赵国，从赵国投向了张耳，张耳不知其中细节，竟派他助我攻楚。这等朝三暮四的人我最看不上了。可是，当时攻楚太需要人手，没办法，我只好收用了他。到了灭楚之后，我又没找出合适的机会除掉他。然而，只要一看到他，我心里就厌恶透了。"

高祖一边说，一边皱着眉头。

"众人都知道陛下最厌恶他吗？"张良又问。

"谁不知道？人前人后我常常表现在脸上，也曾多次说过。"

高祖一脸的不屑，仿佛雍齿就在他面前。

"陛下抓紧时间封雍齿为侯，可保无事。"

"封他为侯？这是为什么？"高祖十分吃惊。

"陛下只管封赏便是了。"张良笑着说。

高祖知道张良总有办法，就不再追问，第二天晚上，文武大臣都应邀到大殿里，高祖宴请他们。

只见各个几案上，放满了美酒佳肴，高祖面南高座，大臣分列两边，济济一堂，好不热闹。

高祖高举酒杯，向群臣道："朕之所以能得天下，全仗诸君追随相助。此番情义，无以言表。只期望在以后依旧风雨同舟，甘苦与共，此杯美酒，聊表心意！"

说罢，一仰脖子，喝完杯中酒。

群臣心下正是冷清之时，听此一语，顿生暖意，也都一饮而尽。

常言道：酒多情自近，三杯酒下肚之后，君臣之间就放松了礼仪，在席间说说笑笑，猜拳行令，十分融洽。

宴毕散席，高祖下诏书：封雍齿为什邡侯。众人闻讯大惊，互相议论。

"那雍齿竟被封了侯，他不是陛下最厌恶的人吗？"

"陛下向来对他都是冷嘲热讽，如今是怎么啦？"

"看来，我们是顾虑太多了，连雍齿都得了侯位，我们还担心什么？"

"皇帝为人还是十分仁厚的啊！"

一进入五月，天大热起来。自从来到洛阳，又过去不少日子了，高祖不禁有些思念家人。

"我都是五十六岁的人了，太公偌大年纪，能吃得消这酷热？"

想到此，高祖便启程到了栎阳，探视太公。太公又显老了，头发已经雪白，走路也没有以前那么有劲了。从感情上说，他不太喜欢父亲，以前在家里时，父亲讨厌他，瞧不起他，总认为他是个不成器的儿子，在人前人后，不知骂过他多少次。可是，现在自己毕竟成了天子，是天下百姓之父之母，自己的一言一行都被人注视着。忠孝仁义，这哪一点都须做得周全。孝当然也在其中了。

每日里，高祖依旧照着故乡的风俗礼节侍奉太公，每天早晚问候，如原来在家时一样。

太公虽然脾气不好，但实在是个老实人。自从儿子做了皇帝之后，他似乎有点无所适从。

太公身边有个家令，姓张，人称张公。

张公为人正直，又很有心计，对太公是忠诚之至。他看到高祖做了天子这么久，又封了太夫人尊号，却没有尊奉太公什么，心中就有些着急。"太公年纪这么大了，还能活几年？难道皇帝还要等到太公仙逝之后再封他？"

这么想着，就想找机会向高祖言明。但是，高祖的脾气他是知道的，高祖对太公的感情他也明白。想来想去，他都觉得不好明说。于是，他心生一计。

一天，他对太公道："皇帝虽是太公您的儿子，却终究是个天子；太公虽是皇帝的父亲，却依旧是个人臣。皇帝天天来拜见太公，哪有这样的道理啊！"

"那你说我该怎么办哩？"太公不知如何是好，连忙问。

"太公行为应合人臣对人君之礼。"张公说。

"那我该行什么样的礼仪啊？"太公望着张公，呆呆地问。

"每当皇帝来临，太公应拥帚而出，表示要为皇帝清阶除道，这才合乎礼仪。"

太公听了，默念一遍，点点头，眨眨混浊的双眼，说："我记住了。"

第二天，高祖前来拜见。他的车辇刚到跟前，就看见太公手抱扫帚，正要扫台阶道路。他连忙下车来，上前扶住太公，问道："太公，这是做什么？"

他身后的众多侍臣也很吃惊。

太公颤巍巍地说："皇帝乃是天下人主，为天下人所共仰。不能因为我是皇帝的老爹，就乱了天下规矩，让皇帝来拜我呀！"

高祖脸上一红，赶紧搀扶着太公进入房中。他想：这不是给朕难堪吗？太公为人老实，他自己是想不到这样做的，一定有人指点。

"太公，我做皇帝也不是一天两天了。平日拜见太公，太公都未曾说过什么，为何今日却要这么做了？"

太公沉默不语。

高祖笑道："太公，您老对儿子有什么不好说的？这也是在教儿子礼仪呀！"

太公这才吞吞吐吐地说："这是张公教我这么做的。"

高祖心道：多亏这个张公提醒，不然，我真要被天下人指骂了。自己做了皇帝，怎么能忘了父母呢？再说，我已封先母为昭君夫人，却不曾尊奉太公，岂不是让人家觉得我轻视太公？

当即，他辞别太公，令左右取出黄金五百两，赏赐给太公家令张公，一面让礼官拟诏，尊太公为太上皇。同时，还拟定了自己家中私朝的礼仪。

做了太上皇之后的太公，脸上的笑容更少了。常常见他一个人在夕阳西下之时独自呆坐，看着天边，长久不语。张公心细，瞅着一个空儿，委婉问道："太上皇可是想家了吗？"

太上皇点点头，又深深叹了口气，道："在这里，一天到晚被奉承着，虽然能吃好穿好睡好，可这心里却不好。宫殿呀，绸缎啊，有什么意思？成天见不到一个熟人，闷死了。古人说，叶落归根，我是快入土的人了，真怕死在没有乡亲的地方，多孤单！实不相瞒，我真想回我的丰邑去。那里还有我的几间茅草房，有落脚的地方。"

张公听了，心头不由一阵发酸。老年人的心哪，真是又朴素又超俗。于是，他把这一切说与高祖听了。

"这怎么行？"高祖急忙说，"怎能让太上皇一个人回故乡呢？"

"陛下，老年人最怕孤单，他在这儿太苦了！"张公道。

高祖想了一会儿，说："这个不难，我想办法让太上皇高兴就是啦！"

不久，他找到了一个人，名叫吴宽。此人是个百里挑一的能工巧匠。他令吴宽火速赶往他的故乡丰邑，把丰邑那一带的田园房舍、树林沟坡，都一一绘制成图，带入洛阳。

然后，高祖在栎阳旁边的骊邑，选择了一块荒野之地，令人照着图上的样子，建起了另一个丰邑。因故乡的房屋都粗陋简单，不过是些竹林茅舍，只消两个月，就一切成形了。

有了故乡的样子，还少故乡的人。高祖诏令村里的左邻右舍、熟人朋友，迁来几十户在此。太上皇每天在此和乡邻说说笑笑，随着来往，地里种点小菜，养养小鸟，喂只小狗。听着汪汪狗叫，伴着乡里乡亲，太公又恢复了往日的笑容，精神也陡然好了。

吕后自从和高祖团聚之后，就发现高祖喜欢去那些年轻貌美又温柔的姬妾房里。尤其是那戚夫人处，高祖去得最多。看那戚夫人，确实娇美可人，是个温柔的主儿，吕后心中愤恨不平，却没有法子。历史上，哪个帝王不是三宫六院的！但是，当她看到高祖每次到戚夫人处去都是第二天早上很迟才上朝，心中就有了主意。

一天黄昏，她对高祖道："陛下是布衣出身，原本识字读书不多，禀性粗豪。这在乡间是可贵的，可是，陛下现在已是天子，粗豪就不再是美德了。一些礼仪，还是多知道点好，别再让天下人笑话了。"

高祖笑道："皇后说得对。"他搔了一下头，"都习惯了，这么多年，得改改，得改改。"

"天下人看天子看什么？不过是两个方面，一是他的后宫，一是他的大臣。看后宫，是看他的家风正不正；看大臣呢，就是看他的政风好不好了。臣妾以为，这两方面，陛下都有要注意的地方。"

高祖点点头，道："还是皇后有点脑筋，也难怪，你自小儿就读书明理。朕倒要听听，这后宫该注意什么，大臣那儿又该注意什么。"

吕后清清喉咙，柔和地说："陛下最重女色，这个我了解。原来在故乡，陛下就有过几个女人。如今成了天子，有一群姬妾也很自然。但是，凡事都有个度，不能太过了。且不说陛下在那年轻的姬妾处缠绵，迟早会伤身子骨，就是早朝老是很迟，臣子们见了还有个不说的？至于那些武士臣子，平时还好，一到得意时就忘形了。臣妾最看不上眼的是在宴会上，瞧那一个个放肆的样子，哪像朝中要臣啊！简直是一群杀猪匠！"

吕后声音不觉高了几分，显然是越说越不满了。

高祖一下子想起了他的那班功臣们，举止确实太粗豪了，哪里有什么礼法？他们大多是从嫉恨秦朝暴政而起兵的，行为上都有些暴烈。再加上当初订立朝中之礼时，他厌烦秦朝的礼仪烦琐，就坚持从简。这从简生出的弊端真不少。有些人仗着自己有功，任意妄为。每次入朝宴会，人们都是闹成一团，吵得人听不见对方说话。他们彼此夸功，或是自我夸耀，粗话连篇。若是喝多了酒，就更难看了，有的大呼小叫，有的胡乱起舞，有的拔剑击柱，实在不成体统。天下已经太平，像这般野蛮举动，若再不加以禁止，朝廷哪里还像个朝廷啊！

于是，高祖就开始寻找改变的策略。

有个儒生，名叫叔孙通，此时就在高祖身边做事。他知道高祖正为朝臣们不守礼仪而烦恼时，就灵机一动，对高祖道：“儒生们没有攻取天下的能耐，但攻取天下之后，要守住成业坐天下，还得靠他们。陛下还记得项羽死后围鲁之事吗？儒生的礼仪有独特的动人之处。如今天下一统，是用礼仪治天下的时候了。”

“朕一向不喜欢儒生，也不接纳儒生。如今到哪里去找儒生呢？”高祖问。

“这个不难。自孔老夫子开始，鲁地成为儒生之乡，那儿的名儒有的是，如果陛下允许，臣愿往鲁地征召儒生。臣下还有不少弟子，都是有才之人，可以把他们都请到京城来，为陛下讲习朝仪。”叔孙通道。

高祖想：我自个儿不喜诗书，更讨厌那些繁文缛节，麻烦死了！若是太细了，我自己都厌恶，怎么可能让臣子们去遵守呢。

他问道：“那些朝仪不会太烦琐吧？太难了恐怕难以实行。如今的臣子大多都使枪弄棒的。”

叔孙通说：“古代，五帝的乐制不一样，三王的礼制也不同。所有的礼制都是根据时代的变化而变化，根据人情的变迁而变迁，哪有个固定？臣下已想好了，本朝的礼制可以采用一些古代礼法，和秦朝的礼法相糅合制定，保证简单可行而又隆重庄严。”

高祖又想了想，说：“好，就请你去办吧。反正是越简单越好。”

叔孙通是个机灵人，听令后立即启程了。一路上，他兴致勃勃，感到自己的人生理想就要实现了。

叔孙通的故乡在薛地，他家专司儒业，以讲授儒学为生。由于叔孙家的人德行高尚，治学严谨，吸引了方圆几百里的人前往求学。他也成为一代大儒。秦始皇统一天下后大肆打击儒生，儒生地位一下子变得低下。之后，各地揭竿而起，他毅然抛家舍业，跟随项梁走了，步入了动荡的生活。

汉王二年，汉王率领各路诸侯攻入彭城。他经过一番深思熟虑之后，投降了汉王。他断定，将来取天下的是汉王，要想让自己的所学有用武之地，必须跟汉王走。后来，汉王大败西归，他仍无悔意，始终相随。

然而，此时的汉王对他并没有好感，总是对他十分冷淡。原来，汉王本就憎恶儒者衣服，而他偏偏常年穿一身儒服。为了博得汉王好感，他就改变了穿着，换成了一身短装。此行果然有效，汉王对他的态度大大改变了。

随从他一同降汉的儒生弟子有一百多个。众人见汉王待他不薄，都期望他能在汉王面前多进美言，举荐他们。谁知他却只对汉王讲那些粗豪的故事和历史，如盗贼、豪杰、侠客等，压根儿就不提他们。于是，众人心怀不满，暗地里大骂他。

正因为他能见机行事，机智有谋，所以汉王才越加欣赏他，拜他为博士，赐号稷嗣君。

汉王五年，天下一统。汉王在定陶做了皇帝，叔孙通也正式有了仪号。在治朝方略上，高祖把秦朝那些苛刻烦琐的仪法，一律从简执行。谁知不久之后，群臣们就放纵开来，饮酒争功，醉后狂呼乱叫，甚至拔剑击柱。得知高祖为此发愁，他曾向高祖道："必须挑选一些儒生来帮助陛下才行。"

高祖嘲笑地说："老子提三尺剑骑马打天下，什么风雨没经历过？哪里用得着那些儒生！"

他慨然反问道："陛下能在马上打天下，还能在马上守天下？"

高祖的笑消失了，许久许久不说话。所以，当他再次向高祖提议征召儒生时，高祖就同意了。一想到这里，他自己也不禁微笑起来。

到了鲁地，叔孙通很快召集了一些有名的儒生，总共有三十多人。叔孙通向他们说明自己此行是奉天子之命，带他们入京共定朝仪的，并让他们自己决定去留。

这时候，有两个儒生站起来道："我二人不愿随行。"

众儒生都认识他们，当下劝道："从孔老夫子开始，儒家追求的就是修身、齐家、治国、平天下。如今有了平天下的机会，要为天子效力，你们为什么要放弃这个良机？"

年长的一位并不理会众人的劝说，对叔孙通说："先生先是侍奉秦王，继而追随楚王，最后又去依附汉王，前后有好几个君主了。他们都很赏识你，但是你是靠什么取信于他们的？是阿谀奉承。如此这般你才有了今天的天子使者身份。而今，天下刚刚平定，原野里到处是白骨没有掩埋，战伤的人还未能恢复行动，天子就想要制礼乐了，真是异想天开！自古以来，圣明的君王必须先积累德行几百年，才能产生礼乐。先生这样忙碌，不过是为了讨好君主。我二人若是随行，岂不是同流合污？你快快走吧，不要玷污了我们！"

叔孙通听了，并不气恼，只是笑着道："你们真是浅陋之儒，根本不知道时势变化，只是墨守成规。就是满腹经纶，又有何用！"

说完，带着其他儒生奔薛地而去。

薛地是他的故乡，那里有许多他的弟子。练讲礼仪，需要人手。

听说老师从京城归来征集人手，哪个不乐意前往？一呼百应，当下就有一百多弟子随叔孙通踏上了赴京之路。

到了栎阳，叔孙通先制定出一个朝仪大略，然后与鲁地儒士及弟子逐一商定，接着就开始了排演。

城东有一块平坦高地，是个理想的演练地。据说此处原是一家豪门的晒谷场。因为练习的朝仪，必须让一些朝中近臣参加学习，叔孙通请求高祖拨派朝臣，高祖欣然应允，当下就诏令上百人参加。

叔孙通在晒谷场四周用绳子拦起来，以防止百姓胡乱走入，在各处插立茅草捆，以示尊卑位次。他又让弟子们权充各级臣子及卫士，按照朝仪条款，一一演练。

此时是秋天时节，风爽水清，十分宜人，不知不觉已是一个多月了。看演练程度，已分合有序，十分自如。叔孙通就奏请高祖，请他亲临视察。

第二天上午，高祖坐在场上，目睹了演练情形。明丽的秋阳照着他的脸，看得出他是一派喜悦。完毕后，他笑着对叔孙通道："太好了，简单易行，连朕都可以做到。"

秋去冬来，从咸阳传来萧何的奏告：长乐宫落成了。高祖大喜，诏令文武大臣：赶往咸阳，在长乐宫庆贺元旦。

汉高祖七年，初一。诸侯及文武大臣齐聚长乐宫，参加朝贺典礼。这些人中间，几乎没人参加过十分正规的朝贺大典，所以都有几分激动。

天大亮之后，在一阵阵鸟儿的鸣叫声中，谒者主持着典礼。按照次序，将所有人员引入大殿门内，列在东西两方。侍卫们有的在殿下台阶两旁站立，有的排列在廷中。他们手中都拿着兵器，举着旗帜，甚是威武。

须臾，旭日东升，霞光万丈。高祖乘坐辇车而来，众朝史举旗传呼警戒："皇帝驾到！"

当即，诸侯王以下至六百石级别的官吏，依次跪下，齐声高呼："吾皇万岁！万万岁！"

声音整齐庄严，十分雄壮，令人肃然起敬。

"免礼平身！"高祖缓缓欠身一下，算作答礼。

众臣起身，悄悄后退，依旧按位次站立两边。

仪式完毕，须臾摆上筵席。按照职位高低，众臣子一一捧觞前趋，为高祖祝福。酒席边分立许多位御史，监察众人。所以，臣子们皆是屏声敛气，屈身俯首，不敢有丝毫造次。

酒过三巡，谒者进入筵席场，请求撤宴，众人不敢拖延，立身告辞，悄然退去。如此，平日那些善饮的，那些举止粗豪的，那些胡言乱语的，哪里还有乱来的机会！

高祖坐在高高的几案边，目睹这一切，心中叹道："这场面跟过去真有天壤之别！那种闹嚷嚷的局面消失了，儒士可敬，儒士可敬啊！"

及众人谢宴散尽，高祖对叔孙通道："先生啊，朕今天才真正知道身为皇帝的尊贵了，了不起啊，你！"

于是，一道诏令传下："拜叔孙通为太常，赐黄金五百两！"

叔孙通乘机进言高祖，道："陛下，那些儒生及弟子，跟随臣下时间不短了，他们与臣下共商朝仪，共同演练，功劳不小，陛下不如用他们为朝官。以后，还不知有多少地方要用到他们哩！"

高祖毫不犹豫地说道："朕已想过了，朕把他们全部拜为郎。"

"谢陛下圣恩！"叔孙通一出大殿，就把高祖赐的五百两黄金全部送给了儒生和弟子们。

这时，原先那些不理解他的人都笑了，说："叔孙通算是知道当世要务的儒生，真如圣人一般啊！"

然而朝贺的喜庆气氛并未让高祖快乐多久，北方匈奴的威逼成了他心头的一道阴影。

追溯辽远的远古时代，去寻觅匈奴人活动的踪迹——

匈奴的祖先本是夏后氏的后代子孙中，一个叫淳维的人。唐尧、虞舜之前，在当时的北方荒蛮之地，就有山戎、猃狁族了。他们都是游牧民族，哪里有水有草，就往哪儿迁徙，居无定所，行无定处。

匈奴人的风俗，跟中原人截然不同。平时，若是无战事发生，就随意游牧，以射猎飞禽走兽为生。那种生活，倒也十分悠闲自在。若是遇到了紧急情况，如外族入侵，他们就全部来学习攻战本领，以便在侵袭掠夺中取胜。

在家庭婚姻上，父亲死了，若是有小妾，做儿子的可以娶后母为妻。兄弟之间也是如此，只要有死去的，其他兄弟可以娶他的妻子。他们有名无姓，也不像中原人有字。

当时匈奴的单于叫冒顿，匈奴在秦人的攻打下迁到了北方。十多年后，蒙恬被秦二世杀害，中原也陷入了混乱。原来那些守边的犯人也纷纷跑回中原的故乡，边防空虚了。匈奴人借此机会，又打过黄河来了。

这冒顿心狠而有勇有谋，当初设计杀害自己父王头曼而夺得单于之位。后来，又故意放任东胡的无理，激起群愤后则带兵一扫东胡，冒顿也亲自砍了东胡王的首级，掳着东胡的百姓、牲畜凯旋。

其后，冒顿乘胜而行，打跑了西边的月氏，吞并了南面的楼烦、白羊河南王，这样一来，蒙恬当年从匈奴人手里夺去的土地全成了冒顿的国土。仗着自己逐渐壮大，冒顿开始侵袭汉王朝的北部地区。

从边境不断传来匈奴进犯的信息。

高祖为此煞费苦心，期望能镇守住北方边境，阻止匈奴的侵扰。他把目光放到了韩王韩信身上。

韩王的封国，北方接近巩、洛，南方接近宛、叶二地，东边有淮阳。这大片的土地，都是军事重地。

半年之前，高祖被匈奴人的步步进逼困扰，考虑到韩王人高马大，颇有勇武之气，就把他迁到太原以北，以晋阳为都，让他去抵挡匈奴。

韩王心中自然不快，他心中道："天子拥有天下，本王也是出过一份力的。本来，封我为韩王，以颍川为都，镇守天下大片军事重地，如今却让我到这遥远的北方来了！与其说是相信我勇武过人，不如说是不信任我。"

这时，匈奴人不断侵入他的封国，烧杀抢掠无所不为。这些人多是一骑快马，一副良弓，一囊箭，一柄短刀，来无影，去无踪，一阵烧杀过去就跑了。等韩王派人到跟前，早不见他们的身影了。韩王不禁暗中叫苦。

他想了许久，就给高祖上了一奏："臣属国接近边塞，匈奴人多次侵入。都城晋阳又远离边塞，几乎对防御匈奴起不了什么作用。请陛下允许臣到马邑去防御匈奴。"

高祖看了，自然高兴，当即准奏，让使者送与韩王。

秋天时分，北方遍地枯草，常常是飞沙走石不断。韩王从未在这么艰苦的条件下生活过，只好咬着牙度日，王命却不敢放松，每日监视匈奴，严防敌人入侵。

八月中旬的一天，前一天刮起大风，冻得人直发抖。随从韩王的都是内地人，经不住寒风侵袭，都从哨位上躲进了城中。漫天的乌云翻滚，似乎一场大雨即将来临。

这一夜，韩王和士卒们只听得外边凄厉的风声，如哨子一般，还能听到飞沙打窗的响声。冷气袭人，他们把被子裹了又裹，还只觉寒冷。

第二天一早，天显得特别亮。一个早起小解的士卒，传来一声惊叫："哎呀！下雪了！"

士卒们不信，从被窝里跳起来。门边儿上，窗户边，顿时挤满了人。

"天呀，真奇！八月就下雪了！"

"看啊，有两尺多厚！"

"呀，那红旗都冻住了！"

这些人惊奇不已，议论纷纷。

有几个将领连忙起身，因为天已大亮了。

须臾，一个将领跌跌撞撞地闯进韩王的住室，大叫道："不好啦，大王！匈奴人把咱们围住了！"

韩王正在洗脸，扔下手巾抓起剑就往城上跑。众将领大惊失色，跟在身后。

俯视城下，黑压压一片全是人。他们身穿带毛的兽皮，头戴雪毡，胯下一律是高头大马，正虎视眈眈地注视着城上。

"哇呀呀！哇呀呀！投降吧，投降吧！"

一阵粗野的呼叫传来，让人毛骨悚然。

韩王顿时倒吸一口冷气。谁也想不到，匈奴人趁着一夜飞雪的恶劣天气，飞骑两三百里，把他们包围了。

"眼下，我的身边只有四千人，又皆衣衫单薄，许多人冷得连弓都拉不开了。这匈奴人足有一万多，一个个骁勇善战，都是拼命三郎。若是和他们硬拼，犹如孤羊投群狼，该如何是好？"

韩王脑子里急促飞转着，寻找解脱之法。

"大王，派使者向天子求救吧？"一位将领迫不及待地问。

"匈奴人围困数重，派人出去，难呀！"这个建议，立即被另一将领否定了。

"大王，纵使再难，也要派人试试。希望是有的，却要机智些。我部下有一个人会匈奴话，让他扮作匈奴人，坠下城去。"

"就是他能出得去，这大雪天气，他不被冻死，也会累死。那么远的路哪！"

韩王一时无法，只好让那位将领派人去汉朝求救。

深夜时分，一个白色的影子从城上沿粗绳悄悄溜下，迅速消失在重重起伏的匈奴军帐缝隙里。然而，一天，两天，五天过去了，也见不到汉王朝什么动静，真是度日如年。

韩王在马邑城坚守着。他哪里知道，一个人步行走过雪地，越过几百里的沙漠地带，五天时间哪里够？

城门是关闭的，但是大雪天里奇冷异常，匈奴人的矢雨阵阵射上来，压得士卒不敢抬头。

韩王有些着急了，他转念想着："过去，我们本是项王的追随者，后来，汉王派韩信攻打我们阳城。因为降服了汉王，才封我为韩王的，韩军归附到我的手下。项王大败汉王于荥阳，我见势不妙又投了楚王，不久又从楚王那儿奔赴汉王。如此反复，天子会不会因此不信任我？否则，为什么把我从颍川迁封到晋阳呢？身为人臣，不被君主信任，岂不是危险重重？如今匈奴人围困了我，等天子来到，我恐怕已被敌人砍了头了，不如投了匈奴人吧！"

将领们本来就已对天子改迁他们不满，听了韩王的想法，齐声叫好。

"匈奴人虽为蛮夷，但讲义气，守信用，比天子强！"

"听说汉朝已杀了几个边地侯王了。"

"大王说得对，既然不被人信任，不如另找出路！"

"如此被天子迁来迁去，还是投了匈奴人吧，反正都是做别人的臣子。"

第二天，韩王派出了求和的使者。

与此同时，前面派出的去汉王朝使者也终于抵达咸阳。

高祖看了韩王的求救信，立即组织兵马，准备派将领前往马邑救援韩王。这时的中原，粮草都已入库，十分充足。要深入边防打匈奴，高祖明白，必须筹备很多的辎重。所以，一边调集兵马，一边组织辎重队，等一切就绪，已是七天之后了。

就在赴马邑的军队即将开拔之前，一个密使又从马邑来到宫中。

高祖看完密信，顿时变了脸色。立即召见陈平，把密信给陈平看，陈平只见上面写了这么一句："韩王信正在与匈奴议和，天子前来，定有危险！"

原来，此密信乃是韩王的一个偏将所送，是在暗中进行的，韩王根本不知道。此人是高祖的一个同乡，在一个偶然的机会里进入韩王军中。在此紧要关头，他派一个士卒送来了密信。

"朕该怎样对待韩王？"

"陛下，正如此将所言，陛下让军队贸然前去，必会有挫。不如先派一个使者去责备他。若是他尚有汉人良知，会迷途知返的。若是他已死心投奔匈奴，陛下再行他法。"陈平道。

"朕早就对他不放心了。过去的几年，在楚汉之间，他反复了多次。这种人如何能靠得住？"

高祖面有怒色。

"而今虽有求和意向，并未实施，陛下怎好派兵攻打他呢"陈平问。

高祖想了想，道："先派使者去，朕不想逼他。江山刚定，一切都需要安定。匈奴人已是朕的一块心病，若再加上个韩王，就更麻烦了。就是对付韩王，现在也不是时候。"

韩王数次和匈奴讲和，仍未完全定下。毕竟是中原人，家小、亲属、故乡，哪一点不让人难以割舍呢？他的心里也满是矛盾和犹豫。然而，汉王朝使者的到来加强了他投匈奴的决心。

打开高祖送来的书信，韩王满脸灰白，只见上面写道："朕封你为韩王，让你镇守北方，可谓有恩有义，信任重用。不料你却暗中数使于匈奴，是何用意？请你好自为之，多念中原之根系，三思而后行！朝廷大军将至，马邑之围即日可解，天子岂有不救臣下之理？"

"天子本来就对我不信任，今日又知道我擅自向匈奴求和，一定会恨上加恨。也许现在不会对付我，但到将来一有机会，必会杀掉我。与其坐以待毙，不如一投匈奴了之。"又急又怕之时，韩王立即决定献出马邑城，归附为匈奴之臣。

匈奴单于大喜，当下拜韩王为大将，让他充当先锋，越过句注山，南攻太原。

匈奴军队都是骑兵，人人精于射箭骑马之术，打起仗来如拼命一般。又有韩王为向导，所以一路上到一处杀一处，杀一处抢一处，抢一处烧一处。汉兵没见过这么凶残的异族人，一边败逃，一边向朝廷报知。

高祖正在宫中等待使者从韩王那儿带消息。消息没等来，却接二连三收到了从边境飞来的羽书。

"颠三倒四的小人，朕要亲自将他拿下杀了！"高祖暴怒，大发雷霆，挑选了三十多万精兵，亲征韩信与匈奴。

这时已是十月中旬，天气寒冷。夜间是霜花满地，白天是秋风袭人。众将见高祖偌大年纪亲自出征，哪个敢怠慢？

陈平等一班谋臣也随军前往。从咸阳通向边塞的大道上，尘土飞扬，马嘶阵阵，车声隆隆，气势壮阔。高祖心想，此行不只要杀掉韩王，还要给匈奴人以重创。

大军行至铜鞮，正巧与韩王军队相遇。仇人相见，分外眼红。高祖坐阵不动，只令前头部队围杀过去。

韩王只带了一万人马，根本就无招架之力，率军舍命冲出高祖的包围后，就没命地狂奔起来。他的一个部将，姓王名喜，对他忠诚万分，自己浴血奋战，掩护他向北走。

汉将见王喜骁勇，一齐围住王喜。一个士卒一箭射中了王喜的前胸，"扑通"一声，王喜倒在地上。众士卒一拥而上，把王喜剁成了肉泥。

韩王如丧家犬一般，不停狂奔，不分白天黑夜。几个随行的护卫也像惊弓之鸟，人不解衣，马不下鞍，最后，逃回到了马邑城，才敢喘息安坐。

马邑城内，有韩王的两个得力大将。一个叫曼丘臣，一个叫王黄。此二人原是赵王之臣，在赵王死后投奔韩王的。

韩王想出了一个能让自己得到鼎力支持的办法。他对二人说："赵王去世不少日子了，你二人身为赵王遗臣，为什么不去重立赵王呢？"

二人问："大王已战败了，拥立赵王会有何益处？"

韩王说："朝廷以叛臣之名施加于我，让我孤立，所以必须想法子争取人心。只靠我们，太单薄了。"

曼丘臣看了王黄一眼，心中会意一笑。这正合二人心意。长期以来，他们一直都想借韩王之力复兴赵国。只可惜韩王自己也不得志，被朝廷派往边防，没有机会。想不到韩王此时处于败境，还想到这个。二人齐声道："此计甚好！"

两人辗转在赵国原都城各处，终于找到了赵王的一个后人，名叫赵利，当即就打出旗号，拥戴赵利为赵王。赵王拥立后，许多赵地的英雄豪杰聚集而来。

与此同时，韩王还派出使者向冒顿求援，让他火速派兵前来。

冒顿接到求援信，心中道："凭我的力量，打败了东胡、月氏，北方的浑庾、屈射、丁零、鬲昆、薪犁，大大小小的国家都被我踩在了脚下。韩王投奔我，说明我的力量超过了汉天子，这仗能打。"

于是令左右："传左贤王、右贤王进帐！"

左、右贤王须臾奔进帐来，冒顿道："韩王做我军先导大败，本王令你二人带一万两千骑兵前往马邑救援。注意，行动利索些！这可是我军同汉人的第一仗！"

左、右贤王各率六千铁骑兵向马邑开去，韩王也收集了一些残兵败将及部分赵军等在那里。会师之后，韩王道："我熟悉路途，知道哪一条最有利，跟着我走！"

三路大军都是骑兵，从马邑到了代州雁门县的广武，从广武又到了晋阳，迎头碰上了高祖的汉军。

左、右贤王几乎未打过败仗。凭以往作战经验，他们仍采取猛冲猛打的方式。过去的每一次侵袭，都是一番凶猛的砍杀之后打得敌方措手不及，然后大肆抢掳烧杀后速回。

左、右贤王把骑兵组成十拨。第一拨听令猛冲，其意是把汉军冲破。只见勇士们纵马直骋，如飞腾一般。

忽然，一阵烟雾滚起，骑兵们几乎连人带马全部没了踪影。

原来，高祖早已知道左右贤王狂妄有余，细心不足，事先在大路上、田地里挖了许多陷阱，上面依旧用灰尘和草皮盖好，不仔细看，根本看不出来。

一阵人马的惨叫声传来，令人毛骨悚然。原来陷阱中竖了许多竹箭，人马只要掉下去，不被扎死，也会被扎个腿穿胳膊断。左、右贤王一时还弄不清陷阱到底有多少，惊诧之际，令第二拨人马再冲，绕开刚才的线路。

"嗖嗖嗖！"第二拨人马刚冲近汉阵跟前，只听得万箭齐发，顿时又是一片人仰马翻。

左贤王大吃一惊，对左右道："汉人的箭法也是好生了得！上！再上第三拨儿！"

这一次倒是没有箭了。匈奴士兵个个面前挡着一支挡箭牌，就不大能看清马前面的路。

"扑通！扑通！扑通！"突然从地面上拉直的粗绳子又起了威力，匈奴骑兵们连人带马倒在绳子底下后，从两边的沟底涌出了汉人的骑兵，上去就是一阵猛砍。

"全部冲上去！全部冲上去！"左、右贤王又急又气，索性让余下的人马全部冲向汉军。

顷刻之间，从四面八方的树林里、深沟里、山坡后，跃出了千军万马，呈包围之势，把全部匈奴人围在其中。二人见此大惊失色。

"汉人太多，逃吧！"左贤王一边砍杀，一边向右贤王大喊。

"逃！再不跑就来不及了。"右贤王早想这一招了。

善战亦善逃，这是他们的习性，左贤王在前开路，右贤王断后，杀开了一条血路。

得令的匈奴士卒自然是快行如飞，拉拉杂杂，大约逃出了一半人马；余下的都成了汉兵的刀下鬼。

"乘胜追击，打下匈奴人的威风！"咬着牙，高祖下令。长期以来屡受匈奴人侵扰窝下的火，让他憋了一肚子气。

追到石州县的离石，汉军又追上了匈奴的一股骑兵，又将他们杀了个片甲不留。

等左、右贤王逃回本部，只剩下三千左右人马了。

冒顿简直不敢相信自己的耳朵，连声惊问："汉军杀了我八千人马？八千人马？"

左、右贤王一一把汉人如何用计说与冒顿听了，冒顿道："常听说汉人多奸诈，果然如此！既如此，本王也给他来个奇计。"

他下令全军："全军集合，征讨汉人！"

二十多万大军在冒顿的率领下开向晋阳方向。

十一月的天，北方已是酷寒。刚刚大败匈奴，突然就变了天。从早到晚狂风呼啸，大雪纷纷扬扬飘落下来，一天下来就有几尺厚。

汉兵多是中原人，哪曾这么被冻过。一些士卒站岗放哨，一夜下来竟有手指、脚趾冻掉的，手脚和脸溃烂的更是不计其数，一场比战争更严酷的寒冷逼在高祖面前。

这里到处是不毛之地，人烟稀少，就是银两再多也买不到御寒的东西。又有许多受冻的人发起了高烧，呻吟声、咳嗽声此起彼伏。

高祖心中忧虑重重：若是这个时候匈奴全军开来就糟了。

望着大雪弥漫的灰色天空，他心中默念：老天快晴了吧！雪化了就不会这么冷了。

这时，探马送来一个信息，匈奴人在五十里之外停住了。

"为什么停住不前了？是力量不足，还是天气太冷？若是力量不足，不如我先去迎战他，一场大战之后就回中原去。"

一边想，高祖一边派出探马，扮作匈奴人模样，前往冒顿驻扎地探听虚实。

几天后，探子都回来了，他们报告道："陛下，冒顿大军大概就那么一点精锐，前日已被我军击败了。他们的营地，不是老人，就是少年，余下的就是伤胳膊缺腿的。看他们的衣着，也都单薄，人人都弯着腰，吭哧吭哧的。若是发兵过去，只消半日光景，就把他们砍尽了。"

高祖脸上现出笑容来："朕也料到他们不行了。试想，一个人烟稀少的地方，一共能有多少人？连男女老幼统统计算在内，怕也不足我汉朝的一个郡哩！发兵，打他们！"

一个人站了出来："陛下，臣闻单于冒顿为人狡诈，深藏不露，诡计多端，凶狠异常。他敢带全军来，必有取胜的把握。刚才众探听说，说不定是他们匈奴人假装的哩。"

这话有道理。一个敢于杀父自立的人，什么事干不出呢？

高祖抬头看刚才说话的人，乃是刘敬。娄敬受赐姓刘之后，便叫刘敬了。

"依你之见，怎么办？"

一时之间，高祖也陷入了困惑。

"臣愿亲自前往探听消息，摸清匈奴底细再来禀报陛下。"

"真难为你，朕没有看错你。速去速回！"脸露感激之色，高祖说。

刘敬换了匈奴服装，骑上马消失在雪白的世界里。

三四天过去，仍不见刘敬回来，高祖有些不耐烦了，他找来众将计议道："天气酷寒，刘敬一时不归，将士冻伤者越来越多，不如边走边看，去迎接他。"

众将自然无异议。

往前走，沿途不断看到匈奴百姓。一见到汉军，他们像受惊的兔子一般乱窜。高祖哈哈大笑："匈奴人这等胆小，怕他什么！"

当时就下令全军，快速向前。

一路走去，却未见五十里外有匈奴军队，却见到遍地里扎过帐篷，烧过火的样子。高祖又笑了："看，这些匈奴人后退了，才撤走的。一定是听到汉军的信息了。不要担心什么了，只顾向前，随朕前去灭敌便是了。"

众将也不多想，轻松地随行着，设想着轻易全歼残敌的场景。

越过句注山，抵达广武，才碰上刘敬回来。

只几日不见，那刘敬却消瘦了许多。脸上一副憔悴模样，衣上沾满了污泥，看样子走了不少路。

"怎么样？进攻匈奴没大碍吧？"

高祖来不及问候衣食住行，喜滋滋地问。

刘敬面露忧思，说："臣以为不宜进攻。"

高祖不悦，问道："为何不宜进攻？"

刘敬说："自古以来，只要两国发生战争，各方都是尽情夸耀自己这方力量强大，显出战无不胜的样子。然而我至匈奴军营，却见他们皆是老弱病残，一个个垂头丧气、萎靡不振，从老到小都是如此。这哪里是匈奴人勇敢剽悍的本色？其中奥妙，乃是想让我方误以为他们势单力薄，引诱我军深入，然后出奇制胜。因此，我劝陛下不要攻击他们。"

高祖正在信心十足之时，且有二十万大军走到前面去了，一听此言，以为刘敬胆小怕事，疑神疑鬼，扰乱了军心，不觉大怒，恼恨地骂道："你这个齐国软蛋！你以为你是个什么鸟人物？当初就凭那一张三寸不烂之舌，得了朕的一个职位，却敢在这里造谣惑众，阻我大军前进，真是大胆！来人，将这老小子给我拿下！"

众人听令，三下两下捆了刘敬送到广武狱中去了。

"哼！老小子！等朕大破残敌后再来收拾你！"

高祖望着押运刘敬的囚车渐行渐远，还是气咻咻地。

刘敬也不挣扎，也不辩白。他想：这时候说什么皇帝也听不进去啊！望着一望无际的白雪世界，他内心焦虑万分，只好在内心祈祷：愿苍天保佑汉军不要全军覆没！

高祖心中发急，行程又快了许多。骑兵先行，步兵紧随，高祖快马加鞭，走在头里了。显然，越往北走，天越冷，雪越大，路越难走。只能凭着雪地的平展与起伏，分辨哪是路，哪是野地，哪是山丘。士卒们叫苦不迭，不断下马来抢匈奴百姓的皮衣穿。每个人不断添加衣服，只要能御寒的，只顾往身上加，一个个穿得如狗熊一般。有些人穿得像个皮球，圆溜溜的连马都上不去了，一些骑兵也开始掉队了。

接近平城，雪地渐薄，慢慢露出泥地来。到了平城里，是晴好地面了。将士们长途在雪地里跋涉，精疲力竭，困顿不堪。高祖自己也累了，看骑兵们只跟上来一部分，他下令就地休息，等人马到齐了再说。

刚刚下马解鞍，却听探卒来报：冒顿带着四十万大军突然出现在城外，只有二十来里了。众人大惊，赶紧上马。高祖道："快！出城去！不能被他们困在城中了！"

慌慌张张，高祖带兵冲到城外，见不远处有一座山。凭经验，若要坚守，最好是占据一个山头。高祖大叫："上山！上山去！"

说话中，却听得一声号角声响起："呜——呜——呜——"

霎时间，烟尘四起，马蹄声惊天动地。匈奴骑兵从四面八方卷来，如遍地巨蚁。汉军紧急布阵，仓促应战。疲惫之兵，哪能打仗？打了几个回合，汉军只有后退的份儿。看远方，后面的大军还不知何时能到。而匈奴人马如海，越聚越多。

高祖顿感不妙，忙令左右："冲！冲出去，上山！"

几员大将眼看形势危急，也拼了命。一阵左冲右突，杀出了一条血路，向着东北方向的山上杀去。

退入山口，忙派人扼住山口。

也许是上天有意庇护，这山口两边是峭壁巨石，中间两丈来宽一个口子，易守难攻。匈奴人冲了数次，都无济于事。

冒顿没防这一手，见此状况，只后悔当时没有抢先占住山头。刚一交战，他已约略估算了一下，知道高祖近旁的士卒不到十万，而他们匈奴兵足有四十万。汉军后接不至，又无粮草供应，先困住汉军再打不迟。

四十万人马分成四队，从东南西北四个方向把个山头紧紧围住。

高祖见冒顿忙着分兵围山，急令将士："用那巨石垒壁！将四方的关隘也守好！"

将士们一部分建壁垒，一部分找四方其他关隘，一个个都派人守住了。

待将士们复命，说一切就绪了，高祖才松了口气。登上高处，隐在树丛背后向外眺望。

"天哪！"高祖一看，不由得惊叹一声。只见山外，出现了一道战场奇观——匈奴人西方全是白马，东方尽青马，北方尽黑马，南方则尽赤马。色彩对比鲜明，气势雄壮，非同一般。

众将何曾见过这样场面，一个个惊得瞠目结舌。

出乎意料，那冒顿并不进攻，只是紧紧围着。"如此天气，他们无衣无食，不要多，只消十天，我军不战自胜。"冒顿心中笑道。又令左右："那汉天子带了三十多万人，还有些骑兵、步兵在后面，派人去，拦住余下的，千万别让他们靠近了！"

几个将领带了些闲兵，把各个道口都把住了。

一天，两天，三天过去了，高祖焦急起来，心道："这冒顿果然诡计多端。只围不打，他是想不战而胜哩，这下糟了！"

士兵们身上的干粮只有五天的，如今过去了三天，谁心里都有点发慌。山中凄冷，夜里冻得人无法入眠。许多人的伤情更重了，哭丧着脸叫苦不迭。

高祖焦急，大骂后面的骑兵、步兵："那帮混蛋，为何还不来援救？朕战死就算了，若是不死，不能把他们轻饶了！"

骂完了，仍是束手无策。忽然，他想到陈平还在军中，就召陈平问计。

陈平进得军帐来，倒先开了口："陛下，臣正在苦思冥想。勿要着急，陛下命不该绝，有上天护佑呢！"

高祖一听上天护佑几个字，心中为之一振，只等陈平快快拿出妙计来。

陈平知道军中有几个了解匈奴人生活习性的人，就一一找他们问讯。一个个问过了，他心中就有计了。

"陛下！"

陈平进帐来，倒身先拜。

"快快平身！有计了？"高祖一边摇手让他勿拜，一边问。

这时，已是第五天了。

"臣闻冒顿母亲阏氏酷爱中原金器、字画、丝绸，陛下搜集一下这些东西，派使臣秘密进入阏氏府中，让她劝阻冒顿，陛下即可脱险。"陈平说。

"金银、字画、丝绸都有，只是谁肯让自己的儿子放走敌人呢？是东西重要？还是儿子的江山重要？"

高祖反问。

"陛下有所不知，匈奴人笃信天地鬼神，崇拜太阳、月亮。每天早晨，单于都要去营外朝拜初升的太阳，傍晚则拜月亮。打仗时，他们也要观察星星和月亮，以此判断能否打下去。陛下派一个智者厚贿阏氏，让她从星相上劝阻冒顿撤兵，定能成事。"

高祖转忧为喜。

此时，军中恰有一位懂星相术的李公，能言善辩，机智灵活，会胡地语言，胆子也大。高祖一一嘱咐了他，他欣然前往。

　　阏氏府外，李公一身匈奴人打扮，身后跟着两个仆人，抬着一只大箱子，里面装了绸缎、珠宝、黄金、书画等。李公送上礼物，并说近日星黯月昏昭示着不宜与汉人大战。

　　阏氏信奉此道，并听说汉高祖为真龙天子，于是力劝冒顿撤兵。

　　冒顿接到了母亲的口信。他虽然有点怀疑，却也觉得很有道理。以前，冒顿就听说过那汉天子是天龙之子，在他的征战生活中，曾多次得到苍天的护佑。杀了这样的人，是不吉祥的。这几天，确实是星光昏暗，日月都有晕圈，莫不是上天在示意人间应该护住这位汉人？

　　"除此之外，我围困汉兵多日，却不见汉兵慌张，这其中是否有诈？"

　　冒顿自言自语道："多日前，我与韩王的部将王黄和赵利约好了，说要在此会师，合战汉军。日期早过了，为什么二人还不来到？是大雪路阻，还是另有变故？他们本是汉人，既可以投降于我，也可以再反复。若是他们又同汉军有新的盟约，那就坏了。"

　　琢磨了半天，冒顿决定撤军。

　　高祖和士卒们几乎进入了绝境，粮食断绝一天多了。

　　"陛下，冒顿似乎撤退了！"

　　一位大将欣喜地指着山口外的匈奴说。

　　"陛下，臣估计这是李公的行动起作用了。"

　　"不忙，再看看动静。"

　　高祖沉着，让众人静观之后再说。

　　又是半天过去了，东山口的匈奴全撤完了。此时，正是暮色苍茫之际。高祖定了定神，令左右："将士听着，拉满弓，箭上弦，面朝外，背对背，从东山口冲出去！"

　　人人的心都提到了嗓子眼儿。

　　可是，什么也没发生。没有匈奴人围追堵截，也没有任何陷阱。

　　大约奔到二十里外，高祖率领将士与赶来的大军会合。这里的探马说冒顿已带领大军离开了。

　　他召见樊哙，令道："冒顿撤军而去，不会再有什么大仗打了。你留在代地，平定这里的一些残敌，朕带大军还朝。若有紧急意外，你速速派人报告！"

　　"是，陛下！"

　　樊哙深知高祖对他的信任。天下初定，四方都需要亲信去镇定。在这边远的地方，更是需要得力之人。再说，刚刚经过一场惊险，高祖想的一定是快快回朝。

　　路过广武，高祖自然想到了刘敬。他传令下去，让人把刘敬从狱中放出。

　　刘敬前来拜谢高祖，高祖亲自上前，把他从地上扶起，说："朕没有听你劝阻，好险呀！朕差点就见不到你了。"

说到这儿，他似乎动了感情，顿了顿，才继续说道："以前那几个声言匈奴可击的使者，朕把他们全杀了。他们不分虚实，妄加判断，险些让我汉军惨败在平城。朕加封你为关内侯，食邑两千户，号建信侯。以此表彰你认真探实，忠言相告。"

刘敬听此，感动得泪光莹莹，拜了两拜，说不出话来。

高祖又叫过夏侯婴，道："你身为太仆，一路上小心护驾，明察秋毫，耳听四方，眼观六路，朕加封你食邑一千户。"

夏侯婴谢了恩，与刘敬一同退出了。

几天后，部队向南走到了曲逆县。登上城楼，只见偌大一座城邑十分壮观。房屋鳞次栉比，且多是飞角鸟翅的楼房。街道宽阔，商家一户接一户，房间里，店门口，到处都摆放着各类货物，琳琅满目；行人来来往往，衣着华丽。几条主要街道上住的，似乎全是大户人家。高大的门楼护着深宅大院，门口一律摆放着两尊石狮子。街道两边种着高大的白杨树，在这冬季里，越发显得苍劲挺拔。

"壮哉此县！"

高祖面露喜色，对左右高声赞叹。"天下的县城，朕去过的太多了，没有哪一个能与此相比。这里就是跟东京洛阳相比，怕也不逊色哩！"

他又唤差吏过来，问道："此县地处北方，为何这般富有？几乎家家是豪门一般。"

"陛下，这个城中的人都是沾了匈奴人的光。他们大多都是生意人，专门和匈奴人打交道。中原的丝绸、金银、瓷器、粮食，通过他们卖给匈奴人。匈奴人豪爽，看到东西是自己喜欢的，一般不讲价，要多少给多少。只要肯干的商家，只消干个三五年，就发财了。"

"哦，照你这么说，匈奴人对汉朝也有可利用之处哩。这样一座城邑，也算是一块宝地了。"

说到这里，高祖看了看陈平，想到他此次出计解围，功劳莫大，就将此县赐给陈平，改封陈平原户牖侯为曲逆侯。

众人听了，也都心服。自从张良修身炼气以来，已极少随高祖出征了，若不是陈平此行相随，还不知会是什么结局呢！

回到中原，顿觉天气暖和了不少。虽是十二月天，将士们都觉得能放开手脚了。原先在北方生了冻疮的人，也逐渐痊愈了。此时，恰好路过赵国。旅途疲劳的高祖，自然到了赵王府去歇息几日。

此时的赵王是张敖，乃张耳之子。一年前，老王张耳生病去世，张敖继任为赵王。

张敖像他父亲一样，身材高大，相貌英俊，言谈举止之中，有一种儒雅之气。半年前，一个偶然的机会，吕后看到了这个出众的青年。一番审视了解之后，就和高祖商议，把公主鲁元许配与他。高祖想他是张耳之子，人也不错，也应允了。

看到高祖驾到，张敖诚惶诚恐。从恭迎高祖进了王府，他就寸步不离，亲自端汤送饭，侍奉高祖，大冬天，忙得把袖子都卷起来了。他一心想讨高祖欢心。因为，虽身为赵王，但自觉对朝廷无功，只不过是承了父亲的福荫。高祖又是自己未来的岳父大人，怎能不好生侍奉哩？

哪知高祖却不买这份情，看到张敖亲自张罗，忙得像个管家，他心中涌起一阵轻蔑：这等男人，哪有男人的气魄？简直是个役吏之人！莫不是他那富商出身的母亲的影响？

人，就是一种怪东西。有时你越是谦恭待人，越被人瞧不起，越被人蔑视。像高祖这等出身粗俗的人，喜欢的是豪爽大气，你若是谦恭待他，反而让他瞧不起了。

一日中午，赵王照例亲自奉杯递菜，殷勤得不得了。高祖喝了酒，就越发看不上他。只见他叉开两腿，坐在上座上，高声骂道："你这个熊样子，哪里能让老子看上眼！你爹的豪气咋没在你身上留一点儿！呸！一副脓包样子！"

一时火起，他竟站起身来，喝令左右："走，离开这个鸟地方！甭让老子气炸了肺！"

赵王吓得不知所措，只顾跪送不迭。

高祖理也不理，旁若无人一般起驾走了。

抵达洛阳刚刚住下，高祖便听说刘仲来了。他心中一惊，顿觉不妙。立即传他进见。

只见那刘仲衣衫不整，满面灰尘，满眼血丝，一副狼狈相。

"陛下，匈奴人攻我代地，军队……抵不住，败了。"

说毕，低下头去，不敢看高祖。

高祖一听，拍案骂道："瞧你那样子，有什么本事！只配种种地，收那几斗庄稼糊口了。我打下天下还想着分一块给你守，你却连一块地都守不住，真让我看不上！"

刘仲吓得面如土色，跪在那儿直哆嗦。

"起来！你已丢了封国，朕不能再让你做王了。朕降你为合阳侯，念你为手足，就不治你丢国之罪了，去吧！"

刘仲不敢说什么，赶紧退出去了。

看着刘仲退去，他忽然想起一件事来。

一个多月前，戚夫人一天晚上侍奉他时，忽然伤感地对他说："陛下这么疼爱如意，是一番真情吗？"

"这是什么话！他是我的亲生儿，又是你所生，怎么不是真情呢？"他吃惊地问。

"既如此，陛下为什么不给如意封王哩？那肥儿还是陛下原先外室所生，不也封王了吗？"

戚夫人嗔怒道。

"朕的儿子，都要有封国的。只是如意太小，才八岁，哪能受封一国之君哩！"

"他不能理国事，陛下可以为他找个贤良相国呀！陛下想想，陛下年龄这么大了，臣妾又只有这一个儿子，不给他安置个好地方，我一天也不安心啊！看得出来，陛下偏爱这个小儿子哩。"

"好了，别说了，朕记住这个了。可是，如今没有多余的地方了，一有机会，朕不会忘了如意，放心吧！"

戚夫人顿时笑逐颜开，倒身拜了两拜："谢陛下！臣妾和如意就等着那一天了啊！"

"现在不有机会了吗？"高祖自语道，"就把代地给如意吧，也让戚夫人那个可人儿高兴高兴。"

一道诏令传出来：封少子如意为代王，命阳夏侯陈豨为代相。

如意太小，不能亲自住国，陈豨前往代理镇守。

这时，一封奏书从咸阳送来。原来是萧何闻知高祖已回师，说咸阳的宫殿皆已大功告成，让他回去巡视哩。

由萧何陪着，高祖走进咸阳宫中。

"这是未央宫，是最大的宫殿，方圆的长度是三十里。未央，就是未完，永久长存的意思。"萧何边走边介绍。

宫殿十分豪华壮丽，殿宇楼阁，比比皆是。回廊曲折，空中复道，皆各尽其妙。大殿更是气势宏伟，异常宽阔。阳光下，琉璃瓦色彩缤纷。后面的武库太仓，也是十分辉煌。高祖一下子想起当年自己送劳役之夫去骊山的情形。还没看完，他就不快地说："天下纷乱已久，百姓连年受战事之苦，如今，成败尚未可知，怎么能把宫殿修得如此奢华呢？"

萧何听了，深知最近几位藩王的叛乱及匈奴侵扰，让高祖心神不安，就说："正是因为天下尚未安定，才需要这样的宫殿来稳住人心。陛下想想，天子以四海为家，没有豪华壮丽的宫殿，如何才能显示家天下的气派？再说，若是如今建得狭小了，子孙们说不定还要改造扩建呢！那时再去费工费时，还不如现在一劳永逸了好。"

高祖转怒为喜，道："如此说来，朕错怪你了。"

一个多月后，高祖带着文武大臣住进了未央宫。从此之后，又逐渐在外扩建了些城垣，修了城池，逐渐形成了一个新城邑，人们称这个地方为长安。

高祖每日上朝之外，余下时间则在后宫度时光。只是才一两个月，他就有些心烦意乱了。这么多年来在外乡，征战不停，让他没有闲暇时光去思念故乡，回首往事。如今，他觉得做天子荣耀是荣耀，但太憋闷人了。他喜欢乡间的生活，空气中带着土滋味和泥气息，还有草香和牛粪味，呼吸起来，那么令人舒坦。那刺得人心中火辣辣的劣质酒，带着壳儿的咸花生米，辣乎乎的烧豆腐……

实在太烦了，高祖又到洛阳去住了些日子。

深秋时分，北方代地等传来消息，说韩王不断带兵骚扰边境，杀了不少汉边防守兵。高祖恨透了韩王，派人去探听实情，看看韩王怎会如此狂妄。

探子很快就回来了，他们向高祖禀奏道："匈奴单于任韩王为将军，给了他几万兵马。韩王为了报答单于，显示自己的将才，就隔三岔五地侵入汉境，烧杀抢掠无所不为。"

"守边将领为何不抗击韩王？"高祖问。

"陛下，边将怎会不战？只是那韩王久经沙场，善于用兵，没有人是他的对手。"

高祖不说话了。他心中一下子感慨万端——打天下容易，守天下难哪！初时，天下英雄助他得天下时，人人都是难得良将。而今天下已定，稍一大意，这些功臣就会成为潜在的敌人。这些人一旦成为敌人，个个都难对付呀！

思来想去，他也找不出一个能够独当一面的稳胜大将来出击韩王。全朝廷中，能够人到患除的人物只有一个了，那就是淮阴侯韩信。可是，如今怎么能再起用他呢？

边地不断传来求救的文书，高祖又一次带兵出征了。

十月里，汉军在高祖的带领下抵达东垣城。可是，此时边境各地又恢复了安宁。

原来，韩王最惧怕高祖，当汉军出征向边境来时，他就把人马带着跑回匈奴了，缩进匈奴人的帐篷中不敢再来扰边。

高祖笑对左右道："俗话说得好，鬼怕恶人。朕就是专治韩王这种小鬼的恶人。朕一来他就跑得没影了！这种小人，专干戳戳捣捣的事，真可恶！"

守了一个多月，任何动静也没有。眼看着冬季来临，高祖不愿再等，就带兵回去了。

路过赵国，当然还要停下歇息一下。为了方便，他没有到赵王府，就在附近的一个城内停止了。

却说去年冬日，高祖在赵王府中谩骂张敖之后，拂袖而去。当时，在场的人很多，张敖自己是诚惶诚恐，别人却不乐意了。其中丞相贯高、赵午等人，年龄都在六十之上，德高望重，哪曾料到天子会这般无礼！他们都是老赵王张耳的门客，跟随张耳多年，对张耳是赤胆忠心，张耳临死之前，把辅助张敖治国的大事交给他们，他们发誓要在有生之年辅佑新王，守住这个封国。看到心爱的国君遭到天子当众的辱骂，他们的脸都气白了。

"大王，你这么恭敬天子，他却那样待你！"

贯高的胡子一抖一抖的。

"大王没看出来吗，大王的恭顺换来的是蔑视，不是恩情！"

赵午也气得声音发了颤。

"士可杀，不可辱，况且你是个国君呢！怎能忍受天子这种辱骂！"

"大王，你太软弱了。若是先王在日，绝不会这样！"

"身为天子，应以礼治天下，看天子，是多么粗鲁！"

"被这样驱使，是可忍，孰不可忍！"

"我等一向重德尚义，何曾受过这等气！"

"先王地下有知，也当义愤填膺！"

"先王让我等辅助大王，我等看着大王这等挨骂，太痛心了！"

…………

几十个老臣越说越激愤，越说越痛心，有的甚至老泪纵横。

这时，贯高和赵午站起身来，用手势制止住众人，对赵王说："当今之时，天下豪杰如云，谁贤能，谁就能成为天子。大王对高祖那么恭顺，可谓无微不至，高祖却是如此无礼，如果大王同意，我等替大王杀了他！"

张敖听到这里，再也坐不住了，他一下子咬破自己的中指，让鲜血顺着手指淌出后，说道："足下此言真是大错了，身为人臣，怎会有逆上之心！当初，我们祖先被秦始皇灭了国家，是谁帮我们复国的？是高祖！没有高祖，哪有今日的赵国！赵国的一丝一毫、一草一木都是高祖的，他爱怎么样就怎么样。请足下今后再也不要说这等话了。我身为人臣，若有叛逆之为，当如此指！"

众人见张敖如此执着，谁也不言语了。

从此之后，贯高和赵午等几十个老臣，对高祖充满愤恨，私下里，他们聚到一起，谋划着如何处理这件事。

虽然只是朝中谋臣，但他们来自赵国各地，都是重义重德、重礼轻财的豪杰。每个人的一生，都发生过许多极其动人的故事。除暴安良，匡扶正义，被他们视为人生的准则。看到自己效忠的君王受侮辱，他们的内心在受煎熬。最后，贯高对众人道："我们的大王虽然年轻，但忠厚仁义，念念不忘高祖之恩，与他相比，我们自愧不如。然而，我等皆是义不受辱之人，痛恨高祖那等侮辱我王。我提议，我们寻找机会杀了高祖，事若成，就回到大王身边，若不成，只道我等私自行动，与大王无关！"

"好！就这么定了！一切都要暗中进行，切勿让大王知道了。"

到了今日，众老臣探知高祖路过赵国，就暗中行动起来。

　　高祖留在赵地那个城邑的当天，贯高等人就已经暗中派人藏到高祖将要留宿的那个客馆里。那里的厕所，墙壁很厚，他们把墙壁凿空，把刺客藏在那里。只要高祖上厕所，就借机杀了他。

　　一切安排就绪，只等着事件发生了。

　　却说高祖住进客馆之后，地方官吏少不得盛情接待，忙得不亦乐乎。旅途疲劳，高祖只想早点歇息，草草吃了点，就令人撤了宴，众官吏只好告辞。

　　这时，高祖忽然感到一种莫名其妙的心慌，心中一个劲地狂跳不止。他手捂住胸口，心中道："怪呀，怎么会如此心慌意乱哩？莫不是有什么事要发生？"

　　他问左右："这个县城叫什么？"

　　"叫柏人，陛下。"左右答道。

　　"柏人？"高祖沉吟着，口中不由自言自语，"柏人，柏人，柏不就是迫么，柏人就是被迫于人呀！不妙，我得离开此地，这儿不是久留之地。"

　　当即令左右："起驾！离开此处，朕不想在这儿过夜了。"

　　左右被他弄得莫名其妙。这是十一月天，天气寒冷，大家都想在这儿歇息一下。但看到高祖脸色阴沉，又说得那么坚决，谁也不敢劝阻，立即护佑着高祖上了路。

　　贯高等人听说后，暗中遗憾不已。却也知高祖灵通异常，不同于一般人。

　　回到长安之后，高祖第二天就到了戚夫人的宫中过夜。一番缠绵之后，戚夫人动情地说："如意已成为代王，臣妾放心了不少。陛下知道臣妾为什么钟爱这个儿子吗？只因他太像陛下了。言谈举止，一举手，一投足，酷似陛下，性格脾气，也是一模一样。"

　　高祖欢喜不已，一把把她搂在怀中，笑道："你就是可我的心，难得有你这样贴人心的女人。除了你，那帮妃子们都不自然，一个个见了我像老鼠见了猫似的，拘拘束束放不开，叫我开心不起来。"

　　"如此，臣妾今后就多侍奉陛下。只是，怕皇后不乐意哩。"戚夫人娇声道。

　　"那个老太婆？她老了，行动也迟缓了，哪能跟得上我的手脚！她不乐意又怎么样？翻不了天！从明儿起，只要朕出行在外，你都跟随着。有你在身边，朕快乐多了。侍奉起朕来，哪个都不如你可意。"

　　高祖朗声道，一副大丈夫派头。

　　戚夫人一下子贴在高祖身上，软绵绵地道："如此这般，臣妾定会尽心效力，让陛下开开心心的。"

　　过了一会儿，她又悄声道："陛下知道吗，如意书读得不少，还学习骑马射箭哩，他的志向不小，昨儿个还胡说将来要像父皇一样做天子哩。小孩子不懂事，他哪里知道太子是谁呀。太子就是将来的天子，我对他这么说了，还教训他以后可不能胡说了。"

高祖随口赞道："这小子有气魄！像他老子。"

说者无心，听者有意，戚夫人心下嘀咕着：天子也知道我的儿子不一般哩。

她对高祖道："太子是个好人，仁厚心软，够温和的，做儿子，还是这样的好，只是怕将来做起天下之君来，就不如陛下这么威严了。看朝中大臣，有德有才者比比皆是。还有个别有虎狼之心的，则需多多提防着。"

高祖默然不应。他的心中，正在想着太子刘盈。

刘盈今年已十五岁了，平日里读书学礼，练箭习武，也都很用功。从人品上说，也是忠善仁义。正如戚夫人所言，作为将来的人主，他有点太善良了。这一点，自小时起，就能看出来。

记得有一次，那时刘盈只有五岁吧，邻家送了一只小黑狗给他。那是一只很可爱的小狗，一身黑油油的毛，四只蹄子上却带着点白。刘盈一天到晚带着它，连睡觉时也搂着。若是能有肉吃，盈儿总是自己舍不得吃，背着母亲偷偷喂它。小狗也温顺，跟着小主人东跑西颠满院子转。可是，没过多久，小狗掉进粪坑中淹死了。把小狗捞出时，刘盈放声大哭。哭了许久，自个儿弄来干净水把狗身上的粪便洗净，边抹眼泪边挖个坑把狗埋了，还堆了个小小的坟哩。当时，他母亲就叹气道："这孩子太善良了，只怕日后要给人欺负哩！"

和邻家孩子相处，盈儿也显得格外厚道，自小到大，从未和别人打过架。一般孩子到了十五岁年纪，总有些跃跃欲试的，什么都想超过别人。盈儿却不同，干什么都是稳稳的，吕后有时说："这孩子，都是我自小管教太严厉了，把他束缚住了。"

身为生父，他知道这才是根本。吕后脾气刚烈，有点霸道，孩子都被她管怕了。然而，将来做天子，如此可不行啊！

想到这儿，高祖心中有点不是滋味了。

与盈儿相比，如意倒是爽快利索，胆大妄为，就像他小时候，小小年纪就很有主张。若是从性格上说，这孩子倒适合做天子哩。可是，盈儿是长子，是太子。谁可以做将来的天子，可是不能随便改变的。

阳春三月，高祖又在长安住腻了，就又带着戚夫人和一些大臣到了洛阳；只要心头有些腻烦，他就到洛阳去住住，散散心。

一日闲来，他带了几十个卫士，扮成百姓模样，来到洛阳街上观看市井生活。

一年多来，洛阳发生了很大变化。店铺一家挨一家，生意红火。几条主要街道上，到处传出叮叮当当的声音。走近一看，只见炉火通红，许多人挥汗如雨在拉风箱、打铁。左右道："这里的铁制品被运往全国各地，是最有名的。"绸缎铺里，各色布匹摆满柜台，人来人往不断。老百姓似乎没什么改变，衣衫褴褛者处处皆是，许多人面黄肌瘦。讨饭的，捡菜叶的，卖艺的，隔几步就能看到一两个。

然而，高祖被另一种景象吸引了——许多人衣着华丽，气宇轩昂，有的乘着香车，有的骑着宝马，有的佩着宝剑，往来穿梭在行人之中。他们行色匆匆，又旁若无人。看样子，绝不是当地官府中人。

"这些衣着华丽的人是做生意的吗？"

高祖指着那些人，问左右。

"是，陛下。"

"怎么会有这么多人在做生意？"高祖又问。

"陛下，这儿是个大都市，盛产铁器，各类丝绸制品，毛制品，吸引了天下四方商人。在这儿做生意的，哪儿的人都有。把外面的特产运进来，把本地的特产运出去，忙着哩！"

"他们的生活太奢华了！"高祖叹道。

"陛下只看到了他们的出行，不知他们的生活场景哩。一般大商人之家，都有大的豪宅，家仆少则几十个，多则上百人，比朝中官吏还富。平日吃的是山珍海味，穿的是绫罗绸缎，一般百姓哪里敢想啊！"

"看他们那气派，未免太张狂了吧。"高祖不由得皱了眉头。

回到朝中，高祖召见一班大臣，就商人兴盛一事，让众臣子计议。这些朝臣大多出身于布衣之家或世代贵族，骨子里都瞧不起商人。这也是一种通病，富贵只想由自己占有，却不想让别人同样拥有，商人自古以来就备受歧视，似乎他们身上充满了铜臭味，只认钱不认人。但是，实质上是人们受不了他们那般有钱，受不了他们因有钱而拥有的一切。有了权势的人更是容忍不了商人，因为他们不愿意这个世界上有人能与他们平起平坐，甚至超过他们。商人有钱就可能这样，因而这些有权势的人就竭力压制商人。

高祖的话音刚落，朝臣们就你一言他一语地说开了。

"陛下，当今天下刚定，急需的是粮食。现在的情形是，商人得暴利而富，吸引了越来越多的人去经营商业，连田地都不要了。这会使大量田地荒芜，不利于朝廷安宁呀。天下缺少粮食的地方太多了！"

"臣以为，盐铁丝绸等虽为社会所需，却不是最主要的，若是再有小的战乱发生，粮食又会成为最紧缺的东西，所以应该抑制商人的增加。"

"全天下的经济来源主要靠粮食，而商人经营的，能涉及粮食的是如何买卖粮食。可不去生产粮食，哪有粮食可卖。陛下千万不要让商人们太张狂了！"

"看那般商人，穿绸衣，乘华车，带宝剑，享尽人间富贵；而农人呢，春种秋收，夏锄冬藏，一年到头在野外奔波，吃尽辛苦，却过得连商人的家仆都不如。陛下，这的确会引着农人跟着走。"

"臣下以为，过于让商人逞势，会败坏社会风气。立国初期，应以节俭为本，勤俭生活。如今，战火刚刚熄灭，许多伤残之人得不到供养，一些遗老遗孤也挣扎在死亡线上。而商人却锦衣玉食，过于奢华，与时代不符。"

　　…………

　　听了臣下的议论，高祖不禁陷入沉思。

　　如今，商人也太张狂了。不能说不让他们经商，但是作为朝廷可以抑制他们。否则，天下人都想做生意，岂不乱了吗？

　　朝议过后，高祖颁布一道诏令："天下之内，商人不准穿锦、绣、细绫、绉纱、细葛布、毛织品衣服，不准持有兵器、乘车、骑马。违者以法论处！"

　　皇帝诏令，谁敢不从？洛阳城内一下子改了样子，几乎见不到华车、彩衣了。除了官府之人，谁又能坐上华车呢！

　　不知不觉，秋天又来到了人间。九月里，高祖开始带着戚夫人及臣子们返回长安。

　　吕后见高祖无论走到哪儿都带着戚夫人，心中早已痛恨不已。

　　"瞧那个狐狸精，把天子的魂都勾去了，整天死皮赖脸地跟着天子，真恶心！"她对左右说，满脸恨意。

　　身为皇后，听说高祖把代地从刘仲手里要回，封给了戚夫人的儿子如意，她实在忍不住了，对高祖道："一个八九岁的孩子，自个儿又没有本事理国事，把那么大一个代地封给他，还让别人去代管，这不大合适吧！"

　　高祖知道她不喜欢戚夫人，笑道："都是我的儿子，盈儿能为太子，如意就可以为王呀！"

　　吕后说："你的妃子生的儿子就　个如意吗？为什么不都封王哩？况且这代地原是刘仲的，取兄之地与子，仁义吗？"

　　高祖不快地回道："妇道人家，何必管那么多！"

　　吕后一听，眼泪立即涌了出来，生气地反问："当初为布衣时，你常在外面不归，是谁领着一双儿女守家的？那个时候你为什么不说这种话呢！"

　　高祖听此一语，不再拉脸了，又温和地说："你身为皇后，理应宽怀待人啊！"

　　"陛下难道认为我小心眼儿吗？你说我跟哪一个宫中的妇人计较过？我就是看不过那个姓戚的，一副媚相。陛下年纪也不小了，五十八岁的人，整天和那妖媚女人缠在一起，只怕会伤陛下之身哩。如今天下初定，太子尚小，一旦陛下有个三长两短，这刘家王朝怎么收拾呀！"

　　说着，吕后又落下泪来。只这几句话，倒把高祖说得内心软软的，当晚，就在吕后的房里歇了。

　　戚夫人仗着高祖宠幸她，一点也不知收敛，常常随在高祖身边，软语娇声，夸赞如意如何如何有本事，有意无意和太子刘盈进行对比。有和吕后亲近的侍女，就把这些偷偷告知了吕后，吕后听了气得怒火中烧，却无法治戚夫人。

九月中旬，从北方边地又不断传来了战书。冒顿三番五次出兵南下，侵扰汉边地，抢掳烧杀一番之后就跑走了。人也不多，几百个几百个一行，来无影去无踪的。

高祖被此事困扰，真不知如何是好。派兵去打吧，不值得；不派兵吧，边地百姓不得安宁。他找来了刘敬，询问对策。

"陛下之意是想用武力征服？"刘敬问。

"如此狂徒，还能用别的办法吗？"高祖反问。

"天下刚刚安定，人心思宁。士卒们还没从长期的疲劳中歇息过来。在这种情况下，要想用大规模的武力去征服敌人，难度很大。"

"非礼即兵，你说不宜用武，难道你要朕用仁德去安抚他们，让他们归顺？"

"陛下，冒顿杀父夺得单于之位，又把父王的群妃占为己有，到处征战，完全用暴力建立政权，我们也不能对这种人使用仁义道德。臣以为，有一条计谋适合，而且可以长久。"

"何等计谋？"

"古时候，许多部落之间使用联姻方法连接起来。一旦有血缘关系，关系就牢靠了。如果让匈奴的子孙成为汉朝的臣下，边疆的安宁不就长久了？然而，臣担心陛下做不到。"

"如何做呢？"

高祖倾耳而听之后，问道。

"陛下如果能把嫡女大公主嫁给冒顿为妻，再多赠些嫁妆，把婚礼举办得庄严隆重，让匈奴人惊叹，冒顿一定会仰慕汉王朝的盛大气势。等公主为皇后阏氏生下孙子，他就会立为太子。有了这层关系，陛下每年再把中原的特产多送点给他，派能言善辩的使臣去劝说他学一些礼义礼节。这样，冒顿在时，他就是汉朝的女婿辈；他死后，陛下的外孙就会即位，成为匈奴王单于。谁曾听说过外孙和外祖父分庭抗礼？如此，我汉朝就可以不战而降服那匈奴人了。"

高祖说："这个计策不错，可是，朕只有鲁元公主一个是正室公主，吕后怎会舍得哩！"

"如果陛下舍不得让大公主去，让宗室之女，或者后宫的女子假称公主，万一匈奴人知道了，岂不会认为汉朝在骗他们？到那时，恐怕什么作用也起不到了，还白白赔进许多嫁妆。"

高祖沉默许久。最后说："让朕想想这件事吧！"

第二天，高祖把这事说给吕后听了，还没等他说完，吕后就大声哭了："我只有这么一个女儿啊，为什么要把她送给匈奴人？这不是要我的命吗？"

高祖厉声说："国家大事第一，难道能眼看着匈奴人在边境没完没了地烧杀抢掠？"

　　吕后性格刚烈，一听此话，也发了怒，她猛地抹了一把涕泪，忽地站起身，大声说："难道非要用我唯一的女儿去换安宁吗？没有别的法子了？我这么大年纪了，只有太子和鲁元，再说，鲁元马上就要嫁给赵王了，这不是把自己臣子之妻送与敌人吗？堂堂汉天子，能做这样的事？这一定是哪个小人出的馊主意。我不答应，除非你把我杀了！"

　　高祖一看吕后动了怒，又把声音放低了——他知道吕后是个说得到做得到的人："皇后别急呀，这是去和亲，又不是送女儿去受罪。做匈奴的阏氏，那是多么荣耀的事！在当朝，她嫁给赵王，赵王不过是个侯王。"

　　"呸！"吕后冷笑道，"什么阏氏！还不知会受什么罪哩！且不说那单于娶了父亲的女人为妃，就像畜生一般，就那杀父自立一桩事，就不是人干的！刘敬说你将来可以做单于的外公，哼！那冒顿能杀父王，什么事儿干不出？等到有一天发现把女儿送入了火坑，后悔也来不及了！不管你怎么说，我都坚决不答应！"

　　几句话说得高祖哑口无言。

　　但是，高祖没有死心，还不断派大臣去劝说。吕后可不是吃素的，把每个说客都骂了个狗血淋头，狼狈而退。

　　作为母亲，她把骨肉看作自己的生命。所以一待说客离开，她就不住哭泣，向几个贴心的宫女诉说女儿的一切。从小到大，点点滴滴，打动了左右的心。许多天，吕后的宫中哭声不断。鲁元更是悲痛欲绝，在吕后面前哭道："母后，女儿死也不愿离开中原到那荒蛮之地去，若是父皇一定要强迫女儿，女儿只有不孝，死在父皇与母后前面了。"

　　说完，母女俩抱头痛哭，宫女们无不陪着流泪。

　　高祖万般无奈，只好放弃了这个打算。

　　吕后闻讯，含泪而笑，对鲁元说："女儿呀，记住，只要母后活着，谁也休想动你和太子一个指头。我这一辈子，不就你们两个吗？我要好好护着你们，直到我入土才会罢休。"

　　过后，她想：陛下现在是放弃了那个打算，谁知他会不会反悔呢？为防止节外生枝，我得赶紧把鲁元嫁出去才是。

　　于是，挑选个好日子，奏知高祖一声，她把女儿嫁到了赵王府。

　　送走鲁元之后，薄姬来看吕后。在众多高祖的妃子之中，吕后对她还算厚道。倒不是吕后主动对她好，而是薄姬识大体，很少跟高祖接近。自年幼时起，她就在魏豹的宫中为妃，对后宫中嫔妃之间的明争暗斗了如指掌。她以为，在这样的大家庭中生活，自我保护的最好方法是隐退。吕后为人暴烈，吃软不吃硬。自从入汉宫有了儿子之后，薄姬就偏居后宫一角，很少抛头露面。这些日子，就来看看吕后，她觉得，吕后身为皇后实在不容易。

吕后又向她说起了鲁元公主的事儿，薄姬眼中含泪，道："皇后，臣妾理解你的心思，一个女人，十月怀胎那份苦自不必说，就是一个婴儿养大，是多么不容易！一口汤一口饭，冷了热了，病了灾了，哪一点不让为娘的牵肠挂肚！好不容易养大了，就又盼着孩子成家立业，别说什么功名不功名，能平平安安过一生就是为娘的最大心愿。都说让长公主去匈奴好，臣妾心里不这么看。远离中原，一辈子与父母亲人分离，在那种人情不通的地方，吃羊肉，喝羊奶，住毡房，骑马，又听不懂人家的话，还不把公主折腾死了！皇后见不到女儿的面，更是会想念！这人世间什么都可能变，只有为娘的对儿女的爱永远不会变啊！"

吕后泪流满面，一下子拉住了薄姬的手："妹妹，你真是说到我心坎里去了，这些天来，我就是在泪水中熬过来的。妹妹呀，以后你有什么难处只管跟我说。"

从这以后，吕后对薄姬更亲近了些。

深秋来临，北方边地频频告急。天寒地冻的，又不好出兵征战。最后，高祖另想了一策。

他暗中派使者遍访民间，找来了一个同长公主相像的姑娘，带进宫中住了些日子，同时又派使者前往匈奴提议和亲。

使者很快回来，说冒顿很乐意与汉朝结亲。

原来，这冒顿单于不仅心狠手辣，而且是个十分好色的男人。他早就听说中原女子娇柔可爱，心中就想要个这样的妃子了。平日抢掳的中原女子，虽然也有几个貌美的，但毕竟只是平常百姓家的姑娘，只有朴素没有高雅。再说，汉王朝土地广阔，国力强大，真的把汉天子惹恼了，他也没什么好处。所以，一听说汉天子愿意把公主嫁与他为妻，还要送给许多东西做陪嫁，他乐不可支，当即就答应了。

"口说无凭，立字为据。刘敬，你去匈奴一次，和那冒顿单于签订婚约，先让他画押了，朕再把公主送过去。"

高祖不放心那些使者，又让刘敬亲自去一趟匈奴。

这时已是年底，高祖依旧要举行贺年宴会。

淮南王英布、梁王彭越、赵王张敖、楚王刘交，陆陆续续从各自的封国赶来了。

元旦这一天，高祖盛装来到未央宫中，把太上皇扶上前殿，亲自带领诸位王侯将相向太上皇拜贺。

太上皇七十好几了，行动迟缓，牙也掉光了。他笑得合不拢嘴，像个孩子一般开心。宴会开始，高祖陪他坐在正座上，亲自为他奉酒奉菜。也是，拜贺时间太长，他也饿了，就拣着些合意儿的菜，吃得津津有味，又喝了点酒，脸也红了。

群臣分坐两边后，从高祖起，按位次依次向太上皇敬酒。太上皇接过每人的奉酒，各抿一小口。人数多，一会儿他就喝得多了些，行动也不拘束了，说话也多了，欢喜得眉开眼笑。

高祖忽然想起过去在家做布衣时，因为自己不喜务农，专爱在外游荡，不知挨了父亲多少次责骂。父亲当年常骂的一句是"不务正业的小子"，还总把他和二哥相比，说他不如二哥老实持家。于是，他笑着对太上皇道："从前在家乡时，父亲大人总说儿子我不务正业，是个无赖，不能治产业，不能像二哥那样善谋生计。父亲大人，您今儿看看，您三儿子的产业大呢，还是您二儿子的产业大？"

太上皇尴尬地笑笑，说不出话来，坐在那儿像个傻孩子一般。众臣见了，连呼万岁，叫嚷嚷响成一片，才为太上皇解了围，让老人家重新开心起来。

十几天后，刘敬从匈奴回来了。他风尘仆仆地直入大殿，面见高祖，详细向高祖说明了与冒顿签订婚约的过程后，刘敬又说："臣仔细看那冒顿，乃鹰钩鼻子蓝眼睛，满脸诡诈和凶残，不是靠得住的人。这婚约他倒是按了手印儿了，谁知他心中怎么想！臣下以为，陛下一面准备送公主过去，一面还得防着点儿。"

高祖点点头："朕也有这打算。你看那边情况怎样？"

"臣是个汉使者，他们哪会让臣四处随意走动！"

"说的是呀！"高祖叹息一声。

"不过，臣在那边倒曾听他们论及过中原之事。俗话说，旁观者清，当局者迷。他们对中原形势的分析倒启发了臣下，臣想给陛下提个醒。"

"但讲无妨。"高祖亲切地说。

"陛下定都关中，北面和匈奴接近。匈奴南面的白羊、楼烦二部落，距离长安只有七百来里，轻骑兵一天一夜就可直达关中，自然应该防备。但是，朝廷统治区内也不可大意。关中土地肥沃，良田千里，但是久遭战乱洗劫，已经空了，经济上需要充实，山东的国家呢，表面上看似安宁，都是陛下的诸侯国了。可是陛下如果留心，就可得知这样一个事实：以前天下大乱，都是从齐国、楚国开始的，而这二国之内，又往往始于齐王田氏家族，楚王昭氏、景氏、屈氏家族。陛下拥有天下，实际上却没有多少真正属于自己的子民。百姓大多还是六国贵族、世代的。没有什么意外倒好，若是有个意外事件，陛下就安静不了。如果陛下能把原六国的后人及地方豪强、名门大族都迁徙到关中来，这种后顾之忧就可以消除。对外，可以及时集结军队征战，对内，可以及时率军前往讨伐叛乱，这乃是强本抑末之术！"

高祖赞道："说得太妙了！这些日子，你越发有见识了。"

刘敬道："臣下没有什么大才，只是离开本朝一阶段，有时间听听人家的见解，冷静想想本朝的事情罢了。"

十一月，旧齐国与楚国的世代贵族——昭氏、屈氏、景氏、怀氏、田氏五大家族，都接到了高祖的诏令，让他们迁都京城附近去，共享关中的天府之利。浩浩荡荡，共有十几万人。除了齐、楚二国的贵族外，英布、彭越、张敖等诸王国的豪门也都奉命入关了。

鲁元公主嫁给张敖之后，和张敖恩爱异常，一为侯王，一为王后，在赵国生活得安安静静。吕太后疼爱女儿，经常赐给张敖一些金钱珍贵之物。对张敖这样的忠实之人来说，实在是太满足了。鲁元公主躲过了去匈奴之难，更是十分舒心，一心只想在那赵国生儿育女，平安度日。

人生一世，有时一难躲过了却有另一难来到。鲁元公主和张敖新婚恩爱之中，哪里知道一场大难即将来临。

贯高、赵午等一般老臣谋杀高祖未成，消息却有走漏。有一个姓孙名理的人正在筹谋要告发这一班逆臣。

这孙理也是赵王的一个老臣，当时谋划刺杀高祖时，他恰好生病在家，病好之后回到赵王朝中，私下里听到老臣们正在悄悄议论，为刺杀之计未成而惋惜。

孙理听了大吃一惊，心中道：我不在朝中许久了，原来贯高、赵午他们在谋划杀高祖！好哇，这等逆臣还得了！贯高哇贯高，这下子你倒要栽到我手里了，我要为我那死去的儿子报仇！

于是，他连夜出发，向高祖所在地——洛阳出发了。

孙理如何会对贯高这般痛恨？

两年前，孙理家出了一件大事。孙家长子名逸，长得一表人才，只是这孙逸不喜读书识字，专爱舞枪弄棒。仗着自己会几套拳脚功夫，父亲又是朝中大臣，孙逸就耀武扬威起来，整天在赵国京城内惹是生非，欺压百姓，无恶不作。孙理也看不过儿子的行为，屡屡训导。无奈孙逸积恶成习，改不了。一天在街上闲游，孙逸忽然瞥见一顶轿子从眼前飘过，轻风卷帘，轿中坐的似乎是一位绝妙佳人。他怦然心动，见除了抬轿人外，并无仆人跟从，以为这只是个小户人家之女，当即令随从们把轿子拦下了。

抬轿的连忙制止道："这是乔大人之女，请勿失礼！"

"呸，什么乔大人鸟大人，我只要这位美人。"

孙逸一推，把个轿夫推得仰面朝天倒地，把帘子帷帐揭开了。

"哈哈！果然是一位天姿佳人！"

他大笑一声，令随从们："抬走，抬到我府上去！"

轿内姑娘一声惊叫，随即大哭起来。孙逸也不理她，令人抬起就走。

几个轿夫大惊失色，跌跌撞撞回去报信了。

孙逸令左右抬着轿子往自家府上走，刚过了一条街，就见前面一行壮汉拦住了去路，为首的是一个气度非凡的老人。

孙逸横行惯了，大声骂道："什么人如此大胆，敢拦老子的路？"

"孙逸你听着，轿中姑娘乃是我家小女，请你放下她，我不同你计较。"

"哈！你是何人？我就不放，你又怎么着？"

孙逸斜着一双眼睛，挑衅地问。

"家有家规，国有国法，若是你硬抢小女，我要直接告到大王那儿，治你个死罪！"乔老爷大声说。

孙逸仗着父亲是赵王老臣，狂妄地笑道："告去吧，我不怕，姑娘我是要带回家的。"

"爹呀！救救女儿！"冷不丁乔姑娘从轿中冲出来，向对面大声呼救。

乔老爷急了，也不理孙逸，令随从的家人抢回女儿。顿时，双方打成一片。

尽管乔老爷来的人多，却敌不过孙逸几个会拳脚的壮汉。乔老爷的管家被孙逸一剑刺穿身体，当下气绝了。

乔老爷立即告到朝中，赵王把案子交给了贯高与赵午处理。

孙理找到贯高，让他放过自己的儿子，自己愿意多出些银子给乔家。

贯高查案之中，查出孙逸罪恶累累，曾打伤打死过百姓多人，不禁怒火冲天，奏知赵王，依法判处孙逸死刑。

孙理不顾老脸，一下子跪倒在贯高面前，再次恳求他饶儿子一命："丞相大人，我只有两个儿子，第二个儿子还是个有精神障碍的人，有等于无。若是孙逸死了，谁为我养老送终呢？求大人饶了我儿一命吧！"

贯高厉声道："孙大人，你的儿子是儿子，人家的儿子就不是儿子？你儿子伤过许多人，其中还有几个残废终生，人家怎么过？你儿子杀死几个人，人家又怎么过？留着这等恶少在，只能毁了更多的家庭。别说了，说了也没用！"

当即，令人处决了孙逸。从此，孙理对贯高埋下了仇恨的种子，发誓要报杀子之仇。

高祖刚到洛阳宫中，就碰到孙理前来密报。

"陛下，赵丞相贯高、赵午等人与赵王密谋叛乱，曾在柏人县设下陷阱要刺杀陛下，请陛下明察。"

高祖心中一惊，暗道：那张敖看上去恭顺之至，却原来有叛上之心！莫不是因为我骂了他几句？那小子看上去就让人不舒服。怪不得我在柏人县时心慌意乱哩，原来真有险情。

顿时，高祖龙颜大怒，下一道诏令，令人到赵国逮捕赵王全家及朝中大臣。

几天后的一个黄昏，张敖在花园中与鲁元公主正携手漫步，忽然朝廷使臣来到。听到宣旨完毕，赵王如五雷轰顶，立即惊呆了。由不得他和公主分辩，朝廷使者马上把赵王府的男女老少全缚住了。

朝臣赵午等一听噩讯，忧急交加，自知难免一死，许多人拔剑自杀。登时，赵午等二十多个老臣血流满地，倒下身亡。余下人见状，也要拔剑自杀，却听贯高跑来大喝一声："住手！"

此一声惊天动地，惊得众人立在原地，不知何意。

贯高说："先王对我等恩重如山，千叮咛万嘱咐要我等尽心护卫大王。大王根本不知叛逆之事，都是我等暗中谋划的。如今事情败露了，牵连到大王，我等都一死了之，大王怎么办？谁人来替他申辩？纵然到了黄泉之下，怎么有脸去见先王啊！"

众人深受震动，将剑放回去，齐声道："丞相说的是！我等甘愿受缚，为主申冤。"

当下，凡是没有自杀的老臣都受绑相随了。

朝中官吏押着赵王全家及老臣们就要朝京城出发时，忽然有几个年轻的赵臣追了上来，"扑通"一下，全跪在朝官面前。

"你们这是干什么？"朝臣大怒，厉声喝问道。

"我等甘愿随赵王去京，同生共死，请大人允许！"几个人同声回答。

"大胆！皇帝有令：'有敢于随行者，罪及三族！'你们都是无罪之人，难道自己送死还要带上三族吗？"

几个人你看看我，我看看你。领头的一个忽然问道："若是赵王家奴呢？"

朝臣道："若是赵王家奴，自当随行！"

几个人听了，立即起身，拿出一把剪刀，迅速剪光了头发，又拿出备好的枷锁，自行戴上。跪下来再问朝臣："我等皆是赵王家奴，可以随行吗？"

朝臣见他们赤心一片，深为感动，就让他们进入罪人行列之中。

从赵国通往洛阳的路上，人们见到动人的一幕——赵王主仆一行上百人，扶老携幼，没有哭声，没有眼泪，慨然而行。

数日之后抵达洛阳，除鲁元公主外，一律按罪人对待。

张敖是个诚实人，心中没有鬼，不怕半夜敲门声。一到京中，他就请求面见高祖，想为自己申辩。但是，高祖早已料到这一着，根本不愿相见。他对廷尉道："一切交与你处置，你可要为朕详细查明了！"

廷尉虽然对张敖不太了解，但知他是赵王，又是高祖女婿，自然另眼相待，没给他什么苦头吃，而是先去审问丞相贯高。

鲁元公主见张家人全被捉拿，又惊又急，进入宫中，哭着向吕太后诉说道："母后，女儿虽刚到张家，但知夫君为人忠厚，重情重义。他在女儿面前屡屡提及父皇复赵国之恩，决意终身相报，怎会有谋反之心哩？"

吕太后道："你父皇为人，最厌恶的就是忘恩负义之人，若是这等人谁也救不了。"

"母后啊！"鲁元公主哭道，"女儿敢以性命担保夫君绝无反叛之心。若是有一些阴谋，也一定是臣子所为，不干夫君之事。况且，女儿已怀了张家的孩子，母后愿意女儿的孩儿生下后就没有父亲吗？"

吕后也流了泪，说："既如此，母后为你去说情。不过，你父王的脾气你是知道的。"

鲁元公主哪里知道，吕后内心比她还急。本来，她是守在长安宫中的。一听说赵王出了事，就星夜兼程赶往洛阳，就在上午，她才来到这里。

公堂上，廷尉正在审讯贯高。

"贯高，快快把赵王与你等谋反之事，如实招来！"

贯高披枷带锁，跪在下面，却朗声道："这都是我等老臣所为，与赵王无关！"

"胡说！自古以来叛乱都是有头领的，哪有臣下私自替君主谋反的呢？"

"大人有所不知。我等几十人都是老赵王张耳门客，张耳王对我等有仁有义，恩重如山。我等十几年如一日跟他左右。他谢世之前，嘱托我们照应好新王，辅助好国政，我等都是在他病榻前起了誓的。去年，高祖从匈奴回来路过赵国，我王那等恭顺待他，捧茶敬饭，诚恐诚惶。高祖却当着众臣之面对我王破口大骂，极其无礼。我等实在气愤不过，暗中谋划要刺杀高祖，赵王委实不知。且赵王曾咬破手指发誓，要报效高祖的复国之恩。大人不能冤枉好人哪！"

"谁人会相信你一派胡言？不受主子指派，自己去谋反，难道你等的命不是命吗？看来你是有意为赵王庇护了。"

"不敢，大人。臣下句句是实话。"

"哼！犯了罪的人从来就没有能直截了当认罪的，看来你也一样。来人，给我重打五百鞭，给他点厉害瞧瞧！"

隶役听令，一左一右过来两个，把贯高绑在一个长条木凳上，然后一人手执一根皮鞭轮番抽打。

"啪！啪！啪！"

六十多岁的贯高，趴在木凳上紧咬着牙关，一声不吭。须臾，他的后身已是鲜血淋漓，衣服成了一条条破布。豆大的汗珠顺着他的下巴滚下来，一滴、两滴、三滴……面对的那片地上渐渐湿成一片。最后，他什么也不知道了，昏死在木凳上。

第二天，审讯依旧进行。贯高的后身肿得高出了一寸，只能趴着被抬上来。

"怎么样？招供了吧？"廷尉厉声地问。

"还是那句话，谋反之事，与赵王无关！"

贯高神情依旧，泰然自若。

"再给我用刑！用竹板打！"

"啪！啪！啪！"

旧伤之上又添新伤，肿胀的后身血肉横飞。贯高并不呻吟，只是大声分辩："我王冤枉！我王冤枉！我王冤枉！"

第三次，是用尖刀刺体。这时候，贯高已是体无完肤，浑身是血，时昏时醒。只要是醒来，他依然用断断续续的声音申辩："我王冤枉，我王冤枉！"

最后，廷尉颓然坐倒在几案后，他再也没办法让贯高供认了。

任廷尉这么久，他还是第一次碰到这么坚强的人。

吕后连续几天盯住高祖不放，柔声柔气劝说高祖："张敖那小伙儿我知道，老实巴交，怎么会谋反呢？他娶了公主，早已把陛下当作长辈了。他对公主那么好，怎会参与谋杀陛下，肯定是弄错了。"

高祖被她缠得不耐烦，直着脖子吼道："你知道什么？你以为公主对他就那么重要？要是他夺了天下，难道还缺少你女儿这样的姑娘吗？"

其后，不管吕后怎么替张敖说话，高祖都不予理睬了。

到了第六天，廷尉无计可施，就把审问贯高的详细情形一一说与高祖听了。高祖感到十分震惊，脱口叹道："真是个壮士！"

但是，他还是不肯相信赵王是无辜的，于是就派了贯高的朋友泄公去问。

泄公面对遍体鳞伤的贯高，回忆了一番愉快的过往，诚挚地问："贯兄，赵王张敖真的有谋反计划吗？"

贯高看着泄公，叹了口气，道："泄兄，你我都是凡人。在这人世间，只要是人，谁不爱自己的父母，谁不爱自己的妻子儿女？如今，我三族都被高祖定成死罪，难道说我爱赵王胜过爱我全部的亲人吗？我不会为一个赵王而不吐真情的，实在是赵王不曾谋反呀。我们自己计划要谋害高祖，与赵王无关。苍天在上，要我这把老骨头去血口喷人，天地不容！"

接着，他一五一十地详细说了当初他们一般老臣对高祖的不满及谋划的经过。

"泄公，你想想看，这根本与赵王无关，却硬要我把赵王扯上，不是硬逼着我去做那不义之人吗！"

泄公告别贯高，立即入朝拜见高祖。高祖静静听完，什么也没说。

廷尉讯问其他老臣，他们也一口咬定是他们自作主张的。

吕后很快得到了这些消息，她又三番五次找高祖求情。她带着怒气道："陛下都知道贯高他们是为何要杀陛下的了，也知道张敖根本不沾边，陛下难道还要治张敖死罪吗？若是那样，天下人会以为陛下是有意跟张敖过不去。因为不喜欢一个人，而想方设法除去他，这是一个贤君所为吗？别人不知道，我心里有数，陛下不过是想把异姓王都除掉罢了！"

高祖气得指着吕后道："你这个妇道人家，知道什么！竟在这儿胡说！"

"哼！我知道陛下你连我也厌烦了。等到陛下把我这个皇后也废掉的时候，天下人对陛下就更另眼相看了。"

这几句说得高祖面红耳赤，站起身来拂袖而去。

正月里，春风吹面。高祖终于下了一道诏令，赦免赵王张敖，降为宣平侯，另调代王刘如意为赵王。

获知张敖被免了罪，降为宣平侯，吕后是又喜又恨。喜的是鲁元公主的夫君保住了性命，恨的是高祖把张敖的国土给了如意。连代加赵，如意的封土太大了。

"这是高祖事先预谋的，还是戚夫人那个狐狸精硬要的？"吕后恨恨地想着，"我的亲生女儿遭了难，她的儿子倒从中得了利了。这恐怕还是一种征兆呢！屁大一个毛孩子，自己连国事都管不了，高祖却封给他那么大的地方，这是什么意思？"

鲁元公主夫妻俩大难余生，倒不计较失了封国，虽然被降为侯，依旧相亲相爱，吕后心里却不是滋味。她辞别高祖回到长安，却再也安宁不下来，时刻注视着高祖那边发生的一切。戚夫人一直随着高祖，谁知道她又会出什么鬼主意呢？

在宫中闲着无事，她就派贴身宫女四处探听戚夫人在宫中的人际关系。

此时，许多宫女和夫人都知道戚夫人深受高祖宠幸，都趋奉她。吕后虽是皇后，但年老色衰，长期留守长安宫中，接近她的人不多。

"哼！这些见识浅陋的女人！她们以为女人的容貌多珍贵呢！等着吧！高祖偌大年纪，能要她们多长时间！"

她咬牙切齿地说。

一天，泄公入朝来，对高祖说："陛下赦免了赵王，贯高怎么办呢？"

高祖道："贯高刺杀朕，朕也有过失。这样一个刚直之士，天下少有。若是杀了他，朕不好面对天下人。泄公，朕派你去告诉他，朕也免了他的罪了。"

泄公大喜，当即就到了贯高的关押处。

贯高的伤势好了不少，一见泄公，他就挣扎着从竹榻上坐了起来。

"张敖已经放出去了！"泄公喜形于色，第一句话就说。

贯高一把抓住了泄公的手，惊喜地问："我王真的放出去了？真的？"

"高祖下了诏令，当然是真的，高祖今天让我来是告知你另一个好消息——他很看重你的忠诚，赦免了你，你可以出去了。"

泄公认为贯高会大喜过望，但贯高却默然而坐，神态冷静。

"贯兄！贯兄！"过了半晌，泄公轻轻喊道。

贯高从沉思中惊醒过来，看看泄公，沉着地说："我被打得遍体鳞伤却忍着不死，不是为了我自己，就是为了表明赵王张敖没有谋汉。现在，这一天终于盼来了。

赵王出去了，我的责任也尽到了，可以死而无憾了。再说，泄公，我身为臣子却谋害皇帝，还有什么脸再去侍奉皇上呢？皇上仁德不杀我，可是，我活着心中有愧呀！"

言毕，泪如泉涌，大叫一声："请转告赵王，多多保重！"

随即，他用长长的指甲掐断了自己的颈脉。鲜血瞬间从他的颈间直喷出来。

"贯兄！贯兄！贯兄！"泄公连声大叫，又让人去请御医。可是，谁又能接上喷血的颈脉呢！不大一会儿，贯高就面色苍白，缓缓闭上了眼睛。

"贯兄！你真是个义士呀！"泄公抚尸大悲，心如刀绞一般。

满朝文武，无不为之震惊。

张敖亲自为贯高穿上寿衣，派人把棺材送回他的故乡，厚殓了。

当泄公奏知高祖后，高祖竟流了泪，哽咽着道："因为朕的傲慢，而失去了一个天下最好的臣子。赐黄金五百两，送与他的家人吧。"

"是，陛下。"泄公更是泪流满面。

"当初，听说有几个赵臣自行剃发，以铁圈束颈作为家奴随从张敖，是吗？"高祖问。

"是的，陛下。当时陛下下了诏书，说赵王群臣及宾客有敢随从者，满门抄斩。他们只好自行为奴跟随了。"

"你知道他们是哪几个？"

"郎中田叔、孟舒等人。"

"召他们进殿！"

几天之后，高祖对泄公说："田叔、孟舒二人，才德兼备，超过了朝臣，朕任命他二人，一个为郡守，一个为诸侯丞相。"

"陛下，天下的忠贤之士很多，陛下哪能一个个全知道呢？"

春天，高祖从洛阳回到了长安。

还算是风调雨顺，所以夏季的麦子、荞麦、豌豆等，收成都不错。乞讨的人比往年少了不少，人们的衣衫也整齐了些。高祖时常到外面走动，看到市井生活一天天地安宁下来，喜形于色。

四月底这一天，是个难得的好日子。这之前，连续下了十几天的雨，河里沟里全是水。道路泥泞，到处是一种雨天的霉味儿。早上，亮亮的太阳出来了，各家各户的人都出来了，忙着晒粮、晒被子、晒衣服。

高祖也信步来到殿外。到处是暖烘烘的，他不由得深吸了几口气。

今天朝臣来得特别齐，都随他站在太阳地里，称道雨过天晴的好天气。

大殿旁边有排梧桐树，高大茂盛，棵棵都有一抱粗。树下，阳光都被枝叶挡住，一片荫凉。须臾，高祖和众臣都踱到树下。

高祖笑着向群臣道："人都说梦与现实是相反的，果然不错。朕昨儿晚上做了一个梦，梦见六月天里突然天昏地暗，漫天飞雪，叫朕好不惊奇。今天，却是个大晴天，多日的阴雨到底过去了！"

群臣都附和道："梦是心头想，陛下是盼望晴天哩！"

陈平却没说话，沉思地看着高祖。

十几天后，太上皇在栎阳宫驾崩。

高祖十分悲伤，下诏赦放栎阳狱中全部囚犯，以示悼念。

太上皇虽然已是八十多岁高龄，但高祖内心的失落之情依然十分深重，失去了父亲，这是一方面，更重要的是突然间他感到了一种死的威胁。想到自己已是六十岁的人，太子还是个不顶事的青年，内心不禁忧虑重重。和秦始皇众多儿女相比，自己就显得儿女稀少，后嗣清落，大汉王朝则刚刚建立，一切都还未稳定下来，谁知道将来会怎么样呢？

六月里的一天，他正在大殿和群臣议事。忽然看到外面亮堂堂的天一下子暗了下来。

"陛下——陛下——"一个朝臣大叫着奔了进来，"天狗在吃太阳！"

高祖一下子站起来，三步并作两步冲进庭院。

看天上，果然有一个黑色的圆东西正向太阳上移动着，已占了一个边儿了。

"快！快打锣敲鼓呀！"

"赶天狗！快赶天狗！"

"喊！大声喊！"

一片混乱之中，锣响了，鼓响了，盆响了，喊声响了："走，天狗！滚，天狗！"

人人惊恐万状，盯住天上。

太阳又全出来了，大地一片光亮如初。

"天狗给赶走了！天狗跑了！"

高祖两眼昏花，迷迷瞪瞪地听着人们在欢呼。

过去，他听说过，天狗吃太阳，吃月亮，都必有凶乱发生。今天，天狗把太阳吃了又吐了，这是吉是凶呢？

陈平应诏进宫，高祖询问此事。

陈平道："这乃是上天昭示陛下，天下将有乱事，但有惊无险。"

高祖急切地问："这怎么说？"

陈平说："臣下也不能确切说明白，反正未来几个月内，将有臣子作乱。不过，将会被陛下平定，陛下不要过于担心。"

高祖仰天长叹一声："唉，谁知这次又会是谁呢？"

一天，高祖带着一群侍从射猎，太子刘盈也一同前往。半途中，有一只大大的灰兔子在不远的草丛中吃草，高祖对太子道："看到那只兔子了吗？射死它！"

太子拉开弓瞄准半晌，却又把弓放下了。灰兔发现了他们，倏地一下消失在草丛中。

"你的箭术这么差吗？拉了半天弓却射不了。"

高祖怒气冲冲地问。

太子道："父皇，儿臣看到那是一只快下小兔的母兔呀！"

高祖皱了皱眉，对左右道："如此憨厚的小子，朕的江山将来还要他掌握呢！"

戚夫人恰在旁边，暗暗把这句话记在了心中。

晚上，她一边给高祖奉酒，一边把话题就扯到了太子身上，有意问道："陛下以为，太子与如意哪一个更像陛下？"

"当然是如意了，太子太仁厚，缺少胆识和气魄，哪里像朕！"

高祖脱口而出。

"陛下，太子将来一旦成为天子，能保证刘家王朝长治久安吗？"

戚夫人见高祖那么说，胆子大了，问。

沉吟一会儿，高祖道："难保呀！"

"既如此，为什么陛下不另立如意为太子呢？陛下是知道的，如意饱读诗书，勤练武艺，胆大心细，聪明懂事，是个好苗子，皇子之中无人能比呀！"

"那怎么行！朕已立过太子了，怎好任意更换？"

高祖放下手中酒杯，摇摇头。

戚夫人道："是江山重要，还是陛下的面子重要？难道因为陛下一言既出之尊，就要冒着失去江山的危险吗？"

高祖沉思不语。

戚夫人泪水扑簌簌流了下来，哽咽着说："陛下以为臣妾是为自己的儿子吗？臣妾是为刘家江山哩。想不到陛下那么虚荣，臣妾为将来担心哪！再说，臣妾一心侍候陛下，全心全意，没想到陛下根本没把我们娘儿俩放在心上。"

高祖最见不了女人的眼泪。看到戚夫人哭得像泪人儿一般，他的心软了，手脚也慌了，连忙把她拥进怀中，说："别哭别哭，这事等以后再说，容朕再想想，好吧？"

戚夫人得此一语，更是一番温语温情，把如意如何如何好，太子如何如何笨又絮叨一遍，方才罢休。

此后，戚夫人常常流泪恳求高祖改立太子，一次、两次、三次，弄得高祖六神无主。最后，高祖实在心疼她那泪水莹莹的悲切样子，索性道："好吧，朕就改立如意为太子吧！不过，这事得同大臣商量。"

戚夫人娇声道："陛下，大臣是陛下的大臣，他们还能违抗陛下的旨意吗！"

吕后平时带着太子刘盈守在长安，很久没同高祖接近了，当她听到高祖想改立如意为太子的风声后，大惊失色。但是，她很快让自己冷静下来，心中道："自古以来，废立太子都是朝中大事。太子是高祖打天下未定时就立下的，当时文武大臣都在场。如今要废掉太子，按理应该有充分的理由，太子一没犯法，二不荒淫，三未犯上，高祖抓不住他的把柄，说废就废，没那么容易，这事一定得经过大臣们同意。朝中大臣都是忠厚之人，不会答应高祖的，谁都知道那戚夫人是个狐狸精。我也不能再安坐了，得密切注意他们的动向才行。"

果然不出所料，几天之后，高祖召见文武大臣，同众人商议重立太子之事。

吕后早已知道了消息，躲在大殿的东厢房里聆听。她的一颗心悬到了嗓子眼上，谁知道大臣们会不会据理力争呢？

高祖高坐其上，刚刚说出要改立太子的意思，殿下黑压压跪倒了一大片，争论声此起彼伏。

"自古以来，君王之继承人，都是立嫡长子，这是通例，陛下怎好打破呢？"

"太子已立数年，无过无失，废掉太子，不合事理！"

"陛下有皇子多个，一旦废长立幼，必将引起混乱！"

"当初，晋献公因为宠爱骊姬，废除太子，另立奚齐，晋国从此乱了几十年，成为天下人的笑柄，陛下应该听说过。"

"秦王败在何处？就是没有早立长公子扶苏，才使赵高那个奸臣诈立胡亥，葬送了王朝，这是陛下亲眼所见的。"

"当今的太子，仁厚且孝，天下人皆知。"

"太子为吕后所生，陛下难道忘了与吕后当年同甘共苦的生活了吗？常言道，糟糠之妻不下堂啊！"

"若是陛下一意另立太子，这是有意动摇天下呀！"

…………

高祖一一听在耳中，他看见周昌满脸通红，气呼呼地看着他，就用手势制止住众人，问道："御史大夫周昌，你意下如何？"

众多之人，高祖为何只点周昌？原来，这周昌为人正直，宁折不屈，只是有口吃的毛病，越是急越是气，越是说不出话来。

周昌憋了半天，才面红耳赤地道："臣口拙，但臣知道陛下不能这样做，陛下要废掉太子，臣不奉命！"

高祖听此一语，笑出声来。满堂文武也都哄堂大笑。

事已至此，高祖再也不好说什么，只得令众人退朝。

周昌走在众人后面，刚出大殿，却见吕后的一个随身宫人走上前来拜道：

"御史大夫，皇后有事召见。"

周昌不知何事，只好随他来到东厢房。刚进门来，却见吕后迎上来，一下子跪倒在他面前。他一下慌了手脚，连忙上前俯伏在地。吕后恭敬地道："御史大夫请起！"

周昌道："臣下怎敢当此大礼？"

吕后满面感激，道："今日多亏君等据理力争，不然，太子就被废了。"

至此，吕后一颗悬着的心才放了下来。

目送周昌远去，她的心底升腾起另一种心思：等着吧，戚夫人，有你好看的！

这天晚上，戚姬在高祖面前哭得好不伤心，双眼又红又肿。

高祖叹气道："朝臣无一赞同，怎好硬立如意？纵使朕硬改立了他，没有朝臣扶助，只是孤家寡人啊！"

戚夫人仰起脸儿来，万分悲戚地道："陛下不知，臣妾不是仍要改立太子，只想皇后已知此事，只怕以后再也容不了我母子二人了。"

高祖拍拍她的手，道："这个朕自有主张，会想方设法保全你们的。我在世一天，你们一定无事。若我死后，会精心安排好的，不会让你母子吃亏的。"

戚夫人慢慢停止了哭泣，但是，一层阴云盖住了她的心扉。自此之后，她常常长吁短叹，忧愁不已，再也没有以前那么开心了。

看到心爱的女人忧闷交加，高祖也满腹心事。闲来无事，也少不了痴痴发呆。

这一切，都被掌玺御史赵尧看在眼中。

一日，见众臣不在旁边，赵尧悄悄问高祖道："陛下每日里闷闷不乐，是担心戚夫人母子日后的安危吗？"

高祖点点头，说："赵王年少，只有十岁，皇后对戚夫人母子不满，朕千秋之后，赵王岂能自全？真是愁煞朕了！"

赵尧说："要保全赵王，也有良策。"

高祖说："快快道来。"

"陛下可以为赵王选一良相，此人既要为皇太子敬畏，又要为群臣敬畏，还要为皇后看重。由他保护赵王，就可无事。"

"朕何尝不是这么想？只是朝中谁人能胜任啊！"

越尧说："臣以为御史大夫周昌最为合适。"

高祖一拍脑袋："是了，朕怎么没有想到他哩！"

旋即，周昌应召进殿。

"朕想了许久，让你去为赵王为相，劳驾你了！"

周昌愣了一会儿，方才明白过来，泪水一下涌出来，跪倒在地，道："从陛下起兵，臣就相随左右，为何半途上让臣去做赵相，这不是抛弃了臣下吗？"

周昌是个明白人，戚夫人争取改立赵王为太子不成，激怒了吕后，这以后有赵王的好日子吗？谁人想去做赵相，这是难为之差啊。

高祖说："爱卿啊，朕知道你的心思。从朝廷出去，似乎是升迁了，可朕深为赵王忧虑啊。思来想去，除了你，无人可担当此任，请君勿要推辞了！"

周昌无奈，只得领命。

数天之后，周昌护佑着赵王如意，离京而去。

临别之前，戚夫人依依不舍，拉着赵王的手哭个不停。赵王还是个孩子，也是涕泪交流。周昌催促多次，母子二人才分开手，戚夫人有一种永别的感觉。

周昌到了赵地不久，就听朝中传来消息，赵尧已是当今御史大夫了。他不禁想起不久前的一件事来。

他有个朋友叫方与公，乃是赵国人。有一次，二人私下谈起御史下的诸位官吏。方与公道："那赵尧年纪虽轻，但颇为机智。我看，将来有一天他要取代你的位子。"

他当时很不在意，冷笑道："那小子，不过是一个刀笔小吏，怎会做朝中御史大夫？"

"天下之事，哪有一成不变的？我看准了，必有那么一天！"方与公道。

至此，他弄不清是高祖早就想让他出朝廷了呢，还是眼下着实看重他能护佑赵王呢？

阳夏侯陈豨，是高祖从平城回来之后被封为侯的。

当初，刘如意被封为代王时，高祖任命他为代相，代替代王管理代国的事务。后来，代与赵合并，刘如意又做了赵王。陈豨仍为代丞相，监管赵、代两国边境的军事。

刘如意不在封国之内，做丞相的行动自然就自由多了。安排军队，设置岗位，把守关口，都是由陈豨说了算，他自然多了几分豪气。

但是，陈豨最仰慕的不是做军中大将，而是成为养士之君。这么久以来，他习惯了自作主张，呼风唤雨，渴望自己有一天能够拥有众多谋士，帮助他成为一国之君。常言道："千军易得，一将难求。"有了智者出谋，什么都好办了。

于是，陈豨礼贤下士，广交宾客，像布衣之交那样对待每一个投奔到他门下的贤人。不久，他的身边就聚集了几千人。身居边地，他从未认为这有什么危险之处。

赵相周昌是个忠臣，虽然性格耿直，却也不乏心计。到了赵国不久，自然尽心尽力辅助年幼的赵王。

代、赵两地相连，陈豨得知周昌为赵相后，就经常去拜访他。在他心目中，周昌正直胆大，是个君子，值得深交。

　　害人之心不可有，防人之心不可无。陈豨来来往往之中，都看在了周昌眼里。每一次，陈豨都带着千把随从，光是车子就跟着上百辆。只要他一到邯郸，满城的客舍就住满了。周昌心中暗想："陈豨不是一个侯王，如此兴师动众是什么意思？过去战国时期，四君子厚养门客都是为了自保而又保国，这陈豨不过是个丞相，想干什么呢？别是另有企图吧？代地远离朝廷，高祖哪里知道？我不能让他坏了高祖的大事。跟着高祖这么多年，深知打天下的艰难，哪能让高祖蒙在鼓中呢！"

　　等陈豨辞别他回代之后，他日夜兼程赶到了长安去拜见高祖，把自己所见所想，一一说与高祖听了。

　　高祖道："陈豨宾客众多，又专擅兵权多年，极有可能有谋反之心。如此，朕要好好查查他的行踪。"

　　御史府仔细审查，自然发现陈豨在代地有许多不法行为，又一一向高祖报告了。

　　天下没有不透风的墙。高祖暗中审查他的事很快传到了陈豨耳中，他对左右道："我本无反意，只是喜欢结交天下英杰，让他们为我出谋划策，管理好代地。若是我有心谋反，还会到处张扬吗？高祖既怀疑了我，事情就不好办了。如今天下已定，该除的他已经除掉了。韩信为他立了那么大的功，结果却被他贬为淮阴侯，拘在京城中窝囊着，什么事也做不了。我该怎么办呢？"

　　"前不久，赵王张敖根本没有反意，还被除了封国降为侯，连高祖的女婿都落得如此下场，足下不会有好日子过了。不如就此反了，成就成，不成也比被折磨死了好！"部下说。

　　"可是，有谁敌得了高祖呢？"

　　陈豨摇摇头。

　　"不如这样，足下去联络淮阴侯，如果他愿意与足下联手，成功的可能性就极大了。当今天下，用兵之神能超过他的没有一个。"

　　陈豨想了想，说："不妨试试吧！"

　　于是，他派出一个能言善辩的门客火速前往京城淮阴侯处。

　　淮阴侯韩信闭门不出已经许久了。这天早上，他刚起床，就听见左右说陈豨的使者求见他，"一定是出了什么事了！"他心头一惊，不动声色地传使者进来。

　　使者向韩信问候完毕，就呈上了陈豨的一封信。韩信看罢，良久才说："当初我兵权在握，谋士蒯彻那等劝我反叛朝廷，我都未予理睬，难道如今还会再去谋反吗？太笨了！我还要奉劝代相，不要草率行事，白白送命不说，恐怕还要牵连众位大将。"

　　使者见韩信不为所动，就去找韩王韩信前面所说的两个部下，王黄和曼丘臣。

　　这也是陈豨指点的。陈豨与王黄、曼丘臣是好友。

　　曼丘臣曾对陈豨道："你要去的地方，集中了天下的精兵，天高皇帝远。作为高祖信任的大臣，要说你反叛了，肯定没人会相信，除了消息一再传来。如果有用得着我二人的地方，到时候只消说一声就行了。"

所以，陈豨把这些话牢牢记在了心中。当使者把陈豨的信函交给王黄与曼丘臣时，二人立即悄悄随使者到陈军中去了。

七月里，高祖要为太上皇举行葬礼，楚王、梁王以及众文武大臣都来了，高祖派人去诏令陈豨。

陈豨就和部下及宾客们商议此事。众人道："高祖这是借为太上皇送葬之机诱足下回朝，已经派人查出了足下有诸多不法行为，是不会放过足下的。"

也有人说："淮阴侯当初就是被高祖骗到陈县的，足下不能再上当了。"

众人越说，陈豨心中越害怕，越害怕，就越发想寻找另一条路子——谋反。

【第十三回】

飞鸟尽韩信遭戮，狡兔死彭越受戕

九月里，陈豨与王黄、曼丘臣等人公开反叛了，陈豨自立为代王，同时率军攻占赵、代之地。

这一切，都在高祖预料之中。

高祖与陈平计议攻打陈豨之事。高祖冷笑道："朕一直在暗中注视他，看他是否真有谋反之心。收拢谋士，诏令不来，联合王黄，他胆子不小哇！你看，朕该如何着手平定他？"

陈平道："臣听说赵、代二地有不少官吏都被陈豨判过罪，先释放他们，然后再率兵征讨。"

"妙！"高祖赞道，"朕要先争取赵、代二地的民心。"

深秋时节，高祖在秋风中带着大军出发了。为了防止陈豨东进，他加速进发。部队很快抵达邯郸。

登上邯郸城楼，高祖一番鸟瞰之后，笑着对左右道："此处南有漳水，北有邯郸，是一战略要地。陈豨不据此而守，把这儿丢下了，可见他没有什么能耐。打败他，易如反掌！"

这时，周昌上奏道："陛下，臣请求斩了常山太守与太尉！"

高祖问："他们犯了何罪？"

周昌道："常山一共有二十五城，陈豨反叛而攻，竟占了其中的二十个，此二人不是罪过很大！"

高祖道："他二人也参与谋反了吗？"

"这倒没有，二人都是忠厚之臣。"周昌说。

"这是他们力量不足，放了他们！"

高祖召见二人，重新让他们做太守、太尉。二人感激得涕泪交流。

高祖又问周昌："赵地壮士中有可做大将的吗？"

周昌想了想，说："有四人可以。"

高祖道："召他们来！"

四人依次到来。高祖看他们，果然个个气度不凡。

"好小子！你们能当将军吗？"高祖带着嘲讽的口气道。

四人不知何意，一下子伏倒在地，高祖见状，大笑着让他们起来："朕是故意跟你们开玩笑的。起来起来，赵相举荐的人，肯定不错。朕各赐你们一千户封邑，拜你们为将，你们可要好好为朕打仗啊！"

四人连忙爬起来，千恩万谢地去了。

有好几个将领是从朝廷跟去的，见高祖出口这么大方，不免有些吃惊，他们问："陛下，我等跟从陛下进兵蜀汉，征讨楚王，鞍前马后奔波至今，还未被您封赏哩，今天却一下子封了四个还没打仗的将领，这其中有何道理？"

高祖笑道："这其中的奥妙你们就不知道了吧！陈豨造反，赵地、代地被他占了不少，朕下了兵书给各地，许多军队还未来到，现在能够调遣的只有邯郸之军。你们想想，朕能吝惜四千户封邑吗？现在，正是安抚他们的时候！"

众将被他说得口服心服，都不敢多言了。

过了一会儿，高祖问左右："陈豨以何人为将？"

左右道："一个是王黄，一个是曼丘臣。"

"他们过去以何为业？"高祖又问。

"曾皆是商人，他们的部下许多也是生意人。"

高祖点头笑道："朕心中有数了。"

高祖让人重金收买王黄和曼丘臣的部下。

没多久，果然有许多人投奔到了高祖部下。

冬天来临，大地寒风劲吹。高祖屯兵邯郸，并未行动。陈豨不知高祖葫芦里卖的什么药，不敢贸然行动，只派部下零星约一万人来回游击汉军。

高祖对部将们道："敌情未稳，以静制之，勿要急于与他们接战，一旦抓到他们的弱处，猛击一下，就能伤了他们的元气。"

部将们只好坚守各处。

不久，探马从各处回来，向高祖奏告军情："陈豨部将王黄，带兵一千余人屯扎曲逆，张春率一万余人渡过黄河备攻聊城，侯敞带几千人往来接应，在匈奴的韩王信也与之配合，进驻参合，另有赵利守在东垣。"

高祖谋划一阵，立即做了部署：由将军郭蒙及丞相曹参迎击聊城；侯敞一路，由樊哙对付；曲逆一路，交给灌婴；韩王一路，由柴武进攻；而高祖自己，则带郦商、夏侯婴前往东垣。同时，在众路出击之后，计划由周勃偷袭代郡。

不久，各路捷报传来：周勃荡平武郡，又杀了马邑几千人马；郭蒙带着齐兵大败张春；樊哙略定清河常山，打败陈豨与曼丘臣一路；灌婴斩杀侯敞，赶走王黄。

高祖经过几场艰苦攻打，也破了东垣城。城中叛兵多数被杀，只有赵利带领少数亲兵逃了出去。

高祖听说陈豨与王黄、曼丘臣走脱，不免心中怏怏不乐。正在唏嘘感叹之中，有人奏报说王黄与曼丘臣部下把二人活捉了来，要领赏呢！

高祖大喜，道："金银对商人，永远都会超过仁与义。"

立即令人杀了王黄、曼丘臣，重赏有功者。

只有陈豨逃往匈奴去了，韩王信也死在了柴武刀下。

原来，韩王驻军参合，开始并未和柴武交战。柴武和韩王是认识的，韩王接到消息后，内心由不得一番波澜。

常言道，月是故乡明，水是故乡甜。韩王虽降匈奴为将，内心却总不是滋味。身为汉人，投在异族之下，谁能心平。长久以来，他无时无刻不在思念故乡，思念中原，希望有一天能再回去。但是，形势逼人，他是深知高祖的为人的。反叛至今，哪里还能洗掉自己的罪过呢？只能一条道儿走到黑了。

既为朋友，韩王也不客套，就把内心的苦衷写在信中向柴武说了。

柴武阅毕，内心也不免感叹，深知韩王内心苦衷。但是，他身为汉将，只能听命于高祖，心中道：韩王啊韩王，不管你有何难处，被逼也好，无奈也好，你不投降我就得攻打你，不然，我怎么向高祖复命；你既然决定以死相拼，我也不能手软了！

于是，他派兵猛攻参合。韩王兵少，数败之后，只得退守城中。

这时，各路皆已大捷，柴武不免有些着急了：岂能这样再拖下去？我得用计速战速决，不然，何以面对高祖？

第二天，他设下一计。

韩王久困城中，突然见柴武撤军，未加多想就对左右道："汉兵久攻不下，粮草已乏了，柴武又与我为故友，怕是不攻了。"

左右道："将军，何不借此机会打一胜仗，让单于瞧瞧将军也非等闲之辈呢？"

"让他去吧，我等也乏了！"韩王内心犹豫不决，不太想打。

众将道："机不可失，此处距其他汉军较远，不战岂不可惜了！"

韩王被众将这么一说，也转了念头。当下带兵杀将出去，直追柴武。

韩王带兵刚进入一片丛林，就听见杀声四起，汉兵一下子冒了出来。

韩王一阵慌乱，被柴武瞅准了，一刀斩于马下。众人见状，降的降，逃的逃，一下子成了溃败之军。

高祖闻报，笑道："皆是无能之辈却要叛乱，朕就说了对付他们易如反掌，如何！"

众将笑容满面齐声称赞。

高祖令周勃留下，以防陈豨再来，余下人随他回京。

到了洛阳，高祖暂且歇息下来。

一次朝议，众人都说起了代、赵之事。夏侯婴道："代、赵二地土地辽阔，自古以来又多出豪侠，陛下把此二地合起来，不便统辖。何不趁此机会，再把二地分开呢？"

曹参说："此话有理，赵王也太小，只靠赵相料理，不易掌握。陛下皇子众多，可另选一人分封在代地。"

众人都齐声附和。

高祖沉吟道："诸位以为谁最合适？"

灌婴说："臣看皇子刘恒为人忠厚，沉稳仁义，足以为代王！"

此话音一落，在座的朝臣等无不称道。

其实，人们称道刘恒，很大程度上是因其母薄姬。在众人眼里，她恬淡隐忍，从不参与朝政与后宫是非，好也在心里，歹也在心里。自从儿子刘恒出生后，她几乎从未被高祖宠幸过。一个人带着儿子安静度日，这么多年来，也从未要求过什么。

高祖想：也罢，吕后对薄姬似乎不错，封刘恒为代王，她也会乐意。这样，也减轻了戚夫人母子的压力。后宫里常有人说，朕封与如意的太多了。

当即下诏：封刘恒为代王。

刘恒谢过皇恩后，请求道："儿臣担心母亲一人寂寞，希望带母亲同行。且儿臣尚幼，需母亲指点。"

高祖想到薄姬本为魏豹旧人，也是多年未曾亲近。宫中佳丽太多，让她一人独守空房也太对不住她了，就答应了代王的请求。

薄姬十分欣慰，立即陪儿子赴代地去了。

近半年来，她看清楚了吕后与戚夫人之间的争斗越来越尖锐，内心不由得忧虑重重。戚夫人争立太子失败，预示着她未来必定的悲剧结局。自古以来，王宫之中为争夺王权，父子相残、母子相残的情况数不胜数，更不要说后妃之间的明争暗斗了。她已发现，吕后正在暗中调查后宫诸位夫人与戚夫人的亲疏关系，想方设法孤立戚夫人。身在宫中，想脱离其中实在难。为了儿子，她不愿得罪吕后，也不愿得罪戚夫人。此二人一在目前，一在将来都会起大作用。吕后将来肯定会剿杀敌对者，而戚夫人目前在高祖面前深得宠爱。所以，她渴望脱离此是非之地。今天终于机会来了。

走在去代的路上，薄姬只感到天高地阔，一切都让人轻松自在。

　　高祖刚把薄姬母子送上了路，忽然收到吕后的一封密信。他打开一看，不禁又惊又喜。

　　原来，吕后一个女人家竟然把韩信给杀了！

　　却说当日高祖带兵征讨陈豨时，也曾诏令韩信同行。韩信早已是心灰意冷，心中道：“朝廷用得着我的时候，就想起我的作用了；用不着我的时候，就把我冷落一旁，根本不把我当作一个值得信任的臣子！再说，前不久才把我当叛逆之臣捉住，由楚王贬为淮阴侯，今日又让我去攻打陈豨，谁知陈豨是否是真的叛逆？或许也是被逼所致哩！我不能参与。”

　　于是，他向高祖呈了一封奏章，道：“臣近日体弱多病，尤以脚病最为厉害，故不能随陛下出征，请陛下体谅臣下之苦衷！”

　　高祖知他这是托词，也不好勉强，就与众将出发了。

　　吕后知道这件事后，却耿耿于怀。高祖偌大年纪了，需要人手，而韩信是最好的助手。在这最要紧的时刻，他却称病在家，这就是对朝廷不忠。

　　韩信呢，一向在朝中傲慢惯了，并没有因这件事而在意什么，但是，一次意外事件却把他推向了灾难的深渊。

　　有一个叫尹中魁的人，是韩信的门人。这尹中魁是宋人，与韩信的一个侍妾陈姬是同乡。有时尹中魁回故乡去，常常为陈姬带书信及用品送给陈家父母。一来二去，二人见面的机会多了。这尹中魁长得一表人才，又能言善辩，颇有些风流倜傥的味道。陈姬自己未为韩信生个一儿半女，在侯府中也没什么地位，一个人独守空房的时候多。寂寞之中，就和尹中魁有了男女之情。

　　女人常常为争宠而彼此嫉妒，互相中伤。韩信的一个姓孙的侍妾，发现了陈姬和尹中魁的私情之后，就添油加醋地对韩信说了，韩信恼羞成怒，当即把尹中魁关了起来。

　　“外面人对我不公，倒也罢了，没想到你也会这么待我！我这个人做人向来都是恩怨分明。过去这几年我未曾亏待过你，你却这么对我，是可忍孰不可忍！”

　　韩信令左右审讯尹中魁，一旦情况属实，就杀了他。

　　尹中魁的弟弟叫尹中胜，也在韩信府中做事。他得知韩信有意杀他兄长之后，就千方百计想救他。这时，他忽然想到一件事——不久前陈豨的使者曾来过韩信府。如今陈豨反叛了朝廷，何不向朝廷报告说韩信与陈豨有谋？只要能救兄长的命，有什么不能干的！

　　吕后听了尹中胜的密报，心中一惊，道：“那韩信就要对高祖不恭了！当时为攻楚军，他就要挟高祖，要了齐王之位，可见他不是个忠厚之辈。前日高祖讨伐陈豨，他又称病不随，原来是这个原因。不管怎么样，不能再留这个人了。高祖对他的冷落是明显的，我先想法除去他再说，以免他真在京城叛乱了，我在家对付不了。"

当下，她召见萧何，道："丞相，淮阴侯舍人之弟尹中胜，上书说韩信与陈
豨暗中有约，要里应外合造反，你看怎么办？高祖临行前，把朝中之事交给丞相
与我，丞相得拿个主意哇！"

萧何沉吟良久，问："韩信谋约陈豨，可有证据？"

"尹中胜说韩信府中有陈豨给韩信的谋反信，还说韩信要乘高祖出征之机，
选择时间，进宫袭击太子哩！"

"若是真有书信，倒是足以定罪，若是没有，怕难处理了。"

"谋反的信有无，在拿住韩信之后才能找得到哇！"吕后说。

萧何默然不应。

吕后看出了萧何的犹豫，激他道："说起来，那韩信本是丞相举荐给高祖
的，丞相如今顾念他，也是情有可原。但朝廷事大，一旦出了乱子，岂不是丞相
与我的责任？"

萧何听此一言心中一凉——我随高祖多年，忠心耿耿，位高人尊。若是因韩
信引起高祖和吕后的疑虑，就前功尽弃了。

"皇后意下如何？"

"韩信一向不服朝廷的待遇，如今又要作乱，岂能让这种人存在？"

吕后话语间含着一种杀机。

"既如此，臣下有一计。"

"请丞相讲来！"

"韩信称病在家，是个会轻易出门的，想拿住他，必须把他引入宫中。皇后
可派人先出京城去，然后从北方回来，当着众人的面说自己从高祖处来，陈豨已
被拿住了。朝臣听此消息必会前来朝贺。韩信若来了更好，不来，臣下亲自去请
他。皇后先派武士埋伏好，一旦韩信来到，就将他斩了。"

"好主意！丞相，就这么办吧！"

第二天，一位军人来到朝廷，说自己从高祖处来，汉军已大败陈豨，正在扫
除残余乱军，不久即将回朝。群臣不知有诈，纷纷前来朝贺。

不出所料，韩信果然未来朝廷道贺。

第三天早上，萧何来到韩信府中。

韩信正在府中下棋，一听左右报知丞相来到，连忙起身迎接。

"听说你病了，我来看看你。"

萧何从容进门，关心道。

"也没什么大病，是我的脚气病犯了，不能走路罢了。"韩信一边令人招待
萧何，一边说。

"高祖派了使者来，说已大败陈豨，不日即将返朝，你知道吗？"

"知道了。"

"众臣都去朝中道贺，你为什么不去哩？"

"我的脚肿得厉害，不方便。"

韩信一边说，一边抬抬脚。果然，他的脚溃烂了。

"这个时候不去，不太好。今儿我有空闲，我俩一道去宫中吧，坐车子到宫前，走的路长不了。"

韩信看萧何那么恳切，内心道："过去，我之所以能被重用，完全是由于萧何的举荐，当初，萧何为留下我独自出城追赶，纵使我内心再有什么不快，也不好拒绝他了。"

当即换衣上车，韩信随萧何进了宫。

刚进宫中，一群武士从两边闪现，一拥而上把韩信捆了起来。

"丞相！丞相救我！丞相救我！"

韩信回头大喊。

然而，却不见了萧何的踪影。

韩信心中顿时大惊，心中道："我上当了！"

抬头一看，吕后怒容满面地高坐着。

"大胆韩信！你竟敢与陈豨预谋反叛朝廷，真是罪该万死！"吕后的声音十分刺耳。

"这话从何说起？"韩信反问道。

"陈豨已被高祖拿住，供出你曾与他暗中有约，里应外合对付朝廷。你的舍人之弟也上书来，说陈豨派人送信与你了，你还有何话可说吗？拉出去，斩了！"

韩信听此一语，知道一切都是布好了的陷阱，分辩也是无用，仰天长叹道："我没有用蒯彻之谋，上了一个女人的当，真是天意啊！"

吕后怕他还要说出什么来，立即令人推了出去。

须臾，刽子手手起刀落，一代名将的人头滚落在地。

隐在旁边的萧何，心中不由一阵悲戚，暗叹道："是我举荐了韩信，也是我留下了韩信，又是我送了他的命啊！"

吕后想了一会儿，又令左右："诏令出去，韩信有叛逆之罪，将他三族都夷灭了！"

高祖回到京城，详细问了韩信死前情形。其实，他心里感到吕后做得稍稍过分了。韩信不顺服朝廷，众人皆知，朝廷对他若即若离，也就够了，犯不着杀了他。作为当日打天下的要臣，落得这个结局，未免让人感到朝廷刻薄寡恩。

但是，除去也就除去了，况且还是因为他有谋反之罪呢！

"韩信临死前可曾说些什么？"

高祖忽然像想起了什么要事，问吕后道。

"他只感叹没用蒯彻之计，反倒给一个女人骗了。"吕后道。

"陛下不问起，臣妾倒忘了，这蒯彻是个什么人物？"吕后反问道。

"蒯彻是齐国人，本来是韩信的谋士。后来，不知为什么离开了韩信。哦，朕明白了，一定是蒯彻劝韩信反叛过。"

"这种人哪能把他放过了！陛下下诏，把他拿来！"

吕后一听，横眉立眼道。

高祖道："这个不打紧，朕听说此人还在齐地，算卦作巫。朕令曹参寻找他，跑不了。"

齐相曹参得到高祖诏令，不敢怠慢，在齐境内下了通缉令，捉拿蒯彻，蒯彻是个名人，许多人都认识他，很快，就把蒯彻捉住了。

送入宫来，高祖亲自审讯蒯彻。蒯彻一身道家装束，潇潇洒洒，一点也不惊慌。

"蒯彻，是你叫韩信造反的？"

高祖一拍几案，喝问道。

"是的，我是叫他造反过。可惜，他不听我的计策，所以今天才自取灭亡了。如果他听从我的，陛下哪能杀了他！"

高祖看他那副轻松的样子已十分气愤，又听此言，更是怒火中烧，令左右："煮了他！看他还再敢让人反叛朕！"

"冤枉！冤枉！"

蒯彻挣扎着，大叫道。

"你叫韩信造反，还说冤枉？"高祖喝问。

"陛下，当初秦王朝失去正道，天下各路英雄崛起，谁都想夺得天下。然而，只有那才能卓越、行动利索的人才能最后取胜。古时候，狗曾对尧狂叫不已，并不是因为尧为人不义，而是因为狗就喜欢吠叫陌生人。当我为韩信出谋划策时，陛下还不是天下之君，我只是为自己的主人出力，这是天经地义的事，有什么过错？再说，当时天下有许多人都在磨刀霍霍，一心想成就大事业。但是，他们都没有力量达到，对这些人，陛下能一一把他们都煮了吗？"

高祖盯着他，半晌不说话。

蒯彻也看着他。

"放了他吧！"最后，当左右听到高祖说这句话时，几乎呆住了。

做为人君，谁不喜欢忠臣呢！

出宫之后，蒯彻来到韩信坟前。

"淮阴侯啊淮阴侯！"蒯彻不拜不祭，只顾唠叨着，"你知道你错在哪里吗？你是咎由自取！当初，汉王与楚王在荥阳相持，你灭了齐国之后，不去急援汉王却邀功为齐王；后来，汉王追击楚军，你又按兵不动。这时，高祖已有杀你的念头了，只是时机还不成熟罢了。待到天下平定，你就更没什么可倚仗的了。抓住机会去谋利益，这是市井小人的志向；建立大功以报有德之人，这是士人君子的胸怀。你用市井小人的志向去谋利益之后，却又用士人君子的胸怀寄希望于他人，这是大错特错了。本来，你的功劳可以与周公、召公、姜太公相比，足以使子孙享受福荫，可是，却因你的过失，把这一切都葬送了。死在地下，你明白自己错在哪里了吗？"

说毕，长叹一声，拂袖而去。

满朝文武听说韩信叛乱被诛三族，都十分震惊。他们哪能料到，又一场风暴就要来了。

高祖出征陈豨时，也曾向梁王彭越诏令过，叫他带军随行。

彭越长期生活在水乡，患有风湿之病，随着年岁的增长，病情越来越重。日常行动，他还能支撑，但让他行军作战，就困难了。况且，高祖征召他时，正值严冬时分，天寒地冻，双腿疼痛难忍。所以，他写了一封奏书给高祖，讲了自己的病情，派将军们带兵随高祖去了。

高祖看到彭越的奏书，顿时火冒三丈，当着彭越将军们的面，恼怒地道："梁王有病？朕看他是在摆架子了，现在正在朕需要人手的时候，为什么不来？"

高祖的恼怒也有他的道理。

此前，韩信已称病不来，这时又出来一个彭越。他心中道："如今天下一统，彭越有了王位，就不愿再辅助朕了。怪不得人们都说，人只能同患难，不能共甘甜哩！风湿病又算个什么！朕一道旨谕，他就应该来。"

显然，他又想起当初攻楚时，他与韩信、彭越约好了合兵攻敌，韩信和彭越却迟迟不到的事来。当时是为了邀得王位，彭越就有要挟之意了。对这种人他哪能容忍得了，当时陈平与张良示意不是发火的时候，否则他当时就要对彭越兴师问罪了。

想到这儿，他唤来一个军吏，让他到梁王府去斥责彭越。

彭越看到高祖的斥责信后，一下子忧虑起来。

"自从高祖得天下以来，诛杀的诸侯王已有几个了。燕王臧荼首当其冲，楚王韩信被贬为淮阴侯，韩王投奔匈奴，后被高祖派兵杀灭。这几个人中，除臧荼外，其他二人都是莫须有的罪名。如今，高祖该不会因此降罪于我吧？他可正在打陈豨哩。"

他越想越担心，越想越忧虑，就找来几个心腹部下，对他们说："高祖派人斥责我，形势不妙，我该怎么办？高祖为人极其自负，我想入朝去谢罪。"

众人道："大王开始说自己有病，不能随行。受到斥责后，又前去朝廷谢罪，还不是明摆着承认自己是成心不愿相助朝廷吗？"

"难道我就这么不声不响吗？高祖岂不是更为恼火？"他愁眉苦脸地说。

"大王，你听说吕后在京城诛杀韩信的事了吗？"说话的乃是部将扈辄。

"什么？淮阴侯韩信被杀了？他是什么罪？"彭越十分吃惊。

"反叛朝廷。大王，试想，淮阴侯手下已没有一兵一卒，怎么个谋反法？"

彭越一下子跌坐下来，脸色发白。他心中道："这一定是以前的旧怨了。我和韩信都曾向高祖示意过要封王，一定是这个原因。"

"大王，"扈辄又说，"韩信已被诛灭三族，是吕后把他骗入宫中的。大王若是前去朝廷谢罪，谁知会不会是同样下场呢？与其前去束手被擒，不如就势谋反了。"

彭越摇头，道："这个万万行不得。高祖封我为王，待我不薄，我不能轻易就做了那反叛之事。再说，今非昔比，就是发兵反叛了，也只有死路一条。我不想牵连家族及众将。"

扈辄冷笑道："大王，大凡开国君主都有这样的行为———一旦天下平定，就会杀掉那些有功之臣。高祖能例外吗？韩信已经被除掉，下一个就是你了，无论如何，大王不能现在就到朝廷去。"

彭越一下子乱了方寸，不知如何是好了。但是，他是不会走上反叛道路的，那样做，在当今情况下，无异于拿鸡蛋碰石头。

于是，他决定先等高祖消消气，再亲自向高祖谢罪。

一天黄昏，一位将领对他说，他的一个太卜驾车出行，让车子狂奔，一下子轧死了两个百姓，人家告上来了。

太卜蒋公，原是他的同乡，是和他一同从家乡出来的。这些年，蒋公作战勇敢，往往身先士卒，很受部下拥戴。被封梁王之后，彭越为嘉奖他，让他做了自己的太卜。谁知蒋公随之就变了样，逐渐变得傲慢无礼，轻狂粗野。他喜欢喝酒，喝了酒之后就驾车到处奔跑，以显示他是梁王的红人。以前，他已多次把行人碰伤，引得民众怨愤，这一次，竟然把人轧死了。

彭越当即下令，把太卜囚禁起来，准备发落。

关在一间黑屋子里，太卜逐渐醒过酒来。他感到了事态的严重性，按照常理，伤人致死，胡乱作为，是要判死罪的，况且他以前又是恶事不断呢？

突然间，他心生一计：为了活命，他要告发彭越。

当天晚上，他乘门口看守的人不备，挣开了身上的绳索。身旁有几块木板，他把它们斜搭在墙上，攀上了房顶。掀掉房顶上的一块茅草，他轻轻滑下房子，走到马房里挑了一匹最好的快马，悄悄消失在夜幕之中。

高祖正在长安城中，听得彭越太卜密报，连想都不想，就派兵向梁地进发了。

汉兵打进彭越宫中时，彭越毫无防备，当下就束手就擒了，被带回了洛阳。

高祖把彭越交给御史审讯。

没有反叛行为，彭越无从交代，他自始至终都在为自己辩白。

御史深知高祖的意思，无论彭越怎么分辩，还是得出了这样的结论："梁王已有反叛之意，按律应当处死。"

高祖得到这样的奏告倒犹豫了，他心中道："诸位异姓王中，韩信、彭越功劳最大，当初，张良向我进言，说若要消灭项羽，有三个人最有能力，一是韩信，一是彭越，一是英布，此三人为我建立天下，都立下了汗马功劳。如今天下初定，韩信已被吕后杀了，若朕再杀了彭越，岂不会让有功之臣人人自危。不如我赦免了他死罪，以示皇恩浩荡。"

于是，他下了一道诏令："赦免彭越死罪，作为罪人，流放到蜀郡青衣居住。"

彭越觉得实在冤枉，多次恳请面见高祖。但高祖哪里给他机会？当初在火线上共同拼杀情同手足，如今面对面听他申诉，高祖怎好面对呢？

绝望之余，彭越只得率部下随从，朝蜀地进发。

这一天，彭越到达郑地。主仆几个饥饿劳累，就在客馆中停下歇息。

吃饭之时，忽然听得旁边的人议论道："皇后正在城中歇息呢。"

"她怎会到达这里？"

"听说是从京城到洛阳去的。"

"哦，难怪我今天看到街上布满了士卒，原来是为这个。"

彭越心中一阵狂跳，暗想："好哇，机会来了。我为什么不求见皇后，向她诉说苦衷，求得开脱呢？我本来就无反叛之心，她作为一个女人家，一定会体察真情，为我在高祖面前开脱的。"

当下，彭越顾不得吃饭，打听到了吕后所在，就去求见。

吕后并不知高祖赦免了彭越，一听彭越求见，连忙让他进来了。

"皇后陛下，臣绝无反叛之心，都是那太卜诬陷臣。想当初，高祖与项羽相持不下时，臣毅然决然投奔到汉军之中。得到高祖的将军印后，臣后来打击项羽，扰得他不得安宁，让汉军得以在败后休养生息。最后，臣又与汉军合兵垓下，消灭项羽，臣下没有功劳，也有苦劳呀！请皇后为臣做主，臣太冤枉了！"

说到伤心处，他不禁泪如雨下。

吕后心中已有了主意，她假装做出恼怒的样子，道："高祖一定是被那小人蒙蔽了，怎可对梁王这样呢！"

过了一会儿，她又温和地说："梁王，委屈你了。这样吧，你别往蜀地去了，跟我回洛阳去，我自会在高祖面前为你说情。"

彭越万分感激，倒地便拜："谢皇后圣恩，臣下就指望皇后明察秋毫了。"

吕后又说了一些抚慰的话，使彭越内心暖融融的。最后，他恳切地说："皇后娘娘，臣下没有过分之求，只希望高祖能让我回旧地昌邑居住，在那儿了此一生。"

"放心吧，我自会为你安排的。"

吕后说这句话时，满面都是温和。

到了洛阳，吕后对彭越道："你且在宫外等候，我进宫去找高祖，等着信儿吧！"

彭越千恩万谢，老实地等待，他心中道："女人家就是心软，她就不像高祖那样武断，这才是人情味儿。"

进入宫中，吕后见到高祖后，就屏退了左右，问道："陛下是要把彭越流放到蜀郡吗？"

"正是，我赦免了他的死罪，是念及他以前对朝廷有功。"

"陛下想过没有，彭越作为天下少有的将才，有勇有谋，到了蜀地以后会不会成为一个后患呢？"

"我没有想到。"

"陛下忘了受困于彭城的事了吗？当时，若是他倒向项羽一边，陛下还不知会怎么样哩！也许，今天坐在宫里的不是陛下，而是项羽。"

吕后神色冷峻。

"彭越已经上路前往蜀地了，怎么办？"

高祖有点惶然。

"在半路上我正好遇见了他，巧言把他带回来了。陛下应就此杀了他，以防后患。"

"哦。"高祖舒了口气，又道，"朕已下诏免了他的罪，又怎好杀他呢？"

"这不好办吗？"

吕后似乎早已心中有数了，她说："再让彭越的舍人控告他又行谋反，让廷尉审讯他后定下死罪就成了。"

高祖有些吃惊，他望着吕后，半晌，点点头。

彭越在洛阳城的客馆中苦苦等了三天，等来的不是皇帝宽恕的诏令，而是捕拿的通缉令。

通缉令上写道："彭越舍人孙毅，控告彭越不服朝廷判决，前往蜀地途中招兵买马，欲与朝廷抗衡到底。经查明，情况属实，现诏令捉拿叛臣彭越！"

彭越顿时瘫在了原地。

审讯彭越的是廷尉王恬。

吕后早已派心腹晓谕王恬，决意要问彭越灭三族之罪。无论彭越怎样为自己辩白，王恬一句也不听，只咬定彭越有叛逆之罪。

三天过去了，王恬上奏高祖，论罪判彭越灭三族，高祖立即做了认可。

这时候，彭越心中才明白吕后的险恶。

独自在又黑又暗的牢房里，彭越万分后悔，气恼得直往墙上撞头。

他想把事情的真相公之于世，可是，怎样传得出去呢？

过去，他一直认为自己对朝廷功不可没，朝廷会厚待他。从来没预防过高祖会对他动手，除掉他。

回首往日，他曾对高祖无礼过，那就是他没有如约与高祖共击项羽，以此要挟得到王位。不过，他认为这是应该的。"你高祖想得到的是天下，我呢？难道要求有一个侯国过分了吗？"

可是，一想到老母与妻子儿女及三族亲眷要因他丧命，他还是后悔了。

"苍天呀！这是太不公了！难道历来的君主在得到天下之后都要杀掉他的功臣吗？与其这样，当初我真该留在钜野泽边，永远做个乡民啊！"

漆黑的监牢里，彭越泪流不止。

阳春三月，彭越及三族同被斩首。

吕后对高祖道："那彭越过去有不少旧部，说不定会有不少人对朝廷不满。陛下要杀一儆百，让那些旧部知道朝廷的威严。"

高祖于是下令，割下彭越的首级在洛阳示众，同时颁布一道诏令："有来收殓者，一律逮捕！"

诸侯王们数日后都得到一份特殊的赏赐——一包剁碎的人肉，那是彭越的尸体。

还有谁接到肉酱时不是胆战心惊的呢？

有胆大的百姓，凝视挂在竹竿上的彭越的首级。只见他双目圆睁，牙齿紧咬下唇，一副愤恨不已的样子，就私下议论道："这彭越至死都不服哩！"

春天的花香中，混合着一种血腥味。

原来追随彭越的壮士和门客，都在几天内销声匿迹了。

第八天，是一个阴天。天空中灰云低压，寒风紧吹，很有一些春寒料峭的味道。人们说，看样子像是要下桃花雪哩。

时近中午时分，有一个人来到了彭越首级的悬挂处。只见他一身素衣，携带着祭品，满脸都是悲哀。摆下祭品之后，白衣人边哭边拜。

看守首级的小吏正在不远处闲聊，听见哭声立即赶过来。二人不由分说把白衣人扭送到了朝廷。

"大胆狂徒，你是何人？竟敢违诏来拜祭彭越！"

高祖拍案大怒，厉声问道。

白衣人用衣袖擦掉泪水，平静地回答："臣下乃是栾布，系彭越臣下。不久前受彭越王命出使齐国，今日回来，特向他复命。"

"彭越是朝廷逆臣，妄图谋反推翻朝廷，你不知道吗？"

高祖指着他的鼻子，问道。

"臣下不知道彭越曾造反过。"栾布不惊不慌，昂首道。

"混蛋！朕已下了诏书，你该看见了，就贴在首级旁边。你公然哭祭，这是同谋之罪，来人，煮了他！"

大殿前的院子内，有一口大锅，水烧得滚开，热气腾腾。

两旁的人架起栾布就往院中去。

栾布挣扎着，回头大叫："让我说几句话，说完煮我不迟！"

高祖道："让他说，快死的人了。"

栾布重新来到高祖面前："陛下，当初您受困于彭城，在荥阳、成皋之间大败，项羽完全可以杀过来彻底击败陛下。但是，项羽却一直前进不得，这是为什么？是因为有彭越守在梁地，苦苦地想方设法牵制住项羽。当时，只要彭越一动念头，转身与项羽联手，汉军就会大败。与汉军联手项羽就会大败。这一点众人皆知，陛下更清楚。再说后来的垓下之战，如果没有彭越赶来会战，陛下打败项羽也是难上加难。天下平定之后，彭越接受陛下的符节，被封为王。像所有王侯一样，他也想把梁国这块封地传给子孙后代，让他们承受自己的恩德。然而，陛下仅因一次向梁国征兵，彭越因病不能亲自前往，就怀疑他有造反之心。像这样根本没看到反叛迹象，就因为一点琐事诛杀功臣，我深为陛下担忧。功臣们见此一定会人人自危了。好了，现在彭越死了，我也不想活了，煮了我吧！"

高祖脸上泛起了红晕。

停了片刻，他对左右道："放了他！"

"陛下，你——"

栾布看着高祖，吃惊地问。

"朕免了你的死罪，且拜你为都尉。去吧！"

高祖挥挥手，转身就走。

几天后，高祖下了诏书，立皇子刘恢为梁王，原来的东郡并入梁国，颍川郡并入淮阳。

一代名将彭越，从此在人世间消失了。

自从刘如意前往赵地为赵王之后，戚夫人每日只是思念儿子，少了许多欢乐。但是，想到高祖平日对她宠爱有加，她也只好割舍对儿子的思念之情，好生侍奉高祖。

吕后对她不冷也不热，似乎并未把她争立如意为太子的事放在心上，每次见了她都笑眯眯地叮嘱道："皇帝年纪不小了，你要好生侍奉。你年轻，长得好，皇帝就是喜欢你，皇帝的身体就交给你了，汉家王朝靠他呢！"

平日里，吕后还时常让人送一些鲜亮的上等绸缎给她，让她做衣服穿。她感动地对高祖说："以前，臣妾总担心皇后会嫉恨我，看来是我多心了，皇后是个大度的人。"

高祖听了，却不说话。

"陛下，您可要把我和如意放在心上啊！"

戚夫人不由贴紧了高祖，悲切地说。

"放心，我在世上一天，就照应你一天，若是不在了，临死前也会安排好的。"

高祖盯着头上的帐顶，若有所思。

他的心中，其实拿不准自己死后，戚夫人娘儿俩会有什么样的结局。

最近处置彭越、杀掉韩信两件大事，都是吕后主谋。他虽然为吕后的果决高兴，但对她的心狠手辣也是惧怕几分，以前，他并不知道自己的女人有这么狠。

这天晚上，他想了许久，想找个机会和吕后好好谈谈。

但是，另一件大事又摆在了他的面前。

位于东南沿海的南越，不断侵扰北方汉王朝的土地和百姓，高祖为此犯了愁。他召见左右大臣，向他们了解当今南越的情形。

左右道："南越王尉佗，其实叫赵佗，是真定人，因做了南越之尉，所以叫尉佗了。"

原来，当时秦国兼并六国之时，攻取平定了南越，设置了几个郡——桂林、南海、象郡。这一带人烟稀少、土地广阔，是个不开化的地方，秦王迁了一些百姓过去，又把一些犯罪的人安置到这里。这样，迁来的中原人同越人杂居了十三年。

赵佗在秦朝时，被任命为南海郡的龙川县令。后来，南海郡的郡尉任嚣得了重病，临死前任命赵佗为郡尉代理。

之后，赵佗不断寻找借口，设法杀掉了原先秦王朝安置的官吏，用自己的亲信取而代之。

不久，秦王朝灭亡。赵佗闻讯，乘机攻占了旁边的桂林和象郡，自立为南越武王，建立了自己的独立王国。

这两年，高祖也动过平定南越的念头，无奈数年来百姓一直忙于打仗，过于困顿。眼下，又听说南越人有北侵的行为，他不禁怒火中烧。

但是，若是长征南越，困难很大。和左右议论几番之后，高祖还是决定派人前往安抚，授予王位。

可是，派谁前往呢？

陈平献计说，让陆贾去最为合适。

高祖想了想，笑着问："就是那个张口闭口就说起诗书的陆贾吗？"

陈平也笑着说："正是他。"

这里，有陆贾一段小插曲。

陆贾原本是楚国人，很久以前就跟随着高祖了。他能言善辩，有几分才华，本来是随在高祖身边，讲书讲诗的，可是，高祖风里来雨里去，在战火中摸爬滚打，哪里顾得上读什么诗书？所以，他和一些儒生跟随左右，整天闲着。

平定天下之后，陆贾以为施展才华的机会到了。一有机会，他就在高祖面前谈论《诗》《书》，高祖渐渐厌烦起来。

有一天，陆贾又在那里说起《诗》《书》如何如何有用，高祖忍不住骂道："老子我在马上打天下，要那鸟《诗》《书》干什么？"

陆贾不慌不忙地拜问道："陛下能在马上得天下，难道还能在马上治天下吗？当初，汤王、武王都是以武力取天下以文才治天下。文武并用，乃是长久之术也。吴王夫差、智伯，都是胡作非为，暴虐至极而亡；秦王朝也是一味使用重刑不知变更失去天下的。假如秦王并吞天下之后，推行仁义，以先王圣道为法，陛下又怎能从他们手中夺得天下呢？"

高祖似有所悟，须臾之后对陆贾道："先生的话有道理，你就为朕总结一下秦王之所以失天下，朕之所以得天下的原因吧，把自古以来的成败之道都写出来，对朕有好处。"

陆贾听命之后，便坐下来著述，写成了十几篇文章。写成之后，他一篇一篇念给高祖听。高祖一边听，一边叫好。从那以后，他对儒生的态度便改变了。

如今，陈平又提议让陆贾出使南越，高祖立即应允了。

陆贾以前做使者出使过，但都是中原国家，到南越去，这还是第一次。

手持汉朝的符节，他行程几千里之后终于到达了南越。通报赵佗之后直等了三天，赵佗才接见他。

走进赵佗的宫殿，陆贾真是大开眼界，这里所有的摆设都有异域风采。

到了殿中，只见赵佗头上盘着南越人那样的发髻，伸开两腿坐在那儿。

"陛下是中原人，祖祖辈辈都生活在真定，那里有陛下的亲戚和兄弟，祖先也长眠在那块地方。叶落归根，谁都有一片寻根之情。如今陛下违反天性，抛弃了祖辈穿着的华夏衣冠，成为这偏安一隅的国君。但是，陛下想过这南越有多大吗？陛下若是想以小小南越之地和天子相抗衡，成为汉朝的敌对之国，我真担心您会大祸临头啊！"

　　陆贾直截了当地说出了自己的看法。

　　赵佗一下子变了脸色，注意听着，脸上露出了几分惊恐。陆贾见状，继续说：“陛下想一想，当初秦王丧失德政，各路诸侯和英雄蜂拥而起，只有一个汉王先入关中，占据了咸阳城。其后，项羽背弃盟约，自立为西楚霸王，诸侯们都追随着他，可谓一时间强大无比。但是后来怎么样了？汉王起兵于巴、蜀之后，一路横扫天下，最后和项羽灭了群雄，五年之内，海内一统。陛下试想，这是一般人力之所为吗？这是有神在相助啊！”

　　陆贾瞅着赵佗，继续道：“眼下，汉天子听说陛下在南越称王，独霸一方，不愿协助天子安宁天下，满朝的文武将相都纷纷请战，要求天子派兵剿杀南越。但是天子怜惜百姓们刚刚经历过几年的战乱之苦，再行打仗，只能给百姓平添灾难，所以决定暂且休兵不发，派我来授予您君王印信，颁发符节，互通使者。作为这里的首领，您应该亲自到郊外迎接，面北称臣才是。谁知您却倚仗着此地偏安一隅，傲慢无礼。汉天子若是知道了，一定会挖掉您的祖坟，杀光您的宗室，然后派一员大将，率十万大军压境。到了那时，只怕南越人会杀了您投向天子哩！”

　　陆贾说到这里，充满了自信。

　　只见那赵佗一下子从座位上走下来，向陆贾谢罪道：“我在这蛮夷之地居住太久了，已经忘了礼仪，恳请见谅！”

　　陆贾扶起他，说：“中原有句话叫作亡羊补牢，犹未为晚。只要陛下明白这些，一切都还不迟。”

　　后来，赵佗令人奉上酒菜，与陆贾一同畅饮起来。

　　几乎每天下午，赵佗都是同陆贾相聚。二人边喝边聊。赵佗离开中原太久，恨不能让陆贾把所有中原发生的事儿都讲给他听。

　　不知不觉，过去了几个月。陆贾记着自己的使命，便向赵佗告辞。

　　赵佗已经对陆贾产生了深厚的情谊。他送给陆贾许多价值连城的珠宝等物，接受了汉天子的封赐，为南越王，从此向汉朝称臣，才把陆贾送上了路。

　　听了陆贾的详细奏告，高祖十分高兴，当即拜陆贾为太中大夫。

　　初秋来到，朝中文武大臣一连数日上朝去，都未见高祖露面。仔细一打听，才知高祖病了。

　　一天早上，周勃与灌婴结伴来到宫门外。

　　宫门外已站了不少文武大臣，都是来看高祖的。

　　“传话进去，我等恳请探望陛下病情。”

　　周勃对守宫门的侍卫道。

　　侍卫见是周勃，不敢怠慢，急忙跑进去了。不大一会儿，他又急忙走了出来。

　　“皇帝说了，他心里烦，不愿见任何人，叫你们都回去。”

周勃、灌婴互看一眼，谁也不敢贸然进去，停了一会儿，只好怏怏而去。众人见状，也只得跟随着走了。

这事儿，随即在朝廷上下传开了。

"皇帝到底得了什么病竟不愿见人？该不会是什么传染病吧？"

"也许是心病哩。"

"心病？如今四方安宁，连匈奴那边也安宁了，南越也臣服了，还有什么心病哩？"

"皇帝也有家务事，也许是为了后宫的事。"

"对呀，戚夫人娘儿俩害怕皇后日后对付她们，听说常在皇帝面前哭泣，皇帝一定心烦了。"

"那有什么了不起！连叛乱的大臣都对付得了，还担心什么后宫的纠纷吗？下一道圣旨，让皇后不要动戚夫人娘儿俩，皇后能不遵照？"

"真想不到叱咤风云的皇帝，还有这么忧闷不已的时候！"

"高祖年纪不小了，如此闷着不愿见人，可不是好事。"

"大凡病情，多是心里有事，要是把皇帝的心病去掉了，皇帝就好了。"

文武大臣们心中忧虑，不由得议论纷纷。

听着这些议论，舞阳侯樊哙十分难受。作为高祖的连襟，他从自己夫人口中多多少少知道一些后宫的纠纷。

自从戚夫人争立如意失败之后，一直在胆战心惊中过日子。

高祖最害怕女人的眼泪，看见戚夫人无限伤悲，常在他面前黯然神伤，他就心里难受。对于皇后吕雉，高祖越来越把握不住了。

"我是亲自跟皇帝打天下至今的，千万不能眼看着皇帝为后宫之事伤神下去。再这样下去，陛下真的会垮了。"

樊哙左思右想，决定闯进宫中去劝高祖。

这时候，距离高祖生病已有十几天光景了。

一大早，樊哙闯开宫门直冲而入，守门的侍卫谁也拦不住。大臣们早已焦急万分，也就随着进去了。

花园边的一块空地上，草色枯黄，到处是败落的残叶，一片萧瑟景象。高祖头枕在一个宦官的腿上，眼望着天空，正在出神儿。

"陛下！"

樊哙等人一下跪倒在地。

高祖侧过脸来，没有什么反应似的，过了一会儿才不耐烦地道："朕不是说了不让你们进来吗？"

樊哙看着高祖的脸，除了郁闷之外，他并没有看出什么病态。想到高祖多年来闯过无数生死难关，偌大年纪打打杀杀，得到天下后却是这般烦恼，樊哙不由得悲从中来。他流着泪说："想当年，陛下与我等一同在丰沛起事，纵横驰骋，平定天下，是何等的雄壮！历经千难万险之后，天下终于平定了，陛下却又显得如此疲惫不堪！陛下病了这么久，大臣们都感到十分惊恐，难道陛下不愿再与我等商量国家大事，却要和一个宦官相伴到死吗？再说，陛下难道不曾想过秦朝赵高篡权的事儿吗？"

高祖闻言，心中大动。他抑制住自己的情绪，笑着坐起身，对樊哙等人道："罢了，罢了，朕这不是好了吗？"

樊哙明白自己触动了高祖的心思，不再多言，也就退去了。

看着众臣离去，高祖久久不能平静。满朝文武虽然成列成行，但是一旦少了他，就缺了主心骨了。作为天子，是不能随便由着自己的脾气行事的。一石激起千层浪，小小的一件事，就会在朝廷中生出许多波澜来。

于是，他把心中的烦恼放在一边，每日里坚持上朝处理朝政。众臣看他精神好，也都分外欢喜。

谁知顺畅的日子没过几天，又有一件大事发生了。

淮南中大夫贲赫，一天黄昏行色匆匆来到朝廷，向高祖奏报说淮南王英布谋反了。高祖不肯相信，急令左右查办淮南王英布。

却说高祖杀了彭越三族之后，又令人把彭越的尸体剁成肉酱分赐诸侯。别的王侯得到肉酱时无不心惊肉跳，英布除了害怕之外，心中道："彭越被杀，不一定真有叛逆行为，而是因为他曾有过违背皇帝的地方。过去，我英布虽然顺从皇帝，却也是一方英豪。臧荼死了，韩信死了，彭越也死了，这是明摆着的事——皇帝在想方设法铲除异姓之王。看这趋势，不知哪一天就该轮到我头上了。与其坐以待毙，不如及早防着点。"

于是，他暗中派自己的亲信加强边防，以防意外。

说来也巧，这时候，英布最喜欢的一个妾——陈姬病了。这女人茶饭不思，精神萎靡，每日从黄昏开始，就发低烧，一副病恹恹模样。英布很喜欢她，急忙找医生给她治病。

有一个老医生，医术高明，很有些名声，就住在中大夫贲赫对门。

英布每日百事缠身，哪能天天陪着陈姬前往？陈姬就带着两个侍女去医生家。

贲赫本来常在英布身边，和陈姬认识的。如今看到陈姬来对门医生家看病，心中道："这不是我讨好英布的一个机会吗？英布最喜欢这个陈姬，只要她在英布面前说上几句好话，保证有我的好处。"

于是，他精心挑选了一个日子，赶在陈姬还在医生家的时候来到了医生家。

草根皇帝：刘 邦

他带着许多贵重的礼品，又让人带了美酒佳肴，说是为了感谢医生为王妃看病，宴请医生。

陈姬在旁，自然是请陈姬上座。陈姬推辞半天，见贲赫乃是一片盛情，只好上座了。

酒席间，贲赫专拣好听的奉承陈姬，说得陈姬晕乎乎的。一个女人家，除了常陪英布，哪曾听过这些好话，不觉多喝了几杯。

从此以后，贲赫常来医生家，督促医生，问候陈姬，也都是恰到好处。陈姬暗暗称赞他的忠义。

医生果然名不虚传，只十来天时间，就把陈姬的病看好了。

一天，英布揽住陈姬在怀，凝视半晌，道："你的病真好了，看你的脸色，如盛开的桃花一般，真可人。那医生真是个神医！"

陈姬随口道："可不是，中大夫贲赫也是个忠义之臣。"

英布一愣，随即拉下脸来，问道："你说贲赫忠义，你如何知道他忠义的？"

陈姬见英布拉了脸，也不再隐瞒，就一五一十把贲赫如何送礼、如何请客之事说了。临了，她说："贲赫是想讨好你哩，他对医生好，对我热情，不就是想让我们说他的好话吗？"

英布听了，却冷笑一声，道："我看未必，怕是你和他有什么私情吧？"

陈姬一听，惊呆了，随即流出泪来，分辩道："大王，臣妾怎敢有此胆量？就是打死臣妾，臣妾也不会对大王有二心！苍天在上，若是有那等私情，让雷劈死臣妾！"

英布是个倔脾气，哪里肯信，不等陈姬哭诉完毕，就大怒道："宣贲赫进来！"

他愤恨地对她呵斥道："只要贲赫招认了，我一定把你们宰了！"

一个小吏受英布指派，连忙向贲赫家走去。

"大王请中大夫进宫！"

小吏进了中大夫府中，直截了当地说。

贲赫早就盼望这一天了。他顿时喜出望外，心中道："一定是那陈姬为我说了好话，大王要赏赐我了。"

于是，赶紧整理衣冠，要随小吏同去。

忽然，他瞥见那小吏脸色不对劲，不像是来报喜事的，倒像是来报忧的。他就多个心眼儿，装作不经意的样子问："莫不是大王有什么要赏赐我？"

小吏本来和贲赫熟悉，又是个老实人。听得此问，不知如何回答，只好沉默不语。

贲赫一惊，心想：这其中定有异事。

他连忙请小吏坐下，令人呈上一块银子，真切地说："大王找我有事，我总要知道的。我过去待你不薄，你就先告诉我吧！以后，我不会亏待你。"

小吏犹豫一会儿，就简单地把刚才英布发火的事儿说了。

贲赫后悔得直跺脚："我这不是弄巧成拙了，那英布是个血性汉子，刚直凶狠。此番前去，必会打得我皮开肉绽。等我招架不住，屈招了，一定会杀了我。不行，我不能这样等死。前几日听说他暗中加强边防，不如我到朝廷去告他个逆反之罪，省得白白把命送在他手里了。"

他转了转眼睛，笑容可掬地对小吏说："既如此，我也得去大王那儿。只是我今天拉肚子，肚子痛得厉害。等我好点儿了，立马就去，你先回去告诉大王。"

小吏无奈，只好回转去告诉英布。

眼见得小吏出了门，贲赫立即驾起车子，向着长安方向飞奔而去。

英布听说贲赫谎称自己有病，怒火中烧，大怒道："心中没有鬼，不怕半夜鬼敲门。什么有病？明明是不敢来见我！混账东西，还想在我的眼皮底下捣鬼！来人！"

一个将领听令而来。

"你带一些人去，把中大夫贲赫给我抓来！"英布铁青着脸，令道。

将领带人到中大夫府，找遍了全府，也没见贲赫的人影儿，于是找来贲夫人，喝问她贲赫哪里去了。

贲夫人不知发生了什么事，吓得面如土色，颤抖着声音说："方才，他驾着车……走了，也不知是去哪里。"

将领不敢怠慢，连忙转报英布。英布跳了起来："那小子一定逃向京城去了，追！"

将领连忙带人马直追，直追了近二百里，也没见到贲赫，只好快快而归。

英布暗想："贲赫知道我放不过他，必会加害于我。此次逃出，十有八九是到京城去找皇帝了。这个天下，只有皇帝能压住我。他又凭什么让皇帝压住我呢？只有一条，那就是告我有谋反之罪。这等小人，实在可恶。不管他是如何诬告我的，我先杀了他全家再说！"

当即令人将贲赫全家老小全杀了。

就在英布静观朝廷动静的时候，高祖派来调查核实的使者到了。

刚到淮南，就听说英布已杀了贲赫全家。使者心想，若英布没有叛逆之心，为何要杀贲赫家眷，这不是明摆着嫉恨贲赫吗？嫉恨贲赫告状，就是心中胆怯了，看来英布不仅有谋反之心，还开始行动了。

他不敢多停留，生怕英布连自己也杀了，赶紧回转京城。

英布呢，也暗中派人盯了使者的梢。他听说使者专门打听杀贲赫家眷的事，就知大事不妙，他对心腹道："使者必定认为我有谋反行为了，一不做二不休，不如连使者也杀了，省得他在皇帝面前饶舌。"

然而，为时已晚，使者早已出了淮南了。

高祖听得使者报告，方才相信英布真的叛乱了。他对萧何说："前日朕说有人告英布谋反，相国还不相信，说也许是有人诬陷，今日使者回来，说英布已发兵在边境了。"

萧何沉吟着，不说话，过了许久，道："既然英布已反，需抓紧平乱。"

高祖立即召见诸将，告知他们英布叛乱之事。众将齐声道："陛下勿念，陛下派我等前去平乱就是。小小的一个淮南王，何足挂齿！"

高祖看着他们跃跃欲试的样子，心中说："哼！都会说大话。一旦打起来，你们谁人是英布的对手？一个也没有。"

听着将领们自告奋勇带兵征战，高祖只是不语。

近日来，他自己的身体刚刚复原，还没缓过气来，要是上战场，还亏欠了点。可是，除了他亲征，还有谁可以敌得过那悍将英布呢？

忽然，他心生一念：何不让太子统兵征敌呢？

最近，皇后十分猖狂，根本不把戚夫人母子放在眼中。戚夫人又是整日泪水涟涟的。此次出行，既可试试太子的能力，又可扬扬他的威名。若是胜了，他也放心了这个未来的继承人，若是败了，也许有机会再立如意为太子。即使不成，也能杀杀皇后的霸道。

于是，他令人通知太子，说明了自己的意思。

顿时，太子府中一阵慌乱。

吕后最先急得流了泪。她心中明白，太子刘盈根本就没有领兵作战的经历，更不要说是去对付凶猛的英布了，还不是明摆着在为难太子，为难她吗？

但是，她没有乱了方寸，而是沉稳地找到了"商山四皓"，请他们拿主意。

这"商山四皓"，乃是太子身边的四个门客。他们是东园公、绮里季、夏黄公、角里先生。此四人年龄都在八十以上，皓首白眉，才高品洁，因过去一直隐居商山之中而得名。

当初，这四位老先生来到太子身边，还有过一段不平凡的经历。

当高祖动心想另立如意为太子的时候，真是急坏了吕后，她思来想去，终于想到了留侯张良。但是，自己一个妇道人家，怎好亲自去找张良呢？再说，自从进京以来，张良几乎是闭门不出，过着与世隔绝的日子。

她兄长吕泽，此时被封为建成侯，也在为太子的事着急。刘盈是不是未来的皇帝，对他们吕家太重要了。

吕泽主动对吕后道："我替你去求留侯。相信他会给一个万全之策的。"

吕后当然欢喜，兄妹商量了许久。

吕泽拜望留侯之后，说："足下一向为陛下出谋划策，多有奇计，如今皇帝要废掉太子，皇后让我来恳求足下拿个主意。"

张良叹了口气，道："过去，皇帝是常常用臣之计，但那是因为多有困急之事。如今天下安定了，因为私情要另立太子，这是皇帝骨肉之间的事，我与大臣们人数再多，又哪里插得上手呢？"

吕泽知道这是推托，硬要张良为他出个主意。

张良被逼不过，只好说："这废立太子的事，是难用口舌争辩的。这全天下，能阻止陛下达到目的的只有四个人。"

吕泽喜道："留侯快说，纵有千难万险，我也要把四个人请到。"

"这四个人年纪都不小了，他们以为陛下对人傲慢无礼，所以一起隐在山中，发誓不为汉朝之臣。然而，就我所知，陛下最看重他们四个。如今如果你能备出金玉珍宝，让太子亲自修书一封，以极谦逊的态度派能言善辩之士去请，也许能请动他们。只要这四个人来到太子身边，让他们常常陪着太子上朝，一定会被陛下看见。陛下只要看见他们辅助太子，保证不会再打另立太子的主意了。"

吕泽千恩万谢，出了留侯府就去找吕后，吕后立即命太子修书一封，言辞恳切，谦恭有礼，动人心扉，又准备了大量的礼品。

使者往返三次，终于把"商山四皓"请到了建成侯府中。

刘盈为人本来就极为仁厚，又听了母后的教诲，所以对四位长者形同恩师，奉为上宾。四位长者见状，也不好提出离开之事，就在长安住下了。

"商山四皓"都是睿智高人，他们马上体悟到了高祖此计的用意，彼此道："太子对我等不薄。关键时刻，我等要想方设法维护太子。"

他们略一商量，就找到了吕泽。

此时已是夜间，吕泽见四人前来，知道定有要事，忙迎上前去。他们说："听说陛下要派太子带兵平英布之乱，这万万不可为啊！"

吕泽道："皇后为此万分焦急，请四位长者明示！"

"带兵者若真是太子，建立了大功，众将会以为是他们之功，若是败了呢，太子从此就受难了。那些武将，都是曾与陛下并肩作战过的骁将，个个都是逞气使性之人。让太子统帅他们，无异于让绵羊统群狼，谁人肯为太子尽力？所以此行太子定是无功而返。常言道：母以子贵。如今那戚夫人日夜侍奉皇帝，赵王如意常在皇帝面前亲近。皇帝曾说过，他不会让不肖子孙凌驾于爱子之上，这明摆着想让赵王取代太子之位。要想阻止皇帝，只有一个办法，就是赶紧让吕后去面见皇帝，哭求皇帝说：'英布是天下的猛将，一向善于用兵，所向无敌。当今朝中武将都是和陛下并肩作战过的有功之臣。陛下让太子统帅他们，就是让绵羊统群狼，谁肯听太子的？况且，假若让英布知道了是太子带军，就更会毫无顾忌地向西攻来了。陛下眼下是病了，但即使是支撑着躺在战车上督战，诸将也不敢不竭尽全力啊！陛下自己吃点苦，为了妻子儿女值得呀！'皇帝是个吃软不吃硬的人，听了皇后的哭诉，一定会放弃自己的主意的。"

吕泽看看外面，说："现在已是夜间了，皇帝肯不肯见皇后呢？"

"越快越好，你先找到皇后再说。皇后是有主意的人，她自有办法。"

吕泽迅速出了侯府，一五一十向吕后说了。

吕后急忙令人煮了一只母鸡，用保温的罐子提着，来到了高祖的住处。

"陛下身体好点了吗？臣妾煨了一只母鸡，加了点天麻，大补的，陛下趁热喝了吧。"

吕后双手奉上热滚滚的金罐子，无比温柔地说。

高祖正和戚夫人热热乎乎地说话，本不愿意见吕后，但看到吕后这么关切，也十分感动。令宫女接过来，盛了一小碗。

吕后见状，走上前来，拿起汤匙，试试冷热，亲自递到高祖手边。

戚夫人知趣地走开了。

吕后从高祖的身体，慢慢说到了以前的生活，叹息道："陛下这身体，都是做布衣时亏的。那时候，家中真穷啊，一年下来，不知能吃上几只鸡。尤其是陛下起兵的那几年，东奔西颠，太累了，那么一把年纪，哪能跟那些年轻将领相比啊！他们再累，睡一觉就没事儿了，陛下却积劳成疾。这一阵子，陛下总是身体不好，真让臣妾挂心啊。"

说着，流下泪来。

高祖道："也没什么，养养就好了。"

吕后乘机提起英布之乱，按照四位长者的嘱咐，痛哭流涕地说起太子带兵的不力，等等，脸上露出的是无限伤悲。

高祖深深叹了口气道："我也知道那小子不配做统帅，还是老子自己去吧！"

汝阴侯夏侯婴听说高祖要亲自出征，自然十分牵挂。原楚国的令尹薛公了解英布的为人，夏侯婴就向他询问英布的情况。

"足下向来料事如神，又深知英布，试问足下，那英布好好地被封为淮南王，为何要造反哩？"

薛公答道："英布与韩信、彭越为人十分相近，都是英勇善战，自有主张的人。对于朝廷，立下的功劳也差不多。可是，朝廷先杀了韩信，又诛了彭越，自然会让英布疑虑重重，与其等着大难临头，不如先下手为强了。"

夏侯婴听了，久久没有说话。

当天下午，他进宫把这些告诉了高祖。

高祖立即对夏侯婴道："传薛公进宫。"

夏侯婴忙说："薛公说了实话，没有错，陛下不可任意处罚他。"

高祖笑道："朕只想向他问计，没有他意。"

夏侯婴转身辞去。

一个时辰之后，薛公来到宫中，夏侯婴相随而至。

"你看英布眼下情形如何？"

高祖开门见山地问。

薛公似乎早有准备，道："陛下既然问起，臣就直说了。英布反叛不足为怪，只是他的策略不对。"

"你是说他还没找到最佳的对付朝廷的办法？"

高祖紧跟着问，心中道："好一个厉害的门客！"

"如果英布采用了上策，崤山以东就不再是朝廷所有了；如果他采用中策，双方谁胜谁负难以预料；如果他采用下策呢，陛下就可以高枕无忧了。"

"哦？你说详细点。什么是他的上策？"

高祖显得急不可待。

"向东攻取吴地，向西夺取楚地，吞并齐地，占据鲁地，孤立燕、赵两地，然后固守大本营淮南。那么，崤山以东就全部归他所有了。"

"什么是他的中策？"

"向东攻取吴地，向西夺占楚地，吞并韩地，占领魏地，掌握住敖仓的储粮，阻塞成皋通道，那么，就难料他和朝廷谁胜谁负了。"

"什么又是他的下策呢？"

"向东攻取吴地，向西夺占下蔡，然后把辎重送回越地，自己返回长沙。到这一步，陛下就可以高枕无忧，朝廷也就没什么大事了！"

高祖满脸惊讶，又问："依你之见，英布会采取哪种措施？"

薛公道："必采下策。"

"为什么？他为什么会舍弃上策、中策？"此时，高祖又问。

"英布，乃出身于修骊山的罪囚，能够平步青云，成为一个王，这些都只会使他只顾自身和眼前，不顾以后和未来，更不会为百姓做长远打算。所以，他必会采用下策！"

"好，太妙了！"

高祖快乐得猛拍大腿，笑道："朕封你为千户侯，奖赏你的聪明睿智。"

第二天，高祖当着满朝文武宣布：立皇子刘长为淮南王。

数日后，一切准备完毕。

一支近十万人的大军向东进发。

满朝留守的文武大臣都去为高祖送行，一直送到曲邮。

君臣分别之际，张良悄悄走到了高祖身边。

由于长期闭门不出，一心修炼辟谷之术，张良显得瘦弱不堪。只见他脸色苍白，白发点点，目光里已失去了往昔的光芒。

"陛下，臣本应随您出征，但身体实在难以支撑，若是随行军中，只能平添麻烦。有一句话臣却不能不讲。"

"留侯深情，朕最明了。"

"英布那些楚国人，生性剽悍凶猛，陛下不能和他硬拼。"

"朕知道了。"

"另外，陛下应任太子为将军，监领关中军队，以防陛下出外期间会有意外。"

高祖一下子握住了张良的手，深情地说："留侯虽然有病在身。可是，就是躺着，也要帮太子一把啊！"

"臣谨记在心，这个陛下放心。"

当时，太子太傅为叔孙通，张良行少傅之事。

当着文武大臣的面，高祖下了一道诏令："征发上郡、北地、陇西的常备人马以及巴蜀两地的材官、京师中尉三万人，充作太子的警卫部队，驻扎灞上。"

英布扯起反叛大旗之后，对部下道："我英布为人，一不做二不休，要干就干到底，省得让人窝囊死。大家听着，我等只有进，没有退。若是现在有不乐意的，自动离去，我也绝不追究！"

他身边的武将，大都是相随多年的死党。对于英布，他们都敬佩他的果决和义气，早已把自己的命运和英布联系在一起了。听了英布的豪言壮语，众人齐声道："我等宁愿与大王同生共死！"

英布扫视了众人一遍，说："皇帝多大年纪了？六十来岁了，这么大年纪的人，还有喜欢打仗的？他肯定不会亲自来的。对于朝中大将，我怕的只有两个，一是彭越，一是韩信，但是现在，他们都不在了。其他的人吗，我是不在话下的。"

"大王说得极是！"

众人也是十分相信英布的威力。

"诸位以为本王应从何处下手？"

具体如何作战，英布询问诸将。

"大王，本将以为，东边的刘贾软弱无能，根本不会打仗，应从那儿下手！"一位将领道。

"好！正合本王之意。打败刘贾之后，乘胜打到楚国去，楚王刘交比刘贾也强不到哪儿去，拿下他们，易如反掌！"

英布意气昂扬地说。

几天之后，英布大军杀入吴地荆王刘贾的王府之中，刘贾拼命逃出之后，跑到了富陵。想到自己不战而败，丢了自己的封国，不知高祖会怎样怪罪，刘贾是又惊又怕。这天晚上，月白风清，带着几个随从躲在一片坟地里，他更觉万分凄凉，三更时分，他看见两个侍从都睡着了，就解下坐骑缰绳，在一棵柳树上上吊死了。

英布胜了刘贾，渡过淮河向楚国杀去。

楚王刘交，是高祖的弟弟，自幼在家乡长大，哪曾经历过战争？但是，自从做王之后，为了守住自己的一方土地，他也学了些兵法、理政方略之类。所以，颇有几分自信。

一番筹划之后，他决定把军队分为三路，让他们彼此呼应以出奇制胜。决策一出，有一将领对他说："大王，英布善于用兵，朝廷的将领都惧怕他。再说，大王把军队分为三支，只要其中一支被敌人击败，其余的就会逃跑，哪还能互相救助呢？大王应另行决策。"

刘交道："兵书上说的不都是对的吗？我难道就不是按兵书上说的做的？百姓们都拥戴我，不会轻易丢下我的。"

英布果然采取了攻其主力的方法，打败了其中的一支。士兵们离家都近，眼见得战火纷飞，谁不顾及家小和性命？其余的两支军队在两天内逃跑殆尽。

大胜之余，英布带军向西挺进。

初冬十月，高祖大军与英布军队，在蕲县西部相遇。

随英布的前行军，都是他的精锐部队，且大部分为骑兵。他们来势汹汹，气势过人。

高祖听了探马的报告之后，暗道："英布最善打快仗、硬仗。此时，他刚刚大败荆王与楚王军队，士气正旺，我军远行至此，十分疲惫，若是立即交战，结果不会太妙。不如暂避其锐气再说。"

于是，他把军队隐在庸城，让士兵坚守不出，一边歇息消除旅途疲劳，一边等待战机。

这时，英布忽接部下报告："皇帝亲征，带有十万大军。"

他心中想："我不能大意，须慎重对敌。刘邦那个老东西十分精明，虽然自己没多大能耐，但喜欢听取旁人高见，不能让他牵住了。"

沉思之中，他忽然想到一条妙计——高祖在项羽生前吃惯了项羽的败仗，如果我用项羽布阵三法统军，一定能扰乱他的心。

于是，他选择当年项羽不常用的一种独特阵法。

高祖登上庸城顶上，放眼眺望城下英布大军，心中忽然一惊："这种阵法不是当年项羽使用的吗？呸！这个可恶的乱臣！当初，朕之所以能胜项羽，实在是有韩信相助，如今韩信已死，他这是向我示威呢！"

猛然间，他在敌群中看见了英布。

只见那英布精神抖擞，傲气十足，正嘲讽地望着他。

这种嘲讽更激起了高祖的怒火，他忍不住大声喝问："不忠不义的英布，朕封你为王，与你国土，未曾亏待你的军功，为何要造反呢？"

英布听得真切，他哈哈一笑，戏弄地道："为何你能做皇帝，我就做不得？我也要做做皇帝哩！"

高祖气得直瞪眼，看看英布军队，也不过来了一两万，当即下令："打出城去，杀了那个叛贼！"

众将见英布如此目中无人，早已憋足了劲。从四面杀出之后，立即把英布围住了。

英布不慌不忙，令弓箭手一阵猛射，汉军倒下一大片。但是，毕竟汉军人多势众，倒下一批又上一批，英布的弓箭手来不及更换，就被冲了个七零八落。

叛逆之人，心是虚的。前面一乱，后面跟着也乱。英布挡不住众人，不由得也随着后退。

汉军见状，士气大振，呼声动天，越追越快。

退到淮河岸边，再无退路。英布大军只得跳水游泳。

初冬之时，河水寒冷，士兵们边打边跑，身上多带着热汗。到冷水里一激，许多人双腿痉挛，挣扎一会儿，就沉到水下去了。

汉军追到岸边，一阵猛砍，叛军死伤过半，游过去还能跑的，英布一数，只有一千多人了。来不及多想，他带人打马飞奔，一心只想到淮南去坚守。

士卒们身上衣服都是湿的，经风一吹，不一会儿就结了薄冰，坐在马上发抖。渐渐地，有些士卒掉队了。

高祖带人追了两天，不想再追。就派了一员将领继续向南，自己带大部分军队返回。

英布见自己军队几乎死伤殆尽，不敢向淮南去了。他太了解高祖了，只要他到了淮南，一定会将他赶尽杀绝。

来到长江边，身边只有一百来人了。看着滚滚的长江水，他的心冷极了。到何处去呢？一时没有出路，他就在江边一个村子里停下来。

大约过了十天光景，村里来了一位外乡人，说是长沙王的使者，英布一听，喜出望外。

原来，英布之妻乃是现长沙王吴臣之妹。当初，老长沙王吴芮看中了英布一副威武之气，将女儿嫁给了他。不久前，吴芮病逝，其长子吴臣继承了王位。

使者交给英布一封信。

英布打开一看，是小舅子要他去长沙避难。当即，他喜滋滋地把情况说给随从们听了。于是，众人连忙整理行装，过了长江，向江南奔去。

不久，英布一行走到了鄱阳。

这一天，是十一月初四。晚上，英布带众人住进了一家客栈。夜幕中，天阴沉沉的，伸手不见五指。寒风呼呼地吹着，不时从窗户里吹进来。大家骑马走了一天，又冷又饿，就叫了些酒菜美美地吃了一顿。

几杯酒下肚之后，英布心里涌起了一阵伤感。早在少年时代，有人为他看相，说他会先为囚犯后为王。秦王朝时，他作为一个囚徒被弄到骊山服役，后来起兵反秦，也确实被封为王。如今呢，又成了一个逃犯，将来会怎样呢？他后悔当初没有问清楚自己将会如何终了。不过，人生在世就是一趟不归的旅程，该怎样就怎样吧！

众随从都是他的心腹，见他沉默不语，知他正为前景发愁，纷纷抚慰他。

"大王，难日子快过去了。长沙王不是说了吗，他已派人去淮南接王后，让大王和王后在长沙团聚。"

"我等一向敬佩大王的耿直爽快，敢作敢为，不必为今日的一时之失忧虑。"

"比起当年在骊山来，眼下是强了百倍。放心吧，我等会与大王共存亡。"

"长沙王与大王乃是郎舅关系，到了他那儿再作计议。"

"只要青山在，不怕没柴烧。大王一身英武来日方长啊！"

英布被他们说得忧愁渐消，当即举杯与众人喝了个痛快。

半夜时分，众人进入了梦乡，只听得卧房内一片鼾声如雷。

突然，在漆黑的夜色中，他们房间的门被人猛地打开了。一伙壮士涌进来，也不说话，就砍杀上来。

众人猝不及防，根本没有还手之力。不一会儿，都做了刀下鬼，英布也在其中。

须臾，有人燃起了火把，把大大的房间照得一片明亮。

火光中，为首的一位壮士令人寻找英布的尸体。随即割下英布的脑袋，放进一个黑布袋中扬长而去。

有一个英布的心腹受了伤，但没死。他眯着眼睛躺在一个大方桌下装死，却把这一切都看了个真切，心中明白了几分。

待一伙壮士走开，他才慌忙起身，从马房里牵出一匹马，消失在夜幕之中。

正像英布的那个将领所猜测的，这些人乃是长沙王吴臣派来的杀手。

当英布带人逃脱之后，樊哙向高祖进言道："陛下，那长沙王吴臣与英布为郎舅，英布不回淮南，就会去投长沙王。陛下速下诏书一封，让长沙王及时将英布杀了。"

高祖说："朕正想着这事儿哩，吴臣是个胆小忠厚的人，他没有胆量收留英布。"

于是立马叫来一位使者，让他带着诏书直奔长沙而去。

吴臣早已得知英布背叛了朝廷，吓得心惊肉跳，他对王后说："英布反叛了朝廷，其结果只有死路一条。我看，还是派人把妹妹接回来吧，免得跟着送死。"

王后脸色苍白，说："那怎么行？反叛朝廷，是要灭三族的，你把妹妹接来，不是在和朝廷作对吗？皇帝脾气暴躁，他要诛杀我们怎么办？"

"可是，我毕竟是一个兄长，怎好看着妹妹不管呢？再说，我是个王，高祖不会怎样的。"

"大王错了！"

王后苦笑一声，说："大王姓什么？姓吴。最近朝廷诛杀的，不都是异姓王，朝廷一心找异姓王的茬儿还找不到呢，大王想自己送上门去？"

吴臣当下跌坐下来，痛苦地说："这不是让我眼睁睁看着妹妹丧命吗？"

"这算什么？别说是兄妹，即使是父子关系，谁又救得了谁？大王想想，这王府上上下下老老少少上百口人，难道为了妹妹一人都跟着送命吗？"

吴臣听到这里，无话可说了。

在痛苦之中，吴臣忽然接到了高祖的诏令，说英布反叛了朝廷，若是长沙王收留英布，将视作同罪之人。

吴臣手拿诏令，双手在发抖。

王后见状，忽然心生一计，悄悄对吴臣说："大王，英布已成了朝廷犯人，是救不了的。若是大王想方设法将他拿住杀了，把他的人头献给皇帝，就太好了。这一可以消除朝廷对大王的怀疑，二可以乘机要求将妹妹免了罪，三可以向皇帝表达忠心。"

"可是，那英布——也是个义士啊！"

"管他过去是何等仗义，今日他是朝廷罪犯了。"

王后说得十分果断。

"谁知英布现在何处呢？"吴臣说。

"反正他还未过江来，若过了江，一定有信息传来。大王派人过去打听，设下一计，假意请他来长沙避难，然后杀了他。"王后眼睛里闪出一股杀气。

吴臣摇摇头："那英布力大无比，勇力过人，谁杀得了他。就是打斗起来，三五个人也接近不了他。"

"大王真是太老实了，不能派人跟踪，在他们不经意的时候再下手吗？"

吴臣想了许久，叹了一口气，说："为了全家老小，也只有如此了。"

第二天，百十名壮士暗中接受吴臣的命令上了路。

当英布的头颅交到长沙王府后，吴臣才暗暗松了一口气。他修书一封，派使者带着英布的首级，星夜向京城赶去。

却说高祖班师回朝，一路上不断让御医四处采集医伤之药。这时，众人才知当初高祖率军冲出庸城之时，胸部中了敌军一箭。由于军情急迫，高祖硬撑着没有泄露消息。他深知英布的为人，若是让英布知道他受了伤，必会猛扑猛打，加大征讨的难度。再说，箭伤不深，只流了些血，没伤到内脏。多亏了铁甲护胸，否则后果不堪设想。

可是，由于路上总是颠簸不停，伤口开始阵阵作痛。高祖不敢大意，令御医加紧治疗。

路过沛县附近，高祖决定回故乡省亲，从起兵至今有十来年了。从一介亭长成为当今的天子，他要去看看乡亲父老们。

沛县官吏闻讯，忙得比过年还紧张。

准备行宫，设立供帐。在高祖距离县城还有五十里的时候，官吏们就等在了郊外。

这是一个艳阳天，红日高照，和风轻吹。官吏们身着盛装，满面红光，整齐地站在路两边。老百姓则扶老携幼，挤满各处，翘首以待。

隆隆的车轮声中，高祖来到众人眼前。呼啦啦，官民跪倒一大片。

高祖满面笑容，在车上答礼。

"看，当今皇帝！"

"就是当年的泗水亭长。"

"刘三儿，刘三儿当了皇帝回家来了！"

"我看他老了不少。"

"十来年了，怎能不老？但是，气派了。"

"是气派了！"

众乡亲叽叽咕咕说个不停，人人都是一副笑脸。

久违了，这种乡音。

高祖进入行宫，嘱咐官吏："不必多礼，让乡亲们都进来吧！"

一会儿，行宫里密扎扎挤满了父老子弟。行宫门口，还有许多人拼命向里张望。

高祖随口问起乡亲的生活，地里收成，劳苦状况。众人都一一抢着回答了，不时响起一阵阵欢声笑语。

日至中天，官吏准备了二十几桌大筵。高祖首座，其余分列两边。

听着亲切的乡音，看着亲近的笑脸，高祖一下子想起了过去。他举起杯，大喝一口，啊，故乡的酒真香啊！

不一会儿，一群精壮的青年边歌边舞，为酒筵助兴。

此时此刻，高祖突然感到了一种从未有过的放松。在故乡，你什么都不必防备，都不必挂心，他们是你的长辈、兄弟或晚辈，有一种天然的亲情连着众人。

可是，在朝中，自己却是那么孤单。身为天下之君，不知有多少人盯着你手中的江山。想当初，许多英雄与他并肩作战，同生共死，团结如一，而今，他们却成了他的敌人。自古以来，人们都说打天下容易守天下难，他算是有了真切体会。有谁可以值得信赖来共守天下呢？天下之大，人生之短，自己显得太渺小了。

想到这里，他令人取来筑放在面前，一面击筑，一面唱道：

大风起兮云飞扬，
威加海内兮归故乡。
安得猛士兮守四方？

音调慷慨悲凉，深沉蕴藉。众人望去，只见一行泪水挂在了高祖脸上，无不感动得泪水涟涟，跟着节拍唱了起来。

在座的有不少是读过书的人，他们听出了高祖守天下的孤单和艰难，对未来的牵挂和担忧，深知这是胜利者的悲哀，人生的伤感。

等歌声停止之后，高祖道："常言说得好：游子归故乡。我当初以沛公名义起事，与天下各路英雄诛灭了秦朝暴逆，才夺得了天下。现在，我决定把沛县当作我休养的汤沐邑，免除县中百姓的赋役，世世代代不予征收。"

在场的官民一听，欢快异常，一起倒地叩拜。

酒宴持续到傍晚方才结束。

众人散去之后，高祖静下心来，忽然想起了武负、王媪，他心中道："前些时候，我曾暗中送些黄金与她们，想必她们也不用卖酒了。不管怎样，她们也与我有些情分。明日里，我要把她们与左邻右舍的婶子大娘都请来。女人最重情，也不枉往日她们对我的一片关怀。"

第二天，武负、王媪与众多老妇一同来拜见高祖。她们都已是白发苍苍的老人了，那一张张布满皱纹的脸上，有岁月的艰辛，也有对高祖的关怀。

她们也不懂得拜见之礼，一律跪在地上不起来。高祖笑吟吟地让左右上前扶起，一一赐座。为了打破拘谨，他问起各人的儿孙状况，老妇们渐渐敞开了话题，你一言我一语地说开了，高祖又提起了往日的旧事，大家记起了许多可笑的逸事，言谈之中，不时爆发出阵阵欢笑。有人问起了吕后，高祖道："她也老了，头发白了不少。"

一个老妇人问："听说皇帝都有三宫六院的女人，您有多少新媳妇呀？"

高祖笑道："也有几个，可是都不是新媳妇，也都不小了。"

"咱县中的陈老爷只是个财主，还有五房女人哩，皇帝为何不多娶几房？"另一个老太婆乐呵呵地说。

高祖大笑，说："年纪大了，娶不了啦！"

众妇人一听，都嘻嘻哈哈笑起来。

整整一天，高祖和她们边唱边吃边聊，十分快乐。

这之后，高祖过去的友人、远亲、村人，来往不断，高祖对他们都一一赐宴，热情相待，煞是忙碌。

乡间之人没有什么重礼，但只要来看高祖的，都会拿点什么。一只鸡，两只鸭，一头羊，一壶酒，半口袋米。只见各道上，人来人往，老幼不断。

一直过了十来天，高祖对众人道："我带着几万人马住在这里，衣食住行有劳乡亲。天慢慢更加冷了，若是再不走，更给父老乡亲添麻烦，不能再停留了。"

于是下令启程。

几千名乡亲和官吏送了一程又一程，直送到十里之外。

高祖坐在车中，不时回头张望。故乡的一切渐渐模糊，最终在视野中消失。

"今生今世，我怕是再也回不来了。"

高祖长叹一声，眼睛湿润了。

三天之后，高祖一行走到了淮南。

这时，两件喜事让他心情十分舒畅。

长沙王吴臣，派人献上了英布的首级。高祖对随行文武道："长沙王大义灭亲，足见其对朝廷忠心耿耿，朕要赏他黄金一千两！"

众人说："长沙王明辨是非，宜重奖！"

"英布做梦也不会料到他竟会在长沙王手下丧命，还不知他到了阴间会怎样不服哩！"高祖快活得哈哈大笑。

周勃也从北方送来了喜讯——他已在当城彻底打垮了陈豨，杀了陈豨不说，雁门、云中一带也都平定了。

看到高祖高兴，说说笑笑连箭伤都忘了，众人也都开心。忽然，陈平道："陛下，荆王已经去世，荆地无主，陛下得尽快立荆王才是。"

高祖这才觉得是件事儿。

原来，刘贾只有几个女儿，未曾生下一个儿子，他一死，荆地无人继位了。

高祖想了许久，看看身边的一个高个儿青年，又低头沉思起来。

第二天，他下了一道诏书："改荆地为吴，立刘濞为吴王。"

刘濞，就是昨日站在高祖身边的那个青年。他乃是高祖兄长刘仲之子。以前，人们不熟悉他，这次征讨英布，他才随军而行。由于他体力过人，身强力壮，表现得十分勇敢。

"这小子，倒有老子的几分气势！"高祖十分赞赏他，"一点也不像他的父亲。"

当初，刘仲被立为代王，匈奴攻代，没几个回合刘仲就败逃了。因为是兄弟骨肉，高祖没有治他的罪。后来，封了刘濞为沛侯。高祖想过了，吴地、会稽那一带人心浮躁，凶狠强悍，有如蛮夷，若要镇抚那里，不派英勇凶狠的人是不行的。从性格上看，刘濞最适合了。

招来刘濞，向他下了诏令。刘濞自然十分感动。刘濞叩拜完毕，高祖又叮咛道："吴地有三郡五十三个县，你要好好管理！千万不要辜负了朕啊！"

"是，陛下。"刘濞昂然道。

忽然，高祖心中有一种不祥预感："这小子双眉如剑，眉间距离大，嘴唇厚而嘴角翘，眼睛里有一种隐隐的杀气，这莫不是古人常说的反叛之相？"

但是，诏令已下，迟了。他让刘濞走近些。

"小子，朕看你的相貌，似有反叛之相啊！"高祖盯着刘濞的双眼道。

"陛下，臣万死不敢！臣只能为朝廷以死效犬马之劳。"刘濞连忙说。

高祖点点头，令他退下了。

从淮南西回，路过鲁地，高祖又去拜谒了孔庙。

高祖从鲁地西归，不知不觉中箭伤又复发了。只见伤口四周泛红，略有浮肿，伤口处向外流黄水。御医暗中叮嘱高祖左右："快快赶路，若再颠簸，怕要严重了。"

众人听了，不敢怠慢，日夜兼程，打马不停。

一入京城，高祖就住进了长乐宫躺倒了。

伤口殷红，已经开始流脓了。每日傍晚，高祖都会全身发热，直到夜半才会好些。几天下来，高祖就没了精神，加上伤口阵阵疼痛，他不由得呻吟起来。

戚夫人寸步不离地守在他身边，端汤问药，小心侍奉。以前，高祖也有过伤风发烧的时候，但从来都像没事人一般。这一次却不同，他这么刚强的人却也叫起痛来。她仔细观看伤口，心头一阵阵发紧，吃了那么多药，又洗又敷，却丝毫不见好转，反而一天肿似一天。她心中乱纷纷地想："民间都说六十三岁是人生一关，陛下今年正好是虚岁六十三，该不会是一劫吧。看他那样子，不好哇！若是陛下有个三长两短，这天下就是吕后母子的了。太子尚是个好性儿，吕后可是个歹毒的人哪！最近，杀那几个功臣，不都是她的主意么。若是发起狠来，不知会对我们娘儿俩怎么样哩！"

戚夫人内心伤悲，不自觉就流下泪来，她又怕高祖看见，只得强忍着。但女人的眼泪哪里忍得住？

高祖眼尖，看到了她悲切的样子，就明白了。他拉住戚夫人的手，叹息道："你的心思我知道。我也琢磨了，吕后不是个善茬儿，只要我死了，她准会对付你们。"

戚夫人一听，再也忍不住了，抽抽噎噎地说："陛下，救救我娘儿俩，救救我的孩儿呀！"

心中悲切，戚夫人再也说不出话来。

高祖心中一阵难受，心中道："我最爱的女人是戚夫人，最疼的儿子是如意。若是连他们都保护不了，我还算一个君主吗？"

挣扎着，他坐了起来，令道："让文武大臣进朝来！"

众人听得诏令，一齐来到高祖榻前。

高祖坐在那里，拉着脸对众人道："太子刘盈禀性软弱，不足以为一国之君，朕再次提出重立太子的事，望诸位决议！"

像上次一样，众人一齐反对，乱纷纷说了半天，张良也支撑着病体，说了许多不宜废太子的理由。

高祖眼睛微闭，似听非听，没有任何反应。众人知道他是铁了心啦，说也没用，只好退去。

走到宫外，樊哙等人对张良说："陛下最听你的，你再找个时机单独向皇帝进言，一定要阻止他啊！"

张良轻轻摇摇头，说："这一次，不比往常了。"

回到各人府中，众臣还是不甘心，不断前往张良府中，试图让张良再谋。但是，张良的看门人说张良病了，不能见客。

众人急得如热锅上的蚂蚁之时，太子太傅叔孙通沉思良久，匆匆进宫去了。

一见高祖，他就"扑通"一声跪倒在地，直着脖子道："自古以来，君主废除仁厚的太子惹下祸患的还少吗？晋献公、秦始皇离如今并不遥远，太子为人慈善，这正是立国之本。若是陛下一意废掉太子，就是要给朝廷留下无穷后患。臣与其眼看着汉王朝大乱而亡，不如死在前面了！"

说着，就要拔剑自刎。

高祖忙令人劝止住他，急切地说："罢了，我只是偶出一念，值得你以命相谏？算了，不废太子了。"

"既如此，大臣们都在宫外，臣去告知他们了。"

叔孙通不让高祖再说话，爬起来就飞步走去。

高祖叫道："你——"

只见叔孙通转眼就不见了人影儿，高祖只好重重地叹了口气。

戚夫人从屏障后走出，眼泪又下来了。

高祖柔声道："勿要着急，容我慢慢想法儿。我还没死哪，他们不会怎样的。"

一听这话，戚夫人就收住了泪。

也许是精神的支撑，三天之后，高祖的伤情就突然好转了，不发热了，浑身不发冷了，伤口的肿胀也轻了许多。

这时，他心中想："我要废掉太子，满朝文武都反对，看样子不是因为惧怕吕后才那么做的，也许自有他们反对的道理。张良平时不过问朝廷的事了，却也力谏，显然是出于一片忠心。朕倒要看看太子有什么能耐让那么多人维护他。"

第二天，他让太子刘盈进宫侍宴。

在此之前，他曾远距离看见过太子身边的"商山四皓"，却不曾面对面过。今天，"商山四皓"也随太子来了。

待太子行礼完毕，四位老人也前来拜谒。高祖仔细一看，心中叹道："真是鹤发童颜，人间少见啊！"

四个人全是健步沉稳，脸色庄严，双目炯炯有神，比起高祖举止来，仿佛年轻许多。

"诸位就是久享盛名的'商山四皓'吗？"

高祖心中怀着敬意，朗声问道。

"是，陛下，臣等正是隐居商山的四个无名之人。"

"朕早就曾寻找你们出山，你们却躲而不见，你们如今为什么却要跟随朕的这个憨厚之儿呢？"

四位老人也不畏惧，昂然说："陛下一向轻视读书人，非嘲即骂，臣等不想受辱，所以坚决不来。但是，听说太子仁厚，尊贤爱士，让天下贤士仰慕不已，臣等甘心为太子效死。有敬爱之心，哪里还管道路的远近呢！"

高祖频频颔首，最后长叹一声："如诸位贤能又忠心者，天下少有，朕还有什么不放心的呢。只期望你们尽心尽职，全力辅助太子。"

"谨遵圣命！"

四人齐声回答。

高祖令他们坐下，让侍从开宴。他有病在身，不敢多喝，却是频频向四皓劝酒，极其开心。

宴罢，太子率四人离去。

高祖连忙叫出戚夫人，指着"商山四皓"的背影，说："看吧！他们就是'商山四皓'，天下有名的贤士。如今，他们都做了太子的侍从。看来，太子的羽翼已成，要废掉他是不可能的了。"

戚夫人已听了许久了，此时又是泪如雨下。

高祖扶着她的后背，安慰道："不要过于悲伤，人生一世，许多事情都是命中注定，改变不了。何必要为此悲伤呢？好了，有朕在一天，就陪你一天，保护你们一天。"

戚夫人此刻已听出了高祖的无奈和悲切，伏在高祖肩上大放悲声起来。

高祖被哭声触动，思绪万千，一会儿，一首歌词在他心中形成了。

他含泪对戚夫人说："让朕为你唱一首歌吧，你来跳舞。"

说毕，他低沉地吟唱起来：

鸿鹄高飞，一举千里。
羽翼以就，横绝四海。
横绝四海，又可奈何？
虽有矰缴，尚安所施！

戚夫人听着歌唱，哭成了个泪人儿。

从此，二人心中达成了一个默契，再也不提废太子的事了。

正当高祖心头闷闷不乐之时，他又接到一篇奏章，是一个村里的百姓联名写的，里面有一句话说："相国以低价强买民田，望皇帝严肃查办！"

高祖心中更厌烦了，对身边的人说："天下安宁了，什么事都出来了，连相国也敢背着朕胡来了。"

侍从们连忙说："陛下切莫先下断言，查查再说。"

高祖只好让左右速去追查究竟。

却说萧何自从帮吕后杀了淮阴侯韩信之后，又被高祖看重了几分。高祖改丞相为相国，又增封了五千户食邑，还派了五百人为他做侍卫。满朝的文武大臣因此纷纷前去道贺，来来往往，络绎不绝。

一天，一位名叫召平的人走进相国府。

"相国就要遭难了。"

一见萧何，他劈头说了这么一句。

萧何是个谨慎聪明的人，听了此言，不仅没有发火，反而请召平坐下，让他慢慢说。

这个召平衣着平常，一身短衣衫，却不是个平常之辈。

早在秦王朝，他就被封为东陵侯，衣食豪华，有钱有势。但他为人通达，从不以此为骄。平日对儿女和妻子，他常说的一句话是："乐极生悲，否极泰来。"世间没有不败的花朵。秦灭之后，他丧失了侯位，成了一介布衣。

这几年来，召平久闻萧何贤相美名，所以对萧何十分关注，所以就自己来萧何府中劝诫来了。

"眼下，全朝文武都来向相国道贺，以为相国得到了皇帝的加封，又添一层荣耀。我却认为，相国从此要招祸了。"

"何以如此？"

萧何急忙问。

"相国试想，皇帝无论战时还是现在，都是他在外面风餐露宿，领兵作战，饱受酷热严寒之苦；相国呢，则一直留在京中，没有经历过刀剑之险，平平安安。在此情形下，皇帝却增加你卫士的人数，为什么？不过是淮阴侯刚刚在京中谋反，而引起皇帝的警惕啊！为你设置卫队，这不是为了保护你、表示对你的宠幸，而是另有意图啊！"

萧何听罢，满面焦灼，他问道："先生以为我怎么做才能消除眼前的危险呢？"

"只要你坚决辞让皇帝的封赐，同时把家中的财产全部拿出来，交给朝廷的军队作军饷就行了，皇帝会高兴的。"

萧何不敢怠慢，按照召平的计策辞让了高祖加封的五千户食邑，又把家中的财产拿出补充给军队。高祖果然对此十分高兴。

英布叛乱的事件发生之后，高祖曾再三询问萧何该如何应对，萧何诚恳地说了自己的意思，又典卖了一些家当，交给高祖做资助军队之用，就像当初高祖带军去平定陈豨叛乱时一样。他的意思很明了，不过是向高祖表明自己的一份忠心。

这当儿，一个门客却对萧何说："相国的此番行为，只会招来灭族之灾。"

萧何又是一惊，忙问所以，门客说："足下为相国，功居朝廷第一，还能再加什么？但是，自从入关以来，亲善百姓，深得民心。皇帝对此，定了如指掌。皇帝再三问相国该怎么办，难道是在询问什么？不是，他是在试探哩！皇帝最怕的，是相国久居关中，在赢得民心上超过他。"

"我该怎么办？"

萧何思忖良久后，问道。

"足下可以多买田地，四处赊账，显示出贪财和鄙陋，降低自己的威信，皇帝就一定会安心了。"

萧何心中惶然。

这几年，高祖杀有功之臣的事儿不断发生，他心中已经惶恐许久了。自古至今，这也是一种规律。帝王们在夺取天下之后，总要斩杀有功之臣以巩固自己。所以，他时时留心，处处谨慎，生怕一出差错被高祖抓了个正着。听了门客的话，他更是又惊又怕，所以又照计做了。谁知却被人告到了高祖那儿。

却说高祖派人明察暗访，获知相国萧何是买了许多田地，却是都未付钱的。

那些地，说是划到了相国名下，还由百姓种着，就都告诉了高祖。

高祖心中想："这倒没什么，除了凭空增加一些百姓对相国的厌烦，无伤朝廷大体。"

萧何不知高祖派人调查过他了。这一天，他前往朝廷，问候了高祖的身体后又汇报了一些朝事。高祖等他说完了，才笑着拿出百姓的一些告状书给萧何看，然后说："老百姓这么反感，相国自己向百姓谢罪去吧！"

说完，一副宽容大度的神态。

萧何一边认错，一边退了出来。回到府中，就让人把所差的田价，挨家挨户补给百姓了。那个门客说："相国，皇帝要的就是这种感觉。记住啊，相国，千万不要让皇帝感觉到他在你之下。"

过了十几天，萧何又给高祖上了一奏章。

奏章的意思是：长安地方狭窄，而皇家上林苑中有很多空地，都荒弃着不用。平时，皇帝一年当中不过去那么两三趟。可以让老百姓入内耕地，庄稼成熟之后，禾秆留下不割，作为上林苑中鸟兽的饲料用。

奏书递上的第二天，萧何就应诏进了宫。他心中想，一定是打动高祖了。

萧何刚刚拜见起身，高祖就"呼"地扔下了他的奏书，又一拍几案，大骂道："大胆萧何，你定是受了商人的贿赂，才来为他们请要上林苑，这还得了！"

"陛下，我——"

萧何急忙分辩，高祖却猛地打断了他："来人！把萧何绑了，交付廷尉！"

左右一拥而上，绑了萧何带走了。

萧何心中一阵紧缩，悲切之情涌上心头——该来的就来了，躲也没用。

在场的所有大臣都愣住了。

第二天上午，一个姓王的卫尉到廷尉处办事，无意间看到了萧何，他一下子惊呆了。

眼前的萧何披枷戴锁，头发蓬乱，满脸绝望，平日的忠诚与笃厚淹没在一种沉重的悲痛之中。想起这么多年来萧何为朝廷奔波劳苦、鞠躬尽瘁以致瘦削苍老的一段段往事，他感到一阵揪心之痛。

全朝的文武大臣，忠诚者不少，但像萧何这样一心一意只为朝廷的并不多，为什么皇帝会这样对他呢？

他急匆匆赶回宫中。

"陛下，臣有一事要直接问陛下。"

他二话不说，一下子直挺挺地跪在了高祖面前。

高祖此刻正在喝一种滋养的汤，没料到平时少言寡语的王卫尉会这样。

"你说，什么事？"

高祖把手中的碗递给身边的宦官，心想：这个卫尉一定是为了什么大事，否则，不会在我喝汤时相问的。

"相国犯了什么罪，陛下给他披枷戴锁治成那样？"

王卫尉由于激动，满脸通红。

高祖说："我听说当初李斯做秦始皇的丞相时，有了善行就归功于主上，有了过失就自己兜着。现在萧何倒相反，他接受了商人的贿赂，替他们向朕要上林苑，以此来讨好百姓，朕能不治他的罪吗？"

这几句话说出来，带着愤恨。

卫尉马上接上了："陛下，分内的事只要对百姓有利就向皇帝建议，这是一个正直的宰相应做到的，陛下为什么要去疑心相国收了商人的财物呢？看过去，陛下先与项羽交战几年，接着又是陛下亲征陈豨、英布，这些时候都是相国在独守关中。可以说，只要他一有动摇，函谷关以西就不是陛下的天下了！萧相国不在那时谋私利，还会在如今去贪图商人的财物？萧相国不是那么蠢的人！前不久，陛下带兵打陈豨、打英布，萧相国都倾尽家产资助陛下的军队，若是贪财之人会这么做？再说，秦王朝是怎么灭亡的？就是不知道自己的过失才丧失天下的，那李斯为秦始皇分担过失的行为，又有什么值得效法的呢？陛下到底为什么怀疑相国呢？"

高祖张口结舌，直着脖子看着王卫尉。

王卫尉也直着脖子看着高祖。

二人对视许久后，高祖转过脸去，不快地挥挥手："朕知道了，你退下吧！"

将近正午时，一个朝臣带了符节来到廷尉处释放了萧何。

脱去枷锁的萧何一下子不知所措。

确实知道这是高祖赦免了他之后，他直奔宫中。

寒冬腊月天，他光着脚，"叭叭叭叭"的脚步声一路响起。捆绑之中，他的鞋早不知丢到哪儿了。

"臣感谢陛下赦免大恩！"

跪在高祖面前，萧何一个劲儿地叩头，额上很快有鲜血流下来。

高祖内心一阵感动，连忙上前扶起："相国！"

"陛下呀！臣万分感激，臣——"

萧何还是叩首不止，老泪纵横。

"相国不要这样！"高祖用力扶起萧何，真诚地说，"相国不要这样。你为百姓讨要上林苑，朕不允许，朕就是夏桀、商纣那样的昏君，而相国却是难得的贤相。朕抓了你，就是让百姓看到朕的过失啊！"

"陛下——"

萧何又是感动又是欢喜，哽咽了。

高祖令侍臣："把朕的那双貂皮皮靴拿来！"

一双毛茸茸的崭新靴子送到高祖手中。

"快穿上，快穿上。"高祖递在萧何面前。

"陛下呀——"萧何仰起挂满泪水的脸，哭出了声。

次日清晨，阳光明丽，十分暖和。高祖看自己胸前的伤口已结了硬痂，就让人摆上软榻在宫中大院的避风处晒太阳。

身上盖着一件狐皮被，让太阳照在身上，高祖感到一种从未有过的舒服。和煦的阳光让人迷迷瞪瞪的，不大一会儿，他就进入了梦乡。

恰在这时，一个侍卫急匆匆走过来道："陛下，周勃将军从代地回朝了，他在宫外等着求见呢，陛下见他吗？"

"周勃回来了？当然要见。快，为朕穿衣戴冠。"

高祖又一次坐起来，急切地说。

不大一会儿，高祖坐到了朝堂之上，宣周勃进殿。

只见那周勃面目黧黑，双手生满了冻疮，一身衣服也是灰乎乎的，似乎还没回府，就直奔朝廷来复命了。

"叛逆之臣陈豨已经身死，臣特来向陛下复命！"

"多日征战边塞，你辛苦了，朕自有赏赐。"

高祖笑道。

"陛下，臣匆匆前来，另有要事相报。"

周勃一面说，一面示意高祖屏退左右。

高祖立即会意了。等众人退下，高祖不安地问："莫不是边地又起了风云？"

"陛下，臣部下杀了陈豨之后，陈豨的部下多来归降，有不少人报告说，燕王卢绾曾与陈豨谋划共同反叛。"

"有这等事？卢绾？"高祖几乎不相信自己的耳朵，问道。

"臣也未曾核实，请陛下明察！"周勃老老实实地回答。

"你如何看待此事？"高祖问。

"燕王卢绾与陛下关系非同一般。幼时，他是陛下同乡，又是同年同月同日生，乡人为此多次道贺两家。为布衣时，卢绾常跟随陛下左右，陛下率兵举事后，卢绾常常参与机谋，东击项羽时，卢绾紧随陛下。陛下封他为太尉，赏赐锦衣美食，群臣无法相比不说，还特许他可以随时出入陛下寝帐。除了陛下幼弟刘交，谁也没有这个厚遇。对朝廷，卢绾也向来忠心。在陛下屯兵修武时，他曾与刘贾从白马津渡黄河，南下至楚境，击敌楚军后方。攻灭项羽之后，与刘贾共同出击临江王共尉，很快得胜还朝。攻打臧荼时，卢绾也相随出征，以致后来被封为燕王。所以，臣以为朝廷没有什么对不起卢绾之处，卢绾也没曾有过二心。但是，如今是天下统一之时，前几个叛臣也都立过赫赫战功啊。请陛下速派人明察，以防对朝廷不利！"

显然，周勃对此已深思熟虑过了。

高祖还是不敢相信这是真事，待周勃走后，他召见审食其和赵尧，说："有人报告燕王卢绾有反叛行为，朕派你二人前去查对，千万要慎重。"

接着，他又详细地说了陈豨部下的奏告。审食其和赵尧领命而去，立即前往燕地。

想了又想，高祖又下了一道诏令给卢绾，让他速来京城朝见。

却说陈豨刚刚造反之时，燕王卢绾接到了高祖的命令，让他参与平叛。卢绾就派出军队从近处的东北部攻打陈豨。在汉朝军队和卢绾的双方夹击下，陈豨渐渐力不可支，就派大将卫黄向匈奴求救。卢绾获知后，也派出了一个叫张胜的使者去匈奴那里，说陈豨的军队已被打败，救也无用。

匈奴已和汉王朝和亲，也不愿轻易派兵帮助陈豨，就没有立即做出决定。

这时，张胜在匈奴遇见了一个中原人——原燕王臧荼的儿子臧衍。燕王被杀之后，他流亡到这里，被匈奴人收留了。

在这么长时间里，臧衍一直没有放弃恢复燕国的希望，一见到张胜，他就说："足下之所以在如今的燕国受到重用，就是因为会匈奴话，熟悉与匈奴的外交事宜。而燕国呢，之所以能长期存在，就是因为中原各诸侯屡次反叛，战事不断，久而不决。现在，你作为燕国的使者为燕国考虑想灭掉陈豨，但是，却不知陈豨 ·旦灭亡，就该轮到燕国了，你们会怎样？还不是沦为阶下囚？你为什么不让燕王暂时缓攻陈豨，而与匈奴和好呢？只有情况缓和了，燕王才可以长久为王。再说，一旦有哪一天朝廷和燕王发生了矛盾，把燕王逼急了，燕王也可以借外援保全自己。"

张胜被这一席话打动了，他经过一番思索后，擅自作出了主张——让匈奴人帮助陈豨等人抵抗燕军。

燕军一直十分顺畅地追击着陈豨军队，突然有一天，他们和陈豨交战却吃了败仗。经过仔细观察，他们发现陈豨的军队中有不少是匈奴人。

"在此之前，匈奴人一直在旁观，为什么一子就站到了陈豨一方呢？大王派张胜到匈奴去了，难道是张胜的原因吗？"

燕军将领互相商议许久，不能判定是非，就把情况报告给燕王卢绾。

卢绾一听，怒火满胸，骂道："好一个吃里扒外的张胜，他胆敢勾结匈奴打我燕军！"

然后令左右道："快去，把张胜全家都逮了！"

左右道："张胜是朝廷派来的臣子，要治他的罪，必须先上报朝廷。"

"那有何难？"卢绾气冲冲地说，"待本王上一奏折，说张胜有通敌之罪，应将他全家斩首。"

于是，修书一封，派人送往京城。

使者走后第三天，张胜却从匈奴回来了。卢绾自然吃惊他还敢回来，就要把他抓起来。张胜不慌不忙地把臧衍的话都告诉了卢绾，卢绾一拍大腿，道："原来是这么回事，本王还以为你是叛敌了呢！"

可是，使者已往京城，怎么办？卢绾脑子一转，连忙把责任推到了另一个不重要的臣子身上，为张胜开脱了罪行，——向朝廷重新做了说明。

"你对我忠心耿耿，所作所为都是为我着想，我却差点错怪你了。"

卢绾十分感激张胜，赐给了他许多珍宝，其中有些还是高祖赐给自己的。

张胜受宠若惊，坦诚地对卢绾说："大王也不能不多个心眼儿。自从皇帝得了天下以来，已诛杀了不少有功之臣了，连韩信那样起了重大作用的人都丧了命。大王自幼和皇帝交往，自认为情意深厚，可谁能保证大王的安全呢？臣以为，皇帝让大王到这偏远的北方来，就是设了一道防御匈奴的篱笆。守好了倒好，守不好，就该治大王的罪了。大王确实应该和匈奴保持联系，给自己留条后路啊。"

卢绾犹豫着，说："皇帝待我情同手足，我怎好那样做呢？"

张胜笑了一下，冷冷地道："大王错了，过去皇帝要让各位英雄为他效力以取得天下，所以对用得着的人都好。而如今天下是刘家的，以往的人都是他的敌人了。是敌人，就会刀兵相向，还讲什么情同手足？"

卢绾默然良久，说："你说得有理，那淮阴侯韩信、梁王彭越、淮南王英布，哪一个不曾对朝廷以死相效，何况是我呢？比起他们，我建的功劳太微不足道了，那你愿意为我去疏通匈奴吗？"

"臣愿意前往！"

"那你近日就去匈奴，至于你的家属，我自会保护他们。"

"大王，这还不够，您必须另派使者去陈豨军中，晓之以义。"

"这个我知道。我想好了，我准备派范齐去陈豨那儿，让陈豨快逃到匈奴去，燕军只会与其对峙，不会作战。"

"大王，这就太好了！"张胜赞道。

"不过，我只是为防备朝廷加害于我，我是不会先去反叛朝廷的。"

卢绾最后说的却是这么一句。

这时候，卢绾接到了高祖的诏令。

"当下不是什么节令之时，也不是年初贺岁，皇帝为何让我进京？"

打开诏书，卢绾心头一阵疑惑。

"是去还是不去？"他反复思量，自己拿不定主意。

一位大臣走进宫来，对卢绾悄悄说："大王，皇帝派了两个使臣来，据说是来查大王的。"

"查我？为什么？"

卢绾心中一凉。

"听说有陈豨的部下说，大王与陈豨曾暗中来往，皇帝知道了。"

卢绾一下变了脸色。

"大王准备进京去吗？"那个臣下见卢绾十分紧张，小声问。

"依你之见，我去还是不去？"卢绾这才从惊恐中回过神来，问道。

"皇帝为人虽然粗爽，但心细超常。他一定相信了别人的话，才让大王去的。臣想，大王若是去了，必是凶多吉少。"

卢绾听完，脸色更难看了。

"皇帝真的会加害于我吗？"卢绾看着臣下退去，心中想。"凭着我俩的情谊，是不会的。但是还有吕后哩，那个女人可非同一般啊！就说朝廷诛韩信，杀彭越，斩英布，哪一件不是吕后之力？皇帝年纪大了，只怕将来有一天还是由她说了算哩。"

正在万般愁苦之际，又有几个心腹来拜见他。他们一致说，不能到京中去朝见高祖，等高祖消了气，再向他解释。

卢绾深深叹了口气，对他们说："我也是这么想的。在诸侯王中，非刘氏家族的，只有我和长沙王吴臣了。春天，淮阴侯韩信被灭二族，夏天，彭越被剁成肉酱，这都是吕后的主意。如今皇帝又病得不轻，一定是由吕后掌着大权。那个女人，不知是出于一种什么心理，一心想找事诛杀异姓王和大臣。这次我若去了，只能白白送上一条命啊！我决定了，我暂时借口生病先不入朝，躲过这一阵再说。你们呢，也各自带着家小躲一躲吧！"

众人都说："大王，只有如此了。"

俗话说：没有不透风的墙。这些话不知为什么传到了审食其的耳朵里，他对赵尧说："这不正说明卢绾心里有鬼吗？我俩回朝廷去，如实报告皇帝吧。"

赵尧知道审食其在朝中地位不同一般，只好应和着，一同回到了京城。

为什么赵尧以为审食其是个人物呢？

原来，审食其作为刘家的门客已很久了，早在吕后、太公及两个孩子逃难时，他就紧紧相随身旁。平定天下之后，高祖为表彰他的一片忠心，就封他为侯了。

吕后被高祖冷落，不免孤单寂寞。审食其经常前往探视，吕后就拿他当成家里人一样，有什么委屈、苦楚，也都向他诉说。审食其的有些话，吕后也颇听得进去。如今高祖又有病在身，吕后自然当了半个朝廷的家。对审食其所说的一切，吕后都会考虑的。

高祖听完审食其与赵尧的复命，伤感地直摇头，说："卢绾真的造反了，真的呀！"

于是，他召见樊哙，让他以相国名义去平定卢绾，同时，另立皇子刘建为燕王。

初春二月的天，依然寒气逼人。

一直侍奉高祖的戚夫人一颗心又悬了起来。

就在几天前，高祖受了点风寒后咳嗽时，竟一下子把已经结了痂的伤口震裂了。顿时，高祖胸前血流如注，把衣服都染红了。

"快来人啊！快来人啊！"

戚夫人吓得魂不附体，大叫起来。

几个老御医都跑来了，一起看护高祖。因失血过多，高祖的脸渐渐发白。

打开包裹着的伤口，众人吓了一跳，伤口迸开了一个三角形大口子，又深又宽，刚刚长出的新肉全露了出来。

为首的一个御医在给高祖止住血后，不由得沉下了脸。

戚夫人悄悄跟着他走到外面，白着脸问："陛下的伤口怎么样？"

"夫人，新长出的肉裂开来，这是箭伤最忌讳的。"

"该不会……"

戚夫人双眼里全是恐惧，嘴唇颤抖着问。

"唉，夫人，怕是不好了。好好侍奉，若是不发热倒好，若是发热了，就难办了。"

御医低声地交代着。

戚夫人的眼泪"哗"地涌了出来。

高祖却如无事人一般，让御医放心医疗，说自己身体结实，不怕痛的。

第二天傍晚，高祖竟开始发热了。

此后，一天重似一天。人很快消瘦下来。

戚夫人的心像灌了铅一般。她无数次跪在院中，求苍天开恩，保佑高祖过了这一关。

伤口重新溃烂红肿，高祖越来越萎靡了。

戚夫人没有心思再想自己和赵王以后的安危了，只是日夜侍奉着高祖，强作欢颜，不敢露出半点忧伤。

当高祖开始有昏迷的情形时，她不再乐观了。

吕后与太子刘盈在一起的时候多，对高祖这边却是密切注意着。

两天前，她令人去探望高祖。那人回来道："皇帝病情又重了，时常昏迷。"

她大吃一惊，心中道："这可如何是好？太子年轻，还不能独当一面，朝中大臣都是有功劳的，若是皇帝死了，朝廷说不定会大乱。不行，得全力救皇帝的命。"

她四处派人去寻找民间良医。

一天上午，她同太子一道来到长乐宫。高祖正在吃药，左右侍医报告说："陛下，太子和皇后来探望陛下哩。"

高祖反感地瞪着眼，怒道："朕不想见人，让他们走吧！"

话音刚落，却见吕后与太子已进门了。吕后显然是听见了他的话，却镇静地说："陛下，您一生什么都好，就是脾气大了点。俗话说，气大伤脾胃。您身体不好，还这么动气，不是跟自个儿过不去吗？"

"呸！还不是你硬逼着朕出征去讨伐英布，才让朕这样的！若是让太子带兵去了，朕如何会中这一箭！"

"看陛下说的！人们常说，老虎都护子。陛下出征是为了刘家的儿孙后代，怎会怪罪到我头上呢？陛下别再生气了，好生养息身体要紧。"

高祖气鼓鼓地转过了脸。

吕后微笑着对戚夫人道："皇帝就是中意你，我是老了。你好生侍奉皇帝，只要皇帝安然无恙，大家都有福。唉，你是不知道，我一天到晚心都放在皇帝身上，又不敢多来……"

"臣妾谨遵皇后之命。"

戚夫人低着头回答。

"父皇，多保重身体啊！"

太子刘盈走到榻前，一边为高祖掩掩被子，一边说。

"小子！不用你来多舌！若是你有能耐，上得前线去领兵作战，老子会偌大一把年纪受伤吗？"高祖恨恨地说。

刘盈满脸通红，低下了头。

吕后见状，忙说："太子，我们走吧，让陛下歇息，他太累了。"

太子巴不得这一声儿，他立即跪别高祖，随吕后匆匆走了。

"看到了吧？"吕后一出宫就对太子说，"陛下被那狐狸精迷住了心，见不得我们娘儿俩，只一心照应她们娘俩。以后，我们少来点儿，免得让你父皇见了生气。"

太子不回答，他心中只可怜父皇那日渐消瘦的模样儿。

【第十四回】

留功业龙归碧海，演刚强凤占青天

　　说是不来看高祖，可吕后怎能放下心？还是隔一两天带着太子来一趟。高祖脾气越来越大，只要见了他们，不是吵就是骂，弄得他们十分难堪。到后来，就渐渐来得少了。

　　这一切，都看在左右的眼中。

　　有一个侍卫姓钱，单名一个"威"字，此时就生出了一计。

　　两年前的一天，他正在守护宫外，樊哙来了，说有要事见高祖。

　　"陛下正在睡觉，过两个时辰你再来吧！"他对樊哙说。

　　"我有急事，你只管上奏陛下就是。"樊哙怒气冲冲地瞪起了眼。

　　他也恼了，心中道：你不就是皇帝的亲眷吗？别人一听陛下不见就走了，只有你在这里胡缠。"陛下已发了话，让谁也别打扰他。"他说话也很硬气。

　　樊哙上来冲着他就是一拳，把他打倒在地，硬闯了进去。

　　那天，高祖没怪罪他，也许是樊哙真的有事。但钱威认为，樊哙仗着自己是皇后的妹夫，欺人太甚。从此，他记恨在心。

　　如今，他看到高祖对吕后十分厌恶，心中道："我何不借此机会治一下那个樊哙呢？"

　　一天，他见左右无人，而高祖心情正好，就悄悄对高祖说："陛下可知外人怎么说舞阳侯樊哙吗？"

　　"怎么说？"高祖对众臣已是戒心十足，忙问。

　　"樊哙身为皇后妹夫，与吕后乃是死党，他暗中设了计谋，要待陛下百年之后，带兵进宫来，杀了赵王母子等人。"他耳语说。

　　"有这等事？"高祖怒目相向，惊问。

　　"众人都这么传说，陛下不可不防啊！赵王母子乃是陛下的心头肉，吕后必欲除之而后快。"

"可恶的樊哙！朕还当他是耿直君子，却原来是这般依附女人！"高祖咬牙道。

当下，他召见了陈平和周勃。

坐在榻上，高祖让二人靠近，又令左右退下，说："朕已查明，舞阳侯樊哙背恩忘义，暗中与吕后结党，巴望着朕快死哩！可恨的小人！朕真想不到他会是这样。如今他正在带兵平定卢绾之乱，手中握有兵权。若是朕有个三长两短，那还得了！朕命你二人速速前往燕地，砍了他的头，以免留下无穷后患！"

陈平与周勃一下子摸不着头脑，互相看了一眼，不说话。

高祖又说："这事来得突然，也难怪你们迷糊。陈平，你负责拿下樊哙；周勃，你负责平定燕地，快去吧！"

二人不敢多言，退了出来。到了偏僻处，周勃先发了话："陛下莫不是重病在身昏了头，怎么想要杀起樊哙来了？"

"论起来，樊哙对朝廷功劳不小，为人又正直，又是皇后妹夫，即使杀他，也不能这么草率！"陈平也是一脸不解。

"一定是哪个奸臣在皇帝面前进了谗言。"周勃愤愤地说。

"我也这么猜测。有人看到皇帝厌恶皇后，就乘机说坏话。"陈平想了想，道，"越是眼下这种时刻，越是要稳住。再也不能添乱子了。"

"全朝廷文武大臣谁不知道樊哙？从皇帝起事时起，他冲锋陷阵，出生入死，哪一处不对皇帝忠心耿耿？就是封功臣，他也只封了侯位，并没有高出众臣，皇帝一时听信谗言，就要砍他的头，这太不公平了。我进宫去面奏皇帝去！"周勃转身就要回去。

陈平一把拉住了他，劝道："陛下病得已头脑不清了，能听进你的奏议？算了，我俩先去把樊哙拘住，带回朝来再说，但愿到那时陛下已经痊愈了。"

周勃无奈，只好和陈平整理行装，奔燕地而去。这时，已是三月底了。

吕后数次被高祖斥骂，心中甚是恼怒。她对太子道："陛下发火，都是因赵王母子所致。"

太子仁厚，说："母后，父皇发火也在理，都是儿臣没有本事，才让父皇亲征受伤的。母后别再计较了，看父皇病成那样子。原来父皇的身体多结实啊！母后快想办法，请好医生来救救父皇！"

吕后不作声了。

这时，一个侍臣风尘仆仆地从外面进来，对吕后道："臣打听到了一个民间医生，据说具有回天之术，皇后快派人去！"

三天后，一个白发老人被请进她的宫中。

左右道："此人是南山一带的神医，名叫华太仙。他家祖辈行医，盛名在身，有祖传秘方治疗外伤，尤其是箭伤。”

“你的医术灵吗？”吕后心中着急，温和地问。

“回皇后，臣下可以说是药到病除。”

“能灵到治疗多重的伤？”

“除了咽气者，臣都能治好。”

“好！我请你来是为皇帝治伤，治箭伤的。”

“臣知道。”老者不卑不亢。

“只要皇帝痊愈，我可以让你有封侯之赏。”

“臣多谢皇后，但臣已习惯了南山的生活。”

“别说了，随我走吧！”吕后挥挥手，带他坐上车，直奔高祖居住的长乐宫。

高祖正在昏睡，吕后让医生坐下来，叫他先给高祖把脉。

华太仙轻轻把两根手指放在高祖手腕上，凝神半响。他悄悄对吕后说：“陛下虽伤了元气，但病情可治。”

“你们在干什么？”一声严厉的喝问响起，原来是高祖醒来了。

华太仙连忙叩拜高祖。

吕后道：“这是南山名医华太仙，他说可以治愈陛下的病。”

“哈哈哈！”高祖朗声笑了起来，说，“老子以一介布衣提三尺剑夺取天下，这乃是上天的旨意！我的生死都由天定，岂是人力所能达？即使是扁鹊复生也没用！”

“陛下！臣祖孙八代行医，治好过无数垂危的病人。陛下元气尚足，还未及内脏。臣保证在一个月内治好陛下，若是不能做到，臣宁愿献上臣的首级。”

华太仙面对高祖，动情地说。方才，高祖一句话，已让他看到了一个豪气十足的英雄，他决心全力以赴，将高祖医好。

“是啊，陛下，不要拒绝华老先生了。”吕后在旁柔声地说。

高祖笑了一下，坚定地摇摇头：“不用了，我的命数到了。来人啊，取五十两黄金来。华老先生，这是朕给你的赏赐，回去吧！”

说完，他又闭上了双眼，不再理睬人了。

吕后轻叹一声，送华太仙走了。

听到脚步声渐行渐远，高祖睁开眼睛，问左右：“皇后走了吗？”

“走了，陛下。”

“快，传诏下去，让列侯群臣速速入宫，朕有要事见他们！”高祖的声音里充满了急切，左右连忙传令出去了。

这些天来，高祖辗转榻上，所想的主要是一点——如何在身后让刘家江山安稳？他身边共有八个儿子，但都太小。刘盈身为太子，性格柔弱，还不能独立顶事。他已看清了，只要他一死，朝廷就是吕后说了算。和他的八个儿子相比，吕后的兄弟和侄子们个个勇猛好强，有头脑有主见。他真担心有一天这天下就变成吕家的了。

如何才能让江山永远牢牢掌握在刘家子孙手中呢？他进行了殚精竭虑地思索，想尽了办法。前一段时期，他先除了凶悍的异姓王，这是重要的一步。如彭越、臧荼、英布之类，除了他，谁也驾驭不住。他们也不会把皇帝之外的任何人真正放在眼里。至于他死之后的情况，他已想好了一个计策。

众人陆续来到。

高祖身后垫着许多丝绵，坐得直挺挺的。他脸颊瘦削，双目更显得炯炯有神。扫视一遍所有的人，他威严地说："如今的江山是朕带着诸位历尽艰险取得的，真可谓来之不易。朕已病入膏肓，无药可救，这是天意。古人云：打江山容易守江山难。在朕还清醒的时候，今天与诸位举行歃血盟之仪。"

他对门外号令一声："刑杀白马！"

众人一齐向门外望去。

院里，早已有一匹雪白的公马了。只见它身姿高大、毛色纯白，没有一丝儿杂色，又长又密的鬃毛在阳光下闪闪发光。

一个礼官手持利剑先拜叩了天地，站起身猛地向捆了四肢的白马颈间刺去。顿时，白马一阵悲鸣，鲜红的血柱喷下来，落在下面的一只银盆里。

须臾，礼官指挥侍卫官将各位大臣面前的碗斟满酒，又一一加进几滴马血。

高祖双手捧着一碗血酒，对众人道："诸位举酒！"

大臣们一起跪倒在地，举起血酒。

"从今以后，非刘氏而王，非有功而侯，天下共击之！"

众人齐声起誓，跟着说："非刘氏而王，非有功而侯，天下共击之！"

接着，高祖率众人一饮而尽。

人们抬头望去，高祖脸上露出了一丝微笑。

待众人陆续散尽，高祖又召见一个忠心的侍卫，对他说："你拿着符节，火速到燕地，让陈平快快回来。时间太紧，叫他不必入报，速往荥阳，与灌婴同心驻守。朕一旦死去，只怕各国会乘丧起乱，让他们严防这个。"

侍卫含泪而去。

第二天黄昏，高祖全身浮肿，高烧不退，已经不能进食。御医对高祖身边的人说："陛下的目光已散了，快准备后事吧！"

戚夫人绝望地看着昏迷的高祖，久久不动。

侍奉的人不敢怠慢，赶快把吕后请来了。

吕后连叫数声，高祖才从昏迷中醒来。这时，高祖的目光中没有了平日看吕后的厌恶。吕后握着高祖的手，问道："陛下百岁后，若是萧相国死了，谁人可为相国？"

相国为一国政事之支柱，吕后心中十分明了。

高祖脱口而出："曹参最合适。"

吕后连忙说："曹参年事也高，在曹参之后呢？"

"那就是王陵了。只是王陵有些憨直，陈平可以辅助他。陈平呢，虽智谋有余，却刚性不足，难以独立承担重任。周勃为人厚道，嘴上不会说，然而将来安定刘家天下的一定是他，可以任他为太尉。"

"再以后呢？"

吕后似乎还有什么期待似的，又追问了一句。

高祖看她一眼："再以后的事就不是你能操心的了。"

吕后不好再问了。高祖也不再说话，把脸转向里边。

戚夫人不再想别的，只一心一意想让高祖多活了几天。她千方百计地寻找良药和灵草，按御医嘱咐，熬成汤给高祖喝。

有一天，宫外来了一个白发老太太，说要见戚夫人。戚夫人心中道："自从入京以来，我不曾和外人交往，又没有亲戚在此，怎会有一个老太太找我呢？"

她抽出空儿，匆匆来到门口。

"你是戚夫人吧？"一见面，那个白发老太婆就迎了上来，笑眯眯地对她说。

戚夫人定睛一看，大吃一惊："这个老人好生面熟，真像我那过世的母亲。"

"老人家找我有事吗？"戚夫人柔声地问，她注意着老人，只见她满头银发一丝不乱，红光满面，十分有精神。

"看！"老人打开了手中的一个红布包，送到戚夫人面前。

"这是灵芝草，南山上长的，足有千年了。熬汤给高祖喝，可延长寿命二十天。"老人把那一个鲜灵的东西递到戚夫人手中，说道。

戚夫人眼中亮光一闪。这东西她早听说过，只是没见过。她捧在手中，如获至宝。别说二十天，就是一天也好啊！

她赶紧拿下手腕上的一只玉镯子，送到老人面前，说道："老人家，我替皇上谢谢您了。"

老人笑着推回她的手，说："这是皇帝送给你的心爱之物，你自己留着吧，算是个纪念。我一个老太婆，要这个干什么？"

说完，老人转身就走，倏忽之间就不见了人影。

两个宫女在旁，大声叫道："夫人，这个老人该不是个老仙人吧？"

戚夫人呆了，许久才说："谁知道呢？"

她的心中却另有想法："或许是我那死去的老娘可怜我，那是她的魂变的。"

灵芝草真的有效，高祖喝下一点汤之后只一个时辰，就像换了个人似的，不烧了，不昏迷了，说话也清楚了。

"陛下，看来陛下要好了！"戚夫人强作欢颜，对高祖说。

高祖不说话，拉过她的手，拍了又拍才慢慢吐出一句来："我知道你的心。"

戚夫人一听，泪一下涌上来。她马上假装去挑灯芯儿，拭了泪，才又坐过来。

此后，每天他们二人都在一起忆旧，说说笑笑。戚夫人有时还会舒展衣袖，舞一曲给高祖看。但是，当她一个人独处时，心头都在念叨："又是一天过去了，二十天过得真快啊！"

其他侍奉高祖的人不知灵芝草的事，各自在想："皇帝的回光返照日子可真长！"

初夏，外面到处是青草、鲜花、蜜蜂和各种小鸟。戚夫人常令人把窗子打开，以便高祖能看到这一切。

高祖在这些天里，没有提到死，也没有表示出什么留恋，面带笑容，一天天过着。

到了二月二十三这一天，高祖突然不省人事了。戚夫人哀叹一声："时辰到了。"

两天后，就在太阳落山的那一刻，高祖咽了气。他面目安详，只是嘴角有些下垂。礼官说："看陛下的嘴角，似乎还有什么遗憾哩。"

众人忙着为高祖净身穿衣，没有人听清礼官说什么。

这天晚上，有人看见天空有一颗亮星落下去了。

高祖驾崩的消息很快传遍了天下。

在遥远的北方长城脚下，一支几千人组成的队伍开始向北方撤去。

这支队伍的首领不是别人，正是燕王卢绾。

原来，听说高祖派樊哙前往燕国来攻打他之时，卢绾跪倒在地，对着苍天大声呼叫："天哪！我卢绾并无反叛之心，只是想给自己留下一条后路啊！"

众将领将他拉起，道："大王，快组织军队吧，准备迎战樊哙大军。"

卢绾坚决地说："不，我没有反叛的打算，怎好与朝廷大军作战呢？若是那么办，真是成了叛臣了。高祖待我情同手足，就算他一时误会了我，我也不能和他对着干啊！"

"但是，大王就这样束手待毙吗？我们也都是有家有口的人！"

"诸位，我已打算好了，先逃走再说。"卢绾说。

众将齐声说："如今高祖病重，正是反抗朝廷的好时机，大王还等什么？"

"正是皇帝病重，我才不能反叛朝廷。乘人之危的事，不是君子所为。我和皇帝同乡同土，更不能干那种缺德事。"

这句话好像刺动了众人的心。一会儿，有人说："大王说得对。平时对付功臣，赶尽杀绝，多是吕后的事。皇帝病重，不能再为他雪上加霜了。"

"若是此时和朝廷对着干，那是真的不义了。平日里邻家有了病人，我们还要去看看，安慰安慰哩，别说是皇帝了。"

"吕后若是抓住了我们和朝廷作战的把柄，就更糟了，是不能打。"

"可是，大王，我们怎么办？"

"带上家小和军队，向北走，驻扎到长城脚下去。"卢绾答道。

"那是干什么？"

众将不解地问。

"等着皇帝病愈能主事了，我亲自进朝向他谢罪。若是赦免了我更好，若是怪罪我，我也甘心受罚。"

"大王，万一皇帝……"

还没等这位将领说完，卢绾就大喝一声："胡说！皇帝身强力壮，比我坚实多了，怎么会栽在一个小皮肉伤里？"

众将只好随他驻扎下来，派探马天天打听朝廷消息。

这一天，众将来到卢绾帐中，奏道："大王，皇帝驾崩了。"

卢绾手中的茶碗"当"的一声掉在了地上，摔碎了。

"是的，大王，千真万确。探马刚刚来到，说京城里的官吏全都穿上了丧服。"

见卢绾太吃惊了，有人证明说。

卢绾跑出帐外，又跑上了一个高坡。向着南方，跪下来，号啕大哭："陛下——"

众将一见，都向着南方跪了下来。

"陛下，臣对不起您，您在地下有知吗？臣没有叛乱，也没想过叛乱啊——"

整整半天，卢绾边哭边诉，直到哭哑了喉咙。

众将私下里说："大王真是无反叛之心，可是，有谁知道啊！世上的事，有时候真是阴差阳错，唉——"

一些人拉起卢绾，真诚地说："大王，皇帝一去，就无法说清楚了。如今朝廷肯定是吕后当家做主，皇帝待大王情同手足，吕后是不管这些的。快走吧，吕后会派兵全杀了我们的。投到匈奴去，先保住老老小小的命再说，几千人啊！"

卢绾被众人扶上车，向北方匈奴而去。

一路上，他频频回首中原，心中千百次地念叨："我还能再回来吗？我还能再回来吗？"

　　樊哙受高祖之命，带领军队前往燕地征讨卢绾，一路上马不停蹄，只想早日取胜，向高祖复命。

　　作为高祖的大臣，他知道高祖把他看得很重。这么多年来，他随高祖南征北战，东杀西冲，从来没懈怠过。至于为人，他生性耿直，敢于说话。对高祖，别人不敢说的他敢说，别人不敢指责的他敢指责，高祖也从不怪罪他。为什么？就是知道他有一颗忠诚的心。从沛县起事到现在，他所做的哪一桩不是为了高祖？

　　他的夫人曾好言劝他："你为什么不会转个弯儿对皇帝说话呢？你就不怕得罪皇帝？"

　　他一瞪眼睛，说："我又不是为自己，怕什么？就这脾气，皇帝不知道吗？"

　　"你不想再为子孙多积些功德啦？"

　　"本来我只是一介杀狗的屠夫，能到今天已经很满足了。我又不姓刘，还能封王吗？有了侯位，到顶了。我只是为朝廷出力，不再想苛求什么。"

　　说到这里，他看了吕嬃一眼，又说："你那个皇后姐姐，心也太狠了点。杀大臣，都是她的主意。"

　　"你！姐姐是为了她自己吗？还不是为了皇帝？为了刘家江山？"

　　"哼！只怕不是这样吧。她比皇帝小十好几岁，皇帝百岁之后，她想当家做主哩。到那时面对的都是有功之臣，谁听她的？所以，我看她是为自己以后扫平道路。"

　　"别乱说，当心姐姐知道了。"

　　"知道了又怎样？我不怕她！"

　　樊哙一扭脖子，甩手走了出去。

　　这一次卢绾背叛朝廷，高祖只派他去，足以说明高祖对他有多么信任。

　　"我无论如何也不能让皇帝失望！"樊哙自言自语道。

　　部队距离燕地还有五十里时，先行军派人向他报告："燕王卢绾已带领眷属、部下及军队几千人向北方跑了！"

　　"一定是投奔匈奴人的。快，赶上去！"他命令左右。

　　忽然，身后传来一阵阵呼喊声："舞阳侯慢着——"

　　他回头一看，乃是高祖身边的一个侍卫。勒住战马，他停下来。

　　"将军，绛侯周勃与陈平从皇帝身边来，他们与将军有要事相商。"

　　"他们现在何处？"

　　"他们就在三里路外，因不便让众人知晓，请将军停止行军，亲自去见他们。"

樊哙想都未想，让军队暂停歇息，跟着侍卫走了。

走进陈平帐中，他还未来得及讲话，就被一群人抓住了。陈平手持符节，道："皇帝怀疑足下有谋杀赵王母子之嫌，令臣来拘捕足下，请足下见谅，自去朝廷回奏皇帝。"

樊哙被绑着，气得双目圆睁，却说不出话来。

陈平火速赶到军队，代诏令各位偏将，由周勃取代樊哙为将，平定燕地。

当天下午，陈平率左右押着一辆囚车向南回走。

囚车上，乃是披枷戴锁的樊哙。

樊哙知道陈平的为人，明白这不是陈平所致，而是另有他人在高祖面前进了谗言，所以虽是怒火满腔，却不吵不骂。他心中只想着一件事——快快回到京中，他亲自面奏高祖。

距离长安还有一百多里，陈平得到高祖驾崩的消息，他不由得心中一阵慌乱："这可如何是好？皇帝一去，就是吕后掌握朝中大权了。谁都知道我是受皇帝之命来拘捕樊哙的，而且拘捕他的罪名是企图谋杀赵王母子。那我不是成了吕后的仇敌了吗？况且，樊哙又是吕后的妹夫，这不是仇上加仇吗？吕后会对我怎样下毒手呢？"

想到这里，陈平浑身都冒出了冷汗。他竭力让自己镇静下来。

他先让左右善待樊哙——这一路上，他虽未同樊哙说话，但对樊哙不错，本来他就想着有可能高祖免掉樊哙的罪过。到这时候，他不断让左右为樊哙送茶送水，甚至多次到跟前看望樊哙。樊哙火气在胸，似乎没注意这些，也没对陈平有过什么反感。他不知道高祖已经去世，只是一个劲儿催促快走，他要去面见高祖。

想到自己过去的贫寒和卑微，陈平更紧张了。从一介贫困潦倒的书生到今天天子的重臣，荣华富贵、功名利禄，应有尽有。他的家小、亲人、朋友，他们都生活在一片安乐之中，难道在几天之后为了他就身首异处吗？他的眼前浮现出许多家庭的惨亡，韩信、彭越、英布、藏荼……不由得打了个寒战。

"不，我无论如何不能让这种惨剧在我家中重演！哪怕我自己受尽委屈。快！快！火速赶回京中。"

陈平咬紧牙关，做出了这样的决定。

为什么要火速赶回京中？他是要想尽一切办法讨好吕后。高祖刚刚去世，什么事情都还是纷纷乱乱的，如果能在这个时候让吕后高兴，那以后就好办了。还有一个更为紧迫的原因——吕后的妹妹吕媭可能会在此时向吕后进言。无论如何，是他陈平接受高祖的命令去处置樊哙的。女人家往往就会这样不分青红皂白，转怒他人。而吕后呢，又最看重她的娘家。如果吕媭哭哭啼啼地在吕后面前诉说陈平是如何为高祖出主意的，如何拼尽全力用诱骗手法捉住樊哙的，那还了得？那他陈平就死定了！

越想越急，越急越忧，陈平星夜兼程，一心要赶回京城。

初夏时节，万物葱茏，一片茂盛，到处是花香鸟语。对于车外的这一切，陈平什么也没看到。他所感觉的，都是一种阴凉。

约莫又走了八十里，他遇到了一辆朝廷的车子，双方停车之后，从对面车上走下一个朝臣，奔到他的面前，递给他一封诏令。

他打开一看，原来是命令他与灌婴屯守荥阳。

"怎么办？"陈平接过诏书回到车上，心中翻腾开了，"是去荥阳还是回朝廷？若是去荥阳，是按诏命行事，但危险不能消除。若是直接回朝廷，就有可能被指责是违反了诏令。"

沉思许久，陈平还是径直向京城驰去。

来到宫门口，陈平跳下车子，就开始大放悲声："陛下——陛下——臣来迟了——"

哭声极其悲凉，伴着他的细碎脚步，撒了一路。

他踉跄着，一下子扑倒在高祖的灵柩前，号啕大哭："陛下，你说让臣速去速回，臣来了，您却走了，陛下呀！臣本是一介书生，是您让臣相随左右，对臣信任有加，没有陛下，哪有臣的今日呀！陛下，臣未曾报答您的知遇之恩，您便舍臣而去，陛下——"

从早至晚，他整整哭了一天，头磕破了，喉咙哭哑了，最后瘫在了地上。

夜幕降临了，陈平挣扎着爬起来，去找吕后。

在一旁的帷幕之后，吕后早已将这一切看在眼中，记在了心头，她暗想："都说陈平深受皇帝信任，今日我是见到了，这陈平是动了深悲啊！"

"皇后——"陈平跪倒在吕后面前，流着泪道，"皇后，如今内宫人多，十分杂乱，臣担心皇后的安全，这样的时候，皇后的贵体太重要了，臣实在不放心。臣恳请皇后，让臣来亲自守卫内宫，纵使肝脑涂地，臣也甘心情愿！"

吕后心中一动："谁也不会想得这么周到，这么细啊！"于是点点头说："好，内宫也确实很忙。不过，你先回府中看看家人，歇息歇息。"

"皇后，这是什么时候了还顾及他们啊！从今晚起，臣就守卫在内宫，随时听候皇后吩咐，至于衣服什么的，我让侍从拿来就行了。只要皇后一切都好，臣还有什么可担忧的？"

陈平仰起脸，诚惶诚恐地答道。

吕后心中道："此刻朝中大臣都在冷眼旁观呢，真正关心我的有几个？常言道：雪中送炭尤其难。我不能辜负了陈平的一片忠心啊！"

"好哇，你就留在内宫帮忙吧。"

陈平听得出，吕后的话语里充满了信任。他心里稍稍放松了一点："留在这里，一是让吕后信任我，二是可以防止吕媭向吕后进谗。"

果然不出所料，第二天，吕媭就双眼红肿地来到吕后宫中，向吕后哭诉陈平给先帝出坏主意，捉拿樊哙。

但吕后只是安慰安慰她，把她打发走了。

三月十七这一天，天清日朗，众人将高祖安葬在长陵。

绵延几里路，送葬的朝臣与皇后一律身着丧服。白幡飘飘，哀乐阵阵，哭声响彻天空。

当安葬仪式刚刚结束，突然间狂风大作，倾盆大雨劈天盖地浇下来。风声、雨声盖住了一切，其他的声音都消失在其中了。

一些年迈的老人看着大雨弥漫的天，自言自语道："好哇！这雨下得好！"

"怎么个好法？是老天爷在哭吗？"身边站着的年轻人问。

"你们不知道，这种雨叫'发后雨'，先帝之后要发达哩！最少到第三代，又要出大贤帝啦！"老人理着胡子，赞叹地说。

"刘家江山坐稳了，是吗？"

"是啦，小子们，你们有的是日子，看着吧！"

三天之后，太子刘盈即位。

这一年，他刚刚十七岁，后人称之为惠帝。

当惠帝高坐帝位，满朝文武齐刷刷地跪满大殿之时，身处大殿边耳房内的吕后不禁长长地舒了一口气，她以后就是太后了。

为了这一天，为了亲眼看见儿子登上皇位，她费了多少心思啊！

忽然，她看见慢慢退出大殿的文武大臣中有陈平的身影，忙令左右："召陈平来！"

陈平跪拜了她之后，她笑微微地说："这些天来，你太辛苦了，太子已经即位，大事有了着落，你也该好好歇息几天了。皇帝年轻，太需要忠臣多多指导了，烦劳你为郎中令，辅助皇帝，如何？"

陈平心中大喜道："太后对我已经信任了！"忙叩头谢恩。

"谢太后！"

"你一定要尽心尽力，才能算是不忘先帝了。"

"臣谨遵太后之命！"

陈平退出来之后，突然感到十分劳累，便慢慢向府中走去。

惠帝登上皇位之后，照例每天早上去向母亲请安。

一天早上，吕太后刚刚起床，惠帝就来到了。曙光之中，吕太后忽然看到惠帝显得那么文弱单薄，俨然是一个平常书生模样，没有皇帝的威严，心中升起一种顾念——十七岁的儿子驾驭得了满朝文武大臣吗？

"这小子就是不像老子，瞧他那单薄相！"高祖在世时，不止一次对她说起过这句话。是啊，跟他老子高大威武的外貌相比，儿子是没有什么气派的。原来有高祖镇着，现在不同了，以后的江山会不会有危险呢？

她想到这里，不由得心中沉重起来，暗暗将朝中厉害的大臣一一想了一遍。

高祖在时，她就多次想到了今天的处境了。不知为什么，她一直就有一种预感——高祖要先她而死。所以，她三番五次积极协助高祖除掉那些足以成为朝廷隐患的大臣，韩信、彭越、英布、臧荼……她心里明白，大臣们都反感她，不喜欢她。

"若是能把那些功高劳苦的大臣都除掉就好了。"她心头暗暗叹息了一声。

这时，一个人走了进来。

"臣拜见太后！"

随着这个熟悉的声音响起，她从沉思中醒悟过来，定睛一看，原来是辟阳侯审食其。

"你来得正好，我正要找你来说事儿哩。"吕太后微笑着道。

众宫女见状，悄悄退去，根本未等吕太后示意。

原来，吕太后身边的几个亲近宫女，从心中早已形成了一个规矩——只要是辟阳侯来到，她们就自行退下。

俗话说，饮食男女，都是人之大欲，吕太后又怎能例外！

多年前，高祖从沛邑起兵之后，家中就只有吕太后带着两个孩子陪着太公生活。太公年纪大了，孩子又小，全家的担子就落在了吕太后一个人肩上。那时候，刘家生活困难，吕太后自己种着十几亩地。既要侍候孩子和老人，又要管田里，吕太后哪能支撑得了？高祖无奈，就请了同村的一个青年来家里帮忙，他就是审食其，审食其为人机灵又老实，能言善辩，是个持家的能手。高祖让他教两个孩子读书写字，操持人情来往。

吕太后为人刚强，凡事都有自己的主见，家中的大小事儿，都是她说了算。这审食其是好性儿人，吕太后怎么说他就怎么做，十分听话。时间久了，吕太后就十分喜欢这个小伙儿了。

后来，项王派人去抓高祖家眷，吕太后带着太公和两个孩子逃难时也一直有审食其跟随照应，甚至吕太后太公他们被项羽所抓，审食其也不离不弃。其实，一门心思扑在高祖身上的吕太后不知道，审食其早对她产生了特殊的感情。

苦难的日子终于过去了。高祖与项羽订立鸿沟之约后，他随着太公与吕雉入关，不久称帝，统一了天下。高祖在分封诸将时，起先并未给审食其封赏，吕太后对高祖道："审先生这些年来像个忠实的家仆一样，护卫着你的老子、孩子、妻子，这功劳比谁的都大。你想想，没有父亲、老婆、孩子，有了江山又有什么意思？陛下不封审先生，不合情理呀！"

"我所封赏的皆是有汗马之劳的诸侯和功臣，审食其连战场都不曾上过，封他为侯，众将何以心服？"高祖不乐意地说。

"陛下，你是皇帝。皇帝是金口玉言，谁敢反对。在我看来，那些将领都不及审先生功劳大，陛下只管封他为侯就是。若是谁有不满，让他来找我说理好了。你若是不封他，可就是个不讲仁义的皇帝了。"

吕太后又拿出当初在家中的硬脾气来。高祖见她这么坚持，想到审食其也的确忠心耿耿，就下诏书，封审食其为辟阳侯。

到这个时候，吕太后也仍然只是把那审食其当作兄弟一般看待，并没有什么其他想法。

但是，另一件令她伤心的事促使她一下子与审食其亲近起来。

高祖把原先在沛县的外室曹氏接来了，又收用了好几个宫女为妃嫔，这已经让她心中发酸了。"身为天子，哪能没有三宫六院呢！就是小户人家有了点钱，还纳妾哩，有七八个、十几个女人，对皇帝来说太正常了。"审食其看得出她的心思，就劝慰她。她也觉得有理，也就不再说什么。

然而，高祖很少到她宫中来，至于床第之间的亲热，几乎没有过。他总是在几个年轻的夫人之间轮流走动，尤其对那个戚夫人宠爱有加。原来天下动乱，高祖不在身边她也没觉得什么，各种忧愁和牵挂分散了她的心思。现在呢，天下安宁，她锦衣玉食，自然有了许多空闲。她常常盼望着高祖来陪她，和她缠绵亲热，就像当年刚刚娶她时一样。

有一个晚上，正是十五月圆之时。头一天，她和高祖说了，第二天是她的生日，要他过来一起过一个晚上，高祖爽快地答应了。月亮升起来时，她让宫女摆上果蔬美酒，把蜡烛点得多多的，她自己，则精心打扮了一番，把头发梳成最时兴的发髻，插上几件最心爱的首饰，衣着光鲜地等着高祖到来。

可等到月上树梢，却等来了高祖在戚夫人那里的消息。

多年来的劳苦、奔波、担惊、受怕、委屈、渴望一起涌上她的心头，化作哭声迸发出来。

"没有良心的人！当初我嫁给你对你是什么样？你那时只是一个不起眼的小亭长，三十多岁了，穷困潦倒。爹把我嫁给你，我只有十八岁。这么多年来，我为你侍候老的，抚养小的，起早睡晚，吃苦受累。现在倒好，你嫌我老了，嫌我丑了，我本是这样的吗？你当初赌咒发誓，说什么将来一定让我过好日子。哼，你现在是皇帝了，却这样对待我，没良心的！早知是这样，还不如当初在家种地哩。那个狐狸精，只装作一副娇模娇样儿，就迷住你了。天啊！难道我不是你一双儿女的母亲吗……"

她就这样一边哭一边说，自己说自己听，过了许久许久。

"皇后，别哭了。这样只是在让自己难受，何苦呢！"

不知什么时候，审食其站到了她的身边。看她哭够了，不说了，才低声说话了。

她抬起泪眼，看到他满脸是关切和怜悯，心头一热，刚刚止住的泪水又涌了出来。

"今天是我的好日子，皇帝这个没良心的人啊！"

她哽哽咽咽地说。

"我知道。皇后……"

审食其叹了一口气，伸出手放在了她的肩上。

她浑身一颤。这么多年来，他们生活在一起，但从未碰过一下。她顿时感到了一种温暖，没有躲开。

肩上的手在轻轻移动，变成了抚摸。她由惊异变成了接受，慢慢闭上了眼睛，身子缓缓贴在了他的身上。

审食其双臂有力地抱住了她，低下头把嘴压在了她的双唇上。

审食其一边亲吻，一边喃喃细语。吕太后的心被融化了，身体变成了软软的一团，任由他把她抱到了床上。

躺在那里，吕太后脑子里变成了混沌一片，除了快乐，什么都没有了。

半夜时分，审食其悄悄离开了。

她已恢复了平静，叫来宫女，让她们把地上的东西收拾干净之后，就一个人坐在宫门口的月光下。

这时候，她才发现月光是那么温柔，那么明亮，以前竟然没仔细看过它。她站起身，慢慢向花园处走。眼前的一切广阔而又清晰，比起白天来，还好看。

忽然，她产生了一个念头："为什么我要为皇帝的冷落而苦恼呢？我也可以有自己的欢乐。"

从这天晚上之后，她与审食其经常私下相聚。

吕太后身边的几个贴身宫女很快知晓了，但谁也不敢泄漏半点风声。况且高祖时常征战在外，或者由戚夫人陪着住在洛阳，哪有闲心顾及问询吕太后身边的事情。所以直到他去世，依然被蒙在鼓里，毫无知晓。

今天，吕太后心中正有烦恼，审食其又适时来到，她自然一阵轻松。

"太子已即位为帝，说起来也是了了我的一桩心事。可是，我担心那帮朝臣会倚仗劳苦功高，不把皇帝放在眼中，祸乱一方。我想找时机把主要的功臣再除掉几个，你以为如何？"

审食其沉吟一会儿，说："太后，臣也有这个想法。太后恐怕还不知道，有的大臣已怀疑太后与臣有男女私情了。杀掉几个，也能维护太后的尊严。"

吕太后吃了一惊："真有这等事？"

"有几个老臣曾风言风语，只是没有抓住把柄。臣死了倒没什么，臣只是怕有辱太后的名声。"审食其还是那么乖巧。

"别怕，我还在呢！"看到审食其那关切的目光，吕太后强硬地说，"如果这样，就更该杀几个了。"

"太后，如今与先帝在时不同了，太后一定要慎重行事才行。"

吕太后点点头。

思来想去，她不知从何处下手。忽然，她想到了兄长吕释之，就召吕释之进了宫。

吕释之乃是吕太后次兄。长兄吕泽，被高祖封侯，不久前已病死了。平时遇到棘手的事，吕太后都是找二兄商议得多。

面对兄长，吕太后把自己的想法说了一遍，吕释之是个持重的人，他坚定地摇摇头："皇帝刚刚即位，各位大臣都注视着朝廷。这个时候若是对大臣们动手，根本没法行动，皇后，耐心点，以后有的是时机。"

"俗话说：一朝天子一朝臣。年轻皇帝刚刚即位，调整一下臣子，是理所当然的，为什么不可以呢？"

吕太后有自己的主见，她反问道。

"皇后，当今皇帝的为人是仁厚笃实，谁人也不会相信他会对大臣做重新调整的。若是一开始对付大臣，众人都会明白这是皇后的主意。他们对皇后本来就有些意见，若是再有行动，就会激怒众人。皇帝的一切尚未稳定，万一众臣齐心采取个什么举措来对付皇后，那就糟了。"

吕太后一听此言，暗中一惊，不再坚持了。

皇帝即位之初，文武大臣都十分关心朝廷。人们看到吕释之父子频频出入宫中，并未在意。都以为高祖刚刚去世，吕太后伤心孤单，亲人们去抚慰她，是理所当然的。

吕太后因此积极加紧了筹备，她连续多日不让惠帝上朝，以免他和大臣接触多了，对大臣产生好感，阻止自己诛杀大臣。

各位大臣呢，则都想尽快了解惠帝，为他出谋划策，辅助他尽快成熟起来，摆脱吕太后的束缚。谁知惠帝即位之后却连续多天不上朝，这令他们迷惑不解，不知道是惠帝身体欠佳呢，还是吕太后又出什么主意了。私下里，他们不禁悄悄议论其中的原因。

吕释之的儿子吕禄，是个喜好玩乐的年轻人，平日走马斗鸡，无所不为，是京城中有名的纨绔子弟。他的身边，聚集了一批情趣相投的朋友，也都是权臣侯王之子。其中有一个叫郦寄，是曲周侯郦商之子。二人关系密切，大小事情都要在一起密谈，颇有些生死之交的味道。

有一天，郦寄来到吕家后，见吕禄一人在书房中。他机智地问："这几天你在忙什么？一定是有什么要事要办吧？"

他们平时几乎天天都要相聚，吕禄听了也不吃惊，他关上房门，斥退书童，悄声说："郦君算是猜对了，太后有事找我进宫去了。"

郦寄也不追问，只等着他的下文。

吕禄平日知道他不喜欢多话，就继续道："太后有意诛杀一些大臣，一是稳定皇帝的地位，二是威慑那些个性十足的老臣。"

郦寄反问道："是谁替太后出的这个主意？一定有辟阳侯审食其吧？"

"主意是太后出的，辟阳侯只是参与计议了。此事关系重大，你千万不要走漏了风声，太后还没定哩！"

吕禄为什么会对郦寄这么真诚呢？这其中最主要的原因是吕禄知道郦寄的父亲郦商跟朝中其他大臣不同。这一点由来已久了。

郦商在朝臣之中，也是个功劳卓著之人。他带兵而起，是在陈胜揭竿之时。起先，他带着故乡高阳的一些少年响应陈涉。那时，郦商年轻气盛，勇猛过人，很受年轻人拥戴。幼年时，他随哥哥一同读书，也颇通一些兵法，打起仗来，有勇有谋，十分顺手。

当沛公起事攻到陈、郑之间，郦商已有不少人马。他仰慕沛公的英名，就投奔到了他的军中。正好沛公的下一个目标是攻占长社，他就自告奋勇前往。那是一场血战，整整打了三天三夜。其结果，郦商用一千人的损失攻下了有一万多守军的城邑。沛公对他大加赞赏，从此他名声大振。

沛公接下来是攻缑氏，渡黄河，在洛阳东部大败秦军，攻下宛地、穰地，直到汉中的旬阳县，郦商都紧随其后，流汗出力。

沛公被项羽封为汉王之后，汉王赐郦商为信成君，以将军的身份做陇西都尉。郦商对汉王十分感激，很快协助汉王略定北地，打败了雍王大将。汉王称帝之后，郦商被封曲周侯。当燕王藏荼反叛时，郦商带兵随高祖征战，在燕赵之间的龙脱大战中，他冲锋陷阵，在易川、易县大败燕军。高祖回朝之后，迁他为右丞相，赐予涿地食邑五千户。其后，他又以右丞相身份和周勃定代地和雁门，跟高祖击英布，在大攻英布军中起了重要作用。

然而，人们都知道郦商心中对高祖也有不满，那就是高祖阻止他为兄长郦食其报仇。齐王把郦食其活活煮死，他以为是韩信有意突袭齐国所致，主要是怕郦食其抢了头功。当他上奏高祖时，高祖却不动声色。从此，他对韩信怀恨在心，也对高祖护佑韩信不满，直到韩信被杀，他的仇恨才消解了。但是，因为对韩信的仇怨，他一直偏向吕太后一边。和吕太后关系近了，自然和吕家关系就近了。

郦寄回到家中之后，立即把消息告诉了父亲。郦商听了，立即登车出门，奔辟阳侯府而去。

郦商因为和吕太后关系近一些，自然就和审食其相处不错。他们之间，常常是有话就说，无遮无拦。

一见审食其，郦商就道："你让左右退下，我有话给你说。"

审食其见郦商板着脸，知道必有大事，就屏退左右，着急地问："足下必有要事，请快快道来，莫不是大臣们要治我的什么罪了？"

"听说太后要在皇帝即位之初诛杀大臣，足下积极参与谋划，有这等事吗？"

"这……"

审食其支支吾吾，脸色发白了。

"试问足下，朝中有功诸将能诛杀得尽吗？别人不说，就是那灌婴，正统兵十万驻守荥阳，陈平手中又有先帝诏令，可往助灌婴，樊哙已为太后释放，随时随地可以带兵统将，周勃正取代樊哙统兵北方。先帝死前已有预料，一手安排下这些，一旦他们听说朝中开始诛杀大臣，必会联手向西，直攻京城。京城大臣，也会相互呼应，与他们形成内外合击之势，太后与皇帝到那时必会丧生于他们手下。足下素来与后宫熟近，参与议奏之事必会被众人知晓，要想保命保全家，还能做到吗？"

审食其听得汗流浃背，他下意识地抹了一下汗水，吞吞吐吐地道："这事我确实不知晓，足下所言极是。我即刻就去面奏太后……足下明白教诲，我永世不忘。足下切勿对外人道，这是掉头的罪啊！"

送走郦商，审食其如救火一般匆匆赶到宫中，一一向吕太后说了。吕太后大怒道："是何人走漏了风声？可恶！"

"太后，走漏消息的不是外人，乃是您的亲侄子吕禄。太后若是以此要惩处他，就大错了。若不是他说与郦寄那小子听，只怕我们到时候死了都不知是怎么死的。"

审食其急得抓耳挠腮，一会儿转到吕太后的左边，一会儿转到她的右边。

"没想到先帝已有准备了，我还以为他那样做是为了防止大臣作乱呢！"

吕太后冷笑一声，仿佛明白了真相。

"我以为先帝是两手准备，对内可防止太后杀大臣，扶诸吕，对外可以防止大臣在京中作乱。"

审食其也转过向来，对吕太后说。

"郦商倒是个可信之人，你让他入宫来，我要当面谢他，以后，说不定还会有许多用着他的地方。"

看着审食其离去，吕太后心中想道："人们都说女人家见识短，看来真是这样。幸亏我没匆忙行事，否则真的完了。好吧，且把朝中大臣放一放，我先来整治那个戚夫人。哼，一个地地道道的狐狸精，我就要叫你求死不成，求活不能！"

自从高祖去世之后，戚夫人一天到晚提心吊胆地过日子，时刻害怕吕太后会加害于她。每天晚上，她都会从噩梦中醒来，哭得泪水涟涟。但是，她最顾虑的还是远在赵地的儿子如意，他是她的唯一骨肉，是她的命根子。

这一天还是来到了。

这天黄昏，她正一个人独坐窗下苦思冥想，忽听得一个声音在耳边响起："太后有旨——"

她抬头一看，原来是吕太后身边的宦官，连忙跪下来。

"戚夫人听旨：正值先帝发丧期间，戚夫人携宫女吹箫解闷，破坏后宫规矩，理应从严处理。今令官役剃去戚夫人头发，改换赭色囚衣，打入永巷舂米。"

宦官一挥手，顿时上来几个老年女宫人，七手八脚地架住她，剪掉了她的头发后，把她扔进了囚禁后宫罪人的永巷。

吕太后还派了宫女来看管她舂米，每天必须舂一斗米，否则就没饭吃。

永巷空旷的院里那棵高大的梧桐下，一个瘦弱的身影，从天蒙蒙亮时就出现在石臼边了。只见她双手抱着舂杆，吃力地舂着米。每天星光灿烂的时候，才能完成定量。

每当黄昏来临，最让她伤心欲绝的是对儿子的思念。十来岁的儿子——赵王怎么样了？他的身边有耿直的周昌护佑着，该不会有事吧？按吕太后的脾气，也是不会放过他的。可怜的爱儿啊，这个时候有谁能保住你的命啊！

一想到这里，戚夫人就肝肠寸断，内心如油煎一般。

一天黄昏，她面对着惨红的夕阳余晖又想起了这些，泪水涟涟之时，她不禁凄然地唱了起来：

子为王，
母为虏。
终日舂薄暮，
常与死为伍。
相离三千里，

　　当谁使告汝？

　　这悲凉的歌声引来了那个监视她的宫女。宫女躲在一排矮树丛后侧耳而听，然后把这报告给了吕太后。

　　吕太后一下子悟出了意思，勃然大怒，她怒目圆睁，牙齿紧咬道："还想靠你的儿子吗？呸！"

　　她在心中发誓："我先把你那个狗屁儿子杀了，看你还靠谁去！"

　　但是，她只是冷冷地笑了几声，对那个宫女说："好了，你回去吧，盯着她，看紧点，看她还有娇滴滴的样儿！"

　　这天晚上，吕太后想了许久许久。

　　两个多月后，赵王如意的都城邯郸来了一位吕太后的使臣。他拜见赵王后，递上了一封诏书。赵王打开一看，只见上面写道："皇太后令赵王进京朝见，奏明近日读书识字等情形。"

　　但赵王的相国周昌却借口赵王身体有恙而不进京。

　　使者知周昌是高祖老臣，劳苦功高，也不好违背，就打道回京了。

　　吕太后不死心，又接连派去了两个使者。周昌又都把他们挡回去了。

　　吕太后见几次都带不来一个孩子，大为光火。一想到当初高祖要废太子，周昌曾极力反对过，吕太后又火不起来了。她忽然想起了一个主意，心中道："赵王年幼，若是离开了周昌，就好对付了。我先把周昌调开，召见赵王不就易如反掌！"

　　于是，又过了两个月吕太后一封诏令召周昌进京，说有要事相商。

　　"现在，我不能不去了，否则，就有抗旨不遵之罪。大王，你在家要好自为之，不要轻易和外人接触，处处都要小心了。"

　　临行之前，他对着赵王千叮咛万嘱咐。又一一交代赵王身边的其他臣子，让他们好好侍奉赵王。外出时，一定要注意赵王的安全，别出什么乱子了。众人一一都应了。

　　周昌坐在车中，迎着冬日的寒风日夜不停前行。冷风从车缝中钻进来，冻得他浑身发抖，他却浑然不觉，内心牵挂着赵王，怎么也不能平静，回想自己跟随先帝多年的情形，他实在不敢设想以后吕太后会怎样掌管刘家王朝。

　　他和高祖是同乡，世世代代都生活在沛地。秦朝末年，凭着祖辈遗传的高大的身材和过人的勇力，他和堂兄周苛都在泗水做卒史。高祖起兵，攻破泗水时，他们兄弟二人慨然相随。高祖也很赏识他们，任命周昌为掌旗官，以周苛为帐下宾客。兄弟二人或冲锋陷阵，或出谋划策，功劳不小。破秦后沛公成了汉王，周苛成了汉王的御史大夫，周昌则被拜为中尉。

汉王四年，项羽大军在荥阳围困汉王，情况十分紧急，为了保全主力，汉王带人连夜逃出荥阳，周苛则受命留下坚守城池。经过一番血与火的苦战，项羽攻破了荥阳。

项羽素知周家兄弟骁勇善战，是不可多得的人才，在围住了周苛之后就大声道：“周将军，你已没有逃路了，赶快向我投降吧，我会继续以你为将的。”

周苛是个倔强不屈的人，他反唇相讥，骂道：“项羽，你还是快向我们汉王投降吧，不然我今天要让你成为我的俘虏！”

这句话激怒了项羽，他大吼一声：“拿下他！”

项羽令众将一起围杀过去。周苛力尽被捉，仍然大骂不止，气得项羽七窍生烟，令左右活煮了周苛。

高祖内心牢记着周苛舍己救驾之功，不久就拜周昌为御史大夫。在大败项羽的垓下之战中，周昌杀敌最勇，威震一方。定天下封功臣时，周昌被封为汾阴侯，而周苛之子周成，则因父亲之功，被封为高景侯。

“我周家本为布衣，能有今天全是因为随从先帝用血肉打天下。刘家王朝是我周家兴旺的根本，我不能不去维护它。当初先帝回归故乡时，曾悲切地唱道：‘大风起兮云飞扬，威加海内兮归故乡，安得猛士兮守四方！’先帝那时就已经为后来天下的安宁担心了，他哪里知道他身后的江山会怎样呢？赵王还小，今后的路还长，我身为一个老臣，能看护好赵王吗？”周昌一想到吕太后此次召他入朝，心头又蒙上了一片阴云。

马车进入了京城大道，周昌直奔宫中。

“老臣周昌向太后谢罪！不知太后此次召臣来有何要事？”

周昌拜谒吕太后毕，直入话题。

吕太后怒目相向，厉声问：“你难道不知道我痛恨戚夫人那个狐狸精吗？为什么三番五次不让赵王来？你好大的胆子！”

周昌一听，也正色起来，他直着脖子说：“先帝把赵王托付给臣，护佑赵王就是臣的使命。臣在赵一天，就该保护赵王一天。况且，赵王作为当今皇帝的小弟弟，又是先帝最钟爱的皇子，臣护佑他，就是尽职尽忠。试问太后，为什么先帝把赵王交给臣？还不是因为臣竭力保住了太子，取得了他的信任吗？先帝的意思，无非是期望臣像当时保护太子一样保护赵王，以免兄弟相残。如果太后因个人私怨而要做什么，臣不好参与！臣所知道的，就是遵奉先帝的遗命，请太后见谅！”

周昌说毕，眼睛向着大殿上方，一副不可改变的样子。

吕太后知他生性刚直，也不敢再责备下去，只好气呼呼地道：“你不用再去赵地了，朝廷对你另有安排，退下吧！”说完，转身走了。

"你……你……你……"

周昌又气又急，却说不出话来，眼睁睁看着吕太后的身影消失在屏风后面。

"先帝啊！"过了好大一会儿，他才迸出这么一句，随之，泪流满面。

他哪里知道，五天之前他还在来京的路上时，吕太后就派人飞车去召赵王了。

惠帝自即位为帝之后，很少上朝。他仁厚而又孝顺，在即位后的第二天，吕太后就对他说："如今朝中大臣都是劳苦功高而凶狠的人，你要慎重对待他们，先别让他们把握住你了。若是不让他们知道你的威严，他们就会轻视你。轻视你就会出乱子，到时候就迟了。你为人太厚道，对付不了他们。先听我的，我叫你干什么你就干什么，等你长本事了，能当家做主了，再独立发号施令，记住了吗？"

"记住了，母后！"他恭顺地应承道。

十几年来，他都是跟着母亲的，深知母亲的脾气，刚直、强硬，有主见。他只有十七岁，许多方面都还不成熟，当然应该听母后的了。

当他听说赵王的母亲戚夫人犯了错，被吕太后关到永巷去了，就马上找到吕太后询问此事。可吕太后反而十分生气，说他竟管起女人的事了。

惠帝见她这么动怒，摇摇头，不说话了。回到自己的宫中，他暗中叮嘱几个心腹宦官："你们都多留点心，一旦太后对赵王母子怎样，一定要尽快告诉我！"

他那几个心腹宦官告诉他吕太后已经把周昌召进京，又派人去接赵王了，只怕要治赵王的罪。惠帝听后，焦急地走来走去想了一会儿，对他们道："你们几个听着，从今以后，密切注意赵王的行程，朕要抢在太后之前去接赵王进京，记住了吗？"

"是，陛下！"

"已经很久没见赵王了，不知他长高了没有？"惠帝独自坐在那儿看着外面霏霏的细雨，痴痴地想着。他想到如意小弟那张酷似先帝的脸，一阵欢喜涌上心头，可一想起母后仇恨如意母子的神态，心头又一阵发紧。"不管怎样，如意是我的亲弟弟，戚夫人已被母后定为犯人了，我不能再让母后折磨他。接来宫中后，我要想方设法保护好他。"

十三天之后，宦官向惠帝报告了一个信息：赵王如意距离京城还有一百多里，明日即可抵达。第二天天刚亮，惠帝以打猎为名，乘车带人出了长安，来到了灞水以西的灞上等待赵王。时近中午，终于等来了赵王的车队。

见到赵王后，惠帝把他带在身边，同吃同住。

第二天上午，惠帝带着赵王来到吕太后宫中。吕太后已听说惠帝把他接在自己宫中了，此刻她看到赵王，心里恨得痒痒的，恨不能一刀杀了他，但是，自己的儿子在跟前，她不好发作，只好冷冷地问了几句路上的行程，就让他退下了。

惠帝他们一走，吕太后就派了心腹密切盯着赵王行踪，一旦落单，就赶紧回来报告。可一连十天左右，惠帝都是和赵王形影不离，吃饭，睡觉，看书，闲逛，全在一起。吕太后得知后，气得大骂惠帝："那个蠢材儿子！他的心眼儿比我还多，防着我哩！我看你能有多大能耐？"

惠帝陪着赵王，一直不见吕太后有什么举动，甚至连看都不来看，心中道："太后一定宽心了，赵王毕竟是个孩子，而且是先帝的骨肉，不忍心了。"于是就放松了警惕。

不知不觉已是三十多天过去了，十二月里的一天黄昏，天空飘起了大片大片的雪花，不一会儿，天底下所有的一切全白了。由于没有起风，一切都是静悄悄的，倾耳听时，似乎连屋顶"扑扑"的落雪声都听得到。惠帝带着赵王在书房看书。旁边放着几个炭火盆，烘得暖融融的。

看着外面的雪，又想到刚好上林苑中来了一群梅花鹿，就打算明日里雪停了就去猎鹿。

一夜过去，雪停了。四更天时，宦官就把惠帝叫醒了。

穿戴整齐后，惠帝站在赵王床前。赵王睡得很香，他犹豫着，拿不定主意是否带他一道去。来到门前，他感到一阵奇寒，不禁打了个寒战。退回到房里，他对侍从道："走吧，别叫赵王了！他太小，起这么早受不了。我等快去快回，不会有事的。"

临上马前，他又对卧房外的宦官说："留心点，别让外人进赵王的房间。"

他又回头看了看，跨上马走了。

雪足有　尺多厚，他们　行人走过，发出的声音极小。但飞奔的马蹄在雪地上留下了深深的印迹。

来到上林苑，眼前的一切看得格外分明。野鹿很多，他们很快就打了三只。就在第三只鹿被射中的一刹那，惠帝突然感到心里一阵莫名其妙的慌乱。他手捂住胸口停在马上好一会儿，忽然对侍从们道："快！快！回宫去！"

说话间，惠帝的马已飞奔到了十几丈外。

赶回宫中，天刚大亮。

惠帝连斗篷都没解下，就跑进了赵王的房间里。

然而，一切都迟了。

赵王斜躺在床前的地板上，七窍出血，双目圆睁，已经死了。惠帝扑上去，号啕大哭。侍从们见状，也都潜然泪下。痛哭一场之后，惠帝让人叫来御医，一验，赵王是中毒而死。

此后几天，他明察暗访，终于弄清了事情的真相。原来是吕太后派了一个守东门的老宦官，趁着赵王落单，假装惠帝的吩咐，给赵王送鸡汤喝。这毒，就放在鸡汤里。

这之后的一天晚上，三更时分，惠帝带着十几个人悄悄摸到了那个毒死赵王的守门宦官的住房，把那个守门宦官给处死了。

为了防止节外生枝，惠帝亲自来到吕太后处，禀告吕太后说，有一个守宫东门的宦官昨儿夜里得急病突然死了，自己已令人埋了。

"前天他还好好的，怎么一下子就病死了？"

吕太后根本不相信，吃惊地问。

"太后哪天见他的？儿臣昨天碰见他到御医那儿看病哩，怎么是好好的？他年纪大了，天又这么冷，很正常。"

惠帝说得一本正经。

吕太后很想说赵王死的那天她还见到那宦官呢，但终于没说出口。她心中道："该不是皇帝知道他害死了赵王派人杀他的吧？按理说不会，皇帝没那么大的胆量。"

反正是一个守门的老宦官，没什么大不了的，吕太后也就不再追究了。

满朝文武都知道了赵王"暴病而死"的消息，很少有人相信这是真的。但是，谁能去追究呢？众人只在私下议论议论，都不敢公然去查问。况且，早在戚夫人三番五次争立如意为太子时，大家就对这娘儿俩十分反感。自古以来，太子都是皇帝的正室长子。只要这长子没有什么大的过失，就不能随意更换太子。所以，也没有什么人愿意去维护戚夫人母子。

一个弱小无辜的生命就这么无声无息地消失了。

吕太后在赵王下葬二十多天后，见满朝文武没人提及这个事，越发大胆起来。她恶狠狠地想："我要好好让那个狐狸精难受难受。她不是曾想让她的儿子做太子吗？她不是常常因为她的儿子像先帝而自豪吗？我倒要看看她知道儿子死了是什么难过样儿。"

正月初，天气依然十分寒冷。一天黄昏，吕太后带着几个贴身宫女来到了永巷。远远的，她看到戚夫人正在舂米。几个月不见，戚夫人换成了另一个人，皮肤粗糙，面色苍白，身体瘦弱，腰也弯了。

吕太后一来，就大加嘲讽戚夫人。可戚夫人却面无表情，也不出声。

吕太后见她什么也不说，更火了，她恶毒地冷笑着说："你不知道吧，你那个宝贝儿子已经死了，哈哈哈！"

这一招儿果然灵，戚夫人猛地抬起头来，眼睛里射出一种悲绝而又不相信的光，她大声问："如意死了？我的儿子死了？这是真的？"

"怎么？我骗你这样一个可怜的女人干什么？死了！怎么样？是死了！得病死了！"吕太后一脸的幸灾乐祸。

"天啊！我的儿子！我的苦命儿呀！"戚夫人一头栽在地上，哭声惊天动地。

突然，她猛地站了起来，眼里喷着火，手指着吕太后，大声骂道："是你害死的！是你害死的！一定是你害死的！你这个狼心狗肺的女人！我跟你拼了！"

犹如一头发怒的母狮，戚夫人猛地冲上来，双手向吕太后抓去。

"挡住她！"吕太后大叫一声，吓得连连后退。

几个宫女一拥而上，架住了戚夫人，戚夫人依然在拼命挣扎着，叫骂不休："皇天在上，你这个恶毒的女人是要遭报应的！你害死了我的儿子，你的儿子也会断后！等着吧，我就是死了，变鬼也要找你拼命！你该天打五雷劈！你该五马分尸！你会不得好死！"

这凄厉的咒骂响彻四周。吕太后狂怒的同时也有几分惊吓，谁也没想到平时柔弱的戚夫人会这样凶猛。若不是宫女拦住了，戚夫人肯定会把她厮打得不成样子。她一手捂着狂跳的胸口，咆哮着："打！打！先打昏她！别让她再胡扯八道了！"

几天之后，惠帝独自在书房内读书，忽然想起当初戚夫人恳求先帝重立太子之事。大臣们在坚决反对之时，曾引用古训，说周王朝时褒姒曾如何令幽王重立太子，以至于亡朝灭国。

"这一段历史到底是怎样的呢？"

他令侍宦左找右翻，也没有找到这一段史书。一时性急，他等不及宦官找到，就召见自己做太子时的太傅叔孙通。即皇帝位后，已任命叔孙通为太常，令他专门为朝廷制定礼仪礼法，所以，相见的机会少了。

一听皇帝要知道周幽王与褒姒的那一段史实，叔孙通心中道："皇帝这是做什么哩？我以前也曾以为戚夫人犹如当年的褒姒一般，如今呢，赵王死了，戚夫人成了阶下囚。倒是吕太后来势汹汹，皇帝知道自己母后的所作所为吗？"

但是，叔孙通还是将周幽王为博得褒姒一笑而烽火戏诸侯最终误国——讲给惠帝听了。

"怪不得当时大臣们都拿褒姒喻指戚夫人呢！"

惠帝听到这里，一切都明白了，他看着叔孙通说，"可怎见得戚夫人就会误国呢？"

"陛下，常言道：防患于未然。陛下仁厚，大臣们都拥戴陛下，而不喜欢戚夫人母子。"叔孙通答道。

正在说话间，忽见吕太后身边的一个太监来到。

"陛下，太后请陛下去一趟。"

听太监这么说，叔孙通告辞而去。

惠帝待叔孙通走去，悄声问太监："太后召朕有何要事？"

"陛下，太后让奴才引着陛下去看人彘哩！"太监神秘兮兮地答道。

"什么'人彘'？"

惠帝从未听说过，忙问。

"陛下去看看就知道了。"

太监似乎不愿说明，匆匆走在前面。

寒风刺骨，惠帝不禁打了个寒战。见太监走得飞快，他也只好加快了步伐。随行的侍从也都行色匆匆。

出了宫，曲曲折折走了许久，又入一宫。见此宫与众不同，到处是断墙残垣、破砖烂瓦，仿佛是个破落的寺庙。地上铺满了枯枝败叶和荒草，树枝的顶上，时时有乌鸦飞起，发出一阵阵"呱呱"的惨叫。

越往里走，越显凄清，连众人的脚步声都显得格外响。高墙深院，少有人迹，怎能不显荒凉？惠帝越发奇怪了。

到了一间厕所前，太监打开了门，手指着里面道："陛下，人彘就在里面。"

惠帝顺着他的手指向里一望，顿时吓了一跳，只见一个人身，没手没脚，两眼成了两个黑洞，嘴张着，牙齿已经不全，什么声音也发不出来，虽是血肉模糊，却还能动。他不由后退几步，慌问太监："这莫不是一个人？"

太监低声道："陛下，太后有叮嘱，只许称'人彘'呢！"

"这是谁？"

惠帝瞪圆了双眼，满脸惶恐。

"陛下，这是戚夫人。"

太监看惠帝是万分惊恐，说得含含糊糊，但惠帝却是听清了。他只觉头"嗡"一声，眼前一黑，一个趔趄，险些摔倒。

侍从忙上前扶住了，齐呼道："陛下！陛下！"

惠帝勉强站住身体，脸色苍白地问太监："戚夫人怎么成了这样？是谁人所为？"

太监犹豫着，似有难言之隐，惠帝急逼一声："快说！"

他上前一步，附在惠帝耳边说："陛下，戚夫人被断了手足，挖了双眼，穿了两耳，喂了哑药，装在大瓮里抬到这里的。"

"那为何称'人彘'哩？"惠帝已面无人色。

"陛下，太后给她命了此名，奴才们哪里知道？"太监垂手而立，小声说。

"母后啊，您怎会如此狠心下得了手？她毕竟是先帝最宠爱的女人啊！"

惠帝不由自主一声悲叹，随之泪流满面，浑身颤抖，扶着侍从才能站住。

一连三天，惠帝把自己关在一个单间房里，不吃不喝。宦官们守在门口，只听得里面是一阵哭声接一阵笑声，又连着一阵自言自语。他们吓得面面相觑，不敢稍停就报告吕太后去了。

吕太后听了，穿戴整齐就向惠帝宫里奔，一面走一面急急地问："怎么，皇帝就那么胆小？看了人彘吓傻了不成？"

"太后，皇帝确实是去过永巷之后才那样的。"宦官小心地答道。

"若是看到这样的人就唬成那样儿，还能守江山吗？"话语间没有怜惜，却有几分不快了。

惠帝已连吕太后都不认得了，见了吕太后依然如旧，哭一会儿笑一回，说一会儿，手舞足蹈，活脱脱一副疯子模样。

吕太后这才变了脸，连声惊呼："请太医！快请太医！"

惠帝根本不让人接近他，见太医拎着箱子走进来，吓得连连后退，大叫道："砍手的来了！砍足的来了！快来人啊！"

吕太后喝令几个太监上前把他按住，太医才能上前把脉。

太医细心诊视良久，对吕太后道："太后勿念，陛下是受了惊吓慌了神，得了轻微癔症，吃几副安神的药就好了。"

吕太后这才舒了一口气。

十几天过去了，惠帝连服了好几服汤药之后，才渐渐清醒过来，但又马上派人去永巷，看厕所中的戚夫人。去的人很快回来了，对他说："陛下，戚夫人早已死了。"

想起以前戚夫人侍奉先帝的殷勤模样和赵王的可爱神态，他又禁不住大哭了几场。太医知道这种病是内心抑郁过重又受了惊吓，就令人想方设法开导他。

"人生就是一场悲剧，你们都别劝朕了。"他悲苦地摇头对宦官们说，"我看透了，人间的悲苦太多，帝王的悲苦又最重，所有一切又有什么意思呢？"

众人正意气冷落之间，外面又走进一个人来，是吕太后派来探视的太监。

"陛下，太后使奴才来问候，陛下好些了吗？"太监尖声叩问道。

惠帝拭了拭泪，悲声说："你替朕禀明太后，就说戚夫人成人彘一事，绝非人类所为。儿臣为太后之子，不能这般治理天下。今后朝廷的事，就请太后拿主意便是了。"

"陛下，奴才怎好如此对太后说哩？"

那太监也知道惠帝这是伤心至极之话，为难地说。

惠帝也不理他，转身向里面去了。

吕太后听了太监的传话，顿时皱起了眉头："身为天子，怎能说出这等话来？难怪先帝在时，常责备他过于柔弱。"

审食其在旁边道："太后，陛下是一时气话，等过些时候就好了。不过，太后从这件事也该明白，有些事不宜让皇帝知道，只要太后心中有数就行了。"

吕太后会意，心中道："你暂时撑不起江山，母后就不能坐视不管了。歇着吧，等为母的把一切收拾停当了再交到你手上也好。"

她抬起头，叫来一个太监，令道："传令皇帝左右，近日要好生侍奉皇帝，让皇帝好好养病，没有什么大事，就不要惊扰皇帝了。"

"商山四皓"看见惠帝不理朝政，意志消沉，除了在后宫，就是读书、打猎，就私下商议劝谏惠帝。

一天，他们一齐拜见惠帝，对他说："陛下，身为一国之君，看到太后有了过失，只劝谏一次还不行，理应反复恳求太后，让她明晓其中大义，哪能像这样心灰意冷万事不管呢？若是陛下一直这样终日纵酒贪色，自暴自弃下去，先帝开创的基业还能发扬光大吗？陛下自己也会陷入只知小仁小爱，抛弃国家大义的境界啊！我四人留在这儿，也就没什么意义了。"

惠帝道："四位长者见教的极是。但朕实在是阻止不了太后的许多行为，只能听之任之。"

"既然如此，陛下，我四人从此告辞了。请陛下多多保重！"

说毕，四人拜别而去。

惠帝站起身来，却什么也说不出。直到他们不见了踪影，才想起他们的生计来，立即令人取黄金千两送上去，以供他们养老之用。

第二天，吕太后来看惠帝，和声道："皇帝啊，赵王已经病死不少日子了，赵地不能无主呀，皇帝把淮南王刘友调到赵地为赵王吧。"

惠帝一听，知道她已决断好了，于是顺从地说："就按母后所说诏令便是了。"

吕太后微笑道："如今天下安宁了，朝廷应扩大京邑，以显示威仪。我想马上开始扩建长安，皇帝以为如何？"

"百姓才歇息了几年，又要劳民伤财，儿臣只担心民心不顺哩。"

"土木工程可以慢慢来，又不着急，怎么过分扰民啊？百姓爱护朝廷，甘心为朝廷效劳，皇帝不必为此忧虑。我想好了，重修西北面的城墙，皇帝只管养病，派下大臣去监管就行了。"

惠帝听到这里，也应了。

吕太后说："现在正是正月，春暖花开，该动工了。纵是先帝在世，也会称道的。至于皇帝自己，多到外面走走，不能老沉溺在后宫里。我老了，将来的江山是要靠皇帝支撑的啊！"

惠帝听了最后一句，有些感动，立即应从道："太后也多保重，儿臣领教了。"

这时候，他心中对吕太后的怨气才稍稍消解了些。

三月里的一天，惠帝心情好，带了一群侍从到了上林苑。他听左右说，近几年百姓安居乐业，能安安定定种庄稼了，地里的野鸡、野兔有了躲藏和吃食之处，越来越多。长安城周围有许多人家专靠打野兔、野鸡卖钱维持生计。眼下，正是兔子乱跑的时节，就想和众侍从一起比赛猎兔。

众侍从都知道惠帝身体不好，心情忧郁许久了，暗中相约让惠帝开心一番。

比赛结束后，惠帝射死的兔子最多。看着自己亲手射死了一堆野兔，惠帝果然开怀大笑起来，走在回宫的路上，依然谈笑风生。

忽然，车帷幕被风掀起了一角，惠帝不经意间看到了路边的一个府第，忙问左右："朕记得这里是赵相周昌的府第，是吗？"

"是，陛下。"众人看了一眼，应道。

"周昌怎么样了？朕许久未见他上朝了。这儿能停车吗？"惠帝说着，就要停车。

众人忙道："陛下，这里人多杂乱，事先未加防卫，不可轻易下车，陛下以后再来探视周昌吧。周昌自从赵王死后，内心怅然，自愧对不住先帝，一直称疾在家哩。"

"哦，若是这样，与朕有相近之处了。"惠帝叹了口气，刚才的欢乐一下子全没了。

"陛下宽心些，以前先帝的旧人旧事就都任由太后去处理吧！不要再为那些忧虑了。"一个太监话里有话地劝道。

"莫非太后又有什么举动了？"惠帝听出了意思。

"早晚陛下也会知道一些事，奴才就说了吧。先帝的那些嫔妃，除了少数几个，大多数都被太后处置了，关的关，贬的贬，撵的撵。"

惠帝吃惊地问："是什么时候？"

"都是在戚夫人死的前前后后。那时陛下正病着，只瞒着陛下哩。"

惠帝又落下泪来，哽咽着说："先帝地下知道吗？先帝地下知道吗？"

吕太后却没有惠帝这份清闲，从正月里来，她一直都里里外外地忙着。

就说扩建长安一事，她是谋划已久，慎重行事。口头上，她对皇帝说是为了显示朝廷威仪，心里却另有所思。高祖去了，分封的王侯还都在。她把他们一一排序，仔细数了数，异姓侯就有二十六个。他们呢，大部分是功臣，且以武将居多。除了已经除掉的几个，余下的个个仍不可轻视。皇帝年轻又仁厚，万一列侯反叛，就很难像以前先帝在时那么容易平乱了，恐怕还是在都城的坚固上下下功夫为好。所以，工程是十分浩大的，从西北面的城墙开始，围长安而建，方圆有六十五里，城南设计为漏斗形，城北则为北斗形。取民间验方，城墙砖泥里掺了大量的糯米糊，以增加坚固性。二十多万民工里有男有女，日夜劳作不息。每隔十天，她就询问一次进程，监管的大臣谁也不敢稍有懈怠。

【第十五回】

乱阴阳未央失火，坏纲常天狗逞凶

转眼就是惠帝二年冬十月了，齐王刘肥从齐地入朝。三年前，他的生母曹氏得病离世，他成了孤单的一个人。从身材上说，刘肥最像高祖。若是从背影看，走路的姿势和动作跟高祖简直一模一样。他比惠帝大四岁，为人忠厚老实，很受惠帝尊敬。

把他邀入宫中后，惠帝带他一同去谒见吕太后。之后又摆下酒宴，为齐王接风洗尘。

须臾，宴席摆成。惠帝说："今日只有太后与齐王，也不要行君臣之礼了，就依家人之礼随意吧。"他请太后上座，让齐王居左，自己居右。齐王大几岁，是兄长，自己只是他弟弟。

憨厚的齐王听说依家人之礼，也不推让那个兄长之位，就居左坐下了。吕太后见了心中就有些不快，就想着要除掉他。

于是，她脸上堆起笑容，看着两个年轻人说闲话饮酒。

过了一小会儿，她在抬手夹菜之际，假装不经意打翻了一杯酒，杯子落在衣袖上，洒了不少酒在上面，对惠帝与齐王说了一声，她起身走向寝宫更衣去了。

刚出宴厅，她就吩咐一个心腹太监给齐王送毒酒。

谁知，齐王对于吕太后赐的美酒不敢过贪，就准备与惠帝分享。惠帝也毫不推迟，一手端起面前的那杯酒，一手将另一杯递入齐王手中，说："兄长不要推辞了，我与兄长一同敬太后，祝太后万寿无疆！"

齐王听了，连忙接过酒杯。

就在二人就要同饮之际，突然，吕太后伸手夺过惠帝手中的杯子，猛地泼到了地上，转身离席而去。

惠帝被吕太后一夺，愣在那儿了。他转念一想，料定酒中有毒，顿时心惊肉跳起来。

齐王见状，心中也明白了八九分。他呆呆坐了一会儿，见惠帝没有心思再吃了，就起身告辞。回到客馆之后，他满心忧虑，瘫坐在那儿不知如何是好。他心中悲绝地想：赵王如意已被她害了，接下来就轮到我了吗？太后心狠手辣，她要想除掉谁，谁还有法儿逃得掉吗？韩信、彭越、英布、卢绾、戚夫人、先帝的各位嫔妃……天哪！难道此次一行，就再也回不去齐地了吗？

随行的臣子中有一个叫刘勋的，乃是他的内史。他见齐王从宫中饮宴回来之后一直如此呆坐，知道一定是出了什么事了，就小心地上前询问。

万般忧苦之中，齐王也顾不了许多了，就把吕太后的所作所为说与刘勋听了。

刘勋想了想，道："大王，太后虽然对他人凶狠，但对自己的一儿一女却是万般疼爱，这说明她很重亲情。如果大王能通过皇帝或鲁元公主讨得太后的欢心，就好了。"

"太后已经反感皇帝对我亲近了，这条路不通。"

想到宴会的情形，齐王摇摇头。

刘勋悄声道："大王应走鲁元公主的路，太后的儿子成了皇帝，她一心也想让公主高兴。对了，大王，城阳郡是大王最大的郡，大王把它献给公主作汤沐邑，太后一定会转怒为喜的。"

齐王憨憨地道："太后会在乎一个郡吗？"

"大王，这不是土地多少的问题，这是一种投诚的表示，快写奏表给太后吧！"

齐王也找不出别的什么法子，连夜写了一表，第二天一早就递进太后那里去了。

吕太后正为昨天的事不开心，忽然接到齐王的奏表，心中不禁一喜："这小子倒是有眼色，明事理。能这样做，也足见他胆子小，以后不会干出什么叛逆的事儿来。也好，他这样做也为诸王做了个榜样。只要恭顺朝廷，就可以保他平安。算了，让他回齐地吧！"

当下，下诏表彰齐王的忠心。齐王得了这个信儿，立即请求还齐，吕太后自然答应了。

回到齐地，齐王仍然心惊肉跳，连做了多日噩梦，直到几个月后，才慢慢平静了。

惠帝自从齐王辞别他回齐地之后，心中一直闷闷不乐。他对心腹侍从说："看来朕真要成孤家寡人了。朕只要和谁亲近些，太后就要除掉谁，太后怎会这般凶狠呢？"

侍从说："太后是容不了有人凌驾于陛下之上，这是为陛下好哇！"

"那也不能动不动就杀人，何况齐王是朕的兄长啊！对其他兄弟，朕今后真得小心了。"

"陛下别再想齐王的事了，萧相国病得很重，才该探问哩！"

惠帝惊问："萧相国病重了？朕怎不知道？"

"太后瞒着陛下，也不许奴才们奏知，只怕陛下太牵挂了。"

"走，随朕去相国府！"

惠帝立即站起身来。他又交代太监，备些宫中精美的食物，给相国送些去。

相国府闻知皇帝到来，全府上下跪迎皇帝。惠帝让他们免礼平身，直奔萧何病榻前。

多日不见，萧何已是骨瘦如柴、满面皱纹，稀疏的头发已全部变白，像是一束枯草堆在头上。他的双眼也是浑浊无光，一片迷茫。

"扶我起来。"

萧何令人扶他坐起。稍一动身，已是气喘吁吁。

惠帝心中一热，上前抓住他的手。"这还是那个不知疲倦，忙前忙后的相国吗？恐怕没有多少日子了。"心中这么想着，他轻声问道："相国，您百年之后，谁可以接替您啊？"

萧何慢慢地说："臣以为陛下最了解臣了。"

惠帝知道他为人一向谨慎，不会主动说出接替之人，就沉思了一会儿，轻声问："相国看曹参如何？"

萧何一直用期待的目光望着他。一听此言，双眼泛出光来，低头叩拜道："陛下找到了最合适的人选，臣死而无憾了！"

说完，落下泪来。

惠帝握着他的手，久久说不出话来。他心中叹道："这样一心为朝廷的相国，先帝却差点治了他的罪。唉，做君臣都不容易啊！"

他让左右多送些滋补珍品给相国，就辞别出来。惠帝见萧何府上的子弟，个个都是俭朴恭顺模样，丝毫没有相国府第之人的那种飞扬跋扈、不可一世，心中更是赞叹不已。

不久，萧何病逝。

惠帝令人厚葬萧何，同时传令下去："凡相国府土地、房屋，一律不许别人购买。相国一生为国尽力，朝廷应在他死后维护他的家族。"

有大臣悄悄对他说："陛下不用担心，相国府的田产没人去争的。"

"为什么？相国人缘这么好？"

"相国一向善于持家教子，总是教诲儿孙自立。他生前购置田地房产，必选位于穷乡僻壤的；他主持家政，也从不修建高墙大屋。他常说：'如果我的子孙贤德，就学我的俭朴；如果我的子孙无能，这些劣房差地也不值得权豪大族来争争抢抢，以致引祸伤身。'"

"原来如此！萧何也是难得的贤相了。朕特赐他谥号文终侯，使其长子袭侯之位。"

"陛下贤明！"

左右见惠帝这样诏令，齐声称赞。

却说相国府上上下下沉浸在一片悲哀之中，操办着萧何的丧事，远在齐地、身为齐相的曹参听此消息，对门下舍人说："你们快打点行装，我要去做相国了！"

舍人们惊奇地看着他，却又不好发问，只好照吩咐办理。没有几天，朝廷果然派了使者来，诏令他回朝任相国。舍人们私下议论道："相国虽是武人出身，却有些先见之明哩！"

曹参与萧何，当初在沛地时，十分要好。待萧何做了相国之后，二人之间有了隔阂。说起来，曹参也颇有些不服，就论对朝廷的贡献吧，曹参不比萧何逊色。当萧何稳扎后方忙着筹粮征兵之时，曹参在前方出生入死，立下了赫赫战功。即使是汉王初定天下之时，平魏豹反叛、定魏地、捕住魏的家室、打赵相夏说、平齐地、去陈、平英布等，他也都身先士卒，功不可没。在高祖分封诸侯论功时，众文武大臣都知他的大功劳是——攻下二国，县一百二十二个；捉得王二人，相三人，将军六人，莫敖、郡守、司马、侯、御史各一人。所以，高祖拜他为齐王相，在六年时赐列侯爵位，可以世世代代承袭下去。作为平阳侯，他享受着平阳一万六百三十户食邑，十分显赫。

但是，和萧何相比，他自以为有些亏了。所以，平时就疏远了萧何，尽量避开不与之交往。萧何也知其中原因，又不便说明，只有处处退让。一对贫时的挚友，就渐渐生分了。他心中道："难道萧何具有文治之才，我就不具备吗？只是我未在其位罢了。"

高祖也知他和许多朝臣一样，颇有些不服萧何，任他为齐相，也有让他和萧何分开的原因。

到了齐地之后，曹参心中较起了一股劲："我要让众人看看，我不仅是战场上的猛将，也是文治的高手！打仗行，治国我也行！"

于是，他召集齐地名儒一百多人，向他们详问治国之道。谁知那帮儒生却是众口异词，各说各的，意见总不能统一。

后来，在一个车夫的建议下，他差人去胶西请来了专心研磨道家之术的盖公。

盖公道："黄老之学乃是天地之间最自然的思想，对于治理国家来说，没有比采用它更有效的了，大凡治国之道，最重要的是顺其自然，简要勿繁。欲望是人的共性，如果把这一点把握住了，就抓住要领了。统治者，最要紧的是勿要使民趋利。趋利之民犹如水流湿地，挡也挡不住，什么坏事都做得出来。所以，无为而治，清心寡欲，就会安定民心。民心一定，天下太平，哪里还需要那些烦琐的条条框框呢？"

曹参被他这一席话说得服服帖帖，当下把他奉上上座，从此之后，对其言听计从。这一套也还真有奇效，齐国很快归于安宁，上下相和，淡泊清静。在曹参任齐相的几年里，一切太平。

入朝之后，曹参接了相印，走马上任了。

俗话说，一任官吏一茬人。曹参上任之后，众文武大臣都引颈而望，不知他会出些什么新招儿。有时彼此相聚宴饮，不免私下议论。

"曹相国这么多年来与萧相国不和，他一接任，定会去掉一些萧相国重用的人，换上自己的亲信了。"

"这个自然，不然，何以显示他自己独特的治国本领哩！"

"曹相国也算是战功卓著，这些年屈居萧相国之下，憋了许久，发一发威是理所当然之事。"

"即使他不动大局，太后也会督促他。太后能不想让朝廷蒸蒸日上吗？"

"你我等人今天在位，明天就不知怎样了，只怕还要从我等这里开刀呢！"

"唉，从来都是如此，没有不变的位置，也没有不变的规章。发愁也没用，顺其自然吧！"

如此这般，所有大臣都日夜不安，忧虑重重，人心惶惶，只等曹参动手了。

谁知曹参一直没有什么动作，各人职位没有一个变更不说，连规章制度也都要求照旧执行。众人慢慢放下心来，解了忧愁，欢欢喜喜各尽其职，又恢复了平日例行公事。

原来，曹参把黄老之学那一套治国方案从齐地转用到朝廷上了。

过了两月有余，许多人的脸却拉长了。

他把各封国中那些为人质朴、拘谨而不善言辞的敦厚的长者，一一召集到相国属下，或任为掾史，或任为长史，都安置到了要职上。而那些言辞锋利，咄咄逼人，一心追逐名利的大臣，都被他一一解了职。

一切安排就绪之后，曹参就像撒手不管了一般，日夜在相府中贪那陈年老酒，三餐也不讲究，只要有酒喝就行。

朝中大夫们看不下去了，门客们也觉得他不该这么懈怠。出于一种责任心，他们三五成群，到相府中去拜见。名义上是看望他，实际上是想劝谏。

曹参装作不知，只要他们一到，就殷勤拉他们入座饮酒。有人喝酒之中再想提及，都被曹参的劝酒声打断说不下去了。所以，凡是进相府的大臣，多是大醉而归，却什么也没说出来。

众人见说不进去话，大多也就灰了心，也学相国模样，在家宴饮不断。三日一小聚，五日一大聚，欢聚美酒之中把原来的恩恩怨怨、是是非非都淡忘了。比起原来，反倒平安无事了。个别人火气大的，和同僚之间有了矛盾后也告到相国那里去。曹参听了之后，总是呵呵一笑，大事化小，小事化了，让他们都勿计较。若是谁犯了点小错误，他也不加责备，全都包庇了不提。说来也怪，比起以前，犯法的少了，犯罪的人也少多了。

也有几个执拗的老臣，一直把曹参的这些事告到了惠帝那儿。

某日，下朝后，惠帝要曹参迟走一步，询问此事。

曹参仰头反问道："陛下体察一下，陛下与先帝相比，哪个圣明些？"

"朕哪里能与先帝同日而语！"

"那么，陛下以为臣的才能比萧何如何？"

"你好像不如萧何吧。"

"陛下说得太对了！先帝与萧何平定天下，把所有法律都明确了下来。如今，陛下垂手治国，我们臣下恪尽职守，众人严格遵守旧时法令，就够了！反之，若是想略胜一筹而另起一套，只怕事与愿违哩！"

惠帝望着他，似有所悟，沉默良久，平声和气地道："朕明白了，你回去休息吧。"

不久，惠帝听到一首民谣，民谣是称颂曹参的：

萧何制法，
整齐划一；
曹参接替；
守而不失；
做事清净，
百姓安心。

冬去春来，光阴似箭。惠帝三年春天，北方的匈奴又开始蠢蠢欲动。

原来，匈奴单于冒顿生性是个贪婪粗蛮之人。当初高祖在日，他深信高祖有神灵相助，也惧怕高祖带大军围攻，所以在得了高祖嫁去的公主之后，就和平安静了一些时候。但是，广阔富饶的中原地带无时无刻不在吸引着他的注意力，他做梦都想能进入山清水秀的地方生活，做那里的一国之君。

高祖驾崩的消息飞过千里沙漠，也传进了冒顿耳里，又有大臣向他奏明，说即位之君年轻而仁弱，无甚主意。朝廷大多由新君之母吕太后说了算。而吕太后呢，为人强悍不说，据说还与一个叫审食其的大臣有男女私情。要想攻打中原，这时候最为合适。

冒顿却没有这么草率的打算，他暗中想：中原人多，纵是高祖皇帝死了，英雄也多得是。尤其是他手下的那些武将，都是久经沙场之人。我不如先去试探一下，若是能打就打，不能打还是和亲。就是乘机向中原多索取点财物，也是得利啊！

于是，他令人以自己的口吻修书一封，差使者送到了汉朝廷。

吕太后看了信，十分愤怒，召见文武大臣，欲发兵征讨匈奴。樊哙也挺身而出，愿率军十万，横扫匈奴。

吕太后面露喜色，正要发话赞同，不料中郎将秀布却出来反对。

"太后，当年先帝出击匈奴在平城被围，其时汉兵有三十万之多，樊哙身为上将军却不能解围，让先帝受了多日困苦，而如今，天下一统不久，百姓哀苦之声尚未断绝，伤残士兵刚能起身活动，樊哙又想搅乱天下，大话连篇地称能以十万军队横扫匈奴，这岂不是当面说谎吗？臣认为，那匈奴本性粗蛮，属于未开化之人，怎能以他们的好话而喜，以他们的谩骂而怒？只把他们视为禽兽一般罢了。"

一听到高祖在平城被围的往事，吕太后满腔的怒气吓得无影无踪。樊哙呢，被秀布这么一场反问，也没了锐气，消了火气。

吕太后平声道："中郎将说得有理，对那等野蛮之人，没必要和他们计较。我让人修书一封，言辞委婉一些，再送点马匹丝绸过去，堵住他们的口，消了他们的邪火。"

使者张释应召而至，领吕太后旨意后，写了一封和善的书信，连带华车两辆，宝马八匹，交给冒顿使者，让他回匈奴复命。

冒顿自从派出使者之后，内心也不曾安宁。中原地带英雄辈出，人多势众，那封信如果惹恼了新皇帝和吕太后，一旦派兵过来，也不是闹着玩的。所以，他命令左右集结军队到边防待阵，随时准备和汉军血战一场。至于那个送信的使者，他也不打算能再见到了。

谁知过了一月有余，也不见汉兵大军压境。正纳闷间，忽见那个使者回来了，除了一封信外，还带来两辆彩车八匹马及一些丝绸瓷器。

冒顿喜出望外地打开信，只见上面所写极恭敬谦逊，颇具君子风度，宽宏大量之中显示了一种仁慈厚道。

"毕竟中原人知书识礼胸襟开阔，我那等粗言相加仍以礼相待，与我国实在不同。大国之间相交，还是要看重礼义的，我若是再待之无礼，那就太没风度了。"

　　冒顿看毕，这么想着，又问使者，汉朝廷待他如何，使者暗中已得了吕太后的许多东西，自然尽拣好的说。他绘声绘色地把汉人如何有礼，如何真诚，如何厚道，吕太后如何年长仁爱，有国母之仪等详细讲了一遍，听得冒顿越发喜上眉梢，于是又派使者去向吕太后致歉，请求再娶一位公主为妻，以加固两个大国的关系。

　　众臣子早被那使者的言辞打动了，又听单于这么说，无不称是，冒顿一高兴，令人备了些名马和金银充作聘礼，又派使者往汉朝去了。

　　多日后，吕太后又接待了冒顿使者。看冒顿回书极力致歉，更消了胸中愤怒，听说单于仍要和亲，满口答应，她笑对左右说："汉朝美女多的是，随便选一个充作公主，谁会知晓？只要天下安宁，别说一个女子，十个八个又算什么？"

　　随便挑个宗室中的姑娘，打扮光艳，厚赠些陪嫁，派使者护送着去匈奴了。这一切处理完毕，吕太后长长地松了一口气。

　　惠帝因朝中大事都是吕太后做主，越发消极清闲，一年到头，是待在后宫的时候居多。然而，女色再艳，也有疲惫厌烦的时候。有几个眉目清秀、机灵聪慧的小太监见惠帝无聊至极，就陪他打闹取乐儿，间或也赌酒、下棋、投壶、讲故事，一心讨他的欢心。

　　有一次，在闲聊中，小太监们就借讲故事的机会，提醒惠帝早些确立皇后，早早定下太子，以安民心。

　　虽然惠帝同太监们闲聊中这么说了要早早立皇后，但他毕竟年轻仁厚，身边又不少女人，所以迟迟未向吕太后提及此事，谁知，几个月后，也就是惠帝四年的秋天，一日，吕太后来到惠帝宫中，主动提出要为他立皇后。

　　实际上，难道吕太后不知道应早早为皇帝定下皇后？只是她另有打算罢了。"这一生，我只生了一儿一女，先帝别的子女，我都信不过。无论如何，这天子之位不能落到别人手中。现在，我的儿子做了天子，我要让这天子之位更加牢固才行，唯一的，皇帝的娶妻之事要亲上加亲才行。鲁元公主正好有个女儿，嫁给皇帝不正是亲上加亲！"

　　打定了这个主意后，她就要坚决办理。可是，鲁元公主只比皇帝大五六岁，她的女儿还小，才六岁。所以，自从惠帝继位以来，她就闭口不提为皇帝立后的事。四年过去了，惠帝已是二十一岁，外孙女只有十岁，但这女孩儿继承了她外祖父高祖的身材——比同龄的女孩儿高出了一头，看上去像是个大姑娘了。既然皇帝在背地里提及了这个事，就让他们完婚吧！

　　惠帝一听说，就表示反对，可是吕太后一呵斥，他又不敢争辩了。反正后宫女人多的是，皇后历来不都是做样子，摆给臣民看的嘛！再说，那个小姑娘虽不算是绝色佳人，倒也温柔娴静，有些小可怜样儿。算了，权当领着大孩子玩吧！

于是，就定在十月初八让两人成婚。

满朝文武听说立鲁元公主的女儿为皇后，不禁在背后说三道四。"舅舅娶外甥女，这不是乱伦吗。"

到了大喜的日子，惠帝听由吕太后摆布，与外甥女儿举行了婚礼，入了洞房。瞧着皇后那娇美的模样，惠帝倒也有几分新婚的欢喜。吕太后为了庆贺这番喜事，正月里让惠帝诏令天下，推荐民间那些孝顺父母、和睦兄长、尽力劳作的百姓，一一报到朝中来，免除他们的赋役以示奖励。三月初七，皇帝举行加冕礼，又大赦天下。原来对吕太后十分不满的大臣，也稍稍对吕太后有了几分敬意。

惠帝心下高兴，每日携着娇柔可爱的小皇后，相亲相爱，如一对小燕子一般在后宫中飞动。时而双栖双居，时而并肩漫步，时而喁喁细语，倒像一对真正恩爱的小夫妻了。

然而好景不长，惠帝很快陷入了一种前所未有的羞辱与恼怒之中。吕太后与审食其私通的事儿经大臣与太监暗中嘀咕，终于传进了他的耳中。

但是，这种事儿能向谁说？他又气又恼又羞愤，一连几天不见人，把自己反锁在书房里喝得烂醉如泥。一番痛苦思虑之后，惠帝暗中嘱咐廷尉："搜集审食其的犯罪行为，治他的罪。"

很快，审食其以收受贿赂罪，被廷尉逮捕。

吕太后未曾料到自己的儿子竟还有强悍的一面，没有任何防备，眼看着审食其入狱却无法援救。吕太后万般焦虑之中，忽然想起一个能救审食其的人来。

此人就是平原君朱建。

朱建是楚地人，原是英布的门客。英布反叛时，他坚决反对，认为英布是自寻绝路，所以英布带兵出征也没有相从，也没有出逃。高祖平定叛乱之后，听说了此事，就派人征召他来朝，除重赏之外，另赐号平原君。朱建从此成了贵族，把家小从楚地迁来长安居住。

论为人，朱建颇有些刚正之风，不慕名利，不倚权势。朝中权贵得知高祖敬他几分，都纷纷上门，要和他结交为友。朱建则安坐家中读书、下棋，不见任何人。当时，能进入他府中谈笑风生的，只有博学多才而又刚直的儒者陆贾。

审食其久仰朱建大名，一直想和他结交都未成功。只是，后来朱建的老母病逝，可朱建因平时桀骜不驯，不愿取不该取之财，家中十分贫寒。平时饭食尚能维持，如今要厚葬母亲以尽孝心却无能为力了。万般无奈之下，朱建只好身着孝服向亲友借贷。

审食其听说后，连忙更衣，带了仆人，携带百金前往朱府吊丧。致礼之后，什么也没说，把用白布包着的百金放在朱建面前就走了。

朱建正为无钱葬母焦虑，见审食其极其虔诚地前来吊唁，也不好推辞，就用了那百金，以解燃眉之急。第二天，冷落的朱府一下子热闹起来，门前车来车往，都是达官贵人前来吊丧。原来，众人知道审食其来了，也都跟着趋奉。既然来吊丧，自然不能空手，多多少少，也都不薄。朱建前后收了五百金，不仅把母亲的丧礼办得体体面面，还余下不少金银。他并不看重这些钱财，想到自己平日待人刻薄，众人竟在这时相帮，心中颇为感激，待把母亲安葬好后，按礼带着儿子们一一登门致谢，自然和众人交往了。尤其是对审食其，心中更有一份情意。

审食其从狱中暗中让家人去求朱建帮忙解救。此番救审食其，朱建经过详细探查，掌握了这样一个实情：惠帝除了爱好女色之外，还好男风。在他身边有一个叫闳孺的小臣，长得眉清目秀不说，还以巧言令色深得惠帝宠爱，常和惠帝干那见不得人的事儿。

"好，我就从他下手！"

朱建拿定了主意，以钱财收买了惠帝近臣，让他们都疏远闳孺，且不要理他。

过了几天，闳孺莫名其妙地发现周围的人都有意无意躲着他。这时，朱建却要求拜会他。这样一个盛名的人要见他，又在这样的时候，闳孺自然殷切接待。

寒暄过后，朱建装作亲近的样子道："辟阳侯审食其近日入狱，听说是足下治的他，是吗？"

闳孺吓得一下跳起来："哪有此事？我与他无冤无仇，为何进谗他哩？"

"我也这么想。况且，审食其是太后近臣，纵使审食其不怒，太后能放过你吗？但是，外人都这么说！足下纵是跳进黄河也洗不清啊！"

"这下如何是好？若是审食其死了，我还有活命吗？太后非杀了我不可。"

闳孺越想越怕，头上竟冒出汗来。

"众臣都知足下与皇帝亲近，皇帝是听了你的话才问罪于审食其的——这是众人皆知的事了。"

朱建加重了语气。

"请平原君为我出个主意吧！"

"最好的策略是足下劝说皇帝，请他放了辟阳侯。若是这般，太后不仅不会问罪于你，还会感激你哩！"

"好吧，只有这条路了。今日君的指点，我决不会忘，且在此谢了。"

闳孺这才缓过神来，谢道。

也不知闳孺用了何等方法劝阻了惠帝，过了三天，审食其竟然给放出来了。

自此之后，审食其对朱建更加另眼相看，不时前往朱府拜访。朱建却不冷不热，对他不即不离。因为，他也听说了一些审食其与吕太后之间的闲言碎语。

却说吕太后多日不见审食其，十分思念。得知审食其被惠帝赦免，颇为欢喜。刚过五日，就让身边心腹传令审食其进宫。谁知连派去两人，均未见审食其露面。

审食其心中已有几分胆怯，想着自己儿孙成群的，他们因自己而死就太不值得了。若是皇帝真的发了怒，也绝不会放过我的。所以，暗中交代家人，见了吕太后的人来，就声称自己病了。

吕太后连召两次不见他来，心中大怒，又是焦虑，又是渴望，让她寝食不安。盛怒之中，她召见一个最信任的太监，如此这般对他耳语了一番。太监唯唯诺诺地应着，悄然出宫去了。

不多大工夫，他出现在审食其的府第中。辟阳侯的夫人拦着太监，可太监晓以利害，她不得不让了路。太监单独会见了审食其，免不了要详细诉说吕太后的思念之情。审食其经不住他的软磨硬缠，只好硬着头皮，悄悄随他进了宫。

吕太后早已屏退了左右，盛宴以待。一见审食其，她的怒气全消，一腔思念都化作软语流淌出来。审食其本打算稍稍叙谈就告退回家，却被吕太后的美酒与软语浸泡得没了任何主张，任由吕太后调理。如此连续多日，吕太后也没放他回府。

审食其见太后一心要拴住他，索性横下心来，暗中差人送信与夫人，让她们好生过日子，平日不要等他回家了。能回去时，他就回去看看，让全家人千万别向外声张了，全家性命要紧。

吕太后让皇帝看不到、听不到自己与审食其的信息，就要让惠帝从这长乐宫搬到未央宫，惠帝不好违命，但他故意每三天就携着皇后去一次长乐宫朝见吕太后，且多不定时，有早有晚。

吕太后心中又犯了愁，皇帝皇后随时可能驾到，审食其一个大活人，如何能不让人知道。皇帝虽年轻，但也有自己的耳目，若是有人走漏了风声，这张老脸往哪儿放哩！忧虑之中，她一时也想不出什么办法来。

审食其眼见得惠帝来往频繁，心中越来越怕，多次恳请吕太后让他回府，以免招来大祸，可太后哪里肯放他？

此时，正值夏末，天气清凉。一些时新的果子已经成熟。太后每日令人采购各种水果送进宫来，在长乐宫的深院中与审食其享受，好不自在。

这天晚上，二人极尽一番缠绵之后，相拥而眠。

突然间，审食其大叫道："那是什么？那么亮！"

这声音中含着惊恐，把吕太后叫得一下子坐起来。她向外一看，外面有一处十分光亮。

"那是什么地方？"

"是未央宫，太后，可能是失火了。"

"怎么会呢？这半夜三更的。"她用力揉了一下眼睛。

"失火还分时候？快去问问吧。"审食其一边匆匆穿衣，一边催促道。他得快快躲开，防止报信的人来看到他。

吕太后也不敢怠慢，她三下两下穿好衣服，趿着鞋奔到外间，大声问："什么地方失火了？来人哪！"

声音刚落地，一个太监走过来，道："太后，是未央宫的鸿台失火。"

"快去救火，狗奴才！"太后一见他那不急不忙的样子，就大骂起来。

"太后勿急，已经有人在救了。奴才怕太后担心，一直未敢惊动太后。"

"奴才！糊涂！烧了多久了？"

"半个时辰了。"

"烧到了什么东西？"

"已派人去问了，一会儿就回来。"

"奇怪，今年入秋以来就阴雨连绵，这几天才刚放晴，怎么会着火呢？"

吕太后焦虑地望着闪光处，像是在自言自语。

火红的光渐渐暗下来，大概是把火扑灭了。

过了一会儿，惠帝派内监从未央宫来向吕太后奏明火灾情形。

二十多天后，未央宫的织造室又出现火灾，烧掉许多丝织品。吕太后怒火冲天，令人把看门人打了个半死。但是，时隔七天，藏冰室又燃起大火。这一次，她由怒而惊了。

据宫女说，藏冰室又潮又凉，是不会着火的，就是有意在那儿点火都费劲，别说自然着火了。

找来太卜，她说："你占卜看看，这到底是怎么回事？"

"太后，臣已占卜过了。"

"是什么原因？卦象上怎样？"

"太后，臣不敢说。"

"有什么不敢说的？尽管道来！"

"此乃阴阳失调所致。"

"什么意思？明讲！"

"自有天地以来，男人主阳，女子主阴。如今皇帝柔软，朝中大事多是太后做主。如此，天人关系不能和谐，阴阳之气不畅，所以入秋以来，虽多潮湿阴雨，却连连出现火灾了。"

吕太后不再说话，心头隐隐罩上了一层阴影。

秋去冬来，已是惠帝六年冬天。

许久以来，朝中文武大臣都在议论宫廷中连连出现的火灾。十之八九的人都以为是吕太后把持了朝政所致，却谁也无可奈何，众人只盼着皇帝快快硬朗起来，能直起腰来当家做主，振兴汉朝。

留侯张良自从高祖去世以后，和外界接触的机会更少了。

一日闲来无事，吕太后忽然想起了张良。当初，若不是张良为她出主意想办法，找来"商山四皓"辅佐太子，为太子护佑，也许今天她的儿子就到不了皇帝的宝座上。这几年，听说张良一直在家专心学习道家的修炼之术，不吃五谷杂粮，只靠练功夫度日，也不知怎么样了。

她找来一个年长的内宦，命他去探望张良。

内宦回来说，张良已经瘦得只剩下了一把骨头，面色苍白，好像多年未见阳光似的。全家人都在劝他别练什么道术了，可是他却怎么也听不进去，依旧我行我素。张夫人为此整日唉声叹气，唯恐他活不太久，弃她和儿女们而去。

"这样如何得了？"吕太后听罢皱紧了眉头说，"哪有成仙的？谁见过什么仙人？秦始皇一生费了多少工夫求仙？求到了吗？还不是早死？去，去请留侯进宫来！"

这时，她心中打定了主意，要强迫张良停止练功，要他进食。做了几年寡妇，她深知寡居女人的悲苦。俗话说："少年夫妻老来伴。"人到老了之时，就是要有一个伴儿。她理解张良夫人的忧愁。再说，张良一向忠于朝廷，万一皇帝有需要他的时候，也好请他出来啊！

张良听了内宦传达的吕太后旨意，半晌不说话。

实际上，他比谁都清楚他根本成不了什么仙人，也不会因练功增长寿命。他的练功，只是一种避世之法。

自古以来的功臣良将在天下太平之后，很少有好下场的。特别是他这样的人，没有赫赫战功，也不曾流汗流血。他奉献给朝廷的是计策和谋略，所有的帝王，最看重的是谋臣，最顾虑的也是谋臣。为了远离朝廷，他只有采用这种方法。

事实说明他选择对了。高祖进入长安后，杀功臣，平藩王，却从来没有疑心过他什么。一个个功臣及藩王人头落地，家族覆灭，都是因为没有他这样的见识和举动。不管世道如何变换，他是不会因为自己的举动让家族跟着遭殃的。

但是，在内心深处，他无时无刻不在为刘家王朝担心。他了解吕太后的为人，也明白高祖诸子还少不更事。近一年多来，各种天地异象不断发生，都是因为吕太后凌驾于皇帝之上的缘故。

如今，吕太后却派人请他入宫赴宴，想了许久，他还是决定前往。吕太后不会加害于他，可能只想表达一点对当初他力保太子的感谢吧。

果然不出所料，吕太后已备好了一桌美酒佳肴，正等着他呢！

"臣正在修炼道术，已许久不吃五谷了。"

吕太后请他入座时，张良推辞道。

看着张良，吕太后心头一阵悲酸，他的头发全白了，人瘦得干巴巴的，连说话都没有力气了。想起听内宦说，张良一天到晚在一间空房子里面壁打坐，一动也不动，又觉得有些可笑。但是，她看出张良人老了，那一辈人都老了，不知哪一天，他们就会悄然离世。

"留侯修炼道术是为了什么呀？"

她婉转地问。

"道家之术乃是顺其自然，修养身性之术。臣练它，只是为了延年益寿。"

张良轻声道。

"嘻嘻！"吕太后笑出了声，"恕我直言，你不仅没有修身养性，还坏了身性哩！瞧你瘦的！瞧你苍白的！听说你什么也不吃，是吗？"

"回太后，臣只吃少量的人参和汤水。"

"嘻嘻！那怎么行？人是铁，是靠饭撑起来的呀。我就不信人不吃饭不会饿得慌！像你这样，不仅不会增寿，只怕会越发减少寿命。再说，自古以来有几个人成了仙啦？都是一派胡言！庄子的文章中说，什么山上的人冰肌玉骨，吸风饮露，不食五谷，天冷不知冷，天热不知热，谁见过？都是在胡说八道！你是个聪明人，又这么大年纪了，还真的相信吗？"

这些话说到了张良的心上，他沉默不语，只静静听着。

"留侯呀！你我都是老人了，还有多少日子可活？这人生在世上，好比白驹过隙，倏忽即逝，你何必要受那份修炼之罪去求长寿呢？来！吃饭！我有话在先，今儿个你不吃也得吃，我可不愿意看着你就这么把自己折磨死了！"

吕太后为了让张良恢复正常人的生活，整整留他在宫中过了十天。每天，她都亲自陪宴，亲眼看着张良进食。

张良回府之后，吕太后还经常请他入宫宴会。每隔七八天，张良就得入宫一趟。

从此，张良又过起了正常人的生活。

但是，不久之后张良就病倒了。

太医受命去为张良看病。他说，张良已许久不进食，肠胃不如正常人了。一旦开始重新进食，且又是山珍海味，他的身体一下子接受不了，这才病倒了。

两个月后，张良竟溘然长逝。

吕太后伤感地说："是我害了张良。"

说来也怪，张良临死前留下了遗嘱，一定要家人把家中供奉的那块黄石同他一起下葬。外人迷惑不解，他的家人却十分理解。早年，那个指点张良的老人曾声称自己是块黄石。从那时候起，张良就把它牢记在心中。天下平定之后，张良曾随高祖到了谷城，竟在老人说过的地方找到了那块黄石。历尽艰辛，张良把黄石运到府中，在正厅房中供奉起来。每日香火不断不说，张良还早问候、晚问安，就当它是那个老人。有时张良心中有了解不开的结儿，也会静跪在石前默思静想，权作与黄石交心了。

病重之时，张良令家人为黄石制作了一整套衣服被子，充作寿衣。所以，家人为他准备了两副一模一样的棺材，把那块黄石装进另一棺材中，葬在了他的身旁。

那些天，有一个神奇的传说在长安城中流传——张良咽气之时，那块黄石上竟沁出了一层水珠儿，那是黄石流的泪。

太后为此特别赐张良谥号文成侯，让张良长子不疑袭留侯封号。张良的次子叫辟疆，只有十四岁，吕太后也授予侍中之职，令其入宫，一代谋臣，也算是得其应得了。

同是老年人，朝中老臣因张良离世，都有些兔死狐悲之感。吕太后深居宫中，也有些落落寡欢。谁知刚过几天，又有一个噩耗传来——相国曹参去世了。

"该由谁来承继相位呢？"

一面派人帮助曹府处理丧葬之事，吕太后一面同惠帝商讨起来。

"太后，先帝曾留下遗言，曹参百年后，可用王陵为相。"

"然先帝又说王陵稍显愚直，不能独任，须用陈平相助。又说陈平智识有余，厚道不足，最好兼用周勃。皇帝，这可如何安排呢？"

"太后，我也为此发愁，相位只有一个啊！若是让一个任太尉，那还少一个位子哩！"

一听此话，吕太后拍了一下手，眉头舒展开来："皇帝这话倒给我提了个醒儿，可以把相国之位分为两个。"

惠帝道："先帝不曾这么分过。"

"先帝在位才那么几年，哪里有过再变的时间哩！再说，先帝不是把丞相之称改作相国了吗，不必拘于老套了，保持朝廷的稳定要紧。我看就把相国之称再改回去，分为左、右二丞相，如何？"

"母后见教的是。"

"就让王陵为右丞相，陈平为左丞相，以周勃为太尉吧！王陵正直，陈平有谋，周勃忠诚，这三人最好不过。"

"好，就依母后之意，朕诏令全朝。"

正在说话间，自外匆匆奔入一个太监。

"太后，舞阳侯府上来人报丧。今儿早上，舞阳侯去世了。"

吕太后与惠帝一听，大惊失色，连忙派人前往樊哙府中吊唁。

待丧事办完，吕后把吕媭接进宫来，百般安慰。吕媭虽知这是命中的定数，却也十分伤感。姐妹两个在叹息时光如梭之时，更加关注儿女们了。

有一件事让吕太后越来越心急——张皇后与惠帝成亲两年多了，一直没有怀上孩子。十三岁的张皇后早熟，嫁给皇帝后不久就来了红，成为一个真正的女人了。惠帝待她不错，跟她过夜的日子很多，但是，张皇后的肚子却怎么也大不起来。其他妃子呢，却有好几个都生了男孩儿。

于是，吕太后就在后宫找了一个怀孕的姓陈的宫女，将她与众人分开单住，然后在宫中传出张皇后怀孕的消息。待得宫女生子，吕太后就派人就用鸩毒害死了宫女，把孩子抱过来说是张皇后生的。

孩子刚满月，吕太后就令皇帝立他为太子。

立太子的喜气洋溢在宫中，惠帝的身体却是越来越差了。

由于长期过量饮酒，惠帝脸色苍白，几乎没有血色。加上妃子过多，他常喊着腰酸背痛，两眼发昏。吕太后经常派太医给他看病，为他弄各种东西补身子。但是，他心中的痛苦却是吕太后所不知道的。有时候，也说不清是在报复吕太后，还是在作践自己，吕太后的人刚走，他就喝酒听曲，通宵达旦作乐不休。

除了吕太后涉政给他的压抑，还有一件事让他疑虑重重——现有的几个儿子没有一个长得像他的。他怀疑一点——这几个儿子都不是他的骨血。这里面，他心中倒是有点谱儿。

一是这几个生儿子的宫女都是突然间从两个舅舅府上过来的，而且不偏不倚，都是在进宫之后一个月内怀上孩子的。而那些原来在宫中的女人，却一个也没生孩子。

二是皇后跟他成亲后没有生孩子，现在的太子是吕太后弄来的，是陈宫女的儿子。而陈宫女也是不久前从吕家过来的。

三是他明白自己的身体，从十五六岁始，他的身体就已垮了。

所以，他模模糊糊地感到，吕太后在弄来吕家的孩子为他充面子。

可是，一个男人没有后代，不能生孩子，又是个皇帝，这是多大的悲哀啊！他常常在看到那些所谓的儿子时心里难受得像猫抓一般。

张良、曹参、樊哙三位老臣相继去世，让他心中悲凉。岁月不饶人，谁也跳不出那个结局。但是，兄长刘肥在不久前也去世了，这件事对他也是一个大大的刺激。

刘肥只比他大几岁，"生命无常，黄泉路上无老少啊！"瞒着吕太后，他独自设个牌位祭奠这个哥哥。让他心酸的是，刘肥这几年一天好日子没过过。自从吕太后用鸩酒毒他不成之后，他又是向鲁元公主献地，又是送珍宝，甚至还尊称公主为王太后。嗨，他本与鲁元公主是兄妹，只是因为吕太后霸道，为了保全自己的性命，才那样做的呀！

为此，他深深为先帝感伤。"若是先帝地下有知，他不会让母后这样做的。"

也为此，他在齐王刘肥死后，抢在吕太后之前下了诏令，立刘肥长子刘襄为齐王。

俗话说，伤身者莫过于伤心。内心忧郁而又无处诉说的惠帝身体一天天垮下来。到了即位的第七年，他基本上已不能上朝了。

每天黄昏，他都会痴想许久，看着落日，看着满天的红霞，就好像看到不久以后的自己。

正月里，满朝上下都沉浸在一种不祥的气氛里——正月初一那一天，天狗吃了太阳。

因为是正月初一，人们的脸上洋溢着一种欢乐——春天要来了，寒冷的冬天快过去了。男人们坐在中午的太阳下说着闲话，不时发出粗犷的笑声。女人们则三五成群坐在一起，低低地说左邻右舍的家常。孩子们在打闹，穿得多的竟然鼻子上冒出了细细的汗珠。

正午，突然，光亮亮的阳光消失了，天空一下子暗了下来，抬头一看，年龄大的人立即喊了起来："不好啦！天狗！有天狗！天狗要吃太阳了！"

余下的人循声望去，顿时大惊失色。可不是，太阳旁边有一个黑色的东西，样子真像一条狗。

男女老少拿着东西敲打着，叫嚷着，充满了恐惧。所有人的目光都注视着太阳。

天狗没有吞下太阳，只吞了一半就吐出来了。不一会儿，天狗向西退去，一步、两步、三步……渐行渐远，最后消失在西边的天际。

五月里，人们又一次看到了天狗。

二十九这一天，也是中午时分。只是这一次尤为让人惊恐——天狗根本没有理会人们拼命的叫喊和敲打，把太阳整个儿吞了。

老人们抖着声音说："要出乱子了！"

读书人忧郁地叹息："国家要出事了！"

不祥的气息笼罩了人们的心。

朝中文武大臣从五月过后，不断出入宫廷去看望病重的惠帝。他们心头十分沉重，一方面为皇帝的病发愁，另一方面更为朝廷的未来担忧。

不知为什么，今年的天冷得特别早。刚入初秋七月，凉风就习习而吹，让人感到了一种前所未有的凉意。刚过了七月十五，老天就连阴不止。

刚刚十四岁的张皇后守着病势一天重似一天的惠帝泪流不止。惠帝的身子瘦得像一把干柴，已没有什么力气了，连翻身都得靠太监。他的眼光显出了一片迷茫，看皇后的时候，仿佛根本不认识她似的。不知是因为没有力气，还是心情不好，惠帝自从病重之后很少说话。有时候，张皇后为了让他开心，故意把刚学会说话的太子抱过来，叫太子喊惠帝"爹爹""父皇"。但是，惠帝听了，并不显出快乐，伸出他那苍白的瘦手，抚抚太子的头，露出凄然的笑容，这笑容让张皇后更加辛酸难受。

有时候轻松了一点，惠帝会抓住皇后的手直叹气，微弱地说："我死了，你怎么办哪？别人都可改嫁，你是不能的，怎么办哪？你还这么小……"

"陛下不会死，陛下不会死的。"

忍住泪的张皇后只是这么说。

"傻孩子！"陛下笑了，"你还会骗我吗？"

这一句话，把张皇后忍住的泪引下来了。

"陛下啊！"她呜咽着。

"外面还在下雨吗？"惠帝连忙把话岔开了。

"还在下哩，陛下。"

"这是老天可怜我，在哭呢！"惠帝抚着张皇后的头，"你别哭了，太后疼你，鲁元公主也疼你，朕也疼你，别哭了。"

"她们再疼我，也不能陪我一辈子，我是陛下的人啊！"

张皇后的泪已流到了衣服上。

"别哭了，衣服都湿了，再哭我就不喜欢了。"

惠帝说这句话时，声音也哽咽了。

入了八月，雨还是没停，惠帝已是常常昏迷了。也许是神智混乱了，他一反常态，开始大叫大喊，说自己全身痛，到处都痛。他还经常会看到戚夫人，并与戚夫人说话。

有时候，他又会说起赵王如意来，咕咕噜噜说许多兄弟之间的亲近话。常常是说着说着就开始流泪，诉说那天他出门打猎时的粗心大意，竟没有带上赵王，若是带上赵王，哪会有那样的事！

左右侍从们知道，惠帝又看见赵王的鬼魂了。

就这么折腾了十来天，熬到了八月十二的晚上。

天刚黑，人们惊奇地发现，阴了一个多月的天突然晴了。放眼望去，天上繁星似锦，闪闪发光，铺在湛蓝湛蓝的天幕上，空气中弥漫的潮湿味儿仿佛给星光冲淡了许多。凉风吹来，带着浓浓的寒意。

今天一整天，惠帝的精神都比往日好，还吃了几小盏汤。

"我该走了。"惠帝淡淡地说。

"上哪儿去？陛下！"

"上赵王那儿去。"

"陛下——"

小太监惊慌地说。

"戚夫人说了，月亮出来的时候，她就带人来拿我。"众人一听，悚然直竖头发。

看窗外，月亮已经出来了。清冷的光辉洒遍大地，树枝上、房檐上、大地上，一片闪亮。雨珠儿未干，映照着月亮的光辉。

"陛下，天不早了，歇息吧！"

一个老太监对惠帝说。

"扶朕起来坐一会儿，朕要再看看月光。"惠帝抓住老太监的手。

老太监无奈，只好在他身后放些东西，让他坐着。

"把窗帘拉开吧！"

歪斜了好几下才坐稳的惠帝又令道。

老太监又拿了一床被子压在床上，才让人拉开窗帘。

月亮的清辉透过窗纱泻进来，把窗前一大片映得清澈澈的。

过了一会儿，众人把惠帝放下来。他说累了。躺下后不久，他就发出了均匀的呼吸声。侍奉的人经过多少天的煎熬，也是疲惫至极，见此情景，或靠或躺，或趴或坐，也都迷迷糊糊睡着了。

约莫三更时分，忽然响起了一个声音："我去了！"

众人一下惊醒过来，互相看看，又一齐向惠帝望去。这时，猛见惠帝床头的灯火跳了几下就熄灭了。

几个人一起跳起来扑到惠帝面前，却见惠帝已经停止了呼吸。

"陛下——"

歇在隔壁的张皇后及其他嫔妃闻声一齐涌过来，号啕大哭："陛下呀——"

恰在这时，几个太监和一群宫女簇拥着吕太后赶来了。那个老太监把吕太后请来，本想见皇帝最后一面，却不料迟来一步。

"皇帝，我的儿呀！"

一个苍老的哭声压倒了所有的声音，悲切极了。

看屋外，月光刚刚偏西，把所有的一切都照得光亮亮的，更显得格外凄凉。

第二天，所有的文武大臣都来到了未央宫。惠帝的寝宫成了哭声的海洋。

吕太后坐在惠帝的睡榻前，边哭边诉："我苦命的皇儿呀，你才二十四岁啊！你这么一走，叫我这老的老，少的少，怎么是好哇！都是为母的害了你，没提醒你平时注意身体。将来有一天，我怎么去见先帝啊……"

文武大臣一向都知皇帝与吕太后关系不和睦，娘儿俩常磕磕绊绊的，什么事都不大齐心。现在听吕太后哭诉，却并不十分悲切，不免有几个偷眼察看的。

这一看不要紧，心中不免一惊。"太后就这么一个儿子，又只活了二十四岁，在位只有七年的时间，为什么太后哭声里不见泪光哩？就是那年轻的张皇后，都哭得如泪人儿一般，难道做母亲的就这么绝情？"

须臾，有朝臣和礼官把惠帝放入棺中。众人又哭了一会儿，开始陆陆续续退出来。

出了未央宫，有一人闪至左丞相身边，悄声问："丞相，太后只有皇帝这么一个儿子，刚才看太后哭时，却是有声无泪，这是什么缘故啊？"

陈平想了想，道："你这一说，倒让我想起来了，是有这么个反常之态。这是为何呢？她是皇帝的亲娘啊！"

他看到，这个人原是侍中张辟疆，常在宫中侍奉吕太后，想必他已有猜测。

张辟疆说道："依我之见，皇帝驾崩，身边没有知事的儿子，太后内心忧患众臣会另有所谋。正在万分忧虑之中，哪有心思痛哭啊！"

"你有什么指教？"

陈平一听此话，知道他已有计策，忙问。

"丞相和几位要臣掌握着朝中大权，若是像这样被太后疑虑着，一定不会有好下场。太后的为人丞相是知道的。丞相不如乘机请求太后，让她拜吕台吕产为大将，统率南北二军，同时给诸位吕姓要人一一授官，让他们在朝中做事。这样，太后心安了，就不会嫁祸于丞相等人了。"

这吕台、吕产，乃是周吕侯吕泽之子，是吕太后的亲侄子。

陈平又沉思良久，向张辟疆谢道："多谢足下指教，我这就进宫去。"

张辟疆不愧是常随吕太后的人，他完全猜透了吕太后的心思，唯一的儿子死了，太子又太小，眼下可依靠的唯有娘家的侄子了。但是，侄子们人微言轻，自己又不好直接让他们做主当权。她心中所惧的，是各位权臣的威势。在这种情况下，大臣们若是乘机作乱，她是无能为力的。所以，她怎么有心思去为死去的儿子伤悲呢？活着的都不知会怎样了。

正在心烦意乱之际，陈平进来了。听完陈平的请求，她立刻就答应了，令吕台、吕产兄弟二人，分管南北禁军。南军呢，来护卫宫中，北军则去护卫京城，驻扎到城外。南北呼应，内外相合，她还怕什么呢？

　　这之后，大臣们进宫去再听到吕太后的哭声，就声声悲、声声泪了。

　　到了九月初五，人们把惠帝葬在了安陵。太子即位为皇帝。

　　但是，皇帝太小，是个小毛孩子。所以，所有朝中的号令实际上都出自太后之口，朝中大权实际掌握在吕太后手中了。

　　"该是让吕家人称王的时候了！"吕太后刚一当家做主，她第一件想办的事就是这样。现在，她没什么人最亲了，除了娘家人，说穿了，就是她的侄儿们。她有一种感觉——刘家人丁不旺，吕家人口兴旺，这就预示了老天要照应吕家。

　　可是，该如何开口呢？当初，高祖临终前曾杀白马血盟，非刘氏而王者天下可共诛之。如是她提出来，那就太赤裸裸了，必须征得一部分大臣的同意才行。

　　"不是陈平要我重用侄子们的吗？我可先问问他。不过右丞相王陵为人正直，心直口快，就先从他那儿打开一个口子看吧。他先同意了，陈平更好说了。"

　　吕太后想到这里，就请人把王陵召进宫来。没想到王陵一听，就强硬地拒绝了。

　　吕太后立即拉下脸来。王陵也不理她，径直告辞出来了。

　　吕太后只好又召陈平和太尉周勃进宫，把对王陵说的话又重复了一遍。

　　还没等陈平答话，周勃就抢先对吕太后说："太后，当初高祖定天下，分封了刘氏子弟为王。如今太后临朝管理国家，分封几位吕氏为王，是理所当然的。"

　　陈平也马上说："这没什么，太后。"

　　吕太后立即喜形于色，对王陵的一团怨气也全消了。

　　王陵等在宫外已经多时了，待周勃与陈平刚出宫，他就立马上前问个究竟。听了二人的话，他立即怒气冲冲地道："当初高祖与诸位血盟，你们不在场吗？如今高祖去了，太后一个女人家想以吕氏为王，你们这不是在曲意逢迎太后吗？如这般为了一个新主子去违背当日的盟约，看你们将来有什么脸去见高祖！"

　　陈平与周勃仿佛早已谋划好了似的，对王陵说："丞相，现在在朝廷上当面谏阻太后，我二人是比不上你，但是，将来安定国家，确保高祖子孙的刘氏天下，你恐怕还是比不上我二人哩！"

　　王陵拂袖而去。

　　吕太后心中对王陵开始耿耿于怀。

　　"此人脾气是又臭又硬，像他那死去的老母亲。他王陵的老母不就是被逼自杀的吗？我得想办法除掉他的左丞相之职！"于是，她在心中琢磨起除掉王陵的计策。

　　但是，王陵为相，是高祖临终前交代了的。若是这样平白无故拿掉他，一定会引起满朝文武的不满。

千思百虑之后，吕太后终于想到了一条妙计。

十一月里，吕太后下了一道诏令：拜王陵为少帝太傅，免去其丞相之职。

王陵心中恨恨地说："这不是明摆着报复我！什么少帝太傅，分明是要夺掉我的相权。少帝太傅，有职无权，管什么用！"

当下，他上奏一封，声称自己身体欠佳，请求辞官回家。

吕太后巴不得他这一声儿，很快准奏了。

右丞相的位置空出来了，吕太后想到的第一个人乃是憋闷了许久的审食其。现在，惠帝已死，少帝尚小，没有什么可顾虑的了。于是，她又下诏："拜原左丞相陈平为右丞相，拜审食其为左丞相。"

吕太后又另外说明，左丞相不参与朝政，只是管理宫中，如郎中令一般。

话是这么说，因朝廷诸事都是吕太后说了算，文武大臣又深知审食其深得吕太后宠信，所以，几乎所有的大事都是通过审食其来办理的，看到这种状况，吕太后暗中欢喜。审食其则每日侍奉在吕太后左右，好不得意。

一天，审食其忽然看到了御史大夫赵尧，心中道："这小子这么年轻就做了御史大夫，实在让人不服，论年纪，我比他大了一倍。想当初他是怎么得到这个位子的？还不是因为给高祖出了个保赵王如意的主意，让周昌去做赵相？看他那神气相！我得叫那小子滚下来！"

当天晚上，他就在吕太后旁边吹起了枕旁风。

过了几天，吕太后下了一诏："御史大夫赵尧不能恪尽职守，有诸多失误，因此予以罢免。由上党郡郡守任敖接任御史大夫之职。"

半路上杀出来个任敖，许多朝臣不知他是何人。

原来，这任敖乃是原沛县狱吏。早年，高祖初起事时，沛县县令恼怒之余曾把吕太后抓进狱中。在狱中，任敖出于与高祖的友情，多次护佑吕太后。吕太后把这恩情一直牢记心中，如今任敖做了上党郡郡守，吕太后依然觉得报恩不够，又将他提为御史大夫。

俗话说，滴水之恩当以涌泉相报，吕太后这一点也算是个知情知义的人了。

初春时节，春寒料峭，大地还没从寒冬中苏醒过来。吕后刚刚从惠帝驾崩的悲伤中缓了一口气，却又被一个梦困扰住了。原来，她梦见父亲说亲家公是太上皇，自己却只是一个临泗侯，被人笑话，所以要向她讨一个王位，还说高祖见了他都不理。

梦醒后，只见外面月影参差，凉风习习，好不凄寒。

其实，她心中也早已怀疑儿子的几个孩子不是儿子的骨血。那几个生儿的宫女，都是从两个兄长的府中过来后就怀孕的。可是，她不能确定儿子到底能不能让女人怀上孩子。

假若现在的几个孩子都不是刘家后代，而是吕家的呢？

一串清泪落下来——儿子在这个世上活了二十四年，难道就没留下任何血脉吗？那就太可悲了。

话又说回来，不管皇帝有没有后，刘家到现在没有可以撑天下的人，那是刘家人丁不旺，是刘家的不足。作为一个女人，帮助了儿子一辈理天下，又帮了孙子理天下，难道就不该得到些什么？为什么天下所有的好处都该是刘家的？高祖临死前弄了个什么白马之盟，就是在防着自己！"他不仁在先，我为什么不能不义在后哩？"

想到这里，她内心已打定了一个主意。

不久，全朝文武大臣听到了这样一个诏书：朝廷追尊太后之父，临泗侯吕公为宣王，追尊其兄周吕侯吕泽为悼武王。

"众怒不可犯，太后慢慢来，不要太急了。"审食其温和地劝道。

吕太后笑道："这个我知道，我想好了，三族罪太残酷，要刺面、削鼻、砍去手足四肢，鞭打至死，砍下头悬于高竿示众，还要切碎骨肉弃市，向来为人痛恨，我要下令除去它。还有那个妖言令，凡诽谤朝廷者要断足，也太狠心，一并废除。这样，必得许多人的心。"

审食其连连叫好："妙！太后想得太周全了！"

果然，大臣们为废除"三族罪"和"妖言令"拍手称快，把吕太后的封吕行为看淡了不少。

刚入夏季的四月，一个噩耗让吕太后陷入了另一种悲伤——鲁元公主去世了。

"莫不是我的命太硬了？"

吕太后在痛哭女儿之时，忽然产生了这个念头。

鲁元公主刚过三十岁，正是人生的壮年。身体原本是结实的，半年前突然得了一种怪病，一天到晚心口疼。吕太后心疼她，不知为她请了多少名医去看，总不见效果，最后竟至口吐鲜血而死。

疑惑之中，吕太后暗中找来了一个灵验的巫婆，让她看看这家中出现一个个变故的原因。巫婆盯着吕太后看了许久，道："太后，高祖早逝，皇帝夭折，公主早亡，这都是太后命中注定。太后是长脸，眉间宽阔，下巴方，此属命硬之人。命硬之人，往往亲人难以长寿，太后就不必太难过了。常言道，天命不可违。算得着的是命，算不着的也是命啊！"

吕太后听此一席话，长叹一声。

公主之子张偃，才十几岁，是个讨人喜欢的少年。吕太后下诏，封他为鲁王，赐公主谥号为鲁元太后。

吕家人频繁出入宫廷，不断向吕太后请安问好。不断丧失亲人的吕太后正需要人来看望安慰，看到娘家人这么关怀自己，越发动了封他们为王的念头。

此时，后宫中有五个孩子是名义上惠帝的儿子。吕太后想，若要封吕氏为王，最好先封刘家人，作为开头。这五个孩子，一个叫刘疆，一个叫刘不疑，一个叫刘山，一个叫刘朝，另一个叫刘武。都只有几岁，是几个从吕家过来的宫女所生。吕太后按大到小，依次封他们为淮阳王、恒山王、襄城侯、轵侯、壶关侯。

分封完毕，她把自己的想法对审食其说了。审食其道："太后，分封刘家人为王侯，全天下人都以为是常理之事，还不足为封吕氏之理由。太后若是再分封一个德高望重的异姓人为王侯，就顺理成章了。"

"好主意！但是，朝中谁人可以分封呢？现有的侯王，都是当年跟随高祖的有功之人啊！"

"如今有一个先朝旧臣，乃是郎中令冯无择。此人德高望重，忠心耿耿，朝野上下对他无不称道。另有几个老臣，也同冯无择一样可封侯。"

"你把他们的名单列出来吧！"

吕太后高兴，就依了审食其之意，分封几人为侯。

一切进行完毕，余下的就是分封如何进行了。

"这事儿，太后不好自己提出，最好由一个要臣先奏请太后。"

审食其为太后又出了个主意。

吕太后道："这个，我心中有底了。"

第二天，她悄悄召见朝廷的大谒者张释之，如此这般授意了一番。张释之本是个极听话的人，得了吕太后旨令怎敢怠慢？他立即拜见右丞相陈平，道："丞相，吕台兄弟二人一心守护京城和朝廷，功劳莫大，理应分封为王啊！他们足以与高祖的诸位将领相比了。"

陈平知道张释之的为人，明白他自己是绝不会想出这个主意的。"一定是太后授意的。假若如此，太后是不是想让我出面奏请？"

陈平心中犯了难，就把这事对府中的门客们说了。

左右道："丞相，常言道，多行不义必自毙。太后实在是太不明智了，可是在眼下，谁若是劝阻她，无异于自找麻烦。王陵不就是吃了这个亏吗？现在竟然闲居在家中。丞相不如顺着太后的旨意，由她去。善有善报，恶有恶报，不是不报，时候未到。"

"但是，我怎好违背众人意愿，违背自己当初的盟誓呢？"

"丞相，孔老夫子说过，凡事有可为，有可不为。不可为而为之，乃是不顺应时势也。丞相考虑一下，若是丞相不做，太后会就此罢休吗？"

"太后不会。她是那种不达目的决不罢休的人。"

"那就是了。与其牺牲自己得罪了太后，不如先去顺势做人。留得青山在，还怕没柴烧？只要丞相在位，总有报答高祖的机会啊！"

陈平沉思良久，勉强同意了众人的主张。

几天后，陈平奏请吕太后，说吕台护朝有功，应封为王，请求割齐国的济南郡为吕国，作为吕台的封邑。

吕太后坐在那，双眼笑成了一条缝儿，当即传下旨来，封吕台为王。

却说陈平为何不说割别处领土，偏说割齐国的呢？

这也是曲意迎合吕太后的缘故。

在现存的诸王之中，属齐王最为软弱，且封地最大。现齐王为老齐王刘肥之子。像他父亲一样，他一直在畏惧中过日子。吕太后自己的儿子早死，更是对其他宫嫔所出的高祖的后代怨恨。如今割了齐王的一个郡，看上去是损了齐王的利益，实则是保护齐王的一个举措。

吕太台得了封王之荣，却没有欢喜多少天，就突然得病去世了。吕太后只得诏令吕太台之子袭封。吕台之子名吕嘉，已是中年人，这时一步跃为吕家地位最高的人。

吕家其他的侄子见吕嘉得袭王位，心中甚是羡慕，虽在吕太后面前不说，但心中却都是痒痒的。

没有了亲生儿子，吕太后把侄儿们看得如同儿子一般，她索性把几个侄儿都分封了。吕释子吕种封为沛侯，吕平为扶柳侯。这吕平本不是吕释亲生，乃是吕太后姐姐的儿子。吕太后姐姐早逝，就过继给了吕释，所以也姓吕了。吕禄为胡陵侯，吕他为俞侯，吕更始为赘其侯，吕忿为吕城侯。

吕媭见众侄子都被封了王侯，就入宫去，在太后面前哭诉。

吕太后不忍心看着她那泪水涟涟的样子，就答应封她为临光侯。

吕媭马上破涕为笑了。

随着吕氏的显贵，刘家与吕家的矛盾也越来越明显，刘氏后代以为吕太后在篡夺刘家江山，所以几乎是怒目而视。吕氏诸王侯，更仗着吕太后撑腰，谁也不怕。吕太后看到这个阵势，心中开始忧虑起来："一旦我百年之后，吕、刘两家非打起来不可，到了那时，只怕诸位大臣要坐收渔人之利了。"

一次床笫欢乐之余，她幽幽地对审食其说出了这个苦恼。

审食其道："自古以来，凡是有隔阂的，家族也好，部族也好，国家也好，最好的计策莫过于联姻了。吕家女孩儿多，刘家男丁多，不是最好的条件吗？一旦成了亲家，就是一家人了，血肉相连，还怕他们不和好吗？"

"呀！我怎么没想到这个哩！"吕太后一下子坐起来，笑容满面，"好，让我想想，怎么把他们成双成对地配起来。"

当晚，他二人商量到半夜才睡。

第二天，宫中宿卫刘章与刘兴居二人被吕太后召见了。

此二人乃是一对兄弟，是已故齐王刘肥的次子与三子。自从刘肥去世后，长子袭了齐王位，这兄弟二人都被吕太后叫到宫中，名义是做宫中宿卫，实际是为了把他们兄弟分开，以防止有什么变故。这时，二人已是翩翩少年，到了该成亲的年龄了。

"你二人都是我的孙儿，年龄也不小了。你们的父王早逝，理应由我做主帮你们完婚。我想过了，胡陵侯吕禄有两个女儿，相貌清丽，贤淑温雅，是难得的好姑娘，就嫁与你二人为妻，好吧。"

刘章与刘兴居生性耿直，一向不满吕太后扶植吕氏，听此命令，各有不满。但太后毕竟是太后，岂敢违背她命？二人互看一眼，都不作声。

吕太后又说："我封章儿为米虚侯，兴居呢，为东牟侯，望你们好好干。"

刘章心中道："哼！这是收买人心哩！"但是口中却不能不与弟弟一同向太后致谢。

时隔不久，赵王刘友、梁王刘恢也都受吕太后之命娶了吕家女为王后。

吕太后很高兴，分送给他们许多礼物，以示庆贺。朝中一片欢喜景象，文武大臣们本来对分封吕氏十分不快，又见吕太后如此，都知太后用意，只得把怨气埋在心中了。

淮南王刘长冷眼看着这一切。

刘长对吕太后与审食其有着一种外人所不知的仇恨。

原来，刘长之母本是张敖的一个美人。有一次高祖路过张敖府中看上了她的美貌，张敖非常识相，就马上把她送给了高祖。她一心不乐意，但自知欠了张敖一份情，只好舍身相报。在心灵深处，她深深喜欢张敖，以为他是天地之间最宽厚的好人。

到了高祖宫中后过了半年多，就发生了张敖府中贯高一案。吕太后本来痛恨高祖其他的女人，这次有了充分的借口了。

"那个美人出身于张敖府中，一定也不是个好东西！杀了她。"

她恶狠狠地怂恿高祖。

高祖正在气头上，一心认定张敖与贯高有逆谋之罪，当即答应了。

但是，美人流着泪说："我已有了陛下的骨肉，孩子是无罪的，让我生了孩子再死。"

高祖一听她有了自己的骨肉，哪里还忍心杀她，就放了她，让人侍奉她，几个月后，她生下个男孩儿后就上吊自杀了。临死前，她悲切地对宫女说："赵王是无辜的，竟被陛下除了王位。我活着不能报答赵王之恩，又要受皇后的气，有什么意思呢！"

高祖没想到她那么刚烈，竟然为自己的旧主人舍生取义，深为动心，当即给初生的婴儿取名刘长，意思是期望他能健康活下去，长命百岁。因其丧母，就令吕太后做他母亲。

刘长稍大后被封为淮南王，知晓吕太后乃是逼死自己母亲的人后就一直暗记在心。而那个审食其，曾得了他母亲许多金子，答应了要放她逃走的，后来因畏惧吕太后，却不敢付诸行动。刘长自然把他看作仇人。

"总有一天，我要杀了那个老奸臣！"

他在心中暗暗发誓要除掉审食其，但为了保护自己，却极少出面，深居在淮南王宫中静观时局。

然而，另有一人却再也忍耐不住对吕太后的不满了。

少帝渐渐长大，已是个七八岁的小大人了。在张皇后的抚育下，他长得结结实实，十分机灵可爱。

张皇后十分温柔，因自己没曾生子，所以对少帝如同己出，倍加关怀呵护。因年龄只差十来岁，张皇后还带着少女的气息，时常像个大孩子似的带着少帝玩耍。二人与其说像母子，不如说像是姐弟。朝政由吕太后掌着，少帝除了每日学习诗文，就是由张皇后带着在后宫玩乐，十分开心。

有一天，两个宫女带着他在后宫花园里的水池边看鱼儿时，旁边慢慢走来了一个老太婆，两个宫女认得她是御膳房的，也都和她打招呼。老太婆借故给少帝拿好吃的，把少帝带到了一个偏僻处。

原来，这老太婆是少帝生母陈宫女的奶妈，她把陈宫女被害一事全告知了少帝。

第二天，少帝听到了一个消息，那个老太婆不明不白地死在了自己的卧室里。

一连多少天，少帝都显得闷闷不乐。以后，他时常一个人偷偷跑出去，找到些年纪大的宫女，悄悄询问自己的身世。经过耐心追问，有一些胆大的，就把实情对他说了。

从那之后，少帝便不再与张皇后亲近了，少帝哭着说："原来你不是我的生母！为什么母后要杀了我的生母来冒充我的母亲呢！等我长大了，一定要为生母报仇。"

张皇后紧抱着他的双手猛然松开了，她愣愣地看着少帝一会儿，也哭着跑开了。本来吕太后还劝她说少帝还是个孩子，哄哄就忘记了，可无论她怎么做，少帝都跟她再也亲近不起来了。他那圆圆的小眼睛里充满了敌意，跟宫女们在一起时，还时常提起长大要报仇的事。张皇后开始手足无措了。

吕太后把这一切都看在了眼中，最后吩咐一群人把少帝带到永巷去了。

张皇后哭着要追过去，被吕太后拉住了。

第二天一大早，满朝文武齐聚一堂。吕太后严厉地扫视众人一遍后，道："今天有一件事要跟诸位说——皇帝病了许久了。不知请了多少名医，怎么也治不好。到昨儿个，他已病重到精神失常的地步了。这样的皇帝无法继承皇位统治天下，应该另立皇帝！"

群臣相顾一会儿，都叩首道："皇太后的旨意，哪有不为天下百姓着想的！这一举措，对于安宗庙、保国家必定产生深远的影响，臣等奉诏！"

"恒山王忠厚仁义，将来定能成为一个好君主，诸爱卿以为如何？"

"臣等遵旨！"

看着群臣慢慢退去，吕太后舒了一口气。

恒山王刘不疑立即被召入宫中，吕太后将他改名为刘弘。

吕太后刚刚安定下来，却有长沙王派人送来一封紧急奏章。奏章中说，南越王赵佗有谋反之意，他在越地大量铸钱、制盐、造船、训练军队，已经忙了好几年了。

吕太后不敢轻视，立即召见群臣计议。

陈平道："越地关山当道，守易攻难。若是南越王有谋反之心，将成为朝廷大患。首当其冲的将是长沙王，太后千万不可轻视了。"

御史大夫道："南越王一向自高自大，当初高祖在时，是陆贾前往招抚的。如今已是十来年了，难道他忘了高祖的恩宠了吗？"

周勃怒目道："南越王太可恶，太后应该马上断了这个蛮夷之国的胡作非为之路。"

吕太后忙问："如何做呢？"

"南越虽各业迅速发展，却有一样东西不能制作，那就是铁制品。若是反叛朝廷，必少不了铁，武器哪能少了铁哪，朝廷只要切断南越通向内地的交通，断绝和他们的物品交流，尤其是铁的交流，他们就成不了大气候。"

众臣纷纷称赞此计。

吕太后道："小小的南越王也敢欺我大汉王朝皇帝年幼！真是太糊涂了！传令下去，切断南越与汉王朝的一切交流！"

二十多天后，南越王从臣下的奏报中知道了这一消息，他心中道："吕太后乃是一个女人家，且年纪那么大了，她是怎么统治那么大一个朝廷的？从朝廷至我南越，不啻几千里，若是没人挑唆举报什么，汉朝廷是不会知道我这儿什么事的。"

于是，他找来几个通晓汉地习俗的忠臣，令他们前往汉朝京都打探消息。

两个月后，他知道了一切，于是感叹道："长沙王不过是想借朝廷之力灭我南越国罢了！南越国一灭，他就可以拥有长沙与南越二地了。都说汉人贪婪，果然如此啊！"

左右劝他："大王，如今当朝的乃是太后，女人家一向有个习性，喜欢偏听偏信。大王别着急，那吕太后年事已高，没几年可活了。等她死了，大王再派人前往汉朝疏通，会转变一切的。"

赵佗苦笑道："太后年纪大了，本王难道还年轻吗？谁知要等到哪一年呢！"

一个大臣道："大王，臣前不久才从中原回来。听中原的百姓说，汉朝京城一带有许多桃树李树开花了，就是现在。"

"怎么，在中原果树深秋开花有什么征兆？"

赵佗自己老家在中原，这时显然是明知故问，是想让更多人知道点什么。

"大王，中原人以为这乃是阴阳颠倒、世道不济的表现，是大凶之兆。还有，上个月，就是八月十七那天，在汉京城一带，大白天里天上出现了星星，这也是凶兆啊！"

"是因为女流当朝理政，还是因为邪恶盛行？"

"大王，或许是兼而有之吧。"

赵佗点点头："那本王就翘首以待了。"

南越王大臣所说的奇异天象确有其事。吕太后常常把它们与自己联系起来，心中也颇有些忐忑不安。

但是，另一件事更让她焦虑不安。

吕王吕嘉——已故吕台之子，近来胡作非为，多次违法，到处放纵，已在王侯及百姓中激起民愤。王侯们上书不断，百姓则不断结伴上告到朝廷来，告他抢占民女，夺人田地，殴打百姓，欺侮其他朝臣。有点正义的众吕氏都曾劝说过他，连吕太后这个权力至上的人也劝说过他，均无济于事。

于是，吕太后欲废了吕嘉的王位，封吕嘉的叔父吕产为吕王。

吕产很快知道了吕太后的心思，自然颇为高兴。

本来，吕太后把他的兄长封为吕王，他就有些不快。同是吕太后的侄子，却只有兄长封了王，而没有他的份。但是，自古以来长子有着独特的优先权，谁也无可奈何，哪里只是他一个人心里不平衡呢？所有的不快，只有放在心中了。

没过多少天，那吕台命短，没福分享受王位，竟伸腿去了，把王位留给了儿子。他一面为兄长早逝伤心，一面又为侄子承袭了王位而怅然若失。相比之下，侄子为王，越发显得他地位的低下，心中的那份不快，由此更加重了。吕嘉胡作非为，他并未严厉地以长辈的身份加以阻止，而是冷眼旁观，由他去。

如今得知吕太后有意废吕嘉而立他，他心中就想着如何才能推波助澜，尽快促成这件事。可是，毕竟叔侄血脉相连，也不好太出格了。

吕太后这边，也有点犹豫不决，不知具体该怎么办。她一边征求大臣意见，一边想着切实可行的措施。

正在吕太后与吕产都有点犯难之际，一个颇有心计的人物出面了。

此人姓田，名子春，乃是齐国人氏，田子春有意帮吕太后解难。田子春并不是个一般的人物，他与刘家、吕家都有极其亲密的关系。

多年前，高祖分封王侯时，给自己的堂兄刘泽封了个营陵侯。刘泽从一介乡民一跃而为侯，哪里还会在沛县居住？他搬家携眷，就举家来到长安居住。一个侯王并不算突出，京城里有头有脸的人物太多了！但是，刘泽仗着自己是高祖堂兄，心中另有一分倚仗，所以平时居家或外出，也都是昂昂然，颇有几分气派。

田子春这时乃是一个平平常常的谋士。他心计独到，有勇有谋，很快由人介绍到了刘泽的府中。凭着那三寸不烂之舌和一腔智慧，他很快得到了刘泽的赏识。

当年，田子春拿了刘泽三百两黄金，承诺帮刘泽跑路子，给他讨个王位。

可田子春他一个小小的书生，又怎能一下子打通朝廷？于是，他带着金子打道回家了。他用这些金子买田产、房子，大做生意，一下子成了齐地引人注目的一个暴发户。

刘泽喜滋滋地在家中坐等着田子春的好消息，每天闲来无事，就想着将来成为王之后的情景，想到畅快处，就喝上几杯，哼几支小曲儿，对以前在沛县种地的贫穷样儿，心中仿佛做梦一般。

人的一生，谁能料到自己未来会怎么样呢！

谁知日子一天天地过去，却不见了田子春的信儿来，连他的人影儿也不见了。派人出去一打听，才知道田子春回齐地去了。

于是，他派出府中的人，千里迢迢赶往齐地去寻找田子春。

使者找到了田子春，毫不客气地责问了他一番。

田子春这才知道事情闹大了，刘泽还真的计较着呢。于是，他就让夫人守家，自己带着儿子火速来到京城。然后送了朝中大谒者张释之的朋友赵康许多金银，求他把自己的长子推荐到张释之的府上。赵康得了田子春的好处，自然卖力为他说好话。张释之一见田子春的长子，就被他堂堂相貌打动了，当即收在门下。

田家儿子深知父亲的用意，进了张释之府后，很快取得了张释之的欢心。他人高马大，有一身武艺，人又机敏，做事总能得张释之欢心。张释之把田家儿子看作亲生儿子一般，凡事都交与他去办。

不觉已是半年有余，田子春见时机渐渐成熟，就恭请张释之到自己府上去饮宴。因为喜欢田家儿子，张释之就答应了。

本来，他以为，一个无名齐人太平常了。但是，当他昂然缓步迈进田府时，眼前为之一亮。田府中的房屋楼台，皆高大雄伟，各色摆设，十分华丽，俨然是世代大家模样。正在吃惊处，田子春引着他来到宴席前。眼前的一切让他呆住了，别说一盘盘摆陈的皆是山珍海味，就是那杯盘箸匙，也是光彩夺目，或金或玉，皆是珍奇之物，足以和吕太后的宴席相比，适才的傲视之情，也随之淡化下来。

酒酣耳热之际，田子春命人奉上一对玉佩。这玉佩乃是蓝田玉琢成，晶莹通明，中间均映着一只凤凰模样。他在宫中见过的玉佩，还没有能超过这一对的。

"一点小小敬意，请大谒者笑纳！"

田子春似乎是随意的样子，仿佛这等精品他不知有多少似的。张释之就更对田子春另眼相看了。

"听说太后要废掉吕王吕嘉，有这等事？"

当张释之把一双玉佩收起时，田子春问道。

"有这等事。"

"我倒不太明白了。看过京城中，王侯府邸足有一百多家，大多都是高祖家人及功臣，太后只封了一个吕氏王，这也算是太后能把握住了。试想当初，高祖打天下时，吕氏也是出了力的了。"听声音，田子春像是不明白。

"嗨，太后何曾不想多封吕氏呢？她年纪这么大了，惠帝又早逝。高祖的其他儿子她都不大喜欢，能不想多封几个吕氏王吗？只恐朝中大臣不服，闹出什么事儿来，所以才只封了一个。可惜，就这一个吕氏王也不争气，把太后气得横眉竖眼，想要废掉他哩！"

张释之面露忧虑，也替吕太后着急。

"太后要废吕嘉，必会另立别人，足下深得太后宠信，一定知道那人是谁了。"

田子春屏退左右，悄声问道。

"太后心中有了人选，乃是吕产，只是太后心中尚有顾虑。朝中大臣已在议论，说吕氏人倚仗势力，不守法律，是败坏朝廷的威信。在这种情况下，若是再立一个吕氏人为王，只怕群臣意见更大哩，太后也难啊！"

"足下既然知道太后心意，何不奏请太后立吕产为王？在下有一计，可使吕产既得为王，又不致引起群臣非议。"

田子春这时才切入了自己的正题。

张释之早就在做促使吕产为王的准备了。在此之前，吕产已暗中召了他去，求他从中促成美事，并允诺说，只要事成，赠他黄金千两。

"有何妙计，足下快说！"他急不可待地问。

"如今营陵侯刘泽，乃是高祖堂兄，在所有刘姓人中，也算是长辈了。许久以来，他心中就有一个愿望，就是被朝廷分封为王。若是足下能让太后给他十来个县，封他为王，这时再立吕产为王，朝中大臣及刘姓王侯还有什么话说？对于足下，吕产与刘泽都将感激不尽了。"

张释之不禁喜上眉梢，道："这是个好主意，只是太后不喜欢刘氏为王哩。"

"这就看足下的劝说功夫了。太后一心要封立吕产，会动心的。"

田子春在一旁道。

这一天，张释之在田府中一直喝到日影西斜，才坐车回去。

几天后，张释之如此这般把封吕产与封刘泽双头并行的话儿奏明吕太后之后，又说："太后，那刘泽也不是一般刘家人，他的夫人不是太后女弟——临光侯之女吗？临光侯一向宠爱其女，唯恐她受了什么委屈。今日太后让她的女婿为王，临光侯也不知会多么感激太后哩！近日，临光侯愈发显得衰老，恐怕太后像这样给她大欢喜的机会也不多了。"

这几句话倒使吕太后深有感触。自己平时对侄儿们多有照应，对外甥及外甥女却照应极少，吕媭常在她跟前话中有话，旁敲侧击，让她心中不安。张释之的这个建议，不是一举多得了！

她心中有数了。一日早朝，她宣布同时封刘泽与吕产为王。吕产为新的吕王，吕嘉则被废除王位。刘泽呢，则为琅琊王，拥有琅琊一带十一二个县的封地。

和诸位王相比，十几个县实在是个小封邑。但是，毕竟身价骤升。刘泽得知这一切都是田子春所为，心中又是感激又是惭愧，暗中埋怨自己太急功近利，把人家田子春看错了。原来田子春是在等待机会呢！

从朝中谢恩归来，刘泽就盛备酒宴，着人去请田子春。但是，人还未出门，田子春却自个儿到了。

"足下大德，我没齿不忘。今日备了薄酒，快，请上座！"刘泽连连拱手，仿佛恩人到来。

田子春却连连摇手，急切地说："大王，以后再喝这庆贺酒吧。快！让人打点行装，即刻上路赴国，越快越好！我随大王同行。"

刘泽十分吃惊："这是为什么？朝中京中有诸多我的好友，都说要来道贺呢！"

"大王且听我言，赶紧准备，其中道理以后自明。我也回府草草打点一下，明天一早就走。"

刘泽明白田子春一定自有道理，当下命人撤了宴席，令家人快快收拾，把一些细软之物带着，余下暂先放着。找两个可靠的家人，叮嘱他们仔细看管府第。妻子儿女及仆人忙得不亦乐乎，谁也不觉得累。夫人樊氏，正在喜气头上，巴不得一步迈到琅琊为王后，指挥着众妇人收拾打点。辉煌的灯光中，只见人影绰绰，直忙了一夜。常言道，人逢喜事精神爽，上上下下都沉浸在喜悦之中，谁也没对这么匆忙上路有过怀疑。

匆忙中，樊氏突然想起要向母亲道别。刘泽道："老夫人那里我已替夫人说过了。再说，过一两个月，我们还要回京朝见，还是先上路吧！"其实，这只是假话，他已隐隐觉得，田子春这么决定事关重大。

第二天天色未明，田子春已带着九辆马车来到刘泽府第门口，除了他自己的行李车外，还有五辆车是为刘泽准备的。

众人一齐动手，将刘泽的物品搬上车，又将主仆分别安排在车上，就向城外出发了。

正是早春二月，冷气袭人。地上已是一片洁白的霜花。马蹄声伴着隆隆的车轮声，打破了清晨黎明的宁静。

一出京城大门，田子春令所有车夫："快！打马快行，到五十里外再缓走。"

刘泽见田子春一脸着急，也不发问，也催车夫快走。约莫过了两个时辰，车子已到了五十里之外。这时，为首的田子春的车子才开始慢下来，众人也随之喘口气儿了。

刘泽已是迫不及待，他令车队停下来，把田子春叫到一边，问："先生，这都是为了什么？"

"大王对太后是十分知底儿的，我预感到太后今天会后悔封你为王，说不定还会废了你，所以要赶在她下令之前上路就国，让她后悔不及。"

"会有这等事？"

刘泽也急起来。

"快走吧，等着看，会传来消息的。"

刘泽忙令众人上车，朝着琅琊火速奔去了。

不久，从京城传来了一个极机密的消息——吕太后那天早上就后悔了，派人到了刘泽府中，谁知刘泽已上了路，又派人追到函谷关，未见车队踪影，只得回去了。

刘泽听后，出了一身冷汗，他对田子春说："好险啊！多亏足下深谋远虑，有先见之明，否则，我只好为侯了。"

从此之后，对田子春是言听计从，格外礼遇——这都是后话了。

没有追到刘泽，吕太后正憋了一肚子火没处发时，又碰到一个侄孙女儿来到宫中哭诉，气得她立了双眉，咒骂道："该死的刘家人，还不知我的厉害哩！"

这个侄孙女儿乃是赵王刘友之后。一个王后，大老远从赵地奔来宫中，是向吕太后诉苦来了。她说，自从吕太后封了吕氏为王侯后，赵王就怨愤不已，平日里常常牢骚不断，对左右道："吕氏怎能为王？这是明摆着违背高祖的白马之盟。待太后百年后，我一定要将那吕氏王侯斩除干净，一个不留。"

这还了得，吕太后立即派使者前往赵地，召刘友进京。

吕太后哪里知道，这一切纯属子虚乌有，吕王后是在血口喷人以泄私愤。

原来，刘友当初娶此女为王后，完全是吕太后强迫的。本就是没有情分的夫妻，再加上那女子生性逞强，倚仗着吕太后撑腰，凡事都要凌驾于赵王之上。说话硬邦邦的，做事也以自己为中心，根本不把赵王放在眼中。赵王郁郁不乐时，身边有几个温柔的妃子免不了暗中抚慰他。赵王精神无以寄托，就疏远吕王后，对另几个姬妾宠爱有加。

像所有争强好胜的厉害女人一样，吕王后又气又妒，常常找那几个姬妾的麻烦。刘友不予理睬，还更加和那几个女人亲热。吕王后最后妒火中烧，决意要置赵王于死地。所以，她竟然带着自己的心腹跑进京城找吕太后来了。

接到吕太后诏令，刘友不敢不从，他带着左右匆匆来到长安。

吕太后早已盛气以待。她不见刘友，让人把刘友封锁在他在京城的府第中，下令道："凡有敢给赵王送饮食的，一律定罪！"

可怜刘友最后被活活饿死在自己京城的府第中。

吕太后仍觉得不能平息心中愤恨，只让人以百姓之礼草草将刘友埋了。

如此一来，赵地又成了无主之地，让谁去做赵王呢？

不知为什么，吕太后对赵地有一种说不清的厌恶感，或许因为如意曾在那儿为王过吧。她想了三天，把目光投向了梁王刘恢，便下了一道诏书，让刘恢迁往赵地为王，而梁地，则由吕产接管，吕产由吕王而为梁王了。

刘恢为梁王，本是高祖在世所封，如今他已长大成人，却被吕太后改封赵地，不免心中郁郁不乐。论地理位置，赵地更加偏僻，更重要的是，它不是先帝所封的。

来到赵地没几天，吕太后又生出一招儿：要刘恢娶吕产之女为王后。刘恢虽从了命，却是十二分的不快。

原来，刘恢已有一个最心爱的妃子。此女姓董，是蓝田人，山里的姑娘，出落得亭亭玉立，性情温柔如水，深得刘恢喜爱。至此，董妃已跟随刘恢三年，二人恩爱异常，已生了一个公主了。

吕产的女儿相貌虽然一般，性情却是既凶又狠，仗着自己是吕太后封的王后，逞凶霸道，不准刘恢亲近别的女人。

刘恢忍不住对董妃的思念，就常偷偷去董妃处。吕王后很快发觉了这一切，就暗中指使人把董妃和小公主毒死了。

刘恢悲痛欲绝，抚尸大恸。一连多少天，他守着娘儿俩的尸体不肯离开。

一个月明星稀之夜，刘恢把自己关在一间小屋里。回想刘如意，他满心悲凉。要他对那个母夜叉似的王后好，那是不可能的，其结果会是怎样呢？

孤灯下，他的眼前出现了如意被鸩毒毒死的惨样，出现了刘友被饿死的惨样，于是就找了一根白绫，悬在大梁上自尽了。

吕王后又是害怕，又是惊讶。她连忙派出臣子进京，说赵王为了爱妃董姬病死，心痛过度而自杀了。

吕太后不听则已，一听立即暴怒道："不成器的东西，原来这等没出息。为了一个女人竟自杀了，真是愧为皇室后代！他不是一心想死吗？好，就让他绝了在世上的一切功名！"

说毕，叫一个心腹，耳语一番后，让那心腹走了。

她是让那个太监告知赵臣，不准再为刘恢请求立嗣。

借口赵地不可无主，吕太后封了吕禄为赵王。

时隔一月有余，又有一个吕氏人取代刘氏人为王，他就是吕台之子吕通。

燕地之王本是刘建，是高祖皇帝的亲生儿子。当原燕王卢绾谋反逃向匈奴后，燕地成了无主之邦。长沙王为了讨高祖皇帝欢喜，就和朝臣们联名上了一道奏章，请求立刘建为燕王。刘建虽然为高祖皇帝偏房所生，但聪明伶俐，身体结实，颇似高祖皇帝。此时，高祖皇帝又在病中，当然顺势就封了刘建，让刘建之母陪同他前往燕地。临行前，高祖皇帝拉着刘建的小手，叮嘱道："好好习兵练武，磨炼出一副好身板。燕地偏远，又与匈奴接近，将来要好好为朝廷守边啊！"

娘儿俩含泪辞别高祖皇帝踏上了北征之途。

到了燕地之后的第二年，刘建之母就染病不起，一天夜里，病情突然加重，喘不过气来就死了，十岁的刘建从此成了孤儿。

时光飞逝，刘建长成了二十来岁的健壮小伙儿。他喜武厌文，练就了一副好身板。他精于骑术和箭法，对于追逐之物，总是百发百中。

然而，飞来之祸总是难以预料。一天，他带领群臣在射猎一只狐狸时，被狐狸抓伤了手臂。由于伤口很小，他也未放在心上。谁知百天之后伤口复发，最后使他全身发抖，得了狂症。有人说，这是疯狐症，那只咬他的狐狸是疯的，把毒液传进他体中，他就成了疯狐了。

到最后，燕王整整号叫了三天后咽了气。

吕太后听到这个惨剧后，也掉了几滴眼泪，但是，心中却有一种说不清的欢喜。

有燕臣来请求立刘建之子为新的燕王，可十几天后，吕太后又接到了另一个燕臣的奏报："燕王之子被人杀了。"

吕太后又落了几滴眼泪，沉重地道："我正要让那孩子继承王位呢，不想他竟这样命短！可怜的孩子呀……"

那个燕臣心中却道："哼！假慈悲。那个凶手就是你派去的。我等都明白，你就是不想让其他各房之子多建宗族支属。"

吕通顺理成章被封为新的燕王。

朝中大臣至此已是伤心之至，暗中叹息道："高祖皇帝八男，到如今只剩二人了，一为代王刘恒，一为淮南王刘长。吕太后真是心狠手辣啊！苍天在上，这个女人会遭报应的。"

不知不觉之中，吕太后临政已有七年了。又是一年秋风起，时光又入了八月里。三十日这一天，又出现天狗吃太阳了。大白天，天空一片昏暗，足足有半个时辰之久，从来没人见过这么久的天狗吃太阳，其时人们一片惊恐。

吕太后也被惊动了，她的脸上现出十分厌恶的表情，对左右道："老天是对着我而来的。"

言毕，悄然走回宫中。

与此同时，有一个年轻人也说了一句同样的话："老天是针对太后而来的。"

此人乃是刘肥次子——朱虚侯刘章。他年方二十，身强力壮，早对刘氏备受吕太后打压十分不满了。他的弟弟刘兴居，和他同在宫中做侍卫，因娶的都是吕氏女，太后对他们不像对别的刘氏后代那么苛刻。

这是初冬的一天，吕太后大宴王公大臣。大厅里，足足坐了一百多人。此刻，外面寒风呼啸，雪花飘飘。室内，周围遍置火盆，一片暖融融之象。刘章曾听父亲刘肥说起过高祖皇帝初定天下时大宴文武大臣的情景，那是多么豪壮热烈啊。一位打天下的君主，带着一帮打天下的臣子及亲眷，真是意气昂扬。而今，放眼望去，在座的有一半是吕家人。吕家王侯是洋洋自得，各位大臣却是垂头丧气，真是令人气不打一处来。但是，他尽量让自己显得平静一些。

忽然，吕太后点他名字，命他监酒。

刘章顷刻间心生一计，答道："太后，臣乃是将官，太后既然命臣为酒监，臣请求按军法行酒。"

"行哇！"吕太后笑嘻嘻地道。在她看来，刘章这个气宇轩昂的吕家女婿，也是个听话的孩子，现在是喝酒取乐的时候，只要能让众人高兴，怎么都行。

众人入席，依次而坐。不一会儿，已行过几巡酒了。每个人都有了几分酒意，脸上泛着酒后的红光。吕太后以下，每人吟几句诗，以助酒兴。

又是几巡过后，一些人已有了醉态，眼光蒙眬，身歪体斜。轮到了一个吕姓的年轻人，他见酒快行至自己跟前，趁人不注意，悄悄立起身绕到了一根殿柱后面就逃。刘章已注意他多时了，三步并作两步追过去，拔剑喝道："你想擅自逃席吗？"

那人回过头来，恳求道："我实在不胜酒力了。"

"我已请求过太后，依军法行酒，众人都听到了。你擅自逃席，就是在违背军法，休怪我无情了。"一使劲，手起剑落，他已将那人头割了下来。一手持剑，一手拎起人头，他回到吕太后跟前："报太后，刚才有人逃席，臣已依军法将他斩首了！"

众人大惊失色，连吕太后也白了脸。看着刘章，却见他泰然自若。吕太后想到刚才是应允了他使用军法的，只得忍着怒气。余下之人哪里还有心思喝酒？一个个忐忑不安，眼瞧着刘章的宝剑直发慌。没多久，吕太后只得令众人退席了。

各自回至府中，不禁感慨万千。

忠于刘氏的大臣道：

"想不到先帝的儿孙中，还有这么一个刚勇人物！"

"重振刘氏，指日可待啊！那朱虚侯到时候一定是个强有力的人物！"

"嗨，很久没这么痛快了！"

"也算是替我们出了一口闷气！"

吕氏王侯们则窃窃私语：

"对刘家人不能小看了！有人小心翼翼，只求保命，可是也有敢打敢拼之人。"

"那刘章有点像当年的高祖皇帝，不通文韬，却勇猛有余！"

吕禄仍是此时吕氏人中一个长者，对刘章此举大为不满。可是，刘章又是自己的女婿，一向和女儿相敬如宾，怎好对他痛下杀手呢？

丞相陈平回到府中后，悄悄把酒席上所发生的事对夫人说了，言词间有一种抑制不住的喜悦。这几年来，陈平迫于形势，只能一天到晚喝酒听曲伴女人，打发时光，而他的内心，却一直痛苦不安。但是，只有这样才能躲过吕太后的毒手。

却说吕媭自从樊哙去世之后，越发清闲无聊，每日随意出入宫廷，在吕太后面前亲近得不得了。年纪这么大了，她还是忘不了当时高祖皇帝让陈平去拘杀樊哙之事，一心要找陈平的错儿。

吕太后并不理会她。对吕媭的个性，她这个做姐姐的太了解了。心中对哪个人有了怨气，就一定要说出来，否则，就耿耿于怀，心中总不能平。其实，作为太后，她巴不得陈平什么都不管，把朝中大权都集于她一个人手中。

陈平并不为吕嬃谗言自己而着急，但是，眼见得吕氏封王者日益增多，朝中大权旁落吕氏之手，内心焦虑万分，无数次他问自己："这种情形还要有多久呢？还要有多久呢？"

正在日夜不宁之时，有一天他从朝中回家，夫人迎上来道："中大夫陆贾今日来了，他说过几天还要来哩。"

高祖在时，陆贾很为高祖所赏识。他为朝廷制定礼仪礼法，总结秦王朝灭亡的经验教训，为朝廷提供借鉴。高祖不通文墨，每写一篇，就要陆贾讲给他听。并且每写一篇，没有不得到高祖称善的。最后，高祖命他把所有文章都集录起来，辑成了一本书，取名《新语》。此书一共两卷，闲来无事，高祖就让人读给他听。

惠帝在位时，吕太后就开始掌握朝政了。陆贾心中虽有意维护刘家王朝，却自思自己说了没用，就借口有病家居了。没了官职，就没了俸薪，他又是个书生出身，家里没有家底子，就靠在雍州好峙县的一点田地维持生活。过了几年，他的五个儿子都长大成人，他的老妻也得病死了。经过一番思虑，他把家中仅有的值钱物——当初他出使南越时南越王送他的几件珍宝，变卖了一些钱，把它们分给了五个儿子。

从此之后，他就在雍州住一阵子，再到京城。在京城住住，又回好峙。整天带着一班歌舞吹拉弹唱之人，好不自在。一些朝臣都明白他这不过是明哲保身保家之法而已，所以，对他颇怀几分敬意。凡是陆贾到了自己家中，都是热情相待，欢乐一阵子。

时间久了，连京城中豪门贵族的看门人都熟悉了这个潇洒自在的快乐老人，无论何时，只要他来了，都不阻挡他，由他直入府第。

陈平听了夫人的话后，就连续多日在家不出。他知道，陆贾找他一定有话要说。

到了第五天，陆贾果真又来了。

主客坐定，陈平一副深思模样，交谈中目光并不常对陆贾。

陆贾问道："丞相在想什么，这么全神贯注？"

陈平道："先生猜猜我在想什么呢？"

"这不是明摆着吗？你身居相位，富贵无比，没有什么再满足不了的了。但是，你心中有事，太沉重，所想的一定是诸吕与少帝的事。"

"你猜对了，"陈平点点头，"先生看这事怎么办呢？"

陆贾说："常言说得好：天下安，注意相；天下危，注意将。将与相关系和谐，朝中大夫就会团结如一，天下即使有重大变故，将相合作也不至于大权旁落。安定国家的根本大计，就在于你们二位文武大臣掌握之中。我曾想对太尉绛侯说明这一利害关系，而绛侯平时与我太随意，常开玩笑，不会重视我的话。丞相为何不主动与太尉交往，深厚结交呢？"

"说得太妙了！"

陈平猛地拍了一下大腿。他向前移了移身体，问："足下以为我具体该怎么做？"

陆贾一五一十详细道明了自己的谋划，怎么平定诸吕，怎么稳定朝廷，如此等等。从早上一直说到黄昏，中间吃饭也没停下来。

过了二十来天，周勃府中一片热闹景象。只见仆从出出进进，一担担的鸡鸭鱼肉担进来，一筐筐白米、鸡蛋抬进来。朝臣也是车来车往不断，这是周勃在庆贺七十大寿。

将近中午，只听得看门人一声吆喝："丞相大人到——"

周勃注目一看，陈平缓缓走了进来："恭贺太尉七十寿辰！"

陈平谦恭行礼，十分真诚。

周勃一面迎上前去，一面想："陈平比我年轻，素来与我交往甚少，今日竟也来了！"

陈平呈上礼单，周勃扫了一眼就吓了一跳，他只见礼单上写着："贺礼：黄金五百两，乐队一班。"

来的就是客。周勃大喜，当下请陈平上座，举办了丰盛的宴会。席间二人频频举杯，谈得颇为投机。

三天后，周勃作为答谢，亲自来到陈平府上，也送了黄金五百两。

其实，周勃作为年长之人，并不在意陈平送了多少礼，而是看重陈平对一个年长者的情意。所以三天后，他回赠了同样的礼品。这一来一往之中，拉近了二人的距离。言谈之中，对诸吕的憎恶使二人一拍即合。从此，二人心心相通，什么事儿都统一行动。这么一来，使得诸吕收敛了不少。

陈平赠与陆贾一百个奴婢，五十辆车马，以及五百万钱。这算是对陆贾忠心于高祖的一份报答了。人们对陆贾也更看重了。

吕太后虽然年事已高，头脑却极为清醒。侄子们早已把陈平与周勃的结交告知了她，她不由得倒吸了一口冷气："好厉害的两个人物，我竟被他们蒙蔽了。看来，这些朝臣是不可小看的。他们对高祖真是忠诚可嘉啊！"

吕通对她说："太后，那个陆贾也是个人物哩。他出入侯王之门，到处结交，就是要人背吕助刘，朝臣如今都偏向刘氏一边，就是因为这个原因。"

"胡说什么？什么刘、吕？刘家与吕家本是一家。我从来都是刘家的人，怎会将二家分开哩？以后千万不能这么说了！"

吕太后怒斥吕通一番，吓得吕通唯唯诺诺。她从来就不喜欢听刘家吕家是两邦的话，她以为自己所作所为没有什么不当的。

正在为朝中大臣联手抗吕而忧虑之时，吕太后突然得到长沙王的急奏："南越王赵佗宣布独立，自称南越武帝。十天前，他发兵攻我长沙边邑，抢掳数县之后而去。臣请朝廷发兵助臣。"

"好一个赵佗，真是个不知高低的混账！"

吕太后阅毕大怒，立即召见群臣，通报这一情形。臣子们已是多年未战了，今听此消息，一个个摩拳擦掌，都想在南越战场上一显身手。吕太后最后派隆虑侯周灶带兵进攻南越，以报南越反叛朝廷之仇。

周灶被朝廷选为出征大将，自然意气昂扬，他暗中道："养兵千日，用兵一时。这几年来天下平安无事。我们这些武将失去了展示身手的机会，都憋闷着，没有威风了。今我南行，定要马到成功，将那南越王打个焦头烂额，让武将们再次扬眉吐气！"

吕太后派出大军后，一心只等着好消息。谁知两个月后，却有一骑从南方飞驰而来向她奏道："朝廷大军滞留于阳山岭前，士卒十之五六都染上了瘟疫。"

"扑通"一声，吕太后跌坐下来，怎么会出现这种情形？军队不战而败，这莫非是天意吗？

原来，这支几万人组成的大军，士卒多是关中人。到了南方，潮湿的土地，闷热的空气，到处是水的环境，让许多人水土不服。有一部分人开始拉稀屎、呕吐，渐渐发展为发烧、昏迷。这病又逐渐传染给了其他人，最后，大多数人都得了这种病症，挣扎着到了阳山岭，就再也走不动了。病人一多，没人照应，越来越重的就送了小命。客居他乡又在病中，思乡之情思亲之情油然而生。心病与身病交织，军队就被拖垮了。

选了一些太医，带了些金银，吕太后令他们速往阳山岭救人。

每年的三月初九，朝廷都要举行被除不祥的祭礼，今年照常举行。

吕太后带着少帝及一帮文武大臣来到渭水边参加仪式。三月里的春光已灼灼暖人，树儿绿了枝头，草儿冒出了地，鸟儿在草丛、树丛中时降时飞，也有少量的花儿散发出清香。平时不出宫的吕太后也觉得是心旷神怡。

祭礼完毕，众人随在吕太后之后向回走。坐在轿子上，吕太后觉得有点疲惫了，就微闭双目养神。经过轵道时，突然从路边窜出一个东西，状如一条灰狗，直扑她的腋下，把她抓了一下。可卫兵们却压根没看到什么灰狗。

她刚刚明明看见了那个东西，众人却都说没见，这分明有些鬼气。

回到宫中，她召见太卜占了一卦。

太卜占罢，道："太后，这是赵王作祟哩！"

吕太后刚才已解衣自瞧，那东西抓过处已是一片青肿，可见并不是她的眼睛看花了，又听太卜这一言，心中"扑扑"直跳。

当天晚上，青肿处就开始疼痛难忍，御医为她敷了药，也给她熬了汤药喝，却是一点效果也没有。

暗中找来几个太监，吕太后让他们到赵王坟上去代为祷告，可还是没有效果。

夏天渐近，腋下的伤痛一天天加重。吕太后的饮食渐减，人一天比一天瘦了。但是，她的体质一向较好，并没有倒下来。只是，往日的欢乐和威严不见了，只余下了痛苦的表情。

六月里，吕太后忽然想念起外孙来。她的外孙张偃，此时已是鲁王，只是父母都去世了。病中的人尤为思亲，吕太后让人接他入宫。

鲁王只有十来岁，长得文文弱弱，十分俊秀。抚摸着他的头，吕太后油然生出一种怜悯之意。鲁元公主只留下了这个孩子和张皇后两个骨血，如今张皇后成了寡妇，孤独地生活在后宫。而惠帝，则算是什么也没留在人间了。

"难道我的孩子和孙辈，就这么荒凉吗？"

吕太后心中凄然自问，不禁落下泪来。

"我一定要让张偃这一支骨血永传下去！这样，我也对得起地下的女儿啊！"

她亲切地问及鲁王的衣食起居情形，鲁王一一回答。言语之中，常常提起两个兄长对他亲如同胞手足。吕太后想起来了，这两个鲁王的兄长，乃是张敖前姬所生，鲁元公主生前曾在她面前提及过。据她所知，这两人情性温和，对鲁王十分亲近。

"如今他们都是无父母的孩子，若是两个长兄能一如既往地善待他，那最好了。我老了，生死不知哪一天，何不为孩子多开一条后路呢？"

想到这里，吕太后令左右传诏出去，封张敖前姬所生之子，一个叫张侈的为新都侯，一个叫张寿的为乐昌侯，以辅助鲁王。同时，为奖励张释之的忠诚，封他为建陵侯。

"但愿我死时不要留下什么遗憾！"在心中长叹一声，吕太后觉得好受了些。

又苦熬了一个多月，吕太后已是油尽灯枯之人了。白天里似乎轻些，到了晚上疼痛犹重，整夜呻吟不止。疼痛的位置已由腋下传至全身，连骨头都疼痛不止。汗水一天数次湿透她的衣衫，人瘦得只剩下了皮包骨头。各位王侯都派人来看望，心中都惶惶不安。皇帝尚小，吕太后一旦有个好歹，该怎么办呢？然而，在辽远的代地，高祖的另一个分支——代王及王太后，却似乎对朝廷的状况很淡然。

从代王被高祖分封到如今，已过去了十七年。代王太后——薄太后，作为高祖皇帝的一房妃子，精心呵护着唯一的儿子。对于吕太后的所作所为，她不说不讲，以期远祸避身。吕太后病了，她也不断派人去探望，表达敬意。这么多年来，一桩桩血淋淋的惨案不断发生，令她心惊胆战，只能远远地避开。

代王早已是儿女成群了。代王后姓窦，她到代王宫一年后，就生下了公主刘嫖，过了三年，又连生了两个男孩，成了代王最宠爱的女人。

此前的代王王后是四个男孩的母亲，但是，她似乎命运多舛，一场重病要了她的命之后，她生的四个儿子也一个个病死了。一切都很自然，代王立了窦氏为新的王后。

吕太后病重的消息传来，代王也很着急。目前，吕氏力量已很强大，极有可能乘机夺取刘家天下。而刘氏后代，都太弱了。他自己也是其中的一个。

在吕太后的威逼下，这母子俩早已是心中清冷了。帝位重要，但安危更为重要。

七月里，凉风送爽，大地一片金黄。吕太后的性命就像那树上的叶儿一样，到了快落的时候了。她苦熬了这么久，已经知道自己没多少日子了。

到了初七之后，吕太后已下不了床了。经过反复思虑后，她把吕产、吕禄召进宫来，对他们道："我封吕氏为王侯，大臣心中多有不服。我一旦去了，皇帝年幼，大臣们恐怕会乘机向吕氏发难。你们都知道，我很重视我的娘家人，不愿意他们把你们怎么样。所以，你们务必要统率禁军、严守宫殿，千万不要因送丧而轻离重地，以免被他人所制！"

"太后，我俩记住了！"吕产与吕禄涕泪交流，跪倒在地上。

七月二十九以后，吕太后就进入了半昏迷状态。清醒时，难以忍受的彻骨之痛让她惨叫不止，昏迷时就大喊狂叫，好像是与厉鬼在打架一般。她感到五脏六腑像着了火一样，烧得她咬牙切齿。实在受不了时，她令人打来井里的冰水，一大碗一大碗地喝下去。冷水似乎能让她安静片刻，不久，她又叫着"烧人、烧人"的话，又开始喝冷水……

七月三十的晚上，三更时分，几声凄厉的惨叫之后，她圆睁着双目咽气了。

宫女们使劲地要合上她的眼睛，最后却没办到。

"今后一定有事发生，太后是为此不瞑目啊！"

一个老太监叹息着说：就在三天前，太后留下了一个遗诏：命吕王吕产为相国，以吕禄女儿为少帝的皇后，以审食其为皇帝太傅。

朝中文武大臣全都忙碌起来。皇帝幼小，为吕太后办丧事还得靠他们。陈平、周勃等人在朝廷上主持着，忙得不可开交。

与此同时，统领着南、北二军的吕产与吕禄也在忙碌，他们正在筹划着如何在这大丧之际保全自己与诸吕。

"依我之见，不如一了百了，在众人为太后办丧事之机，将所有忠于刘氏反对诸吕大臣一网打尽！南、北二军在你我的手上，还怕什么？"吕禄凶狠地说。

"赵王，南、北二军毕竟只是朝廷禁军，真正能作战的还掌握在周勃与灌婴手中哩。"

吕产虽年轻，却似乎更为深谋远虑。

"吕王说得对！"燕王吕通也发话了，"高祖皇帝去世时，令灌婴带兵驻守荥阳，这是有深意的。即使我们占了京城，也奈何不了荥阳。只要灌婴大军到来，我们就支撑不了。"

东平侯吕庄乃是吕通之弟，他也站出来说："太尉周勃早有防备，军队掌在他手中，只要他一声令下，灌婴就会马上到来。"

吕禄听众人都不赞同，只好道："那就暂时等一等，见机再说。"

因为事关吕氏全族的性命，所以这场密谋的结果很快在吕氏中传开了。

朱虚侯刘章从夫人那里得知吕氏密谋后，就暗中找到弟弟东牟侯，两人议定之后，马上派人去通知兄长——齐王刘襄，要他快快统领齐兵西征，他们兄弟二人在京中做内应，以期除掉诸吕。

齐王看两个弟弟的密信后，连忙找来舅舅驷钧、郎中令祝午、中尉魏勃并立即详细地和几人谋划起发兵西进。

可十几天后，统计出自己的全部人马，却还不足十万，就准备联合琅琊王刘泽，共同发兵。于是就派祝午出使琅琊国。

但刘泽自从得了琅琊王之位后，乐得自由自在。这儿远离京都，天高皇帝远。国家不大，但可以唯我独尊，再也不用像在京城那样处处小心翼翼了。每日里，他在左右簇拥下，或饮酒作乐，或打猎消遣。每每想起吕太后派人追赶不上他的情形，还不禁暗中好笑。人生在世，许多事情是偶然的，毁誉、成败有时就在顷刻之间，真是太有意思了。

吕太后去世的事儿他也揣摩很久了。但是，自己毕竟不是高祖正宗同室，也不用管那么多的事，谁知将来会怎么样呢？纵使将来是吕氏掌了权，也不会让他遭难。谁都知道，琅琊王是吕太后所封，吕氏后代，哪个敢违背太后的旨意呢？

但是，祝午来游说他时，说齐王自认为太年轻，又不懂得军旅征战之事，自愿让整个齐国听命于大王的指挥。"大王，您在高祖时就已统兵为将，富有军事经验，处理这些远远高出于齐王。请大王看在刘氏宗室的份上，亲自光临齐都临淄，与齐王共商大事。"

刘泽被这一席话说得心中暖烘烘的，一份自得油然而生，就应下了。第二天，刘泽交代了一下朝中大事，就带人随祝午上路了。

在众人的陪同下，刘襄一面热情接待刘泽把他奉为上宾，一面让祝午假托受刘泽指令，征召琅琊国的兵员，由自己统一指挥。

但过了几天，刘泽感到刘襄是有意扣留自己，利用他的军队，心中不免恼怒起来。然而，身在异国，处在人家屋檐下，他有什么办法呢？又想着，自己到时候别白白落得个逆臣的罪名，争夺皇帝之位，与自己无关，自己为什么要掺和其中呢？无论如何，自己得离开这个地方。于是，他就对刘襄说，自己是长辈，去京城也说得上话，刘襄可以让自己到京城去为其多说好话。刘襄听后，就放了他。

刘泽离开齐国之后，并不急于赶路，他对左右道："谁知京城怎么样了？我虽为刘氏长者，但并不与高祖为嫡系，谁肯听我的？我等还是慢慢打探清楚消息，再进京去为好。"

他派出心腹，让他们日夜兼程飞入京中，且把消息探明。

话说，朝中吕产与吕禄听说齐王发兵西进，就派灌婴发兵去灭齐兵。

灌婴本以为齐王公开反叛朝廷，立即应命而去，可上路之后，得知齐王并非反叛朝廷，而是要诛灭诸吕，就停军暂驻荥阳了，并暗中和齐王联络，说自己与绛侯周勃将和他内外联系共诛吕氏，让他先停军，静候时局变化，再一同采取行动。

朝中，陈平与周勃也商量着除吕之计，最后想到郦商之子郦寄与吕禄之子亲如兄弟，便希望借他们来除吕。于是，陈平便派心腹去请郦商。

郦商听说陈平请自己，有要事相商，未敢迟疑，立即来到了陈平府。

"大人召我有何要事？"郦商刚刚坐定，着急地问。

陈平不说话，向里招招手。周勃从里面走了出来。

"齐王已经发兵西进，吕氏将要对朝中大臣动手，是诛灭诸吕的时候了。我与丞相计议，要让郦寄出面去对付吕禄，足下以为如何？"周勃开门见山地直言道。

"这……"郦商十分吃惊，一下子站了起来。

陈平平静地说："不要着急，诸吕为王侯，乃是违背高祖的白马之盟。如今他们篡夺朝中大权，成为众人之敌。身为高祖的忠臣，足下能坐视不管？难道足下忍心看着有一天诸吕诛灭朝臣？"

"可是，吕家与我家交情不薄啊！"郦商也十分真诚地言道。

"国家利益当前，高祖的嘱托为重，足下与吕氏友情乃是小仁小义罢了，足下不觉得刘家王朝的大权即将旁落吗？当年，高祖领我们打天下，谁不是为之出生入死？难道到了今天却要眼睁睁看着江山落入他人之手？足下忘了自己的兄长为高祖献出生命了？"周勃也站起身来，越说越激动。

"别犹豫了，快叫郦寄来，我们有话交代他。"陈平催促道。

"我只有如此了。"郦商长叹一声，叫随行来的家仆去叫郦寄。

郦寄听完陈平与周勃的计谋，颇为愕然，他不情愿地道："吕家人待我不薄，你们却去让我做那等不义之事！"

"儿呀，事情至此，以国家大义为重吧！"郦商也显得无可奈何。

看看陈平，看看周勃，郦寄知道他们主意已定，自己非去不可了。他想：吕氏也太嚣张了，成了众矢之的，早晚会有那么一天，这也是大势所趋啊！

"你们说我该怎么办？"他终于下了决心。

陈平如此这般交代了一番。

傍晚时分，郦寄乘着车子向吕家驰去。走入吕禄府中，郦寄急把齐王起兵西进之事与群臣对诸吕的反感一一说与吕禄听了。吕禄对此已有所闻，并十分信任郦寄，问道："你一向与我吕家友善，大事在即，你有何良策？"

郦寄道："高祖与吕太后共同安定天下，立刘氏九人为诸侯王，立吕氏三人为诸侯王，都是经过朝廷大臣计议的，并向天下诸侯公开，上下都认为理应如此。现在太后去世，皇帝年幼，大王身佩赵王大印，却没有按理返回封国镇守一方，而是仍为上将军，在京中统率禁军，这必然要受到大臣与诸侯的猜忌。一旦成为众矢之的，什么人都招架不住，大王为何不交出将印，把军队交给太尉，让梁王归还相印给朝廷，您二人以此与朝臣盟誓结好，各归封国。如此一来，齐国军队就会撤走，大臣们也得以心安，您就可以高枕无忧地去做方圆千里的一国之王了，谁还会有什么话说您，这是造福子孙后代的事哇！"

吕禄深深颔首："你说得太好了！这是一个上策！待我和众人商议一下再说。"

郦寄暗中舒了一口气。

吕产得知齐王已和楚王、灌婴联手，正驻军荥阳一带，欲联合诛灭诸吕太后，准备先入据皇宫，挟持少帝以自保。幸好被丞相陈平与太尉周勃得知，此际，周勃又拿到吕禄的将印，并接管北军。于是，周勃来到北军营内，鼓动将士们诛灭诸吕，又派人通知正负责守宫的朱虚侯刘章千万别让吕产进宫。

却说吕产尚不知吕禄已经离京。按照原来的计划，他此刻来到未央宫门前，准备进去挟持皇帝发动政变。可到宫门口，禁卫军士竟然挡住了他的去路，他大怒道："大胆，你们难道不知我是谁？快放我进去，我有要事要奏明陛下！"

"大王，我们有令在身，实在没有办法。"

"命令？谁的命令？"

卫士沉默不语，肃然而立。

此时，刘章率人来到未央宫。进入宫廷中，却见吕产已经站在那儿了。他马上控制住宫门，让卫士一字儿排开，挡住了吕产的去路。之后，刘章奋不顾身地追杀吕产，最后一剑刺穿了吕产的胸脯，并割下他的首级。

宫中已定，刘章飞马告知周勃。

周勃听罢，高兴得差点跳了起来，向刘章拱手而贺："太好了！我等只担心一个吕产。足下把吕产杀了，天下就算是定了！"

随即，他传令全军："立即捕杀吕氏，无论男女老少，一律斩杀！"

吕禄也被捉住，死在利剑之下。

吕嬃见吕氏血流成溪，愤恨不已，她见了周勃，破口大骂。周勃与陈平忍无可忍，令人将她用乱棍打死。

燕王吕通被杀，鲁王张偃被废，济川王刘太被改封梁王。

至此，吕氏几百人全部被诛。

陈平与周勃唤来刘章，叮嘱他说："如今吕氏已灭，齐王可以罢兵东归了，请你去通告齐王。"

刘章道："这个自然，我愿前往劝说齐王。"

与此同时，灌婴在荥阳已接到信息，让他班师回朝。

京城，呈现了乱后的一种宁静。

一班朝臣却在暗中计议，该由谁来做皇帝，众人道：

"如今的少帝与淮阳王、梁王、恒山王，其实都不是惠帝的骨肉。当初，吕太后把那些怀了孕的女人弄进惠帝身边，把她们生的孩子充作惠帝之子。"

"是这样，吕太后是想用此法来加强吕氏的力量。现在，吕氏已被灭族，但吕太后立了这几个人为皇帝与王侯，一旦他们成人掌了实权，我等就要被灭族了！"

"对！我等应另择刘氏贤能者为帝！"

"齐王乃是高祖的长子长孙，立他最为合适！"

许多大臣立即反对道：

"吕氏身为外戚而强横，才几乎危及皇帝宗庙，摧残功臣的。如今齐王的舅舅驷钧，为人暴恶，假若立齐王为帝，驷钧一族就会成为第二个吕氏。"

"代王不是个合适的人选吗？"有人提到了代王，"代王是高祖在世诸子中，是年龄最大的一位，他为人仁厚宽大，太后薄氏一家也是温和谨慎。立长子本来就名正言顺，更何况代王又以仁孝而闻名天下呢！"

议论多时，最后众人一致决定拥立代王为帝，当即派人暗中去召代王入京。

朝廷的使者很快到达代地。代王听了使者的话，并没有过分的惊喜，在得知众大臣是诚心诚意拥立他的之后，代王开始启程。

车辇到达渭桥边，只见文武百官齐刷刷跪倒一片。

"臣恭迎大王入京为帝！"一片问候声起，使得代王心头一热。他赶紧下车还礼："各位请起，请起！"

太尉周勃走近代王面前，小声道："大王，希望能有片刻时间，允许我与您单独谈话。"

还没等代王答话，宋昌却开口了："太尉，您要说的若是公事，就公开说；若是私事，做王的是没有私情的！"

周勃一惊，心中叹道："好一位威严公正的辅臣！"

他连忙跪下，双手呈上了天子的玺和符。

代王并没伸手去接，他婉言谢道："到了我代国官邸再商量此事吧！"

周勃听了此言，对代王更加敬佩。他率群臣随代王进入京城。

来到代国官邸，朝臣们再次拜跪下去。陈平道："刘弘等人都不是惠帝的儿子，不应再做天子。大王作为高祖的年长之子，理应继承皇统。我等恭请大王做皇帝！"

代王神态谦逊，他先按照宾客的礼仪面向西坐，辞谢了三次，又按君臣之礼面向南坐，辞谢了两次，才接过了帝玺与帝符。

"吾皇万岁！吾皇万岁！"群臣见状，一片欢呼！

由此，在大乱之后，代王成了汉朝的新天子！

东牟侯刘兴居请命去清理宫室，皇帝微笑应允。

刘兴居与汝阴侯滕公夏侯婴一起入宫，来到少帝面前，刘兴居道："您不是刘氏后代，不应做皇帝了！"

他又命少帝身边的卫士们放下武器，退出皇宫！许多卫士深知刘兴居兄弟为人正直勇猛，都放下武器退下，也有人不明实情，依然僵立着。

这时，一个人出面了，他就是张释之。"快快退出，朝臣们已拥立代王为帝了！"他一面告之众人，一面劝退卫士。余下的人也都悄然退出。

少帝早已呆若木鸡。夏侯婴把他拉上车子，快马加鞭地走了。

当天晚上，代王入住未央宫。他坐在前殿上座，在群臣的欢呼声中正式登基！

他就是历史上的汉文帝。

就在这天晚上，梁王、淮阳王、恒山王和少帝，这四个年幼的生命悄然离世。

冬日的冷风依然在吹，大地一片宁静。